W0473407

JOSEPH KESSEL

Die Steppenreiter

JOSEPH KESSEL

DIE STEPPENREITER

ROMAN

VERLAG KURT DESCH

Die französische Originalausgabe erschien unter dem Titel
LES CAVALIERS
im Verlag Gallimard, Paris

Ins Deutsche übertragen von Widulind Clerc-Erle

Von Joseph Kessel
sind in unserem Verlag erschienen:

BRUNNEN DER PARZEN, 1961
Roman

ZEUGE IN HEILLOSER ZEIT, 1964
Berichte aus drei Kontinenten

ALKOHOLIKER, 1961
Rausch und Heilung
Neuausgabe von Alcoholics anonymus, 1961

GLÜHENDES LAND — LAND DER VERHEISSUNG, 1966
Israel 1924 — 1948 — 1963

LA BELLE DE JOUR
DIE SCHÖNE DES TAGES, 1968
Roman

DIE LIEBENDEN VOM TAJO, 1970
Roman

DIE STEPPENREITER, 1971
Roman

VERLAG KURT DESCH MÜNCHEN, WIEN, BASEL

Gesamtherstellung: Buchdruckerei Carl Meyer, Jona bei Rapperswil SG
Schutzumschlagentwurf: Christel Aumann, München
Printed in Switzerland 1971
ISBN 3 420 04614 6

Dem Gedächtnis meines Vaters,
seiner großen und liebevollen Weisheit

INHALT

VIERTER TEIL

Die letzte Karte

FÜNFTER TEIL

Der Kreis der Gerechtigkeit

DER AHNHERR DER WELT

Die Lastwagen kamen kaum schneller voran als die Kamele der Karawanen, und ein Reiter nicht rascher als ein Fußgänger. Die schlechte Straße zwang alle zum gleichen Tempo: man näherte sich dem Schiblarpaß, dem einzigen Durchbruch in dem gewaltigen Felsmassiv des Hindukusch. Ihn passierten, in 3500 Meter Höhe, sämtliche Lastzüge, der gesamte Verkehr zwischen Nord- und Südafghanistan.

Auf der einen Seite: spitz aufragende Felsen. Auf der anderen: der Abgrund. Riesige Steinbrocken, herabgestürzte Felsmassen versperrten die Straße. Der Weg wurde immer steiler, die Serpentinen, die Kurven immer enger, immer schwieriger und gefährlicher.

Die Karawanenführer, die Maultiertreiber, die Hirten und ihre Tiere hatten es nicht leicht, denn es war eisig kalt und die Luft dünn und schneidend. Aber ihr Weg war weniger gefährlich: wie eine Ameisenkette zogen sie dicht an der Felswand dahin.

Anders die Lastwagen. Die Straße war oftmals so schmal, daß sie ihre ganze Breite einnahmen und ihre Räder den ausgebröckelten, unbefestigten Rand am Abgrund streiften. Eine ungeschickte Bewegung des Fahrers, ein Augenblick der Unaufmerksamkeit, das kleinste Versagen des Motors oder der Bremsen — und die verrotteten, vor der Zeit altersschwachen Fahrzeuge mußten im Abgrund zerschellen. Infolge ihrer Last, die stets erheblich das erlaubte Gewicht überstieg, waren sie auf den steil abfallenden Straßen noch schwerer zu lenken. Dabei machten die überzähligen Pakete, die Kisten,

Körbe, Säcke und Bündel nicht einmal das schlimmste Übergewicht aus. Denn darüber hinaus trugen die Dächer der Lastwagen — ja, notfalls selbst die Planen — noch eine beachtliche andere Last: Menschen.

Dicht aneinandergepreßt, oft liegend, hockten sie dort oben — ihre armseligen Turbane flatterten im Wind, und jeder Ruck, jeder Stoß erschütterte ihr nur mühsam bewahrtes Gleichgewicht, brachte diese schwankende Pyramide fast zum Einsturz.

Auf einem dieser Lastwagen und ganz oben auf einer solchen Pyramide saß ein uralter Mann. Er hatte nichts dazu getan, um dort hinaufzugelangen. Aber er war so abgezehrt, so dünn und federleicht, daß ihn die schiebenden und stoßenden Menschen, die sich, Schicht um Schicht, seit der Hauptstadt Kabul auf der nur lose gespannten Plane zusammen- und übereinanderdrängten, wie auf einer Woge emporgetragen hatten. Die Füße auf eine Schulter gestützt und zwischen zwei Schultern eingekeilt, sah er — fast unmerklich, so langsam schlich der Wagen vorwärts — die Gebirgskette und die Gipfel des Hindukusch an sich vorüberziehen. Die Felswände, die Grate und Spitzen waren grau, von einem uralten und trostlosen Grau. Eine Art feinkörnige Friedhofsasche bedeckte den riesigen Berg, jeden Gesteinsvorsprung, die engste Spalte, bis hin zu den Eisbahnen des Himmels, die den Horizont bildeten.

Immer wortkarger wurden die Reisenden. Ihre munteren Gespräche, ihr Lachen, die Witze, die Erzählungen, mit denen sich diese lebhaften, stets zu einem Scherz aufgelegten Männer bisher die Zeit vertrieben hatten, waren verstummt. Dann und wann stieß ein Reisender einen Seufzer aus oder murmelte ein Gebet. Aber schließlich verstummten auch sie. Schweigend suchte ein jeder sich noch enger an den anderen zu drängen.

Doch der uralte Mann dort oben empfand weder Furcht noch Trauer. Sein Auge sah jenseits dieser erstorbenen Mondlandschaft verzauberte Täler, lärmerfüllte Städte, brennende Wüsten, unendliche Steppen: Afghanistan. Er kannte all seine Provinzen, seine Straßen und Pfade. Er hatte seine Grenzen umwandert, die persische und die russische, die tibetanische und die hindustanische. Und all diese Bilder bewahrte er in seinem Gedächtnis. Für ihn, den Alten, bedeutete Leben nun: sich erinnern.

Doch plötzlich schwankten die Linien der Bergkämme und der Himmel. Ein greller Schrei ertönte, der alte Mann verlor das Gleichgewicht und fiel mitten unter die anderen Reisenden, die der unerwartete Ruck zurückgeschleudert hatte. Dann verstummte der Schrei — ebenso plötzlich. Die Überraschung wich der Angst. Der Motor streikte. Der Fahrer versuchte vergeblich, ihn wieder in Gang zu bringen. Die Bremsen, bis zum äußersten durchgetreten, kreischten laut, reichten aber nicht aus, um das riesige, überbelastete Fahrzeug auf der ansteigenden Straße zu halten. Noch rollte es nicht zurück. Doch schon schwankte es und begann, dem Gefälle nachzugeben. Sehr langsam glitt der Wagen um eine Handbreit zurück, dann, schon ein wenig rascher, noch weiter. Nur ein winziger Abstand trennte die Räder vom Rand der Schlucht. Die Männer schrien. Die Reisenden, die, im Wagen zusammengepfercht, nichts anderes sehen konnten als Rücken und Köpfe, riefen:

»Was macht der Daida paintsch *?«

Und die anderen, die sich am Rand des Lastwagens festklammerten, antworteten:

»Der Daida paintsch tut, was er kann!«

* Der »fünfte Gang«.

»Er ist rasch und geschickt, scheint's!«
»Der Prophet sei mit ihm!«
»Allah steh' ihm bei!«
Diese teils bittenden, teils ermunternden Worte galten einem ganz jungen Burschen, der, fast noch ein Kind, während der Fahrt außen am Wagen, an der hinteren Ladeluke gehangen hatte, an einen Keil geklammert, der ebenso groß und schwer war wie er selbst.
Kaum hatte er den ersten Ruck gespürt, war er heruntergesprungen, und nun war er im Begriff, die Klammern und Haken zu lösen, die den Keil hielten. Der Wagen ruckte noch rascher zurück. Seine Räder begannen sich zu bewegen. Noch eine Umdrehung, und er mußte in den Abgrund stürzen. Der Daida paintsch blockierte zuerst das linke, gefährdetste Rad. Noch ein-, zwei-, dreimal schwankte das Fahrzeug hin und her, dann blieb es stehen.
Vor und hinter ihm ertönte das wütende Hupen der Wagen, die nicht vorbeifahren konnten. Der turbanumhüllte Kopf des Fahrers erschien am Fenster des Führerhauses. »Alles aussteigen!« schrie er. »Schiebt, und steigt ja nicht wieder ein, bevor ich's euch sag'!«
Die Reisenden sprangen eilig hinaus. Doch als die Reihe an den Uralten kam, sagte sein Nachbar, ein Schmied mit schwarzem, dichtem Haar, zu ihm:
»Bleib sitzen, Großvater. Ich hab' nicht einmal das Gewicht deiner Knochen gespürt. Du bist ja leichter als ein Vogel.«
Der Motor sprang wieder an. Der Wagen fuhr bis zur nächsten Anhöhe, und die Reisenden schwangen sich, einer nach dem anderen, wieder auf die Plane. Der Schmied fand — denn er war stark und hatte es sich so in den Kopf gesetzt — seinen Platz neben dem Alten wieder. Atemlos und zufrieden sagte er:

»Ich hab' geschoben; wie ein Wahnsinniger hab' ich mich abgemüht. So konnte ich wenigstens meine Angst vergessen, denn ich hatte gewaltige Angst.«
»Und wovor hattest du solche Angst?« fragte der Alte.
»Vorm Sterben natürlich«, erwiderte der Schmied.
»Das war nicht recht«, sagte der Alte sehr sanft.
»Du hast leicht reden«, antwortete der Schmied in heftigem, aber freundlichem Ton. »Wenn man wie du, Großvater, schon an der Schwelle des Todes steht, hat man's leicht.«
»Nicht so nahe wie du, mein Sohn«, sagte der Alte. »Denn du, du fürchtest ihn.«
»Wie wir alle«, meinte der Schmied.
»So ist's«, sagte der Alte. »Und in dieser großen Furcht, nur in ihr allein ist der Tod der Menschen gegenwärtig.«
Der Schmied kratzte sich nachdenklich das dichte schwarze Haar.
»Versteh' ich nicht«, meinte er schließlich besorgt.
»Das macht nichts, mein Sohn«, sagte der Alte. Sein Gesicht war abgezehrt und die Haut so voller Falten und Risse, daß sie aussah wie ein sehr eng geknüpftes Netz, in dessen Maschen sich die mattblauen Augen gefangen hatten. Doch dem Schmied schien es, als ob über diese eingefallenen Züge, ohne daß sich die blutlosen und strichdünnen Lippen bewegt hätten, ein freundliches Lächeln gewandert wäre, bis hin zu seinem Blick, der plötzlich hell aufleuchtete. Und ohne zu wissen warum, fühlte der Schmied sich beruhigt.
Ein Ruck, wieder einer, schüttelte erneut die auf der Plane des Wagens zusammengepferchten Männer durcheinander. Der Schmied umfaßte mit festem Griff die Schultern des Alten und sagte sanft:
»Ich heiße Gholam, und du, Großvater?«
»Guardi Guedj«, erwiderte der Alte.

»Guardi Guedj, Guardi Guedj«, wiederholte der Schmied. Er lächelte über das ganze Gesicht.
»Ja, ein Vogel wiegt mehr als du«, sagte er.
Die Landschaft wurde immer flacher. Und in einer Höhe von fast 4000 Metern kam der Khaiberpaß in Sicht.

Auf dem ersten Absatz jenseits der Höhe hielt der Wagen. Dort, auf der Nordseite des Passes, war ein breites, felsiges Plateau, im Westen vom Gebirge begrenzt und im Osten von einer Schlucht, in der ein Sturzbach tobte. Dies war ein geradezu idealer Halteplatz für alle Lastzüge, die den Hindukusch passierten. Immer standen dort ein paar Dutzend Fahrzeuge, die hier, aus beiden Richtungen kommend, ihre Fahrt unterbrachen. Die nach Norden weiterfuhren, hielten am Wildbach, die anderen an der Felswand entlang.
An beiden Seiten des Plateaus stand eine Reihe einfacher Rasthäuser, Tschaikhanas* genannt, in denen man fast ausschließlich Tee trank, schwarzen oder grünen. Sie bestanden aus Lehm und Stroh und hatten nur einen einzigen düsteren Raum. Davor war eine überdachte Terrasse, auf der sich die Reisenden versammelten. Natürlich war es draußen kälter, und der Wind ging schärfer. Doch wer hätte deshalb auf das Schauspiel, das sich hier bot, verzichten wollen? Das bunte Bild der Neuankömmlinge, die von den Lastwagen stiegen, die freudige Begrüßung zwischen Freunden, die sich hier wieder trafen ... Wo, in ganz Afghanistan, wenn nicht am Khaiberpaß, konnte man auf so engem Raum Männer aus Kabul und Hasara, aus Kandahar und Dschellalabad, aus Ghasna und Masar-i-Scharif sehen? Je nach Provinz und Stammeszugehörigkeit waren sie in weite Hemden, enge Tuniken oder Hupp-

* von Tchai: der Tee.

landen gekleidet und trugen als Kopfbedeckung entweder einen Turban mit lose herabhängenden Enden oder einen zu einer Art Krone geschlungenen, eine Persianer-Kula, eine Kappe aus farbiger Seide oder eine hohe Mütze aus rauher Schafwolle. Und welch ein Konzert aus Gesprächen und Streit, aus Neuigkeiten und Fabeln!

In ihrer Ungeduld warteten die Reisenden kaum ab, bis der Lastwagen, auf dem auch der uralte Mann saß, hinter den Reihen der anderen Fahrzeuge am Wildbach zum Stehen gekommen war. Eilig ließen sie sich von der Plane herab, um zu den Terrassen der Tschaikhanas zu laufen. Selbst der Schmied rief, nachdem er rasch den Alten auf die Straße gehoben hatte: »Du brauchst mich doch nicht mehr, Großvater, nicht wahr?« Und lief mit großen Schritten davon.

Der Alte warf seinen leichten Beutel über die Schulter und blieb stehen. Trotz seines Alters und des wütenden Windes, der seine magere Gestalt peitschte, hielt er sich sehr gerade. Langsam, fast andächtig schweifte sein Blick über diesen seltsamen Ort. Wie verloren lag er auf dem Gipfel jenes gewaltigen Massivs im Herzen von Mittelasien. Und Guardi Guedj dachte an die gewaltigen Menschenströme, denen dieser schmale Pfad zum ewigen Bett geworden war: die Züge der Eroberer, die Heere der Religionen ...

All das, so schien es dem Alten, hatte er mit eigenen Augen gesehen. Er lebte seit so langer Zeit ... die Wurzeln seiner Erinnerungen reichten tief.

Nachdenklich ging er auf die nächste Tschaikhana zu.

Einige seiner Mitreisenden saßen schon dort. Der erste, der es am eiligsten gehabt hatte, war ein großer, spindeldürrer Stallknecht, der einen braunen, schafwollgefütterten Kaftan trug, der ihm vom Hals bis zu den Füßen reichte: einen Tschapan,

die traditionelle Kleidung der usbekischen und turkmenischen Reiter, die die Steppen des Nordens bevölkern.
Als der Stallknecht die Terrasse der Tschaikhana betreten hatte, war er sogleich durch sein sonderbares Benehmen aufgefallen. Mit rücksichtsloser Ungeduld hatte er sich seinen Weg durch die Gäste gebahnt. Er trat die Männer, die auf der festgestampften, mit armseligen Teppichfetzen bedeckten Erde um ihre Teetabletts herumsaßen, mit den Füßen. Er stieß die, die sich auf wacklige Schemel oder das zwischen Rahmen aus rohem Holz gespannte Schnurgeflecht niedergelassen hatten, ungestüm beiseite.
»Tölpel!« riefen die Leute.
Und: »Die Höhenluft macht ihn wohl verrückt!«
»Mein Maulesel läuft vorsichtiger als er!«
Doch ihre Worte, wenn sie auch heftig klangen, waren scherzhaft gemeint. Nur einer wurde richtig böse, ein fetter, glatter Mulla. Er rief die Strafe des Propheten auf den Ungläubigen herab, der seine Wasserpfeife umgeworfen hatte.
Doch der Mann lief unbeirrt weiter, aus schwarzen, engen und glänzenden Augen, zwischen breiten Wangenknochen, eifrig Ausschau haltend. Und endlich, an der kleinen Mauer, die die Terrasse von der Straße trennte, fand er, was er suchte: zwei Tschapans. Der eine weinfarben mit schwarzen Streifen, der andere bräunlich mit grünem Muster. Der junge Stallknecht hatte ihre Träger, zwei ältere Männer, noch nie zuvor gesehen. Doch was bedeutete das schon! Sie waren Brüder: sie trugen dasselbe Kleid, und dieselbe Steppe war ihre Heimat. Inmitten der aus allen Landstrichen und Gegenden Afghanistans stammenden Menge vermochten nur sie seine Gefühle zu teilen. Der weinfarbene und der bräunliche Tschapan rückten zusammen, um dem Stallknecht Platz zu machen. Doch er merkte es überhaupt nicht.

»Fahrt ihr nach Kabul, oder kommt ihr von dort?« fragte er die beiden Männer.
»Wir sind gestern aus Masar-i-Scharif aufgebrochen«, sagte der kahlere und dickere von beiden.
»Dann wißt ihr ja noch nicht das Neueste, das Wichtigste«, rief der Stallknecht.
Die beiden wandten ihm langsam ihre Gesichter zu. Eine mit Angst gemischte Neugier flackerte in ihren schmalen Augen. Doch Alter und Stand verboten es ihnen, ihre Neugier zu zeigen. Der Dickere fragte mit ruhiger und eher etwas schläfriger Stimme:
»Was verstehst du junger und unerfahrener Bursche unter einer wichtigen Neuigkeit?«
»Etwas ganz Unglaubliches«, rief der Schafhirt, »ihr werdet euren Ohren nicht trauen!«
Zwar wäre er brennend gern sofort mit seinem Wissen herausgeplatzt, doch er schwieg, um sich noch ein paar Augenblicke lang in dem Gefühl seiner Wichtigkeit zu sonnen.
Die beiden Reisenden fragten fast gleichzeitig: »Ist ein neuer Generalgouverneur für unsere Provinzen ernannt worden?«
Der Knecht schüttelte den Kopf.
»Hat man die Webstuhlsteuern erhöht?« fragte der Mann in dem bräunlichen Tschapan, der in der Provinz Maimana eine Teppichfabrik besaß.
»Oder die Steuern für Astrachanpelze?« fügte sein Begleiter hinzu, der Langwollschafe in den Steppen von Masar-i-Scharif züchtete.
»Wenn es weiter nichts wäre«, sagte der Stallknecht. Und da er sich nicht länger beherrschen konnte, rief er in feierlichem Ton: »Stellt euch vor – zum ersten Mal wird in Kabul demnächst ein Buskatschi veranstaltet werden!«
Der Stallknecht blickte gespannt auf die beiden Männer. Und

er wurde nicht enttäuscht. Die Kaufleute, die sich bisher mit so viel Würde gegen die kleine Mauer gelehnt hatten, verloren plötzlich jede Beherrschung. Erregt sprangen sie auf. »Was, ein Buskatschi in Kabul?« schrien beide gleichzeitig. »Das kann doch nicht wahr sein – ein Buskatschi in Kabul!«

»Und zwar das prächtigste seit Menschengedenken«, triumphierte der Stallknecht.

»Die Luft hier oben ist dem jungen Spunt zu Kopf gestiegen«, sagte der Astrachanhändler.

»Wo wollen denn die Leute im Tal dort die Pferde herbekommen und die Reiter?« rief der Teppichweber.

»Die holen sie von uns«, erwiderte der Stallknecht laut.

Die Bestürzung machte sie einen Augenblick sprachlos.

Inzwischen hatten sich die anderen Reisenden, die in jener Ecke zusammensaßen, voll freudiger Neugier um die drei Tschapans geschart; denn das hitzige Gespräch und der plötzliche, fast unziemliche Wechsel im Benehmen der beiden grauhaarigen Männer waren nicht unbemerkt geblieben. Selbst die weiter entfernt beim Tee saßen, wollten erfahren, was es dort Interessantes gäbe. Schon stand man in den Nachbartschaikhanas auf und lief herbei, um sich die Neuigkeiten ja nicht entgehen zu lassen. Ein Wort hörte man immer wieder aus dem Tumult heraus: »Buskatschi... Buskatschi.« Das Wort wanderte von Mund zu Mund, doch die meisten Reisenden wußten gar nicht, was es bedeutete: sie waren nie über die Täler des Hindukusch oder über die Städte von Kundus und Baghlan hinausgekommen. Und sie baten nun, man möge ihnen doch erklären, um was es sich da handle.

»Ein Spiel, ja, ein Spiel, da unten in den Steppen«, lautete die Antwort. Als sie dies vernahmen, waren viele bitter enttäuscht. Hier standen sie im rauhen Bergwind, hatten ihre geschützten Plätze und die freundlichen Nachbarn verlassen, ihr schöner Tee wurde kalt — und das alles, um von einem Spiel schwatzen zu hören, das man im weit entfernten, unbekannten Norden spielte? Als ob es hier, in ihren Tälern und Städten, nicht genug Spiele gäbe!

»Ist dieses Buskatschi so kunstvoll wie das Lanzenbrechen mit Stöcken?« riefen sie sich untereinander zu.

»So stürmisch wie die wütenden Sprünge der Widder?«

»So grausam wie der Kampf zwischen Wölfen und Hunden?«

»So schrecklich wie der Streit auf Leben und Tod zwischen zwei brünstigen Kamelen?«

So protestierten die Bergbewohner. Die drei Männer im Tschapan, denen sich ein paar andere Reisende aus dem Norden angeschlossen hatten, erwiderten aufgebracht:

»Was versteht denn ihr von den Schönheiten des Buskatschi? Ihr könnt ja nicht einmal eine Schindmähre von einem Rassepferd unterscheiden!« — »Ihr sitzt im Sattel, als hocktet ihr auf einem Esel!«

Das Stimmengewirr wurde immer lauter, die Erwiderungen immer schärfer. Denn hier — und das war viel wichtiger als das Spiel selbst — ging es um die Ehre ihrer Stämme, ihrer Provinzen.

Der Wirt der Tschaikhana sah, wie die Tassen zertreten wurden, die Scherben flogen und das kochende Wasser aus den umgeworfenen Samowaren spritzte, und preßte die Lippen zusammen. Er hatte ein plattes, hartes Gesicht, einen mächtigen Brustkorb und lange starke Arme. Aber was konnte er schon ausrichten, trotz all seiner Kraft und Entschlossenheit? Keiner seiner drei Batschas * war älter als fünfzehn Jahre.

* Junger Diener.

Rücksichtslos bahnte er sich den Weg durch die Menge, die sich auf der Terrasse stritt und zu prügeln begann. Immerhin konnte er die Wirte der anderen Gasthöfe und die ihm befreundeten Fahrer um Hilfe bitten. Da sah er den uralten Mann mit seinem leichten Bündel langsam des Wegs kommen.

»Allah selbst hat ihn uns gesandt!« rief der Wirt der Tschaikhana.

Rasch trat er unter die wütende Menge. Aber er erkannte sogleich, daß er sich kein Gehör verschaffen konnte. Er war von kleinem Wuchs, und seine Stimme war infolge der langen Jahre in der großen Höhe dünn und leise geworden.

Der jüngste seiner Batschas, ein Junge von dreizehn Jahren, kam auf ihn zu und fragte:

»Soll ich das Geschirr und die Samoware hineintragen?«

»Warte«, erwiderte der Wirt.

Er ergriff den Knaben, hob ihn auf seine breiten Schultern und befahl ihm:

»Du wirst jetzt, aus vollem Hals, so laut du kannst, rufen, was ich dir sage!«

Der Batscha legte die Hände wie ein Sprachrohr um seinen Mund und schrie aus Leibeskräften die Worte, die sein Herr ihm vorsagte:

»Aufhören, aufhören! Paßt auf!«

Der kindliche Kopf, der alle überragte, und die frische und durchdringende Stimme ließen die anderen aufhorchen. Der Lärm legte sich für einen Augenblick, und die Gesichter, selbst die wütendsten, wandten sich dem Batscha zu. Er fuhr fort:

»Warum wollt ihr euch weiterprügeln? Da kommt der, der allein euren Streit zu schlichten vermag: ... Guardi Guedj!«

Der Batscha schwieg einen Moment und schrie dann, so laut er konnte:

»Der Ahnherr der Welt!«
Da wurde das Schweigen der Menge so tief, daß man das Rauschen des Windes von den Gipfeln herab vernahm. Und dieses Schweigen hatte nichts gemein mit Neugier.

Zwar waren nur wenige Reisende dem Alten in ihrem Leben begegnet, doch es war keiner unter ihnen, der nicht seinen Namen kannte. In jedem Land, in jeder Provinz und von Generation zu Generation hatte der Großvater seinen Enkeln von ihm erzählt. Denn es gab kein Dorf, keinen Landflekken, und sei er auch noch so abgelegen, wo er nicht zumindest einmal gewesen war. Und wer Guardi Guedj einmal gesehen hatte, der vergaß ihn nicht wieder.
Der Wirt der Tschaikhana ging auf den Alten zu, verbeugte sich tief vor ihm, ergriff seine rechte Hand und führte ihn durch die Gasse, die sich wie von selbst in der Menge gebildet hatte, bis hinten auf die Terrasse.
Alle betrachteten voll Verwunderung Guardi Guedj. Er trug eine formlose, in weichen Falten fallende Hupplande von derselben Farbe wie der knotige lange Ast, auf den er sich stützte. Sein Alter? Niemand vermochte es zu sagen. Sein Ursprung, sein Stamm? Nur eins wußte man mit einiger Sicherheit: er hatte kein mongolisches Blut. Doch konnte er ebensogut aus der Wüste von Sedschestan wie vom äußersten Rande Persiens stammen, von den Grenzen Indiens oder Belutschistans. Er mochte Hasara, Paschtun, Tadschik oder Nuristani sein. Er sprach die Sprachen und die Mundarten aller Provinzen. Er war weder Derwisch noch ein Guru oder Schamane. Und doch wanderte er, wie die Eingeweihten, auf allen Straßen, Wegen, Pfaden und Pisten des weiten Landes. Er war durch Täler gegangen, in denen die eisigen Flußwasser rauschen. Er kannte die Ufer des Amu Darja und den ewi-

gen Schnee des Pamir, auf dem Dach der Welt, und der glühende Wüstenboden hatte seine nackten Füße verbrannt. Wie lange schon wanderte er? Welche Kraft trieb ihn, welcher Traum? Weisheit oder Wahn? Eine ewige Unruhe, ein unstillbarer Wissensdurst? Er kam, er verschwand, tauchte Jahre später wieder auf. Wo immer er Rast hielt, erzählte er eine neue, wunderbare Geschichte. Woher nahm er sein Wissen? Nie hatte man ihn lesen gesehen. Dennoch schien er alle Ereignisse zu kennen, die sich vor Jahrhunderten und Aberjahrhunderten in den Bergen, den Tälern und Steppen Afghanistans ereignet hatten. Er sprach von Zarathustra, als sei er sein Schüler gewesen, von Iskander*, als sei er ihm von Sieg zu Sieg gefolgt, von Balch, der Mutter der Städte, als habe er dort gewohnt, und von den Schlachten Dschingis-Khans, als habe er selbst im Blute der eroberten Völker gebadet, als sei er selbst unter der Asche und den Ruinen der Festungen begraben worden.

Aber er erzählte nicht minder spannend vom Leben der Gegenwart. Und dann wurden in seinen Worten Ziegenhirten und Kameltreiber, Waffenschmiede oder Teppichweber, Damburaspieler oder die Töpfer von Istalif ebenso lebendig wie die Helden und Stammesfürsten der Legenden.

»Ich habe weder Kissen noch Decken für dich. Hier am Khaiberpaß ist die Armut groß«, sagte der Wirt der Tschaikhana, nachdem er den Greis zu einem der einfachen Holzrahmen längs der Mauer geführt hatte. Guardi Guedj setzte sich auf den harten Rand, nahm seinen Wanderstock zwischen die Knie und stützte sein Kinn darauf.

»Keine Sorge«, sagte er sanft, »nur mein Kopf braucht eine Stütze.«

* Iskander: Alexander der Große.

Da tönte plötzlich durch das Schweigen die rauhe, herzliche Stimme des Schmieds:
»Jaja, ich weiß, ein Vogel wiegt nicht mehr als du.«
Kaum hatte er das gesagt, wurde er, unter den Blicken seiner Nachbarn, dunkelrot und duckte den Kopf zwischen seine massigen Schultern. Gelächter ertönte rings um ihn.
»Eben noch haben sie sich geprügelt«, sagte der Wirt der Tschaikhana zu Guardi Guedj. »Und schon sind sie wieder vergnügt, denn sie vertrauen darauf, daß du ihren Streit schlichten wirst.«
Doch diese Worte entfachten von neuem die Leidenschaft der Männer.
»Ist es denn nicht wahr, du Allwissender, daß das Buskatschi dieser Steppenbauern, von dem kein Mensch hier je gehört hat, neben den Spielen unserer Ahnen keinen Pfifferling wert ist?« schrien die einen.
Und die anderen: »Oh, Allwissender, stimmt es etwa nicht, daß keins der plumpen Vergnügen, an denen sich diese Trottel aus den Tälern weiden, an Schönheit, Kraft, Mut und Geschicklichkeit unserem Buskatschi vergleichbar ist?«
Und beide Parteien erwarteten das Orakel des Alten mit derselben naiven Zuversicht: daß er ihnen recht geben würde. Doch er beantwortete ihre Fragen mit einer anderen:
»Warum, meine Freunde, soll ich denn an eurer Stelle entscheiden?« fragte er.
Die Menge verstummte ratlos, und Guardi Guedj fuhr fort: »Ein jeder hat das Recht und die Pflicht, sich selbst ein Urteil zu bilden. Doch das setzt voraus, daß man zumindest weiß, worum es geht. So ist es auch mit dem Buskatschi. Wollt ihr, daß ich's euch erzähle?«
Welch ein Zauberwort! Die Menge seufzte tief auf, voller Erwartung und Dankbarkeit. Eine Erzählung.

Von ihm. Dem Ahnherrn der Welt.

Dem Schmied war es gelungen, etwas näher an den Alten heranzurücken. Er war der erste, der sich ihm zu Füßen hockte. Die übrigen folgten seinem Beispiel, einer nach dem andern, und setzten sich rings um den Alten auf den Boden. Die auf der Terrasse keinen Platz mehr fanden, standen draußen auf der Straße. Guardi Guedj sah sich um. Reihe um Reihe schauten unter Turbanen, Kolpaks, Mützen, Kappen und Kulas, die wie ein Teppich vor ihm ausgebreitet waren, ihre Gesichter hervor, und aus ihren Zügen las er ihre unterschiedliche Herkunft: Berge, Täler, Wüsten und Ebenen, Einwanderungen, Eroberungen ... Doch all diese Gesichter, so unterschiedlich sie auch sein mochten, waren ihm jetzt mit der gleichen kindlichen Erwartung und Spannung zugewandt. Und den alten Erzähler erfüllte dabei das größte Glück, das lebendigste Gefühl, das er zu empfinden vermochte: ein wenig von seinem Wissen diesen hingegeben lauschenden Männern mitzuteilen, damit jeder von ihnen seine Geschichte weitererzählen konnte, damit sie sich, von Nachbar zu Nachbar, von Vater zu Sohn, in Raum und Zeit verbreitete und fortpflanzte: auf daß dem Menschen die Ewigkeit der Götter zuteil werde, die sie sich eifersüchtig allein vorbehalten.

Guardi Guedj ließ seinen Wanderstab fallen, den der Schmied andächtig aufhob, und begann. Seine Stimme war fast nur ein Hauch, und dennoch trug sie weit, wie eine Glocke aus zersprungenem Kristall.

»Es begann unter Dschingis-Khan«, sagte er.

Und ganz unbewußt, als sei sie nur ein Echo, murmelte die Menge: »Dschingis, Dschingis ...«

In ganz Afghanistan, selbst in den entlegensten Dörfern, gab es keinen Menschen, der nicht diesen schrecklichen Namen kannte, und der, obwohl Jahrhunderte seitdem vergangen waren, eine Art abergläubischer Furcht verspürte, wenn er ihn nennen hörte.

Und Guardi Guedj dachte:

Sonderbar: die herrlichen Städte, die in Schutt und Asche fielen, die fruchtbaren Felder, die in dürre Wüsten verwandelt, und die Völker, die ausgerottet wurden, sie haben mehr zum Ruhm eines Herrschers beigetragen, als es die edelsten Taten, die herrlichsten Monumente je vermocht hätten... Der Ruhm hat keinen sichereren Hüter als die Furcht.

Guardi Guedj hob seinen Blick zu einer Gruppe von Straßenarbeitern, die am Wegrand standen. Sie waren in hellblaue Lumpen gekleidet und stützten sich, während sie ihm zuhörten, auf ihre Schaufeln, mit denen sie von morgens bis abends in die Schlaglöcher einen sandigen Kies streuten, den der Bergwind sofort wieder wegwehte. Es waren Hasaras, deren Stämme in den rauhen Ebenen und den engen Tälern auf der Westseite des Hindukusch lebten.

Wissen sie wohl, diese Armen, dachte der Alte, daß der Name ihres Volkes aus dem Mongolischen stammt und »die Hundertschaft« bedeutet? Und daß so der Eroberer der Welt seine unbesiegbaren Horden formierte?

Seine zerlumpten Nachkommen, die er in diesen Gegenden angesiedelt hatte, damit sie dort für alle Zeiten Herrscher seien, schauten unbeirrt auf Guardi Guedj. In ihren gelben Gesichtern, in den schmalen Schlitzen ihrer Augen lag unendliche Geduld. Guardi Guedj fuhr fort:

»Die Männer aus der Mongolei lebten im Sattel und starben im Sattel. Und wenn sie spielten, dann zu Pferd. Doch von allen Spielen, Rennen, Bogenschießen im Galopp oder Hetz- und Falkenjagd, war ihnen eines am liebsten: sie nannten es Buskatschi. Und Dschingis-Khans Reiter trugen es in alle Länder, die unter ihren Hufen erzitterten. Bis auf den heutigen Tag, noch nach fast siebenhundert Jahren, wird es in den Steppen des Nordens unverändert wie damals gespielt: das Buskatschi.«

Der Schmied zu Füßen von Guardi Guedj hielt es nicht mehr aus und rief — gab ihm denn nicht die Freundschaft mit dem Alten besondere Rechte? —: »Willst du uns nicht erklären, Ahnherr der Welt, worum es bei diesem Spiel eigentlich geht?«

Und die Menge, durch ihn ermutigt, rief: »O ja, bitte erzähl!«

»Zuerst einmal schließt alle die Augen«, sagte der Alte. Der Schmied zögerte überrascht. Guardi Guedj deckte seine Augen mit einer seiner Sandalen zu und forderte erneut: »Ihr auch, meine Freunde!«

Und erst, als alle die Augen geschlossen hatten, fuhr er fort: »Und nun bereitet euch auf eine mühsame Wanderung vor. Ich will, daß ihr, die ihr nie die Felsen, Schluchten und Schatten des Gebirges verlassen habt, im Geiste die große Steppe des Nordens vor euch seht.«

Ihre Gesichter mit den geschlossenen Lidern waren ihm voller Ernst und Hingabe zugewandt. Sie waren bereit, Guardi Guedj überallhin zu folgen.

»Gut«, sagte er. »Und jetzt denkt an ein Tal. An ein Tal, wie ihr noch nie eines gesehen habt ... noch breiter und noch länger als das längste und breiteste, durch das ihr je gegangen seid.«

Ihre Stimmen erhoben sich wie im Rausch: »Breiter als das von Ghasna?« — »Länger als das von Dschellalabad?« — Oder das von Koh Doman?«

Und Guardi Guedj erwiderte: »Viel größer. Und jetzt, meine Freunde, an die Arbeit! Schiebt sie beiseite, all diese Felswände, weg mit ihnen ... links, rechts, davor, dahinter ...

schiebt ... schiebt ... weiter ... noch weiter ... sie werden immer kleiner, nicht wahr? ... Sie zerschrumpfen, sie fallen in sich zusammen ... sie sind verschwunden.«

»Wirklich«, murmelte die Menge, »sie sind weg.«

»Öffnet noch nicht die Augen«, befahl Guardi Guedj. »Und seht nun auf dieses endlos weite, ebene Tal, dessen einzige Grenze ringsum der Himmel ist.«

»Wir sehen, wir sehen«, riefen die Blinden hingerissen.

»Und dort«, fuhr Guardi Guedj fort, »breitet sich bis zum unendlichen Horizont ein Teppich von trockenem Gras, und wenn der Wind darüber weht, atmet man den bitteren Duft von Absinth. Das feurigste Pferd kann so lange galoppieren, bis es vor Erschöpfung zusammenbricht, und der schnellste Vogel fliegen, so weit ihn seine Flügel tragen, und noch immer werden sie weit und breit keine Grenzen entdecken, nichts als verdorrtes Gras und berauschend duftende Kräuter.«

Guardi Guedj atmete schwer, seine Stimme war leise und erschöpft. »Das ist die Steppe.«

»Die Steppe«, wiederholte die Menge verzückt.

Die Männer in den Tschapans schrien lauter als die anderen. Nicht aus Stolz über ihre Heimat, sondern vor Staunen, in ihr plötzlich eine Schönheit zu entdecken, die sie, die Tag für Tag dort lebten, nicht mehr sahen. Und als sie die Augen wieder öffneten, waren sie ganz überrascht, sich von riesigen Felsblöcken wie in einem Kerker eingeschlossen und bedrängt zu sehen. Und selbst die anderen Reisenden, die doch ihr ganzes Leben im Schatten dieser Bergspitzen und Steinwände verbracht hatten, empfanden dieselbe Verwunderung. Aber Guardi Guedj ließ ihnen nicht die Zeit, ihre Vision zu vergessen.

»Seht ihr, das ist die Steppe, die Mutter des Buskatschi!«

»Erzähl ihnen von unseren Pferden«, rief der Stallknecht.

»Nun, nicht alle haben Flügel. Aber die reichen Herren im Norden, die Khans oder Beys, züchten eigens für dieses Spiel besondere Pferde heran – Rennpferde, so schnell wie der Pfeil, so tapfer wie der wildeste Wolf, so intelligent und gehorsam wie der treueste Hund und von unvorstellbarer Schönheit. Die eisigste Kälte, die glühendste Hitze ertragen sie geduldig, und sie können einen ganzen Tag lang galoppieren, ohne müde zu werden.«

»Hunderttausend Afghanis kosten manche«, rief der Stallknecht.

»Hunderttausend Afghanis ...«, wiederholte die Menge ungläubig, denn die meisten unter ihnen verdienten nicht einmal in ihrem ganzen Leben so viel.

»Hunderttausend Afghanis, nicht möglich!«

»O doch«, sagte Guardi Guedj. »Und noch eins: diese Pferde brauchen ihre eigenen Reiter, die Tschopendos.«

»Nur ganz wenige bringen es so weit«, rief der Stallknecht.

»In Hunderten von Buskatschis, aus Tausenden von Spielern wird ein einziger Reiter ausgewählt. Und damit nicht genug. Wenn sein Ruhm in die drei Provinzen gedrungen ist, versammeln sich die ältesten Tschopendos. Vor ihnen muß er bestehen. Und dann erst darf auch er ihren Namen tragen und die begehrte Kappe aus Fuchs- oder Wolfspelz. Ein Bey oder ein Khan wird ihn dann in seine Dienste nehmen, und von nun an spielt er nur noch Buskatschis, nichts anderes mehr. Pro Jahr kann er damit rund hunderttausend Afghanis verdienen.«

»So viel Geld ... so viel Geld ...«, murmelte die Menge. Die Stimmen klangen traurig und wehmütig wie ein Seufzer.

»Und nun hört«, sagte Guardi Guedj, »das ist das Spiel: Man wählt aus der Herde einen Ziegenbock, man schlachtet ihn und schlägt ihm den Kopf ab. Um seinen Kadaver noch schwerer zu machen, stopft man ihn voll Sand, schüttet ihn voll Wasser. Dann gräbt man ein Loch in die Erde und legt ihn hinein. Das Loch muß gerade so tief sein, daß das Fell gleich hoch ist mit dem Boden. Nicht weit von diesem Loch entfernt zeichnet man mit ungelöschtem Kalk einen kleinen Kreis, den Hallal: das ist turkmenisch und bedeutet soviel wie ›der Kreis der Gerechtigkeit‹. Rechts vom Hallal pflanzt man einen Mast. Und links davon einen anderen. In gleicher Entfernung, doch kann sie beliebig groß sein. Eine Stunde Galopp oder drei oder fünf, es gibt keine Regel dafür. Die Richter eines jeden Buskatschi entscheiden darüber ganz nach Gutdünken.«

Der alte Erzähler ließ seinen Blick über die Menge schweifen und fuhr fort:

»Und nun weiter: die Reiter versammeln sich rund um das Loch, in dem der Kadaver liegt.«

»Wie viele?« fragte der Schmied.

»Je nachdem«, sagte Guardi Guedj. »Mal nur zehn, mal fünfzig oder auch hundert. Alle stürzen sich beim Startsignal auf den enthaupteten Kadaver. Einer von ihnen bekommt ihn zu fassen und reitet mit ihm davon. Die anderen verfolgen ihn – er versucht den rechten Mast zu erreichen. Denn der tote Ziegenbock muß zuerst um den rechten Mast herum, dann am linken vorbei bis zum Hallal gelangen. Und der ist Sieger, dessen Arm den enthaupteten Ziegenbock in den weißen Kreis wirft. Doch bis zu diesem Sieg: welche Kämpfe, Hetzjagden, Angriffe, Verfolgungen. Welch wildes, verbissenes Getümmel. Alle Schläge sind erlaubt. Von Stunde zu Stunde, von Hand zu Hand, von Sattel zu Sattel nähert sich der Kadaver seinem Ziel: die beiden Masten sind umritten. Endlich packt ihn einer der Spieler, weicht den letzten Gegnern aus – oder wirft sie zu Boden –, galoppiert, den Kadaver in der Hand,

bis zu dem weißen Kreis und wirft, was von dem Ziegenbock noch übriggeblieben ist ...«
Ein Schrei erstickte seine Worte. »Hallal, Hallal«, schrie der Stallknecht.
»Hallal, Hallal«, antworteten die Männer im Tschapan. Und weil die Felsen und Schluchten des Khaiber diese Schreie tausendmal zurückwarfen, antworteten die Geister der Berge noch lange: »Hallal, Hallal ...«
Als sie endlich verstummten, herrschte tiefes Schweigen. Schließlich sagte Guardi Guedj: »Nun kennt ihr also Dschingis-Khans Spiel.«
»Dank sei dir, Ahnherr der Welt, der du alles weißt«, rief die Menge.
Nur eine einzige Stimme, zu Füßen von Guardi Guedj, wütend und traurig zugleich, stimmte nicht mit ein:
»Was nützt es mir denn, Großvater, die Regeln eines so schönen Spiels zu kennen, das ich doch nie sehen werde?«
»Er hat recht... wahrhaftig, der Schmied hat recht«, murmelten die Männer der Täler und der Gebirgsstädte. Einer nach dem anderen standen sie auf — denn ihre Fahrer drängten nun zur Weiterfahrt —, melancholisch und ernüchtert. Doch Guardi Guedj erhob seinen Wanderstab, um sie noch einen Augenblick zurückzuhalten, und sagte:
»Welcher Sterbliche darf je von ›immer‹ sprechen und wer von ›nie‹? Und der Beweis: hört, was ich euch zu berichten habe: Zum ersten Mal seit Menschengedenken wird man jenseits des Hindukusch, in der Nähe von Kabul, ein Buskatschi veranstalten.«
Die Fahrer hörten auf zu rufen, und die Reisenden verharrten wie versteinert, niemand rührte sich.
Und dann brach es los:
»Wie? — Warum? — Wann?«

»Weil Zahir Schah«, antwortete der Alte, »befohlen hat, daß sich von nun an einmal im Jahr die besten Reiter des Buskatschi auf den besten Pferden der Steppe in Bagrami, nicht weit von Kabul, treffen und dort im Monat Mizan* am Geburtstag des Königs spielen.«

»Im Monat Mizan!« — »Nächsten Mizan!« — »Ich geh' hin!« — »Ich auch!« — »Und müßt' ich mein letztes Schaf verkaufen!« — »Mein letztes Werkzeug!« — »Den Tschador** von meiner Frau!«

Das Brummen der Motoren ertönte, und die Reisenden kletterten wieder auf die Planen.

»Ich muß zu Fuß weitergehen«, meinte der Schmied zu Guardi Guedj. »Das Dorf, in dem mein Vetter Hochzeit hält, liegt abseits von der Straße. Und du, Großvater?«

»Ich fahre weiter«, sagte Guardi Guedj.

»Bis wohin?« fragte der Schmied.

»In die Steppe. Die Entscheidung des Königs wird dort unten bei den Männern des Buskatschi viel Staub aufwirbeln.«

»Und?« fragte der Schmied.

»Ich weiß viele, viele alte Geschichten«, antwortete der Ahnherr der Welt. »Und darum möchte ich einmal eine neue erleben, eine, die gerade erst anfängt.«

* Oktober.

** Weiter Mantel mit Kapuze, der Körper und Gesicht völlig verdeckt.

ERSTER TEIL

Das Königsbuskatschi

I
Tursehn

Dort, in der Provinz von Maimana, hoch oben im Norden, an der russischen Grenze, wurde es gerade erst Tag. Wie ein riesiger, unförmiger Holzklotz lag der alte Tursehn flach auf seinem Rücken, der so breit war, daß er den ganzen Tscharpai einnahm.

Und wie jedesmal beim Erwachen – seit langem hatte er sich schon daran gewöhnt – versagten ihm seine Glieder jeden, auch den leichtesten Dienst. Es war, als ob seine Gelenke, vom Fuß bis zum Nacken, in schweren Eisenfesseln lägen. Und seine Haut fühlte weder den groben Stoff der Laken noch das Gewicht der Decken mehr: sie war abgestorben. Und dann plötzlich, wer weiß warum und wie, begann seine Haut wieder die Wärme des mit roher Baumwolle gestopften Sacks zu fühlen, der ihm als Matratze diente, und die Eisenfesseln begannen sich langsam, langsam zu lösen.

Und so wartete der alte Tursehn, bis sein Körper ihm wieder gehorchte. Er fühlte dabei weder Ungeduld noch Bitterkeit. Der wahrhaft starke Mann, das wußte er, erträgt mit Gleichmut die Übel, die nicht zu ändern sind.

Nach und nach, wie an jedem Morgen, nur jeden Morgen ein wenig später, kam der Augenblick, da der alte Tursehn spürte, daß sein Körper zum Aufstehen bereit war. Langsam stützte er sich mit seinen riesigen, unförmigen Händen links und rechts auf den Bettrand und richtete sich auf. Hier machte er eine kurze Pause, um sich gegen den Schmerz, der nun kommen würde, im voraus zu wappnen. Und dann war er da, jeden Morgen ein wenig stärker, während Tursehn sich schwerfällig auf die Seite drehte und zuerst sein linkes, dann sein rechtes Bein auf den rötlichen Boden aus gestampfter Erde fallen ließ. Dann ergriff er zwei rohe, dicke Stöcke, die am Kopfende des Tscharpai hingen, und bereitete sich auf die schwierigste, schmerzhafteste Aufgabe vor: aufzustehen. Auch dies mußte ohne einen Seufzer, ja ohne ein Wimpernzucken ertragen werden. Denn was galt es schon, daß niemand außer ihm im Zimmer war? Ein einziger Zeuge zählte: er selbst. Schließlich stand er, auf die beiden Stöcke gestützt, nur mit einem langen Hemd bekleidet, in der Mitte des Zimmers, in dem als einziges Möbel, außer dem Tscharpai, noch ein niedriger Tisch stand. Er machte zwei Schritte und warf dann zuerst die eine Krücke und, nach einem weiteren Schritt, die zweite auf sein Lager. Er hatte es geschafft. Und nun kam das Anziehen. Zunächst der lange Tschapan, der so alt und abgewetzt war, daß die schwarzen Streifen sich kaum von dem grauen Stoff abhoben. Dann der lange Fetzen zu einem Gürtel gedrehter Leinwand, der die weiten Falten des Tschapan zusammenhielt. Dann die Pantoffeln aus hartem Leder, deren Spitzen wie die Schnäbel von Raubvögeln gebogen waren.

Doch das Schwierigste blieb noch zu tun: den Turban zu knüpfen. Und zwar so, daß er seinem Rang, seinem Alter und Ansehen entsprach. Dies zwang ihn, die Arme über den Kopf zu heben: eine Folterqual für seine Schultern.

Natürlich hätte es nur eines Befehls bedurft, um sich das alles zu ersparen. Der Batscha, der ihn bediente und der auf dem Boden im Flur vor seiner Tür schlief, wäre sofort herbeigeeilt, voll Stolz, ihm beim Anziehen helfen zu dürfen. Und nicht nur er, sondern jeder hier, und sei er noch so erwachsen und würdig. Einen Mann wie Tursehn zu bedienen war eine Ehre. Jeder wußte das, und er ganz besonders.

Aber er wußte auch, daß das Recht auf die Achtung und Dienstbereitschaft der anderen nur unter einer Bedingung wirkliche Macht bedeutete: wenn man auch ohne sie auskommen konnte. Derselbe Tschapan, dasselbe Kamel, dasselbe Astrachanschaf, das, einem reichen Herrn gegeben, eine Gabe der Verehrung bedeutete, wurde, dem Bettler gereicht, zum Almosen.

Und je mehr Tursehn sich seiner Kräfte beraubt sah, desto mehr wies er jede Hilfe von sich: nicht nur aus Stolz, sondern auch aus Einsicht. Muß nicht der wahrhaft weise Mann genau das Maß seiner Kräfte kennen, vor allem, wenn sie ständig abnehmen?

Und so banden seine gichtigen, knotigen Finger so lange geduldig den Turban, bis er wie eine gerollte Krone auf seinem Haupt saß.

Es gab keinen Spiegel im Zimmer. Seit er zum Manne herangewachsen war, hatte Tursehn nie mehr sein Spiegelbild betrachtet. Mochten Frauen und Kinder sich darin nach Herzenslust begaffen. Nur das Wasser, über das man sich beugt, um zu trinken, war würdig, das Gesicht eines Mannes wiederzugeben. Es löschte den Durst und war ein Geschenk Gottes.

Tursehn ließ seine Arme langsam wieder herabfallen. Noch ein letzter Griff, und dann konnte er den Tag beginnen. Er nahm die Peitsche, die neben seinem Kopfkissen auf dem Tscharpai lag, und steckte sie in seinen Gürtel.

Am Ende ihres kurzen Griffes war ein Metallscharnier, das dem Riemen aus festgeflochtenem Leder, dessen Ende mit kleinen Bleikugeln beschwert war, die volle Schlagkraft und Bewegungsfreiheit verlieh. Sie hatte Tursehn bei so vielen Ritten, Rennen und Kämpfen begleitet, und sie hatte so viele Pferde und Menschen gezeichnet, daß sie von Schweiß und Blut durchtränkt war.

Tursehn ging auf die Tür zu. Sein Gang war fest, wenn auch schwerfällig. Er stützte sich nur auf einen Stock, und dies mit solcher Würde, als bedürfe er seiner kaum.
Den gebrechlichen Greis ließ er in den vier Wänden seines Zimmers zurück. Und der, der nun die Schwelle überschritt, war der Herr der Stallungen und Pferde, ungebeugt und gefürchtet.

Die Tür öffnete sich wie von selbst vor ihm, und Rahim, sein Batscha, trat beiseite. Das kleine, magere Gesicht des Kindes war noch ganz verschlafen, und sein zerlumpter Tschapan trug den Staub der rötlichen Erde, auf der er geschlafen hatte. Eilfertig griff er zu einem Tonkrug mit Wasser und hielt ihn zur morgendlichen Waschung über Tursehns Hände.
Der alte Tursehn hätte nur einen Wunsch zu äußern brauchen, um wie die anderen — der Verwalter, der Obergärtner, der Aufseher über die Äcker und Felder, die ihm gleichrangig waren — über jede Annehmlichkeit, jeden Luxus verfügen zu können. Sie dienten dem reichsten Bey der Provinz, der sich ihnen gegenüber stets großzügig zeigte. Und Tursehn war der älteste unter ihnen, stand am längsten in seinem Dienst und verwaltete überdies das edelste seiner Besitztümer: die Pferde.
Doch hängt die Reinheit des Wassers vom Preis seines Gefäßes ab? Und wozu ein Zimmer mit dicken Teppichen, Vorhängen, Stoffen und Kissen vollstopfen, wenn man sein Leben lang einem weichen Sessel den Sattel eines Pferdes vorgezogen hat?
Tursehn betrachtete seinen Batscha. Die zugleich sanfte und edle Gebärde, mit der er sich über den Krug beugte, war voll Harmonie. Und er dachte: weil er für mich bestimmt ist, hält Rahim diesen groben Tonkrug, als wäre er aus feinster per-

sischer Fayence oder das kostbarste Gefäß von Samarkand. Für dieses Kind — anders als für so viele Erwachsene — bestimmt den Wert eines Gegenstandes weniger sein Äußeres als der Zweck, dem er dient.

Tursehn streckte seine Hände aus und ließ das kühle Wasser darüberlaufen. Dann bespritzte er sich das stoppelbärtige Gesicht und trocknete es mit dem Ende seines Gürtels.

Er hielt die Augen geschlossen. Und Rahims Blick hing in andächtiger Bewunderung an seinem Herrn: für ihn konnte niemand auf der Welt sich mit Tursehn vergleichen. Niemand hatte eine so breite Brust, so riesige Hände, eine so majestätische Stirn. Niemand trug an seinem Körper, auf seinem Gesicht so zahlreiche Siegeszeichen: ein gebrochenes Nasenbein, ein gebrochenes Jochbein, die mit den Falten und Runzeln verwachsenen Narben und die unförmigen Gelenke und die verzerrten Kniescheiben. Jedes Wundmal zeugte von einem siegreichen Ritt, einem Kampf, einem Triumph — legendäre Ereignisse, von denen die Hirten, die Gärtner, die Stallknechte und die Handwerker wieder und wieder erzählten. Für ein Kind sind Märchen zeitlos. Und für Rahim war Tursehns Alter ohne jede Bedeutung. Er war ein Held, ein Idol und unvergänglich. Als Tursehn seine schmalen Augen wieder öffnete, spürte er plötzlich neue Tatkraft, frischen Mut. Ihm war, als hätten die Jahre ihren unheilvollen Zauber verloren, als seien seine Knie immer noch fähig, ein störrisches Pferd zu bändigen, und seine Hände kräftig genug, einer ganzen Meute wild galoppierender Reiter den toten Ziegenbock — die schönste Trophäe aller Kämpfe und Spiele der Steppe — zu entreißen.

Welch ein Wundermittel, dachte Tursehn, nur ein paar Tropfen frischen Wassers...

In Wirklichkeit, aber das wußten sie beide nicht, waren jenes

Wundermittel die Blicke des Batschas gewesen: denn in ihrem Spiegel hatte Tursehn, als er aufblickte, seine ungebrochene Kraft gelesen.

Als sie aus dem Haus traten, hatte schon ein Sonnenstrahl den Horizont der Steppe erreicht, und sein Licht, das auf der Erde durch nichts gebrochen wurde, überflutete sie gleichmäßig. Tursehn und der Batscha wandten sich in die Richtung, wo hinter Bergen, Wüsten und Tälern Mekka lag. Es war die Stunde des ersten Gebets. Rahim ließ sich auf die Knie nieder und berührte den Boden mit seiner Stirn. Der alte Mann, den diese Geste unendliche Mühen gekostet hätte, blieb stehen und beugte lediglich seinen turbanumhüllten Kopf so tief wie möglich über seinen Stock, auf den er sich mit beiden Händen stützte.
Für den Batscha war dieser Augenblick der schönste des ganzen Tages: er durfte die heilige Stunde des Morgengebetes mit diesem Tschopendos, dessen Namen an Berühmtheit in allen Ebenen bis zum Hindukusch nicht seinesgleichen hatte, gemeinsam verbringen. Die anderen Batschas, die bei den Herden oder in den Küchen, in den Gärten, im Haus und in den Ställen arbeiteten, hatten es sicher besser als Rahim; sie konnten sich ab und zu von ihrer Arbeit drücken oder heimlich ein paar Leckerbissen entwenden; doch wie neidisch und mit welcher Neugier hingen sie an seinen Lippen, wenn er ihnen Tursehns Geschichten erzählte — oder einfach eine erfand.
Der alte Mann richtete langsam und schwerfällig Kopf, Nacken und Schultern wieder auf. Rahim sprang mit einem Satz auf die Füße und rief: »Was für ein schöner Tag!«
Und der alte Mann antwortete bedächtig:
»So ist es gewöhnlich um diese Jahreszeit.«

Die große Hitze war vorüber. Und vor ihnen lag die Steppe im klaren, warmen Licht des Herbstes. Er atmete tief die noch morgenfrische Luft, bevor die Südwinde, die vorüberziehenden Herden und galoppierenden Reiter den trockenen Staub aufwirbelten. Um ihn herum dehnte sich das Gut, mit seinen sorgfältig bewässerten Gärten, seinen Äckern, Feldern, Blumenbeeten und Obstplantagen.

Doch Tursehn sah, jenseits dieser grünenden Insel, im Geiste die unendlichen Ebenen vor sich, über die er so oft geritten war. Maimana, Masar-i-Scharif, Kataghan. In jeder dieser Provinzen, von der Grenze Irans, wo seine eigene, Maimana, begann, bis nach Kataghan am Fuße des Pamir, brüsteten sich die Bewohner, die schönsten Astrachanschafe zu besitzen, die kostbarsten Teppiche zu weben und die schnellsten Rennpferde zu züchten.

Und doch waren sie von gleichem Blut: ihre Vorfahren, die Eroberer der Steppen, waren aus dem nördlichen Asien eingedrungen. Sie sprachen die gleiche Sprache. Und ihre Kinder lernten reiten, noch ehe sie zu laufen begannen.

Das war Tursehns Heimat.

Gewiß, das Land im Süden, jenseits der schneebedeckten Berge des Hindukusch, war noch immer Afghanistan. Aber Tursehn war ein Sohn der Steppe, und neben ihr gab es nichts anderes für ihn. Denn mit dem Hindukusch begann, so hatte man ihm erzählt, eine seltsame, fremdartige Welt, mit hohen Tälern und furchterregenden Bergen. Die Männer trugen dort keinen Tschapan, hatten lange Haare und sprachen eine andere Sprache. Von dort kamen die Gouverneure der Provinzen, die Verwaltungsbeamten, die Offiziere, die Schreiber, fast alles Leute, die stocksteif oder wie ein Sack im Sattel hingen. Und dort würde Uros schon in ein paar Stunden ...

Seine Hände krampften sich um den Griff seines Stockes.

Nein, er durfte nicht an Uros' Reise denken. Bis jetzt war es ihm nicht allzu schwergefallen. Die Waschung, das Gebet hatten ihn ganz in Anspruch genommen.
Doch jetzt . . .
Ich habe in die falsche Richtung geblickt, dachte Tursehn. Und drehte sich so unvermittelt um, daß sein Batscha ihn ganz erstaunt ansah. Hier, im Norden, war sein Land, so weit das Auge reichte. Dort, nur zwei Stunden zu Pferd entfernt, floß der Amu Darja, der Steppenfluß. Und dahinter begann Rußland. Doch hier wie dort, jenseits des Flusses, war die Erde flach, und der gleiche Staub bedeckte sie im Sommer, der gleiche Schnee im Winter, und im Frühling wuchs dort das hohe, stachelige Gras. Hier wie dort waren die Männer gelbhäutig, mit geschlitzten Augen, und das kostbarste Geschenk Gottes war für sie ein schönes Pferd.
In seiner Jugend hatte er oft seinen Vater begleitet, bis jenseits des Amu Darja. Damals herrschten dort der Emir von Khiva und der Emir von Buchara, wenn auch dem großen Zar des Nordens untertan, als Fürsten im eigenen Land. Und Männer gleichen Stammes, gleicher Religion waren jederzeit bei ihnen willkommen.
»O Moscheen, o Basare von Taschkent und Samarkand! O farbenprächtige Stoffe, Seiden, feinziselierte Silbergefäße, kostbare Waffen!«
Und die wulstigen Lippen Tursehns wiederholten, fast unbewußt lächelnd, die Worte, die er damals gelernt hatte; obwohl es nun schon beinahe dreißig Jahre zurücklag und sich seit jenem denkwürdigen Aufstand jenseits des Flusses alles verändert hatte; die Brücken waren längst zugemauert und die Furten streng bewacht.
»Chleb . . . Semlja . . . Woda . . . Loschad . . .«, sagte der alte Mann leise.

Und Rahim erriet den Sinn seiner Worte und übersetzte sein Murmeln:
»Brot ... Erde ... Wasser ... Pferd ...«
Denn oft schon hatte Tursehn seinem Batscha von jener Zeit erzählt. Und Rahim hatte jedes Mal voll Andacht seinen Berichten über dieses so nahe und doch so unerreichbare Land gelauscht, das schreckliche Soldaten auf beiden Seiten des Amu Darja bewachten. Manchmal schon hatte er es fertiggebracht, Tursehn durch eine scheinbar naive, doch wohlgezielte Frage zum Erzählen zu bewegen.
Aber heute begann Tursehn ganz von selbst seine Geschichte, begierig, der Gegenwart zu entfliehen. Und während die Sonne sich immer höher über der Steppe erhob, sprach Tursehn über den Kopf des schmächtigen Jungen hinweg, der die Augen geschlossen hielt, um noch aufmerksamer lauschen zu können: von den Karawanen der Kirgisen, den Tatarenmärkten, den Kriegstänzen, den Gärten und Palästen der Prinzen, den grünen Oasen – den reichsten aller Oasen im Herzen Asiens.
Als Tursehn schwieg, war der Batscha enttäuscht. Hatte er nicht das Wichtigste vergessen? Und nach einem Augenblick des Schweigens fragte er mit zaghafter Stimme:
»Und das Buskatschi? Man spielt es dort doch auch, nicht wahr?«
Das Gesicht des Alten verfinsterte sich, und er schwieg. O nein, er hatte es nicht vergessen, er konnte es nicht vergessen, und die Bilder der Erinnerung stürmten nun um so mächtiger auf ihn ein. Der Hengst, der sich den Weg durch Pferde und Menschen bahnte, der um sich biß, ausschlug und zu Boden warf, war sein Pferd. Und der galoppierende Reiter, der sich nur mit einem Steigbügel im Sattel hielt, hoch aufgerichtet, mit angespannten Muskeln, um im Flug jenen

anderen Besessenen den Ziegenkadaver zu entreißen, das war er selbst. Und der Sieger, der die Trophäe in den Kreis warf, das war wiederum er, der große, der größte der Tschopendos. Der Alte ballte die Faust, als wolle er auf Rahim einschlagen. Dieser sah ihn erschrocken an, er begriff nicht, weshalb seine Frage den Zorn des großen Tursehn erregt hatte. Doch, als habe das ihn noch in seiner Furcht bewundernde Kind sein Mitleid erregt, ließ der Alte die Faust sinken und ging rasch davon. Nach ein paar Schritten rief er, ohne stehenzubleiben oder den Kopf zu wenden:
»Folge mir!«

II
Der Teufelshengst

Sie schritten durch die zwölf Koppeln, die rechteckig, mit Mauern aus getrocknetem Lehm umgeben, nur durch eine enge Öffnung miteinander verbunden waren. Der Boden glühte, obgleich die Sonne noch lange nicht im Zenit stand. Und in jeder Ecke dieser Koppeln stand ein vollständig gezäumtes und gesatteltes Pferd, das man gerade aus dem Stall geführt und mit einer Leine an einem Pfahl festgebunden hatte.

Jedes einzelne war von strahlender Schönheit und Stärke. Ihre lange, dichte, sorgsam gepflegte Mähne und ihr schwarzes, hellbraunes, fuchsrotes oder weißes Fell glänzten wie Seide. Ihre breite Brust, ihr muskulöser, herrlich geschwungener Hals zeugten von Kraft und Ausdauer, von Temperament und Feuer.

Achtundvierzig: Osman Bey, dem dieses Gut gehörte, war zweifellos der reichste Mann der ganzen Provinz Maimana. Diese Pferde hatten keine andere Aufgabe, als in der Saison Buskatschis zu laufen; und viele von ihnen kehrten verwundet zurück.

Der eigentliche Herr dieses fürstlichen Stalles war Tursehn. Und wenn Osman Beys Pferde siegten, so trug den Ruhm nicht zuletzt auch der Aufseher der Stallungen davon.

Und das war nur gerecht: Osman Bey gab lediglich das Geld, Tursehn jedoch tat alles andere. Er entschied über den Kauf der Füllen und die Zucht. Er überwachte ihre Nahrung und ihre Streu, ihre ersten Ritte und ihre Dressur. Er bestimmte, wann ein Pferd zum ersten Mal an einem Kampf teilnahm. Von Rennen zu Rennen beobachtete er sie, ließ ihre Fehler korrigieren und ihre besonderen Fähigkeiten weiterentwickeln. Er pflegte ihre Wunden, ihre Brüche. Und wenn ein edles Tier vom Spiel zu schwer verletzt wurde, so tötete er es mit eigener Hand voller Respekt.

Tursehn kannte nicht nur die Schwächen und Begabungen aller Pferde Osman Beys, sondern auch die aller Elitereiter, die er engagierte. Und bei der Wahl von Roß und Reiter, die er füreinander bestimmte, wog er ihrer beider Fähigkeiten so sorgfältig ab, daß sie sich vorteilhaft ergänzten.

Von Hof zu Hof prüfte Tursehn — wie jeden Tag — die achtundvierzig Pferde. Bei jedem blieb er lange stehen. Die Pferdeknechte und Stallburschen folgten ihm in fast abergläubischem Schweigen. Sie wußten, wieviel gerade von diesem Rundgang abhing.

Wenn der Frühling zu Ende ging, war die Saison für die Buskatschis vorbei: die Sommermonate waren zu heiß. Im Herbst begann sie wieder. Und in der Zwischenzeit hatte Tursehn die Aufgabe, die von den harten Kämpfen entkräfteten Tiere zu pflegen und ihren Körper, ihre Muskeln auf die neuen Spiele vorzubereiten.

Zuerst mußten sie sich ganz ausruhen. Sie durften die geräumigen, luftigen und hellen Stallungen nicht verlassen, deren Boden jeden Morgen mit trockenem Mist und Sand bestreut wurde, damit ihre Hufe weich standen. Nachts gab man ihnen Hafer und Gerste, tagsüber erhielten sie eine besondere Mischung aus rohen Eiern und Butter. Dadurch wurden sie bald wieder kräftig, doch gleichzeitig fett und schwerfällig. Deshalb folgte nun der »Kantar«. Die Pferde mußten, gesattelt und gezäumt, vom Morgen bis zum Abend, wochenlang für sich in den Ecken der Koppeln stehen, wo die sommerliche Hitze und das Licht die Luft in ein sengendes Feuer verwandelten. Die Glut der Sonne verbrannte das Fett, reizte die Nerven und lehrte die Tiere Geduld.

Doch jetzt war der Herbst gekommen, und heute traf Tursehn seine Entscheidung.

Während er, gefolgt von den Knechten, von Koppel zu Koppel ging, hatten sich ihnen noch ein paar andere Männer angeschlossen. Auch sie trugen armselige, abgetragene und verschlissene Tschapans und Pantoffeln aus schlechtgegerbtem Leder. Doch hingen an ihren Gürteln, wie bei Tursehn, harte Peitschen, und statt der formlosen und schmutzigen Tücher, die die anderen um den Kopf gewickelt hatten, trugen sie runde Kappen aus Astrachanschafwolle mit einem Rand aus Fuchs- oder Wolfsfell, die ihnen fast bis zu den Augenbrauen gingen.

Nur sie allein, die von den unerbittlichen Richtern den Titel Tschopendos erhalten hatten, durften diese Kappen tragen.

»Weißt du, wie sie heißen?« fragte Rahim einen Stallknecht, der gerade neben ihm stand.

»Natürlich«, antwortete dieser voller Stolz. »Ich bin immer dabei, wenn sie sich ein Pferd holen oder es zurückbringen. Das da ist Jalwatsch ... und das ist Buri.«

»Jalwatsch ... Buri«, wiederholte Rahim mit ehrfurchtsvoller Stimme.

Wie alle anderen Jungen seines Alters hatte er schon viele Buskatschis gesehen. Doch das waren nur Dorfbelustigungen gewesen, mit gewöhnlichen Reitern auf gewöhnlichen Pferden. Die Tschopendos ritten nur in ausgewählten Kämpfen, Provinz gegen Provinz, Tschopendos gegen Tschopendos.

Und wer einmal solch ein denkwürdiges Spiel gesehen hatte, hörte nicht auf, zu Hause immer und immer wieder von ihren Heldentaten zu berichten. Bald erzählte man sich überall, in den Basaren, den Tschaikhanas, auf den Straßen, in allen Häusern davon. So kannte auch Rahim ihre Namen, wie alle Batschas des Gutes, wie die Hirtenjungen, die Gemüseputzer, die Geschirrwäscher, die Gartenburschen. Doch die Tschopendos selbst waren für ihn ferne, unerreichbare Wesen... und jetzt: »Das da ist Mengu... und Musuk«, sagte der Stallknecht.

Inzwischen war Tursehn in der letzten Koppel angelangt. Er blieb stehen und machte ein Zeichen. Die Tschopendos stellten sich im Kreis um ihn auf.

Rahim blieb, wie die Stallknechte, klopfenden Herzens im Hintergrund. Er wagte immer noch nicht an sein Glück zu glauben. Nie hatte er bisher die Stallungen und Koppeln betreten dürfen. Und er dachte an seinen Vater, den armen Hirten, der in weiter Ferne mit seinem Hund und seiner Flöte die Astrachanschafe Osman Beys hütete.

Ach, wenn er mich doch hier sehen könnte — dachte Rahim — mitten unter so berühmten Männern!

Und sein Blick hing voll Bewunderung an den Tschopendos. Mit welcher Sicherheit, welcher Würde sie dastanden. Gewiß waren ihre Tschapanas schmutzig und verschlissen, und sie mochten vielleicht nichts anderes ihr eigen nennen als eine halbverfallene Hütte, einen Stall und ein paar Ziegen auf einem Stück dürrer Steppe, und doch sahen sie, unter ihren Pelzkappen, stolzer, freier und glücklicher aus als die reichsten Khans und Beys der Provinz.

Tursehn blieb schweigsam. Und die Tschopendos warteten, ohne sich zu rühren. Er musterte sie, einen nach dem anderen, ein letztes Mal. Es war, als wollten seine Blicke ihre Kräfte erforschen, ihren Mut, ihre Ausdauer, ihr Geschick.

Schließlich nannte er die Namen von fünf Tschopendos und bestimmte jedem sein Pferd.

»Ihr werdet nach Kabul gehen«, sagte er.

Die Auserwählten unter den Reitern traten auf ihn zu.
Was werden die anderen tun, dachte Rahim ängstlich.
Gewiß würden sie gleich losschreien, wütend protestieren, das ungerechte Urteil verdammen und haßerfüllt Allahs Rache beschwören — sie, die sich zutiefst gekränkt und enttäuscht fühlen mußten.
Doch nichts geschah. Sie betrachteten wie unbeteiligt die kleinen weißen Wolken, die am Himmel entlangzogen, die Sprünge in der Lehmmauer und die vier Pferde.
Niemand sagt etwas, dachte Rahim, weil er es ist, nehmen sie alles gelassen hin.
Als Tursehn seine Befehle gegeben hatte, trat Jalwatsch, der älteste der Tschopendos, der ein Profil wie ein Raubvogel hatte, zu ihm.
»Wir haben Uros, deinen Sohn, nicht gesehen«, sagte er. »Geht er nicht nach Kabul?«
»Doch«, erwiderte der Alte.
»Aber auf welchem Pferd?« fragte Jalwatsch. »Du hast uns die besten gegeben.«
Tursehn ließ seine riesige Hand auf Jalwatschs Schultern fallen.
»Du bist alt und grau«, sagte er grimmig, »und weißt immer noch nicht, daß zwischen Vater und Sohn ein Fremder nichts zu suchen hat?«
Jalwatsch wäre fast gespolpert, so kräftig war der Schlag.
»Folge mir«, sagte Tursehn zu Rahim.

Bald hatten sie die Gärten, die Weinberge, die Obstplantagen, die Melonenfelder hinter sich gelassen und gingen durch das Brachland. Tursehn schritt voraus, mit großen, festen Schritten.
Dann wurde das Land bewaldeter. Sie bogen in einen Pfad ein,

der durch Brombeerhecken führte und dann am Fuß eines mit Büschen bewachsenen Hügels entlanglief. Hier standen dicht belaubte Bäume, die einen, so schien es, undurchdringlichen Kreis rund um den Hügel bildeten. Tursehn bog mit seinem Stock die Zweige beiseite.

Als Rahim aus dem dichten Unterholz trat, sah er sich plötzlich am Rand einer weiten, runden Lichtung. In der Mitte war ein Wasserbassin, davor eine Steinbank. Und neben dieser Steinbank stand, mit einer Leine festgebunden, ein Pferd.

Der Batscha hatte zunächst nur Augen für das Pferd. Es war ein fuchsroter Hengst mit langer wehender Mähne, einer so mächtigen Brust, so leichten und doch kräftigen Beinen, daß es an Schönheit und Stärke die wertvollsten Zuchtpferde Osman Beys bei weitem übertraf. Tursehn näherte sich einem großen Zelt, das auf der andern Seite des Bassins dicht am Waldrand stand. Noch bevor er es erreicht hatte, erschien ein Mann auf der Schwelle, verbeugte sich tief und rief:

»Willkommen, Herr!«

»Sei gegrüßt, Mokki«, erwiderte Tursehn.

Der Mann richtete sich auf. Er war noch sehr jung und so hochgewachsen, daß der hohe Turban Tursehns ihm nur bis zum Kinn reichte. Er hatte ein flaches Gesicht, breite Wangenknochen und einen großen, vollen Mund. Ein armseliger, zu kurzer Tschapan wehte um seine muskulösen Beine und reichte kaum bis zu den starken, breiten Handgelenken.

Die aufrichtigen, unschuldigen Augen Mokkis begegneten denen Rahims. Und er lächelte dem Batscha freundlich zu.

Tursehn ging um das Becken herum und blieb vor dem Fuchs stehen. Mokki und Rahim folgten ihm. Doch er gebot ihnen, nicht weiterzugehen, und blieb allein vor dem Pferd stehen, unbeweglich, mit beiden Händen auf den Stock gestützt.

Das Pferd spürte seinen Blick, und obwohl es, wie befohlen,

reglos in der Sonne stehen blieb, lief ein Zittern durch seinen Körper, seine Muskeln begannen zu spielen, es richtete sich auf, mit bebenden Nüstern und feurigen Augen. Nichts unterbrach die tiefe Stille auf der Lichtung. Schließlich meinte Tursehn: »Ich glaube, das Pferd ist in Form.«
Mit zwei Schritten war Mokki neben ihm.
»In Form!« rief der junge Knecht. »Herr, dieses Pferd können keine Worte beschreiben! Es galoppiert nicht, nein, es fliegt über die Steppe! Zehn wilde Hengste treibt es dir zur Erschöpfung. Befiehl ihm, was du willst, und es wird dich verstehn ... dieses Pferd, das ist ... ist ...«
Mokki fand keine Worte mehr. So begann er zu lächeln, strahlend, über das ganze Gesicht. Und in diesem Lächeln war soviel Lebhaftigkeit und Gutmütigkeit, daß selbst Tursehn, dessen Gesicht für gewöhnlich unbeweglich blieb, davon angesteckt wurde.
»Du bist ein guter Sais*, Mokki«, sagte er fast sanft. Dann fragte er in strengerem Ton: »Wer hat das Pferd zum letzten Mal geritten?«
»Gestern abend dein Sohn ... und heut morgen ich«, sagte Mokki.
»Und?« fragte Tursehn.
»Ein Traum«, erwiderte Mokki. Er hatte leise gesprochen, mit halbgeschlossenen Augen, als spüre er noch den Wind bei seinem wilden Ritt. Tursehn blickte von diesem plötzlich gereiften Gesicht auf Mokkis mächtige Hände, seine kräftigen Gelenke.
»Du wirst einmal ein guter Tschopendos«, sagte Tursehn.
Mokki lachte wieder. »Kein Wunder, mit solch einem Pferd!« rief er. »Es ist einfach einmalig!«

* Stallknecht.

»Genug davon«, brummte Tursehn.
Mokki verstummte augenblicklich. Er schämte sich plötzlich seines Lachens, seines Schwatzens.
»Ich geh' und poliere den Sattel«, sagte er. Und er verschwand im Zelt, den Rücken gebeugt, den Kopf eingezogen, als empfände er seine hünenhafte Gestalt als etwas Unschickliches.
Tursehn setzte sich auf die Steinbank. Nein, dachte der alte Tschopendos, nie wird es wieder ein Pferd wie dieses geben. Weil es keinen Tursehn mehr geben wird, der ein zittriges Fohlen, ein unbeschwert herumtollendes Füllen nach vielen Jahren unermüdlicher Mühe und Pflege zu einem solch unvergleichlich majestätischen Hengst heranzuziehen vermag.
Denn die Rennpferde der Buskatschis mußten die seltensten und gegensätzlichsten Fähigkeiten in sich vereinigen: Temperament und Geduld, äußerste Schnelligkeit und die Beharrlichkeit eines Lasttiers, die Tapferkeit des Löwen und die Geschicklichkeit eines dressierten Hundes. Wie konnten sie sonst, bei dem geringsten Wink von Knie, Zügel oder Sporen, vom wilden Galopp zum Stand übergehen, von Flucht zu Verfolgung, vom listigen Ausbruch zum offenen Angriff. Doch keines dieser erstaunlichen Pferde konnte sich mit dem Hengst hier messen, dessen warmer Atem Tursehns Gesicht streifte. Wie er, der alte Tschopendos, die besten Reiter besiegt hatte, so triumphierte dieses Pferd über alle Rivalen. Ja es schien fast, als hätte Tursehn ihm etwas von seinem eisernen Willen, seinem kalten Mut, seiner Klugheit und Erfahrung weitergegeben.
Ein Seufzer weckte ihn aus seinen Träumen. Rahim stand dicht hinter ihm. Seine Neugier war so übermächtig geworden, daß er Tursehn fragte:

»Ist das das Pferd, das man Jehol nennt, den Teufelshengst?« Tursehn schien ihn nicht gehört zu haben. Der Batscha fragte weiter:
»Warum nennen es die Leute so?«
»Weil es so intelligent ist, daß es über ihr Verständnis geht«, erwiderte Tursehn, ohne sich zu rühren.
»Und es ist dein Pferd, dein eigenes?« fuhr Rahim fort. Und Tursehn antwortete wieder. Vielleicht hatte er, ganz unbewußt, seinen Batscha nur deshalb mitgenommen, um von den Gedanken, die ihn bedrückten, reden zu können. Denn allein der staunende, naive Eifer eines Kindes vermochte den alten, stolzen Mann zu bewegen, ihm die Last seiner Erinnerungen anzuvertrauen.
Die Augen auf Jehol gerichtet, sagte Tursehn:
»Ich habe immer ein Pferd gehabt, ein eigenes, genauso wie mein Vater, mein Groß- und mein Urgroßvater. Alles gute Tschopendos.
Sie sind nie sehr reich gewesen, weil sie allem anderen Reichtum ein Buskatschipferd vorzogen. Du weißt, wie teuer so ein Tier ist, und daß es bei den Spielen oft bis aufs Letzte hergenommen wird. Ich habe es wie mein Vater gemacht, mit ein bißchen mehr Glück vielleicht, und der Erfahrung langer Jahre. Mein erstes Pferd bekam ich, als ich mit zwanzig über die besten Tschopendos triumphierte. Es war ein Hengst aus Baktrien, das seit Menschengedenken berühmt ist für seine Pferde. Und es hieß Jehol, wie seither alle meine Pferde.«
Tursehn ergriff seinen Stock mit beiden Händen und stützte sein Kinn darauf.
»Seitdem hab' ich fünf gehabt, und ein jedes übertraf seinen Vater, weil ich mit der Zeit lernte, die besten Stuten für sie zu wählen, und auch immer mehr Erfahrung in der Aufzucht bekam. Das ist das beste von allem, der letzte Jehol.«

Tursehn hielt plötzlich inne. Wieder verfolgte ihn dieser eine Gedanke:

Ja, das letzte meiner Pferde. Aber ich, ich werde dieses Buskatschi, das sein erstes sein wird, nicht mehr reiten können. Und was für ein Buskatschi!

Wie gerne hätte der alte Mann so zu Rahim gesprochen. Doch sein Stolz verbot ihm, selbst zu diesem Knaben von dem zu reden, was ihn zutiefst bedrückte.

Tursehn erhob sich, anscheinend mühelos. Doch es schien ihm, als trüge er ein schwereres Gewicht als heute morgen.

Mokki trat aus dem Zelt. Er schwang das blitzende Zaumzeug des Pferdes und rief lachend:

»Siehst du, Jehol wird sich nicht zu schämen brauchen, dort unten, in der großen Stadt, vor dem König!«

»Heute abend wirst du meine letzten Weisungen erhalten«, erwiderte Tursehn.

Der alte Tschopendos hob die Hand, um die Nüstern seines Pferdes zu streicheln, und ließ sie sogleich wieder sinken.

»Bis heute abend«, sagte er, zu Jehol gewandt.

Und dann, zu Rahim:

»Warte hier, bis ich zurückkomme!«

»Bei Jehol?« rief der Batscha.

Tursehn drehte sich um, ohne zu antworten. Und Rahim dankte Allah für ein so unermeßliches Glück.

III
Das wechselnde Gestirn

Zu Pferd brauchte man von den Ländereien Osman Beys knapp eine Stunde nach Daulad Abas, einem winzigen Ort, der dennoch für die Einwohner dieser Gegend eine Art Hauptstadt war. Denn die weiten Ebenen der Steppe waren so spärlich besiedelt, daß die Dörfer meist nur aus ein paar verfallenen Lehmhütten oder Nomadenzelten bestanden. In Daulad Abas aber gab es einen Distriktchef, eine Garnison, einen Polizeiposten, einen jahrhundertealten Basar mitten in der Ortschaft und eine nagelneue Schule etwas außerhalb. Tursehn wollte zum Basar, und sein Weg führte an der Schule vorbei.

Es war Mittag und der Unterricht gerade zu Ende. Ein Schwarm von Kindern belagerte die hohe braune Mauer, hinter der das Schulgebäude und der Garten lagen. Tursehns Pferd blieb stehen, denn die Schüler drängten sich bis mitten auf die Straße. Sie waren alle bemerkenswert schweigsam, standen auf den Zehenspitzen und blickten wie gebannt zur Schule hin.

Tursehn, hoch zu Pferde, erkannte sofort den Mann, der, an die Mauer gelehnt, so viele — für gewöhnlich freche und ungestüme — Kinder in seinen Bann zog.

Aha, dachte er, Guardi Guedj ist wieder im Land.

Er ließ die Zügel locker und sagte mit tiefem Respekt:

»Sei gegrüßt, Guardi Guedj.«

»Friede sei mit dir, o Tursehn, der du der größte Tschopendos dieses Landes warst.«

Tursehn schaute ihn verwundert an und dachte:

Wie kommt es, daß er mich wiedererkennt, nach so langen Jahren?
»Erzähle, erzähle«, riefen die Kinder.
»Wir sehen uns nachher, wenn ich zurückkomme, Ahnherr der Welt«, sagte Tursehn.
Er gab seinem Pferd die Sporen und ritt gleich darauf in den Ort.

Der Basar von Daulad Abas war einer der ältesten der Provinz, und noch immer hatte er etwas von der Farbigkeit, der Atmosphäre, den Sitten und Gebräuchen der uralten nordasiatischen Märkte bewahrt. In dem Labyrinth der Gassen, Sträßchen und Höfe, den Läden, Buden und Ständen brach die Sonne sich in dem Stroh- und Zweiggeflecht, mit dem die Wege überdacht waren, und ihr Licht- und Schattenspiel warf einen geheimnisvollen Schimmer auf die Kleider, die Gesichter, die Stoffe und Kupfergefäße. Ein armseliger durchlöcherter Tschapan sah plötzlich wie kostbarer Samt aus, und die großen Kupfersamoware leuchteten wie dunkles Gold. Gewaltige Stücke rohen Fleisches, Wassermelonen und Weintrauben füllten die Auslagen. Die an den Türen festgebundenen Pferde versuchten die Fliegenschwärme abzuwehren. Von Zeit zu Zeit schrie ein eingeschlossenes Kamel.
In den schmalen Gängen wimmelte es von Menschen und Tieren, und ob reich oder arm, jedermann hatte Mühe, sich einen Weg durch dieses Gewühl zu bahnen — mit Ausnahme der Tschopendos. Wo man ihre Kappen erblickte, lief ein aufgeregtes Murmeln durch die Menge, ihre Namen gingen flüsternd von Mund zu Mund, und wie durch ein Wunder tat sich eine Gasse vor ihnen auf. Wo sie vorübergingen, mit ihrem eigentümlich schwerfälligen Gang, zu dem die hohen Absätze ihrer Stiefel sie zwangen, begrüßte man sie von allen

Seiten, reichte ihnen Melonen und Weintrauben und jubelte ihnen zu. Die Helden antworteten mit einem Dank, einem Lächeln, einem Scherz.
Durch den Schlitz in der Kapuze ihres Tschadors schauten ihnen träumerisch die Frauen nach, denen es seit Menschengedenken nicht gestattet war, ein Buskatschi zu sehen. Mitten im Basar besaß der reichste Stoffhändler der Stadt einen Laden, mit einer großen Terrasse nach der Straße hin, und dort, unter dem Schatten des Daches, saßen bereits der Chef des Distrikts, den man den kleinen Gouverneur nannte — im Gegensatz zu dem großen, dem Gouverneur der ganzen Provinz —, der oberste Herr aller Tschopendos von Maimana, der »Buskatschi-Chef«, Osman Bey und noch zwei andere berühmte Pferdezüchter, deren Hengste ebenfalls in Kabul laufen sollten.
Ihnen zu Ehren war der Boden mit besonders seltenen, kostbaren Teppichen bedeckt, und während ihnen in Tassen aus feinstem russischem Porzellan grüner chinesischer Tee gereicht wurde, lehnten sie sich lässig gegen Stapel von Woll- und Seidentüchern aus Persien, Indien und Japan. Die Gegenwart so hoher Persönlichkeiten hatte viele Schaulustige herbeigelockt; doch tat der Stoffhändler nichts, um sie zu vertreiben: sollten doch alle sehen, welch hohe Ehre seinem Geschäft zuteil wurde. Tursehn bahnte sich mühsam und manchmal mit Hilfe seiner Peitsche einen Weg durch die Menge. Und sogleich liefen Batschas herbei, halfen ihm vom Pferd, breiteten weiche Kissen für ihn aus und schenkten ihm Tee ein. Tursehn begrüßte zunächst den Stoffhändler und die übrigen Gäste, dann lehnte er sich behaglich zurück und schlürfte langsam und genußvoll seinen Tee. Niemand wagte zu reden. Der alte Mann liebte es nicht, wenn man ihm Fragen stellte. Das, was er zu sagen hatte, sagte er von selbst,

wann es ihm paßte. Ein Batscha reichte ihm eine Wasserpfeife. Tursehn atmete tief den kühlen Rauch ein. Und erst jetzt brach er das Schweigen und sagte:

»Ich habe meine Wahl getroffen.«

Und er nannte die Namen der Reiter und der Pferde, die er für das Buskatschi in Kabul bestimmt hatte.

»Ausgezeichnet«, erwiderte der Chef der Tschopendos. »Die Spieler, die Pferde und ihre Sais werden mit Lastwagen nach Kabul fahren. Sie brauchen ein paar Tage, um sich an die Luft dort zu gewöhnen.«

»Das ist wahr«, sagte Osman Bey, »sechstausend Fuß höher, das macht schon etwas aus.«

Schweigen. Die Wasserpfeife machte die Runde. Tursehn schloß die Augen. Osman Bey warf dem kleinen Gouverneur einen eindringlichen Blick zu, und dieser wandte sich an den Chef der Tschopendos und flüsterte ihm ins Ohr:

»Und Uros? Du bist der einzige, der ihn danach fragen kann.«

Der Chef der Tschopendos fuhr mit seiner schmalen, gepflegten Hand über den Silbergriff seiner Peitsche und fragte:

»Entschuldige, Tursehn, die Ungeduld, die unserem Alter schlecht ansteht. Doch die Pflicht zwingt mich. Wir kennen noch nicht das Pferd, das du für Uros, deinen Sohn, bestimmt hast.«

»Mein Sohn müßte doch eigentlich hier sein«, sagte Tursehn, ohne die Augen zu öffnen.

»Man hat ihn im Basar gesehen«, antwortete der kleine Gouverneur.

»Wo?« fragte Tursehn.

»Beim Kamelkampf«, sagte Osman Bey lächelnd.

»Weiß er nicht, daß wir uns hier treffen wollten?« fragte Tursehn.

»Er will sich den Kampf noch bis zum Ende anschauen«, erwiderte der kleine Gouverneur.
Tursehn öffnete langsam die Augen.
»Batscha«, sagte er zu dem Jungen, der ihm gerade die Wasserpfeife reichen wollte, »geh und sag Uros, daß ich da bin.«

Im Süden von Daulad Abas stand, am Rande des Basars, eine alte Festung. Die gewundenen überdachten Gassen mündeten plötzlich auf einen weiten Platz, den spitzgezackte Mauern aus rotem Lehm umgaben. Unversehens trat man aus dem sanften Dunkel der engen Wege in das erbarmungslos brennende Licht der Sonne. Gewöhnlich war während der heißen Stunden des Tages dieser Platz wie ausgestorben. Dann sah man lediglich am Fuß der Festung ein paar Kameltreiber riesige Warenballen aufstapeln und ihre Tiere, die im Schatten längs der alten zerfallenen Steinmauern lagen.
Doch heute standen Hunderte von Männern dicht gedrängt auf dem Platz. Ein besonderes Schauspiel bot sich ihnen dort, das sie mit leidenschaftlicher Erregung verfolgten: zwei riesige, ineinander verbissene Kamele in einem Kampf auf Leben und Tod.
In Daulad Abas, wie in ganz Afghanistan, waren Tierkämpfe ein äußerst beliebtes Vergnügen, und Kamelkämpfe ganz besonders, denn ein solches Schauspiel bot sich einem nicht oft: es mußten nämlich besonders wilde und kräftige Tiere sein — und damit nicht genug: nur in der Brunstzeit ist ein Kamel bereit, einen Artgenossen anzugreifen.
Doch ein Zufall fügte es, daß gerade mit einer Karawane aus Badachschan zwei brünstige männliche Kamele gekommen waren, riesige, bösartige Tiere, mit denen ihre Besitzer Geld verdienen wollten.

Die beiden schweren, schwarzen, behaarten Gegner boten auch sonst einen staunenswerten Anblick; jetzt jedoch glichen sie schreckenerregenden Ungeheuern: ihre langen, beweglichen Beine schienen wie Schlangenleiber ineinander verknotet zu sein, ihre Hälse erhoben sich wie riesige Reptilien über den borstigen Höckern, und aus ihren offenen Mäulern, von ihren verzerrten, herabhängenden Lippen troff blutiger Schaum.

Sie stießen mit Hufen und Knien zu, schlugen um sich, bissen, kratzten, suchten sich, ineinander verknäult, zu ersticken, während über die alten, zerfallenen Festungstürme Falken und Sperber kreisten.

Ununterbrochen erscholl das Geheul der Tiere, bald jämmerlicher Klagelaut, bald wilder Kampfschrei. Und auch die Menge brüllte, die Kamele anfeuernd, fiebrig erhitzt durch die Glut der Sonne, betäubt durch den Geruch von Schweiß und Blut.

Nur ein einziger Zuschauer schien, obwohl er in der ersten Reihe stand, nicht dem Rausch der Schaulustigen verfallen zu sein. In einen braunen Tschapan gekleidet, stand er reglos da, und sein feingeschnittenes Gesicht blieb unbewegt. Nur seine Lippen, die zu einem merkwürdigen Grinsen verzerrt waren, zeigten, daß auch er den Kampf mit Interesse beobachtete. Doch als der Batscha des Stoffhändlers ihn am Arm faßte, verriet der brennende, zornglühende Blick, mit dem er den Kleinen durchbohrte, daß auch er, wenn auch im geheimen, vom Rausch der Menge gepackt war.

»Was willst du, du Wanze?« fragte er wütend.

Der Batscha zog den Kopf ein und sagte hastig:

»Du sollst sofort zu meinem Herrn kommen.«

»Nicht, bevor das Spiel zu Ende ist, und damit basta«, antwortete der Tschopendos.

»Aber ...«
Und schon hatte der Tschopendos den Boten vergessen, denn ein Schrei erhob sich rings um ihn: die Ungeheuer hatten sich noch wilder ineinander verbissen, und man hörte das gräßliche Geräusch knackender Wirbel. War es das Ende? Doch welches der beiden Tiere würde Sieger sein? Wieder verzog jenes Grinsen die Lippen des Tschopendos. Nichts konnte ihn mehr aus seinem Rausch reißen. Und doch, ein Name ...
»Tursehn«, sagte der Batscha.
Der Tschopendos sah ihn an.
»Der ehrwürdige Tursehn, dein Vater, ist gekommen und schickt mich ...«
Einen Augenblick lang sah es so aus, als ob der Kampf gleich zu Ende sein würde und somit das Problem von selbst gelöst wäre. Doch Uros sah seine Hoffnung getäuscht. Die beiden Kamele hatten sich aus der gegenseitigen Umschlingung befreit und brüllten nun laut, wie anklagend, gegen den glühenden Himmel.
»Dein Vater, der große Tursehn«, wiederholte der Batscha.
Und der Tschopendos ging mit ihm.

Den Blick starr geradeaus gerichtet, schritt Uros über den Platz, wo die Menge ehrfurchtsvoll beiseite trat; denn war er nicht der berühmteste der Tschopendos?
Doch Uros schien blind für ihre bewundernden Blicke und taub für alle Worte der Verehrung. Gewiß: Ruhm und Ehre – ihnen allein galt seine brennende Begierde; sie waren ihm so unentbehrlich wie Wasser und Brot. Und der Ruhm folgte ihm überallhin, gehorsam und treu. Aber wem verdankte er ihn? Dieser stumpfen, schwitzenden, stinkenden, hirnlosen Masse ... Und er, Uros, der sich rühmte, nichts

und niemanden nötig zu haben, er war auf diese Schafsgesichter angewiesen. Der Ruhm. Ja. Der Himmel über der Steppe. Sonne. Das Rauschen des Windes. Aber nicht diese Stimmen, diese Gesichter ...

Er biß die Zähne zusammen. Kein Muskel verzog sich in seinem kalten Gesicht mit dem kurzgeschnittenen, spitzen Schnurrbart. Und die Menge flüsterte: »Er ist anders als die anderen.« — »Nie ein Wort.« — »Nicht ein Lächeln.« — »So stolz, so hart.« — »Er hat keinen Freund.« — »Nicht einmal sein Pferd liebt er.« — »Zum Fürchten.« — »Wie ein Wolf.«

Und seltsam, je mehr er ihre Furcht, ihr ängstliches Staunen erregte, desto glühender verehrten sie ihn. Und stets hatte Uros tiefe Befriedigung über den Schrecken, den er verbreitete, empfunden.

Heute habe ich Angst, dachte Uros. Heut bin ich wie ein Hund, dem man pfeift und der gelaufen kommt.

Und er schwor sich erbittert: Nein, ich fürchte mich vor nichts und niemandem. Und ich werde es ihm schon zeigen.

Die Menge, die immer noch neugierig den Laden des Stoffhändlers belagerte, wurde plötzlich unruhig, das Stimmengewirr lauter. Die Käufer, Müßiggänger, Wasserverkäufer, Straßenhändler, ja selbst die Eseltreiber, die starrköpfigsten von allen, wichen zurück, drängten zur Seite. Tursehn hörte als erster den einen Namen, der murmelnd von Mund zu Mund ging:

»Uros, Uros, Sohn des Tursehn.«

Tursehn hatte sich aufgerichtet.

»Sohn des Tursehn ...« Die Stimmen weckten ein Gefühl in ihm, das er, der Alte, der schon seit Jahren in der Abgeschiedenheit des Landes lebte, längst erloschen glaubte. Für die

Menge war er nur noch eine Legende, sie verehrte ihn wie einen Toten; sein Bild, nicht mehr er selbst, lebte in ihrer Erinnerung fort, und wenn sie jetzt zusammen mit Uros' Namen den seinen riefen, so geschah dies nur, weil es ein alter Brauch war, so wie man früher ihm zugejubelt hatte: »Tursehn, Tursehn, Sohn des Tonghut.«

Der alte Mann wußte das wohl. Doch gleichviel – er hörte nach den langen Jahren der Stille erneut, wie die Menge ihm zujubelte.

Und vielleicht, weil er dieses wunderbare Geschenk eigentlich seinem Sohn verdankte, erschien ihm plötzlich, was ihm sonst bei Uros so mißfiel und seinen Unmut weckte, in einem milderen Licht. Er war zu klein, zu schmächtig? Doch welche Gelenkigkeit, welch erstaunliche Wendigkeit. Sein Gesicht trug nicht, wie das der anderen Tschopendos, die Narben ehrenvoller Kämpfe? Nun, war das nicht ein Beweis seiner Geschicklichkeit? Sein leichter Gang war nicht gemessen, nicht würdevoll genug für einen Mann von fünfundvierzig? Doch welch ein Akrobat zu Pferde! Und selbst das unverschämte Grinsen, das er schon als Kind gehabt hatte und das man nicht einmal mit der Peitsche austreiben konnte, war es nicht der Ausdruck wohlberechtigten Stolzes?

Uros schwang sich, statt die Stufen zur Terrasse hochzusteigen, leichtfüßig über die Brüstung.

Alle, der Stoffhändler und seine Gäste, erhoben sich, um ihn zu begrüßen. Nur Tursehn nicht. Mochte er auch der beste Tschopendos und der Held der Provinz sein, er war es vor ihm gewesen. Und er war sein Vater. Als Uros Tursehn erblickte, der reglos, majestätisch gegen die Kissen gelehnt dasaß, dachte er unwillkürlich: Die anderen sind vielleicht reicher, mächtiger, von höherem Rang als er, doch er ist der wahre Herr. Und seinen Stolz vergessend, beugte er sich zu den Schultern des Alten herab, berührte sie mit seiner Stirn und murmelte die Worte des Respekts und des Gehorsams, mit denen ein Sohn seinen Vater zu begrüßen hatte, selbst wenn er ihn seit fast dreißig Jahren haßte.

Diese Unterwerfung vor aller Öffentlichkeit erweckte, für einen Augenblick, in Tursehn fast väterliche Gefühle.

Er stand auf, hob eine Hand und sagte, während rings um ihn alle verstummten:

»Ich bin kein Freund unnützer Worte. Darum will ich es kurz machen. Ich habe ein neues Pferd, das soweit ist, sein erstes Buskatschi mitzumachen. Man nennt es den Teufelshengst.«

»Der Name ist uns bekannt«, riefen die anderen.

»Das Pferd, von dem ich rede, ist das letzte, das beste seiner Rasse«, erwiderte Tursehn.

»Dann«, sagte der Chef der Tschopendos, »kann es in den drei Provinzen kein besseres geben.«

»Das glaube ich auch«, sagte Tursehn, »und deshalb wird Uros, mein Sohn, es in Kabul reiten.«

Tursehn zögerte. Eigentlich war alles gesagt. Und doch hob er erneut die Hand zum Zeichen, daß er noch nicht fertig war.

»Euch, die ihr mir jetzt zuhört, rufe ich zu meinen Zeugen an: Wenn mein Jehol in Kabul das Buskatschi des Königs gewinnt, soll es, von diesem Augenblick an, Uros, meinem Sohn, allein gehören.«

Tursehn setzte sich wieder, langsam und aufrecht, und schon rief in der Menge, die ihm gelauscht hatte, alles aufgeregt durcheinander:

»Welch ein Geschenk!« — »Ein solches Pferd!« — »Was für ein gütiger, großzügiger Vater!« — »Wie groß muß seine Liebe zu seinem Sohn sein!«

Und Tursehn dachte erstaunt: Ist das wahr? Wenn ich so etwas getan habe, muß ich ihn wohl lieben.

Uros betrachtete Tursehn mit einem fast kindlichen Ausdruck der Ungläubigkeit. Er, der gegen alle Tradition und jedes Familiengesetz nie ein wirkliches Rennpferd besessen hatte, weil er sein Geld lieber bei Siegesgelagen und Tierkämpfen, für teure Kappen und Stiefel vergeudete, er, der immer nur fremde Pferde zum Siege führte, er sollte den Teufelshengst bekommen? Er kannte das Pferd. Er hatte es oft geritten. Mit ihm mußte er das große Spiel des Königs gewinnen.

Und zum ersten Mal in seinem Leben küßte Uros die Schulter seines Vaters mit wirklicher Dankbarkeit. Und er dachte dabei: Mein Vater. Ich bin stolz auf dich und ich liebe dich.

Während der Mahlzeit, die in einem der hinteren Zimmer des Stoffhändlers eingenommen wurde, sprachen Uros und Tursehn nur wenig miteinander. Und doch waren sie einander so nah wie kaum je zuvor.

Das Essen dauerte lange. Schließlich, nachdem die Batschas über die Hände der Gäste aus kostbaren Kannen Wasser geschüttet hatten, sagte der Chef der Tschopendos: »Ich danke unserem Wirt. Wir müssen uns nun verabschieden. Es ist Zeit.«

Es begann schon dunkel zu werden. Der kleine Gouverneur führte seine Freunde durch die nun fast leeren Gassen des Basars bis zu dem großen Platz von Daulad Abas. Dort stand ein riesiger amerikanischer Wagen älteren Baujahrs mit geöffnetem Verdeck. Ein Chauffeur Osman Beys, in einen Tschapan gekleidet und mit einem Turban auf dem Kopf, öffnete die Türen. Osman Bey selbst bat den Chef der Tschopendos und Uros, sich vorn auf die Ehrenplätze zu setzen, während er und die beiden Pferdezüchter hinten einstiegen.

Unter dem Winken der Männer und den begeisterten Rufen

der Umstehenden fuhr der Wagen davon. Nur Uros' Züge waren starr und unbeweglich geblieben. Tursehn sah dem Wagen nach und empfand eine plötzliche Leere. Ein Fremder fuhr dort mit anderen Fremden davon, auf der staubigen Straße, die nach Maimana und Masar-i-Scharif führte, bis zu dem Gebirge des Hindukusch ... und dann ... Bitterkeit stieg in dem alten Mann auf. Bei diesem einen, unvergleichbaren, dem großen Buskatschi des Königs in Kabul würde nicht er auf dem Teufelshengst reiten. Der kleine Gouverneur fragte: »Gibst du mir die Ehre, noch eine Tasse schwarzen oder grünen Tee bei mir zu trinken?«

»Nein«, sagte Tursehn fast schroff.

Er hatte nur den einen Wunsch: rasch zu seinem Pferd zurückzureiten, auf die stille Lichtung, nahe dem Wasserbecken.

Als Tursehn an der Schule vorbeikam, stand dort noch immer Guardi Guedj an die Mauer gelehnt. Er war allein. Tursehn grüßte den Alten und wollte weiterreiten. Doch plötzlich, ohne zu wissen warum, hielt er sein Pferd an und sagte:

»Erlaube mir, Ahnherr der Welt, dich um die Ehre zu bitten, heute mein Gast zu sein.«

Und Guardi Guedj erwiderte:

»Ich danke dir für deine Güte.«

Tursehn nahm ihn auf sein Pferd — das die leichte Last kaum spürte — und ritt mit ihm davon.

»Ich möchte dir meinen Fuchs zeigen.«

»Jehol, den letzten Teufelshengst«, sagte der alte Erzähler, und seine Stimme klang zärtlich und bewundernd. Sie ritten schweigend und schnell. Und auf dem Gut Osman Beys machte Tursehn einen Umweg, um niemandem zu begegnen. Rahim betrachtete, wie sich hinter den Bäumen der Himmel langsam dunkler färbte und die Dämmerung über die Steppe

sank. Es war der schönste Tag seines Lebens gewesen. Als er Tursehn erblickte, rannte er herbei, um ihm vom Pferd zu helfen. Doch Tursehn fragte, ohne sich zu rühren:
»Was machst du hier?«
»Du hattest mir erlaubt, hier zu bleiben, Herr«, sagte Rahim mit glücklichem Lächeln.
»Und warum bist du nicht bei Mokki und dem Hengst?«
Der Batscha wich erstaunt zurück.
»Ja, weißt du es denn nicht? Sie sind doch weg! Nach Kabul!«
»Was, nach Kabul? Ohne auf mich zu warten? Ich hatte doch dem Sais befohlen ...«
Tursehns Stimme war leise und heiser.
»Was konnte er tun?« sagte der Batscha. »Ein Lastwagen ist gekommen, mit den Soldaten des kleinen Gouverneurs, und die hatten vom Chef der Tschopendos den Befehl, Jehol abzuholen.«
»Hier gibt's nur einen Chef, und das bin ich«, rief Tursehn wütend. »Schweig, ungetreuer Batscha!«
Und von seinem Sattel aus peitschte er zweimal Rahims Gesicht. Die Bleikugeln rissen die beiden Wangen des Kindes auf, daß sie bluteten. Tursehn ritt rasch davon.
Rahim blieb unbeweglich stehen. Er weinte nicht. Er hegte keinen Groll gegenüber Tursehn. Der alte Tschopendos war für das Kind das Schicksal selbst.

Ein kleiner Fluß, der Kirin Darja, floß langsam zwischen der hohen Böschung aus lehmiger Erde, am Rande der Besitzungen Osman Beys. Tursehns Pferd stieg vorsichtig das hohe Ufer hinab und durchquerte dann mühelos das seichte Wasser, das kaum bis zu den Sporen reichte. Schwieriger war es, auf der anderen Seite die steile und glatte Böschung wieder hochzuklettern. Doch bald wurde der Boden eben, trocken und steinig, und nach kurzem Ritt waren Tursehn und sein Gast auf einer halbrunden Terrasse angelangt, am Fuße eines Hügels, in dessen Schatten ein paar armselige Hütten aus braunem Lehm standen. Mitten auf dem Plateau erhob sich eine große Jurte, in alt-usbekischem Stil, halb Hütte, halb Nomadenzelt, unten rund und oben spitz, teils mit roher Wolle, teils mit Schilfrohr bedeckt.

Der alte Erzähler flüsterte leise:

»Kalaktschekan.«

Neben der armseligen Behausung blieb das Pferd stehen, und sie stiegen ab.

»Diese Hütte hier hat dein Großvater gebaut«, sagte Guardi Guedj, »nachdem er das Stück Land für ein paar trächtige Schafe eingehandelt hatte.«

Tursehn sah ihn überrascht an. Gab es etwas, an das der Alte sich nicht erinnerte?

Dann wandte er sich an einen buckligen Bauern, der zusammen mit einem kleinen Jungen aus dem Dorf am Fuße des Hügels gekommen war.

Der kleine Junge schwang sich auf das Pferd und ritt davon. Tursehn gab dem alten Bauern seine Befehle. Und jetzt erst fragte der alte Tschopendos bedächtig: »Wie bringst du es nur fertig, Ahnherr der Welt, dich an so vieles zu erinnern?«

»Die Augen und das Herz vergessen nicht so leicht, was sie einmal geliebt haben«, sagte Guardi Guedj. »Dein Großvater hat, um seine Hütte zu bauen, einen Ort gewählt, der seinem innersten Wesen entsprach. Dieses Plateau ist arm, es liegt nicht sehr hoch, doch der Mensch ist hier sein eigener Herr, und der Blick reicht weit über die Steppe.«

Wie oft hatte Tursehn am Abend hier gesessen und über die unendliche Ebene geschaut. Und jedesmal hatte er einen tiefen Frieden verspürt, sein Herz war, losgelöst von allen kleinlichen Sorgen, im Einklang mit sich selbst gewesen.

Und nun dachte er – zum ersten Mal – daran, daß auch sein Großvater, den er nur noch als abstoßenden Greis gekannt hatte, einst so wie er hier gesessen und lange und mit demselben Glücksgefühl über die Steppe geblickt hatte.

»Sag«, fragte Tursehn nachdenklich, »wenn du dich an so viele Orte und Menschen erinnerst, haben deine Augen und dein Herz viele geliebt?«

Guardi Guedj nickte leicht mit dem Kopf.

»Es gibt viele Orte unter dem Himmel und viele Menschen, die man lieben kann. Findest du nicht?«

»Nein«, sagte Tursehn. »Nein. Der Freund eines jeden ist niemandes Freund.«

»Aber an wem sonst hat dein Herz gehangen?« fragte Guardi Guedj.

»Daran«, erwiderte Tursehn und deutete auf die Steppe. »Und an den Pferden ... und an ein paar guten Tschopendos.«

Der kleine Junge war aus dem Dorf zurückgekehrt. Er rückte einen aus rohem, schwerem Holz geschnitzten Tisch und eine Bank dicht neben die Jurte.

Die beiden Männer setzten sich nebeneinander.

Die Sonne ging langsam unter. Auf fernen Hügelkuppen sah man die Schafherden heimkehren, von berittenen Hirten getrieben. Einige Reiter spielten auf selbstgeschnitzten Schilfrohren wie auf einer Flöte, und durch das Schweigen der Steppe drangen ihre einfachen, klaren Melodien bis zu Tursehn. Seit seiner Kindheit war er an ihre klagenden Töne gewöhnt; sie waren für ihn zu einem Teil der Dämmerung geworden. Und doch schien es ihm, als vernähme er heute zum ersten Mal die Traurigkeit und Einsamkeit im Klang dieser Flöten. Und er fühlte eine unerträgliche Leere und Kälte um sich.

»Sag mir, Ahnherr der Welt«, brach er unvermittelt das Schweigen, »wie nennt man diesen Ort bei Kabul, wo das Buskatschi stattfinden wird?«

»Bagrami.«

»Ist er sehr groß?« fragte Tursehn.

»Warum wolltest du nicht selbst mitfahren und dir das Spiel ansehen?« erwiderte der Alte. »Man hat dich doch bestimmt eingeladen, die Tschopendos zu begleiten? Dich, den berühmtesten, ehrwürdigsten unter ihnen?«

»Ich bin zu alt«, erwiderte Tursehn dumpf.

»Nicht alt genug«, sagte Guardi Guedj, »denn du leidest noch darunter.«

»Was meinst du damit?«

»Das wahre Alter ist über alle Qualen erhaben. Es hat den Stolz vergessen, das Bedauern, die Bitterkeit. Es beneidet nicht die Jugend des eigenen Sohns.«

Tursehn hatte sich halb aufgerichtet.

»Warum sagst du das?« fragte er, die Augen starr geradeaus, auf die Weite der Steppe gerichtet.

»Weil du deinen Sohn, deinen einzigen Sohn, haßt«, erwiderte Guardi Guedj, »wie du noch nie jemanden gehaßt hast. Denn er wird es sein, und nicht Tursehn, der vielleicht vor den Augen des Königs den Ziegenbock in den Kreis der Gerechtigkeit werfen wird.«

Der alte Tschopendos neigte seinen Kopf ein wenig tiefer.

»Du verzeihst Uros nicht, daß er und nicht du den Teufelshengst reiten wird – und dabei hast du ihn ihm selbst gegeben.«

Tursehn beugte sein Haupt noch tiefer.

»Und um dich an deinem Sohn zu rächen, hast du das Ge-

sicht eines glücklichen Kindes mit der Peitsche gezeichnet.«
Tursehn ließ sich zurücksinken, müde und gebrochen. War es das, was er sich im geheimen erhofft hatte, als er den alten Erzähler mitgenommen hatte: die Wahrheit? Hatte er ihm helfen sollen, sie zu enthüllen, weil Stolz und Scheu ihn daran hinderten, ihr ins Antlitz zu blicken?
Und er fühlte sich plötzlich wie befreit, weil er dem uralten, weisen Mann, der neben ihm saß, seine Qual, seine Schande, seinen Schmerz beichten konnte.
Er blickte auf und sagte:
»Du hast recht, Ahnherr der Welt. Aber was soll ich tun?«
»Rasch alt werden«, antwortete Guardi Guedj.
Sie schwiegen, und der bucklige Bauer kam und stellte eine Schüssel voll Reis, der in Hammelfett gekocht war, vor sie hin, daneben eine Speise aus zerstoßenen Mandeln, Rosinen, saurer Milch und Wassermelonenscheiben sowie eine Kanne heißen Tee.
Guardi Guedj und Tursehn betrachteten den Himmel. Es war Vollmond. Gerade hatte die runde Scheibe den Horizont überschritten, noch bevor die Sonne ganz verloschen war. Er stieg empor, und sie sank. Und so kam der Augenblick, da beide, nur einen Moment lang, auf gleicher Höhe verharrten, in völligem Gleichgewicht, von gleicher Farbe und gleicher Größe.
Doch dann glühte die Sonne feuerrot, der Mond färbte sich golden: er stieg auf in das Reich der Nacht, während sie versank.
Der Bauer sagte, zu Tursehn gewandt:
»Der Reis und der Tee werden unserem Gast kalt werden.«
»Du hast recht«, meinte Tursehn. Und zu Guardi Guedj gewandt: »Entschuldige, Ahnherr der Welt. Ich war unaufmerksam.«

Sie begannen zu essen. Der Bauer ging in seine Küche zurück.

Plötzlich widerte die Speise Tursehn an.

»Hast du nicht den Himmel gesehen?« fragte Guardi Guedj. »Nichts auf der Welt bleibt im Gleichgewicht. Der eine steigt auf und der andere sinkt.«

»Ja«, erwiderte Tursehn, »aber die Sonne wird morgen wieder aufgehen.«

»Und wer sagt dir, daß wir es nicht auch tun?« fragte Guardi Guedj.

Der Mond schien voll über das Plateau, auf dem sie saßen. Und hinter ihnen, aus einer Hütte in dem ärmlichen Dorf von Kalaktschekan erklang leise das Spiel eines Tamburins und einer Dambura*.

* Eine Art Gitarre.

IV

Der Tag des Triumphs

Die Trompeten der Kavallerie ertönten. Es war ein klarer, sonniger Tag, und der Wind von den schneebedeckten Bergen wehte kühl und erfrischend. Rund um die Ebene von Bagrami: Fahnen, Flaggen, Standarten. Das Feld war groß, doch nicht übermäßig; es erlaubte den Spielern keine stundenlangen Jagden wie in ihren heimatlichen Steppen, so daß die Zuschauer sie nie aus den Augen verlieren konnten.

Im Norden, am Fuße des Gebirges, lag ein kleines Dorf mit frisch gestrichenen rosa und blauen Lehmhütten; im Westen bildete eine lange hohe Mauer die Begrenzung des Plateaus; im Osten stand eine lange Reihe von Lastwagen — ebenfalls in kräftigen Farben —, und im Süden erhob sich gleich hinter der Straße ein kleiner Hügel. Und überall wimmelte es von Menschen; sie waren in so großer Zahl gekommen, daß man hätte meinen können, Kabul müsse völlig ausgestorben sein.

Die meisten waren schon morgens die vier Meilen aus der Stadt zu Fuß gelaufen; doch kamen immer noch neue Wanderer an; müde und durstig nach dem weiten Weg, stürzten sie sich gleich auf die Tschaikhanas, die man eigens für diesen Tag errichtet hatte, oder die Buden, in denen schlaue Kaufleute schon seit dem Morgen Weintrauben, Melonen und Granatäpfel verkauften.

Die Wohlhabenderen riefen lautstark einen der Batschas herbei, die mit Wasserpfeifen umherliefen und sich für jeden Zug daraus bezahlen ließen.

Gegenüber dem Hügel, auf der anderen Seite der Straße, waren drei Holzpavillons am Rande des Spielplatzes errichtet. In dem rechten saßen hohe afghanische Würdenträger, europäisch gekleidet, doch mit Kulas als Kopfbedeckung, während der linke für Ausländer von Rang reserviert war. Der mittlere, in dem ein hoher, purpurroter Sessel — der Sitz des Königs — stand, war noch leer.

Unentwegt und völlig fasziniert starrten die Afghanen zu den Ausländern hinüber. Doch nicht den fremden Botschaftern, Offizieren oder Konsuln galt ihre Aufmerksamkeit, sondern deren Frauen. Denn nirgends in der Menge sah man ein weibliches Wesen: weder diesseits noch jenseits des Hindukusch durfte, so befahlen es Sitte und Tradition, eine Frau an einem öffentlichen Schauspiel teilnehmen. Nicht einmal die Königin war bei dem Buskatschi zugelassen.

Zwei Soldaten schritten an den Ehrentribünen vorbei. Sie zogen hinter sich den enthaupteten Kadaver eines großen Ziegenbocks, den sie nicht weit von dem mit gelöschtem Kalk gezogenen »Kreis der Gerechtigkeit« in ein Loch legten.

Lauter und feierlicher erklangen die Trompeten.

Eine Reihe von Wagen hielt auf der Straße hinter den Pavillons. Waffen klirrten. Die Menge jubelte:

Zahir Schah, eskortiert von seinem Gefolge, betrat gemessenen Schritts die Tribüne.

Und gleichzeitig begann die Parade, die das Königsbuskatschi einleitete.

Von Norden her näherte sich der Königstribüne ein Reitertrupp: voran drei Trompeter; hinter ihnen, auf einem prächtigen Araberhengst, ein junger Oberst, ein Verwandter des Königs, dem die Leitung des Spieles anvertraut war. Und dann ritten, Seite an Seite, in Tschapans aus grüner Seite mit weißen Streifen, die Spielführer: aus Maimana, Masar-i-Scharif,

Katagan. Jeder führte eine der drei gegnerischen Buskatschi-Mannschaften an. Und dann, in einer einzigen Reihe, auf den prächtigsten Pferden der drei Provinzen, erschienen die Tschopendos, dreimal zwanzig.

Sie trugen keine Tschapans, sondern verschiedenartige Buskatschikleidung, je nach ihrer Provinz, die eigens für dieses königliche Fest angefertigt worden war.

Links zwanzig weiße Blusen mit grünen Streifen: Katagan.

In der Mitte zwanzig rostrote Röcke: Masar-i-Scharif.

Rechts zwanzig braune Kasacks mit einem weißen Stern aus Astrachanfell auf dem Rücken: Maimana.

Uros ritt in der Mitte seiner Mannschaft, weil er als der beste Tschopendos von Maimana galt. Doch obwohl er, gekleidet wie sie, mitten unter ihnen ritt, hatte Uros das Gefühl, weit von ihnen entfernt zu sein. Ihre törichte Eitelkeit flößte ihm nur Abscheu ein. Ihnen genügte es, wie abgerichtete Affen zu paradieren. Den Ruhm mit neunundfünfzig anderen zu teilen. Und wären wir nur zu zweit, dachte Uros, so wäre doch einer zuviel. Stehend, die eine Hand an seiner Kula aus grauem Astrachanfell, grüßte Zahir Schah die Reiter.

Neben ihm lag auf der Balustrade die Standarte, die der Sieger aus seinen Händen empfangen würde und für ein Jahr in seine Provinz mitnehmen durfte.

Mir gehört sie, dachte Uros, mir. Diese Trophäe, die erste, die je ein Reiter in die Steppe tragen würde...

Zahir Schah setzte sich. Und das erste königliche Buskatschi begann.

Schweigend und im Schritt ritten die sechzig Reiter auf das Loch zu, in dem der Kadaver lag, und stellten sich im Kreise auf. Noch rührte sich niemand, doch plötzlich hoben sich, wie in einer einzigen Bewegung, die sechzig Peitschen, und unter dem wilden Kampfruf der Reiter stürzten die Pferde nach vorn. In einer Sekunde war aus der feierlich geordneten Gruppe ein wilder, durcheinanderwirbelnder Haufen aus Pferden und Reitern geworden. Schreie, Flüche, Peitschenschläge... Pferde, die sich steil aufbäumten... Tschopendos, die, sich an die Flanke ihres Rosses klammernd, den Kopf im Staub, mit ihren Händen, ihren Nägeln auf dem steinigen Boden nach dem Kadaver tasteten, um ihn zu packen, ihn an sich zu reißen. Doch kaum war es einem gelungen, so griffen schon andere, ebenso kräftige, gierige Hände nach ihm.

Nur ein einziger Reiter, der auf seinem Rücken den weißen Maimanastern trug, hielt sich außerhalb des Tumultes. Hier sind sie noch verrückter als bei uns, dachte Uros, während seine kalten Augen den Kampf verfolgten. Hier wie dort ist dieses erbitterte Ringen nur vergeblich vergeudete Kraft. Hier wie dort wird der, dem es schließlich gelingt, mit dem Kadaver davonzureiten, sofort von den anderen eingeholt werden. Und sie wissen es genausogut wie ich. Uros ließ Jehol noch weiter zurückweichen.

Er betrachtete die Reiter, die sich abkämpften, jeder von demselben trügerischen Rausch besessen. Und er dachte: Nein, ich habe mich getäuscht. Sie wissen gar nichts mehr. Schon waren die festlichen Kleider von Schweiß, Schaum und Blut besudelt. Und ihre Gesichter, vom Lehm der Erde beschmutzt, von Peitschenhieben gezeichnet, drückten nichts anderes mehr aus als den Instinkt primitiver Wildheit.

Und Uros dachte weiter: Sie spielen, um zu spielen. Ich spiele, um zu gewinnen.

Mit einer plötzlichen Bewegung mußte er Jehol zurückhalten, der vorwärts drängte. Der Hengst schüttelte den Kopf. Uros streichelte seinen Hals und sagte halblaut: »O Jehol, du

möchtest auch gern spielen... noch nicht... du mußt lernen, dich zurückzuhalten, für den einzigen, den letzten Sieg. Ich weiß, ich weiß, das ist nicht leicht, nein, gewiß nicht...«
Und er erinnerte sich plötzlich daran, wie er, als ganz junger Mann, mit einem Turban auf dem Kopf, denn er durfte damals noch nicht die Kappe der Tschopendos tragen, an Wildheit und Leidenschaft alle anderen Reiter übertroffen hatte. Doch Tursehn hatte ihn seine Lektion gründlich gelehrt: »Wem Allah die Stärke der Arme und Schultern versagt hat, der muß auf seinen Verstand bauen.«
Und Uros hörte seine gelassene, höhnische Stimme, wie sie hinzufügte:
»Du armer Schwächling, schau dir meinen Körper an. Na, und deiner? Warum bildest du dir ein, du könntest auf meine Weise Buskatschi reiten?«
Entsetzliche Demütigung. Und doch, welch kluge Lektion.
»Es war weniger leicht«, sagte Uros, ohne zu wissen, ob er zu sich selbst, zu seinem Pferd oder zu seinem Vater sprach, »als sich zertrampeln, peitschen, treten zu lassen — wie die dort...« Er erinnerte sich an ihr Gelächter, die Verachtung, die ihm anfangs zuteil geworden war, wenn er sich weigerte, wie die anderen in der Herde zu spielen. Doch er hatte sich darüber hinweggesetzt, hatte seine Muskeln, seine Lungen geschont und wie ein Falke auf den günstigen Augenblick gelauert. Und dann hatte er, der einsame Reiter, dicht beim Ziel, frisch, gelassen, auf einem noch kräftigen Pferd, angegriffen und davonstürmend gewonnen, gewonnen, immer und überall.
Hohn und Gelächter waren seit langem verstummt. Sie wollen heute überhaupt nicht mehr aufhören, dachte Uros, der mit zusammengekniffenen Augen den Kampf aufmerksam beobachtete. Der Blick des Königs macht sie noch wilder als

gewöhnlich. Und im gleichen Augenblick dachte er: Aber ruht der Blick des Königs nicht auch auf mir? Und sieht er nicht, wie ich hier abseits stehe, ein feiger, von der Meute erschreckter Hund? In Maimana, in Masar-i-Scharif, in Katagan weiß jeder, wer ich bin, und niemand würde sich täuschen. Doch hier — wer bin ich für all die Prinzen, Edelleute, fremden Würdenträger, für den König? Ein Feigling, sonst nichts.

Uros' Hand klammerte sich wütend um den Griff seiner Peitsche. Nur eine Bewegung, und er würde im dichtesten Kampfgewühl verschwinden. Seine Zähne gruben sich in den Peitschenriemen. Nein — er würde sich nicht von diesem falschen Ehrgeiz verführen lassen. Er würde dieses Spiel so wie immer und auf seine Weise spielen. Und wenn er in den Kreis der Gerechtigkeit die Trophäe werfen würde, um die sich jetzt diese Tölpel zerreißen, und den Schrei des Sieges »Hallal« ausstieße: dann würden auch die Fremden und die Prinzen und der König erkennen, wer er war. Jedoch — war es sein Unterbewußtsein, das unberührt von seinen Gedanken ihn jetzt trieb? Er zwang Jehol zurückzuweichen und beugte sich, mit zitternden Knien, an den Hals des Pferdes gepreßt, weit vor, um mit zusammengekniffenen Augen den dunklen, haarigen Fleck zu verfolgen, der von Hand zu Hand wanderte, von Pferd zu Pferd.

Und plötzlich ertönte sein einsamer Kampfruf, spitz und langgezogen wie der eines jagenden Wolfes. Jehol, mit Peitsche und Sporen angetrieben, flog in das Getümmel. Keiner der Tschopendos war auf diesen Angriff von hinten gefaßt gewesen. Uros durchbrach wie der Blitz die Kämpfenden und fand sich, genau, wie er es berechnet hatte, um Armeslänge von dem Kadaver entfernt. Er ergriff ihn im Flug, riß ihn an sich. Jehol bäumte sich auf, kehrte blitzschnell um, und

Uros verschwand durch dieselbe, noch nicht ganz geschlossene Bresche.

Doch sogleich hörte er hinter sich das wilde Getrappel der ihn verfolgenden Pferde. Und Uros wußte, daß sie ihn, trotz Jehols Schnelligkeit, einholen würden. Selbst wenn er noch vor ihnen den ersten Mast erreichte, würden andere versuchen, ihm auf kürzestem Wege entgegenzureiten und sich ihm, noch vor dem zweiten Mast, entgegenstellen.

Wozu sich dann also in einem im voraus verlorenen, törichten Rennen erschöpfen? Vor aller Augen hatte er sich jetzt ausgezeichnet, das mußte genügen. Und jetzt galt es, langsamer zu werden, nach einem kurzen Scheingefecht den Ziegenbock abzugeben und wieder auf die nächste günstige Gelegenheit zu warten.

Das forderte das Gesetz des Kampfes. Doch ein anderes, ein älteres Feuer, als bloß der Wille zu siegen, brannte jetzt in Uros. Zwanzig Jahre hatte er versucht, es zu beherrschen, zu ersticken, um jetzt, welch eine Erleichterung, plötzlich Geduld und Warten, Vorsicht und kluge Berechnung abzuwerfen und nur Muskeln, Nerven, Leidenschaft, Schnelligkeit, Wildheit zu sein.

Lauf, Jehol, lauf, mein Prinz — wir sind die schnellsten, wir sind die stärksten.

Und Jehol erreichte den ersten Mast. Selbst den schnellsten seiner Verfolger auf den besten Pferden gelang es nicht, Uros einzuholen. Er galoppierte um den Mast und hielt den Kadaver triumphierend wie eine Fahne hoch, um ihn allen zu zeigen.

Und dann sah er schon, während er auf den zweiten Mast, der eine gute Meile entfernt war, zugaloppierte, die anderen Reiter auf sich zukommen, etwa zwanzig an der Zahl, die ihm, anstatt sich wie die anderen in vergeblicher Jagd zu erschöpfen, den Weg abschneiden wollten. Wie konnte Uros hoffen, diese Meute zu durchbrechen, mit seinen Verfolgern dicht auf den Fersen? Und doch, es gelang ihm, ihm und Jehol. Alles, was er wußte, was er konnte, setzte er in diesem Augenblick ein: seine Wendigkeit, seine jugendliche Schnelligkeit, seine harte Kraft, eine unvergleichliche Akrobatenkunst, die in dreißig Jahren Buskatschis erworbene Erfahrung und Klugheit. Und schließlich diese trunkene Leidenschaft, die plötzlich in ihm erwacht war.

Noch nie hatte Uros so gespielt, noch nie hatten selbst die ältesten Führer der Tschopendos einen so erstaunlichen Reiter gesehen. Doch er hatte ja auch Jehol. Durch seine Kraft und Geschwindigkeit und vielleicht mehr noch durch seine Intuition, sein Spielverständnis, triumphierte der Hengst über alle anderen Pferde. Wer hatte, um den schon bedrohlich nahen Verfolgern zu entfliehen, den einen schwachen Punkt in dem Netz entdeckt, das die Reiter, die sich ihnen entgegenwarfen, um sie gezogen hatten? Uros? Jehol? Beide gleichzeitig. Und wie durch ein Wunder gelang ihnen der Durchbruch.

Ich werde auch noch um den zweiten Mast herumkommen, dachte Uros.

Doch plötzlich tauchte dicht vor ihnen ein gewaltiger Koloß auf: Maksud der Fürchterliche, der Riese aus Masar-i-Scharif. Und noch bevor Jehol, dem Maksuds Hengst — von gleichfalls gewaltiger Statur und Stärke — den Weg versperrte, auch nur eine Bewegung machen konnte, streckte Maksud seine mächtige Faust nach Uros' Nacken aus, hob diesen aus dem Sattel, als wäre er ein Hampelmann, und rief, mit der anderen Hand den Ziegenkadaver ergreifend:

»So, hast du dich endlich entschlossen, wie alle anderen zu spielen? Da, du häßlicher Zwerg!«

Der Riese ließ Uros wieder los, gab seinem Pferd die Sporen und verschwand im Galopp.
Völlig verdutzt, ohne jedes Gefühl, unfähig, zu reagieren, starrte Uros dem davonjagenden Maksud nach. Jehols Mähne berührte seine Wange. Die feuchten, glänzenden, ungeduldigen Augen seines Pferdes blickten ihn an. Uros zitterte.
Von solch einem Pferd hatte man ihn heruntergeworfen – und wie schmählich! Ein Sprung brachte ihn wieder in den Sattel. Er gab Jehol die Sporen und schwang seine Peitsche: nicht mehr dem Ziegenbock galt seine Jagd, sondern Maksud.
Der Riese war noch nicht weit gekommen. Er hatte unterwegs drei Reiter aus Katagan abschütteln müssen, die zwar klein und leicht, aber zäh und wild waren. Das hatte ihn kostbare Minuten gekostet. Jetzt ritt er geradewegs auf den zweiten Mast zu. Uros wußte, es war ein leichtes, ihn einzuholen. Jehol war sehr viel schneller, und schließlich wog er ja auch nur halb soviel wie Maksud.
Bald hatte er die anderen überholt. Er atmete auf. In diesem Kampf mußte er allein sein. Niemand sollte sich zwischen ihn und Maksud stellen, nichts durfte seine Mordlust, seine Rachsucht dämpfen. Und, nur mit einem Fuß im Steigbügel, sich gegen Jehols linke Flanke drückend, schrie er, den Mund gegen das Ohr des Pferdes gepreßt, wild, gellend, ohne Unterlaß.
Maksud hörte ihn. Er wandte den Kopf, und den Schrecklichen packte Angst. Dieses Tier mit den schnaubenden Nüstern und den feuersprühenden Augen schoß direkt auf ihn zu – um den Stoß zu mildern, streckte er den Arm mit dem Ziegenbock zur Seite. Und dieser Arm war so schwer und stark, daß er Jehol dazu zwang, ihm auszuweichen. Doch im

gleichen Moment richtete Uros sich im Sattel auf, und mit einem Schlag seiner hochhackigen Stiefel brach er Maksuds Handgelenk.
Der Ziegenbock entfiel den kraftlosen Fingern.
Uros fing ihn im Fluge auf und galoppierte davon, während Maksud seine seltsam verdrehte Hand betrachtete, über die er keine Gewalt mehr hatte.

Uros brachte seine Trophäe noch um den zweiten Mast. Doch dahinter wartete von neuem die Meute der Tschopendos. Und diesmal stürzten sie sich alle auf ihn — alle mit Ausnahme der Verletzten, deren Pferde herrenlos umherliefen und von den Sais laut gerufen wurden. Und alle waren von der gleichen tollwütigen Leidenschaft besessen: die letzte Etappe hatte begonnen. Der Kampf um den Sieg.
Und wieder begann das gleiche Spiel wie am Anfang. Von neuem wanderte der Ziegenbock von Hand zu Hand, in einem wilden Gemenge von Pferden und Reitern. Ein Tschopendos von Maimana schließlich versuchte mit der Beute auszubrechen. Doch schon entriß ein Reiter von Katagan ihm seine Trophäe und galoppierte davon. Noch ein paar Pferdelängen, und er hätte den Kreis der Gerechtigkeit erreicht. Doch ein herrenloses Pferd, das ihm entgegenlief, zwang ihn zu einem Umweg, und schon waren ein Dutzend Tschopendos vor ihm und versperrten ihm den Weg zum Ziel. Und hinter sich hörte er die anderen, die ihn zu umzingeln versuchten. Doch so nahe dem Ziel konnte er ihnen seine Beute nicht überlassen! Er ritt geradewegs auf die Tribüne zu, um im letzten Moment abzuschwenken. Am Ende der Tribünen befand sich eine Reihe von Lastwagen und ein schmaler Durchgang, der auf die Straße von Kabul führte.
Es gab keinen anderen Ausweg für ihn, wenn er nicht den

Verfolgern in die Hände fallen wollte. Und er sprengte hindurch, geradewegs auf den Hügel jenseits der Straße zu. Dort standen dichtgedrängt die Zuschauer, riesige Kupfersamoware, Verkaufsbuden und Zelte. Der Tschopendos überlegte nicht lange. Er schwang die Peitsche, gab seinem Pferd die Sporen und ritt mitten unter die Menge. Und nicht nur er, auch seine Verfolger zögerten nicht. Sie fegten alles beiseite: Früchte, Samoware, Bretter, Turbane, Sandalen und Menschen. Ein durchdringendes, gellendes Angstgeschrei ertönte vom Hügel.
Uros jedoch war stehengeblieben. Hatte der Anblick des Königs ihn besänftigt, ihn wieder zur Besinnung gebracht? Er folgte nicht den übrigen Tschopendos, sondern blieb vor jenem Durchgang zur Straße stehen. Dort auf dem Hügel hatte niemand eine Chance, dem Reiter aus Katagan seine Beute zu entreißen. Doch hier, wo er wieder durchkommen mußte, um zu dem kaum ein paar Pferdelängen entfernten Kreis zu gelangen, da würde er ihn fassen. Nur einer war noch in der Nähe, den Arm in einer roten Schlinge, scheinbar ziellos hin- und herreitend: Maksud. Der wird dir heute nicht mehr gefährlich, dachte Uros.
Und alles spielte sich so ab, wie er es vorhergesehen hatte. Ehe der Reiter aus Katagan, der vor allen anderen auf das Ziel zu galoppierte, wußte, was geschah, und ehe die anderen Tschopendos ihn eingeholt hatten, schoß Jehol von der Seite auf das Pferd des Katagani los. Der Stoß warf den Reiter aus dem Sattel, Uros riß ihm den Ziegenbock aus der Hand und ritt allein auf das Ziel zu. Vor dem weißen Kreis blieb er stehen, hob die Hand mit der Trophäe, holte zum Wurf aus, schon lag ihm der Siegesschrei auf den Lippen — da griff eine mächtige Faust nach dem Fell: die linke, unverletzte Hand Maksuds. Sie war nicht mehr fähig, es Uros ganz

zu entreißen, doch sie begleitete sozusagen seine Hand und warf mit ihr zusammen den Ziegenbock mit in den Kreis. Einen Augenblick schwieg alles, wie betäubt, dann stürzten die Tschopendos von Maimana und Masar-i-Scharif vor die Tribüne des Königs. Ungestüm forderte jede Mannschaft den Sieg für sich.

»Wir haben gewonnen«, brüllten die Tschopendos von Maimana dem König zu. »Maksud hat das Fell kaum berührt, und wenn, dann erst im letzten Augenblick! Er ist ein Dieb!«

»Schändliche Lüge«, riefen die Reiter aus Masar-i-Scharif, »der Schreckliche hatte den Bock gepackt, seine Hand hat ihn geworfen!«

Der König sah auf die wilden, verzerrten und verdreckten Gesichter der Männer nieder, die auf ihn einbrüllten. Er hob die Hand und gebot Schweigen.

»Um der Gerechtigkeit willen habe ich beschlossen, zu teilen. Maimana und Masar-i-Scharif haben je zur Hälfte gewonnen. Das Spiel geht weiter.«

Die Tschopendos warteten. Ein neuer Ziegenbock mußte geschlachtet und enthauptet werden. Die Reiter ruhten sich aus. Einige – die reicheren – wechselten das Pferd, andere löschten ihren Durst oder rauchten, während die Führer der Tschopendos ihre Leute ermahnten, beim nächsten Spiel weniger für sich als für ihre Provinz zu kämpfen.

Uros hatte sich mit Jehol abgesondert. Während Mokki den Hengst abrieb, suchten seine Augen die schneebedeckten Berge. War sie gerecht, die Entscheidung des Königs? Gleichviel. Niemand anderer als er würde die Siegesstandarte vor Tursehn aufpflanzen.

Der zweite Mast war umritten. Und wieder wanderte der Ziegenbock dicht vor dem Kreis der Gerechtigkeit von Hand zu Hand, in erbittertem Ringen.

Uros beobachtete den Kampf aus sicherer Entfernung. Kalten Blutes hatte er sich aus jedem Getümmel herausgehalten. Keinen Augenblick ließ er die anderen Reiter aus den Augen. Und da — ein Tschopendos erschien. Rücksichtslos schlug er mit der Peitsche um sich, und sein Pferd abwechselnd nach rechts und nach links reißend, erzwang er sich seinen Weg und galoppierte geradewegs auf das Ziel zu. Schon gellte sein Siegesschrei.

Doch da schwang Uros die Peitsche, und Jehol schoß wie ein Pfeil davon. Der Reiter aus Masar-i-Scharif versuchte vergebens, so dicht vor dem Ziel, zu entkommen. Schon hatte Jehol ihn eingeholt. Und Uros schickte sich an, das schönste, schwierigste Buskatschikunststück zu vollführen: mitten im Ritt ließ er sich ins Leere fallen, und nur mit einem Fuß im Steigbügel das Gleichgewicht haltend, warf er die Arme nach vorn. Er hatte richtig gezielt. Seine Hände packten den Ziegenbock und rissen ihn allein durch die Wucht des Falles mit sich fort. Er brauchte sich nur noch in den Sattel zurückfallen zu lassen und davonzugaloppieren. Für einen Reiter wie ihn war das ohne weiteres möglich.

Doch plötzlich fühlte Uros, wie er alle Gewalt über seine Muskeln verlor. Ungeschickt, ohnmächtig hing er einen Augenblick in der Luft, und mit ungläubigem Staunen fand er sich auf dem Boden wieder, wie ein Sack von seinem Pferd weitergeschleift, wobei sein Fuß noch im Steigbügel hing. Er brauchte sich nur an Jehols Mähne festzuklammern und hochzuschwingen, aber zwischen Fuß und Knie war keine Verbindung mehr. Also war es schlimmer als eine bloße Verstauchung oder Zerrung; denn so etwas hätte

Uros nicht daran gehindert, wieder aufs Pferd zu springen. Jehol blieb stehen, und Uros' Fuß glitt aus dem Steigbügel. Gleichzeitig näherte sich im Galopp unter wildem Gebrüll die ganze Meute. Die Mannschaften aller drei Provinzen stürzten sich vereint auf den Ziegenbock, den er noch immer umklammert hielt.

Doch sie kamen nicht an ihn heran. Jehol hatte sich schützend über Uros gestellt, er verteidigte ihn mit Zähnen und Hufschlägen. Und Uros preßte mit aller Kraft seine Trophäe an sich.

Doch nicht lange, und seine Finger wurden von wütenden Peitschenhieben getroffen, rauhe Hände rissen ihn an den Haaren, zogen ihn am Gürtel hoch — einem Tschopendos gelang es schließlich, den Ziegenkadaver zu packen, und er galoppierte, von den anderen verfolgt, davon. Da erst begriff Uros, daß er verloren hatte ... Das Geheul einer Sirene näherte sich. Er wurde in einen Krankenwagen gebracht.

Eine heisere, siegestrunkene Stimme schrie »Hallal, Hallal« dicht neben ihm, vor dem weißen Kreis. Und Uros schlug wütend auf sein gebrochenes Bein, damit der Schmerz das Denken in ihm auslösche.

Das Krankenhaus lag am Rande der Stadt in einem weiten Park voller Blumen.

Im Operationssaal wurde Uros von dem Assistenzarzt untersucht, einem jungen afghanischen Chirurgen, der in Kabul studiert hatte. Er werde den Bruch sofort einrichten und das Bein in Gips legen, erklärte er dem Tschopendos. »Es wird bald wieder ganz in Ordnung sein«, sagte er beruhigend. Uros antwortete nicht. Er verstand nichts mehr. Was für eine unsägliche Schande hatte man ihm angetan!

Die Ambulanz, die Krankenwärter — nie hätte man ihn in

der Steppe so zu behandeln gewagt. Dort wäre er, von einem Kameraden gestützt, auf einem Bein bis zu seinem Pferd gehüpft und wie ein Mann hoch zu Roß heimgekehrt. Ein Medizinmann wäre gekommen, in einem Tschapan, wie es sich gehörte, mit Heilkräutern und Tinkturen, und alles wäre in der Stille und mit Anstand vor sich gegangen. Hier lag er auf einem Bett aus Eisen, ein junger Mann in einem weißen Kittel bestimmte über ihn, als sei er ein unmündiges Kind, und — Gipfel der Schande! — eine europäische Frau zog ihn aus und rasierte die Haare auf seinem verletzten Bein ab.

Dann wurde er durch einen anderen, riesengroßen, fremdartig riechenden Saal getragen, voll von Kranken, die ihm nachschauten, bis zu seinem Bett, das in einer Ecke an einem halbgeöffneten Fenster stand. Die frische, abendkühle Luft aus dem Park drang herein.

Man hatte dem Tschopendos das beste Bett gegeben, weil er ein Gast des Königs war.

Und Uros grübelte über sein Mißgeschick nach. Nicht einen Augenblick kam er auf die Idee, er selbst könne daran schuld sein. Ein Tschopendos seines Ranges — unmöglich! Zufall? Es gab für Uros keinen Zufall. Was sich seinem Willen, seinem Verstand entzog, war das Werk böser Geister, rachsüchtiger Dämonen, geheimnisvoller Mächte. Hatte er heute ihren Zorn heraufbeschworen? Hatte er vielleicht die Waschung mit der linken Hand vollzogen? Hatte er irgendwann im Verlauf des Buskatschi vergessen, das alte Ledersäckchen mit den glückbringenden Kräutern zu berühren, das Jehol um den Hals trug? Uros zermarterte sein Gehirn, doch keine unheilvolle Handlung oder Geste fiel ihm ein. Dann mußte es ein böser Zauber sein — doch wer, welcher neidische Feind konnte ihn auf ihn geworfen haben?

Eine rasche Bewegung erinnerte Uros an sein Bein. Es fühlte sich seltsam schwer an. Er deckte das Laken auf, sah den Gips und schauderte. Man hatte sein Bein in einen kleinen Sarg gelegt, unfaßbar! Welch böses Omen!

Und mit tiefer Sehnsucht dachte Uros an die Salben und Kräuter, die in Pferdemilch eingeweichten Schlangenhäute, die Wolfszähne und die Stacheln von Skorpionen, die man, zu feinem Pulver gemahlen, in ein Büffelhorn schüttete. Jedes dieser Wundermittel wurde vorher von dem Medizinmann mit rituellen Gesten und ganz bestimmten Zauberformeln geweiht. Wollten sie ihn umbringen, diese Doktoren aus Kabul? Uros' Lippen waren trocken, seine Stirn glühte, und seine Haare waren naß von Schweiß. Er deckte sich rasch wieder zu: da kam diese Frau, diese Europäerin! Sie war groß, kräftig, noch jung, und ihre Züge drückten eine gelassene sinnliche Heiterkeit aus. In holprigem Afghanisch erklärte sie — Uros' Bettnachbar, der das Gymnasium besucht hatte, übersetzte es ihm —, daß Besuch für ihn da sei und daß er ihn ausnahmsweise empfangen dürfe, obwohl es an sich schon zu spät sei.

Mokki kam durch den Saal, eingeschüchtert durch so viele Blicke, den Kopf eingezogen.

Doch als er allein vor Uros stand, lachte er übers ganze Gesicht.

»Ich habe gehört, daß der Prophet dich beschützt hat und daß du bald wieder ganz gesund sein wirst«, sagte er. Und gleich darauf: »Jehol ist im Stall, getränkt, gestriegelt. Gute Streu, guter Hafer. Fast so gut wie bei uns.«

»Wer hat das Hallal gerufen?« fragte Uros brüsk. »Masar oder Katagan?«

Mokki lachte laut.

»Still, du Tölpel«, sagte Uros. »Wer?«

»Errätst du's nicht?« fragte Mokki glückstrahlend. »Einer von uns hat das Buskatschi gewonnen. Bist du nun zufrieden?«
Uros biß die Zähne zusammen. Das Schlimmste war geschehen. Maimana hatte gewonnen — ohne ihn!
»Wer?« fragte er.
»Soleh«, antwortete Mokki.
»Wie — Soleh? Sein Pferd war am Ende!«
Mokki hob seine riesige Hand und rief:
»Allah hat ihn geleitet. Jehol war ohne Reiter. Er hat Jehol genommen!«
Uros zuckte zusammen. Sein eigenes Pferd also hatte seine Schande besiegelt. Und er durfte nicht einmal etwas sagen: innerhalb derselben Mannschaft war es üblich, daß ein Spieler sich ein anderes, frischeres Pferd nahm, wenn es keinen Reiter mehr hatte.
»Du hast doppeltes Glück. Maimana hat gewonnen, und Jehol gehört von heute an dir.«
Uros betrachtete ihn verständnislos. Der Sais flüsterte ihm zu: »Natürlich! Der Teufelshengst hat gewonnen. Er gehört dir.«
Und Uros erinnerte sich plötzlich, Wort für Wort, an Tursehns feierliches Versprechen im Basar von Daulad Abas. Wie hatte er gesagt? »Wenn in Kabul mein Jehol das Buskatschi des Königs gewinnt . . .«
Uros erinnerte sich an die Dankbarkeit und die Zärtlichkeit, die er damals zum ersten Mal in seinem Leben empfunden hatte. Grenzenlose Bitterkeit erfüllte ihn. Das schönste Pferd der Steppe gehörte ihm. Doch dank eines anderen Reiters . . .
Die Krankenschwester kam zurück, mit einer kleinen, metallisch blinkenden Tube. Uros' Nachbar sagte, das sei ein Thermometer, und erklärte ihm seinen Gebrauch.

»Das ist unmöglich, niemand auf der Welt kann mich zu so etwas zwingen!«

Uros hatte sich aufgerichtet, bleich vor Wut schrie er, stammelte er, Scham erstickte seine Worte.

»Ich werde nachher einen Afghanen schicken«, sagte die Krankenschwester.

Mokki schüttelte seinen riesigen runden Kopf. Was für ein unanständiges Benehmen!

»Soleh und die anderen von Maimana lassen sich für heute abend entschuldigen. Der König gibt in seinem Palast ein Fest für sie. Sie kommen morgen hierher.«

»Nein«, sagte Uros zornig. »Niemals!«

Und obwohl sie sich in usbekischem Dialekt unterhielten, den niemand hier in Kabul verstand, fügte Uros leise flüsternd hinzu: »Um Mitternacht wirst du mit Jehol und meinen Kleidern unter dem Fenster stehen.«

»Aber der Eingang zum Krankenhaus wird von Soldaten bewacht«, erwiderte Mokki.

»In den Taschen meines Tschapans ist Geld genug«, sagte Uros. »Bestich sie! Und wenn sie kein Geld nehmen, springst du über die Mauer und hilfst mir, 'rüberzusteigen. Du bist groß und stark genug.«

»Ich kann dich verstehen«, sagte Mokki. »Wirklich, ich kann dich verstehen.«

Um Mitternacht erhob sich Uros, humpelte mit seinem Gipsverband zum Fenster, öffnete es und kletterte mühsam hoch. Mokki hob ihn sanft in den Sattel. Das Tor zum Park war nur angelehnt. Die Soldaten hatten sich in ihr Wachhaus zurückgezogen.

Als sie draußen waren und die lange Mauer hinter sich gelassen hatten, fragte Mokki:

»Glaubst du, sie werden dich verfolgen?«

»Bestimmt«, sagte Uros. »Aber sie werden uns nicht kriegen.«

Er blieb stehen. »Erst müssen wir den bösen Geist vertreiben. Hol einen Stein!«

Mokki hob einen großen Stein von der Straße auf. Uros streckte sein Bein aus und befahl:

»Zerschlag mir diesen verfluchten Sarg!«

Mokki schlug mit aller Gewalt zu. Der Schmerz war so heftig und unvermittelt, daß Uros am Zügel riß und Jehol sich aufbäumte. Doch der Gips zerbrach in tausend Stücke.

»In meinem Bündel ist ein Stück Papier, auf dem etwas geschrieben steht. Es sind Worte des Propheten. Ein Mulla aus Daulad Abas hat sie aus seinem Koran für mich abgeschrieben.«

Mokki brachte es seinem Herrn. Und Uros sagte:

»Lege das Papier auf meine Wunde und binde es mit einem Gürtel fest.«

Und Mokki tat, wie ihm befohlen.

ZWEITER TEIL

Die Versuchung

I
Die Tschaikhana

Der Weg, der um Kabul herumführte, war für den, der die Gegend nicht kannte, unsicher und gefährlich. Doch obgleich es Uros drängte, möglichst rasch vom Krankenhaus wegzukommen, hielt er es für ratsamer, nicht durch die Stadt zu reiten. Er hatte in diesen wenigen Tagen so viele Polizisten, Patrouillen und Kasernen gesehen, so viele Offiziere und Beamte, daß ihm die ganze Stadt wie eine einzige Falle erschien. Er war davon überzeugt, daß alle diese Leute — und noch viele andere dazu — alsbald den Auftrag erhalten würden — wenn sie ihn nicht schon hatten —, ihn zu verfolgen und gewaltsam auf sein unwürdiges Lager zurückzubringen, wo er erneut der schamlosen Fremden ausgeliefert sein würde. Auch Mokki war dessen sicher. Wie konnte jemand aus der Steppe ahnen, daß für die Großen dieser Welt das Schicksal eines — wenn auch berühmten — Tschopendos nur wenig Bedeutung hatte?
Sie orientierten sich an der endlosen, zerfallenen Lehmmauer, die bald hoch oben über die Hügel, bald durch tiefe Schluchten führte und einstmals die Stadt vor Feinden geschützt hatte. Im Schatten der hohen Festungsmauern fühlte sich Uros sicherer — vor dieser schrecklichen, lärmenden, hastenden Menge, in der ihn nicht ein einziges Mal jemand erkannt hatte.

Die kaum gangbaren Pfade, denen die Flüchtigen über die steil abfallenden Hügel folgen mußten, waren uneben, steinig und voller Löcher. Doch das Licht des Mondes war hell genug, und Jehol hatte einen sicheren Tritt. Als der ewige Schnee auf den Gipfeln des Hindukusch sich im Lichte des Morgens rötlich färbte, hatten sie auch die äußersten Grenzen der alten Mauern hinter sich gelassen.

»Kabul liegt nun weit hinter uns«, sagte Mokki.

»Wir sind gut vorwärtsgekommen«, antwortete Uros.

»Was für ein Pferd«, rief der Sais.

Seine riesige, rauhe Hand streichelte zärtlich das Fell des Pferdes. Jehol wieherte freudig. Und Mokki strahlte über das ganze Gesicht. Selbst Uros fühlte sich zuversichtlicher; die Morgenröte, die von Gipfel zu Gipfel immer höher stieg, war sein Zeuge: er hatte den Schmerz, die Niederlage, die Schande, das Krankenhaus und die Nacht zu besiegen vermocht. Er war erneut Herr seiner selbst, auf seinem eigenen Pferd. In den Bergen erwachten schon die Adler, einer stieg dicht vor ihm auf. Ein gutes Zeichen, das ihnen Glück verhieß ...

»Ich will absteigen«, sagte er zu Mokki, »zum Gebet. Die Sonne ist aufgegangen.«

»Wirst du dich nicht noch mehr verletzen, wenn du niederkniest?« fragte Mokki.

»Das macht nichts«, erwiderte Uros.

»Allah ist nachsichtig gegenüber den Kranken und Schwachen«, sagte Mokki. »Auch der große Tursehn weiß das sehr wohl: selbst er, der Gottesfürchtige, betet im Stehen. Wirklich, du kannst ruhig im Sattel bleiben.«

Doch nichts auf der Welt konnte Uros jetzt von seinem Entschluß abbringen. Nein, nicht darin, nicht in seinen Gebrechen wollte er es dem Vater gleichtun.

Mit dem gesunden Bein stützte er sich auf den Steigbügel und schwang das andere über den Rücken des Pferdes. Dann klammerte er sich an Jehols Hals fest und ließ sich zu

Boden gleiten. Er beugte leicht das Knie, stützte sich mit beiden Händen auf die Erde und streckte erst jetzt das gebrochene Bein aus. Mit der Stirn den Boden berührend, legte er in sein Gebet seine ganze Frömmigkeit, in der sich Glauben und Aberglauben mischten. Hinter ihm kniend wiederholte der Sais halblaut die heiligen Sprüche mit kindlichem Vertrauen.

Uros richtete sich als erster wieder auf; in umgekehrter Reihenfolge wiederholte er die gleichen Bewegungen. Doch sicher und sorglos geworden, tat er es allzu schnell. Sein gebrochenes Bein berührte den Boden. Nur für einen Augenblick ruhte das Gewicht seines Körpers auf ihm. Aber schon das war zuviel. Etwas knirschte in dem gebrochenen Knochen, und ein so wilder Schmerz durchzuckte Uros, daß er dachte: Ich schaffe es nicht; ich werde hinfallen. Doch statt nachzugeben und Mokki zu Hilfe zu rufen, ergriff er Jehols Mähne und zog sich so weit hoch, daß er mit seinem gesunden Fuß Halt im Steigbügel fand. Dann ließ er das andere Bein gegen die Flanke des Pferdes fallen. »Zieh den Verband fester an, Mokki«, sagte er und preßte die Lippen zusammen.

Der Sais betrachtete das Bein, bevor er den Stoff fester wikkelte. »Ich fühle ein kleines Stückchen Knochen, das aus der Haut ragt«, sagte er.

»Was nach dem Gebet geschehen ist, kann nicht so schlimm sein«, antwortete Uros.

Sein Mund verzog sich zu dem ihm eigenen Grinsen. Er hatte erneut etwas zu bezwingen: den Schmerz. Bis jetzt hatte er ihn nur dumpf und undeutlich gespürt. Doch jetzt wühlte er in seinem Innersten, mit spitzen Zähnen fraß er, wie eine Säge, an jedem Nerv. Ihn zu überwinden war eine wirkliche Aufgabe, ein immer neuer Sieg, den er erringen mußte.

Und gelassen rief er:
»Auf, in den Sattel!«
Jehol setzte sich freudig in Bewegung.
Er ist das ganze Buskatschi besser als jedes andere Pferd gelaufen, dachte Uros. Und seit Mitternacht trägt er jetzt zwei Männer, und über was für Wege! Dennoch zeigt er weder Müdigkeit noch Unwillen. Uros strich leicht über das seidige Fell. Der Hengst schnaubte und lief rascher. Plötzlich hob er den Kopf, bewegte die Ohren und witterte. Leichter Schweiß trat auf seine Flanken. Sein Gang wurde vorsichtig und zögernd.
»Er muß irgendein Tier gewittert haben«, sagte Mokki.
Uros ließ Jehol weiterlaufen: den schmalen Pfad entlang, der zwischen den spitz aufragenden, kahlen Felsen hindurchführte. Und da vernahmen auch die beiden Männer den gedämpften Lärm; direkt vor ihnen, wenn auch noch hinter einer Anhöhe verborgen, doch ganz nahe, verlief die große Straße des Nordens, die einzige, die von Mittel-, Süd- und Ostafghanistan, von Kabul und Peschawar, von Gardes, Ghasna und Kandahar zu den Ebenen und Steppen jenseits des Hindukusch führte.

Es war Herbst, fünf Monate Trockenheit gingen gerade zu Ende. Und obgleich es noch früh am Morgen war, lag schon der Staub, von zahllosen Rädern, Füßen, Hufen, Pfoten aufgewirbelt, in feinen Wolken über der Straße; wie ein leichter Nebel, in dem sich die Sonnenstrahlen brachen.
Es gab keine Vorschriften und kein Gesetz, und niemand regelte den Verkehr. Alles wurde dem Zufall, dem guten Willen, dem Hochmut oder der Bescheidenheit, der Sorglosigkeit und dem Schicksal überlassen.
Und diesem Chaos entsprach der Lärm. Das Wiehern, Blö-

ken, Bellen der Tiere mischte sich mit den Schreien der Fußgänger und Reiter, die Trillerpfeifen der Viehtreiber mit dem Hupen der Autos und Lastwagen. Und so zogen sie dahin: Paschtuns, Tadschiks, Hasaras, Usbeken und Nuristani, auf diesem uralten Weg, auf dem schon die Heerscharen Alexanders und die Schüler Buddhas gewandert waren ...

Hier gesellten sich der Geschäftsmann und der Viehtreiber, der Arbeitssuchende, der Heimkehrer und der Abenteurer zueinander ...

Von einem Bergvorsprung, der die große Straße des Nordens überragte, schauten Uros und Mokki schweigend auf das Getümmel herab. Keiner von beiden dachte daran, Jehol anzutreiben.

»Auf dieser Straße dort sind wir hergefahren«, sagte schließlich Mokki mit ungläubigem Staunen.

Uros antwortete nicht.

»Aber du warst ja in dem großen Auto von Osman Bey und ich in einem Lastwagen«, fügte Mokki hinzu. Er klopfte dem Hengst auf den Rücken.

»Und Jehol auch.«

Uros blickte über das dürre Land, das jenseits der Straße in feuerverbrannten Farben glühte: Gelb, Ocker, Rostbraun. Dort, weit am Horizont, ruhte der klare, lichte Himmel auf den unbeweglichen Wellen der Berge.

Mokki sah, wie er die Schultern straffte und seine Hände die Zügel fester hielten.

Jehol begann vorsichtig die Böschung hinabzusteigen. Als sie unten angelangt waren, stieß Uros einen kurzen heiseren Schrei aus und trieb Jehol mitten in das Getümmel.

Im ersten Augenblick dachten die beiden Reiter nur an eins: sich nicht überrennen zu lassen. Doch bald gewannen sie ihre Ruhe zurück. Der Staub war hier auch nicht dichter als in ihrer heimatlichen Provinz und die vorwärtsdrängende Menge um sie herum jedenfalls nicht so ungestüm wie die Reiter des Buskatschi. Der große Sais lachte und sagte zu Uros:

»Weißt du, ich mach' den Weg doch lieber zu Pferd. In dieser Kiste auf Rädern, in der wir nach Kabul kamen, konnte man überhaupt nichts von der Gegend sehen, und weil es so rüttelte, hatte ich auch dauernd Angst, daß Jehol sich das Knie oder die Fessel verletzen würde.«

Uros antwortete nicht. Er fragte sich, wie weit es noch bis Maimana war. Und er dachte an die Soldaten und Polizisten, die sicher hinter ihm her waren. Nur sein Stolz hinderte ihn daran, sich jeden Augenblick umzudrehen.

»Jehol fühlt sich auch viel wohler so«, sagte Mokki. Der Hengst versuchte, sich seinen Weg durch die wimmelnde Menge zu bahnen, bald vorwärts galoppierend, bald vorsichtig ausweichend. Er lernte das für ihn unbekannte Spiel der großen afghanischen Straße.

Und dem staunenden Sais boten sich immer neue Bilder, immer neue Überraschungen.

»Sieh doch, sieh doch«, rief er jedesmal ganz glücklich. »Diese Ziegen aus den hohen Tälern von Nuristan, sie sind ganz schwarz, mit dichtem Haar — und wie lebhaft und stolz! Und ihr junger Schäfer hat blaue Augen!«

Und dieser alte Mann in Lumpen, mager und blind, den Jehol fast umgeworfen hätte und der allein mitten in dem Getümmel wandert, wo ging er wohl hin, die Arme ausgebreitet, den Kopf hocherhoben, mit seinen weißen offenen Augen in die Sonne blickend, die er nicht sah? Und dann ein Karren mit Holzrädern, von ein paar Ochsen gezogen, auf dem dicht verschleierte, von Kopf bis Fuß in weite Gewänder gehüllte Frauen saßen.

Da trug ein wandernder Musiker auf seinem Rücken ein mächtiges Saiteninstrument, das ganz anders war als die leichten Damburas, deren zarte Töne Mokki von Kindheit an vertraut waren.
Und hier wanderten zwei indische Kaufleute neben ihren Mauleseln. Zu beiden Seiten des Tragsattels schwankten offene Kisten voll Baumwoll- und Seidenstoffen, Töpferwaren und Messern.
Da waren Gaukler, Priester, Derwische und Herren, die mit Falken, Sperbern und Adlern auf der behandschuhten Faust zur Jagd ritten.
Und schließlich die Lastwagen.
Die armseligsten und verkommensten wie die größten und neuesten — alle trugen vorn am Führerhaus und seitlich bunte Schilder, auf denen in schreienden Farben Blumen, grüne Sträucher, Vögel und Tiere gemalt waren. Bei jedem dieser Bilder lachte Mokki glückstrahlend und voll Bewunderung. Er dachte, es seien Zauberbilder, gegen die Müdigkeit und die Gefahren des Wegs.
»Schau nur, schau nur!« rief er Uros zu.
Uros antwortete nicht. Und Mokki ließ wieder wie gebannt die Bilder der Straße an sich vorüberziehen. Die Lastwagen — ja, schön, nur sie fuhren zu schnell. Man hatte gar nicht die Zeit, sich alles richtig anzuschauen ...
Die Karawanen wenigstens gingen — gelobt sei der Prophet — im Schritt, ja sogar gemächlichen Schrittes. Ihre Führer und ihre Tiere ließen sich Zeit ... Und man konnte sie nach Herzenslust bestaunen.
Nur Uros wollte nichts sehen. Er war kein Kind, das über jede neue Entdeckung in Freudenschreie ausbrach. Was galt ihm das fremdartige Schauspiel dieses unbekannten Landes? Er hatte nur einen Wunsch: rasch heimzukehren und auf

dem eigenen, vertrauten Boden seine Welt wiederzufinden. In dem Getümmel der Straße sah Uros nur einen einzigen Vorteil: die Sicherheit. War er nicht, unter so vielen Passanten, Herden, Lastwagen und Karawanen, vor jedem neugierigen Blick verborgen? Selbst der Staub und der Lärm der Straße waren seine Verbündeten. Sie bedeckten, verhüllten und schützten ihn. Und ließen ihn seine Feinde in Kabul vergessen...

Es war Mittag geworden, die Sonne stand glühend im Zenit. Der Himmel war klar, das Gebirge farblos, die Erde ohne Schatten. Die Hitze verwandelte den Staub in feurige Asche. Die Straße hatte sich langsam geleert. Die Nomaden kampierten, ohne ihre Zelte aufzustellen, längs der Straße und warteten mit ihren Kamelen im Schatten der Lasten auf ein wenig Kühle, um weiterzuziehen. Die Lastwagen standen still; Fußgänger und Reiter drängten sich auf den Terrassen der Tschaikhanas, die zu beiden Seiten der Straße standen.

Ihre Bauweise war immer die gleiche: so wie sie schon vor Jahrhunderten die Wanderer und Karawanen Zentralasiens gekannt hatten. Ein quadratischer Raum, von Wänden aus weißgekalktem Lehm umgeben. Zur Straße hin wurde die Wand von schmalen Türen durchbrochen, die auf die Terrasse führten, den wichtigsten Teil der Tschaikhana: über dem Boden aus gestampfter Erde breitete sich ein Dach aus getrockneten Blättern, das ein paar unbehauene Stämme stützten. Den Boden bedeckten abgenützte Teppiche oder staubfarbene Lumpen. Das war alles.

Doch die Ärmlichkeit hier bedrückte niemanden. Sie war für alle gleich. Das kochende Wasser sang in riesigen, bauchigen Samowaren. Die bemalten Tassen hingen aufgereiht an der gekachelten Wand. Wachteln piepsten in kleinen Käfigen.

Bunte gemalte Arabesken und Blumen zierten die rauhe Wand. Und überall im Schatten der Gebirgsketten und Gipfel, in den Tälern und Schluchten, herrschte unendliche Freiheit.

Die glühende Scheibe der Sonne schien für immer und unbeweglich über der Erde zu stehen. Die Menschen und die Tiere, die noch auf der Straße waren, wankten mühsam dahin. Jehol jedoch, trotz seiner doppelten Last und seiner schweißbedeckten Flanken, lief gleichmäßig schnell und sicher.

Bei jeder Tschaikhana, an der sie vorbeikamen, sah Mokki die Reisenden, die sich im Schatten des Blätterdaches ausruhten, roch den würzigen Duft der gegrillten Lammspieße, der in Hammelfett gebratenen Eier und hörte das Klirren der dampfenden Teetassen. Er hatte Hunger, er hatte Durst, er schwitzte und war erschöpft. Jedesmal drängte es ihn, Uros zuzurufen:

»Laß uns doch endlich Rast machen wie die anderen!«

Aber er schämte sich, seine Ungeduld und seine Müdigkeit einem Älteren, Schwächeren und überdies Verletzten zu zeigen. Deshalb nahm er seine Zuflucht zu einem, wie er glaubte, höchst listigen Einfall:

»Schau nur, Uros, in dieser Tschaikhana haben sie einen Vogel, der sprechen kann, einen Star ...«

Oder:

»Siehst du, Uros, siehst du diesen riesengroßen Samowar dort?«

Und ein anderes Mal:

»Die Reisenden von dem Lastwagen dort, die auf dieser Terrasse sitzen — was die wohl für Geschichten erzählen mögen!«

Vergebliche Mühe. Unbeweglich im Sattel sitzend, mit zusammengepreßten Lippen, trieb Uros das Pferd unaufhaltsam auf der verlassenen, glühenden Straße vorwärts. Dabei litt er noch weit mehr als Mokki unter der Hitze und dem Durst. Das Fieber trocknete seine Kehle aus, und seine Haut glühte. Sein Bein wurde immer schwerer und der Schmerz unerträglich. Wenn er den Fuß in den Steigbügel steckte, um sein Bein etwas zu erleichtern, schienen die Knochen zu zersplittern. Der Stoff, der um seine Wunde gewickelt war, bildete einen einzigen klebrigen Flecken, und die dicke Staubschicht darauf hielt die riesigen Fliegen nicht davon ab, sich in dichten Schwärmen darauf niederzulassen.

Bei jeder Tschaikhana, der sie sich näherten, fühlte er nur einen einzigen Wunsch: sich auf der Terrasse im Schatten auszuruhen, sich hinzulegen, sein verletztes Bein auszustrekken, zu trinken — zu trinken: erst das in Krügen kühl gehaltene Wasser, dann den süßen, kochendheißen Tee. Doch je heftiger und sehnsüchtiger dieser Wunsch in ihm wurde, desto entschlossener versagte ihn sich Uros. Ja, er empfand eine grausame Freude dabei, diese Begierde zu unterdrükken. Glühender als die sengende Sonne, das wütende Fieber war sein Verlangen, seinem Körper auch unter Folterqualen zu beweisen, daß er der Stärkere war. Ihn mitleidlos, endlos, unter Schmerzen, im Sattel zu halten ...

Jene Anhöhe hinauf, wieder hinunter ... und wieder hinauf. Uros trieb Jehol weiter, als läge eine Ewigkeit vor ihnen.

Diese Steigung war noch steiler als zuvor. Mokki sprang vom Pferd und lief zu Fuß neben ihm her. Er muß gespürt haben, daß Jehol müde wird, dachte Uros. Der Schritt des Pferdes war zwar der gleiche geblieben, doch sein Atem ging ein wenig rascher, und sein Gang war — fast unmerklich — etwas steifer geworden. Uros biß die Zähne zusammen.

Nein, er würde nicht nachgeben. Er würde Jehol zwingen, weiterzulaufen, immer weiter, bis zu einem unendlichen Ziel, dem Nichts, bis zur Auflösung, in einer Welt, die weder Maß noch Grenzen kannte und die er allein durch seine wilde Entschlossenheit erreicht hatte. Doch da richteten sich gegen Uros sein mächtigster Instinkt, seine Erziehung, seine Herkunft, seine Steppe: ein Mann aus Maimana, ein Reiter, ein Tschopendos konnte ein so edles Tier wie Jehol nicht so unwürdig behandeln. »Mokki«, sagte Uros halblaut, »such für den Hengst die beste Tschaikhana.«

Schon füllte sich die Straße wieder, als Mokki seine Wahl getroffen hatte. Am Fuße eines Hügels lag ein großes Dorf, durch das ein kleiner Bach floß. Am Rande der Straße und am äußersten Ende des Dorfes stand eine Herberge. Von außen unterschied sie sich nicht von den anderen. Doch plätscherte vor der Terrasse das klare Wasser eines Baches, und daneben wuchsen in einem kleinen Garten ein paar Weiden.

Dorthin führte Uros den Hengst. Ohne sich auf Mokkis Schulter zu stützen, ließ er sich vom Pferd herab und stellte sich auf sein gesundes Bein.

»Brauch' ich nicht«, sagte er schroff zu einem Batscha, der mit einer dürftigen, baumwollgefüllten Matratze herbeieilte.

Und zu Mokki gewandt: »Kümmere dich um das Pferd!«

Als der Sais zurückkam, lag Uros völlig unbeweglich auf dem Boden, die Arme ausgestreckt; ohne das Zucken der Lider über seinen Augen hätte er einem Toten geglichen.

Mokki schämte sich entsetzlich. Er hatte Uros seinem Durst überlassen, während er selbst gierig aus dem Bach getrunken hatte, dicht neben Jehol. Und er rief:

»Der Batscha — warte, sofort — ich rufe ihn ...«

»Ich will niemanden sehen«, flüsterte Uros.

Jedes unbekannte Gesicht, jede fremde Stimme waren ihm unerträglich. Seit er sein gebrochenes Bein auf dem kühlen Lehmboden des Gartens ausgestreckt hatte, fühlte Uros von der Erde, dem Bach, dem Baum und seinem Schatten eine so wohltuende Kraft ausgehen, daß er nichts mehr von den anderen und nichts von sich selber wollte.
»Gleich, ich versprech's dir — du sollst alles haben ...«, rief Mokki. Und er rannte eilends in die Tschaikhana.
»Geh — geh«, sagte Uros leise. Sein einziger Wunsch war, so rasch wie möglich dieses unbeschreibliche Glücksgefühl wiederzufinden: nicht mehr zu existieren und sich dessen bewußt zu sein. Doch der Körper läßt sich nicht lange mißachten: Als Mokki Uros' Kopf aufhob und an seine ausgedörrten Lippen einen blauen Krug mit Wasser hielt, leerte ihn Uros in einem Zug bis zum letzten Tropfen und sagte gebieterisch: »Mehr!« Und als sein Durst gelöscht war, verspürte er einen solchen Heißhunger, daß er gierig die dünnen, warmen und zarten Brotfladen in den Mund stopfte, die Mokki ihm hinhielt — kaum daß er sich die Zeit nahm, sie um die fetten, gegrillten Lammstücke zu wickeln, die er von den noch glühenden Spießen streifte und wie ein hungriger Wolf verschlang. Als er endlich satt war, überfiel ihn die Müdigkeit mit solcher Heftigkeit, daß er plötzlich, noch halb sitzend, den Rücken an den Stamm der Weide gelehnt, einschlief. Mokki hockte sich auf den Boden und begann ebenfalls zu essen. Er ließ Uros nicht aus den Augen, und bei jedem Bissen, jedem Schluck nickte er glücklich mit dem Kopf. Mit solchem Appetit hatte Uros gegessen! Und wie tief er jetzt schlief!
Seit jeher, als Batscha, Schäfer, Stallknecht, war es Mokkis Aufgabe gewesen, Tiere und Menschen zu pflegen und zu versorgen. Und er war glücklich darüber, weil er gutmütig

und stark war. Ein Schaf, das durch seine Mühe ein dichtes Fell bekommen hatte und kräftig und fett geworden war, oder ein Pferd, dessen Fell seine Hände gestriegelt hatten und das ihn satt, zufrieden und dankbar anschaute, erfüllten ihn mit Stolz und Zärtlichkeit.
Und jetzt wachte er mit ebensolchem Stolz über Uros' Schlaf. Er fragte sich nicht, ob er ihn liebte, genausowenig wie er sich gefragt hatte, ob er Jehol liebte, als dieser sauber gestriegelt, genährt und getränkt auf der frischen Streu, die er ihm bereitet hatte, eingeschlafen war. Doch während er über sein ganzes breites, fast noch bartloses Gesicht lachte und seine schmalen Augen zufrieden und fröhlich aufleuchteten, schwor sich Mokki, Uros heil und sicher nach Hause zu bringen — selbst wenn er ihn auf seinen Armen bis zu den Steppen von Maimana tragen mußte.

Das Licht wurde sanfter und die Hitze schwächer. Aus der Weide, die sich über Uros erhob, erklang das erste, noch unsichere Zwitschern, mit dem die unsichtbaren Vögel das Nahen des Abends verkündeten. Uros schlief noch immer. Erst der laute Lärm, mit dem eine Gruppe von Reisenden in den Garten eindrang, weckte ihn auf. Sie waren in einem alten, klapprigen Wagen von Norden her gekommen und riefen nun mit vom Staub der Straßen und dem eisigen Bergwind heiseren Stimmen nach grünem und schwarzem Tee.
Mit geschlossenen Augen streckte Uros seine Arme, sein gesundes Bein. Dann erst bewegte er vorsichtig das andere. Sofort durchfuhr ihn brennender Schmerz — doch es war nun ein fast schon vertrautes, erträgliches Gefühl. Uros fühlte sich nahezu wohl. Die Müdigkeit war verflogen. Die Geister der Furcht und des Schreckens waren gebannt, die Qualen der Erniedrigung überwunden.

Und während die Stimmen der Vögel aus den Zweigen über seinem Kopf immer lauter wurden, dachte er: Im Grunde war mein Sturz doch nur ein Unfall. Natürlich hatte er dadurch das Königsbuskatschi nicht gewonnen, schön, aber es würde ja jetzt jedes Jahr ein neues stattfinden. Das Wichtigste war erst einmal, so rasch wie möglich nach Haus zu kommen und das Bein zu heilen. Dann würde man weitersehen ... Er war noch immer er selbst, Uros, und Jehol gehörte ihm.

Er öffnete die Augen, und sein Blick begegnete dem des Sais, der auf der Erde hockend über ihn wachte.

Er sagte langsam:

»Ich habe gut geschlafen, Mokki.«

»Das kann man wohl sagen«, rief der Sais. »Beim Propheten! Und gleich sollst du den schwärzesten, heißesten und süßesten Tee bekommen! Ich lauf' gleich! Das wird dir guttun!«

Uros ließ seinen Blick über die schroffen Felsgrate und den Himmel darüber wandern. Alles nahm wieder Farbe und Leben an, seit die Sonne sank. Der Himmel würde tiefblau, die Spitzen der Berge färbten sich schon rötlich. Bald würde das Abendlicht sie in glühenden Purpur verwandeln.

Doch Uros, an die endlose Weite der Steppe gewöhnt, fand nur wenig Gefallen an diesen steinernen Wänden. Sie verengten, begrenzten den Horizont. Er senkte wieder den Blick, und schon fühlte er sich nicht mehr in der Fremde. Tschaikhanas der Steppen, der Täler, der Gebirgspfade, über die der Wind peitschte, Tschaikhanas der Wüste — es gab keinen Unterschied zwischen ihnen. Kupferner Samowar, in dem das kochende Wasser singt, Geruch von Hammelfett, duftender Tee, Rufe der Batschas ...

Uros fühlte sich wieder zu Hause. Auch die Reisenden, die dort auf dem Boden hockten, waren Uros nicht gänzlich fremd: Kaufleute aus Kandahar, die ihre Astrachanhäute in Masar-i-Scharif und ihre Teppiche in Maimana einkauften; er hatte schon oft in diesen beiden Provinzen Leute ihres Stammes gesehen, unter den Dächern der Basare, auf den Terrassen der Herbergen, und er kannte die nach der Art ihrer Provinzen geknoteten Turbane und die dicke Henna-Farbschicht auf ihren dichten Bärten.

Der Sais kam zurück, er trug ein Tablett mit Tassen und Teekannen.

Mokki hockte sich Uros gegenüber auf den Boden und sagte:

»Jehol war noch müder als du. Er schläft immer noch.«

»Er braucht dringend Ruhe. Wir ziehen erst morgen weiter«, sagte Uros.

Er betrachtete Mokki, seine vom Staub, der Sonne und der Müdigkeit rotgeränderten Augen, den zerlumpten, viel zu kurzen Tschapan, den er trug, und dachte: Es wird höchste Zeit, daß ich ihm einen neuen kaufe. Und auch Uros fragte sich dabei nicht, ob er Mokki liebte. Doch sein Lächeln war sanft und hatte nichts von seinem wölfischen Grinsen.

Sie tranken den Tee langsam und schlürfend, weil er noch sehr heiß war und ihnen so am besten schmeckte. Keiner der beiden sprach ein Wort. Das Konzert der kleinen Vögel in der Weide wurde immer schriller. Der Schatten der Weide hatte bereits Mokkis Schultern erreicht. Und die schrägen Strahlen der Sonne, die durch das Blätterdach brachen, ließen das Kupfer der Samoware, das bunte Geschirr und die farbigen Bilder auf den gekalkten Lehmwänden aufleuchten.

Die Kaufleute aus Kandahar zahlten und rüsteten sich zum Gehen. Der Eigentümer der Tschaikhana kam, um sie zu verabschieden: ein kleiner, recht lebhafter alter Mann, der durch sein Profil und seine flinken Augen an eine graue Maus erinnerte.

»Von hier ab ist die Straße gut und sicher«, sagte er. »Ihr werdet rasch in Kabul sein. Nur schade, daß ihr einen Tag zu spät dort ankommt. Gestern um diese Zeit hat das große Königsbuskatschi stattgefunden.«

Mokki zuckte bei diesen Worten zusammen und öffnete den Mund. Uros gebot ihm mit einer strengen Geste zu schweigen. Dann strich er sich langsam mit der Hand über die Stirn.

War es möglich? Gestern? Erst gestern!

Der Eigentümer der Tschaikhana fügte mit einem neidvollen Seufzer hinzu:

»Bestimmt reden die Leute in Kabul von nichts anderem als von diesem Ereignis! Was die euch nicht alles erzählen werden!«

Der älteste der Kaufleute, der den längsten und dichtesten Bart und das prächtigste Gewand hatte, lehnte sich zurück und sagte in einem Ton beleidigter Würde:

»Sei beruhigt, mir werden sie kaum viel erzählen können. Die Armen! Das war das erste Buskatschi ihres Lebens gestern. Während ich ... Und bis sie so eins wieder sehen, da können sie lang warten.«

»Oh, erzähl uns, erzähl uns«, bat der Wirt der Tschaikhana. Und ohne die Antwort abzuwarten, wandte er sich zur Terrasse und rief:

»Batscha, he, Batscha! Rasch, meine Kissen, meinen Tee, meinen Kuchen, meine Konfitüre!«

Der dicke Kaufmann von Kandahar strich einen Augenblick über seinen flammendroten Bart, als zögere er noch. Doch schon setzte er sich bequem zurecht. Und seine Gefährten folgten seinem Beispiel.

Sie würden nicht zur rechten Zeit nach Kabul kommen? Na und wenn schon. Die Zeit vergeht... Doch eine interessante Geschichte vergißt man nicht so leicht.

Tassen, Teekannen und Süßigkeiten wurden eilends gebracht und serviert. Die beiden Batschas waren genauso gespannt wie ihr Herr. Als sie alles hingestellt hatten, setzten sie sich ebenfalls mit gekreuzten Beinen in den Kreis der Zuhörer. Der Kaufmann von Kandahar hatte es jedoch nicht eilig. Zuerst mußte den Gesetzen der Höflichkeit Genüge getan werden. Und schließlich wollte er die neugierigen Zuhörer auch noch ein wenig auf die Folter spannen. Er schlürfte deshalb genießerisch seinen Tee, kostete die Honigkuchen, die Konfitüre aus Hammelfett und pries seinen Gastgeber. Dann machte er eine Pause. Endlich strich er sich mit beiden Händen erneut über seinen roten Bart — und dies war das Zeichen, daß er beginnen würde.
»Vor vielen, vielen Jahren begab ich mich einmal zu Pferd, wie es damals noch allgemein üblich war, in die Provinzen des Nordens, um besonders schöne Astrachanhäute zu kaufen. Das war in Maimana nicht weiter schwer. Ich bezog sie von dem reichsten und ehrlichsten Herrn der Provinz: von Osman Bey.«
Uros, gegen eine Weide gelehnt, und Mokki, auf dem Boden hockend, wechselten einen langen Blick. Osman Bey! Hier, an diesem Ort, so weit von Maimana entfernt, seinen Namen zu hören!
Der Kaufmann von Kandahar fuhr fort:
»Zu jener Zeit heiratete gerade sein Lieblingssohn, der jüngste. Ihr könnt euch das Fest nicht vorstellen! Es war unbeschreiblich.« Der Erzähler hob die Augen gen Himmel. »Sieben Tage und sieben Nächte dauerte es. Die Gouver-

neure der drei Provinzen wohnten bei Osman Bey. Und auch die Stammesfürsten, ja selbst einige der großen Kashgais aus dem Iran waren gekommen.
Und am siebten Tag der Festlichkeiten wurde ihnen zu Ehren ein Buskatschi veranstaltet.
Das Ziel, der Kreis der Gerechtigkeit – wie man das dort unten schon von jeher nennt, nur ihr wißt das erst seit gestern –, lag gegenüber den Sitzen Osman Beys und seiner besonderen Ehrengäste.
Zu seinen Füßen häuften sich ganze Berge von Seidentschapans, wertvolle Teppiche, silberbeschlagene Gewehre. Weiter hinten bewachten die Schäfer wollige Astrachanschafe und edle Kamele, die mit Federn und Pompons geschmückt waren. All das, Tschapans, Teppiche, Tiere und Waffen, war für den Gewinner des Spiels bestimmt und für die Reiter, die sich im Kampf durch besonders gewagte Manöver auszeichnen würden.«
»Ist das wahr? So teure Dinge?« fragte der Besitzer der Tschaikhana.
Der Kaufmann antwortete nicht, er hob lediglich seine braunen Augen gen Himmel, als ginge so viel Unwissenheit über seine Begriffe.
Mokki flüsterte Uros ins Ohr:
»Du, das ist wirklich wahr. Die Hochzeit fand in dem Jahr statt, in dem ich geboren wurde und ...«
»Sei still«, antwortete Uros tonlos.
Verstand der denn überhaupt nichts, dieser Dummkopf? Hatte er denn nicht gespürt, daß seit der Minute, in der der Name Osman Beys gefallen war, etwas Schreckliches, Schicksalhaftes in Bewegung gesetzt war, dem nicht mehr Einhalt zu gebieten war, das von Satz zu Satz immer drohender näher rückte?

»Vor Beginn des Spiels«, fuhr der Erzähler fort, »kamen etwa zehn Reiter heran, in ärmliche Tschapans gekleidet, mit runden Mützen aus Fuchs- oder Wolfsfell, um Osman Bey zu begrüßen. Das waren seine Tschopendos. Unter ihnen war einer, dessen Aussehen mir besonders auffiel.
Er hatte ein faltiges Gesicht und graues Haar. Sein schwerfälliger Gang verriet, daß er sich schon des öfteren seine Glieder gebrochen hatte. Seine Haut war von alten Narben entstellt. Er schien gar nicht zu den anderen, jungen und gelenkigen Reitern zu gehören. Ich fragte meinen Nachbarn: ›Wie alt ist der dort wohl?‹ Und dieser antwortete: ›So alt, daß er schon einen Sohn hat, der dort unter den Tschopendos unseres Gastgebers steht.‹
›Ach so‹, antwortete ich, ›der Alte reitet also nicht selbst.‹
›Doch; ganz wie die anderen. Nur mit dem Unterschied, daß er sein eigenes Pferd hat.‹«
Der Kaufmann aus Kandahar schwieg einenen Augenblick, versunken in seine Jugenderinnerungen.
»Und, ihr werdet es kaum glauben, von der ersten Minute an zeigte es sich, daß dieser alte Tschopendos der furchtbarste, der gewandteste aller Spieler war. Immer fand man ihn im dichtesten Gewimmel, immer dem enthaupteten Ziegenbock am nächsten. Und sein Pferd übertraf alle anderen an Stärke, Ausdauer, Intelligenz ... Ja, meine Freunde, ich schwör's euch, der alte Tschopendos war ein hervorragender Reiter. Und da Osman Bey in seiner Güte für mich ein gutes Pferd hatte satteln lassen, konnte ich sein Spiel die ganze Zeit über mühelos verfolgen.«
»Gott und der Prophet seien gelobt«, sagte der Gastgeber.
»Und dann, was geschah dann?«
»Wenn ich euch alles erzählen wollte, würden wir noch heute nacht hier sitzen«, sagte der Kaufmann aus Kanda-

har. Nach vielen Stunden und vielen Meilen — schon galoppierten einige Pferde herrenlos umher, während ihre Reiter verletzt im Steppengras lagen — gelang es diesem alten Tschopendos, den Ziegenbock zu packen. Und er versuchte nicht, wie die anderen, die ihn vorher gehabt hatten, zurückzureiten und bis zum Kreis der Gerechtigkeit durchzubrechen. Nein, er ritt einfach geradeaus. Und da sein Pferd bei weitem das schnellste und ausdauerndste war, führte er die ganze Schar im Galopp durch die endlose Ebene.

Hatte er schon vorher diesen Plan gehabt? Möglich, denn er kannte das Feld besser als jeder andere. Hat er sich einen günstigen Zufall zunutze gemacht? Ich weiß es nicht. Doch nun hört... Eine einsame Schäferhütte erhob sich plötzlich vor ihm, und er hielt sein Pferd zurück. Die anderen Tschopendos hatten ihn bald erreicht. Und da, zum ersten Mal, peitschte er sein Roß, und sie galoppierten so pfeilschnell auf die Hütte zu, daß ich glaubte, sie würden an ihrer Mauer zerschellen. Doch, im letzten Augenblick, erhob das Pferd sich plötzlich vom Boden und flog, ja flog, ich schwöre es euch, auf das flache Dach der Hütte.«

Der Kaufmann aus Kandahar war durch das schnelle und laute Sprechen durstig geworden, er wollte sich Tee eingießen. Doch seine Kanne war leer. Der jüngste der Batschas lief zu dem Samowar, während er ihm zurief:

»Bei Allah und seinem Propheten, warte auf mich, ehe du weitererzählst!«

Uros hatte die Augen geschlossen. Er bewegte sich nicht. Nur seine Hände hielten den Peitschengriff so fest umspannt, als wollten sie ihn zerbrechen.

»Da ist frischer Tee«, sagte der Batscha und schenkte dem Erzähler ein.

Der trank und fuhr fort: »Der Sprung des alten Tschopendos

und seines Pferdes war wirklich unvergleichlich. Die besten Reiter, auf den besten Pferden der drei Provinzen, haben vergebens versucht, es ihm gleichzutun. Viele der Verfolger konnten ihr Pferd im vollen Galopp nicht mehr rechtzeitig zum Stehen bringen und prallten gegen die Wand. Andere versuchten den Sprung, doch keins ihrer Pferde konnte es mit dem Wunderhengst des alten Tschopendos aufnehmen, und einige haben sich bös dabei verletzt. Ja, und die wenigen, die noch gerade bis zum Rande des Daches kamen, warf der Alte zurück, indem er ihnen von seinem Roß herunter einen Peitschenhieb mitten ins Gesicht versetzte. Manchmal gar, um sie bis aufs Blut zu reizen, schlug er ihnen noch den Ziegenbock um die Ohren.
Doch er hatte schließlich noch nicht gewonnen. Dutzende von Tschopendos auf noch unverletzten Pferden umzingelten das Haus wie eine Meute wilder Wölfe ihre Beute.
Da rief der Sohn des alten Reiters mit lauter Stimme:
›Was kann ich für dich tun?‹
›Warten‹, antwortete der Vater und strich über die schweißnasse Mähne seines Pferdes.
Oh, meine Freunde, was für ein Schauspiel! Die Steppe unter der sinkenden Sonne, die einsame Hütte, und dort oben das herrliche Pferd und der alte Mann.«
»Weiter, weiter«, rief der Wirt der Tschaikhana atemlos.
»Er fing an, sich über die anderen dort unten lustig zu machen, sie zu verspotten, und brachte sie damit völlig außer sich. Und gleichzeitig drehte er das Pferd mal hierhin, mal dorthin, trieb es von einem Ende des Daches zum anderen, als ob er nun endlich herunterspringen wollte. Und jedes Mal stürzten die Tschopendos ihm nach. Der Alte jedoch verfolgte angestrengt jede ihrer Bewegungen, zu denen er sie verlockte, bis er plötzlich sah, daß der Ring seiner Feinde

sich gerade an der Stelle, an der sein Sohn stand, etwas gelockert hatte. Da rief er ihm zu:
›Bahn mir den Weg, mein Sohn!‹
Und der junge Mann warf sich auf seine Nachbarn, ohne sie oder sich selbst zu schonen. Für einen Augenblick gelang es ihm, eine schmale Gasse zwischen den Reitern zu bahnen. Und der alte Tschopendos fegte, nach einem wundervollen Sprung, wie der Wirbelwind mitten durch sie hindurch.
Dann galoppierte er, ohne aufgehalten zu werden, geradewegs auf das Ziel zu und siegte.«
Der Kaufmann von Kandahar lehnte sich wieder gegen sein Kissen, kreuzte seine Arme und seufzte beim Anblick seiner noch ganz gebannten Zuhörer vor Befriedigung.
Nach einem kurzen Schweigen riefen die anderen wie aus einem Mund:
»Was für eine wunderbare Erzählung! Hab Dank dafür!«
Mokki sah Uros an und erschrak.
Mit der rechten Hand verbarg Uros sein Gesicht, wie um es vor der Sonne zu schützen. Doch die Sonne war längst untergegangen. Es wurde schon dämmrig.
»Fühlst du dich nicht wohl?« flüsterte der Sais.
In dem Moment erklang eine Stimme, atemlos vor Neugier, die alle anderen übertönte:
»Und wie hieß der alte Tschopendos«, fragte der Wirt der Tschaikhana, »erinnerst du dich noch daran?«
»Solange ich lebe, werde ich seinen Namen nicht vergessen«, erwiderte der Kaufmann aus Kandahar.
Uros senkte seine Hand.
»Es war der große Tursehn«, sagte der Kaufmann aus Kandahar.
»Der große Tursehn«, rief der Wirt der Tschaikhana voll andächtiger Bewunderung.

»Der große Tursehn«, wiederholten die Kaufleute und die Batschas.

Da fragte der jüngste der Batschas ganz schüchtern:

»Sag, und weißt du noch, wie der Sohn hieß, der seinem Vater so mutig geholfen hat?«

Der Kaufmann aus Kandahar sah den Knaben an und zuckte die Schultern.

»Merk dir, Batscha, daß man sein Gedächtnis nicht mit unwichtigen Dingen belasten soll.«

Die Reisenden brachen auf und gingen zu ihren Wagen. Der Wirt begleitete sie. Das Geschirr und die Essensreste wurden weggetragen. Ein seltsames Schweigen lastete über dem Garten, der die Farbe des Abends angenommen hatte. Mokki fühlte sich wie zerschlagen vor Müdigkeit. Er warf einen verstohlenen Blick auf Uros. Seine Züge waren hart und gespannt, und sein Blick trug einen fast unmenschlichen Ausdruck.

»Ich werde neben dir schlafen«, sagte Mokki, »um dich zu wärmen.«

»Du wirst Jehol satteln«, erwiderte Uros.

»Aber – aber – du hast doch gesagt...«, stammelte der Sais.

»Ich sagte: geh und sattle Jehol.«

Uros' Stimme war leise und ruhig geblieben. Doch ihr Ton verriet, daß er keinen Widerspruch duldete. Mokki ging zu den Bäumen, bei dem Bach, wo der Hengst stand. Er ging langsam, mit wankenden Knien.

»Beeil dich«, rief Uros.

Jede Minute länger hier an diesem Ort wurde ihm zu einer unerträglichen Folter. Eine grenzenlose Bitterkeit brannte in ihm. Alles hier war für ihn plötzlich vergiftet: der Garten, das Wasser, die Bäume, der Gesang der Vögel. Alles war für ihn zu einem Alptraum geworden. Und selbst die Weide, an die er sich lehnte, schien ihm die Haut zu verbrennen. In dem Stamm, den Zweigen, erkannte er nicht mehr einen einfachen Baum, sondern einen Mann, einen alten, verwitterten, krummen, unzerstörbaren Mann, dessen längst vergangene Taten man sich noch heute jenseits des Hindukusch erzählte, während er, Uros, statt das erste Königsbuskatschi zu gewinnen, immer noch im Schatten seines Vaters stand. Er stützte sich auf seine beiden Hände und ließ sich mit wilder Entschlossenheit nach vorn schnellen. Doch er hatte diese Bewegung nicht richtig berechnet. Der gebrochene Knochen prallte auf der harten Erde auf. Für einen Augenblick betäubte ihn der furchtbare Schmerz. Dann dachte er: fortgehen? Ja. Einfach. Und dann? In aller Sicherheit der großen Straße folgen? Ab und zu eine Ruhepause einlegen? In jeder Tschaikhana von Leuten eingeholt werden, die im Auto von Kabul kamen, und immer, immer wieder, endlos die Geschichte des Königsbuskatschis hören?

Und das alles, um am Ende der Reise Tursehn wiederzusehen?

Uros flüsterte, ohne zu wissen, daß er sprach:

»Das darf nicht sein.«

Wie? Durch welches Wunder? Was für einen Zauber?

Darüber machte er sich wenig Gedanken. Er wiederholte nur immer wieder:

»Das darf nicht sein.«

Der Wirt der Tschaikhana, der wieder zurückkam, näherte sich ihm. Bevor er auch nur ein Wort sagen konnte, fragte ihn Uros:

»Kennst du alle die Pässe und Pfade, die es hier gibt?«

»Alle«, sagte der Wirt. »Ich bin in diesem Dorf geboren.«

»Welchen Weg kann man noch nehmen, um in die Provinz Maimana zu kommen?« fragte Uros.
»Das ist ein bißchen weit für mich«, erwiderte der Gastwirt. »Maimana liegt für uns schon am anderen Ende der Welt. Aber ich weiß, daß man da über Bamian muß, durch das Tal der großen Buddhas, daß man den alten, aus Urzeiten stammenden Weg von Bamian nehmen muß. Ich kann ihn dir schon beschreiben. Nachher mußt du weiterfragen...«
»Gut«, sagte Uros. »Dann laß mich zahlen.«
»Warte«, rief der Alte, dessen neugierige Mäuseaugen von Uros' hohlwangigem Gesicht bis zu dem schwarzen Verband an seinem Bein huschten.
»Warte! Laß dich warnen! Die Wege dort sind rauh und unsicher, die Nächte eisig, und du wirst dort keine Tschaikhana wie meine finden.«
»Beschreib mir den Weg!« forderte Uros.
Er war wieder lebendig geworden, bei jedem neuen Hindernis, das der Wirt ihm schilderte, schlug sein Herz höher.
»Du siehst«, schloß der Wirt, »es ist besser, du nimmst die große Straße.«
»Wo muß ich abbiegen, um auf den alten Weg zu kommen?« fragte Uros.
Die flinken Augen des anderen betrachteten ihn einen Augenblick starr vor Staunen.
»Du willst trotzdem . . .«, murmelte er.
»Ich hab' es eilig«, erwiderte Uros.
»Oft ist es nicht der kürzeste Weg, der am raschesten zum Ziele führt, und vor allem...« Der Wirt verstummte. Mokki und Jehol hatten sich genähert. Dann fuhr er fort:
»Allerdings hast du da ein prächtiges, starkes Pferd und einen kräftigen Diener.«
Uros stellte sich auf ein Bein. Der Wirt wollte ihm helfen.

»Nein«, sagte Uros.

Er hielt sich am Sattelknopf und an Jehols Mähne fest. Einen Augenblick später saß er aufrecht auf dem Pferd. Mokki stieg hinten auf.

Der Wirt der Tschaikhana sagte rasch:

»Nehmt den Weg links. Er führt zu einem Brunnen. Dort werdet ihr auf einen steilen Pfad stoßen, den müßt ihr einschlagen. Folgt ihm bis zu der alten Karawanserei hoch oben, und beeilt euch. Ihr müßt noch vor Einbruch der Nacht dort sein. Sonst sei der Prophet euch gnädig.«

»Friede sei mit dir«, sagten Uros und Mokki.

Jehol galoppierte davon. Der Wirt der Tschaikhana seufzte tief auf. Wieder ein seltsamer Gast seiner Tschaikhana, der irgendein unbekanntes Geheimnis mit sich davontrug.

II
Der Leichnam

Am Ende des Dorfes fingen bereits die Berge an. Von dort aus stieg ein Serpentinenweg steil bergan zwischen Fels und Abgrund, gefährlich und unsicher. Als die Dunkelheit einbrach, hatten die Reisenden trotz Jehols Ausdauer ihr Ziel noch nicht erreicht.

Mokki stieg ab und führte das Pferd am Zügel. Mit der freien Hand tastete er sich an der Felswand entlang, um bei der Dunkelheit den Weg zu finden, am unsichtbaren Abgrund vorbei. Plötzlich sagte er mit kindlicher Stimme:

»Ich hab' Angst, Uros.«

»Jehol auch«, erwiderte Uros. »Ich fühle es.«

»Ich fürchte mich nicht so sehr, hinzufallen«, flüsterte Mokki, »sondern ...«

»Ich weiß«, sagte Uros.

Auch er spürte die Gegenwart unzähliger, namenloser, ungestalter, geflügelter, kralliger, nackter, felliger Ungeheuer und Phantome, vampirhafter Geister, Vögel und Reptilien mit Totenköpfen, die am Fuße dieser Felsen entlang schlichen, flogen, krochen, flatterten, über diesen von der Nacht wie von einem riesigen schwarzen Tuch begrabenen Abgrund. Er hörte sie huschen, keuchen, pfeifen und lachen. Gräßliche Geräusche, die ihm das Blut erstarren ließen; und ab und zu spürte er, wie seine Haut unter der flüchtigen, unheimlichen Berührung von Tatzen, Flügeln, Fühlern, Federn, Zungen und Hörnern erschauerte.

»Ja, ich weiß«, wiederholte Uros.

»Und du hast keine Angst?« fragte Mokki schüchtern.

»Nein«, erwiderte Uros. »Ich habe keine Angst.«
Doch kaum hatte er das gesagt, wunderte er sich selbst so sehr, daß er Jehol anhielt. Wie? War es denn möglich, daß er in dieser geisterhaften Nacht weder Furcht noch Entsetzen kannte? Er prüfte sich selbst gewissenhaft und wiederholte dann ehrlich und aufrichtig: »Nein, ich habe keine Angst.«
»Du bist tapfer«, flüsterte Mokki. »So wie niemand sonst auf der Welt.«
Im Dunkeln schüttelte Uros leicht den Kopf.
Was mich von allen anderen unterscheidet, mich aus der Menge emporhebt, so dachte er, das ist nicht der Mut, sondern die Gleichgültigkeit gegenüber dem Unglück. Uros ließ die Zügel wieder locker. Und während Jehol weiterlief, streichelte er flüchtig Mokkis Schulter.
»Laß mir deine Hand«, bat der Sais.
Er begann wieder, die Umrisse der Felswand, die in dem undurchdringlichen Dunkel sein einziger Wegweiser war, abzutasten. Und so wanderten sie auf dem schmalen, unsicheren Pfad zwischen Fels und Abgrund.
Als es wieder einmal sehr steil bergan ging, fragte Uros:
»Noch Angst, Mokki?«
»Deine Hand gibt mir Mut«, erwiderte der Sais. Doch seine Stimme klang ängstlich und gepreßt. Er fügte hinzu:
»Wenn wenigstens ein paar Sterne da wären.«
»Gleich werden wir sie sehen«, sagte Uros, »wart's nur ab.«
Doch der erste, den sie sahen, stand nicht am Himmel. Hinter einer Biegung des Weges erblickten sie plötzlich ein Licht, sehr weit und sehr hoch, und dieses kleine, ärmliche Licht schien ihnen leuchtender, strahlender als der flammendste Stern. In dieser Steinwüste, in dieser schauerlichen eisigen Kälte verhieß es ihnen die Wärme der Menschen und ihres Feuers.

»Die Karawanserei!« rief Mokki.
Die Furcht war von ihm gefallen, und sein Schritt wurde wieder rasch und sicher.
Uros nahm die Hand von seiner Schulter. Doch er merkte es nicht einmal.

Der Pfad wurde immer breiter, schließlich war er ein richtiger Weg und führte zu einem breiten Felsplateau. Dort, wo mehrere Wege sich kreuzten, stand die Karawanserei.
Das riesige Gebäude war nur noch eine Ruine.
Und durch die Risse und Sprünge in ihren zerfallenen Mauern schimmerte das Licht. Doch dieses Licht, das den Reisenden im finsteren Gebirge klar und leuchtend erschien, war in Wirklichkeit nur eine rauchige Lampe, mit schmutzigem Glas.
Ihr armseliges Licht vermochte nicht einmal die Schatten in dem riesigen Raum zu durchdringen, in dem zusammengewürfelt Menschen und Tiere lagerten.
Uros konnte mühelos mit seinem Pferd durch das hohe verwitterte Tor reiten. Mokki führte Jehol vorsichtig zwischen den liegenden und sitzenden Menschen hindurch in eine Ecke, die noch frei war. Ein paar Köpfe hoben sich neugierig ... ein Lamm in einer Herde blökte leise ... ein Hund seufzte im Traum ... ein liegendes Kamel hob sein sabberndes Maul ... das war alles. Und wenn auch die Pforte der Karawanserei nichts als ein gähnendes Loch war und ihr Dach eine zerfallene Kuppel, so fühlten sich doch Menschen und Tiere hier geborgen. Sie ruhten sich, nach den Fährnissen des Weges, erleichtert von ihren Lasten und Bürden, hier aus und schliefen tief und erschöpft. Ein anderer Reisender kam aus dem Dunkel herein — um so besser. Die Sicherheit wuchs mit der Zahl.

Als Jehol seinen Platz gefunden hatte, rührte sich Uros nicht aus dem Sattel. Dabei spürte er genau, daß er, wenn er gewollt hätte, noch fähig gewesen wäre, allein abzusteigen, so wie er es zuvor auch getan hatte. Nur — er wollte nicht mehr, er wollte nichts mehr. Zunächst machte Mokki — gewöhnt, den Stolz des Tschopendos zu respektieren — keine Bewegung, um ihm behilflich zu sein. Er fragte nur schüchtern:

»Kann ich dir herunterhelfen?«

»Ja«, erwiderte Uros.

»Du hast recht«, sagte Mokki. »Niemand hier kann uns sehen.« Uros schwieg. Doch er dachte: Und wenn das ganze Volk von Kabul oder Maimana hier herumstände...

Plötzlich erstarrte sein Körper: Mokki hatte sein verletztes Bein angefaßt, genau an der gebrochenen Stelle. Doch nicht umsonst hatte der Sais seit seiner Kindheit bei Schafen, Pferden und Kamelen so manches verletzte Bein wieder geheilt. Seine mächtige Hand umfaßte und hielt die gebrochene Stelle mit unendlicher Sanftheit. Uros entspannte sich wieder. Wie ein Kind hob der andere Arm Mokkis ihn hoch und setzte ihn vorsichtig auf die gestampfte Erde nieder.

»Warte, warte, gleich wirst du dich wohl fühlen«, sagte der Sais.

Er hob die herumliegenden Backsteine auf, brach noch ein paar lockere aus der Mauer heraus und legte sie so zusammen, daß sie eine Art primitiver Rinne bildeten. Da hinein legte er das verletzte Bein.

»Wart nur, du wirst sehen — warte — ja — ich verspreche dir...«, sagte Mokki.

Er sprach mit sich selbst, nur um seine eigene Stimme zu hören. Die Worte hatten keine Bedeutung. Sie waren nur der Ausdruck einer unsäglichen Erleichterung — vorbei die Gespenster der Nacht — und Dankbarkeit — Uros' Hand auf seiner Schulter während dieser schrecklichen Wanderung … Mokki nahm den Sattel von Jehol und legte ihn unter Uros' Kopf. Er zog seinen Tschapan aus und deckte den Verletzten damit zu. Das Pferd bekam seinen Platz dicht neben Uros, er selbst legte sich auf die andere Seite. Und dabei murmelte er:

»So, so wirst du gut schlafen — den Nacken auf dem Sattel — die Beine, die Brust, den Bauch schön warm unter dem Tschapan — und Jehol schützt dich vor dem kalten Luftzug, der durch die Mauerritzen dringt. Und wenn du irgend etwas brauchst — ich bin da, das weißt du doch, nicht wahr?«

»Ich weiß es«, sagte Uros sanft.

Der Sais lag neben ihm, und Uros sah im Halbschatten, wie seine Augen und sein Mund glücklich lächelten.

»Ich bin da, Uros«, murmelte Mokki.

Seine Augen waren zugefallen.

Halb im Traum wiederholte er diese Worte, fast schon schlafend und tief erschöpft von Müdigkeit, Angst und Glück.

Uros fand keinen Schlaf. Doch es machte ihm nichts aus. Die Ruhe, die sein Körper gefunden hatte, am Ende eines so langen und gefährlichen Weges, die wohltuende Wärme nach der eisigen Nacht und das plötzliche Nachlassen des quälenden Schmerzes: all das war so überwältigend, daß er an nichts anderes zu denken vermochte.

Erst nach und nach entdeckte er seine Umwelt. Und er stellte verwundert fest, wie vertraut sie ihm war.

Sein Nacken ruhte auf einem Sattel, dem edelsten, den Menschenhand erschaffen konnte; schon seit zwanzig Jahren war er sein treuer Gefährte.

Und selbst ohne Jehol zu sehen spürte er dessen Gegenwart durch seinen Atem, seinen Geruch: wunderbarer, über alles geliebter, heimatlicher Geruch, der sich bei jedem Windzug, der durch die rissigen Mauern drang, mit dem Geruch der Wollstoffe, der Häute, der Tierfelle, der armseligen Baumwollfetzen und der schwitzenden Schläfer vermischte. Tiefatmend fühlte Uros sich wie zu Hause, bei seinem Volk.
Und die Nacht in der Karawanserei hatte ihre vielfältigen Geräusche, die Sprache des Schlafs: Knurren, Seufzer, Bellen, Schnarchen, Wimmern, Pfeifen, Husten, Blöken, Wiehern, Hufeklirren, Eselschreie, Glöckchengebimmel verbanden sich miteinander zu einem halb tierischen, halb menschlichen, gleichmäßigen, unaufhörlichen, tiefen Ton. Uros verspürte bei diesen Lauten ein unendliches Glücksgefühl, wie er es nur als ganz kleiner Junge gekannt hatte, als das mütterliche Wiegenlied alle Angst und allen Schrecken bannte.
Es war spät in der Nacht geworden. Durch die Löcher im Dach schienen die Sterne. Uros betrachtete sie gleichgültig. Sie kamen zu spät, sie waren zu fern, sie hatten nichts gemein mit dem, was ihn umgab.
Er wandte seinen Kopf ab.
Sein Blick fiel auf die kümmerliche Lampe. Der Docht, von zerschmolzenem Hammelfett genährt, rauchte. Ruß und Staub verschmierten das zersprungene Glas. Doch gerade diese Schmutzschicht verlieh dem nur schwach hindurchschimmernden Licht eine wohltuende, gedämpfte Helligkeit; kaum stärker gefärbt als die zartfarbene Safranblüte beruhigte sie die müden Augen und verhüllte gnädig das Elend, den Schmutz und die Ärmlichkeit der Karawanserei und ihrer Schläfer.
Für gewöhnlich entdeckte Uros' harter und unerbittlicher Blick bei anderen sofort jeden Makel, jede Mißbildung des

Körpers und des Gesichts. Dieser da, fand er, hatte einen gemeinen Mund, ein anderer ein Sklavenkinn, ein dritter einen ängstlichen, feigen Blick, ein vierter ein schmieriges, unaufrichtiges Lächeln. Oder er rügte ihre schlaffen Schultern, ihre hohle Brust, ihre schwächlichen Knie, ihre dicken Bäuche... oder sie hinkten, hatten krumme Beine, waren triefnäsig, hatten einen Kropf... Von Jahr zu Jahr hatte der Anblick dieser Bedauernswerten ihn mehr und mehr in seiner Menschenverachtung und seinem Hochmut bestärkt. Doch in dieser Nacht verbarg das Licht der rauchigen Lampe bei seinen Gefährten jede Mißgestalt. In Wirklichkeit lagen dort einfache schlafende Schäfer und Wanderer, in ärmliche, zerlumpte und schutzige Fetzen gehüllt; doch die Magie der Dämmerung verwandelte die Lumpen in edle Stoffe und zauberte an die zerfallenen Wände Vorhänge aus Samt und Seide.

Bin ich eigentlich wirklich so anders als sie, fragte sich Uros plötzlich; zum ersten Mal in seinem Leben. Ihm war glühend heiß. Er warf Mokkis Tschapan beiseite. Diese Bewegung oder ein heftiger Windzug, vielleicht auch ein Insektenstich weckte Jehol. Das Pferd hob ein wenig den Kopf und schüttelte seine dichte lange Mähne. Es schlief gleich wieder ein; doch sein Atem, das Spiel seiner Muskeln wirkten auf den Tschopendos wie ein Appell. Er straffte die Schultern. Und der kostbare Sattel, auf dem er ruhte, bedeutete für ihn nicht mehr nur das Kopfkissen eines Kranken. Konnte denn der Herr eines solchen Pferdes wirklich etwas mit diesen Elenden, diesen Ärmsten der Armen, diesen Ackerschindern, diesen Ziegentreibern, dem Auswurf der Straße, gemeinsam haben?

Sein Fieber stieg. Und er hatte eine Vision. Über die endlose Steppe flogen in wildem Galopp zwanzig herrliche, kräftige, graziöse, mutige Pferde. Ihre Reiter waren die besten des Landes. Und einer von ihnen ließ plötzlich die anderen weit zurück, so weit, daß sie sich im Staub verloren, während er, der erste, der einzige, weitergaloppierte, immer weiter: Uros erkannte sich. Und sein Herz klopfte dumpf und schnell, wie die Feststrommeln, die Sieg und Ruhm verkünden.

Doch dann verwandelte die Vision sich plötzlich.

War es die Müdigkeit, die Schlaflosigkeit, die Schwere in seinem unbeweglichen Bein, der Geruch von verbranntem Ruß, den die Lampe verbreitete, das schmatzende Geräusch eines Säuglings an der Mutterbrust? Uros war nicht mehr der siegreiche Reiter. Der dort galoppierte, war ein Unbekannter, der ihm fast ferner und unbegreiflicher erschien als diese Fremden dort, die erschöpft neben ihm schliefen, um beim Morgengrauen wieder weiterzuwandern, bis zur nächsten Etappe und so fort bis zu ihrem Ziel. Das alles war klar und einfach. Doch der andere dort, der über die Steppe flog, mit diesem schweigenden Lächeln auf dem windgepeitschten Gesicht, wo ritt er hin? Welches Ziel hatte er, das er mit seinem Ungestüm erreichen wollte? Den Horizont? Doch wie? Der Horizont weicht zurück, endlos, entzieht sich, unerreichbar ...

Dieser Verrückte erbitterte ihn. Er schloß die Augen. Und da sah er einen prächtigen Basar. Reicher als der von Daulad Abas, größer als der von Masar-i-Scharif, farbiger als der von Aktscha. Und die Menge, die sich in den schattigen Gängen, in den sonnenüberfluteten Straßen drängte, trat ehrfürchtig beiseite, um einem Mann Platz zu machen, der, ohne einen Blick auf sie zu werfen, hocherhobenen Haupts, mit hochhackigen Stiefeln und einer Kappe aus Wolfsfell an ihnen vorbeischritt. Es war der Steppenreiter. Natürlich, dafür habe ich gesiegt, dachte Uros. Natürlich.

Und er verstand immer noch nicht. So viel Mühe, Mut, Geschicklichkeit, Ausdauer und Eifer: wozu? Um des Beifalls dieser furchtsamen, stumpfsinnigen Kaufleute willen und ihrer Kunden, die sie bestahlen? Welch ein Hohn! Wie unsicher und schwankend ist die Gunst der Menge, um die man jedesmal von neuem ringt, unter Einsatz seines Lebens. Ein unglücklicher Zufall, ein strauchelndes Pferd, ein einziger Fehltritt — und dann: die Verachtung, das Vergessen... Und man jubelt einem anderen zu.
Während Uros weiter darüber nachdachte, sah er, daß das Gesicht dieses Mannes in der Menge nicht mehr das seine war; es war Soleh, der Sieger des Königsbuskatschi. Doch seltsam, Uros fühlte sich weder gekränkt noch gedemütigt. Er empfand für den Sieger — und das war für ihn die größte Überraschung dieser Nacht — etwas wie erhabenes Mitleid. Lauf nur, mein Junge, nur zu, rief er ihm in Gedanken zu. Du in deinem törichten Wahn glaubst noch daran. Lauf nur — laß dir schmeicheln, dich vom Glück äffen — bis zum nächsten Sturz. Lauf nur zu — ich mach' bei diesem Spiel nicht mehr mit.
Uros fühlte, wie sein Fieber stieg, er hatte das Gefühl, von einem reißenden Steppenfluß fortgetragen zu werden. Es war warm. Und seine Gedanken waren plötzlich viel klarer — weiter — schneller...
O ja! Bei diesem unwürdigen Handel hatte er nur zu lange mitgemacht. Auf der einen wie auf der anderen Seite: Krämerseelen, Sklaven, Handlanger. Alle! Die, die dem Ruhm nachjagten — und die anderen, die Gaffer, die Beifall klatschten. Genug!
Uros schaute sich um. Dort lag er. Und ringsum die vertrauten Geräusche und Gerüche, die Spiele des Schattens und des Lichts in dem Halbdunkel der Karawanserei. Fried-

lich, einfach, heimatlich. Und Uros dachte: von nun an werden sie meine Kameraden sein.
Die dort wußten nicht einmal, was das war, ein Buskatschi, ein Tschopendos. Unter ihnen brauchte er nicht den Überlegenen zu spielen, den über Glück und Unglück gleichermaßen Erhabenen, der die Huldigungen der anderen mit Stolz quittiert. O Allah, wie ermüdend, ein Halbgott zu sein! Und wenn er ein Krüppel bliebe — na schön. Weder besiegt noch entehrt: nur ein Krüppel. Unter den anderen lebend wie ihresgleichen. Leute desselben Weges, desselben Stammes, gleich vor dem gleichen Leben — sie würden gemeinsam weiterwandern. Durch Schluchten und Täler, über die Ebenen zog eine kleine, armselige Karawane — und Uros war mitten unter ihnen. Auf einem schlechten Pferd, einem Maulesel, einem bockigen Esel, ja, einem bockigen Esel — auf Krücken — ja — und jeder lächelte ihm so zu wie Mokki.
Die Sterne schienen nicht mehr. Uros dachte: der Himmel hat all seinen Stolz abgelegt: er ist glücklich.
Und dann verlor er das Bewußtsein.

Mokki gähnte, reckte sich, seufzte und kratzte sich. Eigentlich hätte er noch viel mehr Schlaf gebraucht. Doch das ging nicht: die Sonne und Mokki erhoben sich immer zur gleichen Zeit.
Seine erste Sorge, fast noch im Halbschlaf, galt Uros und Jehol. Gut, sie schliefen beide noch. Mokki ging durch die Karawanserei, in der sich schon die ersten Schläfer regten, die das noch blasse Licht des Morgens geweckt hatte. Er kam zu dem großen, zerfallenen Tor und trat hinaus, rieb sich die noch vom Schlaf verklebten Augen. Noch war die Sonne nicht aufgegangen. Doch die Felswände färbten sich immer hel-

ler, und ganz hoch oben tauchte die Sonne die Berggipfel in durchsichtiges schimmerndes Rot. Es war schrecklich kalt.
Ganz nah hörte Mokki einen Bach plätschern. Er ging hin und benetzte seine Hände und das Gesicht. Das Wasser war noch eisiger als die Luft. Als es auf seiner Haut getrocknet war, fühlte Mokki sich hellwach. Er hob den Kopf und war plötzlich ganz verwundert.
Dort oben flammten unter dem Licht der Sonne mohnrote Prärien auf, in die die Bergspitzen hineinragten. Und weil Mokki zum erstenmal den Sonnenaufgang in einem gewaltigen Felsmassiv erlebte, erkannte er den vertrauten Augenblick des Tagesanbruchs nicht wieder.
In der Steppe erwachten Himmel und Erde zur gleichen Zeit. Die Helligkeit nahm langsam und stetig zu, den ganzen Horizont überflutend. Der Himmel wurde zu einem See aus Licht und die Ebene zu einem Teppich aus Gras und Tau. Hier kam der Morgen fast sprunghaft. Ein Fels färbte sich rosig, ein einzelner nur, und schimmerte im Licht, während das Gebirge ihm gegenüber noch immer dunkel und von Schatten verhüllt blieb. Mokki atmete tief die eisige Bergluft ein. Er war wie berauscht. Er hätte vor Glück lachen, schreien, singen können. Überwältigt schloß er die Augen. Da plötzlich spürte er einen warmen Hauch. Und als er sie wieder öffnete, sah er die Sonne am Himmel stehen.
Die Sonne – endlich ...
Und schon kniete Mokki nieder, gen Mekka gewandt. Seltsam, diese Gesten und Worte, die Mokki so zur Gewohnheit geworden waren, daß sie für ihn Sinn und Bedeutung verloren hatten, gewannen heute eine eigentümliche Macht über ihn. Rührung erstickte seine Stimme. Und an der Schwelle eines neuen Tages fand er kniend inmitten der Routine des ersten Gebets eine neue Sprache, um diesen Bergen zu dan-

ken, die ihm, nach den Schrecken der vergangenen Nacht, ein solches Wunder schenkten.
Andere Stimmen wiederholten dieselben Worte. Andere Männer knieten unter dem Torbogen oder draußen, vor der Karawanserei. Doch es schien Mokki, der seine Stirn tief über den eiskalten Boden senkte, als höre er nur seine Stimme, vom Echo hundertfach zurückgeworfen.

Als Mokki sich erhob, sah er einen jungen Mann neben sich stehen, fast ebenso groß wie er, doch mager und bucklig. Seine großen, traurigen, mandelförmigen Augen betrachteten ihn freundlich. Er sagte, und der Ton seiner Stimme war so sanft wie sein Blick:
»Lob gebührt dir, daß du in deinem Alter fähig bist, mit solcher Inbrunst zu beten.«
»Ich?« rief Mokki.
Die melancholischen Augen des anderen lächelten ihm zu, und es lag eine so warme Zuneigung in ihnen, daß Mokki sich verschämt den glattrasierten Nacken kratzte und sagte:
»Mag sein ... diesmal. Aber das ist wirklich das erste Mal.«
»Um so lobenswerter ist dein Gebet«, sagte der bucklige junge Mann, »das du mit solcher Andacht auf meinem armseligen Boden verrichtet hast.«
»Was?« fragte Mokki. »Bist du der Herr dieses Hauses?«
Der Bucklige lachte leise, und Mokki wurde dabei seltsamerweise ganz warm ums Herz.
»Das ist ein großes Wort für den Besitzer dieser Ruinen«, sagte er. »Doch es ist wahr: ich heiße Gholam, und mein Vater Haidar ist vergangenes Jahr gestorben und hat mir diesen Flecken hier hinterlassen. Er hatte ihn schon von seinem Vater, Fahrad, geerbt, der diese Herberge gebaut hat. Mein

Großvater, ja, das war ein richtiger Herr. Er war reich und mächtig. Zu seiner Zeit kannte man noch keine Lastwagen. Alles wurde auf dem Rücken der Kamele oder Esel transportiert, und bei Einbruch der Nacht rasteten die Karawanen hier. Jetzt ziehen fast nur noch Nomaden auf dieser Straße, die im Freien kampieren. Nun, du hast ja gesehen, was für Gäste ich jetzt beherberge.«

Das Licht der Sonne fiel erbarmungslos auf das riesige Gebäude aus rotem Lehm. Verwittert und zerfallen, glich es in der Tat einem Ruinenhaufen. Überall rüstete man sich geschäftig zum Aufbruch.

Mokki schlug sich plötzlich aufgeregt gegen die Stirn. Wie hatte er nur Uros und Jehol allein lassen können, bei diesem schrecklichen Durcheinander?

Aus dem Torbogen traten gerade ein schwächliches, schuppiges Kamel und ein mit krustigen Wunden bedeckter Esel, die ein paar Männer in zerlumpten Kleidern mit spitzen Stöcken antrieben. Es bildeten sich armselige Wanderzüge. Die abgezehrten Tiere waren schon beladen, die Frauen banden noch ihre kleinen Kinder auf ihrem Rücken fest. Mokki bahnte sich seinen Weg bis zu seinen Gefährten. Er atmete erleichtert auf. Uros schlief noch, trotz des Lärms um ihn herum.

Nur das Pferd zeigte schon seine Ungeduld. Doch sobald es die vertraute Hand fühlte, die über seine Nüstern strich, beruhigte es sich.

»Geduld, Geduld«, sagte Mokki zärtlich zu ihm. »Alles zu seiner Zeit. Ich bin gleich wieder da.«

Mokki hatte sich geirrt. Uros schlief nicht mehr, wenn er auch die Augen geschlossen hatte. Der Lärm hatte ihn sofort aus seinem fiebrigen Schlaf aufgeschreckt. Und es war kein gutes Erwachen gewesen. Statt der Öllampe und ihrem dämmrigen

Schein leuchtete nun das helle Licht des Tages. Der große verzauberte Saal war nichts anderes mehr als ein düsteres Obdach voller Spinnweben, in dem armselige Menschen und Tiere zusammen anfingen zu schreien, zu bellen, zu blöken und zu wiehern.

Alles widerte den Kranken jetzt an: er hatte nichts mehr gemeinsam mit dem, der gestern, befreit von seinen Dämonen, erschöpft und glücklich eingeschlafen war. Mit diesen Bettlern, so hatte er wohl geträumt, wollte er gemeinsam davonziehen und ihr erbärmliches Schicksal teilen? Von ihnen hatte er sich Mitgefühl erhofft? Bei der Erinnerung an diesen Traum, den ihm nur ein böser Geist eingeflüstert haben konnte, überfiel ihn ohnmächtige Wut. Von Zeit zu Zeit öffnete er verstohlen die Augen und beobachtete mit heftiger Ungeduld den Aufbruch der Reisenden. Wären sie nur schon weg... sie, bei denen Uros für eine kurze Nacht seinen Hochmut vergessen hatte.

Draußen entrichteten die Wanderer den Preis für die Übernachtung. Er war erstaunlich niedrig, und doch waren für manche schon diese paar Afghanis zuviel. Diese sagten dann feierlich zu Gholam:

»Allah wird es dir vergelten.«

Und Gholam nickte ihnen ebenso feierlich zu.

»Ich möchte gern Tee und auch etwas Hafer oder Gerste«, sagte Mokki zu ihm.

»Hier haben wir kein geeignetes Futter für ein so edles Tier wie das Eure«, erwiderte Gholam, »denn was sollten wohl unsere armen Gäste damit?«

Seine Bemerkung war durchaus nicht böse gemeint, und die, von denen er gesprochen hatte, fühlten sich auch keineswegs gekränkt.

»Das Dorf ist nicht weit«, fügte der Bucklige hinzu. »Dort kannst du alles Notwendige einkaufen. Und Tee kriegst du hinten auf der anderen Seite der Herberge. Mein jüngerer Bruder kümmert sich darum.«

Die Tschaikhana bestand lediglich aus einer langen Lehmbank, die auf der Sonnenseite der Herberge an der zerfallenen Mauer der Karawanserei stand. Ein Dach aus Zweigen und Laub erhob sich über ihr. In der Mitte der Mauer befand sich ein ziemlich tiefes Loch, dort stand ein magerer junger Mann, der über einem Holzfeuer dünne Brotfladen röstete und die Glut unter einem alten, zerbeulten Kupfersamowar schürte.

Mokki schlürfte voller Genuß den kochend heißen schwarzen Tee. Plötzlich bemerkte er auf dem äußersten Ende der Bank eine menschliche Gestalt, die dort lang ausgestreckt und unbeweglich auf dem Rücken lag. Trotz der eisigen Kälte war sie nur mit ein paar dünnen Baumwollfetzen bedeckt, und sie war so starr und steif, daß die nackten Füße aussahen wie aus Stein gemeißelt. In dem spitzen, eingeschrumpften Gesicht starrten die weitgeöffneten Augen blicklos ins Leere. Die Augen eines Toten.

Mokki stand wie erstarrt; fast wäre die Tasse seinen Fingern entglitten. Er lief zu den Leuten, die um den Samowar herumstanden, und schrie:

»Hört, da liegt ja ein Toter!«

»Weiß schon«, sagte, gleichmütig und ohne seine Arbeit zu unterbrechen, Gholams jüngerer Bruder. »Ich hab' ihn heut morgen gefunden, da war er schon ganz kalt und starr.«

»Ich hab' ihn sterben sehn«, sagte ein alter Schäfer. »Er ist mit uns zusammen angekommen, bei Einbruch der Dunkelheit, mit einer Gruppe wandernder Töpfer. Er saß auf ihrem einzigen Esel; aber er konnte schon nicht mehr absteigen:

er fiel herunter, und da war kein Leben mehr in ihm. Sie haben ihn dort hingelegt.«

»Vorhin sind sie mit ihrem Esel weitergezogen«, sagte Gholams Bruder.

Gleich darauf rief er laut:

»Na, wer will noch ein bißchen Tee, starken schwarzen Tee, duftenden grünen Tee, schönes, warmes, frisch gebackenes, zartes Brot!«

Die Reisenden begannen wieder zu essen, zu trinken, zu lachen, sich ihre Geschichten und Witze zu erzählen, während der Tote neben ihnen sie starr anblickte, mit Augen, die nicht mehr menschlich waren.

Mokki schmeckte der Tee nicht mehr.

Die Berge mit ihren spitz aufragenden Felsen flößten ihm erneut Furcht ein. Zwar war ihm der unbekannte Leichnam so gleichgültig wie den anderen, doch er dachte an den schlafenden Uros... der vielleicht doch nicht schlief... vielleicht...

Endlich war Uros allein. Nein... noch nicht. Ein Mann kam keuchend auf ihn zugelaufen. Mokki beugte sich über Uros und stöhnte: diese wächsernen hohlen Wangen... die blutlosen Lippen... Uros atmete zwar, doch röchelnd, stoßweise. Der brave Mokki war außer sich. Er kniete neben Uros nieder, die Hände vors Gesicht geschlagen. Als er sie wieder fortnahm, blickte Uros in das breite, gutmütige Gesicht des Sais, das voller Kummer war. Er sah, wie Mokki von Bestürzung und Mitleid überwältigt wurde, und wandte sich unwillig ab.

»Wo bist du 'rumgelaufen?« fragte er mit ausdrucksloser Stimme.

Und ohne Mokki Zeit zur Antwort zu lassen, befahl er:

»Tee!«

»Gewiß, gewiß«, rief Mokki. »Gleich wird es dir wieder besser gehen! Du siehst schlecht aus... Dabei hast du doch lange und gut geschlafen, nicht wahr?«
»Tee!« wiederholte Uros.
Mokki stürzte davon. Uros sah ihm voller Widerwillen nach. Dieser armselige Dummkopf wagte es, ihn zu bevormunden. Und er flüsterte vor sich hin:
»Ihr werdet schon sehen. Alle... ihr werdet schon sehen.«
Immer noch war er es, der die Zügel fest in der Hand hielt und dem Schicksal die Stirn bot... Welche Zügel? Welches Schicksal? Er wußte es nicht. Doch gleichviel: er würde der Stärkere sein.

III
Der Schreiber

»Da, kochend heiß ist er«, rief Mokki und setzte ein Tablett ab. »Und die Brotfladen sind noch ganz warm. Mehr haben sie hier nicht. Aber was es gibt, ist gut.«

Jede seiner kräftigen Bewegungen war für Uros wie eine Beleidigung. Was ihn am meisten erbitterte und verletzte, war die beruhigende Stimme des Sais, die ihm zuredete wie einem kranken Kind oder einem erschreckten Pferd und ihn beruhigen und ermutigen sollte.

Uros trank gierig den ganzen Tee aus, doch er weigerte sich zu essen.

»Versuch's doch wenigstens«, bat Mokki. »Schau, dieses Brot ist extra für dich gebacken worden... es ist ganz zart.«

Uros ergriff den Brotfladen mit der ganzen Hand, zerdrückte ihn zu einer klebrigen Kugel und warf sie auf die Erde. Wut entstellte sein hartes Gesicht. Mokki dachte: Er wird mir unter den Händen sterben... Und er sagte mit einer Stimme, die fröhlich klingen sollte:

»Du hast recht... man soll sich nicht zum Essen zwingen. Du wirst ganz von allein Hunger kriegen. Dann sollst du die fettesten Fleischstücke haben, am Spieß gebraten, und einen schönen Safranreis. Ich werde selber gehn und alles einkaufen — Gholam, der Wirt, und sein Bruder werden sich inzwischen um dich kümmern.«

»Ich brauche niemanden«, sagte Uros mit Nachdruck. Sobald Jehol gefressen hat, kauf alles Nötige für den Weg. Das ist alles.«

»Welchen Weg?« stammelte Mokki. »Weiter durch das Gebirge? Noch höher? Dort ist's noch kälter und verlassener.«
»Hast du Angst?« fragte Uros.
»Wenn du Gholam gehört hättest –«, rief der Sais. »Er hat mir über diesen Weg Geschichten erzählt ...«
»Na ja, ein Krüppel«, sagte Uros.
»Er weiß es von den Wanderern, und die haben es am eigenen Leib erfahren«, erklärte Mokki.
»Hast du solche Angst?«
Tränen stiegen dem braven Sais in die Augen. Wenn es zu Uros' Besten gewesen wäre, er hätte noch weit schlimmere Abenteuer als die des gestrigen Abends ohne Murren ertragen. Doch er wollte, er konnte Uros nicht in sein Verderben führen! Und stockend sagte er:
»Ja, ich fürchte mich. Du wirst die Ebenen jenseits der Berge nicht lebend erreichen. Eben habe ich einen Toten gesehen. Nein, du sollst nicht durch meine Schuld zugrunde gehen. Wie könnte ich sonst je Tursehn unter die Augen treten? Wie?«
Mokki atmete heftig. Und er rief, mit dem Mut der Verzweiflung: »Ich kann nicht! Ich kann dir nicht folgen!«
Er ließ sich auf die Knie nieder, küßte Uros' Hand und sagte sehr leise:
»Nein, wirklich, ich werde dir nicht folgen.«
An dieser Geste und an seiner Stimme erkannte Uros, daß weder Bitten noch Drohungen oder Befehle an dem Entschluß des Sais etwas ändern würden. Und er erkannte plötzlich, daß er ohne ihn gar nichts zu tun vermochte. Haß gegen seinen Diener stieg in ihm auf, und seine Züge verzerrten sich.
»Du zitterst. Ist dir kalt?« fragte Mokki.
Er sah, daß der Tschapan, mit dem er Uros am Abend zu-

gedeckt hatte, halb auf der Erde lag, und wollte ihn wieder hochziehen, doch Uros riß ihm wütend den Stoff aus den Fingern und warf ihn beiseite. Sein krankes Bein lag jetzt bloß, und der klebrige, schmutzige Verband, der um den Bruch gewickelt war, verbreitete einen widerlichen Geruch. Jehol schnüffelte, zog die Nüstern zusammen, schüttelte den Kopf und begann aufzustehen, um dem fauligen Gestank zu entgehen. Mokkis Faust ergriff seine Mähne und drückte das Pferd wieder zu Boden. Es wieherte freundlich und legte sich wieder dicht an Mokkis Seite nieder.

Alle sind sie gegen mich. Alle beide, dachte Uros. Mein Sais, mein Pferd ...

Er betrachtete die beiden, die sich eng aneinander schmiegten, ohne mit den Wimpern zu zucken — einfache, gesunde Wesen! Eins fürs andere geschaffen. Oh, zur Hölle mit ihnen, krepieren sollten sie, alle beide!

Mokki fühlte Uros' brennenden Blick auf sich gerichtet und schmiegte sich noch enger an Jehol, die Hand in seiner Mähne vergraben.

Aha, mein Sais glaubt schon, das Pferd gehöre ihm, dachte Uros haßerfüllt. Beim Propheten — ihm!

Da hielt Uros wie gebannt den Atem an. Er hatte den Propheten angerufen. Und der Prophet hatte geantwortet. Wie ein Blitz war diese Erleuchtung über ihn gekommen, dieser unvergleichliche Gedanke, den nur Er ihm eingeflüstert haben konnte. Denn jetzt war alles wunderbar gelöst.

Uros atmete leichter und freier. Ja, beim Propheten, jetzt würde er sich rächen können für diese Unverschämtheit, listig und grausam rächen. Und gleichzeitig seinen Stolz, seinen Ehrgeiz befriedigen ...

Als Uros den Sais anblickte, verzerrte das Wolfsgrinsen seine vom Fieber ausgetrockneten Lippen. Dies und seine seltsame

Freundlichkeit hätten Mokkis Mißtrauen wecken sollen. Doch der, in seiner Unschuld, dachte nur: Er hat seinen Zorn überwunden, er ist vernünftig geworden — und der Griff, mit dem er Jehols Mähne umklammert hielt, lockerte sich.
»Du wirst mit mir kommen«, sagte Uros.
Mokki erschrak.
»Aber ich habe dir doch schon erklärt . . .«, stammelte er.
»Ich habe dich wohl verstanden«, sagte Uros.
Er richtete sich langsam auf. Und dann sagte er leise und eindringlich:
»Hör mich an. Du weigerst dich, mir zu folgen, damit du, falls es soweit kommt, nicht meinen Tod auf dem Gewissen hast. Ist das der einzige Grund?«
»Wirklich, der einzige . . . Allah ist mein Zeuge«, rief Mokki.
»Schön«, sagte Uros noch langsamer. »Mein Schicksal geht dich nichts an. Ich entbinde dich sämtlicher Sorgen um mich und mein Wohlergehen. Nur ich allein, hörst du, bin für mich verantwortlich — was auch immer geschehen mag.«
Mokki wollte etwas sagen.
»Ich bin noch nicht fertig«, sagte Uros. »Ob du nun mitkommst oder nicht, ich gehe, und zwar den Weg, den ich gewählt habe.«
»Allein! Allein! Das kann nicht dein Ernst sein«, rief Mokki. Er zitterte vor Erregung.
»Was ich sage, das tue ich auch, das weißt du genau, nichts wird mich aufhalten.«
»Das bedeutet den Tod für dich«, flüsterte Mokki.
»Gewiß«, sagte Mokki, »für mich und Jehol.«
»Jehol!«
Bei diesem Klageruf hob das Pferd seinen Kopf und schaute Mokki mit seinen leuchtenden, großen Augen an.

»Was, glaubst du, wird aus ihm werden, herrenlos und verloren in dieser Steinwüste?» fragte Uros.
»Nein«, flüsterte Mokki, »nein, Allah wird das nicht zulassen!«
»Das nehme ich auch an«, sagte Uros.
»Wie, sag mir, wie?«
»Du wirst mit uns gehen.«
Etwas rascher fuhr Uros fort:
»Du bist jung, kräftig, ausdauernd, geduldig und geschickt. Mit deiner Hilfe werden wir es schaffen.«
»Ich bin nur ein einfacher Diener!« rief Mokki. »Und wenn du trotz allem, was ich für dich tun kann, stirbst?«
Mokki schaute Uros an, mit einem Gesicht, das vor Verzweiflung fast kindlich wirkte. Und Uros merkte, daß der entscheidende Augenblick gekommen war. Er senkte die brennenden Augen.
Um die Unschuld zu verführen, muß die Versuchung ihre Gestalt annehmen.
»Ja«, sagte Mokki, und seine Stimme versagte fast, »und wenn dir trotzdem etwas passiert, was dann?«
Uros hob die Hände. Noch hielten sie das Schicksal. Doch gleich würden sie sich öffnen, und das Verhängnis würde seinen Lauf nehmen.
»Dann soll Jehol dir gehören«, sagte er.
Mokki schüttelte seinen Kopf, als erwache er aus einem Traum, und stammelte:
»Ich — was — ich — Uros, ich versteh' dich nicht.«
Uros heftete seinen Blick fest auf den Sais und wiederholte, mit einer Pause zwischen jedem Wort:
»Dann soll Jehol dir gehören.«
»Was sagst du da?« rief der Sais. Er riß seine Hand von Jehols Mähne los. Doch das Pferd glaubte, er wolle spielen,

schnappte vorsichtig mit den Zähnen nach Mokkis Handgelenk und hielt es sanft zwischen seinen Lippen.
»Siehst du«, sagte Uros. »Nun?«
»Warte, warte«, bat Mokki.
In seinem Kopf drehte es sich. Er wagte nicht, die Hand, die Jehol hielt, zu bewegen. Er fühlte sich seit jeher dem Pferd so eng verbunden, als gehörten sie demselben Schlag, derselben Familie an. Und jetzt sollte dieser sagenhafte Hengst, den der große Tursehn gezüchtet hatte, durch ein einziges Wort von Uros, ihm, Mokki, dem Pferdeknecht, gehören? Schweiß lief ihm über das Gesicht.
»Das ist nicht möglich, Uros — das ist Wahnsinn — du hast Fieber. Du phantasierst!«
»Nein, Mokki, glaub mir«, sagte Uros. Seine Stimme klang so offen und so freundschaftlich, daß er selbst erstaunt war.
»Wer auf der Welt verdiente es eher als du, den Jehol am meisten liebt, dieses Pferd zu besitzen? Wer pflegt ihn so hingebend wie du? Und wenn er lebend aus diesem schrecklichen Gebirge herauskommt, nun, könntest du mir einen nennen, bei dem er besser aufgehoben wäre?«
»Hör auf! Hör auf!« bat Mokki. Er befreite seine Hand aus Jehols Zähnen, wandte dem Pferd den Rücken zu und sagte flüsternd: »Du sprichst, als wärest du schon tot.«
Uros lehnte sich zurück. Und wie er ihn so daliegen sah, inmitten der riesigen, leeren Karawanserei, unter dem hohen, zerfallenen Gewölbe, bleich, abgezehrt und kraftlos, dachte Mokki erneut an den Toten in der Tschaikhana. In diesem Augenblick lehnte Jehol, der aufgestanden war, seinen Kopf gegen die Schultern des Sais. Da rief Mokki, um Uros endlich zum Schweigen zu bringen und um sich selbst jeglicher Hoffnung zu berauben:

»Was auch immer geschehen mag, niemand wird je glauben, daß ein solches Pferd wirklich mir gehört. Man wird mich für einen Lügner, einen Dieb halten!«

»Du hast recht«, sagte Uros. »Hol den Buckligen!«

Mokki lief zum Tor und rief:

»Gholam! Gholam!«

Jehol verfolgte den Sais mit den Augen, bis er verschwunden war, und blickte dann auf Uros. Der streckte den Arm aus und strich ihm zärtlich über die Nüstern. Er zürnte ihm nicht mehr. Er zürnte auch Mokki nicht mehr. Niemandem. Das schwierigste, bedeutungsvollste Spiel seines Lebens hatte begonnen.

»Was kann ich für dich tun?« fragte der Eigentümer der Karawanserei freundlich.

»Nicht dich brauche ich, sondern einen Schreiber. Ist hier einer in der Gegend?«

»Unten im Dorf, ja«, erwiderte Gholam.

»Und versteht er sein Handwerk?« fragte Uros.

»Wir hier sind mit ihm zufrieden«, sagte der bucklige junge Mann lächelnd.

»Hol ihn herbei«, sagte Uros zu Mokki.

Der Sais wollte gehen, doch Uros rief:

»Nimm Jehol!«

»Du — meinst — wirklich — es ist besser . . .?« fragte Mokki, ohne das Pferd zu betrachten.

»Bestimmt«, sagte Uros. »So geht es schneller, und wir haben es schließlich eilig.«

Mokki legte Jehol das Zaumzeug auf. Er hatte den Kopf eingezogen, und seine Bewegungen waren linkisch, fast ängstlich. Jehol wurde schon ungeduldig.

»Ich bin in meinem Leben nur auf armseligen Eseln geritten«, sagte Gholam. »Und mit Pferden kennen wir uns hier nicht so sehr aus. Doch das da — allein, um es immer wieder anzuschauen, möcht' man es haben.«

»Und wenn du es erst galoppieren siehst«, sagte Uros. »Nicht wahr, Mokki?«

Der Sais antwortete nicht und wollte gerade aufsteigen, als Uros ihm befahl:

»Nimm den Sattel!«

»Und du?« fragte Mokki leise.

»Ich werde draußen warten, an der Mauer. Unser Gastgeber wird mir helfen.«

Gegen die alte, von der Sonne langsam gewärmte Lehmmauer gelehnt, erblickte Uros schon von weitem Jehol.

Hinter dem Sais saß der Schreiber.

Der ist ja uralt, dachte Uros unwillig, als er seiner ansichtig wurde. Bestimmt zittert er so, daß man nicht ein Wort von dem lesen kann, was er schreibt.

Und als Jehol schließlich den kleinen Platz vor der Karawanserei erreicht hatte, verwandelte sein Unwillen sich in unbändige Wut: daß das Gesicht des Alten faltig und sein Haar weiß war, schön, damit hatte er gerechnet. Doch als jetzt Gholam und sein Bruder herbeiliefen, den Gast begrüßten, ihm vom Pferd halfen und dann seinen Arm ergriffen, fen, um ihn vorsichtig zu führen, sah Uros in zwei blicklose starre Augen: der alte Mann war blind. Den Kopf leicht vorgeneigt, horchte er mit der Intensität des Blinden auf das geringste Geräusch.

Nur der unbedingte Respekt, den jeder Afghane dem Alter zollt, hinderte Uros daran, seinen Zorn offen zu zeigen. Doch den Buckligen sah er wütend an, während dieser, freundlich lächelnd, den Alten zu seinem Platz neben Uros führte.

»Friede sei mit dir, Fremdling«, sagte der Schreiber.

»Und mit dir gleichermaßen, verehrungswürdiger Alter«, erwiderte Uros höflich.
Doch zu dem Besitzer der Tschaikhana gewandt, sagte er barsch:
»Und jetzt, Buckliger?«
Der Blinde fragte:
»Soll ich sogleich beginnen?«
»Es soll kein Befehl sein, würdiger Greis, aber ich hab' es eilig.« Und vor allem wollte er dieser dummen Komödie endlich ein Ende bereiten.
»Wie du willst«, sagte der Alte.
Und er nahm aus seinem Gürtel das Schreibmaterial: einen langen schwarzen Kasten, mit roten Blumen bemalt, der Federhalter und Tintenfaß enthielt, und dann ein kleines Brett, auf das ein weißes Papier geheftet war. Auf jeder Seite des Blattes, von oben nach unten, waren in regelmäßigen Abständen kleine Nägel befestigt.
Er legte das Brett auf seine Knie und sagte:
»Ich bin bereit.«
»Schön«, sagte Uros, »schreibe, daß ich, Uros, Sohn des Tursehn, hiermit vor Zeugen erkläre und schwöre: Falls mich der Tod auf dieser Reise ereilen sollte, erhält Mokki, mein treuer Sais, als Lohn für seine hingebende Pflege, meinen Hengst Jehol, Sohn des Jehol, samt Zaumzeug und Sattel.«
Gholam warf einen raschen Blick auf Mokki, doch dessen Gesicht verriet nicht die geringste Bewegung. Uros sah gespannt auf die Hand des Blinden. Glaubte dieser wirklich, er könne ihn hereinlegen?
»Wiederhole mir deinen Namen bitte«, sagte der Greis. »Die beiden anderen hat mir vorhin auf dem Weg schon der junge Mann hier gesagt.«
»Uros, Sohn des Tursehn«, sagte Uros.

»Gut«, erwiderte der Schreiber.
Er legte seine durchsichtigen Hände auf das Papier, wobei er mit einem Finger zu beiden Seiten des Brettes den höchsten Nagel berührte. Und dann glitt seine Feder von rechts nach links langsam, fast unmerklich über das Papier.
Uros starrte wie gebannt auf die Buchstaben, die sich formten: sie waren nicht nur leserlich, sondern vollkommen gleichmäßig. Und als der Schreiber die erste Zeile beendet hatte, zeigte sich, daß die Schrift von vollendeter Schönheit war
Und Uros rief atemlos aus:
»Wie bringst du das nur fertig, Ehrwürdiger, bei deiner Blindheit?«
»Seit der Zeit Abd ur Rahmans hatte ich genügend Muße, zu lernen, ohne das Licht meiner Augen auszukommen«, erwiderte der uralte Mann.
»Abd ur Rahman«, rief Uros aus.
Und der Alte erwiderte:
»Eben der.«
Und seine Stimme verriet ein wenig von der Rührung, die sehr alte Menschen bei der Erinnerung an Ereignisse oder Männer zu überkommen pflegt, die inzwischen längst der Geschichte angehören und die sie einst miterlebt haben.
»Abd ur Rahman ...«, wiederholte Uros.
Der große Emir des vergangenen Jahrhunderts.
Der die Engländer überlistet, die Fehden des Hasaradschat beendet hatte, Kafiristan erobert, die großen Vasallen gebeugt und Afghanistan geeinigt ... Der Listenreiche. Der Weise. Der Große.
»Als er starb, warst du noch nicht geboren, doch ich war schon ein erwachsener Mann und seit Jahren blind.«
Die Feder schrieb die zweite Zeile. Der Alte fuhr fort:

»Allah hatte mir schon als Kind in seiner Güte die Gabe der Schreibgewandtheit verliehen. Zu jener Zeit gab es noch nicht viele, die diese Kunst beherrschten, und deshalb wurde ich, obschon noch ziemlich jung, zum Khaidar in dem fruchtbaren Tal des Koh Doman ernannt. Und so wanderte ich auf meinem Maultier von Dorf zu Dorf, um meines Amtes zu walten und die Steuern, Zehnten und Abgaben einzutreiben, die Abd ur Rahman, mein Herrscher, in seiner Gerechtigkeit und Weisheit festgesetzt hatte.«

Die zweite Zeile war ebenso vollendet wie die erste. Der Schreiber begann die folgende. Und seine Hand war so geübt und sicher, daß er ruhig weitererzählte, während er schrieb: »Und so geschah es eines Abends, als meine Arbeit beendet war, daß ich an einem großen Dorfplatz vorbeikam, wo gerade Markt gewesen war. Hinter dem Dorf sah ich einen kräftigen Mann vor mir des Weges ziehen; er ging ziemlich langsam, weil er drei kleine, aber schwere Säcke schleppte. Mit meinem Maultier hatte ich ihn bald eingeholt. Es war ein wandernder Fleischer, ein freundlicher, gutmütiger Mann. Rustan hieß er. Er kehrte nach Hause zurück, nachdem er sein ganzes Hammelfleisch und Fett mit großem Gewinn verkauft hatte. Und dieser Gewinn, harte blanke Silberlinge, füllte die Säcke, unter deren Last er jetzt schwitzte. Er hatte noch weit zu gehen. Unser Weg war derselbe bis zu dem Dorf, wo ich wohnte. ›Leg doch deine Säcke auf meinen Maulesel‹, sagte ich zu ihm. ›Du kannst dich dann ein bißchen ausruhen, nachher mußt du sie doch wieder schleppen.‹ Der Fleischer tat es ohne große Umschweife: er war ein einfacher, argloser Mann. Und bei jedem Sack, den er mir übergab, nannte er mir — stolz auf seinen Ordnungssinn — die Anzahl der Silberstücke, die darin enthalten waren, und ihr Gewicht. Er hatte die großen in den einen, die mittleren in den anderen und die kleineren in den dritten Sack gefüllt.

Wir gingen friedlich unseres Wegs. Rustan erzählte mir von seinen beiden Frauen, seinen Söhnen und dem Esel, den er sich gerade kaufen wollte. Schließlich kamen wir in mein Dorf. Und Rustan forderte sein Eigentum zurück.«

Der Blinde hielt einen Augenblick inne und hob seine Augen gegen die Sonne.

»Allah allein kennt das Böse, das zuweilen, nach seinem Willen, von den Menschen Besitz ergreift. Bis zu jenem Tag war ich stets ehrlich und gottesfürchtig gewesen. Doch als ich sah, wie Rustan die Hand ausstreckte, um seine Säcke von meinem Maultier zu nehmen, dachte ich ganz plötzlich: dieses Geld muß ich haben! War es seine Zufriedenheit über den guten Gewinn, die mich angestachelt hatte? Oder die Reden über seine beiden Frauen? Ich wollte auch eine haben, eine aus guter, ehrbarer Familie, mit der ich es im Leben zu etwas bringen würde. Und du weißt, welch ungeheure Summe der Vater für so eine Tochter von ihrem Freier verlangt.«

Der Alte fuhr fort, mit derselben Sorgfalt seine Buchstaben zu setzen, die blicklosen Augen noch immer dem Himmel zugewandt. Und er sprach weiter:

»Ich stieß Rustan beiseite und behauptete, daß diese Säcke mir gehörten. Er protestierte natürlich mit lauter Stimme. Die Leute liefen zusammen. Und um mein – angebliches – Recht zu beweisen, nannte ich genau die Summe, die in jedem Sack enthalten war, und das Gewicht der Silberstücke. Zwar beteuerte Rustan hoch und heilig, daß er selbst mir das verraten habe, beweisen konnte er jedoch nichts. Kurz und gut, sein Wort stand gegen das meine: das Wort eines Khaidar gegen das eines kleinen Fleischers. Die Sache kam vor den Richter der Dorfschaft, doch dieser wagte nicht zu entscheiden; ebensowenig der der Provinz. Und selbst der Gerichtshof von Kabul wußte sich keinen Rat. Da hörte Abd ur Rahman, der, wie du wohl weißt, regelmäßig öffentlich Gericht zu halten pflegte, von diesem Prozeß und lud uns zu einem seiner Gerichtstage vor.«

Der Blinde hörte zu schreiben auf.

»Wenn ich das geahnt hätte, nie hätte ich gewagt, Rustans Geld anzurühren. Allein der Gedanke daran, schuldig vor einem ebenso weisen wie schrecklichen Herrscher zu erscheinen, ließ mich erzittern. Doch was tun? Hätte ich mich geweigert, wäre das ein Beweis meiner Schuld gewesen. Nachdem ich so weit gegangen war, mußte ich auch das auf mich nehmen. Und schließlich gab es keinen Beweis, für den Emir genausowenig wie für die anderen Richter. Und wahrhaftig, die Untersuchung vor dem großen Herrscher brachte nichts Neues: ich fühlte mich immer sicherer und erwartete gefaßt und ruhig seinen Spruch. Auch der große Emir, wollte er gerecht sein, konnte mich nicht schuldig sprechen. Doch statt das Urteil zu verkünden, befahl Abd ur Rahman plötzlich:

›Man bringe mir einen großen Kessel mit kochendem Wasser.‹

Dann fragte er, zuerst Rustan und dann mich:

›Erklärst du dich bereit, deine Augen von diesem Wasser verbrennen zu lassen, wenn dein Wort falsch war?‹

›Ja, Herr‹, antwortete der Fleischer ohne zu zögern.

Und ich? Was konnte ich tun? Noch lauter als Rustan rief ich: ›Ja, Herr!‹

Und Abd ur Rahman sprach: ›Nun gut.‹ Und ließ die Geldstücke, um derentwillen ich so viele falsche Eide geschworen hatte, in das kochende Wasser werfen.

Alle schwiegen. Die Richter, der Schreiber, die Soldaten, die Henkersknechte, die Zuschauer. Niemand verstand, was das bedeuten sollte. Doch da blickte Abd ur Rahman mich plötzlich mit schrecklicher Ruhe an und rief: ›Oh, ehrloser und unehrlicher Khaidar, betrachte dieses Wasser, bevor deine Augen auf ewig erblinden. Sieh auf der Oberfläche dieses Wassers jene Fettflecken: sie stammen von den Geldstücken, die ich hineinwerfen ließ. Nun, und wessen Hände sind wohl für gewöhnlich mit Hammelfett beschmiert: die Hände eines Khaidar? Oder die eines wandernden Fleischers?‹

Der Emir gab seinen Henkersknechten einen Wink, und diese rissen mir die Lider auseinander und schütteten das kochende Wasser über meine Augen.«

Der Alte hatte geendet. Mokki seufzte tief auf und schlug seine Hände vors Gesicht. Gholam und sein Bruder, die diese Geschichte schon viele Male gehört hatten, nickten mitleidig mit dem Kopf.

Und Uros sagte: »Nur ein Herrscher wie Abd ur Rahman konnte so ein Urteil finden.«

»Der größte aller Herrscher«, sagte der blinde Schreiber ruhig. »Er hat mich hierher führen lassen, in das Dorf, in dem ich geboren bin. Und so habe ich ohne das Licht meiner Augen von neuem schreiben gelernt, um denen nützlich sein zu können, die meiner Dienste bedürfen.«

Der Alte legte seine Feder und das Brettchen beiseite, nachdem er noch seine Unterschrift unter das Schriftstück gesetzt hatte.

»Kannst du schreiben?« fragte er Uros.

»Nur meinen Namen«, antwortete dieser.

»Das genügt«, sagte der Schreiber.

Dann wandte er sich an Gholam:

»Zeichne, wie immer, für dich und deinen Bruder als Zeugen.«
Der Blinde legte sein Schreibzeug wieder sorgfältig in das Kästchen, entfernte die kleinen Nägel aus dem Papier, das noch an dem Brettchen festgeheftet war, und übergab es Uros. Der faltete es zusammen und steckte es ein. Dann bezahlte er den Schreiber und sagte:
»Oh, weiser alter Mann, mögen dir noch viele Jahre geschenkt sein.«
Und der Alte antwortete:
»Um meine Schuld noch länger zu sühnen, so Allah es mir gewährt.«
Und Gholam, der Bucklige, fügte hinzu:
»Und um uns alle zu lehren, der Versuchung zu widerstehen.«
Und eindringlich betrachtete er bei diesen Worten den Sais, der noch immer das Gesicht in seinen Händen verbarg.

Sie tranken Tee. Dann brachte Mokki den Schreiber zu Pferd in das Dorf zurück.
Dort kaufte er, wie Uros es ihm befohlen hatte, das Nötigste für die Reise: Essensvorräte, vier Decken, zwei dicke Puschtiehns* und einen Dolch. Er vergaß nichts, obwohl er wie im Traum umherging, unfähig, zu denken oder zu fühlen.
Als er zurückkehrte, traf er die Vorbereitungen für die Reise mit der gleichen abwesenden Gleichgültigkeit. Schließlich half er Uros schweigend in den Sattel.
»Es ist noch hell«, sagte Uros. »Um so besser. Wo steckt denn der Bucklige? Will er keine Bezahlung?«

* Eine Jacke aus Tierhäuten, mit Stickereien besetzt und mit Schaffell gefüttert.

Mokki ging zur Tschaikhana, um ihn zu suchen. Unterwegs begegnete ihm Gholam, der seine lehmigen Hände an seiner Hose abwischte.
»Wir müssen gehen«, sagte Mokki.
Seine Stimme war tonlos, sein Blick ohne jeden Ausdruck.
»Es tut mir leid«, sagte Gholam, »daß ich euch allein lassen mußte. Ich habe gerade den armen Töpfer begraben.«
»Der Töpfer . . . der Töpfer . . .«, wiederholte Mokki.
Er begann zu zittern. Namenlose Angst erfüllte ihn.
Er berührte Gholams buckligen Rücken und bat flehentlich:
»Oh, mein Bruder, ich bitte dich, gib mir einen schützenden Wunsch mit auf diese Reise.«
Und Gholam sagte sanft:
»Daß es dir noch gegeben sein möge, die Sonne so zu begrüßen, wie du es heute morgen tatest.«
Von ihren Stimmen angelockt, erschien Uros mit Jehol, zwischen seinen Zähnen hielt er die Peitsche.

IV
Die Dambura

Als Uros, Mokki und Jehol die Karawanserei verließen und sich westwärts wandten, um die schmalen Pässe des Hindukusch zu erreichen, hatte die Sonne sich bereits über die fernen Berggipfel gesenkt. Doch jenseits des Gebirges stand sie noch hoch über der Steppe. Und in der Provinz Maimana hatte sie noch nicht das Felsplateau erreicht, auf dem das friedliche Dorf von Kalaktschekan lag.

Dort saß Tursehn mit Guardi Guedj und trank Tee.

Mit gekreuzten Beinen hatten sie sich auf einem dünnen Teppich niedergelassen, der auf der bloßen Erde lag. Ein zerbeulter Samowar aus dunklem Kupfer und ein Tablett mit bäuerlichem Geschirr standen zwischen ihnen. Es war ein friedlicher Abend. Wie der Morgen der ungestümen Jugend gehört, die noch die ganze Zukunft vor sich hat, und der Mittag, mit der im Zenit stehenden Sonne, dem reifen Mann, so ist der sinkende Abend die Zeit derer, deren Leben sich, wie der scheidende Tag, dem Ende zuneigt. Die sanft gewordene Wärme der Sonne tut dem Alter wohl, und ihr Licht blendet nicht mehr die Augen, die schon so viele grelle Sommer gesehen haben.

Ob die leichten Nebel des Abends die Nacht oder den Tod verkünden — gleichviel. Jeder Augenblick bis dahin ist wie weiser Abschied, und ein jeder enthält seine eigene Ewigkeit.

Doch plötzlich verfinsterte sich für Tursehn der abendliche Himmel: der Frieden, die glückliche Harmonie waren zerstört. Seine Gedanken wanderten, wie schon so oft, auf die

andere Seite der Berge. Und wieder fand er sich, einsam, inmitten einer Welt voller Angst und Zweifel.
Wir sind zusammen an dem Abend hier angekommen, dachte Tursehn, an dem die Tschopendos von Maimana nach Kabul abfuhren. Eigentlich sollte er nur eine Nacht hier verbringen. Und jetzt war schon eine ganze Woche vergangen, und der Ahnherr der Welt schien immer noch nicht daran zu denken, weiterzuziehen. Er betrachtete Guardi Guedj. Auch er kam ihm plötzlich weit und unerreichbar vor wie der Himmel, der noch vor ein paar Augenblicken so nahe gewesen war und der sich ihm mit einemmal verschlossen hatte.
Seltsam, dachte er, wie der Alte, der noch nie zwei Nächte unter demselben Dach verbracht haben soll, hier fast heimisch geworden ist. Und nicht etwa, daß er ruhebedürftig wäre: nein, denn wenn ich, noch vor Morgengrauen, erwache, finde ich seinen Platz auf meinem Tscharpai immer leer. Nicht einmal richtig essen sehe ich ihn. Nur aus Höflichkeit nimmt er ab und zu ein paar Bissen. Die ganze Zeit ist er im Dorf, und weiß Gott, man kann sich kaum ein ärmlicheres und elenderes vorstellen. Dort hörte er den Greisen, den Kindern, ja selbst den Frauen zu. Tursehn begriff den Alten nicht. Und fast hätte er ihn laut gefragt:
Sag mir, Ahnherr der Welt, was hält dich hier eigentlich?
Doch er fürchtete seine Antwort, oder vielmehr, die Gegenfrage:
Und dich, Tursehn, was hält dich?
Und Tursehn dachte beschämt an seine Pferde; seit einer Woche kümmerte er sich nicht mehr um Spreu und Futter, sorgte nicht mehr für die trächtigen Stuten, die Fohlen und die Jungtiere, die er alle den leichtfertigen Stallknechten überließ.

Und Tursehn senkte gequält den Kopf. Da erklangen in dem durchsichtigen Schweigen die Töne einer Dambura: sie kamen vom Dorf her und näherten sich jetzt rasch der Jurte. Tursehn sah auf und rief, wie erlöst:
»Hörst du, Ahnherr der Welt? Nidschas ist zurückgekommen.«
Guardi Guedj lauschte einen Augenblick und sagte dann: »Ja, jetzt höre ich es auch. Nun, es ist seine Zeit. Der Abend kommt schnell.«
Da erschien auch schon der Spieler: ein grauhaariger, grinsender, verdreckter, zerlumpter Zwerg. Alles an ihm hüpfte: die Schultern, die Beine, ja selbst sein Gesicht mit dem stumpfen, abwesenden Lächeln und den ausdruckslosen Augen.
Doch seiner Dambura entlockte er eine so klare und reine Melodie, daß Guardi Guedj dachte: Seltsam, die Einfältigen sind in Wahrheit die von Gott Begnadeten.
Der kleine Mann warf zur Begrüßung sein Instrument in die Luft, wo es sich zweimal drehte, und fing es geschickt wieder auf.
Es gibt Tage, dachte Tursehn, da kennt dieser Idiot nicht einmal die Nachbarn wieder, die ihm Tag für Tag sein Essen geben, auch mich nicht, der ich ihn von klein auf kenne. Doch den Ahnherrn der Welt vergißt er nie. Der Kleine hatte sich, ohne sein Spiel zu unterbrechen, neben Guardi Guedj auf den Boden gesetzt.
Nur seinetwegen ist er gekommen, dachte Tursehn weiter. Nidschas hatte die Melodie gewechselt. Eine lange traurige Klage ertönte, und Guardi Guedj erkannte dieses Lied wieder: vor vielleicht vierzig oder fünfzig Jahren hatte er es einmal in Tibet jenseits des Himalaja gehört.
Wo mochte wohl dieser Zwerg, der außer seinem verlorenen

Dorf, seinem Hügel und dem Gut Osman Beys höchstens noch den Marktflecken von Daulad Abas kannte, dieses Lied gehört haben? Und die vielen anderen, die er alle fehlerlos spielte, ohne sich auch nur in einem Ton zu irren? Die alten und die neuen? Die Lieder seiner Provinz und die von Taschkent und Buchara, von Khiva und von Samarkand? Ja von ganz Mittelasien: afghanische, russische und chinesische.

Gewiß, man traf in der Steppe Leute von überall her. Und unter den Dächern der Basare kamen Reisende von allen Teilen des Landes zusammen. Doch was für ein unglaublich feines Gehör mußte Nidschas besitzen, der all diese vielleicht nur einmal auf einer Flöte, einer Pfeife, einer Dambura gespielten oder auch nur gesungenen Melodien behielt. Wie weise, dachte Guardi Guedj weiter, daß die Tradition uns seit Urzeiten lehrt, die Einfältigen, die Geistesschwachen zu verehren. Denn die Götter haben sie nur darum ihres Verstandes beraubt, damit ihr eigenes Genie sie um so ausschließlicher beherrscht. Dem einen gaben sie das prophetische Wort, dem anderen das Sehertum, diesem die Macht des unheilvollen Fluches und jenem wieder überirdische Frömmigkeit. Dem da haben sie die Gabe der Musik verliehen. Du und ich, der Einfältige und der Weise, wir haben das gleiche Ziel: der eine sammelt Erzählungen und der andere Lieder. Doch du bist mir weit voraus: eine Geschichte erzählt sich mühsam, Wort für Wort. Deine Melodien haben Flügel.

Und Guardi Guedj wünschte sich plötzlich, dem anderen ein neues Lied schenken zu können. Doch Nidschas kannte schon so viele, und Guardi Guedj hatte nicht die seltene Gabe, jede Melodie im Gedächtnis behalten zu können. Da plötzlich erklang in seiner Erinnerung über die Jahre hinweg eine klare, reine, kindliche Weise. Niemand außer ihm konnte dieses uralte Wiegenlied kennen. Denn es stammte noch aus jener Zeit, als die fruchtbaren Täler von Kafiristan, die winzigen Gebirgsdörfer hoch oben auf den Felsen noch nicht in Schutt und Asche gelegt waren und der Emir Abd ur Rahman noch nicht die tapferen Krieger dieses Landes — die Nachkommen jener, die einst unter Alexander, dem großen Griechen, gekämpft hatten — besiegt und die gewaltigen, aus rohem Holz geschnitzten Statuen der Götter zerstört hatte.

Der Kleine spielte noch immer. Plötzlich legte sich ein Finger auf die Saiten der Dambura, und das Instrument verstummte. Nidschas sah auf Guardi Guedj, tieftraurig und enttäuscht. Doch dieser hob eine Hand und begann mit Worten aus einer fremden Sprache eine seltsame Melodie zu singen, ein Wiegenlied, das vor hundert Jahren den Kindern zur Nacht gesungen wurde: in einem Dorf, über das die Adler strichen und von dem nichts mehr übriggeblieben war als ein paar vom Feuer geschwärzte zerstreute Steine.

Guardi Guedj schwieg. Die Dambura erklang wieder, und mühelos, rein und klar spielte der Zwerg das eben gehörte Lied.

Und Guardi Guedj seufzte tief und gerührt. Ihm schien plötzlich, als habe dieses Lied etwas in ihm geweckt, das lange verschüttet gewesen war, als sei, aus dem Grunde der Zeiten, etwas in sein Bewußtsein getreten, das tief in ihm begraben gewesen war, seinem Gedächtnis unerreichbar. Und er, der Uralte, der so ruhig und gleichmütig geworden war, begann vor Furcht, Sehnsucht und Zärtlichkeit zu zittern.

Denn nie hatte seine Erinnerung zurückgereicht in jene ersten Tage seines Lebens, da die Neugeborenen beginnen, in den Farben, Lauten, Berührungen und Geräuschen um sich herum die Welt zu entdecken.

Der Geruch von verbrennendem Holz ... das Knistern der Zweige ... das Flackern der Lampe ... die warme Luft ... die festen Mauern und Gewölbe, die einen wie ein Wall schützend umgaben ... die Wärme der Decken ... der Geschmack süßer Milch ... und eine sanfte, gute Stimme, die immer, immer wieder, bis in die Dämmerung des Schlafs dieses Wiegenlied singt ...

Die Sonne sank. Man spürte, wie die Schatten sich über die Weiten der Steppe senkten.

Das Ende des Tages ... das Ende des Liedes.

Wozu, so dachte Guardi Guedj, wozu eigentlich ein so langes Leben, wenn es sich doch eines Tages, bald, wie das kürzeste, auflöst? Und wozu die ganze Weisheit langer Jahre, wenn eigentlich nur eine einzige nützlich ist: daß der Mensch sich dieser Auflösung geduldig und demütig beugen möge.

Die Sonne hatte sich rot gefärbt.

Spiel, o spiel weiter, wollte Guardi Guedj den Zwerg bitten, hör nicht auf mit dieser tröstenden Melodie. Er fürchtete nicht den Tod, nein — das war es nicht, zu lange schon lebte er mit ihm, doch er sehnte sich plötzlich so sehr, oh, so sehr danach, daß in seinem letzten Augenblick seine Mutter ihn noch einmal, ein einziges Mal, in den Schlaf sänge, daß sie mit ihrer sanften Stimme alle Verlassenheit von ihm nehme und ihm, dem Hundertjährigen, dem Vagabunden, dem Weisen, wie einem Kind Vergessen schenkte.

Die Steppe nahm plötzlich die Farbe glühender Asche an. Und die Dambura schwieg.

Tursehn straffte die Schultern. Er spürte, wie einen Hauch nur, den aufkommenden Nachtwind. Guardi Guedj hatte die Augen geschlossen. Er fühlte sich unendlich traurig und allein. Und er dachte: Niemand auf der Welt vermag mir zu helfen. Doch vielleicht kann ich noch jemandem sein Los erleichtern ...

»Ich habe Aigiss gesehen«, sagte er zu Tursehn.

»Aigiss«, murmelte Tursehn. »So, so, Aigiss ...«

Es schien ihm seltsam und fast ungehörig, daß ihn jemand an diese Frau erinnerte: seine Frau, die nach Uros' Geburt keine Kinder mehr gebären konnte und die er deshalb verstoßen hatte, wie es der Brauch, das Gesetz, die Ehre verlangten. Seit Jahren schon hatte er sie völlig vergessen.

»Ich nehme an, daß es ihr an nichts fehlt«, sagte Tursehn. Das stimmte. Er hatte ihr ein Haus im Dorf zur Verfügung gestellt und sicherte ihren Unterhalt.

»Sie möchte dich sehen«, sagte Guardi Guedj.

»Wieso? Mit welchem Recht?« sagte Tursehn barsch.

»Sie liegt im Sterben«, antwortete Guardi Guedj.

Tursehn sah unschlüssig drein. Riefe man ihn an das Sterbebett eines Mannes — er würde sich sogleich aufmachen. Doch konnte man der Laune einer Frau, selbst wenn es die letzte war, so ohne weiteres nachgeben, ohne das Gesicht zu verlieren?

Er sagte:

»Sie stirbt? Na und? Sie ist alt genug!«

»Man ist nie alt genug, um allein zu sterben«, erwiderte der alte Mann.

»Glaubst du?« murmelte Tursehn.

Und wenn er auch den Sinn dieser Bemerkung nicht ganz begriff, so erhob er sich doch schwerfällig, um den Wunsch des Ahnherrn der Welt zu erfüllen.

Das Dorf von Kalaktschekan zählte im ganzen an die zwanzig armselige Lehmhütten, die sich alle in einer Reihe gegen die Felswand lehnten.

Aigiss' Haus war das letzte zum Fluß hin. Wie alle anderen hatte es ein vorspringendes Dach aus toten Zweigen; innen befand sich ein einziges niedriges Zimmer ohne Fenster und Kamin.

Tursehn trat unwillig ein. Er war auf sich selbst wütend wegen dieses absurden Besuchs, den er eigentlich nur Guardi Guedj zuliebe machte, und schämte sich entsetzlich. Der Raum war düster, er konnte nur undeutlich im Hintergrund neben dem Samowar zwei alte Frauen sehen. Welche war Aigiss? Die da sicher, die dicke, die mit dem Rücken an der Mauer lehnte, auf ein paar Kissen gestützt, und deren Atem laut und röchelnd ging.

»Tursehn, o Tursehn«, flüsterte die dicke Frau, ihre Stimme war gurgelnd, mit einem leisen Pfeifen.

Und plötzlich bewegte sich ihr formloser Körper. Und ihre Stimme übertönte das Röcheln:

»Rasch, schnell, beweg dich!« rief sie ihrer Gefährtin zu. »Einen Stuhl! Licht! Etwas zu trinken!«

Tursehn trat einen Schritt vor.

»Ich brauche nichts«, sagte er. »Ich habe gar keine Zeit.«

»Scht, scht ...«, antwortete ihm Aigiss.

Und zu ihrer Dienerin:

»Schnell ...! Nun mach schon!«

Aus einer dunklen Ecke holte die Magd eine mit Wolle gefüllte Matratze, die sie auf der gestampften Erde vor Tursehn ausbreitete; sie entzündete eine Öllampe und goß heißen schwarzen Tee in eine Tasse.

Dann ging sie mit leisen Schritten hinaus, ohne sich noch einmal umzudrehen. Während sie die Tür schloß, sah Tursehn, daß das ganze Dorf sich vor der Hütte versammelt hatte. Der Herr von Kalaktschekan, der große Tursehn, bei seiner verstoßenen Frau – welch ein Ereignis! Das Blut stieg Tursehn

in heißen Wellen ins Gesicht, und die Scham erstickte ihn fast. Er atmete heftig. Ein widerlicher, süßlicher Geruch erfüllte den Raum, der ihm ekelhafter erschien als der des schmutzigsten Mannes: der Geruch einer kranken Frau.
Tursehn stand immer noch aufrecht da und betrachtete unverwandt den aufgeschwollenen Bauch und die unförmigen Brüste der Frau.
Sie wird sterben, dachte Tursehn. Ja, bestimmt.
Nur will sie sich vorher noch bemitleiden lassen.
Gerade in diesem Augenblick fing Aigiss wieder an zu sprechen.
»Friede sei mit dir, o Tursehn. Willst du nicht... deiner Dienerin... die Ehre erweisen... dich empfangen zu dürfen?«
Ihre röchelnde und pfeifende Stimme war heiser, doch sie drückte deutlich Bescheidenheit und Zurückhaltung aus. Nie in seinem Leben war Tursehn von dem Grundsatz abgewichen, es stets an Höflichkeit dem andern zumindest gleichzutun. Und daher betrug er sich jetzt, trotz seines Widerwillens, wie es sich gehörte. Er dankte, setzte sich auf die Matratze und trank schlürfend seinen Tee. Das Licht der Lampe, die neben der alten Frau auf dem Boden stand, fiel auf ihr Gesicht und ihre verfärbten, aufgequollenen, faltigen Wangen.
Woran hätte ich nur erkennen können, daß sie es ist, dachte Tursehn. Und er fragte:
»Wie kommt es, daß du mich gleich erkannt hast?«
»Wie sollte ich nicht«, antwortete Aigiss.
Ihr Blick belebte sich, und ihre Augen begannen zu glänzen.
»Deine Schultern... immer noch die gleichen. Und dann, während all dieser Jahre, jedesmal wenn du zu deiner Jurte

gingst oder sie verließest ... sah ich dich vorüberreiten ... immer noch so gerade und aufrecht wie einst.«
Aigiss hatte sich etwas aufgerichtet. Und mit einer rätselhaften Kraft beugte sie sich zu Tursehn vor.
»Ein wahrer Tschopendos«, sagte sie.
Tursehn warf den Kopf zurück. Jetzt bewegt sie sich auch noch, dachte er, und riecht noch widerwärtiger.
Doch was ihn in Wirklichkeit erbitterte, war etwas ganz anderes: zu entdecken, daß sie ganz ohne sein Wissen, ja nachdem er diese Frau schon längst vergessen hatte, ihn in Gedanken unablässig verfolgt hatte. Mit welcher Absicht? Wagte sie es, sich irgendwelche Rechte über ihn anzumaßen? Wollte sie ihn behexen? Und war es ihr nicht auch gelungen? — denn jetzt saß er ja hier, vor ihren geschwollenen Füßen?
»Ein wahrer Tschopendos«, wiederholte Aigiss. »Ein ...«
Die Stimme versagte ihr. Sie schlug mit den Händen um sich und öffnete ihren violetten Mund.
Tursehn betrachtete sie voller Abscheu. Kein Zweifel, sie würde sterben. Nachdem sie es immerhin fertiggebracht hatte, daß er ihren letzten Wunsch erfüllte. Um sie zu bedauern, zu trösten — die Frauen! Die Frauen!
Aigiss blinzelte und flüsterte:
»Bleib ...« Und dann: »Es geht schon wieder besser.«
Tursehn wartete, die Hände um seine Peitsche gekrampft.
»So ... so ...«, murmelte Aigiss. Sie hatte sich etwas erholt und öffnete nun mit unendlicher Mühe die vor Anstrengung tränenden Augen.
»Erzähl mir von Uros, meinem Sohn«, bat die alte Frau.
»Warum sollte ich«, brummte Tursehn.
Sein Ton erschreckte Aigiss. Und mit zitternder Stimme flehte sie:

»Sei nicht böse, Tursehn, bitte. Natürlich, es ist dein Sohn, der nur dir allein gehört, ich weiß.«
Tursehn verstand zunächst gar nichts. Und dann erinnerte er sich dunkel, wie er in einem Leben, das ihm ganz fremd und losgelöst von seinem jetzigen erschien, eine junge schöne Frau züchtigte, weil sie mit ihren Küssen, Liedern und Märchen einen kleinen Jungen zu verweichlichen und zu betören suchte, der stolz und zerschunden von seinen ersten Ritten zurückkehrte. Tursehn verzog den Mund. Glaubte sie am Ende noch seine Frau zu sein und ihm ihr Kind streitig machen zu können? Uros gehörte heute nur noch den Dämonen des Stolzes und des Ruhmes, die ihn beherrschten.
Aigiss fuhr demütig fort:
»Ich hoffte nur, du könntest mir sagen, ob du etwas aus Kabul gehört hast... weißt du, wer dort gewonnen hat?«
»Ich weiß nichts«, antwortete Tursehn mit so eisiger Stimme, daß Aigiss von neuem erschrak.
»Verzeih mir«, flüsterte sie, »verzeih mir. Es ist ja wahr, ein Buskatschi ist Männersache.«
»Sei still!« rief Tursehn.
Die Frage, die Aigiss so ängstlich gestellt hatte, hörte Tursehn in seinen Ohren dröhnen, mit hundertfachem Echo, so wie er sie seit einer Woche überall hörte: in den Ställen, den Eßstuben, den Gärten Osman Beys, und mit jedem Tag wurde sie lauter, ungeduldiger.
Tursehn wünschte, er könne endlich, endlich diese Stimme in seinen Ohren ersticken. Denn jetzt erkannte er, was ihn in Wirklichkeit, abgesehen von der Bitte Guardi Guedjs, hergeführt hatte und hier verweilen ließ: der Wunsch, diesem endlosen Warten, diesen Fragen zu entgehen, nicht mehr die Stunden zu zählen und die Augenblicke der — end-

losen – Zeit, die es brauchen würde, bis der Name des Siegers von Kabul nach Maimana, von dort bis nach Daulad Abas und dann endlich bis zu Osman Bey dringen würde.

»Verzeihst du mir?« flüsterte Aigiss.

»Was verzeihen?« fragte Tursehn.

Jetzt hatte er nur noch einen Wunsch: schleunigst zu gehen, diesen Geruch nicht mehr ertragen zu müssen, diesen Körper, dieses Gesicht. Tursehn stand auf und sagte:

»Es ist Zeit.«

»Hast du Hunger?« fragte Aigiss.

»Ja, sehr«, antwortete Tursehn.

Um dies Haus so rasch wie möglich verlassen zu können, war ihm jede Ausrede willkommen.

Aigiss hob ihr Gesicht, und Tursehn sah, wie sich ihre Züge plötzlich unter dem Zwang eines ihm unverständlichen Gefühls verwandelten.

Bis jetzt hat sie sich nicht gehenlassen. Jetzt wird sie gleich losheulen, dachte Tursehn.

Er betrachtete sie unerbittlich, fest entschlossen, bei den ersten Tränen, bei dem geringsten Seufzer, der leisesten Klage zu gehen. Doch es gelang ihm nicht, auf ihrem Gesicht auch nur den Anflug von Kummer oder Verzweiflung zu lesen. Im Gegenteil, es schien eher, als ob irgendein unheimlicher Zauber auf diesem faltigen, verquollenen Gesicht langsam jede Häßlichkeit auslösche.

Tursehn traute im ersten Augenblick kaum seinen Augen. Um sicherzugehen, beugte er sich näher zu ihr. Und was er da sah, benahm ihm den Atem. Ihre Augen waren weit geöffnet und schauten ihn strahlend, voller Frieden, voller Sanftmut an. Und ihr Mund, der ihm eben noch so abstoßend vorgekommen war, drückte durch den leisen Anflug eines Lächelns so viel Dankbarkeit, Zuneigung und Glück aus, daß

Tursehn in den Zügen dieser alten häßlichen Sterbenden den Ausdruck des fast kindlichen Lächelns erkannte, das er an seinem Hochzeitstag in dem Spiegel entdeckt hatte, in dem die Jungverheirateten sich zum ersten Mal anschauen durften.

»Geh, geh essen, Tursehn«, sagte Aigiss. »Hast du noch immer solch einen Bärenhunger wie früher?«

Und Tursehn log wieder.

»Ja, genau wie früher.«

Dieser Blick, dieses Lächeln, diese Stimme... Er konnte sie nicht mehr ertragen. Doch nicht mehr aus Widerwillen, sondern weil er dachte: Sie sorgt sich um mich... Sie um mich! Und ohne zu begreifen, was ihn zu seinen Worten trieb, sagte er:

»Doch ich habe nie mehr so ein Palao gegessen, wie du es zu kochen verstandest.«

Und mit einer raschen Bewegung strich er ihr über das Haar, wobei er brummte:

»Friede sei mit dir.« Dann ging er hinaus, bevor sie seinen Gruß erwidern konnte.

Tursehn ging langsam durch die laue Nacht zurück. Er dachte an nichts und lauschte nur dem Knirschen seiner Ledersandalen auf dem steinigen Weg. Als er von weitem seine Jurte erblickte, vor der eine Sturmlaterne brannte, erkannte er, daß sie ihm kein Asyl mehr bieten konnte.

Nidschas war verschwunden. Guardi Guedj saß auf einer Bank vor dem Tisch, an dem sie gewöhnlich aßen, den Kopf in seine Hände gestützt.

»Das ist heute mein letzter Tag hier«, sagte Tursehn.

»Ich ahnte es«, sagte Guardi Guedj. »Die Boten von Kabul müssen bald da sein.«

»Du scheinst müde zu sein, Ahnherr der Welt«, sagte Tursehn.
»Nicht der Körper ist müde«, antwortete dieser. »Wir werden zusammen fortgehen.«
Der alte Bauer, der für Tursehn sorgte, brachte warme Brotfladen, saure Milch, harte Eier und Marmelade aus Hammelfett und Weintrauben. Er schenkte den Tee ein. Guardi Guedj rührte nichts an.
Tursehn setzte sich und stürzte sich plötzlich fast gierig auf das Essen. Doch nichts wollte ihm richtig schmecken, er schob jede Schüssel wieder beiseite.
»Als ich ihr sagte, ich sei hungrig«, murmelte er, »war sie auf einmal wie verwandelt.«
»Aigiss?« fragte Guardi Guedj.
»Ja«, antwortete Tursehn.
Und er erzählte, wie das alte, abstoßende Gesicht der Sterbenden plötzlich für einen Moment lang den Blick und das Lächeln einer sehr schönen und sehr jungen Frau getragen hatte. Und Guardi Guedj sagte:
»Siehst du, du bist nicht umsonst zu ihr gegangen.«
»Das ist Zauberei«, rief Tursehn. »Bin ich vielleicht ein Zauberer?«
Guardi Guedj legte sich der Länge nach auf die Bank und stützte den Kopf auf sein Bündel.
Zauberei ... dachte er. Vielleicht. Uralte, sehr menschliche Zauberei.
Guardi Guedj hatte Tursehn vergessen. Die ältesten Legenden und die schönsten Liebesgedichte fielen ihm ein. Manchmal sagte er halblaut eine Strophe vor sich hin.
Dann nickte Tursehn mit dem Kopf. Er kannte sie alle. Vom Kaspischen Meer bis hin zu den Pässen Indiens sang oder sagte man von Jahrhundert zu Jahrhundert diese berühmten

Verse: unter den Dächern der Basare wie beim Wettstreit der Gelehrten, am häuslichen Herde wie ums Feuer auf dem Feld. Der wandernde Sänger wie der Gebildete und der einfache Schäfer — alle kannten diese Lieder. Selbst die Frauen in den abgelegenen Bergdörfern wußten ihre langen Strophen auswendig.

»Firdusi ...«, murmelte Tursehn. Oder: »Khaijam ...« Und: »Hafis ...«

Endlich hielt Guardi Guedj inne und öffnete die Augen. Über ihm war der Steppenhimmel voller Sterne. Tursehns unbewegliches Gesicht wirkte im Lichte der Sturmlaterne wie aus Holz.

Guardi Guedj sagte sanft:

»Die Zauberei der Liebe, o Tschopendos, gibt es überall.« Er stützte sich auf den Tisch und sah Tursehn fest in die Augen:

»Aigiss erwartete dich nicht, sie hoffte nicht, daß du kommen würdest. Und doch hast du sie besucht. Da wußte sie, daß sie dem ältesten, dem liebsten Freund noch immer etwas bedeutete.«

Tursehn wollte antworten.

»Nein, hör mir zu«, sagte Guardi Guedj. »Du hast sie seit langer, langer Zeit vergessen. Doch für sie bist du immer noch ihr Mann, ihr einziger Freund, der stolze, unbeugsame Tschopendos.«

»Frauen«, murmelte Tursehn.

»Die Frauen«, wiederholte Guardi Guedj, doch in einem ganz anderen Ton.

»Tursehn kümmert sich um mich, Tursehn beschützt mich, dachte Aigiss und fühlte sich glücklich und geborgen. Und du, als du von deinem Hunger sprachst, hast noch viel mehr getan. Du hast sie in jene Zeit zurückversetzt, als ihre

Hände noch für deine Nahrung, deine Kleider sorgten... An diesem Abend war jeder Augenblick deiner Anwesenheit für sie ein unermeßlicher Schatz. Und doch hat sie dich gedrängt, nicht dein Essen zu versäumen. Sie sorgte sich wieder um dich, wie früher.«

»Frauen«, brummte Tursehn.

»Nicht nur sie«, erwiderte Guardi Guedj.

Er trank seinen Tee und fuhr dann fort:

»Glaube mir, o Tschopendos, wenn man nicht in seiner Haut ersticken will, muß man von Zeit zu Zeit spüren, daß ein anderer einen braucht.«

»Ich kümmere mich um niemanden und komme ganz gut zurecht«, sagte Tursehn.

»Wirklich?« erwiderte Guardi Guedj. »Und was würde aus dir, Herr der Stallungen, wenn man dir plötzlich deine Pferde wegnehmen würde? Nun? Würdest du dich dann immer noch so großartig und erhaben fühlen?«

»Darüber muß ich erst nachdenken«, meinte Tursehn.

Und er sah die Tiere, die ihn bei Osman Bey erwarteten, vor sich: die neugeborenen Fohlen, auf ihren noch zittrigen Beinen, die herrlichen Hengste, pfeilschnell und mutig, diese kranke Stute, deren große Augen ihn um Hilfe anflehten und die, als sie wieder gesund war, ihn dankbar anschaute.

Und plötzlich konnte er es kaum erwarten, sie wiederzusehen. Nicht aus Pflichtgefühl, aus Geldgier oder aus Furcht vor einem strengen Herrn. Nein, sondern um in ihren Blicken, ihrem Wiehern, ihrer Anhänglichkeit seine Sorgen, seinen Erfolg, seinen Stolz, seine Macht, sein ganzes Leben wiederzufinden. Denn ohne seine Pferde, wozu wäre sein Leben von Nutzen gewesen?

»Es sind doch nur Tiere«, sagte Tursehn laut.

»Nun«, sagte Guardi Guedj. »Ich weiß, Tursehn, du bist sehr

stark... doch es gibt Tage, an denen der Stärkste wie der Schwächste Schutz braucht und umsorgt werden will. Der Mensch muß sowohl Schutz gewähren als auch Schutz empfangen, sorgen und umsorgt werden.«

»Ich nicht«, rief Tursehn, seine Faust ballend.

»Bist du dessen so sicher?« fragte Guardi Guedj.

Seine Stimme klang leise, wie erschöpft. Und Tursehn dachte plötzlich erschrocken: Allmächtiger Allah, gib, daß ihm nichts zustößt! Und an seiner Furcht erkannte er, welch unendliche Hilfe er von Guardi Guedj erbeten und erhalten hatte, von jenem Abend an, als sie gemeinsam die sinkende Sonne und den steigenden Mond am Firmament betrachtet hatten.

Sie lagen beide schlaflos nebeneinander in der Jurte. Von Zeit zu Zeit drehten sie sich unruhig um.

»Aber du, Ahnherr der Welt, wenn du Hilfe brauchtest, wer könnte sie dir geben?« fragte Tursehn.

»Eine Dambura«, erwiderte Guardi Guedj.

Tursehn ließ einige Augenblicke verstreichen und fragte erneut:

»Du, der du alles errätst, glaubst du, daß Uros das Königsbuskatschi gewonnen hat?«

Und wieder einmal antwortete Guardi Guedj mit einer Frage:

»Ist das wirklich dein Wunsch, Tursehn?«

V
Die Peitsche

Tursehn ritt mit Guardi Guedj aus dem Dorf und hatte schon fast die Besitzungen Osman Beys erreicht, als ein Reiter rasch auf sie zugaloppierte. Tursehn erkannte einen seiner Stallknechte.

»Friede sei mit dir, Herr der Stallungen«, sagte der Mann. »Ich wollte gerade zu dir.«

Guardi Guedj spürte, wie Tursehn erstarrte.

»Der Bote ist also angekommen«, sagte Tursehn.

Der Sais ließ die Mähne seines Pferdes durch die Finger gleiten und sagte rasch:

»Wir haben noch nicht alles erfahren.«

»Nun, red schon«, knurrte Tursehn. »Was ist mit Uros?«

»Allah hat ihm den Sieg nicht vergönnt«, sagte der Sais und senkte den Blick. »Doch ...«

»Sei still«, sagte Tursehn. »Wo ist der Bote?«

»Er schläft bei uns im Stall«, erwiderte der Sais.

»Dann geh und weck ihn. Nur von ihm will ich alles erfahren.«

Der Reiter verschwand im Galopp, und Tursehn stieß eine Verwünschung aus.

»Schande über dich«, rief er voller Zorn. »Du nichtsnutziger Schwächling! In dem ersten königlichen Buskatschi zu versagen, während weder dein Vater noch dein Großvater noch dein Urgroßvater je in einem großen Spiel besiegt wurden!«

Guardi Guedj legte ihm eine Hand auf die Schulter.

»Bist du sehr traurig?«

»Die Ehre unseres Geschlechts hat er mit Füßen getreten«, erwiderte Tursehn.
»Doch du selbst, bist du traurig?« fragte Guardi Guedj erneut.
»Darüber denke ich später nach«, erwiderte Tursehn. Seine Stimme klang grimmig. Er beugte sich nach vorn, um Guardi Guedjs Hand nicht mehr zu spüren.
Er konnte plötzlich seine Stimme, seine Berührung nicht ertragen. Eine Woche lang hatte Guardi Guedj ihn unsicher, ängstlich und zweifelnd gemacht. Doch das war vorüber. Und jetzt war er es wieder, der bestimmte, was richtig und was falsch, was eines Mannes würdig oder unwürdig war.
Tursehn ritt zu seinem Haus und sagte zu Guardi Guedj: »Während ich meinen Geschäften nachgehe, erweise mir die Ehre, dich unter meinem Dach auszuruhen.«
»Sei bedankt«, erwiderte Guardi Guedj.
Rahim erwartete seinen Herrn auf der Schwelle. Seine rechte Wange war von einer langen, verkrusteten, fliegenbedeckten Wunde entstellt. Tursehn betrachtete ihn mit Abscheu.
»Hilf meinem Gast vom Pferd«, rief er dem Batscha zu. »Und sorge für ihn wie für mich selbst.«
Guardi Guedj stieg ab und sagte sanft:
»Friede sei mit dir, Tschopendos.«
»Mit dir gleichermaßen, Ahnherr der Welt«, sagte Tursehn. »Ich sehe dich bald wieder.«
»So das Schicksal es will«, murmelte Guardi Guedj.

Tursehn fand den Boten, den man aus Daulad Abas geschickt hatte, im ersten Stall. Es war ein kleiner, magerer Mann in einem zerschlissenen Tschapan. Doch jetzt genoß er es, von allen Stallknechten und Dienern umringt zu sein, und geizte deshalb auch absichtlich mit seinen Worten, denen er ein besonderes Pathos verlieh.

Tursehn kam, packte ihn rauh an einem Ärmel und befahl barsch:

»Mir hast du zu berichten! Und das rasch!«

»Ich kann nichts dafür«, jammerte der kleine Mann, »daß ich erst so spät komme. Das Telegramm hat zwei Tage bis Maimana gebraucht und noch einen bis Daulad Abas.«

»Schön. Was steht darin über Uros?« fragte Tursehn.

»Uros, Sohn des Tursehn«, deklamierte der Bote, »hat sich ein Bein gebrochen. Er liegt im Krankenhaus von Kabul, dem ersten des Landes, wo er die beste Pflege genießt.«

Ein mitleidiges Murmeln ging durch die Reihen der Zuhörer. Tursehns Gesicht blieb ohne Bewegung. So erforderten es Anstand und Sitte. Doch er dachte: Aha, unsere Tscharpais und die Medizinmänner der Steppen sind wohl für meinen Sohn nicht mehr gut genug.

Er gebot den anderen zu schweigen und wandte sich erneut an den Boten.

»Und das Pferd, auf dem Uros ritt, was ist mit dem?«

Der kleine Mann richtete sich auf und rief:

»Jehol, der Teufelshengst, hat gesiegt. Mit ihm hat Soleh, der Prophet beschütze ihn, das Königsbuskatschi gewonnen.«

Ein Schrei erhob sich:

»Es lebe Soleh! Es lebe Osman Bey, der einen solchen Tschopendos besitzt!«

»Er lebe«, wiederholte Tursehn hocherhobenen Hauptes unbeweglich.

Der Zorn über eine solche Demütigung brannte in ihm wie Feuer. Dazu hatte er seinem Sohn das herrlichste, das edelste Pferd gegeben, das je die Steppe gesehen hatte, damit ein anderer auf ihm zum Sieg ritt! Und in ein paar Tagen würde man den anderen, Soleh, feiern. Alle Edlen der Provinz würden zusammenkommen, um ihm ein Fest zu bereiten. Und er, Tursehn, würde ihm sogar noch eine Rede halten, ihn hochleben lassen müssen. Und währenddessen würde sich sein ungeratener Sohn, dem er diese unerträgliche Demütigung verdankte, träge in seinem Bett herumwälzen. Tursehn nahm eine Handvoll Geldscheine aus seiner Tasche und warf sie dem Boten zu.

»Da, für deine Mühe«, rief er.

Dann wandte er sich an den Obersten der Sais.

»Wie geht es den Pferden?«

»Es ist alles in Ordnung«, antwortete der Knecht.

Tursehn drehte sich um. Langsam und festen Schrittes ging er durch die sonnendurchglühten Koppeln, um nach den Pferden zu sehen.

Die Männer, die Tursehn begleiteten, schworen nachher, nichts, aber auch nichts in Tursehns Verhalten habe auf sein späteres Tun hingedeutet, er sei ganz wie sonst gewesen — und damit hatten sie recht. Denn nichts verriet den grimmigen Zorn, der in ihm loderte. Mit verschlossener Miene ging Tursehn wie immer von Koppel zu Koppel und betrachtete lange und aufmerksam jedes einzelne Pferd. Er machte nur wenige Bemerkungen. Die Knechte hatten während seiner Abwesenheit gut für die Tiere gesorgt. In der dritten Koppel betrachtete er einen jungen schwarzen Hengst, nicht allzu groß, doch von edlem und kräftigem Wuchs, der, als Tursehn zu ihm trat, ungeduldig schnaubte und ausschlug.

»Zu fett! Zu nervös«, sagte Tursehn. »Wieviel Tage ist er nicht geritten worden?«

»Sieben«, sagte der Oberste der Sais.

»Warum?« fragte Tursehn.
Der alte Diener betrachtete seinen Herrn mit ängstlichem Staunen.
»Du hattest doch«, sagte er, »dieses Pferd für Uros bestimmt, bevor du ihm Jehol gabst. Er sollte es in Kabul reiten. Und Uros hatte mir streng verboten, es von jemand anderem reiten zu lassen.«
»Das war vor seiner Abreise«, sagte Tursehn.
»Niemand hat mir inzwischen etwas anderes befohlen«, sagte der Sais und vermied es, Tursehn anzusehen.
Er wirft mir vor, daß ich so lange fort war, dachte Tursehn grimmig.
»Leg diesem Pferd meinen Sattel auf«, sagte er.
»Für wen?« fragte der alte Stallknecht.
»Hat schon je ein anderer als ich meinen Sattel benutzt?« fragte Tursehn.
»Aber dieses Pferd bockt seit sieben Tagen . . .«
Der Sais hielt inne, denn Tursehn lachte ihn aus, ohne ein Wort zu erwidern. Der schwarze Hengst schüttelte ungeduldig seine Mähne.
»Siehst du, er hat mich schon verstanden«, sagte Tursehn.
Zwei Männer mußten das Pferd halten, während ein dritter Sais es sattelte. Nicht, weil es sich wirklich widersetzen wollte. Doch es war so nervös, daß es einfach nicht stillstehen konnte. Als es endlich gesattelt und gezäumt war, ging Tursehn langsam auf den Hengst zu. Dann ergriff er mit der Linken dessen Unterkiefer, während er ihn gleichzeitig mit der Rechten oberhalb der Nüstern packte. Das Pferd, wie in einem Schraubstock gefangen, konnte nichts anderes tun, als dem ruhigen Blick Tursehns standzuhalten, der ihn lange unbeweglich ansah. Nach und nach beruhigte es sich, hörte auf zu zittern. Tursehn strich leicht mit

einem Daumen über seine noch flatternden Augen und ließ es dann los.

»Gut«, sagte er.

Ein Sais hielt die Steigbügel, um ihm beim Aufsteigen zu helfen.

»Beiseite!« brummte Tursehn.

Kaum hatte er das gesagt, erschrak er. Gewöhnlich halfen ihm, wie jedem anderen seines Alters und seines Ranges, die Stallknechte beim Aufsteigen. Denn er hätte ja zufällig eine ungeschickte Bewegung machen können – wie leicht versagte in seinem Alter einmal ein Muskel seinen Dienst, verrenkte sich ein Gelenk –, und so ersparte man dem würdigen Reiter das Mitleid oder den Spott der Zuschauer und die Pein der Demütigung. Doch jetzt hatte er selbst diese Hilfe ausgeschlagen und sich außerhalb der Konvention gestellt. Seine Würde, sein Alter würden ihm nicht mehr helfen...

Und wenn ich ausgleite, dachte er, wenn ich stolpere oder falle? Niemand in meinem Alter würde das riskieren. Bei diesem Gedanken fühlte er sich plötzlich so stolz und beschwingt, daß er mit einer einzigen leichten und sicheren Bewegung im Sattel saß und die Zügel hielt. Sein Körper hatte wieder die Wendigkeit, die Gelenkigkeit seiner Jugend. Zwar versuchte das Pferd sofort auszubrechen und bäumte sich auf – doch was machte das! Dagegen halfen Tursehn nicht nur seine kräftigen Knie, seine stählernen Handgelenke, sondern auch die Erfahrung langer Jahre. Das Pferd spürte das so rasch, daß Tursehn enttäuscht war. Er hätte gern diese seine neugewonnene Kraft in einem langen, schwierigen Kampf erprobt, sich das Pferd erst nach vielen Kunstgriffen unterworfen. Einen Augenblick dachte er daran, es mit Hilfe seiner Sporen erneut zum Widerstand zu rei-

zen. Doch dann besann er sich rechtzeitig wieder auf sein Alter, seine Würde. So konnte er sich hier, vor seinen Dienern, nicht aufführen, denn keinen von ihnen hätte er, auch mit dem geschicktesten Trick nicht, hinters Licht führen können. Tursehn verließ im Schritt die Koppel, von dem respektvollen Murmeln der Knechte begleitet, die den plötzlichen Gehorsam des Pferdes bewunderten. Jeder Muskel des Hengstes litt Qualen unter diesem Zwang.
Und der alte Reiter litt mit ihm.

Endlich hatten sie das Gut verlassen. Vor ihnen erstreckte sich nach Osten die unendliche Weite der Steppe. Da beugte Tursehn sich über die Mähne des Pferdes und stieß dicht an seinem Ohr einen so durchdringenden, langen, spitzen Schrei aus, daß das Pferd mit einem Satz vorwärts sprang und ihn dann in pfeilschnellem Galopp davontrug.
Welch ein Ritt! Tursehn erschien er als der schönste seines Lebens. Tausendmal war er über die Steppe geflogen. Doch dieser Ritt, den er seinem Alter und seinen Gebrechen abtrotzte, war ein Geschenk Allahs, eine Gnade des Himmels. Der letzte sicherlich, denn das Wunder kennt keine Wiederkehr. Und weil er wußte, daß es der letzte war, erschien er ihm als der schönste und teuerste seines Lebens.
Der bittere Geruch nach Absinth stieg aus dem Steppengras auf. Nie, dachte Tursehn, war dieser Duft so betäubend... Seine Zähne, die die Peitsche hielten, gruben sich tiefer in das harte Leder. Diese Peitsche war älter als er selbst; das einzige Geschenk seines Vaters, mit Kupfer eingefaßt...
Du wirst mir ins Grab nachfolgen, dachte Tursehn. Doch bis dahin...
Und er schwang sie durch die Luft. Allein der Ton genügte; noch schneller wurde der Galopp.

»Siehst du, siehst du«, rief Tursehn, »man kann immer mehr, als man glaubt!«
Und er berührte mit der Spitze des Riemens die Flanke des Pferdes, halb streichelnd, halb drohend, und immer wilder, immer ungestümer wurde der Ritt.
Wie der Blitz ... wie der reißende Wildbach ... wie der Adler ... wie die Jugend ... dachte Tursehn, eine Wange gegen den Hals des Tieres gepreßt. Er lachte leise. Doch dann biß er sich auf die Lippen. Wie der Blitz — doch der setzt ganze Dörfer in Flammen — der Wildbach reißt die Bäume und Felsbrocken mit sich — der Adler stürzt sich auf seine Beute — und die Jugend fiebert der Zukunft entgegen. Er aber, ein verrückter Greis ...
In weiter Ferne stieg eine Art Rauch vor ihm auf.
Tursehn lenkte sein Pferd in diese Richtung.
Eine Schafherde lief dort friedlich dahin, von zwei struppigen Hunden und zwei ärmlich gekleideten Männern geführt.
Wer wohl hatte als erster die Idee gehabt, der gerade fürs Buskatschi dressierte Hengst oder der alte, nach Kampf und Spiel lechzende Reiter? Gleichviel, das Wiehern des Pferdes und der antreibende Ruf des Mannes erklangen zur gleichen Zeit, als sie mitten in die erschrockene Herde hineinstürmten.
Und trotz seines Ungestüms verletzte das Pferd nicht eines der aufgeregt durcheinander laufenden Schafe. Und Tursehn hob sich genau im richtigen Moment aus dem Sattel, ergriff im Flug den größten Schafbock und packte ihn am Nacken. Als er sich wieder aufrichtete, fühlte er einen so stechenden Schmerz im Rücken, daß er einen Augenblick lang glaubte, er werde sich nie mehr in den Sattel schwingen können. Und doch, wie durch ein Wunder, fand er sich, die Peitsche zwi-

schen den Zähnen, seine Beute in der Hand, erneut im Sattel.

Jugend —? Man vermochte immer mehr, als man glaubte. Tursehn galoppierte wieder in die Herde hinein und begann nun, sein Spiel mit den Tieren zu treiben, die sich vor Angst aneinander preßten, weiße wollige Knäuel.

Die Schäfer hatten sich auf die Erde geworfen, das Gesicht im Gras. Doch die beiden tapferen Hunde verfolgten ihn mit wütendem Gebell. Und er — ganz so, als hätte er es mit wirklichen Gegnern zu tun — begann sie zu reizen, ritt absichtlich dicht an ihnen vorüber, hielt ihnen den Schafbock, mal mit der rechten, mal mit der linken Hand unter die Nase, um ihn im letzten Augenblick wieder wegzuziehen. Doch plötzlich fühlte er, wie ein Hund nach seinem Bein schnappte und zubiß. Tursehn schwang seine Peitsche und traf das Tier zwischen die Augen. Wie vom Blitz getroffen brach es zusammen. Dann ritt er über die beiden am Boden liegenden Schäfer hinweg, warf den Bock mit solcher Wucht auf die Erde, daß das Tier sich die Beine brach, zog aus seinem Tschapan einen Haufen Afghanis und warf die Scheine den zerlumpten Schäfern zu:

»Für das Schaf! Für den Hund! Für die Angst«, rief er und galoppierte rasch davon.

Als das Blöken der Herde verstummt war, ließ er das Pferd langsamer laufen.

Er wischte sich den Schweiß von der Stirn. Seine Hand berührte den Turban: er war verrutscht und hing unordentlich herunter.

Einen Augenblick lang dachte Tursehn, was wohl die Schäfer von ihm denken mußten: ein weißhaariger Mann, der eine unschuldige Herde überfiel und gegen zwei Hunde Buskatschi spielte. Verrückter Greis ... Eigentlich sollte ich mich schämen, daß ich mich so aufgeführt habe, dachte er. Statt dessen ritt er stolz und hocherhobenen Hauptes weiter. Alt: sicherlich. Verrückt: vielleicht... Doch welch ein Sieg über sich selbst!

Tursehn streichelte das Pferd sanft. Es wieherte dankbar und glücklich. Mit der Spitze seiner Nägel strich er ihm leicht und zärtlich über die Stirn zwischen den Augen. Dieses Pferd, dachte Tursehn, kann zwar Jehol nicht das Wasser reichen, aber doch fast. Ein seltsames Gefühl empfand der alte Tursehn gegenüber diesem Pferd. Der erste Jehol war für ihn wie ein Bruder gewesen. Die anderen: seine Söhne. Doch dieser Hengst — so jung, so unerfahren noch und doch sein Gefährte an diesem einzigartigen Morgen — war für ihn wie ein Enkel. Und Tursehn lächelte großväterlich, während er im Schritt über die Steppe ritt.

In diesem Augenblick sah er die Hütte.

Er erkannte sie sofort wieder. Allen, die über die Steppe zogen, diente sie als vertrauter Treffpunkt. Doch für Tursehn bedeutete sie mehr. Von ihrem Dach herunter hatte er einstmals, auf Jehols Rücken, den Ziegenbock in der Hand, die besten Tschopendos der drei Provinzen überlistet.

Wenn Tursehn sonst an ihr vorüberkam, wandte er sich ab. Der alte Reiter von heute hatte nichts mehr gemeinsam mit jenem Sieger von damals. Doch nicht so heute, an diesem verzauberten Morgen. Heute ritt Tursehn geradewegs auf sie zu. Der Tschopendos dieses Tages konnte ohne Scham oder Neid dem anderen ins Gesicht sehen. Sie waren sich ebenbürtig: der hier unten und der dort oben auf dem Dach, der die ohnmächtigen Gegner verspottete und reizte. Und wie damals empfand Tursehn strahlenden, glücklichen Stolz. Er sah wieder die haßerfüllten Gesichter seiner Gegner, hörte ihre Flüche und Verwünschungen, und er erkannte die

junge, helle Stimme, die ihm, alle anderen übertönend, zurief:
»Vater, Vater, was kann ich für dich tun...? Vater, bist du mit mir zufrieden...? Vater...«
Und Tursehn fühlte plötzlich, wie eine seltsame Rührung ihn übermannte: Uros... mein Sohn... mein Junge... mein Kleiner...
Doch gleich darauf besann er sich. Und ein spöttisches Grinsen verzerrte seine Lippen. Aus dem kleinen Jungen war ein stolzer, harter, verschlossener Tschopendos geworden.
Der Hengst blieb stehen, seine Ohren zitterten.
Dabei hatte sich nichts verändert. Die Steppe breitete sich endlos unter der glühenden Mittagssonne, nicht ein Hauch regte sich, der Himmel war wolkenlos. Und auch Tursehn hatte sich nicht gerührt. Knie, Sporen und Peitsche blieben unbewegt. Doch sein Instinkt hatte das Tier gewarnt – der Körper seines Reiters war ihm fremd und feindlich geworden...
Tursehn biß die Lippen zusammen. Wie ein Waschweib, dachte er, wie Aigiss, so jammere ich über Vergangenes. Und Tursehn sah sich erneut auf dem Dach. Doch jetzt wandte der unbesiegbare Tschopendos dort oben sich mit seinen höhnischen Rufen an ihn, an ihn allein.
Na, los schon! Versuch doch, mich einzuholen, du lahmer Schwächling! Los, spring doch! So rief ihm sein Doppelgänger zu. Und Uros war da und starrte ihn mit harten, erbarmungslosen Augen an.
Tursehn gab seinem Pferd die Sporen. Wieder und wieder traf seine Peitsche die Flanken des Hengstes, und während er auf die Hütte zugaloppierte, dachte er ohne Unterlaß:
Du mußt dort hinauf... Du kannst es... lauf schneller... spring...!

Und das Pferd, von Schmerz und Furcht getrieben, übertraf sich selbst — es sprang so, wie es eigentlich gar nicht springen konnte. Sein Bauch erreichte das Dach. Fast hätte Tursehn gewonnen. Doch da durchzuckte ihn erneut dieser stechende Schmerz; er kam so überraschend, daß er sich, einen Augenblick lang nur, in den Sattel zurückfallen ließ. Aber das war schon zuviel. Das Pferd hatte die äußerste Höhe des Sprunges erreicht, es konnte nicht mehr; es besaß gerade noch die Kraft — den Rand des Daches schon streifend —, die Mauer zu vermeiden und wieder heil unten anzukommen.
Die Hütte, vor der Tursehn jetzt stand, schien ihm unerreichbar hoch. Er fühlte, wie sein Pferd am ganzen Körper zitterte. Von Tursehns Wildheit angespornt und mitgerissen, hatte es das Äußerste geleistet. Doch jetzt war es erschöpft, am Ende seiner Kräfte.
Jeder neue Versuch wäre töricht und vergeblich.
Tursehn wußte das genau. Und doch ...
Er trieb das Pferd zurück, ließ es von neuem einen Anlauf nehmen und jagte es vorwärts, auf die Mauer zu. Und noch einmal ... und noch einmal ...
Immer linkischer wurde der Sprung des Hengstes, immer schwerfälliger. Doch wie ein vom Teufel besessener Spieler, der wider alle Vernunft noch den letzten Afghani einsetzt, ließ Tursehn nicht ab. Bis schließlich das erschöpfte Pferd nicht einmal mehr fähig war, sich vom Boden zu erheben, und gegen die Mauer prallte. Tursehn hatte verloren. Er betrachtete die Hütte. Ich hätte es schaffen müssen ... Das erste Mal wäre es hinaufgekommen.
Das Pferd stand still.
Ich bin daran schuld, dachte Tursehn. Uros an meiner Stelle ...
Doch plötzlich grinste er verächtlich. Der brachte es ja nicht

einmal fertig, auf Jehol, dem besten aller Pferde, das Königsbuskatschi zu gewinnen. Er grinste erneut, wie berauscht von dieser bösen, hämischen Freude.
Doch nicht lange vermochte er dieses Triumphgefühl zu genießen. Furcht ergriff ihn. Und trotz der Hitze des Tages fror er plötzlich.
Furcht vor wem? Vor was? Tursehn schüttelte den Kopf. Nicht fragen, nicht nachdenken... In Kalaktschekan war ihm das doch gelungen... Sein Gewissen enthüllte ihm immer unerbittlicher, was er so ängstlich vor sich selbst zu verbergen trachtete; und er sah sich so deutlich wie in einem Spiegelbild. Nur noch einen einzigen Ausweg gab es: die Flucht. Den Gedanken entfliehen. Davongaloppieren. Und mit Peitschenhieben trieb er nun das Pferd zur Rückkehr. Doch dessen Kräfte waren erschöpft. Die wiederholten Sprünge, zu denen Tursehn es gezwungen hatte, waren zu viel gewesen. Es konnte nicht schneller galoppieren, es ermüdete zusehends. Tursehn spürte es genau. Und er wußte, was geschehen würde, wenn er das Pferd noch weiter antrieb. Er erinnerte sich an den glücklichen Morgen, den gemeinsamen Ritt, ihre gemeinsame Freude. Was er jetzt tun mußte, wozu ihn, den alten Tschopendos, sein innerstes Gefühl drängte, war, abzusteigen, seinem Pferd zu danken, es mit den Kräutern der Steppe abzureiben und es dann, nachdem es wieder zu Atem gekommen war, langsam nach Hause zu führen. Doch da war diese Furcht... Die Furcht, sich selbst zu erkennen. Und Tursehn peitschte erneut die schon wunde Flanke des Tieres. Doch es konnte nur noch ein paar klägliche Sätze machen. Wieder wollte Tursehn ausholen, aber er ließ den Arm wieder sinken.
Es war vergeblich, weiter vor sich selbst zu fliehen, das erkannte er jetzt. Das Pferd ging nur noch im Schritt. Und

Tursehn ließ es gewähren. Wozu noch eilen? Er brauchte Zeit, um sich an dieses neue Gesicht zu gewöhnen, das er vor sich selbst so lange verborgen hatte. Das Gesicht eines Verräters: denn er hatte alles verraten; am meisten sein eigenes Kind. Seit dem Augenblick, da er von dem königlichen Buskatschi gehört hatte, hatte an ihm die Furcht genagt, Uros könnte gewinnen.

In den drei Provinzen, und sei es ein noch so berühmter Wettkampf mit noch so prächtigen Geschenken, mochte Uros ruhig siegen. Hatte er doch dort schon lange vor ihm die größten Triumphe gefeiert. Doch nicht in Kabul! Und wenn er sich schon dem Schicksal — dem Alter — beugen mußte und ein anderer in Kabul siegen würde, dann wenigstens durfte das nicht sein eigener Sohn sein.

Das würde der Allmächtige nicht zulassen — nein! Gut, ein Mann mußte es hinnehmen, daß er sich am Ende seines Lebens entthront und beraubt sah, denn so wollte es Allah. Doch daß sein eigener Sohn, der kleine Junge, dessen erste Schritte er überwacht hatte, jetzt hochmütig, eingebildet und undankbar noch dazu beitrug, ihn zu stürzen — nein, das war zuviel.

Und deshalb hab' ich es gewollt, ja, ich habe es heimlich in meinem Innersten gewünscht, dachte Tursehn weiter, daß Uros besiegt wird. Und der Allmächtige hatte ihn gehört... Uros war verunglückt.

Der schwarze Hengst war plötzlich stehengeblieben. Über ihnen stand die Sonne senkrecht, so daß ihr Schatten nur noch einen schmalen Strich bildete. Nein, Uros war nicht von allein gefallen — nicht ein solcher Reiter, ein solcher Akrobat wie Uros... Eine fremde, unheimliche Macht, ein böser Zauber hatte das bewirkt. Und wer wohl, wer hatte ihn über Uros verhängt?

Kaum hatte Tursehn das erfaßt, da gab er seinem Pferd auch schon die Sporen, und seine Peitsche traf wieder die wunden Flanken des Tieres.

Jetzt trieb Tursehn nicht mehr der Wunsch, sich selbst zu entfliehen: einzig und allein Uros galt seine Furcht. Das beste Krankenhaus... die beste Pflege... nicht beunruhigen... hatte man ihm gesagt. Doch das war zu einfach. Nein, der böse Zauber des Vaters wirkte noch fort, allmächtig, allgegenwärtig. Etwas Schreckliches, Unausdenkbares würde geschehen. Und er selbst hatte es so gewollt, er allein trug die Schuld daran... Wieder hörte er die zaghafte Stimme des Knaben:

Vater, Vater, was kann ich für dich tun?

Von nun an peitschte Tursehn das gequälte Tier ohne Unterlaß, ohne Erbarmen. Nur grausamer Schmerz vermag es überhaupt noch anzutreiben, dachte er. Und so suchte er mit seiner Peitsche immer wieder eine neue, unverletzte Stelle zu treffen; nur weiter, nur nicht stehenbleiben... Der Atem des Pferdes war ein heiseres Röcheln. Und Tursehn wußte, was das bedeutete: er war im Begriff, ein edles Pferd zu töten, das ihm nicht gehörte, das ihm anvertraut war und das ihm all seine Kraft willig geopfert hatte. Doch was wog dieses Verbrechen gegenüber dem, das er an Uros begangen hatte... Ankommen... ankommen... So rasch wie möglich alles erfahren. Das allein zählte noch. Wieder und wieder schwang sein Arm die Peitsche. Und das sterbende Pferd hielt durch. Erst vor dem Stall brach es zusammen.

Die Stallknechte erkannten im ersten Augenblick weder den Reiter noch das blut- und schmutzverkrustete, schaumbedeckte Pferd. Schließlich rief einer:

»Bei Allah! Es ist Tursehn!«

Und ein anderer fragte:
»Ist er denn von wilden Tieren überfallen worden? Oder von Räubern?«
Sie näherten sich Tursehn. Als das Pferd sterbend zu Boden stürzte, glitt Tursehn, der dies vorausgesehen hatte, mühelos von seinem Rücken, ohne daß die Stallknechte ihm auch nur den Arm zur Stütze reichen mußten.
»Was ist geschehen? Was ist nur geschehen?« riefen sie ängstlich.
Doch Tursehn, als habe er sie nicht gehört, fragte nur:
»Was ist mit Uros?«
Diese Frage schien die Verwirrung der Knechte noch zu steigern. In abergläubischer Furcht blickten sie auf den Tschopendos.
»Wo ... Wie hast du es erfahren ...?« fragte der eine. Tursehn packte ihn so heftig an seinem Tschapan, daß der verschlissene Stoff entzweiriß.
»Sprich!« rief Tursehn.
»Ein anderer Bote des kleinen Gouverneurs ist gekommen ... Uros ist nicht mehr im Krankenhaus. Er ist durch ein Fenster geflohen ... seitdem weiß man nichts mehr von ihm.«
Tursehn schwankte einen Augenblick ... dann faßte er sich wieder.
Die anderen murmelten voller Ehrfurcht:
»Wie sehr muß er seinen Sohn lieben, daß ihn die Nachricht so hart trifft.«
Tursehn betrachtete das Pferd. Roter Schaum floß aus seinen Nüstern. Es starb.
Hab' ich es anstatt meiner bestrafen wollen? dachte Tursehn. Er dachte an Jehol, der nicht Uros, sondern einen anderen zum Sieg geführt hatte, der Uros straucheln ließ, das beste,

das zuverlässigste Rennpferd der drei Provinzen... Jehol war das Werkzeug gewesen. Jetzt hatte er nicht einmal mehr ihn...
Tursehn wandte sich plötzlich um und schritt auf sein Haus zu. Dort erwartete ihn Guardi Guedj... der einzige auf der Welt, der alles verstand, alles wußte und ihn nicht verurteilen würde.
Er allein konnte helfen.

»Der Ahnherr der Welt ist kurz nach dir fortgegangen«, sagte Rahim leise.
»Wohin?« fragte Tursehn.
»Er hat niemandem etwas gesagt«, antwortete der Batscha. »Er hat mir nur aufgetragen, dich zu grüßen und dir noch einmal zu danken.«
Tursehn legte sich auf den Tscharpai und schloß die Augen. Er fühlte sich unsagbar einsam und verlassen. Und an seinem Schmerz erkannte er, daß nur noch sein Sohn für ihn zählte. Liebe ich ihn denn wirklich? fragte sich Tursehn. Und wenn er als Sieger heimgekehrt wäre? Tursehn sah das hochmütige, verächtliche, triumphierende Gesicht vor sich und haßte ihn erneut. Doch nur einen Augenblick lang. Dann sah er, wie in diesem harten Gesicht die Augen ängstlich und hoffend auf ihn gerichtet waren und um seine Anerkennung, sein Lob baten, dieselben Augen, die damals, vor der Hütte...
»Uros... Uros...«, murmelte Tursehn.
Und mit diesem Seufzer der Zärtlichkeit und der Verzweiflung vergaß er sich selbst und den Rest seines Stolzes.
Plötzlich zerrte ein wütender Schmerz an all seinen Gliedern und raubte ihm fast die Besinnung. Als er sich wieder etwas gefaßt hatte, erinnerte er sich an den wilden Ritt, an seine ungestümen Spiele... Meine für einen kurzen Morgen wie-

dergefundene Jugend ... dachte er. Jetzt rächt es sich. In meinem Alter ... Und er erinnerte sich an die Worte Guardi Guedjs: rasch alt werden, hatte er gesagt.

»Was kann ich für dich tun, Tursehn?« fragte Rahim. Der Tschopendos öffnete die Augen und sah die Narben auf den Wangen des Batschas. Seine erste Ungerechtigkeit ... Die Peitsche lag neben seinem Kissen — seine geliebte Peitsche, mit der er den schwarzen Hengst zu Tode getrieben hatte ...

»Nimm die Peitsche«, sagte Tursehn zu Rahim. »Versteck sie, vergrab sie. Ich will sie nicht mehr sehen, nie mehr.«

DRITTER TEIL

Die Wette

I
Die Dschat

Das Plateau, auf dem die Karawanserei stand, war nicht sehr breit. Uros und Mokki erreichten rasch eine Schlucht, durch die ein reißender Wildbach tobte. Und das riesige zerfallene Gebäude verschwand hinter einer Felswand.
Uros wandte den Kopf zu Mokki, der hinter Jehol herging, und sagte:
»Wir werden nicht mehr weit kommen. Schau den Himmel an!«
Die abendliche Sonne versank zwischen zwei Berggipfeln; ihr Licht, das von den beiden ragenden Felswänden rechts und links widergespiegelt wurde, war von einer seltsamen Farbe: ein ins Schwärzliche spielender Purpur. Mokki sagte mit erstickter Stimme:
»Die Nacht ist schon in der Sonne.«
»Geh mir voraus«, sagte Uros. »Ich fühle mich so sicherer.«
Der große Sais gehorchte. Als er an Uros vorbeiging, sah er ihn demütig an: Warum sprichst du so mit mir, fühlst du dich von mir bedroht, wenn ich hinter dir hergehe? schien sein Blick zu fragen.
Mokki, der jetzt vor Jehol herlief, beugte seinen Nacken und zog die Schultern noch mehr ein. Feige Sklavenseele, leidenschaftslos und ohne Feuer, dachte Uros. Doch wart nur, wenn's soweit ist, werde ich dich schon zum Brennen bringen.
Sie fanden bald einen Ort, wo sie rasten konnten. Die Dämmerung war noch leicht und fast durchsichtig, als der Pfad, auf dem sie bergan stiegen, plötzlich in eine Ebene mündete

und in weitem Bogen auslief; der nun ruhig dahinfließende Wildbach ergoß sich hier in ein natürliches Becken. Ringsum wuchsen verkrüppelte Sträucher und dürres Gebüsch. Man konnte sich keinen besseren Rastplatz wünschen.
»Hilf mir aus dem Sattel«, befahl Uros.
»Gleich, sofort«, erwiderte Mokki.
Doch er, der für gewöhnlich jedem so rasch und gern zu Hilfe eilte, näherte sich Jehol nur zögernd. Und seine kräftigen, hilfreichen Arme waren wie gelähmt, schwerfällig und ungeschickt. Um Uros aufzuheben und ihn vorsichtig wieder auf den Boden niederzusetzen, brauchte er unendlich lange. Und während dieser ganzen Zeit spürte er, wie sich der Körper seines Herrn, den er so linkisch hielt, vor Schmerzen verkrampfte. Als er den Boden berührte, stieß Uros eine Art heiseren, durchdringenden Seufzer aus: der Klagelaut eines Mannes, der nicht zu klagen gewohnt ist.
»Hab' ich dir denn so weh getan?« fragte Mokki.
Uros' linkes Bein lag völlig verdreht auf der Erde.
»Dein Bein, dein Bein!« rief der Sais.
Er kniete nieder und streckte die Hand aus, um Uros zu helfen. Dieser stieß ihn beiseite und ergriff selbst das verletzte Bein. Schweigend und ohne einen Laut richtete er den Bruch wieder ein. Dann lehnte er sich halb zurück. Sein Gesicht war jetzt dem des Sais ganz nahe. War es nur die graue Dämmerung oder die Erschöpfung, die ihm diese aschgraue Totenfarbe verlieh?
»Hab' ich dir so weh getan?« wiederholte der Sais.
»Nicht genug, um mich zu töten.«
Seine verächtliche, fiebrige Stimme war nur ein Hauch. Mokki fuhr zurück, wie vom Blitz getroffen.
»Uros, o Uros«, rief er leise und flehend.
Er senkte den Kopf und wiederholte flüsternd:

»Uros ... o Uros.«
Als er seinen Blick wieder hob, fand er sich plötzlich allein — Uros war verschwunden. Zwar glaubte Mokki, dicht am Boden, den die nun undurchdringlich gewordene Dämmerung verbarg, einen ausgestreckten Schatten zu sehen — aber war er es wirklich, oder war Uros in die Schlucht gestürzt?
»Das kann nicht sein«, flüsterte Mokki.
Er wollte diese schmale, undeutliche Form zu seinen Füßen berühren, um sicher zu sein. Doch dann erinnerte er sich an den schrecklichen Verdacht des Tschopendos: Er, Sohn des Tursehn, seines Herrn, mißtraute ihm, dem treuen Sais. Er seufzte tief auf. Sein Kopf tat ihm zum Zerspringen weh. Langsam erhob er sich. Sein Blick wanderte umher, und er erkannte den Ort nicht mehr. In den wenigen Augenblikken hatte sich die Nacht unmerklich und leise niedergesenkt, und alles war verwandelt. Mokki schüttelte den Kopf vor Verzweiflung. Er verstand nichts mehr. Und er hatte zu nichts mehr Zutrauen. Warum, wieso war er hier? In diesem nachtschwarzen Brunnen, in dieser Falle?
»Nein, nein, das ist ganz unmöglich«, rief er laut, um seine Angst zu übertönen.
Ein Wiehern antwortete seiner heiseren Stimme. Jehol ... Jehol rief ihn, er brauchte ihn, er, sein Kamerad, sein Kind — plötzlich verlor die Finsternis für Mokki ihre Schrecken, und alles wurde wieder sinnvoll und klar. Er wußte erneut, was er zu tun hatte; zuerst einmal mußte er Jehol von seiner Last befreien und ihm den Sattel abnehmen. Das war das wichtigste. Dann ihn zum Wasser führen und ihm zu fressen geben. Ein Feuer anmachen — das Essen bereiten. Der Hengst schnaubte vor Freude, als Mokki seine Zügel ergriff.
»Komm, mein Bruder, komm«, flüsterte der Sais. »Du sollst es jetzt gut haben. Komm!«

Doch bevor er auch nur einen Schritt tun konnte, rief ihm Uros mit schneidend scharfer Stimme zu:
»Das Pferd bleibt, wo es ist. Bei mir.«
Mokki erstarrte. Und antwortete:
»Wie kann ich ihm so zu trinken geben, Uros?«
»Du wirst ihn hier anbinden, mit einer so langen Leine, daß er bis zum Wasser laufen kann«, erwiderte Uros.
»Wird er dich nicht im Schlaf stören, bei deinem Fieber, wenn er so nah bei dir ist?«
»Glaub mir«, sagte Uros mit kurzem, spöttischem Auflachen, »mein Schlaf wäre noch viel unruhiger, wenn ich sowohl Jehol als auch mich selbst in deiner Macht wüßte.«
Mokki erfaßte gar nicht, was diese Worte andeuten sollten. Sein Verstand weigerte sich, etwas so Ungeheuerliches überhaupt zu begreifen. Doch ein Gefühl der Ausweglosigkeit überkam ihn.
»Ich werde tun, was du befiehlst«, sagte er.
Er befreite Jehol von seiner Last, nahm ihm Sattel und Zaumzeug ab und band ihn mit einem langen Strick an dem Felsbrocken fest, gegen den Uros sich lehnte. Die dicken Decken wurden ausgepackt. Und das Küchengerät. Und die Essensvorräte. Aus den trockenen Zweigen, die er zerbrach, bereitete er eine Feuerstelle. All dies verrichtete Mokki so sorgfältig wie gewöhnlich. Doch er war nicht gut gelaunt wie sonst bei dieser Arbeit. Selbst als mitten in dem eisigen Schweigen der Nacht die Flammen knisterten und prasselten und das Wasser auf dem Herdfeuer zu singen begann, blieb er wie abwesend, und das Licht, die Wärme des Feuers vermochten seine Verzweiflung nicht zu vertreiben.
Uros aß gierig und voller Hast. Er tauchte seine Finger in die heiße Schüssel, griff nach den Stücken Hammelfleisch, die er mit Reis bedeckte, und verschlang diese Brocken fast

ohne zu kauen. Die ganze Zeit über ließ er Mokki nicht aus den Augen. Und Mokki dachte, ohne es wirklich zu begreifen: Er verschlingt sein Essen mit solcher Gier und schaut doch die ganze Zeit unverwandt auf mich... als wollte er nicht seinen Pilaw, sondern mich verschlingen.
»Ich habe dich noch nie mit solchem Appetit essen sehen, Uros«, sagte er.
»Nie«, erwiderte dieser, »brauchte ich auch meine Kräfte so dringend wie jetzt.«
»Du hast recht, du hast recht«, rief Mokki, glücklich, endlich wieder mit ihm reden zu können wie sonst. »Du mußt dich gegen deine Krankheit wehren!«
»Und gegen den, der sie sich zunutze machen könnte«, antwortete Uros.
Er leckte seine Finger ab, trank hintereinander drei Tassen schwarzen Tee und rülpste lang. Dann, gemäß der Sitte: dem Diener die Reste des Herrn, schob er dem Sais die mehr als zur Hälfte geleerte Schüssel zu. Mokki aß alles, bis auf den letzten Bissen, doch freudlos, ohne Appetit. Nur, weil ein so armer Mann wie er nicht das Recht hatte, sein Essen stehenzulassen, und schon gar nicht einen Hammelpilaw.
Uros schloß die Augen. Der Widerschein des Feuers ließ seine Wangen noch hohler erscheinen. Und der faulige Geruch, der von seiner Wunde ausging, verpestete die reine, klare Gebirgsluft.
Er stinkt schon nach Verwesung, dachte Mokki. Noch vor ein paar Stunden hätte ihn allein bei dem Gedanken, daß Uros sterben könnte, Verzweiflung, Furcht und Schrecken ergriffen. Uros' Tod hätte für ihn das Ende der Welt bedeutet. Jetzt empfand er nichts mehr. Mochte das Schicksal seinen Lauf nehmen, alles lag in Allahs Hand... Und doch, immer wieder kehrten Mokkis Gedanken, ob er es wollte

oder nicht, zu jenem gefalteten Stück Papier zurück, das Uros eingesteckt hatte.
Ohne die Augen zu öffnen, murmelte Uros mit schläfriger Stimme:
»Ich will ein bißchen schlafen.«
»Friede sei mit dir«, sagte Mokki aus reiner Gewohnheit. Er legte sich auf die Erde, Uros und dem Hengst den Rücken zuwendend, und betrachtete schweigend das Spiel der Flammen. Und langsam vergaß er alles, von dem Licht des wärmenden Feuers getröstet. Er fühlte sich wieder eins mit dem Frieden der Nacht, eins mit den Sternen, die an dem klaren, wolkenlosen Himmel leuchteten, eins mit dem ruhigen Plätschern des Wildbachs und dem Geruch des Wassers, des Grases, der Büsche.
Plötzlich wieherte Jehol laut; Mokki erschrak und lief zu dem Pferd, das hoch aufgebäumt an seiner Leine zerrte, als wolle es den Fels losbrechen.
»Irgendwo in der Nähe muß ein wildes Tier sein«, sagte Uros.
Mokki legte seine linke Hand leicht über die Augen des Hengstes und strich mit der rechten über seine Nüstern. Er flüsterte:
»Es kommt näher. Jehol zittert immer stärker.«
Und da hörten Uros und Mokki von dem anderen Ende des Platzes, dort, wo der Weg weiterging, eine seltsame Stimme. Rauh und zärtlich, heiser und weich, hell und dunkel zugleich, sprach sie in singendem Tonfall. »Friede sei mit euch«, sagte sie, »Freunde, die ihr die Nacht zum Zelte habt. Und Friede auch eurem langmähnigen Begleiter. Mein Tier hat außer seinem Geruch nichts Wildes an sich.«
Die Stimme näherte sich. Und in den flackernden Halbkreis um das Feuer fiel plötzlich der Schatten einer hohen, sehr

schlanken Gestalt, die sich mit leichten, ruhigen Schritten bewegte.
Seltsam, dieser majestätische Gang, und diese Sprache, wie sie Dichter vergangener Zeiten sprachen... Wer mag das wohl sein? fragte sich Uros.
Eine Frau trat aus dem Schatten und blieb am Rande des Feuerscheins stehen.
Uros und Mokki rückten — trotz allem, was geschehen war — enger aneinander. Der Aberglaube, die Furcht vor irgendeinem übernatürlichen Zauber trieb sie dazu. Denn es war völlig undenkbar, daß hier, in dieser Einöde, mitten in der Nacht eine Frau, ja, eine Frau, ruhig ihres Weges zog.
Ja, aber, dachte Uros und betrachtete die Gestalt näher, warum trägt sie dann einen Puschtiehn und gefütterte Stiefel unter ihrem langen Rock? Und dieser Beutel — die Geister leiden weder Kälte noch Hunger. Bestimmt eine Hexe...
Er fragte: »War das nicht ein Mann, der da eben sprach?«
Die Antwort kam nicht von Mokki, sondern die Fremde sagte, ohne sich zu bewegen:
»In meinem Volk haben die, die zum Gesang geboren werden, mehr als eine Stimme.«
»Welches Volk?« fragte Uros.
Die Frau antwortete nicht und rief, ohne sich zu rühren, ein paar Worte in einer fremden Sprache. Und aus dem Dunkel tauchte plötzlich eine menschliche Gestalt auf, klein und gedrungen, die in schaukelndem Gang, auf einen dicken Stock gestützt, näher kam. Als sie neben der Frau stehenblieb, sahen Uros und Mokki, daß es ein mit dichtem braunem Fell bedeckter Affe war. Da verschwand bei Uros mit einemmal die Furcht und die Unruhe, ja selbst die Neugier. Er wußte, mit wem er es zu tun hatte.
»Eine Dschat«, sagte er wegwerfend.

Seine Verachtung war so viel älter als er selbst und erschien ihm so natürlich und richtig, daß er gar nicht auf die Idee kam, sie könnte ein Volk, das doch schon seit Urzeiten mit diesem Makel behaftet war, verletzen oder kränken.
Was verdienten sie denn anderes, diese Kreaturen unbekannter Herkunft und Sprache, ohne Heim und Acker, ohne Waffen und Herden? Immer unterwegs, doch ohne Ziel? Diese Kesselflicker und Wahrsager, diese wandernden Gaukler mit dressierten Bären, Hunden und Affen?
»Ja, eine Dschat«, sagte Mokki.
Und selbst auf seinem gutmütigen, breiten Gesicht las man Mißtrauen, ja Widerwillen. Und auch ihm war das ganz natürlich. Keiner mochte sie, dieses unehrliche Pack... Zwar hatte Mokki, obwohl er schon viele Dschats daheim, im Land der Steppen, gesehen hatte, noch nie erlebt, daß einer von ihnen etwas Unrechtes tat, doch er hatte schon so oft, seit seiner Kindheit, gehört, wie alle die ewigen Wanderer beschuldigten, daß er so völlig davon überzeugt war, als habe er sie selbst auf frischer Tat ertappt. Wenn sie weiterzogen, so sagten alle, fehlten auf dem Gut immer ein paar Hühner oder Schafe. Und manchmal sogar — schlimmstes aller Verbrechen — ein Pferd. Mokki umklammerte Jehols Leine ein wenig fester — zur Vorsicht.
Die Dschat jedoch schien die Verachtung der beiden Männer nicht zu spüren. War es Gewohnheit? Verstellung? Stolz? Gleichgültigkeit? Sie betrachtete das Feuer, ohne sich zu rühren. Die Flammen warfen ihr flackerndes Licht auf sie. Sie war nicht mehr jung, die kurzgeschnittenen Haare, die unter ihrer ärmlichen Fellmütze hervorschauten, schimmerten grau, doch sie war von hohem gradem Wuchs und einer fast königlichen Majestät in jeder ihrer Bewegungen. Ihre reinen, scharfgeschnittenen Züge trugen den edlen und stolzen

Ausdruck des freien Menschen. Uros wunderte sich nicht mehr, daß sie durch die eisige Nacht über einsame Pisten wanderte, ungebunden und furchtlos.

Die alte Frau zog an der Kette, die den Affen hielt, und ging auf das Feuer zu.

Sie hat verstanden, dachte Uros. Sie zieht weiter. Doch er hatte sich getäuscht. Bei der Feuerstelle blieb sie stehen, nahm ihr Bündel ab, hockte sich auf die Erde und hielt die Hände über die wärmende Glut. Der Affe folgte ihrem Beispiel.

In den Bewegungen der Alten lag weder Herausforderung noch Furcht, weder Dreistigkeit noch Unterwürfigkeit. Sie begehrte nur ein natürliches, zeitloses Recht: das des Wanderers auf Gastfreundschaft. Und Uros war nicht nur willens, sie ihr zu gewähren, sondern er war sogar froh darüber, daß die alte Frau nicht einen Augenblick daran gezweifelt hatte. Und als sie feierlich sagte:

»Friede sei dem Herdfeuer meines Gastfreundes«, da antwortete er ebenso:

»Willkommen sei der Reisende, der ihm die Ehre erweist.«

Und dann rief er Mokki zu:

»Rasch, setz das Teewasser auf und wärm den Reis und die Brotfladen!«

»Aber ich kann doch Jehol nicht loslassen«, erwiderte er. »Er zittert noch immer.«

Die Dschat antwortete, ohne ihre Hände vom Feuer zu nehmen:

»Sage deinem Sais, er möge für einen Moment das Pferd loslassen, ich werde es beruhigen.«

»Wie willst du das machen?« fragte Uros. »Es kennt dich doch gar nicht.«

»Du wirst sehen«, erwiderte die Dschat.

Und Uros befahl Mokki: »Tu, was sie dir sagt!«
Der Sais nahm seine Hand von Jehols Nüstern und trat beiseite. Doch nur einen winzigen Schritt: er traute der Alten noch immer nicht ganz.
Die Dschat hielt zwei Finger an die Lippen und begann zu pfeifen. Der erste Ton war kurz und deutlich, doch ohne Schärfe. Als wollte sie sagen: Hör mir zu! Die langen Ohren Jehols richteten sich auf, und er wandte den Kopf der vor dem Feuer hockenden Dschat zu. Sie pfiff weiter, jetzt leiser und sanfter. Jehol schnaubte. Er zitterte nicht mehr. Langsam wich die Angst von ihm, und er wurde ruhiger.
Komm ... komm ...! sagte der zärtliche lockende Ton.
Wie von einer unsichtbaren Macht getrieben, näherte sich Jehol der Frau. Erst einen Schritt, dann noch einen ... Die Lippen der Dschat waren jetzt geschlossen, und nur noch ein kaum vernehmbarer, gleichmäßiger Laut war zu hören, der dem Murmeln des Baches glich. Jehol blieb neben der Alten stehen und beugte seinen Hals, um mit den Nüstern ihre Wange zu berühren. Seine Mähne fiel über ihr Gesicht. Der Affe kam eifersüchtig hinzu und legte sein Kinn auf die andere Schulter der Dschat. Sie öffnete ihr Bündel, nahm etwas Zucker aus einer Tüte und hielt ihn den beiden Tieren auf der flachen Hand hin.
»So«, sagte die alte Frau. »Jetzt sind sie Freunde. Sie haben nach ihrer Art gleichsam Brot und Salz geteilt.«
»Du bist eine Hexe ...«, rief Mokki. »Wie alle Dschats ... man hat mich ja seit je gewarnt ... eine Hexe!«
Die alte Frau stand langsam auf und trat einen Schritt vor. Flammender Zorn lag auf ihren sonst so ruhigen Zügen.
»Hexe, Hexe! Das ist der Name, mit dem jeder Dummkopf, jedes furchtsame Kind die Menschen beschimpft, deren geheime Macht und Weisheit sie nicht verstehen.«

»Und woher stammt deine Kunst«, fragte Uros.

Die alte Frau legte eine Hand auf die Mähne des Hengstes, der sich an sie drängte, und antwortete mit ruhigem, gelassenem Stolz:

»Ich bin Radda, die Tochter Tscheldaschs. Und von Rußland, von Sibrien bis hin zur Ukraine gab es niemanden, der so viel von Pferden verstand wie er, der Pferdehändler, Tscheldasch, der Zigeuner.«

»Was für ein Stamm ist das?« fragte Uros.

»Das ist ein anderer Name für Dschat«, sagte Radda. »Woanders nennt man uns Zigeuner oder Gitans. Doch seit Urzeiten und in jedem Lande der Welt sprechen wir dieselbe Sprache, die aus dem Indischen stammt.«

Mokki bereitete den Tee und den Reis.

»Du bist also Russin?« fragte Uros.

»Mein Vater und mein Mann waren es«, erwiderte sie. »Seit sie in der großen Revolution umgekommen sind, bin ich nichts anderes mehr als eine wandernde Dschat.«

»Allein?« fragte Uros.

»Nein«, erwiderte Radda. »Meine Tiere sind meine Gefährten.«

»Und seit wann?« fragte Uros erneut.

»Wer weiß«, sagte Radda. »Ich zähle nicht die Jahre.«

Sie hockte sich wieder auf die Erde vor die drei Steine, die dazu dienten, das Wasser und das Essen zu kochen. Sie trank und aß schweigend und langsam. Von Zeit zu Zeit holte sie aus ihrem Bündel etwas den anderen Unbekanntes hervor und gab es dem Affen. Niemand sprach ein Wort, bis die Dschat und ihr Begleiter ihre Mahlzeit beendet hatten. Dann fragte sie in beiläufigem Ton:

»Hast du gut gegessen, Saschka?«

Der Affe nickte und rieb sich den Bauch. Dann, eine Hand

auf das Herz gelegt, verneigte er sich sehr tief vor Uros und Mokki.
»Er bedankt sich bei uns, schau nur, wirklich«, rief der Sais. Seine Augen leuchteten vor kindlichem Vergnügen.
Er dachte an nichts anderes mehr als an diese Belustigung. Noch nie hatte er so etwas gesehen. Der Affe verneigte sich erneut, noch ein bißchen tiefer. Und da ertönte in der schwarzen und eisigen Nacht wieder das unbeschwerte Lachen Mokkis, von dem er selbst schon geglaubt hatte, daß es für immer verstummt sei. Der Affe schien zu strahlen vor Stolz über den Beifall, der ihn für seine Kunststücke belohnte. Und dabei konnte er ja noch viel mehr! Seine lebhaften Augen wanderten von dem Stock, der am Boden lag, zu der alten Dschat. Diese nickte leicht mit dem Kopf. Der Affe ergriff den knotigen Ast, nahm ihn auf seine linke Schulter, richtete sich auf, marschierte sechs Schritte vorwärts — drehte sich um — dann sechs Schritte zurück — und blieb vor Mokki stehen.
»Ein Soldat! Ich hab's erraten! Ein Soldat sollte das sein«, rief Mokki und klatschte in die Hände. »Noch einmal!«
Dann ahmte der Affe einen Reiter und dann noch einen Säufer nach. Mokkis Begeisterung kannte keine Grenzen.
»Genug«, rief Uros plötzlich.
Er mochte diese albernen Spiele nicht, und am meisten erbitterte ihn Mokkis kindliches Entzücken. Zu der alten Frau gewandt, sagte er:
»Läßt du immer nur dein Tier arbeiten, Radda? Bist du nicht selbst in den Künsten bewandert, die die Deinen für gewöhnlich beherrschen?«
»Du meinst, ob ich wahrsagen kann, zum Beispiel«, erwiderte diese.
»Zum Beispiel ...«, murmelte Uros.

Er wußte, daß er seine Stimme und sein Gesicht vollkommen beherrschte, niemand konnte ahnen — dessen war er sicher —, welch abergläubische Furcht ihn an der Schwelle dieses größten Abenteuers seines Lebens beherrschte. Und doch, als Radda, neben dem Feuer hockend, ihre unergründlichen Augen auf ihn richtete, fühlte er sich durchschaut.
»Ich lese nicht die Zukunft in den Linien der Hand oder in den Teeblättern«, sagte Radda. »Ich sehe in die Herzen der Menschen und erkenne, was sie vor sich selbst und den anderen verbergen.«
»Tu, was du für richtig hältst«, erwiderte Uros.
Die Dschat schloß ihre Augen. Dann sagte sie leise: »Der Stolz ersetzt nicht die Freundschaft, die man für die anderen und für sich selbst empfindet. Und die Härte nicht den Mut zum Leben.«
»Ist das alles?« fragte Uros.
Seine Worte klangen hochmütig, doch seine Hände zitterten, und er war erleichtert, als die alte Frau sich wieder von ihm abwandte und sagte:
»Ich glaube, daß es bei dir keiner weiteren Worte bedarf.«
»Und ich«, fragte Mokki, »und ich, was kannst du mir prophezeien, Großmutter eines so unvergleichlichen Affen?«
Ohne ihn auch nur anzuschauen, ja ohne sich zu bewegen, antwortete die Dschat:
»Einfältigkeit des Geistes ist nicht immer ein Unterpfand für Unschuld.«
Uros zuckte mit den Schultern.
»Was redest du mit dem da. Genauso gut könntest du dich mit meinem Pferd unterhalten!«
»Dein Pferd ...«, sagte leise die alte Frau. »Weißt du denn nicht, daß es in seiner Mähne die Fäden eures Schicksals trägt?«

Uros antwortete nicht. Er fühlte sich schwer, wie aus Stein. Doch da begann Radda plötzlich zu singen — und von ihrem Lied ging eine so seltsame Kraft aus, daß er sich wie gebannt zu der alten, über das Feuer geneigten Frau beugte, um auch nicht einen Ton zu verlieren. Die Melodie erfüllte wie durch einen Zauber die Nacht und stieg empor zum Himmel und seinen Gestirnen. Die Geister der Einsamkeit, des Dunkels und des Feuers schienen in diesem Lied gebannt zu sein. Nie hatte Uros etwas Ähnliches gehört. Sein gebrochenes, faulendes Bein tat ihm nicht mehr weh. Er war weit weg, er fühlte sich hoch in die Lüfte getragen bis zu den Wolken, bis zu den Sternen, auf den Flügeln dieses Liedes.

Die Stimme verstummte so plötzlich, daß Uros eine fast unerträgliche Leere verspürte. Er wollte zumindest einige Worte des Liedes wiederfinden. Doch da merkte er, daß die Sprache, in der Radda gesungen hatte, ihm unbekannt war.

»Waren deine Worte Russisch?« fragte er sie.

»Nein, das war die Sprache unseres Volkes«, erwiderte sie. Sie hielt ihre Augen noch immer auf die verlöschende Glut gerichtet.

»Kannst du mir die Worte deines Liedes übersetzen?« fragte Uros.

Langsam drehte sich die Frau um und sah ihn an.

»Es ist ein Lied für deinesgleichen, ein Reiterlied«, sagte sie. Und dann fügte sie nachdenklich hinzu:

»Warte, laß mir ein wenig Zeit.«

Während ein paar Augenblicken hörte man nur das Plätschern des Baches. Der Affe kratzte sich, seine Kette klirrte. Dann sagte die Dschat:

»Übersetzt klingt es natürlich nicht so schön wie in unserer Sprache.«

»Das macht nichts«, erwiderte Uros. »Das macht nichts!«

Mit halbgeschlossenen Lippen begann die Zigeunerin leise, fast tonlos zu summen. Doch dann wurde ihre Stimme immer lauter, immer strahlender, und es schien, als klänge aus ihr der Gesang des Windes, das dunkle Rauschen des Flusses.

Hei, hei! Feurig und kühn ist mein Blut,
und die Steppe ist endlos.
Mein Pferd, wenn es will, ist schnell wie der Wind,
und meine Hand hält die Zügel.

Hei, hei, lauf, flieg, Kamerad,
im Galopp, immer weiter und weiter.
Schwarz ist die Nacht in der Steppe,
doch das Morgenrot wartet auf uns.

Hei, hei, wir wollen das Licht aufwecken,
reite zum Himmel, mein gutes Pferd.
Aber paß auf, daß du nicht im Flug
Prinz Mond mit der Mähne streifst ...

Die alte Dschat blickte immer noch auf die Glut.
Die beiden Männer rührten sich nicht.
»O Mutter, Mutter, woher nimmst du deine Kraft?« rief plötzlich Mokki.
»Sei still«, befahl ihm Uros barsch.
Und um den Zauber des Liedes wiederzufinden, murmelte er:
»Prinz Mond mit der Mähne streifst... Prinz Mond...«
Doch der Zauber war gebrochen. Er wandte sich zu der alten Frau und sagte:
»Wenn der Prophet ein Tschopendos wäre, so müßte das sein Lied sein. Habe Dank, daß du es mir gesungen hast.«

»Nicht für dich habe ich das getan«, erwiderte Radda. »Sondern für Jehol. Mein Vater hätte ihn sehr bewundert.«
Bei diesen letzten Worten klang ihre Stimme so weich und zärtlich wie noch nie zuvor. Sie beugte sich tiefer über das Feuer.
»Kennst du nicht noch andere Lieder?« fragte Uros. Die Dschat schwieg. O ja, Hunderte von Liedern kannte sie. Alle, die sie als kleines Mädchen gelernt hatte, wenn sie ihrem Vater von Kirmes zu Kirmes, von Markt zu Markt folgte, über den Don und den Dnjepr, über die Wolga und den Ural entlang. Bei den Gelagen, die er gab, wenn er einen besonders schlauen Pferdehändler hereingelegt hatte. Wenn sie mit ihrem Wohnwagen hielten und um ein Feuer saßen wie dieses hier.
Später hatte ihr Mann, ein berühmter Gitarrenspieler, ihr die alten Balladen beigebracht, die uralten Sagen. Und niemand verstand sie so zu singen wie sie. Die Frauen und Mädchen ihres Stammes durften sie nur im Chor und mit dem Klatschen ihrer Hände begleiten, während die Tänzerinnen und Tänzer sich nach ihren Melodien bewegten: so forderte es der Brauch. Doch das war vorbei ... Die Schatten der Vergangenheit sollte man ruhen lassen. Sie konnten sonst jene Kraft zerstören, die den Menschen befähigt, zu überleben. Doch wie sollten die beiden Männer das je begreifen? Ins Feuer mit den Erinnerungen! Zu Asche ... Ihre Vergangenheit lag in dem kleinen Bündel beschlossen, das ihr zu Füßen lag.
Die alte Dschat ergriff es und schwang es über ihre Schultern.
»Ich kenne keines mehr«, sagte sie.
Ohne sich mit den Händen abzustützen, richtete sie sich mit einer einzigen Bewegung auf.

Wie eine noch ganz junge Frau, dachte Uros. Er fühlte sich plötzlich unendlich müde.

»Dank sei dir für deine Gastfreundschaft«, sagte Radda.

»Und dir für dein unermeßliches Geschenk«, erwiderte Uros.

Mokki betrachtete sie verständnislos. Seine Hand, die auf dem Kopf des Affen ruhte, begann zu zittern. Das Tier jedoch machte sich sanft von ihm los und lief seiner Herrin nach.

»Mutter! O Mutter! Warum läufst du in die finstere Nacht hinaus, anstatt dich hier am Feuer der Freundschaft auszuruhen?« rief Mokki.

Die alte Dschat knöpfte ihren Puschtiehn zu und sagte:

»Ich gehe gern dem Morgen entgegen... wie der Reiter in jenem Lied.«

Sie nahm die Kette des Affen und fügte hinzu:

»Friede sei mit euch!«

»Friede sei mit dir«, erwiderten die beiden Männer.

Sie verfolgten sie mit ihren Blicken, wie sie sich aufrechten Ganges mit ihrem halbmenschlich wirkenden Begleiter aus dem flackernden Halbkreis des Feuers entfernte. Und als sie in die eisige Finsternis hinaustrat, dachte Uros: Tapfer, stolz und frei, wie selten jemand... und doch nur eine Frau... eine alte Frau. Und sich selber fast unbewußt, flüsterte er:

»Zieh nur, Radda, zieh nur weiter... und Friede sei mit dir auf deinen unsteten Wegen.«

Die Dunkelheit hatte ihre Gestalt eingehüllt. Jehol wieherte leise.

»Mutter, o Mutter!« rief Mokki.

Das Geräusch ihrer Schritte verstummte, und daran erkannten die Männer, daß sie noch einmal stehengeblieben war.

»Mutter, ich bitte dich«, sagte Mokki, »sag uns, daß es nicht wahr ist, daß die Deinen Pferde stehlen...«

Und die klare Stimme antwortete ihm aus dem Dunkel:
»Ein schönes Pferd wie eine schöne Frau gehören dem, der sie am meisten liebt.«
Uros lehnte sich wieder an den Felsen und ließ sich dann langsam auf die Erde gleiten. Er litt unsägliche Qualen.
In einem sehr warmen, sehr freundschaftlichen Ton fragte er:
»Hast du gehört, Mokki?«
Er legte sich flach auf den Boden. Und in seinen Fieberträumen hörte er — oder war es noch die Stimme der Dschat von weitem? —:

Aber paß auf, daß du nicht im Flug
Prinz Mond mit der Mähne streifst.

Nahe dem Feuer, dessen Glut er von neuem angefacht hatte, schlief zusammengerollt Mokki. Uros lauschte aufmerksam auf seinen gleichmäßigen Atem. Dann, als er sicher war, daß der Sais fest und tief schlief, löste er den Knoten, der Jehols Leine an den Felsblock band, und zog vorsichtig daran... Als der Hengst dicht neben ihm stand, versetzte er ihm einen Peitschenhieb über die Nüstern und ließ die Leine los. Jehol bäumte sich wütend auf, machte einen Satz und verschwand in der Dunkelheit in Richtung des Wildbachs.
»Was ist«, rief Mokki, der schon aufgesprungen war, noch ehe Uros' Ruf ihn erreicht hatte.
»Das Pferd ist fortgelaufen«, sagte Uros.
»Wohin?«
»Dorthin«, antwortete Uros.
»Ich bringe es zurück, sei unbesorgt...«, sagte Mokki. Er lief schon, als Uros schriller Ruf ertönte:
»Beim Propheten, Mokki, komm zurück!«
Der Sais gehorchte, und Uros fuhr fort:

»Schwöre mir beim Koran, daß du nicht mit Jehol fortlaufen und mich hier allein sterben lassen wirst.«
Mokki fuhr wie vom Blitz getroffen zurück. Seine einzige Antwort war ein erstickter, klagender Schrei.
»Schwör es«, befahl Uros. »Beim Koran.«
»Ja, ja, beim Koran«, stammelte Mokki, nur um diese schreckliche Stimme nicht mehr hören zu müssen... Jehol war nicht weit gelaufen. Bei Mokkis erstem Ruf schon kam er wieder zurück.
»Vorhin, als er Angst vor dem Affen hatte, hat er wohl so stark an der Leine gerissen, daß sich der Knoten gelöst hat«, sagte Uros, während der Sais das Pferd wieder festband.
»Sicher — bestimmt...«, flüsterte Mokki.
Er wußte kaum, was er sagte. Er dachte nur daran, mit welcher Zärtlichkeit Jehol sich eben im Dunkeln an ihn geschmiegt hatte, als er ihn rief. Und dann war da noch die Stimme der Dschat, die ihm unaufhaltsam in den Ohren klang:
»Ein schönes Pferd wie eine schöne Frau gehören dem, der sie am meisten liebt...«
Und Mokki legte sich weit von Uros, weit von dem Feuer entfernt auf den eiskalten Boden in die Finsternis und sagte immer wieder voller Verzweiflung und Angst:
»Mutter, o Mutter, warum bin ich so allein?«
Da erst schlief Uros ein.

Der Morgen dämmerte schon. Das Feuer war zusammengefallen, in der Asche glühten nur noch ein paar verkohlte Holzstücke. Schneidende Kälte weckte die beiden Männer... Uros blieb starr und unbewegt liegen. Mokkis erste Sorge war, das Feuer wieder anzufachen und den Tee zu bereiten. Dann trank er ihn so hastig, daß er sich fast den Mund verbrannte. Die Wärme des flackernden Feuers und des heißen Getränks verliehen ihm neue Kräfte. Er brachte eine Tasse zu Uros, der sich noch immer nicht rührte und dalag wie erfroren. Im Feuerschein sah sein Gesicht mit den schwarzen Bartstoppeln wächsern und hohlwangig aus.

Tot, dachte Mokki. Und seine Hand tastete wie von selbst nach der Stelle unter dem Hemd, wo Uros das Schriftstück hingesteckt hatte.

»Du hast es wohl sehr eilig«, sagte Uros plötzlich. »Gib mir den Tee.«

Mokki mußte ihm den Kopf hochheben und halten, damit er trinken konnte.

»Noch mehr«, befahl Uros, »stärker und mit mehr Zucker.«

Danach setzte er sich ohne Mokkis Hilfe auf und lehnte sich gegen die Felswand.

»Warum hast du mich nicht erfrieren lassen?« fragte er den Sais.

»Man kann einen Gläubigen doch nicht einfach sterben lassen«, erwiderte Mokki mit zusammengepreßten Lippen.

»So, ich verstehe«, sagte Uros.

Mokki brachte in einem Topf etwas kaltes Wasser, und Uros benetzte sich Hände und Gesicht. Das Wasser war eisig. Und schon erwachte wieder der Schmerz in seinem Bein.

»Richte mir den Bruch wieder ein«, sagte er zu Mokki.

Der Sais nahm den klebrigen Verband ab. Das Bein sah schrecklich aus, die entzündete, geschwollene, faulende Wunde war von dunkelvioletter, fast schwärzlicher Farbe. Einzelne Knochensplitter hatten die vereiterte Haut durchbrochen.

Mokki schüttelte den Kopf.

»Es wird weh tun. Selbst einem Ochsen würde ich das nicht zumuten.«

»Mach schon«, brummte Uros. Der Sais ergriff das Bein oberhalb und unterhalb des Bruchs, und mit einer einzigen raschen, kräftigen und sicheren Bewegung drückte er die beiden Teile des Knochens gegeneinander und setzte sie wieder zusammen. Uros gab keinen Laut von sich. Doch sein bleiches Gesicht hatte sich dunkelrot gefärbt.

»Bleib noch so liegen«, sagte Mokki.

Gleichgültigkeit gegenüber Uros' Schmerz verlieh seinen Bewegungen eine ruhige Sicherheit. Er nahm den leeren Reissack und wickelte die eine Hälfte des Stoffes um die Wunde, die andere riß er in schmale Streifen, die er, so fest er konnte, auf dem Verband verknotete.

»Damit die Eitersäcke sich öffnen«, erklärte Mokki und zog noch stärker an den Stoffetzen.

Er nahm zwei Äste, schnitzte sie zu Stäben zurecht und befestigte sie — um dem Bein einen weiteren Halt zu geben — über dem Verband, der schon wieder genauso schmutzig und klebrig geworden war wie der alte.

Dann packte er, sattelte und zäumte Jehol. Als alles bereit war, ging er zu Uros und fragte:

»Kann ich dir helfen aufzusteigen?«

Doch Uros, der immer noch gegen den Felsen gelehnt saß, fragte ihn:

»Bist du etwa so gottlos geworden wie der Affe der Dschat? Da, schau!«

Mokki wandte sich gen Osten und lag im gleichen Augenblick auf den Knien. Die Sonne war aufgegangen, und unter ihrem Widerschein flammten die Felsgipfel auf: die Zeit für das erste Gebet war gekommen. Mokki erinnerte sich, mit welch frommer Andacht er am vergangenen Morgen vor den Mauern der Karawanserei gekniet hatte. Heute schienen ihm die Strahlen der Sonne eisig und weit, und immer hastiger murmelte er das Gebet vor sich hin. Als er es schließlich heruntergeleiert hatte, fiel sein Blick auf Uros: nach vorn gebeugt, die Hände auf die Brust gelegt, war er wie verwandelt. Seine Augen leuchteten, und sein Gesicht hatte wieder Farbe bekommen.

Er betet noch immer, dachte der Sais, und wie andächtig! Noch nie hatte Uros mit solcher Inbrunst den Segen Allahs erfleht. Nicht einmal vor einem Buskatschi, ja auch vor dem Königsbuskatschi nicht. Das Spiel, das er jetzt begann, ging so viel weiter, war so viel bedeutungsvoller ...

Die Sonne stand schon hoch am Himmel, als Uros noch immer den Allmächtigen, Allwissenden anrief.

II

Die Stimme der Nacht

An diesem Tag erfuhren die Reisenden, wie unerbittlich und grausam die Berge für den sein können, der nicht in ihnen heimisch ist.

Steine, die plötzlich unter ihrem Fuß wegrutschten ... so schmale Pfade, daß sie kaum breit genug waren für einen Mann, geschweige denn für ein Pferd ... tiefe Schluchten, plötzlich hinter einer Wegbiegung ... nie ein ebener, gerader, sicherer Pfad. Niemals öffnete sich Weite dem Blick. Sie sahen entweder die Felswand oder den Abgrund. Der geringste Fehler, ein Stolpern, eine falsche Bewegung, ein unsicherer Schritt – und schon packte der Tod zu.

Die Furcht hatte Mokki sehr bald ergriffen und ließ ihn nicht mehr los. Alles hing von ihm ab. Er mußte seinen Weg durch diese Steinwüste suchen, sich durch diese Felsgänge und Spalten hindurchtasten, Jehol vorsichtig und behutsam den bald steil ansteigenden, bald abschüssigen Pfad entlangführen und, wenn er sich plötzlich in einem Höhlengang sah, wieder zurückgehen und einen anderen Weg finden. Und bei jedem Schritt, den er tat, mußte er sich vor dem Abgrund hüten.

Schließlich war er nur ein einfacher Schäfer der Steppe; sein Instinkt, seine Muskeln, Nerven und Augen waren nicht für solche Abenteuer geschaffen. Und zu alledem mußte er auch noch ein Pferd leiten, vorwärtstreiben, zurückhalten und ermutigen, dessen Heimat ebenfalls das flache, weite Land war.

Anfangs, wenn ihm ein Hindernis unüberwindbar, ein Schritt zu gefährlich erschien, hatte Mokki versucht, von

Uros Unterstützung und Rat zu erbitten. Doch nie hatte er eine Antwort erhalten. Uros mußte alle seine Kräfte anspannen, um sich im Sattel zu halten und gegen die Müdigkeit, den Schmerz und das Fieber anzukämpfen. Nichts anderes zählte. Sein Gesicht blieb verschlossen, sein Blick ausdruckslos.

Und Mokki gab es auf, sich an ihn zu wenden. Das Gefühl, in einer so furchtbaren Gefahr allein zu sein, steigerte seine Angst. Und aus der Angst erwuchs der Haß. Du hast es gewollt, du hast mich und Jehol auf diesen Wahnsinnsweg getrieben, dachte er. Und jetzt bleibst du gleichgültig gegenüber unserer Furcht! Verflucht seist du, denn du bist an allem schuld!

Die Stunden vergingen ...

Und ihr Weg führte immer weiter durch dieses Labyrinth aus Fels, Schlucht und Abgrund.

Und dann kam ein so langer schwarzer, enger Tunnel, daß sie glaubten, er würde nie ein Ende nehmen, und in dem sie unsichtbare Berggeister an den Wänden entlanghuschen hörten. Und es kam diese eine so jähe, schwierige Steigung, daß sie Jehol von seinen Lasten befreien mußten, und alles — Kleider, Decken, Nahrung und Geschirr — trug der Wind davon.

Und der schmale Felsabsatz, den sie bei Einbruch der Dämmerung erreichten und von dem aus sie endlich weit unten ein Tal entdeckten, war so schmal, daß Mokki oft die Augen schloß, um nicht schwindlig zu werden.

Niemand, weder Uros noch Mokki oder Jehol, hatten während dieser gefahrvollen Stunden Durst oder Hunger verspürt. Doch jetzt, wieder auf sicherem Weg, hatten sie nur einen Wunsch: zu trinken. Jehol besaß den sichersten In-

stinkt, eine Quelle ausfindig zu machen. Und Uros und Mokki ließen ihn gewähren.
Er hob den Kopf und witterte. Zuerst lief er langsam; immer wieder schnupperte er mit den Nüstern, dann schien er sich zu entscheiden. Uros und Mokki warteten geduldig. Noch einmal blieb er stehen, wieherte kurz und galoppierte plötzlich los. Jeder neue Stoß erschütterte den steifen Körper des Tschopendos. Und Mokki, der vor Anstrengung keuchte, hatte Mühe, ihm zu folgen.
Da hörten sie das leichte Murmeln des Wassers, das immer lauter wurde, bis es sich in Plätschern und dann in dumpfes Grollen verwandelte; und endlich standen sie vor einem donnernden Wasserfall, der aus einer tiefen Felsspalte schoß. Die Sonne spiegelte sich in der schäumenden Gischt des niederstürzenden Quells. Mokki und Jehol beugten gemeinsam den Kopf und tranken in tiefen Zügen das eiskalte Wasser. Plötzlich traf den Sais ein Peitschenhieb in den Nacken, und dann noch einer nahe beim Ohr. Er drehte sich erstaunt um. Uros stand vor ihm — aufrecht in einem Steigbügel — die Peitsche schwingend, mit aschgrauem Gesicht, brennenden Augen und blutlosen Lippen. Mokki erschrak vor dieser leblosen Maske noch mehr als vor der drohend erhobenen Peitsche. Er nahm aus seinem Gürtel den Beutel aus Ziegenhaut, tauchte ihn in den Quell, füllte ihn und reichte ihn Uros. Dieser trank langsam, Schluck für Schluck.
Der Wind wurde plötzlich kühler. Aus den Sträuchern, den Bäumen, den Gräsern erhob sich ein leichtes Rauschen, das das Herannahen der Nacht verkündete. Schon stiegen die Adler mit raschem Flügelschlag bis zu den Gipfeln der Berge, die sich immer mehr verdüsterten. Mokki verfolgte mit seinen Blicken die Raubvögel, die in ihre Nester zurückkehrten. Und er dachte daran, daß sie, Uros und er, die langen

Stunden bis zur Morgendämmerung in diesem hohen Gebirge, in Dunkel und Kälte verbringen mußten, ohne eine einzige Decke und ohne Essen, denn all das hatte der Abgrund verschlungen, als sie Jehol von seiner Last befreien mußten. Nichts würde sie mehr vor dem eisigen Nachtwind schützen.

»Was würdest du tun, wenn ich jetzt erfrieren würde?« fragte plötzlich Uros.

»Nichts«, antwortete Mokki.

»Weil du mich so sehr haßt, oder um das Pferd zu bekommen?«

»Beides«, erwiderte Mokki.

Einen Augenblick lang empfand Uros trotz seiner grenzenlosen Müdigkeit ein Gefühl des Triumphs. Er hatte Mokki dahin gebracht, wo er ihn haben wollte.

»Gut, gehen wir weiter«, sagte er.

Der Schmerz in seinem Bein raubte ihm jetzt fast die Besinnung. Die Stoffetzen auf der Wunde hatten sich schon lange gelockert, und die Holzstäbe, die die Bruchstellen zusammenhalten sollten, hatte er verloren. Das Fieber überfiel ihn in glühenden Wellen. Und sein Blut trug das Gift der faulenden Wunde durch alle Adern seines Körpers. Ihm schwindelte, alles drehte sich um ihn, die Büsche, die Felsen; und der Himmel mit seinen ersten Sternen stürzte mit seinem ganzen Gewicht auf ihn nieder.

Er verlor das Bewußtsein.

Wodurch erwachte er wieder? War es ein unbedachter Schritt des Pferdes? Oder war es, weil sich unter all die Gerüche, die er trotz seines Fiebers mit erstaunlicher Intensität wahrnahm — den Duft des Wassers, der Blätter, der Baumrinden, ja selbst des Felsgesteins —, plötzlich ein anderer gemischt hatte, ein fremder: der Geruch nach Rauch, nach

Menschen, nach Feuer, nach Wärme? Und dieser tröstende, vertraute Geruch wurde immer stärker. Er öffnete die Augen. Das Schwindelgefühl ließ nach, die Schmerzen wurden wieder erträglicher.

»Wo ist die Jurte?« fragte er.

»Von welcher Jurte sprichst du«, erwiderte Mokki.

»Na, von der der Rauch kommt, du Dummkopf«, sagte Uros.

»Der Rauch ...«, erwiderte Mokki ungläubig, »der Rauch ... du phantasierst ...« Doch im gleichen Augenblick nahm auch er ihn wahr: den Geruch nach zerschmolzenem Hammelfett, nach verbranntem Holz.

Und Mokki trieb Jehol an.

»Rasch«, sagte Uros. »Schneller!«

Plötzlich tauchten vor seinem Auge die verlockendsten Bilder auf: ein großes Feuer nach dieser eisigen Kälte und Verlassenheit. Ein schimmernder Kupfersamowar ... Mauern ... ein schützendes Dach ... auf dem Boden Teppiche, Kissen und bunte Decken ... und Tschapans ... und Peitschen ... und friedliche, vertraute, freundliche Gesichter ... Er sah die Steppenjurte vor sich, in der er als Kind aufgewachsen war, eine Hütte aus Schilf und Filz, unten breit mit einem spitzen Dach. Und weil er in seinem Fieber weder Zeit noch Raum mehr wahrnahm, schien ihm, als führte ihn Jehol jetzt zu dieser Jurte, ja als wiege das Pferd ihn wie einst in dieser Hütte die Hand der Mutter.

»Wir sind da!« rief Mokki. »Wir sind da!«

Uros öffnete die Augen, schloß sie wieder und öffnete sie erneut. Vergeblich. Der Zauber war verflogen, der Traum zerstört. Zurück blieb die Wirklichkeit: ein kümmerliches Herdfeuer, von dürren Zweigen genährt, eine Art Zelt aus braunen, dreckigen, zerschlissenen Tuchfetzen. Und ein paar zerlumpte, ärmliche Gestalten.

Ein großer, magerer Mann und eine unglaublich fette Frau näherten sich ihnen und verbeugten sich tief vor den Reisenden:
»Willkommen! Mögt ihr unserem armseligen Zelt die Ehre antun, darin zu ruhen.«
Die Unterwürfigkeit ihrer Haltung und ihrer Stimme widerte Uros an. Nein, nicht von einem edlen Reiter der Steppe in einer heimatlichen Jurte wurde er hier empfangen, sondern von Leuten einer noch unwürdigeren Art, als die Dschats es waren: kleine Nomaden nämlich, die von Diebstahl und Bettelei lebten und sich ab und zu für ein paar Afghanis bei Bauern und Gutsherren verdingten, wo sie einige Wochen arbeiteten und dann wieder verschwanden. Doch nicht wegen ihres Elends verachtete man sie — nein: vor dem, der mit Stolz seine Armut trug, hatte jedermann Achtung. Aber bei ihnen hatte die ständige Furcht vor der Not alle Würde zerstört. Und es gab keine Schändlichkeit, zu der sie nicht um ein paar klingender Münzen willen bereit gewesen wären. Die fette Frau und der Mann mit den Spinnengliedern standen gesenkten Hauptes vor Jehol. Und je mehr sie erkannten, auf was für einem prächtigen Hengst Uros saß, desto tiefer beugten sie den Rücken.
»Vergönne uns, Smagul, dem Herrn des Hauses, und mir, Uldschan, seinem Weib, o edler Reiter, dich heute nacht beherbergen zu dürfen«, rief die Frau mit dienstbeflissener Habgier. Ihr Mann fügte leise, fast unhörbar hinzu:
»Recht hat Uldschan gesprochen.«
Das Nomadenpaar ergriff Jehol an den Zügeln, um ihn bis vor das Zelt zu führen. Auf der Schwelle standen dicht zusammengedrängt die übrigen Nomaden — Männer, Frauen, Kinder — und stürzten herbei, um dem Gast einen würdigen Empfang zu bereiten. Die einen verneigten sich fast bis

zur Erde, die anderen beugten das Knie, wieder andere suchten seine Hände, seine Füße zu küssen.
»Zurück... Geht hinein... Setzt euch hin!« schrie Uldschan.
Und eilends verschwanden wieder alle in dem Zelt, wo sie sich auf die Erde hockten. Uros betrachtete sie. Nicht ihre fettigen Lumpen, ihr Alter oder ihre Häßlichkeit waren es, die ihn so anwiderten, sondern ihre Unterwürfigkeit, Verschlagenheit, Lügenhaftigkeit, Käuflichkeit und Schamlosigkeit. Und selbst die Kinder mit ihrem zärtlichen und schüchternen Lächeln schienen schon diese Saat in sich zu tragen. So werden sie bereits geboren, feig und verdorben, dachte Uros.
Auf der nur von ein paar Lumpen bedeckten Erde hockten in diesem Zelt, durch dessen Löcher der kalte Nachtwind drang, vier ältere Männer und fünf junge Frauen, die Uros mit einer seltsamen, drängenden Unterwürfigkeit ansahen. Sklavenseelen, dachte er.
Er erinnerte sich an seine Vision... die Jurte... die Steppenreiter... Seine Müdigkeit wurde so überwältigend, daß er fast wieder das Bewußtsein verlor.
»Hier, Herr«, sagte Uldschan. »Stütze dich auf meine Schulter, um vom Pferd zu steigen und bei uns einzutreten.«
Ihre schmeichelnde Stimme widerte Uros so an, als hätte sie etwas Obszönes gesagt. Er betrachtete das aufgedunsene, übermäßig geschminkte Gesicht der Frau, und sein Widerwille verlieh ihm die Kraft, mit Festigkeit zu antworten:
»Ich will die Nacht draußen verbringen. Mein Sais wird sich um alles kümmern. Ihr sollt gut bezahlt werden.«
Er ritt mit Jehol um das Zelt und blieb an seiner Rückseite stehen, wo in einem windschiefen Stall ein paar Esel lagerten. Mokki erschien; er hielt eine Fackel aus geflochtenem

Stroh, das in Hammelfett getaucht war. Ihr schwaches Licht beleuchtete die felsigen Steine ringsum.

»Die Erde ist zu kalt, ich kann dich noch nicht vom Pferd heben«, sagte der Sais. »Gleich wird man uns alles Nötige bringen. Uldschan läßt es gerade holen.«

Zwei Frauen näherten sich, die auf ihren Armen Tschapans, Puschtiehns, Decken und Teppiche trugen. Es waren ärmliche Fetzen. Uldschan folgte ihnen.

»Ich habe«, rief sie, »den Meinen alles abgenommen, was sie auf dem Leibe trugen, und sie sind glücklich, dir dienen zu können.«

Übereinandergelegt bildeten die dünnen Lumpen immerhin ein wärmendes Lager. Die Frauen kamen mit Zweigen und ein paar glühenden Ästen zurück, die sie von ihrem Lagerfeuer genommen hatten. Bald brannte der riesige Holzstoß neben Uros mit so lodernder Flamme, daß sie fast Uros' Gesicht berührte. Eine heiße Teekanne stand neben ihm und eine Schüssel mit in Hammelfett gekochtem Reis.

»Friede sei mit dir«, sagte Uldschan. Einen Augenblick lang klang ihre Stimme fast selbstbewußt und stolz. Doch gleich darauf fügte sie hinzu:

»Auf deinen Befehl hin, o Herr, und nur deshalb, habe ich dem Sais die Rechnung gegeben.«

Uros nahm aus seinem Gürtel eine Handvoll Geldscheine. Uldschan ergriff sie mit ihrer fettigen Hand, betastete sie, um festzustellen, wie viele es waren, und verschwand dann befriedigt lächelnd mit den beiden anderen Frauen. Uros trank den heißen, schwarzen Tee, der ihm fast die Zunge verbrannte. Mokki verschlang gierig den Reis. Beide schwiegen. Jehol, den der Sais dicht neben Uros angebunden hatte, wieherte; die Nomaden konnten ihm nichts zu fressen geben. Mokki streichelte seine Mähne. Er dachte daran, daß

während des Kantar die Buskatschipferde auch fasten mußten, tage-, ja wochenlang. Doch das war während des Sommers, bei glühender Hitze ... Und er träumte, die Hände in Jehols Mähne vergraben, von der Steppe.
Die Decken lasteten schwer auf Uros' verletztem Bein. Seine Schmerzen wurden immer unerträglicher. Er wollte gerade den Sais rufen, als sich ein Kopf zu ihm neigte: eine Frau mit langen geflochtenen Zöpfen. Der Gedanke, daß eine Frau — und noch dazu eine solche — ihn hier so daliegen sah, schwach und erschöpft, war ihm unerträglich. Er stieß sie zurück und fragte barsch:
»Wer bist du? Und was willst du?«
»Mein Name ist Sereh«, sagte die Frau. »Ich habe vorhin das Holz, die Decken und das Essen mit hergetragen.«
Ihre Stimme war sehr leise, doch durchaus verständlich, als sei sie an heimliches Flüstern gewöhnt.
»Ich brauche nichts«, sagte Uros.
Mokki hatte sich genähert. Und Uros fügte hinzu:
»Ich habe meinen Sais.«
»Er kann dein schlimmes Bein nicht heilen«, sagte Sereh. »Aber ich verstehe mich auf die Kunst, aus Kräutern heilende Salben, Getränke und Umschläge zu machen. Meine Mutter hat es mich gelehrt.»
»Schickt Uldschan dich in ihrer Geldgier zu mir, damit ich ihr noch mehr gebe?« fragte Uros verächtlich.
»Ich schwör dir, Uldschan weiß nicht einmal, daß ich das Zelt verlassen habe«, erwiderte Sereh. »Ich habe gewartet, bis alle schliefen, und habe mich dann fortgeschlichen.«
Ihre Stimme klang gedämpft, doch schwang in ihr eine eigentümliche Entschlossenheit mit.
»Ich verstehe«, sagte Uros, »du willst dir heimlich etwas Geld verdienen.«

»Was du mir auch bieten würdest, ich würde es nicht annehmen«, flüsterte Sereh eigensinnig. »Ich bin nur gekommen...« Sie ließ sich plötzlich auf die Knie nieder. Ihre Zöpfe berührten die Hände des Sais, der hinter ihr stand. »...um deine Wunde neu zu verbinden, Herr«, flüsterte Sereh.

Bevor Uros antworten konnte, hatte sie schon die Lumpen von seinem Bein entfernt. Der Schmerz überfiel Uros in glühenden Wellen.

Sereh warf den Kopf zurück, um mit Mokki zu sprechen, und wieder berührte ihr Haar seine Hand.

»Bring mir das Becken mit heißem Wasser, großer Sais«, flüsterte Sereh.

Ihre Augen leuchteten in dem flackernden Licht des Feuers, und Mokki, der auf sie niedersah, wurde plötzlich wie von einem Schwindelgefühl ergriffen. Erst als sie sich wieder abgewandt hatte, war er fähig, sich zu rühren.

Die Teekanne war leer bis auf die Blätter auf ihrem Grund. Sereh nahm sie heraus, legte sie sorgfältig übereinander und formte kleine Umschläge.

»So, großer Sais«, sagte sie, »jetzt nimm die Fackel und komm her.«

Als das rauchige Licht auf die entzündete Wunde fiel, beugte Sereh sich nach vorn und roch an dem fauligen Fleisch.

»Es ist höchste Zeit«, murmelte sie, »höchste Zeit.«

Sie begann, mit den Teeblättern die Wunde zu reinigen. Ihre Hände waren geschickt und sicher, dennoch zuckte Uros leicht, wenn auch kaum merklich zusammen. Sereh hielt inne und fragte:

»Tu' ich dir sehr weh, Herr?«

Uros erhob sich ein wenig und stützte sich auf einen Ellenbogen. Seine dunklen, fieberglänzenden Augen betrachteten sie mit einem Ausdruck, der ihr bisher fremd gewesen war. In ihrer Welt kannte man vor allem die Furcht, den Neid, die Unterwürfigkeit, die List und allenfalls den Zorn. Doch nicht den Hochmut.

»Wer hat dir erlaubt, mich zu fragen«, sagte Uros. In seinen Worten lag eine solche Verachtung, und seine aschgrauen, zusammengepreßten Lippen drückten einen solchen Abscheu aus, daß sich in der Nomadin plötzlich ein ihr gleichermaßen unbekanntes Gefühl zu regen begann: das Gefühl, gedemütigt zu werden. Beleidigungen und Schläge kannte sie, sie war daran gewöhnt. Doch dieses Gefühl, das Uros in ihr weckte, war weit unerträglicher. Und mit einemmal empfand sie einen so glühenden Haß, wie sie ihn noch nie in ihrem Leben irgend jemandem gegenüber gespürt hatte. Doch ihre Hände fuhren fort, ihn mit derselben Sorgfalt und Sanftheit zu behandeln...

Die Schmerzen in Uros Bein ließen langsam nach. Und als die Wunde von allem Eiter gereinigt war, nahm Sereh aus dem Ausschnitt ihres Kleides vier Leinensäckchen und hielt sie gegen das Licht der Fackel. Sie waren mit verschiedenfarbenen Fäden bezeichnet; Sereh öffnete das eine, auf dem ein kleiner blauer Kreis gestickt war. Es enthielt eine dunkle Masse, die durchdringend nach verfaulter Rinde roch. Uros bewegte sich nicht. Er betrachtete den Himmel über sich, an dem die ersten Sterne erschienen. Diese Frau — was bedeutete sie schon; sie zählte überhaupt nicht.

»Ich brauch deine Fackel nicht mehr, großer Sais«, flüsterte Sereh.

Das Licht erlosch. Und Uros spürte plötzlich, wie das Dunkel ihn einhüllte, ihn ganz umfing. Eine wohltuende Müdigkeit senkte sich über ihn. Er fühlte sich seltsam losgelöst von allem. Der Schmerz hatte aufgehört, ja er spürte sein Bein nicht mehr. Serehs Kräuter, dachte Uros. Sie hat also doch nicht gelogen.

Er betrachtete die Frau. Die Flammen des Holzfeuers beleuchteten ihr Gesicht, das die Sonne, der Staub, das Alter und die Müdigkeit noch nicht gezeichnet hatten: hohe spitze Backenknochen, große, braune Augen mit langen Wimpern und eine sehr dunkle Haut.

In ihren Zügen, dachte Uros, sind alle Rassen vereint: Usbeken, Paschtuns, Inder ... Kein Wunder. Bei diesem Volk verkaufen ja der Vater und der Ehegatte Tochter und Frau für ein paar Afghanis. Befriedigt nickte Uros: soviel Schande entband ihn von jeder Pflicht zur Dankbarkeit. Nein, ein paar Geldscheine genügen bei so einer Dirne, dachte Uros. Was anderes verlangt sie ja auch gar nicht.

Dieser Gedanke war der letzte, bevor er einschlief, überwältigt von dem Glück, keinen Schmerz mehr zu empfinden.

Sereh seufzte und ließ die Hände sinken. Uros rührte sich nicht mehr. Mokki stand immer noch hinter ihr. Er fühlte, wie Sereh ihren Kopf und ihre Schultern an seine Knie lehnte, und begann zu zittern. Wie von weither hörte er sie flüstern:

»Er braucht nichts mehr – er schläft.«

Mit einer leichten, katzenhaften Bewegung sprang sie auf und drehte sich um. Sie war so klein, daß ihre Stirn ihm kaum bis zur Brust reichte. Sein Herz klopfte dumpf.

»Komm«, sagte Sereh, »mir ist kalt.«

Sie ging um das Feuer herum auf die andere Seite. Und er folgte ihr.

Uros vernahm das Knistern des Feuers, das Rauschen des Windes in den Zweigen und das Plätschern des Flusses wie von weither die Stimme der Erde, auf der er ruhte, und der Dunkelheit, die ihn umfing. Doch ein anderes Geräusch

weckte ihn plötzlich, das immer lauter wurde und die anderen übertönte.
Nur widerwillig tauchte er aus der tiefen Bewußtlosigkeit seines fiebrigen Schlafes auf. Und da hörte er es wieder: ein heiseres Keuchen und ein langes, klagendes Stöhnen. »Mokki und Sereh«, dachte Uros.
Es war ihm gleichgültig. Ein kräftiger junger Mann und ein lüsternes Frauenzimmer. Na schön... Wenn die Gelegenheit günstig war, hatte auch er nicht gezögert. Einen Augenblick lang dachte Uros an jene Mädchen, die dem ersten besten bereitwillig auf sein Lager folgten. Er hatte allerdings nicht viele gekannt, und er erinnerte sich kaum noch an sie. Immer war es dasselbe: eine zufällige Rast — eine schmutzige Hütte — das Dunkel — die kurze, rohe Befriedigung der Sinne — der Ekel vorher — und nachher — und während dieses beschämenden Aktes... Er dachte an ein schon fast vergessenes Gesicht, an seine Frau — die Cholera hatte sie im ersten Jahr ihrer Ehe dahingerafft, als sie bereits schwanger war.
Damals dachte ich, es wäre ein schlimmes Vorzeichen... doch ich hab' mich getäuscht... in demselben Jahr hab' ich in Masar mein erstes großes Buskatschi gewonnen.
Ein lauter langgezogener Seufzer ertönte. Dann Stille. Uros vergaß Mokki, vergaß Sereh. Wieder umhüllte ihn das schweigende Dunkel. Nur noch der Wind rauschte leise im Geäst und wiegte ihn... wiegte ihn...
Schon umfing ihn der Schlaf, doch da, an seiner Schwelle, rief ihn eine andere Stimme zurück. Sanft, einfach, nur ein Flüstern... die Stimme einer Frau. Eine so kindliche Unschuld lag in ihr und soviel unbeschwertes Glück, daß Uros unwillkürlich wie gebannt lauschte. Zuerst konnte er die Worte kaum vernehmen, doch dann trug der Wind sie ihm zu.

»Mein großer Sais, mein großer Sais, nur deinetwegen bin ich gekommen ... seit ich dich dort vor unserem Zelt stehen sah, wußte ich es ...«
Die Stimme schwieg einen Augenblick und sagte dann noch leiser, doch mit demselben klaren, reinen Ton:
»Großer Sais, großer Sais, großer Sais ...«
Und Uros dachte: diese Kinderstimme, klar und rein wie ein Quell, sollte Sereh gehören? Einer käuflichen, billigen, schamlosen Dirne ... Etwas anderes konnte sie gar nicht sein ... Sie wurden ja schon so geboren ... Doch in dieser Nacht – mit keinem Geld der Welt konnte man eine so reine, zärtliche Stimme erkaufen. Da erklang sie wieder. Doch jetzt war sie so leise, daß Uros die Worte nicht mehr verstehen konnte. Ein Gedicht kam ihm in den Sinn, das er einst in der Schule gelernt hatte, und seine Worte begleiteten in seinen Gedanken Serehs Stimme:

Jetzt, da ich weiß,
welches Licht du mir schenkst,
ist jeder andere Weg
mir finstere Nacht.
Ja, ich werde dich lieben,
solange ich atme,
mich berauschen an unserer Liebe ...

Jedesmal, wenn Uros an einer Jurte vorbeiritt, in der ein junges Mädchen stand, oder wenn er zu einer Hochzeit eingeladen war und an die Braut dachte, kam ihm dieses Lied in den Sinn, dessen sanfte, zärtliche Musik seit Jahrhunderten fortlebte. Doch nicht etwa, weil die Schönheit dieser Verse ihn gerührt hätte; im Gegenteil – sie weckten in ihm den brennenden Wunsch, diese kaum erblühten Jungfrauen, diese unschuldigen Kinder mit den niedergeschlagenen Wimpern zu besitzen, zu vergewaltigen, zu schänden. Und auch diesmal, obgleich er zerschlagen, gelähmt und fiebrig dalag, ergriff ihn eine fast unerträgliche Begier; er mußte diese Frau haben, die ihm ein Schleier aus Rauch und Feuer verbarg. Sie war nicht mehr Sereh, sie war die Verkörperung der Reinheit und des Traums, die ferne, unerreichbare Stimme des Liedes. Sie war der Inbegriff dessen, das er ersticken, vernichten, töten mußte. Er würde sie rufen ... Doch plötzlich erlosch in ihm jede Leidenschaft. Keuchen, Seufzer, tierisches Stöhnen hatten die kindliche, die Vogelstimme abgelöst.

Eine Hündin ... eine Hündin, dachte Uros.

Und unendlich erschöpft schlief er wieder ein – oder hatte er einfach das Bewußtsein verloren?

Die wärmenden Strahlen der Sonne weckten ihn. Sie stand schon hoch über einem Gipfel, der die Form eines Dreizacks hatte. Uros' erster Blick galt Jehol. Und sein erster Griff dem Testament. Das Pferd stand dicht neben ihm und fraß das taufrische Gras. Und das Papier steckte unberührt unter seinem Hemd.

Nie, nie mehr darf ich so tief schlafen, bis wir zurückgekehrt sind, dachte Uros.

Er strich mit seiner Hand über das verletzte Bein.

Noch immer spürte er keinen Schmerz.

Mokki lag am Boden, wie vom Blitz getroffen, neben der Asche des toten Feuers. Er war allein.

Uros ergriff einen Stein und zielte sorgfältig. Er traf genau die Augenbraue des Sais und riß sie auf. Mokkis Kopf bewegte sich noch immer nicht. Ein anderer Stein traf ihn mit Wucht an die Stirn. Er zuckte zusammen, sah, daß es schon heller Tag und der Platz neben ihm leer war. Schützend bedeckte er das Gesicht mit seinen mächtigen Pranken. Langsam, noch wie benommen, stand er auf und näherte sich Uros. Als er die Hände wieder sinken ließ, sah Uros — und vor Staunen hielt er den Atem an — in ein neues Gesicht. Die zärtliche Leidenschaft, der naive Stolz des Sais, das Glück, das aus seinen Augen strahlte, und das unbewußte Lächeln, das auf seinen Lippen lag, verliehen ihm eine fast triumphierende Schönheit. Und Uros dachte: Er hat sein erstes Gebet versäumt, und dabei leuchtet sein Gesicht, als hätte er das andächtigste, glühendste seines Lebens verrichtet.

Mokki wandte sich um und ging auf das Zelt der Nomaden zu.

»Wo gehst du hin?« fragte Uros.

»Tee holen«, erwiderte Mokki.

»Nein«, sagte Uros, »wir brechen sofort auf. Es ist spät genug geworden.«

»Aber ... aber ... du mußt dich doch erst stärken.«

»Alles, was ich brauche, sind zwei Stöcke für mein Bein«, brummte Uros.

Mokki ging und schnitt zwei starke Zweige zurecht.

Als er sie festband, sagte er:

»Ich sehe, du hast keine Schmerzen mehr.«

Das stimmte. Doch weil es Sereh gewesen war, die ihn geheilt hatte, brachte es Uros nicht über sich, es Mokki und sich selbst einzugestehen. Mokki rief:

»Sereh, Sereh hat das getan ...!«

Der Sais schloß die Augen und wiederholte mit einem sanften, strahlenden Lächeln: »Sereh ...«

Der eigentümliche Blick, den Uros ihm zuwarf, beunruhigte ihn nicht. Uros konnte nichts wissen. Er hatte fest und tief geschlafen. Sereh hatte dafür gesorgt ... Sereh ...

Und Mokki wiederholte immer noch ihren Namen, als Jehol schon gesattelt und gezäumt dastand und ungeduldig mit den Füßen scharrte. Da hatte er plötzlich das Gefühl, daß die Zeit stillstand. Denn er begriff, daß er weiterziehen mußte. Sein verzweifelter Blick suchte irgend etwas, irgendeine Arbeit, die den Aufbruch hinauszögern könnte. Vergeblich; kein Bündel, kein Sack, der noch zu packen wäre. Und Mokki erinnerte sich, daß sie ja alles hatten wegwerfen müssen.
»Worauf wartest du denn noch«, schrie Uros.
»Hör zu, hör zu«, stammelte Mokki. »Wir können nicht ... nicht so ... fortgehen ... ohne ...«
»Und warum nicht?« fragte Uros.
»Weil ... weil ...«, wiederholte Mokki.
Allah, o Allah, flehte er, gib, daß mir irgend etwas einfällt, damit wir noch ein bißchen bleiben können. Und wahrhaftig, gelobt sei Allah, er fand einen Vorwand.
»Glaubst du nicht«, sagte Mokki, »daß du dich für Serehs Pflege erkenntlich zeigen solltest?«
»Ich werde bezahlen«, sagte Uros, »keine Angst. Für alles.« Er ließ Mokki nicht aus den Augen und fügte hinzu:
»Wenn wir am Zelt vorbeireiten, erledige ich das. Gib mir mein Pferd.«
»Da, da ist es«, rief der Sais.
Sereh wiedersehen, ein Wort mit ihr wechseln, ja sie vielleicht berühren zu können, das allein zählte. Weiter reichte sein Denken nicht.
Uldschan verneigte sich tief vor den Reisenden. Die Männer der Familie umgaben sie. Die Frauen standen ein wenig abseits. Doch Sereh war nicht unter ihnen.

III

Die Brücke

Der grasige Pfad lief dicht am Fluß entlang. Er war eben und breit, so daß selbst ein Blinder unbesorgt und sicher dort hätte wandern können. Und wie ein Blinder, wenn auch mit weitgeöffneten Augen, lief Mokki dahin. Nichts sah er von dem klaren Morgen, dem grünen Tal und dem dahinplätschernden Fluß. In seinen Gedanken war er noch immer vom Dunkel der Nacht umfangen. Serehs Geruch, die Weichheit ihrer Haut, die Wärme ihres Atems, ihre schimmernden Augen und der Ton ihrer Stimme waren für Mokki im Augenblick Sonne, Himmel, Wasser und Wind. Plötzlich hielt er inne. War es denn überhaupt wahr? Daß er, der Ärmste der Armen, der nie eine Frau besessen, ja in seinem Elend nicht einmal davon zu träumen gewagt hatte, daß er dieses sanfte, zärtliche, wunderbare Geschöpf in seinen Armen gehalten und ihr Mund ihm die schönsten Worte der Welt zugeflüstert hatte? Ihm, dem ungeschickten, linkischen Sais, mit seinem zu kurzen Tschapan und den zu langen Armen? Nein, es mußte ein Traum gewesen sein. Allah hatte ihm nur eine kostbare Nacht voll glücklichen Wahns geschenkt. Wäre denn Sereh sonst nicht wenigstens gekommen, um ihm auf Wiedersehen zu sagen?

Mokki drehte sich um und schaute zurück. Er wollte etwas sehen, das Wirklichkeit war: das Zelt der Nomaden. Das zumindest konnte er nicht geträumt haben. Doch es war nicht mehr da — es lag schon hinter einer Wegbiegung verborgen. Das einzige noch sichtbare Zeichen war eine graue Rauchfahne, die dort aufstieg.

Jehol, der dem Sais folgte, blieb stehen; Mokkis massige Gestalt versperrte ihm den Weg. Uros blickte in sein verzweifeltes Gesicht und fragte:
»War sie deine erste Frau?«
Mokki antwortete, und nicht etwa Scham, nicht einmal Überraschung schwang in seiner Stimme, sondern unsagbares Glück:
»Allah sei gelobt, es war doch kein Traum... Die erste, ja, die erste!«
»Du denkst an nichts anderes mehr als an diese Dirne«, erwiderte Uros.
»Sereh hat nicht einmal von dir etwas verlangt, obwohl sie dein Bein geheilt hat«, rief der Sais. »Und ich, das weißt du genau, besitze nicht einmal einen halben Afghani.«
Ruhiger Stolz lag bei diesen Worten auf Mokkis Zügen. Uros stieß ihm den Griff seiner Peitsche hart in die Seite und befahl:
»Los, vorwärts! Ich habe genug von dieser Hündin gehört!«
»Du verstehst nichts, Uros, nichts von diesem Leben und dieser Welt«, sagte Mokki sanft.
Er fühlte sich wieder sicher und stark, seit der quälende Zweifel von ihm genommen war. Und alles um ihn herum, der strahlende Morgen, die gewaltigen Berge, die Sonne, der Fluß, das taufrische Gras im Tal erfüllten ihn mit einem Gefühl des Glücks und so unendlicher Dankbarkeit, daß er selbst Uros nicht mehr zürnte. Er drehte sich um und lief mit raschen, kräftigen Schritten weiter. Jehol folgte ihm, und als das Pferd ihn überholte, lächelte er Uros zu. Er sang leise vor sich hin und ging hocherhobenen Hauptes.
Wo ist sein Wunsch geblieben, mich umzubringen? Gestern hatte ich ihn schon soweit, dachte Uros.
Das Lied Mokkis klang in seinen Ohren. Doch Jehol lief

jetzt rascher, und bald hörte er nur noch das Murmeln des Wassers.
Plötzlich blieb er stehen. Der Fluß machte einen scharfen Bogen. Uldschan hatte ihm gesagt: Dort mußt du über die Brücke gehen. Sie ist die einzige im ganzen Tal.
Uros zögerte. Zwei Balken, oder vielmehr zwei Baumstämme, wacklig und morsch, waren über den Fluß gelegt und führten steil abwärts zum anderen, sehr viel niedriger gelegenen Ufer. Uros drehte sich um: der Sais war noch nicht zu sehen.
Werd' ich denn ewig ein Kindermädchen brauchen, dachte Uros und führte Jehol zu dem schmalen, schlüpfrigen Steg. Das Pferd betrat ihn nur mit äußerstem Widerwillen. Langsam, sehr langsam betastete es mit seinem rechten Vorderfuß das knorrige Holz und setzte ihn dann bedächtig nieder. Der hintere folgte, ebenso vorsichtig tastend — Jehol hatte sein Mißtrauen noch nicht überwunden. Zitternd vor Anstrengung blieb er stehen. Uros überlegte einen Augenblick, ob er nicht lieber umkehren sollte. Doch das war unmöglich. Der Steg war zu schmal, und rückwärts konnte Jehol nicht gehen, weil der Weg nicht eben genug war. Er mußte es wagen. Schließlich war der Fluß zwar reißend, doch nicht sehr breit.
Uros brauchte Jehol nicht anzutreiben. Er hatte Mühe, das Gleichgewicht zu halten, und ging von selber weiter. Ein unsicherer Schritt... noch einer... die Hälfte der Brücke war schon überschritten. Plötzlich wurde Uros mit solch einer Wucht zur Seite geschleudert, daß nur sein untrüglicher Instinkt, seine fast akrobatische Sicherheit ihn vor dem Sturz retteten. Und da sah er auch schon, was geschehen war. Der rechte Hinterhuf des Pferdes war auf der glitschigen Rinde des Holzes ausgerutscht und hatte sich zwischen den

beiden Stämmen festgeklemmt. Jetzt saß er wie in einer Falle. Der Hengst blieb einen Augenblick ungläubig stehen. Er atmete stoßweise. Dann stemmte er sich mit einem wütenden Wiehern gegen den Boden und zog mit aller Kraft an dem gefangenen Fuß. Vergeblich. Wieder und wieder versuchte er es. Es gelang ihm nicht.

Da empfand Uros zum ersten Male in seinem Leben ein Gefühl der Panik. Er hörte eine Stimme, die ihm immer wieder zurief: Jehol verwundet, verkrüppelt, verloren, verletzt — verwundet — verkrüppelt — verloren — verletzt...

Der Hengst sammelte all seine Kräfte, und Uros glaubte mit dem Instinkt des Steppenreiters zu erraten, daß er es diesmal vielleicht schaffen würde. Noch eine Sekunde — und er war frei. Doch das Pferd konnte nicht mehr. Es hatte das Äußerste versucht... seine Muskeln erschlafften wieder. Es war vorbei.

Schande, Schande über mich, dachte Uros. Hätt' ich ihm ein bißchen geholfen, statt stocksteif wie ein Sack dazusitzen, dann wäre es ihm gelungen.

Jehol nahm den Kampf wieder auf. Doch da, als er nach mehreren vergeblichen Versuchen erneut all seine Kraft zusammennehmen wollte, wurde Uros von einem so unerträglichen Schmerz gepackt, daß er nicht anders konnte, als mit seinem ganzen Gewicht auf den Sattel zurückzufallen, aus dem er sich leicht erhoben hatte, um Jehol zu helfen. Serehs Salbe hatte ihre Wirkung verloren. Jehol rührte sich nicht mehr.

Er will mir sagen, daß er, solange er noch mein Gewicht zu tragen hat, nichts mehr tun kann, dachte Uros.

Und der Haß auf sich selbst, auf seine Hilflosigkeit verlieh ihm neue Kraft. Er legte sich flach auf Jehols Hals, zog seinen gesunden Fuß aus dem Steigbügel, schwang sein Bein auf die linke Seite, hielt sich an Jehols Mähne fest und ließ

sich so, das verletzte Bein schonend, heruntergleiten. Doch da, noch ehe er den Stamm berührt hatte, wurde der Schmerz so übermächtig, daß ihm schwindelte und er stolperte. Um nicht in den Fluß zu stürzen, ließ er sich der Länge nach mit dem Gesicht nach vorn niederfallen, wo er unter Jehols Bauch auf dem Stamm liegenblieb.
Er dachte, er würde ohnmächtig. Doch der Schmerz hielt ihn bei Bewußtsein.

Mokki kam gleich darauf. Uros und er warfen sich nur einen kurzen Blick zu, und Mokki verstand: Jehol zuerst. Der Sais kniete nieder, umfaßte mit seinen bärenstarken Händen die beiden Balken, und mit einem kurzen, kräftigen Ruck gelang es ihm, den Spalt für einen Augenblick so weit zu öffnen, daß das Pferd seinen Fuß herausziehen konnte.
Mokki ergriff die Zügel und führte rückwärts gehend das Pferd vorsichtig bis ans andere Ufer. Dann kam er zurück, nahm Uros auf seine Arme und brachte ihn, vorsichtig balancierend, sicher über den schwankenden Steg. Dann legte er ihn neben das Pferd auf die Erde. Immer noch schweigend untersuchten sie beide Jehols Fuß. Er war nur wenig verletzt, die Wunde blutete kaum. Mokki wusch sie zuerst mit kaltem Wasser und machte dann einen Umschlag aus frischen Gräsern. Anschließend band er auch die beiden Stöcke um Uros' Bein wieder fester. Uros schaute noch immer auf den Steg. Zwei lächerliche Balken ... und er hatte die Brücke nicht überqueren können. Für Mokki dagegen war es eine Kleinigkeit gewesen. Wie würde er sich vor den Leuten daheim damit brüsten!
Uros krallte seine Finger in das Gras. Nein, das durfte, das konnte nicht sein! Beim Propheten, nein!
»Heb mich wieder in den Sattel!« befahl Uros dem Sais.

Mokki gehorchte nicht sofort. Seine Blicke suchten noch einmal, ein letztes Mal das gegenüberliegende Ufer. Das Glücksgefühl, das ihn eben noch erfüllt hatte, war tiefer Verzweiflung gewichen. Der schmale Streifen wirbelnden Wassers teilte sein Leben: Sereh auf der einen, er auf der anderen Seite. Nie würden sie sich wiedersehen.

»Worauf wartest du noch?« fragte Uros.

Mokki hob ihn aufs Pferd und ging langsam voraus. Der Pfad wurde immer schmaler und steiniger. Er führte geradewegs zu dem hohen, gewaltigen Felsmassiv, das im Westen den Horizont bildete.

Ihr könnt euren Weg nicht verfehlen, hatte Uldschan gesagt, nach der Brücke werdet ihr einen einzigen Weg finden, der das Tal durchschneidet — dann kommt wieder ein schmaler Pfad, der durch das Gebirge führt. Er endet bei der alten Straße von Bamian ... Zwei Tage werdet ihr brauchen, bis ihr die Stadt erreicht. Du kannst mir glauben ... wir kommen oft dorthin.

Uros erinnerte sich an ihre Worte. Am nächsten Tag würden sie Bamian erreichen — die Hälfte des Weges.

Jehol folgte Mokki vorsichtig und langsam. Doch Uros zog an den Zügeln, als liefe er ihm trotzdem noch zu schnell.

»Auf halbem Weg«, flüsterte er. »Schon auf halbem Weg — und was habe ich erreicht?«

Den Kopf gesenkt, mit hängenden Schultern, schlich Mokki dahin. Und Uros dachte: Ich hatte ihn schon soweit ... er haßte mich ... er wollte das Pferd ... er plante bereits seine schändliche Tat ... doch da kam diese Dirne, und jetzt hat er nichts anderes mehr im Sinn ... feiger Hund ... Sklavenseele ... ich muß wieder ganz von vorn anfangen ... doch wie?

Das Tal hatte sich verändert. Das üppige grüne Gras verwandelte sich in trockene, dürre Stoppeln, die Sträucher wurden immer kümmerlicher. Und obwohl die Sonne jetzt fast im Zenit stand, wickelten sich die beiden Reisenden fester in ihre Tschapans, um sich gegen den eisigen Windzug zu schützen. Sie näherten sich dem Gebirge.

Als es Mittag wurde, die Stunde, in der die Schatten sterben, hatten sie es erreicht. Ein enger Felsweg öffnete sich vor ihnen. Da sah Uros plötzlich auf einem Steinvorsprung eine menschliche Gestalt hocken. Ungläubig bedeckte er seine Augen mit einer Hand, und da erkannte er sie auch schon: es war Sereh.

»Die Dirne«, murmelte Uros mit halblauter Stimme. Dann rief er dem Sais zu:

»Sereh!«

Mokki, der immer noch — den Kopf gesenkt — vor ihm herlief, drehte sich um, im Innersten getroffen.

»Dort!« sagte Uros.

Da sah sie auch der Sais: außer sich vor Glück, die schon verloren Geglaubte wiederzusehen, wollte er zu ihr stürzen; doch Uros packte ihn am Kragen seines Tschapans und flüsterte:

»Allah ist mein Zeuge, wenn du die Ehre der Männer befleckst, werde ich dir die Augen mit meiner Peitschenspitze durchbohren! Weißt du nicht mehr, daß sie zuerst zu grüßen hat?«

Und Sereh kam auf sie zu, sah nicht mit einem Blick auf Mokki, sondern warf sich vor Uros auf die Knie, und mit der Stirn seine Steigbügel berührend rief sie flehend:

»Nimm mich, o Herr, auf deine Reise mit! Du wirst keine bessere, schweigsamere, treuere und demütigere Dienerin finden als mich. Laß mich nicht, ich bitte dich, bei den Leuten meines Zeltes! Seit mein Mann tot ist, halten sie mich wie eine Sklavin. Ich arbeite für sie von morgens bis abends. Sie geben mir nur von ihren Resten zu essen. Die Männer ziehen mich, wann immer sie wollen, auf ihr Lager, und die Frauen schlagen mich dafür ohne Erbarmen. Laß mich bei dir bleiben, o großmütiger Herr. Ich begehre keinen Lohn. Nur eine Handvoll Reis, eine Decke, mehr brauche ich nicht!«

Uros' erster Gedanke war, diese würdelose Kreatur zurückzustoßen, die es wagte, sich an ihn zu hängen. Ihn konnte sie nicht täuschen. Mokkis wegen lag sie da vor ihm auf den Knien, allein seinetwegen.

Da, als er schon mit seinem Fuß nach ihr treten wollte, hob sie ihr Gesicht zu ihm auf. Die Sonne fiel voll auf ihre Züge, und unter dem flehenden Ausdruck, den trügerischen Tränen und der zerflossenen Schminke entdeckte Uros plötzlich eine eigentümliche Kraft und Beharrlichkeit, eine Art brennender Gier. Er warf einen Blick auf Mokki. Der Sais zitterte wie ein Kind, wie ein Fieberkranker, und in seinen Augen las Uros Furcht und Hoffnung, Angst und Glück. Das Wolfsgrinsen verzerrte Uros' fahle Lippen. Sereh erschrak und preßte ihre Stirn gegen den Steigbügel.

»Erbarmen, o Herr«, rief sie.

Das Echo der felsigen Schlucht warf ihren Ruf zurück. Uros berührte Mokki mit der Peitsche und befahl:

»Vorwärts!«

Er gab Jehol die Sporen. Das Metall des Steigbügels zerriß Serehs Wange, als er weiterritt.

»Du kannst mitkommen«, sagte Uros.

Und sie stand auf und lief, wie es sich gehörte, demütig hinter dem Pferd her.

Der Pfad, der durch die Schlucht führte, war schmal, aber bequem, und die Reisenden kamen rasch vorwärts. Die Felsen bildeten am Ende ein riesiges, steinernes Tor, und als sie es durchschritten hatten, fanden sie einen breiteren Weg und an ihm eine Tschaikhana. Tief unter ihr lag eine endlose Ebene, deren einzige Grenze der Horizont war, breiteten sich grüne Täler und lehmfarbene Felder. Uros führte Jehol zu der Tschaikhana. Mokki band das Pferd an einem der knotigen Stämme fest, die das Dach stützten, hob Uros aus dem Sattel und legte ihn vorsichtig auf einen der klapprigen Tscharpais, die hinten auf der Terrasse standen, so daß er durch die Mauer vor dem Wind und durch das Dach vor der Sonne geschützt war. Nichts war ihm mehr zuviel für Uros — denn verdankte er Sereh nicht seiner Großmut?

Die Herberge war mehr als einfach. Nicht einmal ein paar dünne, zerschlissene Teppichfetzen, die man sonst selbst in den ärmlichsten Häusern fand, bedeckten das faulende Stroh auf den Liegen und dem unebenen Boden. Unter dem Blätterdach saßen drei alte Männer auf der Erde um eine Wasserpfeife. Ihre gelbliche, runzlige Haut erinnerte an die Farbe von Zitronen, und in ihren kantigen Gesichtern mit den stumpfen Nasen glänzten schmale, schwarze Augen.

Hasaras, dachte Uros. Hier fängt wahrscheinlich ihr Land an.

Mokki beugte sich zu Uros und sagte:

»Ein seltsamer Ort. Ich sehe keinen einzigen Batscha. Drinnen ist auch niemand.«

Der Hasara, der dem Samowar am nächsten stand, sagte bedächtig:

»Dieser Hundesohn ist mir heute beim Morgengrauen mit einer Karawane davongelaufen. Er wollte etwas von der Welt sehen.«

»Gut, dann möchte ich den Wirt sprechen«, sagte Uros. Der Hasara drehte sich langsam zu ihm um.

»Der bin ich«, sagte er seufzend.
»Worauf wartest du dann? Willst du uns nicht bedienen?« fragte Uros. »Und womit, wollt Ihr mir das vielleicht verraten?« Der Alte kratzte sich am Bein und fuhr fort:
»Dieser Lump hat noch nicht einmal etwas gekocht, bevor er verschwand. Nur altes Brot ist noch übrig.«
»Und für das Pferd?« fragte Uros.
»Dort neben der Straße ist eine Wiese, mein Esel frißt das Gras mit Vergnügen«, erwiderte der Wirt.
»Und der Tee«, sagte Uros.
Und bevor der Wirt ihm etwas entgegnen konnte, fügte er hinzu:
»Findet dein Esel den auch nach seinem Geschmack?«
Der Hasara schwieg einen Augenblick verblüfft, doch dann verzog sich sein zahnloser Mund zu einem schweigenden Lächeln.
»Habt ihr gehört, habt ihr gehört?« rief er seinen Freunden zu, die Uros' Bemerkung ebenso erheitert hatte. Dann wandte er sich wieder an seinen Gast.
»Du gefällst mir, Reiter; trotz deiner Verletzung neigst du eher zu einem Scherz als zum Zorn.«
»Und du gefällst mir auch«, erwiderte Uros. »Trotz deines Gewerbes ziehst du die Faulheit der Habgier vor.«
»Das ist nicht meine Schuld«, erwiderte der Hasara. »Jemand, der so lange als Sklave gelebt hat, wird nie mehr ein Freund der Arbeit.«
Er erhob sich seufzend.
»Ich werde dir einen guten, starken Tee kochen. Aber ich warne dich, das Geschirr ist schmutzig; dieser Teufelsbatscha hat mir nicht mal eine Tasse abgewaschen.«
Der Wirt entfernte sich, langsam und gebückt.
Er muß mindestens siebzig Jahre alt sein, dachte Uros. Ich

war noch ganz klein, als der Emir Habibullah diese Stämme, die für ihre dauernden Revolten zur Sklaverei verurteilt waren, schließlich befreite. Uros schüttelte den Kopf. Sklaven – die Abkömmlinge jener Reiter, die der große Dschingis hier angesiedelt hatte, um über das Land zu herrschen!
»Ich glaube, du brauchst mich im Moment nicht«, sagte Mokki. »Kann ich das Pferd auf die Wiese führen?«
Die Stimme des Sais klang leise und verlegen.
Du redest vom Pferd, aber du denkst an deine Dirne, dachte Uros.
Er bedeutete ihm mit einer Geste, daß er gehen könne.
Mokki erblickte Sereh, als er aus dem Schatten des Daches trat. Dort saß sie, an die Mauer gelehnt, die die Terrasse zur Wiese hin abschloß. Ihre Baumwollfetzen hatten dieselbe Farbe wie die Lehmwand, und sie hockte so verloren dort auf der Erde wie ein vergessenes Bündel. Ihre plötzliche Nähe verwirrte Mokki so, daß er sich nicht zu rühren vermochte. Während des ganzen langen Weges war er getrennt von ihr gewesen und hatte sich, aus Furcht vor Uros, nicht einmal nach ihr umzudrehen gewagt. Sereh blieb ebenfalls schweigsam und unbeweglich sitzen. Die Leidenschaft, die sie von den Ihren fortgetrieben hatte, brannte mit solcher Heftigkeit in ihr, wie sie es noch nie zuvor erlebte hatte. Wie schön und kräftig er war, der große Sais, dort, neben dem prächtigen Pferd. Und ihr schien fast, als sehe sie ihn zum ersten Mal. Sie atmete heftig. Doch ihre Erfahung gebot ihr, sich nicht zu verraten, und die Kunst der Verstellung, in der sie sich während ihres ganzen harten Lebens geübt hatte, half ihr dabei.
Vorsicht, Geduld, dachte Sereh. Ich habe schon genug riskiert. Jetzt heißt es, sich langsam, ganz langsam vorwagen... ein Wort zuviel, und schon ist es aus. Der Herr über-

wacht mich sowieso mit Luchsaugen... Doch beide, den unschuldigen Sais und die berechnende Magd, erfüllte die gleiche reine und glühende Leidenschaft. Mokki näherte sich Sereh. Und wie er sie so verloren in ihren dünnen Lumpen dasitzen sah, erschien sie ihm noch schöner als im Schein des Herdfeuers. Und zu der Zärtlichkeit, dem Begehren, der Bewunderung und der Dankbarkeit, die er für sie empfand, gesellte sich ein ganz neues Gefühl: sie hier zu seinen Füßen wie eine Bettlerin hocken zu sehen, sie, seine Geliebte, schmerzte ihn so tief, erfüllte ihn mit so unendlichem Mitleid, daß die Bitterkeit, die er empfand, für einen Augenblick alles andere in ihm auslöschte und ihn mit einem Mal noch fester mit ihr verband als das ungetrübte Glück der vergangenen Nacht. Das Los der Unterdrückten und Notleidenden hatte Mokki noch nie besonders gerührt. Es gab eben Arme, und es gab Reiche. Das war ein Naturgesetz. Doch weil Sereh hier ohne Brot und Tee auf der Erde hocken und warten mußte, bis sie selbst satt und zufrieden wären, erbitterte ihn die Ungerechtigkeit dieser Welt.

»Was machst du da?« rief er.

»Welch einen anderen Platz gäbe es wohl für mich?« fragte Sereh sehr sanft.

Mokki verharrte einen Augenblick schweigend und unbeweglich. Was konnte er ihr antworten? Das heilige, unverbrüchliche Gesetz der uralten Bräuche und Sitten gab ihr recht. Was bildete er sich denn ein? Eine Frau vom untersten Rang... Und ohne Mann... Und ohne Geld... Und ohne Tschador... Daß sie sich in einer Herberge — einem öffentlichen Ort — sehen ließ, war undenkbar. Er selbst wäre bei jeder anderen ihresgleichen darüber entsetzt und empört gewesen. Aber dann war es also gerecht, daß Sereh hier wie eine ausgesetzte Hündin hungrig und durstig draußen hockte, während sie, die Männer ...? Nein, nicht Sereh! Doch warum gerade sie nicht? Und Mokki erkannte, wie hinter der, die er liebte, all ihre entrechteten Schwestern standen, und er fühlte plötzlich eine Schuld, von der er gar nichts wußte, außer, daß die Hälfte der menschlichen Rasse ihr Opfer war.

Er legte seine leicht zitternde Hand auf Serehs Haar und flüsterte ihr ins Ohr:

»Ich komme zurück, bei Allah! Ich komme zurück ...«

Uros hatte noch keinen Tee bekommen. Doch er schien geduldig zu warten. Mokki hockte sich neben dem Tscharpani vor ihm nieder.

»Ist das Gras wirklich so gut für Jehol, wie der Wirt es versprochen hat?« fragte Uros.

»Besser noch«, erwiderte der Sais, der nicht einmal einen Blick darauf geworfen hatte.

»Na, dann ist ja alles in Ordnung«, sagte Uros.

»Nein«, rief Mokki, »es ist nicht alles in Ordnung.« Er beugte sich näher zu ihm und flüsterte hastig:

»Sereh ... ich habe sie draußen gesehen ... sie ist noch vor uns bei Morgengrauen aufgebrochen ... sie hat nichts zu essen und zu trinken. Man muß ihr helfen.«

»Und was schlägst du vor?« fragte Uros leise mit halbgeschlossenen Lidern.

»Ich bin bereit ...«, begann der Sais.

»... ihr etwas zu essen und zu trinken zu bringen«, unterbrach ihn Uros, immer noch im gleichen Ton. »Ich weiß ... doch eher schlage ich dich tot. Die Ehrlosigkeit des Sais fällt auf seinen Herrn zurück.«

»Laß sie hierherkommen«, flüsterte Mokki.

Uros betrachtete ihn mit noch immer halbgeschlossenen Augen. Seine Stimme klang noch freundlicher.

»Wie?« sagte er. »Hierher? Wirklich ...? Selbst wenn ich dem

Wirt und seinen Gästen einen solchen Schimpf antun könnte, wer würde denn eine solche Dirne bedienen wollen? Der elendeste der Batschas würde sich weigern. Und hier gibt es noch nicht einmal einen Batscha.«

Mokki senkte den Kopf und zog die Schultern ein.

Er hatte Sereh versprochen, zurückzukehren. Doch wie? Mit leeren Händen?

Uros betrachtete Mokki mit tiefer Befriedigung. Der Sais war plötzlich wie Wachs in seiner Hand. Für sie wäre er zu allem bereit ...

»Steh auf, du Dummkopf«, befahl er Mokki. »Und hol sie her.«

»Aber ... aber ... du hast doch eben gesagt ...«, stammelte Mokki.

»Ich habe gesagt, daß eine Dienerin nicht das Recht hat, sich bedienen zu lassen«, erwiderte Uros. »Doch sie kann ja *uns* bedienen. Los, geh und sag es ihr.«

Um noch rascher bei ihr zu sein, sprang Mokki über die Mauer. Von der Schwelle aus fragte der Wirt Uros:

»Stimmt es, daß diese Frau deine Dienerin ist und für dich sorgt?«

»Ja, das stimmt«, sagte Uros.

»Beim Propheten«, rief der Wirt, »wenn alle Reisenden es so machten wie du, wäre diese Herberge ein halbes Paradies.«

Er dachte einen Augenblick nach und fuhr dann fort:

»Eine gute Dienerin wiegt alle verdammten Batschas der Welt auf. Ich erinnere mich, daß viele Herren, als unserem Volk die Freiheit zurückgegeben wurde, ihre Söhne mit alten zahnlosen Sklavinnen verheiratet haben, nur um sie in ihrem Haus zu halten.«

Der alte Mann setzte sich wieder neben seine Freunde. Sie

rauchten schweigend. Von drinnen klang das Geräusch klappernden Geschirrs. Sereh erschien mit einem schweren Tablett.
»Wie sauber alles ist«, sagte einer der Hasaras.
»Und wie gut der Tee riecht!« rief ein anderer.
»Sie hat das alte Brot aufgewärmt«, rief der dritte. Mokki nickte — unbewußt — bei jedem dieser Worte und lächelte glücklich.
Sereh stellte das Tablett vor Uros. Doch er rührte das Essen nicht an. Allein bei seinem Anblick wurde ihm übel. Und Mokki nahm, trotz seines Hungers, nur ein Stück Brot.
»Er läßt alles dieser Dirne«, dachte Uros. »Wenn ich nichts dagegen tue, wird sie ihn bald nicht mehr für einen Mann halten.«
Uros ließ sich von Sereh seine leere Tasse wieder füllen und sagte zu Mokki:
»Jehol wird ganz steif werden, weil er immer nur im Schritt läuft. Geh und galoppier ein bißchen mit ihm!«
»Was ... du willst ... wirklich ... hier, vor allen?« rief der Sais.
Er hatte »vor allen« gesagt. Doch er dachte nur an Sereh.
»Geh«, befahl ihm Uros.
Mokki lief zu Jehol, der noch gesattelt und gezäumt auf der Wiese weidete, packte ihn an der Mähne und schwang sich, ohne die Steigbügel zu berühren, in den Sattel.
Und die, die ihn von der Terrasse aus betrachteten, sahen mit Verblüffung, wie er in einem einzigen Augenblick vor ihren Augen ein anderer wurde. Nichts erinnerte mehr an seine linkischen, verlegenen Bewegungen. Plötzlich war aus ihm ein sicherer, gelenkiger, wendiger Reiter geworden. Seine langen Affenarme, seine zu breiten Hände, seine dicken Handgelenke und allzu starken Beine — hier waren sie ihm nicht

mehr im Wege. Im Gegenteil. Seine Schultern waren nicht mehr eingezogen, sein Nacken war nicht mehr gekrümmt. Gerade und aufrecht saß er auf Jehol, mit hocherhobenem Kopf. Und auf seinen Zügen lag statt der kindlichen Naivität ein harter, erfahrener, überlegener Ausdruck. Sein Gesicht war das Antlitz eines Erwachsenen geworden.

Mokki zog mit einem plötzlichen Ruck am Zügel. Jehol bäumte sich auf. Doch obgleich seine Füße sich nicht im Steigbügel hielten, rutschte der Sais nicht einen Fingerbreit zurück. Seine Beine und Knie preßten sich wie eine stählerne Klammer um die Flanken des Pferdes. Auf der Terrasse sahen die drei alten Hasaras ihm mit vor Staunen geöffnetem Mund zu. Ein solches Pferd hatten sie noch nie zu Gesicht bekommen. Kein Wunder — denn hier kannte man ja nur Esel, höchstens noch Maulesel. Mit Geschicklichkeit, Kraft, Instinkt und Erfahrung brachte Mokki Jehol dazu, sich endlos lange auf den Hinterfüßen zu halten. Dann ließ er plötzlich die Zügel los, löste die Beine von Jehols Flanken, und mit einem ungestümen Satz galoppierte der Hengst davon. Doch die Wiese war zu schmal, zu kurz für einen solchen Ritt.

Nach ein paar Sekunden drohte das Pferd gegen die Mauer der Tschaikhana zu prallen. Die alten Männer bedeckten ihr Gesicht mit den Händen. Sereh, mit vor Furcht weit geöffneten Augen, flüsterte leise:

»Er wird sich umbringen ... er wird sich umbringen ...«

Uros allein hatte keine Angst. Er wußte, was der Sais vorhatte. Und wirklich, im letzten Augenblick, als sie die Mauer schon fast berührten, legte Mokki sich zur Seite, preßte seinen Körper gegen die Flanke des Pferdes, und mit Knie, Brust und Handgelenken ließ er es halb drehen und an der Mauer entlanggleiten. Und schon galoppierten sie wieder davon.

Uros lehnte sich nicht mehr gegen die Wand. Er hatte sich aufgerichtet und betrachtete Mokki. Einen Augenblick lang fühlte er sich plötzlich eins mit seinem Sais: so hatte er jeden seiner Reflexe vorausgesehen, verstanden und geteilt. Und Mokki wurde mit einem Mal für Uros ein Mann seinesgleichen: ein Reiter.

Eine Stimme flüsterte dicht neben seinem Tscharpai:

»Auf seinem Pferd sieht er aus wie ein Prinz.«

Uros wandte sich zu Sereh und kam wieder zu sich. Diese bewundernde Stimme, dieser verzückte Blick... Er hatte mehr erreicht, als er gewollt hatte. Diese verschlossene Frau hatte plötzlich jede Hemmung verloren. Nie würde sie dieses Schauspiel vergessen: Mokki auf Jehol. Sein Pferd, hatte sie gesagt. Sein Pferd...

Uros befahl dem Sais, abzusteigen. Und als Mokki auf der Erde stand, war sein Tschapan wieder – wie vorher – zu kurz und sein Nacken gebeugt.

»Wir brechen auf«, sagte Uros zu dem Wirt der Tschaikhana.

»Bevor die Sonne sinkt, wirst du eine gute Karawanserei finden. Dort wird für alles gesorgt sein.«

Uros bat um die Rechnung.

»Kommt nicht in Frage«, sagte der alte Hasara. »Wir danken dir, denn du hast uns viel mehr gegeben.«

Uros wollte darauf bestehen. Da fügte der Alte leise hinzu:

»Laß dem Armen seinen einzigen Reichtum.«

Die Reisenden – Mokki voran, dann Uros auf Jehol und Sereh hinterdrein – machten sich wieder auf den Weg nach Bamian.

Und der Wirt der Tschaikhana hockte sich auf den Boden zu seinen Gefährten und rauchte schweigend seine Wasserpfeife.

IV
Die Karawane

Die Straße von Bamian, die noch aus Urzeiten stammte, war in Wirklichkeit nur eine schlechte Piste: eng und voller Windungen, im Sommer mit einer dichten Staubschicht bedeckt, und in Regenzeiten ein einziger Schlammfluß. Fahrzeuge mit Rädern konnten sie nicht passieren: sie mußten die große Straße nehmen.

Es war ein friedlicher, verlassener Weg: nur Leuten aus der Gegend, Bauern, Handwerkern, Schäfern, Händlern und Abenteurern begegnete man hier. Doch zweimal im Jahr belebte sie sich: Wenn im Frühjahr die Karawanen der Herdenwanderer auszogen und im Herbst heimkehrten. Jetzt im Oktober kamen tagtäglich einige vorbei.

Es war Nachmittag geworden. Da entdeckte Uros plötzlich als erster eine Art rötlichen Rauch, der sich ihnen rasch näherte. Bald hüllte er wie eine Wolke nicht nur die Straße ein, sondern verbarg fast die schon sinkende Sonne. Wenn von Zeit zu Zeit ein Windstoß sie zerteilte, konnte man undeutlich eine gewaltige Herde dahinziehen sehen: Menschen und Vieh in unübersehbarer Zahl.

Mokki war stehengeblieben, um auf Uros zu warten.

Auch Sereh näherte sich, blieb jedoch eine Schrittlänge hinter Jehol stehen. Sie sagte:

»Die großen Nomaden.«

Aus ihrer Stimme klang fast ehrfürchtige Bewunderung. Für Sereh waren die kleinen Nomaden — ihresgleichen — und diese da durch Welten getrennt.

»Welcher Stamm?« fragte Uros die junge Frau.

»Die Paschtuns der Grenzen – dort, woher die Sonne kommt«, erwiderte Sereh.
»Die Paschtuns ...«, sagte Uros.
Noch nie war er ihren wandernden Karawanen begegnet, deren Weg weit südlich der Steppen lag. Ihr Name jedoch war ihm, wie jedem Afghanen, vertraut. Die Paschtuns der östlichen Regionen, der uneinnehmbaren Burgen ... unbesiegbare Krieger, Herren der größten Schafherden ... In ihren geheimen Werkstätten fertigten sie Säbel und Lanzen an, auch Gewehre. Sie hatten die Ebenen bis zum Amu Darja erobert, die Hasaras zu Sklaven gemacht, die Heiden von Kafiristan dem rechten Glauben unterworfen, und selbst die englischen Soldaten hatten sie nach hundertjährigem Kampf aus ihren Tälern und Gebirgen vertrieben. Paschtuns: der königliche Stamm. Jeden Frühling begaben sie sich, wie schon seit Tausenden von Jahren, ohne der Gesetze oder Grenzen zu achten, bewaffnet auf ihre Wanderschaft, durchquerten von Indien bis zum Iran das ganze Land.
»Die Paschtuns«, sagte Mokki leise und ängstlich. Denn in Maimana waren alle, die befahlen, straften und bestimmten – Gouverneure, Steuereintreiber, Heeres- und Polizeichefs –, stets Paschtuns. Männer fremden Bluts, die Sieger – von Kabul gesandt, um das Volk der Steppe zum Gehorsam zu zwingen.
Die Staubwolke lag jetzt über dem ganzen Tal.
»Geh«, sagte Uros zu Mokki.
Dieser machte ein paar unsichere Schritte, wandte sich um und sagte, die Augen auf Sereh gerichtet, die hinter Jehol herlief:
»Wäre es nicht besser, wir würden durch die Wiesen hindurch gehen?«

»Warum?« fragte Uros.
»Die Paschtuns und ihre Herden nehmen die ganze Straße ein; sie sind dichter als ein Heuschreckenschwarm — und überdies bewaffnet«, erwiderte Mokki.
»Die Straße gehört allen«, sagte Uros. »Los, geh weiter.«
Dann hüllte die Staubwolke sie ein, und sie sahen nichts mehr. Sie hörten nur noch das Getrappel unzähliger Füße, das Gerassel von Waffen und das Wiehern, Blöken, Schreien und Bellen der Tiere.
Sereh lief zu Uros, umfaßte mit beiden Händen sein rechtes Bein und rief:
»Ich flehe dich an, Herr, laß uns zumindest ein wenig seitlich von der Straße gehen.«
»Warum?« fragte Uros.
»Weil die Paschtuns immer den höheren Weg nehmen; sie glauben, es könnte ihnen Unheil bringen, wenn sie es nicht tun.«
»Das glaube ich auch«, sagte Uros.
Auf Serehs staubbedecktem Gesicht lag namenloses Entsetzen, und sie rief:
»Unglück über mich kleine Nomadin! Sie werden mich zertrampeln.«
»Tu, was du für richtig hältst, ich erlaube es dir«, sagte Uros.
Die junge Frau küßte ihm den Fuß und hatte mit drei Sätzen die Wasserrinne erreicht, die neben der Piste entlanglief.
Mokki wollte der ängstlichen, kleinen, verlorenen Gestalt nachlaufen, doch er wagte es nicht.
»So geh schon«, sagte Uros verächtlich.
Mokki ging zu Sereh, nahm ihre Hand und spürte, wie sie zitterte.

»Sieh doch«, rief Sereh. »Dein Herr reitet weiter. Er ist verrückt.«
»Stolz«, erwiderte Mokki sanft.
»Stolz worauf?« sagte die junge Frau. »Ist er so reich?«
»Das spielt keine Rolle«, erwiderte Mokki. »Es gibt keinen besseren Tschopendos in den drei Provinzen, und er ist der Sohn des großen Tursehn.«
Sereh hatte noch nie etwas vom Buskatschi und seinen berühmten Reitern gehört. Und als sie auf den Zügen des Sais dieselbe andächtige Bewunderung las, wie sie sie den großen Nomaden entgegenbrachte, fühlte sie sich verletzt: niemand auf der Welt konnte sich mit den Paschtuns messen!
»Tschopendos oder nicht — wenn sie ihn in Stücke zerreißen, mir soll's gleich sein«, sagte sie. »Er hat nicht das Recht, dein Pferd in solche Gefahr zu bringen.«
Mokki fühlte, wie ihm das Blut glühend ins Gesicht stieg.
»Jehol gehört nicht mir«, sagte er.
»Dieses Pferd ist für dich geschaffen«, rief Sereh mit einer fast wilden Leidenschaft und Starrköpfigkeit. Sie preßte sich eng an Mokki und sagte sehr leise:
»Auf der Wiese vor der Tschaikhana sahst du aus wie ein Prinz.«
Uros, der mit Jehol immer noch eigensinnig auf der Mitte der oberen Straße ritt, richtete sich im Sattel auf, legte seine Hand über die Augen und hielt schließlich Jehol an.
Zur gleichen Zeit schrie Sereh voller Furcht:
»Sie sind da, sie sind da!«
Die Karawane tauchte aus ihrer Staubwolke auf. Allen voran und alles andere überragend: die Kamele. Immer zwei und zwei schritten sie majestätisch dahin. Lasttier oder Reittier, mit Zelten, Teppichen, Geschirr und Hausrat beladen oder mit Sänften, in denen ganze Familien lagerten — ihr Schritt war

stets der gleiche: hochmütig und langsam. Die Leittiere waren über und über mit grellbunten Bändern, Schleifen und Federn geschmückt und trugen zahllose Glöckchen, die bei jedem Schritt läuteten.
Uros warf kaum einen Blick auf sie. Doch er beobachtete aufmerksam die äußerste Spitze der Karawane und die beiden Tiere, die sie anführten. Es waren zwei Kamele aus Baktrien – und seit Menschengedenken gab es keine besseren: an Größe, Ausdauer, Kraft und Tapferkeit waren sie allen anderen überlegen. Sie waren von Kopf bis Fuß mit Henna gefärbt. Über dem Fell trugen sie kostbare Stoffe, Talismane, Amulette und Federbüsche. Ihre Sättel waren aus rotem, metallbeschlagenem Leder. Das Ungeheuer rechts trug einen Mann. Auf dem Tier neben ihm saß eine Frau.
Der Mann war noch jung. Sein dichter, schwarzblauer Bart reichte bis unter seinen Turban. Er hatte ein von Sonne und Wind gebräuntes und gegerbtes Gesicht, mit einer Adlernase und tiefdunklen, harten Augen. Eine schlechtverheilte Narbe lief dicht unter seiner Unterlippe über das Gesicht. Zwei Dolche steckten in seinem Gürtel, ein Gewehr mit sehr langem Lauf und einem Damaszenerkolben ruhte auf seinem Schenkel.
Die Frau war noch nicht zwanzig Jahre alt. Ihre Haut war glatt und faltenlos, ihr Blick strahlend, ihre Stirn klar und hoch und ihre Lippen frisch und rot. Und doch lag ein so strenger Stolz auf ihrem Gesicht, daß sie älter erschien. Die prächtigen Seidenstoffe, die sie umhüllten, waren leuchtend blau, violett und feuergelb. Breite, dicke Silberketten schmückten ihren Hals, und um ihre Handgelenke trug sie schwere, klirrende Armreife. Ein ebenso prächtiges Gewehr wie das des Mannes ruhte auf ihrem Arm. Schon von weitem hatten der Mann und die Frau von ihren riesigen

Tieren aus den Reiter entdeckt, der genau auf der Mittellinie der Straße stand. Doch nichts in ihren Bewegungen verriet es. Sie ließen ihre Tiere im gleichen Schritt weiterlaufen. Ihre Züge blieben unbewegt. Ja sie wechselten nicht einmal einen Blick miteinander. Uros spielte dasselbe Spiel. Er tat ebenso unbeteiligt und gleichgültig. Zwar glaubte er nicht einen Augenblick lang, die beiden täuschen zu können. Doch bei einem solchen Spiel war es weniger wichtig, daß der andere daran glaubte, als daß Brauch und Sitte Genüge getan wurde, daß Ehre und Würde gewahrt blieben. Und so wartete er, den Blick starr geradeaus gerichtet, auf der Mitte der Straße, aufrecht und unbeweglich wie eine Statue.

Plötzlich blieben die beiden Tiere dicht nebeneinander stehen. Und über ihnen ertönte eine scharfe, rauhe Stimme:

»Friede sei mit dir!«

Erst in diesem Augenblick hob Uros den Kopf, und seine schmalen Augen begegneten denen des Mannes mit der breiten Narbe. Er antwortete:

»Friede sei mit dir, Herr dieses mächtigen Stammes, und gleichermaßen mit den Deinen.«

Mit keinem Wort wandte er sich an die Frau; ja er drehte ihr halb den Rücken zu, um deutlich zu zeigen, daß er ihre Existenz ignorierte. Wenn es den großen Nomaden gefiel, ihre Frauen wie ihresgleichen zu behandeln, schön, dagegen konnte er nichts tun. Doch ein Tschopendos, Sohn und Enkel eines Tschopendos, konnte nicht das eherne Gesetz vergessen.

Der Paschtunfürst schwieg. Uros ebenfalls. Sein Fieber stieg wieder, und sein Bein schmerzte entsetzlich. Er konnte sich kaum noch aufrecht auf Jehol halten. Plötzlich traf ihn ein harter Gegenstand heftig in die rechte Seite. Überrascht wandte er sich um.

Er fand sich der Frau mit dem Gewehr gegenüber, die ihn, wie eine Amazone auf ihrem scharlachroten Sattel sitzend, weit überragte. Wie beiläufig legte sie ihr Gewehr wieder an den gewohnten Platz zurück.

Mit dem Kolben hat sie mich geschlagen, dachte Uros. Und mit einer fast übermenschlichen Anstrengung brachte er es fertig, seine Wut nicht zu zeigen. Denn — wie hätte er sich an ihr rächen können? Sie saß viel zu hoch, als daß er sie mit seiner Peitsche hätte erreichen können. Und dem Ohnmächtigen gebot die Ehre, sich durch seine Gelassenheit über die angetane Beleidigung zu stellen. Die Frau mit dem Gewehr — ihre Stimme war härter und hochmütiger als die ihres Mannes — fragte ihn:

»Was stehst du da 'rum und atmest unseren Staub ein?«

Uros ließ Jehol brüsk wenden, so daß das Pferd der Herrin der Karawane sein Hinterteil zudrehte. Und er antwortete nicht ihr, sondern dem Herrn der Paschtuns:

»Ich warte, bis mein Weg frei ist«, erwiderte er.

Der große Nomade warf einen raschen Blick auf die riesige Herde, die unaufhaltsam auf sie zutrieb. Dann sah er wieder auf Uros und sagte:

»Weshalb bist du denn nicht, als du uns kommen sahst, auf den einzigen Weg gegangen, der dir offen stand, nämlich den unteren?«

»Mein Weg ist stets oben«, sagte Uros.

Das Gesicht des großen Nomaden blieb immer noch ausdruckslos.

»Willst du etwa ...«, sagte er.

Ohne seinen Satz zu beenden und den Kopf zu wenden, machte er eine große Geste, die seiner Herde galt, und fuhr fort:

»Nicht einmal meine Krieger brauche ich zu rufen. Ein paar

Schritte weiter, und ihr beide, du und dein Pferd, seid nur noch ein Teppich für meine Kamele.«

»Gewiß, das kannst du tun. Und gerade deshalb schuldest du einem Mann, der allein und unbewaffnet ist, den freien Durchgang.«

»Auf dem oberen Weg?« fragte der große Nomade.

»Bin ich nicht schon darauf?« erwiderte Uros.

Die Frau richtete sich auf. Ihre Silberreifen und Ketten klirrten. »Du hast jetzt lang genug auf ihn gehört«, rief sie ihrem Mann zu. »Wenn er verrückt ist, so möge Allah ihn beschützen!«

Die Augen des großen Paschtuns waren fest auf Uros gerichtet. »Du hast einen Augenblick – einen einzigen –, um die Straße zu verlassen«, sagte der Herr des Stammes. Doch da geschah etwas ganz und gar Unvorhergesehenes. Die Kameltreiber der Vorhut, die, je zwei in einer Reihe, dem Chef und seiner Frau unmittelbar folgten, hatten sehr wohl gesehen und begriffen, warum sie stehengeblieben waren, und hatten ihre Tiere ebenfalls angehalten. Auch die dicht dahinter Reitenden waren ihrem Beispiel gefolgt, obwohl sie schon nicht mehr sahen, was vorne vor sich ging. Doch wegen der allzu großen Entfernung konnte der größte ihnen nachfolgende Teil der Karawane mit der riesigen Herde nicht wissen, daß die Vorhut haltgemacht hatte. Kameltreiber, Reiter, Fußgänger liefen weiter; nichts ahnend trieben die Schäfer und Hunde ihre Herde an. Und so kam es, daß einer den anderen vorwärts schob und stieß und sich schließlich auch die beiden Kolosse aus Baktrien von hinten bedrängt sahen.

Zunächst blieben sie standhaft. Ihre Herren hatten ihnen noch nicht bedeutet, daß es weitergehen sollte. Und eine Weile gelang es ihnen auch, Widerstand zu leisten. Doch das Beharrungsvermögen dauerte nur ein paar Sekunden — gerade so lange wie das Gespräch des großen Nomaden mit Uros. Dann begannen die beiden Riesen langsam nachzugeben... Sachte glitten sie vorwärts, auf das Pferd und seinen Reiter zu, die immer noch, ohne sich zu rühren, vor ihnen standen. Von hinten gestoßen und getreten, durch den Tumult nervös gemacht, von dem Gebimmel der tausend Glöckchen betäubt, waren die beiden Kamele nicht mehr fähig, die Befehle ihrer Herren auch nur zu verstehen. Wütend schrien sie auf. Gegen irgend jemand mußte sich ihr Zorn wenden, und wer wäre da ein besseres Objekt gewesen als das zwergenhafte Tier und sein Reiter: ein unbedeutendes Hindernis, das man zerstampfen konnte. Und unaufhaltsam näherten sie sich Uros und Jehol.

Der Reflex des Pferdes war rascher als Uros' Überlegung. Das Pferd haßte die beiden Ungeheuer. Der Geruch von Henna, den er nicht kannte, ihre Glöckchen und Federbüsche, ihre spuckenden Mäuler — all das hatte Jehol sogleich gegen sie eingenommen. Und als sie nun zum Angriff übergehen wollten, war er der Schnellere. Sein Wiehern klang so laut und schrill, daß es die Stimme der Feinde übertönte, gleichzeitig wich er ein Stückchen zurück, um mehr Anlauf zu haben, und bäumte sich auf. Dieses Tier, das sich plötzlich vor ihnen aufrichtete und dadurch fast so groß war wie sie selbst, sein lautes, zorniges Wiehern, seine schnelle Reaktion, all das verwirrte die beiden Kolosse von Baktrien, so daß sie einen Augenblick wie fassungslos stehenblieben. Im gleichen Augenblick warf sich das Pferd mit einem Sprung gegen sie. Und trotz ihrer Größe und ihres Gewichts wurden sie ängstlich und wichen beiseite.

Uros, der sich fest gegen Jehols Hals preßte, merkte, wie sich in der lebendigen Mauer vor ihm plötzlich ein Spalt öffnete und das Pferd vorwärts drängte. Sein Bein schürfte an den Flanken der Tiere entlang, und seine Wunde schmerzte bei dieser heftigen Berührung so unerträglich, daß er sich kaum noch im Sattel halten konnte. Und als er sich jetzt einer neuen Kamelkolonne gegenüber sah, die ihm ebenso unerbittlich den Weg versperrte, dachte er: Und wenn schon! Wenn sie mich töten, dann jedenfalls mitten auf dem Höhenweg!

Als Jehol die riesige Herde vor sich erblickte, die ihm wie ein unüberwindbarer Wall erschien, bäumte er sich erneut auf. Doch nur einen Augenblick lang, dann fiel er wieder zurück: sein Atem ging stoßweise und röchelnd. Vor ihm, nur einen Schritt von ihm entfernt, die unzähligen Kamele, die, wütend über den Angreifer, schrille Kampfschreie ausstießen. Neben ihm zu beiden Seiten die Kolosse von Baktrien: nirgendwohin konnte er ausweichen, von allen Seiten sah er sich eingeschlossen.

Der Verband war von Uros' gebrochenem Bein abgerissen, die faulende, schwärzlich angelaufene Wunde mit den herausragenden Knochen lag frei. Der Fürst der großen Nomaden sah sie und sagte:

»Ein Mann in deiner Verfassung ist kein würdiger Gegner. Geh . . .! Ich schone dich um deiner Verletzung willen.«

»Und ich um deines Pferdes willen«, rief die Frau mit dem Gewehr. »Geh!«

Der Nomade drehte sich um, rief einen Befehl und trieb sein Tier an. Seine Frau folgte ihm... Die Krawane zog weiter. Und vor Jehol öffnete sich eine schmale Gasse zwischen den federgeschmückten Kamelen. Der Befehl des Fürsten pflanzte sich von Reihe zu Reihe fort. Und Uros ritt auf dem Höhenweg weiter...

»Heb mich hoch«, bat Sereh.
Sie hatten beide das Pferd und seinen Reiter aus den Augen verloren. Als die Karawane sich wieder in Bewegung setzte, wußten sie noch nicht, was geschehen war. Mokki umfaßte Sereh und hob den schmalen Körper mühelos hoch. Und Sereh sah, wie mitten durch die Herde in entgegengesetzter Richtung ein einsames Pferd mit seinem Reiter lief.
»Er ist es!« rief Sereh. »Er reitet auf dem oberen Weg.«
»Etwas anderes hätte er nicht angenommen...«, sagte Mokki.
Sereh glitt mit einer raschen katzenhaften Bewegung zu Boden.
Ihre Augen glühten vor Zorn.
»Du bist auch noch stolz auf ihn, wie?« rief sie. »Selbst wenn das Pferd dabei umkommt?«
»Jehol ist nichts passiert; er trägt ja Uros«, sagte der Sais.
»Bis jetzt nicht«, erwiderte Sereh.
Sie waren wieder auf die Straße gegangen, um Uros einzuholen. Die kleine Nomadin hatte jetzt keine Angst mehr: das Paar an der Spitze, vor dem sie sich am meisten fürchtete, war hinter einer Staubwolke verschwunden. Jetzt kamen Männer und Frauen vorbei, deren Kleidung und Benehmen ihr vertrauter waren. Mit ihnen zog die Herde. Und so versuchten sie, sich hindurchzuschlängeln, wichen bald hier einem Huf, bald dort einem Maul oder einem Horn aus, von Hunden verfolgt und von Schäfern zu Pferd mit ihren Peitschen bedroht. Allmählich jedoch lichtete sich die Herde. Noch ein paar vereinzelte Nachzügler — und sie hatten es geschafft. Rennend erreichten sie Uros und Jehol gerade in dem Moment, als diese aufatmend stehenblieben: der Weg vor ihnen war frei; hinter ihnen verebbte langsam der Lärm der Karawane.

»Oh, Sereh«, flüsterte Mokki, »bei Allah dem Barmherzigen, sieh dir sein Bein an.«
Die kleine Nomadin betrachtete die blutende, eitrige Wunde und antwortete:
»Er ist zu dicht an den Tieren vorbeigeritten.«
»Kannst du jetzt gleich etwas für ihn tun?« fragte Mokki
»Ja«, antwortete Sereh. Doch noch bevor der Sais etwas zu ihm sagen konnte, rief Uros:
»Ich habe verstanden« — und trieb Jehol wieder an.

Als der Tag sich neigte, erreichten sie die Karawanserei, die etwas abseits von der Straße an einer Felswand lag. Ein kleiner Fluß umgab sie von drei Seiten, und wenn sie auch nicht sehr groß war, so umschlossen sie doch festgefügte, dicke Mauern, die den eisigen Winden trotzten. Zwei Batschas mit Fackeln begrüßten die Reisenden schon im Hof.
Der ältere fragte Uros nach der üblichen Begrüßung:
»Willst du mit den anderen Gästen zusammen schlafen, oder ziehst du es vor, mit deinen Dienern ein Zimmer für dich allein zu haben?«
»Ich will allein sein«, erwiderte Uros langsam. »Ich und mein Pferd.«
Der Batscha ergriff Jehol am Zügel und führte sie zunächst durch den großen Schlafsaal, der bemerkenswert sauber und ordentlich war. Jeder hatte hier seinen eigenen Platz für sich und seine Tiere. Eine Petroleumlampe mit saubergeputztem Glas spendete ausreichend Licht. Dann kam ein breiter Flur, von dem aus man in einen Raum mit gewölbter Decke gelangte, der so groß war, daß mehrere Personen darin schlafen konnten, und so hoch, daß ein Pferd bequem Platz fand. Gleich beim Eingang stand ein volles Wasserbecken

und ein Trog mit frischem Heu. Hinten an der Wand lagen Strohballen, die als Liegestatt dienten.
Mokki half Uros, sich auszustrecken: Im Licht der hellen Lampe sah seine Wunde erschreckend aus, und der Batscha wich vor ihrem Geruch angewidert zurück. Sereh sagte flüsternd zu Mokki:
»Bitte ihn um etwas heißes Wasser und frische Tücher.«
Der Sais gehorchte. Nicht einmal einem jungen Batscha in einer Karawanserei konnte eine kleine Nomadin einen Befehl geben. Sereh wusch die Wunde. Dann öffnete sie ihr Bündel, um eine Salbe herauszunehmen. Doch plötzlich fuhr ihre Hand von einem Peitschenhieb getroffen zurück.
»Keine Salben, Puder oder Kräuter mehr«, sagte Uros kaum hörbar mit zusammengepreßten Lippen. Und zu dem Batscha gewandt, fuhr er fort:
»Batscha... schwarzen Tee... sehr stark... sehr süß... sofort...«
Der kleine Diener lief hastig hinaus.
»Mokki – morgen – beim Morgengrauen – wickle mein Bein – jetzt geht hinaus – alle beide...«
Im Flur trafen sie den Batscha, der gegen die Wand gelehnt horchte.
»Sag mir, sag mir«, fragte er Mokki flüsternd, »er wird doch nicht sterben? Das wäre das erste Mal hier...«
»Nein, ich verspreche es dir«, erwiderte der Sais, »er ist nur sehr erschöpft, der Tee wird ihm neue Kräfte geben.«
»Wir haben immer zwei Samoware mit kochendem Wasser«, rief der Batscha. »Gleich wird er ihn bekommen!«
Sie kamen in den großen Schlafsaal. Eine einzige Lampe brannte jetzt noch. Menschen und Tiere schliefen schon auf dem sauberen Steinboden, jedes an seinem Platz.
»Der Wirt hier«, sagte Sereh, »muß ein tüchtiger Mann sein.«

»O ja«, sagte der Batscha. »Er ist nicht viel älter als ich. Doch seine Mutter, eine Witwe, kümmert sich um alles.«
Mokki stand unschlüssig und schüchtern neben Sereh. Jetzt, da er allein mit ihr war, bemächtigte sich seiner eine brennende Unruhe. Obgleich es ihn zu etwas ganz anderem drängte, fragte er sie leise:
»Wollen wir schlafen gehn?«
Sie sagte nichts. Mokki fuhr fort — und der falsche Ton seiner Stimme strafte ihn Lügen:
»Du mußt doch schrecklich müde sein? Komm!«
Die junge Frau ergriff ihn bei der Hand, und ohne etwas zu erwidern, zog sie ihn hinaus. Auf dem äußeren Hof der Karawanserei brannte noch eine Lampe über dem Tor, doch ihr Licht war gedämpft. Sereh preßte sich eng an Mokki.
»Mein großer Sais«, sagte sie, »mein großer Sais, den ganzen Tag habe ich auf diesen Augenblick gewartet.« Plötzlich erschraken sie. Die Stimme einer Frau unterbrach das schweigende Dunkel.
»Genug!« rief sie laut und streng.
Mokki und Sereh blickten auf. Da entdeckten sie über der Laterne ein langes schmales Fenster, eine alte Schießscharte. In dem rauchigen Licht des in geschmolzenes Hammelfett getauchten Dochtes sahen sie dahinter eine unförmige Gestalt stehen: in Schwarz gehüllt mit einer ebenfalls schwarzen Kapuze, die ihr ganzes Gesicht bedeckte. Nur ihre Augen waren sichtbar. Mokki flüsterte:
»Ein Gespenst, Sereh ...«
»Hab keine Angst«, erwiderte sie leise. »Das ist die Herrin der Karawanserei, die Witwe, die wacht.«
Die Stimme unter der Kapuze sprach:
»Bei mir ist kein Platz für derlei schmutzige Dinge! Geht woanders hin!«

Mokki zog Sereh hastig zu dem großen Hoftor. Doch auf der Schwelle wandte die kleine Nomadin sich um, machte mit drei Fingern ein Zeichen der Verwünschung und des Zornes und murmelte:
»Die Pest über dich, altes prüdes Frauenzimmer. Trägst wohl den Tschador auch noch des Nachts? Bist ja nur neidisch, du alte Hexe, auf die jungen Frauen, die noch mit einem Mann und nicht mit einem Mantel schlafen!«
Draußen zitterte Sereh im eisigen Wind. Mokki öffnete seinen Tschapan, zog sie an sich und hüllte sie darin ein. Sie gingen hastig weiter. Als sie an den Fluß kamen, hob Mokki Sereh hoch und sprang mit einem Satz hinüber. Sie liefen durch dichtes rauhes Gestrüpp, Dornen stachen sie, doch sie merkten es nicht. Endlich fühlten sie, wie der Boden unter ihren Füßen weicher wurde. Das Gesträuch lichtete sich etwas, und sie fanden ein schmales Stück Gras. Sereh zog Mokki auf dieses vereiste Lager nieder...
Danach spürten sie beide undeutlich, daß ihre Beziehungen zueinander nicht mehr ganz dieselben waren. Zu der körperlichen Lust und Begierde war etwas anderes gekommen: das Vertrauen, die Sicherheit, die Freundschaft. Sie begannen wieder die eisige Kälte zu spüren, doch noch erwärmten sich ihre beiden Körper gegenseitig, so gut es ging. Sereh strich sanft über Mokkis Brust. Ihre Finger streiften sein Hemd und die Löcher in dem zerschlissenen Stoff. Und da, zum ersten Mal in ihrem Leben, regte sich in ihr ein fürsorgliches Gefühl für einen anderen. In diesem rissigen Stoff berührte sie die Ungerechtigkeit der Welt. Warum, so fragte sich Sereh mit einer Zärtlichkeit, die fast weh tat, warum muß es so sein, daß der Beste aller Menschen nur Lumpen trägt, während andere... Und Sereh sagte plötzlich mit sehr ruhiger Stimme:

»Du mußt dieses Pferd haben.«

Mokki antwortete fast automatisch, wie im Traum:

»Jehol gehört mir erst, wenn Uros stirbt.«

»Warum?« fragte Sereh.

»Das Testament«, erwiderte Mokki.

»Was für ein Testament«, rief die junge Frau. »Rasch, erzähle!«

Und Mokki berichtete ihr alles. Sereh hatte sich halb aufgerichtet, und als er geendet hatte, froren beide so sehr, daß sie aufstanden und langsam zur Karawanserei zurückkehrten.

»Tot oder lebendig«, sagte Sereh, »wir werden schon eine Gelegenheit finden, das Pferd zu entführen.«

»Ohne das Testament wird man mich bestrafen«, erwiderte der Sais.

»Warum sollte man dich entdecken?« fragte Sereh.

»Alle Welt kennt diesen edlen Hengst«, rief Mokki; doch Sereh erwiderte zweifelnd:

»Alle Welt? Wo denn?«

»Überall«, sagte Mokki. »In Maimana und in Masar-i-Scharif.« Sereh lachte leise und zärtlich.

»Für dich besteht die ganze Welt aus deinen entlegenen Steppen. Doch das Land der Afghanen ist endlos. So weit die Füße uns tragen, von Tal zu Tal, von Gebirge zu Gebirge, von einer Grenze zur anderen können wir gehen, ohne daß dich oder dein Pferd irgend jemand erkennt...«

»Nein...«, flüsterte der Sais. »Ich kann nicht. Ohne das Testament hätte ich zu große Angst.«

Sereh streichelte ihn zärtlich.

»Wir können das Testament ja auch mitnehmen«, sagte sie.

»Und wovon wollen wir leben?« fragte Mokki leise.

»Du wirst in Reiterspielen gewinnen.«

»Das Buskatschi spielt man nur bei uns«, rief Mokki. Sereh lachte wieder und sagte sanft:
»Bist du immer noch in deiner Steppe? Es gibt andere Spiele zu Pferd als das Buskatschi. Und mit diesem Hengst wird ein solcher Reiter wie du immer gewinnen ...« Sie schwieg einen Augenblick und fuhr dann ganz versunken fort:
»Ja, gestern in der Tschaikhana sahst du aus wie ein Prinz ...« Und nachdenklich fügte sie hinzu:
»Natürlich müssen wir mit so einem Pferd auch vornehme Kleider tragen, um nicht zu sehr aufzufallen. Doch das werden wir schon schaffen: Du bist stark, ich bin geschickt. Wir werden arbeiten und jeden Afghani sparen. Und dann ...«
Aus ihrer Stimme klang plötzlich eine unterdrückte Leidenschaft. Der Traum ihres Lebens — jetzt würde er sich vielleicht erfüllen.
»Hör zu, wenn du von hier aus immer weiter gen Westen gehst, wirst du nach vielen Tagen ein Land erreichen, das Hasaradschat heißt: ein Land voller Berge und weiter Täler. Für Fahrzeuge mit Rädern führt dorthin keine Straße. Aber Weiden gibt es dort, fette grüne Weiden ... Ich hab sie nie gesehen, aber ich weiß es ...«
Sie waren dicht vor der Karawanserei stehengeblieben. Und Sereh fuhr fort:
»Während fast sechs Monaten ist diese Gegend von Mensch und Tier verlassen. Der Schnee bedeckt alles ... Doch im Frühjahr grünt und blüht das ganze Land. Die Blumen wachsen dort bis zum Fuß der Berge und noch lange in den Sommer hinein. Und wenn der Winter vorbei ist, ziehen Woche für Woche die Karawanen, eine nach der anderen, in diese Täler. Die Paschtuns ... Jedes Jahr führen die großen Nomaden ihre Herden im Hasaradschat auf die Weide. Und wenn sie alle dort sind, dann — hör zu, großer Sais — dann

veranstalten sie ein prächtiges Fest, einen riesigen Jahrmarkt. Die stolzesten Stämme, in herrlichen Kleidern – fünfzig, hunderttausend sind es, was weiß ich – mit ihren Zelten, ihren Teppichen, ihren kostbaren Waffen ... Lauten- und Tamburinspieler, Tänzer, alles gibt es dort ... Und auch wir werden da sein, furchtlos mitten unter den großen Nomaden, in unseren schönen neuen Kleidern, auf dem edelsten Pferd der Welt, du, der größte, der stärkste, der beste Reiter ... Und alle, alle werden uns beneiden ...«
Serehs flüsternde, drängende Stimme und ihre warme Nähe unter seinem Tschapan berauschten Mokki so sehr, daß er nur noch an eins dachte: seiner Geliebten diese herrliche Zeltstadt zu Füßen zu legen. Er beugte sich über sie und flüsterte leise:
»Komm, wir holen Jehol.«
Sereh nahm das Gesicht des Sais zwischen ihre beiden Hände und verharrte lange, lange unbeweglich, ihre Lippen auf die seinen gepreßt.
Die Laterne im Hof verbreitete nur noch spärliches Licht. Ein Blick auf das schmale Fenster beruhigte die beiden: es stand niemand mehr dort.
»Und wenn nun der Lärm die Witwe weckt und sie sieht, daß ich Jehol wegführe?« fragte Mokki.
»Dann antwortest du«, flüsterte Sereh, »daß du das Pferd auf Befehl deines Herrn im Fluß waschen willst.«
Leise gingen sie durch den großen Saal und blieben auf der Schwelle von Uros' Zelle stehen. Er rührte sich nicht. Sein Gesicht glich dem eines Toten.
»Kümmere dich um das Pferd«, sagte Sereh mit fast geschlossenen Lippen. »Ich habe die leichtere Hand von uns beiden, ich nehme das Testament.«
Mokki band Jehol los und ließ ihn aufstehen. Der Hengst

schnaubte kaum und leckte Mokkis Gesicht. Sereh beugte sich über Uros, tastete mit ihren Händen vorsichtig nach dem gefalteten Papier auf seiner Brust, ergriff es ...
»Um es zu besitzen, müßt ihr mich erst töten«, sagte da Uros mit ruhiger Stimme.
Sereh schrie leise auf. Und Mokki hielt sich an Jehols Mähne fest. Seine Knie wollten ihn nicht mehr tragen.
»Binde Jehol wieder an«, befahl ihm Uros. »Und bleibe bei ihm. Morgen früh wirst du dich um mein Bein kümmern. Die Dirne soll rausgehen. Sofort!«
Sereh floh. Und Uros fühlte sich wie bei Beginn eines großen Buskatschis: hellwach und unerbittlich.

V
Roter Blitz und gefleckter Satan

Schon stand die Sonne im Zenit. Bei Morgengrauen waren sie aufgebrochen und folgten nun dem zwar ständig ansteigenden, doch breiten und bequemen Weg, der an Pappelwäldchen, kleinen Weizen- und Bohnenfeldern und manchmal an Weinbergen entlangführte. Überall floß Wasser: kleine Bäche, Flüsse, schmale Rinnsale, und selbst auf dem steinigen Boden wuchs dichtes Gras. Die Straße belebte sich zusehends, und ab und zu kamen sie durch winzige Dörfer mit ein paar Lehmhütten.

Mokki lief gesenkten Hauptes voran. Er schämte sich entsetzlich, und in Gedanken wiederholte er unablässig: Verzeih, o verzeih mir, Sohn des Tursehn. Ein böser Dämon hat mich getrieben, daß ich dich bestehlen und hilflos zurücklassen wollte. Ein Mörder bin ich, ja, ein Mörder! Nie mehr, nein, nie mehr, bei Allah, will ich — nicht einmal in Gedanken — dem Mann, der mir Sereh wiedergeschenkt hat, Böses tun. Oft drehte er sich um und suchte mit seinem Blick die Nomadin. Sie ging gesenkten Kopfes hinter Jehol; doch ihre ganze Haltung war eigensinniger denn je ...

Als die Sonne sank, kamen sie zu einer tiefen Schlucht, die schon vor Urzeiten der Fluß von Bamian gebildet hatte. Dort blieben sie stehen.

Die sinkende Sonne tauchte die Felsen, zu deren Füßen das Wasser rauschte, und die hohen Ruinen der alten befestigten Stadt auf dem Gipfel des Berges in flammendes Rot.

»Allah, o Allah!« sagte Uros.

»Du Allmächtiger!« rief Mokki.

»Du Barmherziger!« flüsterte Sereh.

Lange standen sie andächtig da.

Dann trieb Uros Jehol vorwärts, auf der von unzähligen Füßen und Hufen ausgetretenen Piste, zwischen Wasser und Gebirge. Ihr Weg führte immer noch bergan, an dem reißenden Fluß entlang. Endlich wurde er ebener, und das Wasser floß ruhiger dahin. Und mit einem Male breitete sich vor ihnen das Tal von Bamian aus. Wieder blieben die Reisenden stehen. Eine riesige Oase lag vor ihnen: in dieser Höhe von fast dreitausend Metern erschien sie ihnen wie ein Wunder. Blitzende Wasserläufe durchzogen sie, überall waren kleine verstreute Dörfer: Wälder, Felder, Gärten und Obstpflanzungen bedeckten das grüne, fruchtbare Tal. Friedliche Herden, die ihre Schäfer heimwärts trieben, zogen des Wegs und Karawanen, die langsam der Nacht entgegenzogen, um irgendwo zu kampieren. Rauch stieg aus den von den Bäumen noch verdeckten Häusern. Sie näherten sich Bamian und liefen nun rascher: der Wunsch, so bald wie möglich ein Wirtshaus zu finden, wo sie sich endlich ausruhen konnten, trieb sie trotz ihrer Erschöpfung vorwärts.

Doch noch einmal blieben sie stehen: in der Felswand, an der ihr Pfad entlangführte, entdeckten sie plötzlich eine riesige Öffnung: nicht die Natur, sondern Menschenhand mußte sie geschaffen haben. Sie hatte die Form eines Vierecks und wurde von einer Art Kuppel überdacht. Hinten im Dunkel gegen die Wand gelehnt saß ein riesiges Wesen. Der Körper füllte die ganze Höhle aus, er war so hoch wie drei Wachttürme übereinander. Der Kopf allein nahm die ganze Kuppel ein. Sein Oval war sanft und rund und trug kein Gesicht. Die Stirn jedoch leuchtete lebendig im Halbdunkel der Nische. Uros, Mokki und Sereh wußten — denn schon seit Jahrhunderten berichteten Geschichtenerzähler, Reisende

und Karawanenführer in allen Teilen Afghanistans davon, daß es in Bamian riesige Standbilder gab, die man zu Ehren eines alten Gottes — so hieß es — mit Namen Buddha errichtet hatte.
»Allah, Allah allein ist wahr!« rief Uros.
»So ist es, so ist es«, antworteten Mokki und Sereh gemeinsam.
Und die drei — Ameisen am Fuß dieses Riesen — setzten ihren Weg fort. Gleich darauf kam hinter einem Pappelhain das Dorf in Sicht.
Die Häuser — niedrige Würfel aus gekalktem Stroh mit Lehm — standen alle in einer Reihe, entlang der Straße: Handwerksläden und Geschäfte. Die Herberge war leicht zu finden; sie war sehr viel größer und geräumiger als die gewöhnlichen Tschaikhanas und bot auch mehr Bequemlichkeit. Uros bekam einen Raum für sich allein und Jehol einen Platz im Stall.
»Ich verlange, daß man über mein Pferd wie über einen Prinzen wacht«, sagte Uros zu dem Wirt. Dann schlief er fast augenblicklich ein. Diese Nacht war sein Schlaf sicher... doch so bald würde er nicht wieder so behütet sein...
Der Sais fand Sereh an die Mauer der Herberge gelehnt, dort, wo die Terrasse endete. Mokki setzte sich neben sie, ohne sie zu berühren. Leute des Dorfes spazierten gemächlichen Schritts vorbei. In einem benachbarten Haus ertönte aus einem uralten Grammophon ein monotones Lied auf einer gesprungenen Platte.
»Ich bin im Stall gewesen«, flüsterte Sereh. »Ein großer Batscha schläft neben Jehol... heute nacht können wir es nicht versuchen.«
»Und auch nicht in der nächsten. Nie mehr, in keiner Nacht«, sagte Mokki.

»Hast du solche Angst«, flüsterte Sereh, »weil wir gestern kein Glück gehabt haben?«
Mokki schüttelte heftig den Kopf.
»Das gestohlene Pferd würde mir kein Glück bringen«, erwiderte er.
Sereh lachte leise und streichelte flüchtig Mokkis Arm unter dem Ärmel des Tschapans.
»Ich kenne alle Beschwörungen gegen das Unheil ...«
»Nein, nein, der Prophet ist mein Zeuge«, rief Mokki laut.
»Beruhige dich, großer Sais«, sagte Sereh. »Du allein hast zu befehlen und zu entscheiden. Wer bin denn ich? Nur eine kleine Nomadin.«
Und Mokki glaubte ihren sanften Worten und fühlte sich erleichtert. Sereh schlief im Mägderaum, und Mokki legte sich im Stall auf das Stroh. Der kräftige Batscha trennte ihn von Jehol, und er war froh darüber.
Der Mond schien über die Felsen, und sein Licht fiel auf die Höhlen mit den riesigen Statuen. Im Haus nebenan spielte das Grammophon noch immer dieselbe gesprungene Platte.

Mokki erhob sich beim Morgengrauen. Er wusch sich in einem der tausend kleinen Wasserläufe, die die Oase durchzogen. Das eiskalte Wasser war so frisch und rein wie die Luft. Und als die Sonne sich erhob, kniete er zum Gebet nieder: ruhigen Herzens und reinen Gewissens. Allahs Gnade war so unermeßlich wie die Schönheit der Welt.
Er bekam Hunger und Durst und eilte in die Küche, um sich Tee und frisches Brot zu holen. Zu dieser frühen Stunde erwartete er dort höchstens einen gähnenden Batscha neben einem halberkalteten Feuer anzutreffen. Doch wie groß war sein Erstaunen, als er das ganze Personal der Herberge, Männer und Frauen, schon eifrig bei der Arbeit fand. Die einen

füllten die riesigen, roten Kupfersamoware mit glühenden Kohlen, andere kneteten und rollten den Teig. Wieder andere stellten Teller und Tassen auf die Tabletts, kochten ganze Reisberge, buken unheimliche Mengen von Kuchen, öffneten riesige Melonen, füllten Schalen mit saurer Milch, legten Weintrauben und Mandeln in die Fruchtkörbe, zerbrachen unzählige Eier über einer Schüssel, nahmen das Geflügel aus und schnitten Fleisch- und Fettstückchen, die sie auf Eisenspieße steckten.

»Heute ist großer Markt«, rief einer der Batschas Mokki zu. »Zweimal in der Woche findet er hier statt.«

»Ach so«, erwiderte Mokki.

Der Lärm betäubte ihn. Er erblickte Sereh mitten unter den anderen Frauen geschäftig bei der Arbeit. Ihre Blicke wanderten gierig von den Fleischbergen zu den vollen Milchschüsseln, vom Palaoreis zu dem Kuchen und den Süßigkeiten. Noch nie hatte sie so viele Köstlichkeiten gesehen. Mokki wagte nicht, sie zu begrüßen. Sobald er seinen Tee bekommen hatte, ging er auf die Terrasse. Auch dort war er nicht der erste. Händler packten schon ihre Waren aus und stellten sie auf: alte Uhren, riesige Schlösser und Schlüssel, kleine kindliche Tonfiguren aus Istalif, die — ockerfarben, braun oder blau — Löwen, Ziegen, Hähne, Männer auf Pferden oder Kamelen darstellten. Auch ein blinder Musiker, der sein Saiteninstrument stimmte, war dabei: sein junger, etwa zehnjähriger Begleiter schlief daneben, den Kopf an ein Tamburin gelehnt.

Auf der alten Straße von Bamian — der Hauptstraße des Dorfes — trieben Schäfer ihre Ziegen, Esel, Schafe und Maulesel an; andere führten in das Dorf Kamele, die mit Teppichen und Stoffen beladen waren. Eine Dschat-Familie kam gerade vorbei: dem Chef des Clans folgte an einer Kette ein

Bär vom Himalaja. Die Frauen trugen auf ihren Schultern kleine Affen, die aus Indien stammten. Mokki betrachtete entzückt die wechselnden Bilder, die sich ihm boten. Viele Leute eilten von überall herbei: Bauern, Händler oder Schausteller. Die Stände und Buden füllten sich zusehends, und das Vieh hatte kaum noch Platz im Dorf.

Ein Batscha lief über die Terrasse und schrie:

»Der Sais des schönsten Pferdes, das im Stall steht! Der Sais des verletzten Reiters! Sein Herr verlangt nach ihm!«

Im Hof begegnete ihm Sereh. Die Augen der kleinen Nomadin leuchteten voller Gier.

»Hast du gesehen«, flüsterte sie, »dort auf dem Markt? Ich war nur einen Augenblick dort. Aber, o Allah, was für Stoffe, Kämme, Gürtel und Armreifen!«

Ihr Gesicht war von dem Wunsch nach all diesen Dingen wie verzerrt. Und der Sais, der sich noch nie in seinem Leben um Geld gekümmert hatte, fühlte sich plötzlich schuldig, weil er so arm war. Warum konnte er nicht der Frau, die er liebte, all diese Dinge zu Füßen legen? Und er sagte, ohne Sereh anzuschauen:

»Ich muß rasch zu Uros!«

In Uros' Zimmer war die Luft stickig und roch nach Fäulnis. Er selbst glühte vor Fieber.

»Wir brechen auf«, sagte er.

»Was, sofort?« rief Mokki.

»Sofort«, erwiderte Uros.

»Und unsere Einkäufe? Du weißt, wir haben nichts mehr, alles haben wir in dem schrecklichen Gebirge lassen müssen«, rief Mokki.

»Das können wir auch noch auf dem Weg machen«, erwiderte Uros. »Geh und sattle Jehol.«

»Aber es ist gerade Markt hier«, sagte der Sais.

»Was für ein Markt?« fragte Uros.

»Oh«, rief Mokki. »Er ist wundervoll! Alles gibt es da. Dschats, fahrende Musiker und Geschichtenerzähler; er ist riesengroß!«

Uros zuckte ungeduldig mit den Schultern. Dann fragte er barsch:

»Auch Tierkämpfe?«

»Ja«, rief Mokki, »gewiß. Ich habe zwei Widder gesehen, schreckliche Tiere. Der eine heißt ›gefleckter Satan‹ und der andere ›roter Blitz‹.«

»Gefleckter Satan und roter Blitz«, wiederholte Uros. Dann befahl er:

»Komm und hole mich rechtzeitig zum ersten Kampf.«

Am Ende des Dorfs führte ein leicht abfallender Weg zu einem Fluß. In seiner Nähe — dort, wo der Boden eben wurde — hatte man eine primitive Arena errichtet. In einem Halbkreis waren Pfähle aufgestellt, die die Grenze bildeten. Der Boden war mit dichtem, kurzem Gras bewachsen. Der gerade Zaun, der im Hintergrund den Platz abschloß, wies ein Tor auf. Einige verlassene Hütten, Weidenbäume, hohes Schilf und Pappeln verbargen den Fluß. Von der leicht abfallenden Straße hatte man eine gute Sicht auf das Feld. Am Zaun lagen Kissen und Teppiche, die für die Ehrengäste oder andere hohe Persönlichkeiten bestimmt waren. Als Uros mit Mokki auf den Platz kam, fand er sich sogleich von einer dichten Menge umringt. Doch wie von selbst öffnete sich eine Gasse für ihn: dem Fremden schuldete man Gastfreundschaft, dem Verletzten Schutz. Und der Herr eines so schönen Pferdes und eines so kräftigen Sais konnte selbstverständlich höchsten Rang für sich in Anspruch nehmen. Mokki suchte sorgfältig einen Platz aus, auf dem man die

Sonne im Rücken hatte, hob Uros aus dem Sattel, stützte ihn mit einem Stapel Kissen und führte dann Jehol fort, um ihn so nah wie möglich anzubinden.
Uros bedankte sich höflich bei den beiden Männern, die auseinandergerückt waren, um ihm Platz zu machen. Sie waren beide — daran bestand kein Zweifel — gewichtige Persönlichkeiten.
Der links von ihm war ein dicker, offensichtlich gutmütiger und freundlicher Mann mit fächerförmigem grauem Bart: alles an ihm — der Stoff seines Gewandes, das Leder seiner Pantoffeln — verriet seinen Wohlstand. Der Mann rechts von Uros trug ein fleckiges Kleid, sein von Pockennarben entstelltes Gesicht hatte einen fast gehässigen Ausdruck, und der graue Kinnbart war struppig und ungepflegt. Dennoch begrüßte der Tschopendos ihn zuerst. Der grüne Turban — den nur die Pilger von Mekka tragen durften — erhob ihn weit über die Reichsten und Mächtigsten.
»O heiliger Mann«, sagte Uros zu ihm, »bis in meine entlegene Provinz werde ich das Lob des Hadj von Bamian tragen, der einem vorüberziehenden Reiter seinen Platz großmütig überlassen hat.«
»Wenn dein verfaultes Bein dich bis dahin noch am Leben läßt«, erwiderte der Mann mit dem grünen Turban in schneidendem Ton. »Da schau!«
Er deutete mit dem Finger auf den Himmel. Uros hob den Blick. Eine riesige Krähe flog gerade dicht über ihm: das unheilvollste aller Zeichen. In diesem Augenblick beugte der Sais sich über Uros, und sein Kopf verdeckte den schwarzen Vogel.
»Jehol geht es gut, und ich bin wieder da.«
Uros atmete erleichtert auf. Mokki hatte den bösen Fluch von ihm abgewandt.

»Brauchst du noch irgend etwas?« fragte der Sais.
»Nein«, erwiderte Uros, »es ist gut.«
Dann wandte er sich an seinen Nachbarn zur Linken und fragte:
»Würdest du Uros, dem Sohn Tursehns, deinen Namen nennen, damit er dich, wie es sich gehört, begrüßen kann?«
»Ich heiße Amdschad Khan«, antwortete der dicke Mann mit freundlicher Würde.
»Verzeih mir«, erwiderte Uros, »wenn ich dich erst so spät begrüße. Doch geschah dies — Allah ist mein Zeuge — weder aus Undankbarkeit noch aus Unhöflichkeit. Der heilige Mann, du hast ja gesehen, hat mich daran gehindert ...«
Amdschad Khan begann bei diesen Worten leise zu lächeln.
»Gib nicht so viel auf die Worte von Sahman Hadj, Sohn des Tursehn«, sagte er wohlwollend zu Uros. »Er schwätzt einfach so dahin, was ihm gerade durch den Kopf geht.«
»Die Stimme der Wahrheit«, bellte der Hadj.
»Alis Wahrheit, Alis Wahrheit«, wiederholte eine andere, eigentümliche, tiefe, rauhe und krächzende Stimme. Uros drehte sich um. Hinter den Pilger war — neben Mokki — ein Mann in schäbigen Lumpen getreten. Er war ebenso groß wie der Sais, doch klapperdürr.
»Ali, Ali«, rief die seltsame Stimme.
Uros dachte, diese Worte würden dem heiligen Märtyrerkalifen gelten, der in den Provinzen des Nordens fast ebenso verehrt wurde wie Mahomet selbst. Und er erinnerte sich an die große Moschee mit der himmelblauen Kuppel, die mitten in Masar-i-Scharif, der Hauptstadt der Steppe, ihm zu Ehren errichtet worden war.
Plötzlich lehnte er sich erschrocken in seine Kissen zurück. Dicht über ihm ertönte wieder dieser Flügelschlag ... Die

Krähe setzte sich krächzend auf den Kopf des dürren Mannes. Ihre Krallen und ihr Schnabel waren tiefrot gefärbt...
»Erschrick nicht«, sagte Amdschad Khan leise zu Uros. »Ihr Herr, Khossad, bestreicht sie mit Lack; er findet das besonders schön.«
»Ali... das ist also diese Krähe?« fragte Uros.
»Was kann ich dazu«, erwiderte Amdschad Khan seufzend.
»Khossad ist überzeugt davon, daß der Geist des großen Kalifen in diesem schwarzen Vogel lebt.« Und etwas leiser fügte er hinzu: »Du brauchst dir ja nur seine Augen anzuschauen... und wie spindeldürr er ist...«
»Hm«, meinte Uros, »ich verstehe: er nimmt Haschisch.«
»Nicht eine Zeile im Buch der Bücher verbietet es dem Gläubigen, sich von Kräutern zu nähren, wenn er will«, bellte Sahman Hadj.
Plötzlich kam die Menge um ihn herum in Bewegung: alle erhoben sich und grüßten. Auch Amdschad Khan. Nur Uros blieb sitzen, wegen seiner Verletzung, und der Hadj wegen seines grünen Turbans.
Ein noch junger Mann schritt durch die Menge. Er war europäisch gekleidet und trug ein Astrachan-Barett. Ein Polizeioffizier in Uniform folgte ihm.
»Der Chef des Distrikts gibt sich die Ehre«, sagte Sahman Hadj. »Dieser kleine Beamte wagt es, einen Mekka-Pilger warten zu lassen. Und er beeilt sich nicht einmal. Nein, er hat die Ruhe weg...«
»Warum diese Hast, heiliger Mann«, fragte ihn Uros.
»Ich bin hier wegen der Spiele«, rief der ungeduldig. Eine unterdrückte Leidenschaft klang mit einem Mal aus seiner Stimme; und in seinen bisher matten Augen glomm ein geheimes Feuer. Und weil offenbar der Pilger wie er von den Dämonen des Zufalls und des Schicksals getrieben war,

fühlte Uros sich plötzlich diesem widerwärtigen Mann näher als dem gütigen Amdschad Khan, der friedlich seine Kette aus Lapislazulisteinen durch die Finger gleiten ließ.
Der Distriktschef nahm neben Amdschad Khan Platz. Der Polizeioffizier zog seine Pfeife hervor. Die Türen der beiden zerfallenen Hütten, die am Eingang der Arena standen, öffneten sich beim ersten Pfiff. Und zwei mächtige Widder erschienen.

Der Distriktschef beugte sich zu Amdschad Khan hinüber und sagte:
»Zwei prächtige, starke Tiere, nicht wahr?«
Uros mußte ihm recht geben. Die beiden Widder waren gleich groß; das aschgraue Astrachanfell des einen war braun gestreift, das des anderen mit bläulichen Flecken durchsetzt, und beide hatten eine breite Stirn und mächtige, spindelförmig gewundene Hörner.
Sahman Hadj warf den Kopf zurück und sagte zu Khossad, der das Gefieder der Krähe streichelte:
»Sie sind verwöhnt und faul.«
Auch das stimmte. Keines der beiden Tiere versuchte, vor dem anderen durch die enge Tür in die Arena zu gelangen. Gesittet folgten sie einander. Und der erste war der, den sein Führer an den Hörnern zog.
»Oh, Gamal, du hast es eiliger als dein Tier«, riefen ein paar Leute aus der Menge scherzend.
»Und paß auf, Achmad, daß deins nicht einschläft.«
»Diese Widder halten die Kampfarena für einen Stall!«
»Widder... Widder... meint ihr wirklich? Ich habe schon Schafe gesehen, die sahen gefährlicher aus!«
Gamal und Achmad in ihren frisch gewaschenen weiten Hosen und Tuniken erröteten unter ihren sorgfältig ge-

knüpften Turbanen. Sie waren beide noch sehr jung. Und jeder begann, so laut er konnte, die Vorzüge seines Tieres zu loben:
»So intelligent, so stark wie zehn Widder zusammen! Im Kampf unbezwinglich! Tapfer wie kein anderes!« — »Setze auf mein Tier, und du wirst reich werden!« — »Das meine wird dir so viele Afghanis einbringen, wie es Wolle auf dem Rücken hat!«
Das alles war natürlich nur leere Prahlerei. Jeder wußte das, und die Schäfer natürlich auch. Doch bald wurden die Zuschauer von ihren leidenschaftlichen Rufen mitgerissen: sie wollten ja betrogen werden. Und so riefen sie stürmisch: »Zum Kampf, zum Kampf!«
Schon gab es die ersten Wetten. Und Uros ertappte sich dabei, wie er das Paket Geldscheine, das in seinem Gürtel steckte, immer wieder betastete. Wieviel Afghanis mochten es sein? Er wußte es nicht. Er zählte nicht gern nach. Jedenfalls war es eine ganze Menge. Osman Bey und Tursehn waren freigiebig gewesen, bevor er sich auf die Reise nach Kabul begeben hatte. Und in der Hauptstadt hatte er vor dem Buskatschi nicht die Zeit und auch keine Lust gehabt, Geld auszugeben.
Und nachher . . .
»Welchen der Widder wählst du?« fragte Uros seinen Nachbarn zur Linken.
»Keinen«, sagte Amdschad Khan mit einem entschuldigenden Lächeln. »Sie gehören mir beide. Ich möchte keinen Gewinn aus ihnen ziehen. Sie sollen den guten Leuten hier nur zur Belustigung dienen.«
»Glaubst du nicht, Fremdling«, ertönte da plötzlich die spöttische Stimme des Hadj, »daß die Afghanis eines frommen Mannes ebenso gut sind wie die des reichsten Khans?«

Uros betrachtete das Gesicht unter dem grünen Turban. Die Züge des Hadj verrieten Habgier und Anmaßung. Er will nicht nur mein Geld, er will mich obendrein auch noch demütigen, dachte Uros. Das Blut stieg ihm ins Gesicht. Er fühlte, wie das Spielfieber von ihm Besitz ergriff. Doch nicht um den Gewinn ging es ihm, sondern um den Kampf mit diesem Mann, der es wagte, ihn herauszufordern. Er nahm ein Bündel Geldscheine aus seinem Gürtel und warf es nachlässig vor sich hin. Sahman Hadj griff in die Falten seines Turbans, holte eine lange seidene Geldbörse hervor, zählte sorgfältig fünf Hundertafghanischeine ab und legte sie nebeneinander auf den Ehrenteppich, den er mit Uros teilte.
»Nun, ist der Einsatz dir recht?« fragte er Uros.
Dieser schob ihm sein zusammengeknülltes Geld zu, das der Hadj ordentlich auseinanderfaltete, glättete und zählte; ein paar überzählige Afghanis gab er Uros zurück, der sie, ohne sich umzudrehen, Mokki hinhielt:
»Amüsier dich damit«, sagte er zu ihm.
Die Schäfer hatten inzwischen ihre Lobeshymnen beendet, und Gamal führte sein Tier auf die rechte, Achmad auf die linke Seite der Arena.
»Wer darf sein Tier wählen?« fragte Uros.
»Der Gast«, erwiderte Sahman Hadj und verneigte sich höflich vor ihm.
Da Uros nicht das geringste von Widdern verstand, hätte er leicht auf dieses Vorrecht verzichten können. So bezeichnete er Gamals Tier, allein deshalb, weil es auf der rechten — der edlen — Seite stand.
Der Distriktschef hob seinen Arm. Und Achmad und Gamal schoben und stießen ihre Tiere von hinten in die Arena. Sehr gemächlichen Schrittes setzten sich diese in Bewegung. Nur langsam erwachte der Kampfgeist in ihnen.

Das wird kein gutes Spiel werden, dachte Uros. Sie sind nicht bösartig genug.
Schließlich glomm eine primitive Wut in den Augen der Tiere auf; sie senkten den Kopf, und Stirn gegen Stirn prallten die beiden schwerfälligen Tiere aufeinander. Ein donnerndes Krachen ertönte, das die Menge mit einem heiseren, langgezogenen Seufzer begleitete. Doch so heftig der Aufprall auch gewesen war, er hatte die beiden mächtigen Tiere nur leicht betäubt. Sie schüttelten sich einen Augenblick, nahmen einen neuen Anlauf und gingen wutentbrannt wieder zum Angriff über.
Uros wandte sich ab. Diese dumme, primitive Wildheit hatte nichts mit Mut, Intelligenz und Tapferkeit zu tun. Wie mit Hämmern würden sie aufeinander losgehen, bis einer der beiden zusammensinken würde. Welcher, spielte keine Rolle. Noch ein Aufprall. Und noch einer ...
Je blöder, desto zäher, dachte Uros. Er wünschte nur noch, daß dieser langweilige Kampf endlich zu Ende ging; ganz gleich, wer der Sieger sei. Doch da: irgend etwas war geschehen. Ein Stoß war danebengegangen. Und Uros begriff sofort, wieso. Der eine der Wider war dem Angriff des anderen ausgewichen. Ist er vielleicht doch nicht so dumm, wie ich dachte? fragte sich Uros. Der Kampf begann ihn wieder zu interessieren. Es war das Tier, auf das er gesetzt hatte, das sich geschickt dem anderen entzogen hatte. Dieses, das durch den Stoß ins Leere aus dem Gleichgewicht geraten war, stolperte und fiel auf die Knie. Und Uros dachte gespannt: Jetzt wird mein Widder doch wohl schlau genug sein und den anderen, bevor er sich wieder aufrichtet, von der Seite angreifen und umwerfen. Schon schrie auch die Menge los, und Achmad versuchte, sein Tier zu ermutigen und es anzutreiben. Vergeblich. Es rührte sich nicht. Neugierig betrachtete es die er-

sten Reihen der Zuschauer, und Uros sah, daß nicht ein Funken der anfänglichen Wut mehr in seinen Augen lag — nur noch stumpfe Benommenheit. Sein Gegner war inzwischen wieder aufgestanden. Durch seinen Sturz doppelt wütend, drang er auf den anderen ein. Dieser — Achmads Tier — ergriff die Flucht, betäubt, erschrocken und verstört. Ein Höllenlärm brach nun unter den Zuschauern aus: Verwünschungen, Schimpfworte, Drohungen und Beleidigungen verfolgten den Flüchtigen. Uros biß sich auf die Lippen. Am boshaftesten von allen war sein Nachbar mit dem grünen Turban. Er schrie am lautesten, und Uros hatte den Eindruck, daß sein ätzender Spott nicht nur der Feigheit des Tieres, sondern — indirekt — auch ihm galt. Bleich vor Wut wandte er sich an seinen Nachbarn zur Linken:

»Eine feine Zucht hast du da. Wirklich, sie macht dir alle Ehre.«

Amdschad Khan rauchte gemächlich seine Wasserpfeife weiter. Er nahm einen tiefen Zug, und während er den Rauch aus dem Mund blies, antwortete er sanft:

»Ich richte meine Tiere nicht zu blutrünstigen Ungeheuern ab. Ich schenke sie hier den Leuten, damit sie ihr Vergnügen an ihnen und dem Spiel haben. Und manchmal, so der Prophet will, gelingt es mir auch. Da, horch!«

Plötzlich waren die boshaften Stimmen verstummt. Und ein dröhnendes Gelächter erscholl, das von Reihe zu Reihe ging. Die Männer hielten sich den Bauch vor Lachen und schlugen sich gegenseitig auf die Schultern vor Vergnügen. Denn in der Arena lief der furchtsame Widder immer schneller davon, mit wilden, hastigen, ungeschickten Sprüngen, während sein Gegner ihn wütend verfolgte. Ein oder zweimal hätte er ihn fast erwischt. Doch immer wieder gelang es dem Tier, sich zu retten. Endlich, nachdem sie schon ein paarmal um die Arena herumgejagt waren, entdeckte der Verfolgte die — schon seit langem — offenstehende Tür, an der er bereits ein paarmal wie blind vorbeigerannt war. Und schon war er verschwunden.

Amdschad Khan wandte sich lächelnd an Uros:
»Die Wut hat die Furcht verfolgt. Doch die Furcht besaß die schnelleren Füße. Findest du nicht, daß das Spiel ein paar Afghanis wert war?«
Bevor Uros antworten konnte, legte sich eine verkrampfte Hand auf seinen Schenkel.
»Ich denke«, sagte Sahman Hadj, »daß ich über den Einsatz verfügen kann.«
Uros warf ihm nachlässig die Geldscheine zu, die der andere so sorgfältig geglättet hatte, und rief:
»Das ein Einsatz? Da bringt dir ja das Almosen einer Witwe mehr ein! Ich biete dir jetzt eine wirkliche Wette! Eine, die sich sehen lassen kann!«
Und er warf sein ganzes restliches Geld vor sich auf den Teppich.
»Was ist das . . . was soll das heißen?« fragte Sahman Hadj mit einer Stimme, aus der aller Spott gewichen war.
»Mein nächster Einsatz«, erwiderte Uros.
Die Hände Sahman Hadjs, der die gewonnenen Afghanis an sich nahm, zitterten ein wenig.
»Das ist viel, viel Geld«, sagte er.
»Muß ich einem Spieler wie dir, o heiliger Mann, denn erst sagen: je größer der Einsatz, desto spannender das Spiel?«
Uros' Ton und sein Blick waren herausfordernd und beleidigend. Doch Sahman Hadj hörte ihm kaum zu. Die Habgier hatte ihn gepackt. Er glättete sorgfältig die zerknüllten Geldscheine, breitete sie vor sich aus und zählte sie halblaut.

»Dreizehntausendzweihundertvierundsechzig«, sagte er endlich mit einem tiefen Seufzer. Seine Augen starrten begehrlich auf die knisternden Scheine.
»Weißt du auch, worauf du dich da einläßt?« fragte Sahman Hadj.
»Sonst hätte ich die Wette ja nicht vorgeschlagen«, erwiderte Uros.
»Jetzt ist die Reihe an mir, das Tier zu wählen, auf das ich setze. Ist dir das klar?«
»Spielregel ist Spielregel«, sagte Uros.
Sahman Hadj bedeckte sein Gesicht mit den Händen und rief:
»Khossad, Khossad!«
»Ich bin da«, erwiderte die krächzende Stimme hinter ihm.
»Ich warte auf ein Zeichen«, sagte Sahman Hadj.
Der dünne Mann wandte sich seinem schwarzgefiederten Begleiter zu, und seine blutlosen Lippen murmelten etwas Unverständliches. Die Krähe verließ ihren Platz auf seiner linken Schulter, wanderte um seinen Nacken und blieb auf seiner rechten Schulter sitzen.
»Nun?« fragte Sahman Hadj.
»Sieh selbst, Verehrungswürdiger«, krächzte Khossad. Der heilige Mann drehte sich um.
»Die rechte – das ist, bei Allah, ein gutes Zeichen«, rief er. Dann fügte er zu Uros gewandt hinzu:
»Du hast es so gewollt, vermessener Reiter.«
Niemand hatte diese leise Bemerkung gehört; denn alle waren mit ihren eigenen Wetten beschäftigt. Nur Mokki, der jede Bewegung, jedes Wort seines Herrn verfolgt hatte, begriff, worauf Uros sich eingelassen hatte. Wenn er wieder verliert, dachte der Sais, bleibt uns nicht ein einziger Afghani. Und wir brauchen doch Geld für Nahrung und Kleidung, denn den

schlimmsten Teil des Wegs haben wir noch vor uns. Mokki sah, wie der Mann mit dem grünen Turban aus seiner Börse ein dickes Bündel Geldscheine nahm und sie vor sich aufhäufte. Am liebsten hätte er Uros zugerufen: Hör auf, Uros! Setz nur die Hälfte, oder meinetwegen auch drei Viertel ein! Aber nicht mehr! Doch er sagte nichts. Schließlich hatte er nicht das Recht, Uros zu demütigen.

Lautes Stimmengewirr erhob sich. Die beiden Kampftiere wurden in die Arena gelassen. Und diese beiden mußte man nicht erst vorwärts treiben. Im Gegenteil: mit aller Kraft versuchten ihre Herren, sie zurückzuhalten, sonst hätte die Ungeduld, als erster in der Arena zu stehen, sie schon gleich aufeinander losgehen lassen. Sie wurden auch nicht von einfachen Schäfern, sondern von ihren Züchtern, würdigen, kräftigen, harten Männern, hereingeführt und beaufsichtigt. Diese Widder waren keine Anfänger. Sie kannten schon die Spielregeln der Arena. Der eine hatte ein dichtes weißes Fell mit schwarzen Tupfen, der andere ein braun-beiges mit roten Streifen, die wie züngelnde Flammen aussahen.

Diesmal wurden sie von allen Zuschauern stürmisch, begeistert begrüßt.

»Du bist der Prinz unter allen Widdern, gefleckter Satan«, riefen die einen. Und die anderen:

»Aus diesem Kampf kann nur einer als Sieger hervorgehen: mit dem roten Blitz kann sich keiner vergleichen!«

An diesen Worten erkannte Uros, daß die beiden Tiere schon viele Kämpfe hinter sich haben mußten. Wahrscheinlich hatten sie schon Dutzende von Gegnern besiegt, sie verwundet, getötet, zerschmettert. Zum ersten Mal sah man diese beiden gleich berühmten Tiere gegeneinander kämpfen. Ein großes, ein einmaliges Ereignis!

Die beiden Widder, von der Menge angefeuert, wurden immer ungestümer, immer wilder. Wütend scharrten sie mit den Hufen.

»Mir scheint, dir gefallen diese beiden bedeutend besser als meine Tiere«, sagte Amdschad Khan zu Uros. Und Uros erwiderte:

»Vergiß bitte meine unhöfliche Bemerkung von vorhin, sie tut mir von Herzen leid. Doch ich habe den Eindruck, daß auch du an diesen hier mehr Interesse zeigst.«

»Woran willst du das sehen?« fragte Amdschad Khan.

»Du vergißt darüber deine Wasserpfeife«, erwiderte Uros.

Amdschad Khan lachte. Dann sagte er:

»Du hast recht, Steppenreiter. Männer sind nun einmal so. Selbst der friedlichste ergötzt sich an dem Schauspiel, das den Tod zu Gast hat. Denn von diesen beiden Tieren wird eines den Platz nicht lebend verlassen. Sie sind zu wild.«

»So ist es«, sagte Uros. »Und eigentlich — ob nun roter Blitz oder gefleckter Satan, jeder der beiden ist meinen Einsatz wert.«

VI
Das Einhorn

Die Zuschauer schlossen bereits wieder neue Wetten ab, während die beiden Widder in der Arena sich gesenkten Hauptes mißtrauisch musterten. Ihre Herren standen dicht neben ihnen, und von Zeit zu Zeit massierten sie ihnen die Pfoten. Dann änderte sich die Haltung dieser beiden Kampftiere auf erstaunliche Weise: ihre massigen Körper entspannten sich. Zutraulich, freundschaftlich drängten sie sich an ihre Herren, hoben von selbst eine Pfote nach der anderen, und bevor sie sie in die Hand ihres Herrn legten, kratzten sie diese Hand liebevoll mit dem rauhen Horn ihrer Hufe. Sanft wie Lämmer lehnten sie den Kopf mit den gekrümmten Hörnern an seine Schulter.

»Nun, heiliger Mann«, fragte plötzlich Uros, »hast du deine Wahl getroffen?«

Dieser rührte sich nicht. Das Kinn mit dem struppigen Bart in die Hand gestützt, betrachtete er mit seinen schmalen, zu schwarzen Schlitzen zusammengezogenen Augen die beiden Tiere mit gespannter Aufmerksamkeit. Keine ihrer Bewegungen entging ihm. Sie waren gleich groß, gleich schwer, hatten die gleiche Erfahrung und ebenso viele Siege hinter sich; nichts in ihrer Haltung, ihrem Aussehen ließ darauf schließen, daß der eine vielleicht stärker als der andere war. Denn nicht ihre sichtbaren Vorzüge: Kraft, Schnelligkeit, Geschicklichkeit, würden bei diesem Kampf den Ausschlag geben, sondern ihre verborgenen Fähigkeiten, die es hier zu erraten galt: sie allein, Mut, Ausdauer, Schlauheit, Kampfinstinkt würden den Ausgang dieses Spiels entscheiden.

Über zehntausend Afghanis hingen von dieser Wahl ab! Er durfte sich nicht irren. Von Zeit zu Zeit ließ der Hadj habgierig seinen Blick auf den Geldscheinen ruhen, die dicht vor ihm aufgestapelt waren, als erwarte er von ihnen eine Inspiration.

»Ich warte, heiliger Mann«, rief Uros. »Die anderen Wetten sind längst abgeschlossen.«

Sahman Hadj schloß die Augen und rief, ohne sich zu bewegen:

»Khossad!«

Der Totenkopf beugte sich zu dem grünen Turban hinab. Sahman Hadj flüsterte ihm ein paar Worte ins Ohr. Khossad wiederum wandte sich mit einem undeutlichen Murmeln an den schwarzgefiederten Vogel auf seiner Schulter. Langsam flog er davon und kreiste über der Arena. Dreimal. Sein Flügelschlag wurde immer langsamer, bis er schließlich beinahe unbeweglich über dem rotgestreiften Widder schwebte, so daß sein Schatten das mächtige Tier fast völlig verdeckte.

»Ich nehme den gefleckten Satan«, sagte Sahman Hadj siegessicher.

Mokki erbleichte. Und damit nur Uros ihn hören konnte, ließ er sich hinter ihm auf die Knie nieder und flüsterte flehentlich:

»Nimm dein Geld zurück... Du hast das Recht dazu... denn das war Zauberei...«

Mit dem Griff seiner Peitsche versetzte Uros ihm einen so harten Schlag über die Kehle, daß der Sais fast zu ersticken glaubte.

Dummkopf, dachte Uros. Glaubt er, ich könne nicht einen bösen Zauber erkennen? Und ihn vereiteln? Unter seinem Hemd hielt er sein Lederamulett, das er immer um den Hals trug, fest umklammert. Schon in dem Augenblick, als die

Krähe aufgeflogen war, hatte er es ergriffen, und er würde es nicht mehr loslassen — bis zum Ende dieses Kampfes.

Der Distriktschef hatte die Hand gehoben. Und die beiden Züchter entließen ihre Tiere mit einem kaum merklichen Schlag, der Befehl, Zärtlichkeit und Aufmunterung zugleich war. Dann hockten sie sich auf die Erde nieder und starrten unbeweglich, mit undurchdringlichem Blick vor sich hin.

Mit äußerster Vorsicht gingen der rote Blitz von rechts und der gefleckte Satan von links aufeinander zu. Ihre Hufe tasteten den Boden ab. Den Kopf leicht gesenkt, ließen sie den Feind nicht einen Augenblick aus den Augen; ihre Blicke maßen den Gegner.

Nicht ein Laut war zu hören. Die Zuschauer waren wie gelähmt: eine ebenso schreckliche und unerträgliche wie wunderbare Spannung hielt sie gefangen.

Endlich blieben die Tiere stehen, etwa fünfzehn Schritt voneinander entfernt. Einen, einen winzigen Augenblick nur — dann rasten sie so unvermittelt, so blitzschnell aufeinander zu, daß bereits das donnernde Krachen ihrer aufeinanderprallenden Stirnen ertönte, ehe die Zuschauer überhaupt begriffen hatten, daß sie zum Angriff übergegangen waren. Und schon waren beide Tiere zurückgewichen und stürzten erneut, aus noch größerer Entfernung aufeinander zu. Der schnellere, der wendigere war der rötlich gestreifte Widder: um eine Sekunde, um einen Sprung war er dem anderen voraus. Dies genügte, um ihm einen — wenn auch nur geringen — Vorteil zu verschaffen. Als die beiden Stirnen mit den spindelförmigen Hörnern aufeinanderprallten, wurde der gefleckte Satan zurückgeschleudert. Die Menge stieß einen schrillen Schrei aus. Doch der weiß-schwarze Widder fiel nicht zu Boden, stolperte nicht. Er behielt das Gleichge-

wicht, ja er war nicht einmal benommen, sondern blieb völlig konzentriert. Denn als der rote Blitz sofort, ohne auch nur Atem zu holen, wieder auf ihn losging, wich er geschickt zur Seite aus. Sein Gegner verfehlte ihn — er glitt seitlich an seiner Flanke entlang. Und jetzt versuchte der gefleckte Satan, den anderen zu überraschen: doch vergeblich. Noch bevor er ihn angreifen konnte, hatte der andere sich schon wieder umgedreht und stand fest mit den Hufen auf der Erde, den Kopf gesenkt. Seine Stirn und die des Gegners schienen wie aus Stein gemeißelt.
Ihre Herren, die immer noch reglos auf dem Boden hockten, stießen einen eigentümlichen langgezogenen Schrei aus. Augenblicklich liefen die Tiere zu ihnen zurück. Die beiden Männer begannen ihre Gelenke abzutasten. Doch da — noch während der sorgfältigen Untersuchung — riß der rote Blitz sich von seinem Herrn los und ging erneut zum Angriff über. Hatte er aus eigenem Instinkt heraus gehandelt? Oder einem Wink der in seinem Fell vergrabenen Hände gehorcht? Niemand vermochte es zu sagen. Mit einem schrecklichen Fluch richtete sich der Herr des schwarz-weißen Widders auf und trieb sein Tier mit einem leichten Schlag an. Doch es war zu spät. Der rote Blitz raste schon auf ihn zu, daß die Erde unter seinen Hufen dröhnte, während der gefleckte Satan erst kaum ein paar Schritte vorwärts machen konnte. Es war klar, daß er Stirn gegen Stirn keine Chance mehr hatte. Und knapp zwei Schritt vor dem Angreifer sprang er geschickt nach links. Doch der rote Blitz war nicht so dumm, zweimal in dieselbe Falle zu gehen. Mitten im pfeilschnellen Lauf wandte er sich um und traf den gefleckten Satan an der Schulter. Die Zuschauer schrien auf. Mokkis Wange berührte fast Uros' Gesicht, und seine Stimme erklang laut und triumphierend:

»Beim Propheten, deiner ist stärker. Du wirst gewinnen!«
Uros achtete nicht auf die Worte des Sais: doch er umklammerte noch fester das Amulett mit seiner schweißnassen Hand.
Der Schlag hatte den gefleckten Satan zu Boden geworfen. Sein Rivale nahm einen neuen Anlauf, sammelte all seine Kräfte und rannte mit gesenkter Stirn auf den Feind zu, der ohnmächtig mit dem Rücken auf der Erde lag ... Das mußte das Ende sein.
Doch im gleichen Augenblick rollte sich der gefleckte Satan mit einer Geschwindigkeit und einer Wendigkeit ohnegleichen zweimal um sich selbst. Die Stirn seines Gegners traf den leeren Platz im zerdrückten Gras, das noch die Spur seines massigen Körpers trug. Der gefleckte Satan sprang auf; beide Tiere stürzten erneut aufeinander zu, doch keines war diesmal im Vorteil. Beider Anlauf war gleich lang, und die gleiche Wut brannte in ihren dunklen Augen. Die Wucht des Zusammenpralls war ungeheuer: und doch war keines der Tiere auch nur um einen Schritt zurückgewichen.
Unversehrt standen sie einander gegenüber.
Ihre Herren riefen sie zurück. Alle sahen sofort, daß der gefleckte Satan langsamer ging. Sein Gang war unsicher, sein Atem kurz. Die einen schrien, er habe sich das Schlüsselbein gebrochen, die anderen, er habe sich ein Knie verstaucht, wieder andere behaupteten, er sei durch den schrecklichen Schlag völlig benommen, und einige riefen, er habe keine Lust mehr zu kämpfen. Alle waren sich jedoch einig, daß der rote Blitz nun den Sieg davontragen müsse.
Der gefleckte Satan war vor seinem Herrn stehengeblieben. Langsam hob er den weißen, getupften Lauf und bewegte ihn schwach hin und her. Dann legte er ihn kurz in die Hand seines Herrn und zog ihn sanft wieder zurück.

Die Zuschauer schwiegen verblüfft. Als sie wieder zu sprechen begannen, waren ihre Stimmen zweifelnd und unsicher:
Sucht er eine Ermunterung? — Nimmt er Abschied von seinem Herrn? — Vom Leben? — Will er, daß der Kampf abgebrochen wird? — So fragten sie sich.
Sahman Hadj hatte sich umgedreht. Das aschgraue Gesicht mit den glühenden Augen auf Khossad gerichtet, flüsterte er mit bleichen Lippen:
»Als der Vogel den anderen Widder mit seinem Schatten bedeckte, sollte das auch bestimmt ein Zeichen sein, daß er verlieren würde? Bist du sicher, daß das Unheil über ihm und nicht über dem gefleckten Satan schwebte?«
Und Khossad antwortete:
»Woher sollte ich, o heiliger Mann, die guten oder bösen Vorzeichen lesen können? Ich bin doch nicht nach Mekka gepilgert.« Er hielt einen Augenblick inne und fügte dann in flehendem Ton hinzu: »Nicht wahr, ich werde trotzdem das Geld für die Kräuter der Träume von dir bekommen?«
Doch der andere hatte sich schon wieder abgewandt. Er dachte nicht mehr an ihn.
Denn die beiden Widder waren erneut zum Angriff übergegangen. Und da geschah etwas, das selbst die erfahrensten der Zuschauer völlig verblüffte. Auf halbem Weg ließ sich der gefleckte Satan, dessen Gang langsam und schwerfällig gewesen war, auf die Seite fallen und streckte einen weißen Lauf aus. Von diesem Anblick völlig aus dem Gleichgewicht gebracht, verlangsamte der Gegner seine Geschwindigkeit und näherte sich dem im Gras Liegenden mit zögernden, vorsichtigen Schritten. Der weiße Lauf streckte sich dem rötlichen entgegen und streichelte ihn mit einer bejammernswerten Geste.

Da brach ein ohrenbetäubender Tumult unter den Zuschauern aus.
»Er bittet um Gnade!« — »Feigling!« — »Verräter!«
»Ein schöner Ruhm!« riefen die, die auf den gefleckten Satan gesetzt hatten.
Und die anderen: »Bis zum Schluß!« — »Kein Pardon!« — »Kein halbes Spiel!« — »Los, roter Blitz, mach ihn fertig!«
Auch Uros, der jetzt völlig gefangen war, beugte sich hastig vor. Da durchfuhr ihn ein so glühender, unerträglicher Schmerz, daß seine Hand vor Überraschung das Amulett losließ und an sein Bein faßte ... Im gleichen Augenblick ging der rote Blitz einen Schritt zurück und senkte erbarmungslos die Stirn zum Angriff. Gleichzeitig jedoch nahm der gefleckte Satan all seine Kraft zusammen, und vorschnellend traf seine Stirn von unten her mit voller Wucht den Unterkiefer des Gegners. Ein schreckliches Geräusch von knirschenden Knochen ertönte. Wieder stieß der gefleckte Satan zu. Der Kopf des Feindes bewegte sich taumelnd hin und her, wie um einem unerträglichen Schmerz zu entgehen. Er hatte kein Gebiß, keine Nase mehr ... Da seufzte das mächtige Tier tiefklagend, in einem so kindlichen, zerbrechlichen, rührenden Ton wie das Blöken ganz junger Schafe. Doch noch immer blieb es stehen, schwankend zwar, doch aufrecht. Dreimal mußte der gefleckte Satan zustoßen, ehe es fiel. Als alles zu Ende war, lief der siegreiche Widder auf seinen Herrn zu und reichte ihm zärtlich seinen weißen Lauf.
Die Menge tobte und raste, sie war außer sich. Sahman Hadj ergriff die Geldscheine, die vor ihm lagen, und schwang sie wie eine Trophäe. Uros ergriff ganz automatisch sein Amulett und ließ dann die Hand wieder sinken. Hinter ihm weinte Mokki. Und Khossad wiederholte immer wieder, zu seiner Krähe gewandt:

»O Ali... das Kraut, das verzaubert... o Ali, das Kraut, das verzaubert!«

Als sich der Tumult der Menge ein wenig gelegt hatte, sah man, wie Amdschad Khan flüsternd ein paar Worte mit dem Distriktschef wechselte und dieser beifällig nickte.

»Komm näher, Ajub«, rief er.

Der Herr des siegreichen Tiers schritt zu den beiden Männern, gefolgt von dem gefleckten Satan, und verbeugte sich vor ihnen voller Würde.

»Der mächtige und edle Amdschad Khan«, sagte der Distriktschef, »und ich selbst sind der Meinung, daß die herkömmliche Belohnung und selbst das Geld, das du vielleicht durch deine Wetten gewonnen hast, nicht ausreichen, um die Verdienste eines Mannes zu würdigen, der ein so kluges und tapferes Tier gezüchtet hat. Deshalb möchte Amdschad Khan, daß du dir aus seinen Herden zwei junge Widder aussuchst — die, die dir am besten gefallen.«

Ajub legte seine rechte Hand auf sein Herz und verbeugte sich sehr tief vor Amdschad Khan.

»Was mich betrifft«, fuhr der Distriktschef fort, »so erkläre und gebiete ich, daß vom heutigen Tag an der gefleckte Satan von allen der ›Fürst der Widder im Tale von Bamian‹ genannt werde.«

Bei diesen Worten berührte Ajubs zerfranster Turban fast den Boden. Lange verharrte er so. Schließlich richtete er sich wieder auf und legte mit glückstrahlendem Lächeln seine Rechte auf eines der Hörner seines Tiers.

»Möge Allah dir stets gewogen sein, o Herr, und den Söhnen deiner Söhne. Die meinen werden deine große Güte nie vergessen.«

Und die Menge schrie:

»Es lebe der Fürst der Widder von Bamian!« Der Distriktschef hob seinen Arm. Die Schreie verstummten.
»So sei es«, sagte er. »Es sei denn — und dies gebietet die Gerechtigkeit...« Er machte eine Pause, wartete, bis absolute Ruhe herrschte, und sagte dann: »... es sei denn, daß ein Rivale ihm den Titel streitig machen möchte... Habe ich recht, Ajub?«
Und der Herr des siegreichen Tieres rief:
»Aus deinen Worten spricht Weisheit und Gerechtigkeit. Mein Widder wartet nur darauf, sich noch einmal zu bewähren, und ich, ich biete als Einsatz alles, was ich soeben durch ihn gewonnen habe.«
Ajub schwieg, selbstsicher lächelnd. Der Distriktschef wandte sich mit fragendem Blick an die Zuschauer. Doch niemand rührte sich, keine Hand erhob sich.
»Niemand hier nimmt die Herausforderung an«, sagte er. »Und so erkläre ich...«
Er konnte seinen Satz nicht vollenden. Aus der letzten Reihe ertönte plötzlich eine rauhe und unerschrockene Stimme:
»Einen Augenblick... einen Augenblick! Ich komme schon.«
Ein lebhafter, großer, schlanker und wendiger Mann erschien. Als er die Palisade, die rund um die Arena lief, erreicht hatte, übersprang er sie mit einem Satz und stellte sich neben Ajub, den er fast um Haupteslänge überragte. Sein Gesicht war schmal und braun, mit einer Adlernase und einem kurzen, schwarzen Schnurrbart. Über seiner Schulter lag ein langes Gewehr mit einem kunstvoll beschlagenen Kolben. Der Mann zog seinen mit Patronen bestickten Gürtel aus rauhem Stoff zurecht, und sagte zu dem Distriktschef:
»Verzeih mir, wenn ich erst so spät spreche. Aber ich saß in der hintersten Reihe, und ich dachte, daß sich bestimmt noch ein paar andere vor mir melden würden.«

Der Distriktschef betrachtete den Fremden mit unverhohlener Neugier.

»Und was ist dein Begehr, Fremdling«, fragte er. Der Mann mit dem Gewehr erwiderte mit einer Unschuld, die jedoch das ironische Funkeln seiner Augen Lügen strafte:

»Nichts anderes, als was du vorgeschlagen hast. Ich möchte eines meiner Tiere gegen den neuen Fürsten von Bamian stellen.«

Von allen Seiten ertönten verblüffte Rufe, und der Distriktschef fragte:

»Ja, hast du denn nicht gesehen, wie Ajubs Widder seinen schrecklichen Rivalen besiegte?«

»Ich habe es wohl gesehen«, erwiderte der Fremde.

»Und du hältst den deinen für fähig, sich mit solch einem Tier zu messen?« fragte der Distriktschef erneut.

Der Fremde senkte den Blick und sagte voller Bescheidenheit:

»Bitte urteile selbst.«

Der Distriktschef ließ sich durch diese geheuchelte Zurückhaltung nicht täuschen und fragte in sarkastischem Ton:

»Wo ist er denn, dein unbekannter Champion?«

Der Fremde schaute ihm gerade in die Augen. Mit gleichmütiger Stimme, doch ohne das ironische Funkeln seines Blicks zu verbergen, erwiderte er:

»Ich habe dem Batscha, der mich begleitet, befohlen, meinen Widder zum Eingang der Arena zu führen.«

»Dann zeig ihn uns doch endlich«, befahl der Distriktschef.

Der Unbekannte legte drei Finger an die Lippen und ließ einen so durchdringenden Pfiff ertönen, daß die Zuschauer von der ersten bis zur letzten Reihe vor Schreck zusammenfuhren. Ein Kind stieß die Tür zur Arena auf und ließ den Strick los, mit dem es den Widder festhielt. Mit ein paar

Sätzen stand dieser neben seinem Herrn. Ungläubig starrten die Zuschauer auf das Tier. Sie wagten ihren Augen nicht zu trauen. Der Widder des Fremden reichte dem gefleckten Satan kaum bis zu den Knien. Sein struppiges, staubiges Fell hatte keine ausgesprochene Farbe. Zum Teil war es völlig zerfressen, und die rötlichgefärbte, rissige Haut schaute hervor. Außerdem fehlte ihm ein Horn: das rechte. Es war dicht über der Stirn abgebrochen, so daß in der dichten Wolle der Stumpf kaum zu sehen war. Während dieses jämmerliche Tier sich wie ein Hund an den Beinen seines Herrn rieb, verglichen es die ungläubigen Blicke der Zuschauer mit dem prächtigen Fürsten von Bamian. Die Verblüffung verwandelte sich in Wut. Kam dieser Fremde nach Bamian, um die Leute hier zu verspotten? Die ersten zornigen Bemerkungen und hämisches Gelächter ertönten. Ajub schob den gefleckten Satan etwas beiseite, als wollte er ihn durch die Nähe dieses räudigen Viehs nicht entehren lassen.

»Welch ein Dämon, o Fremdling«, rief der Distriktschef drohend, »hat dich getrieben, diese braven Leute hier zu verhöhnen? Und, in meiner Person, den König, deinen Souverän? Glaubst du, ich würde das so straflos hinnehmen?«

Der Mann mit dem Gewehr legte die rechte Hand auf sein Herz und rief:

»Verhöhnen? Und wen denn? Mich selbst höchstens. Denn da, sieh, mit welchem Einsatz ich meine Herausforderung bekräftige!«

Er zog eine Lederbörse hervor, knüpfte ihre Riemen auf und übergab sie dem Distriktschef. Dieser griff hinein und zog erstaunt eine Handvoll Goldstücke heraus.

»Das ist nicht einmal die Hälfte«, sagte der Unbekannte.

Der Distriktschef öffnete langsam die Börse, schaute hinein, wog sie in der Hand und sagte leise:

»Wahrhaftig . . .«
Er hob seine Augen, deren Ausdruck sich mit einem Schlag verwandelt hatte, zu dem Gesicht des Unbekannten empor und sagte mit einer wider Willen fast ehrfürchtigen Stimme:
»Wie heißt du?«
»Hajatal«, erwiderte der andere.
»Deine Provinz?«
»Die hohen Gebirge des Ostens, wo die Männer sich selbst ihre Waffen schmieden und auch damit umzugehen verstehen«, sagte der Mann mit dem Gewehr. Der Distriktschef reichte die Börse Amdschad Khan, der ihren Inhalt überflog und zustimmend nickte.
»Ajub und Hajatal«, rief der Distriktschef, »ihr werdet eure Tiere also zum Kampf führen.«
Dann fragte er Ajub:
»Hältst du deinen Einsatz aufrecht?«
Ajub zuckte mit den Schultern und antwortete grollend: »Warum sollte ich zögern? Ich möchte schließlich wenigstens, daß dieser Schimpf, der meinem Tier angetan wird, mir auch etwas einbringt.«
»Gut, dann nimm deinen Platz wieder ein. Hajatal, stell dich dorthin«, befahl der Distriktschef. »Und wartet zunächst einmal das Ende der Wetten ab.«
Es stellte sich heraus, daß — zum ersten Mal bei einem Tierkampf — keine Wette zustande kam. Denn alle wollten ihr Geld nur auf den gefleckten Satan setzen. Nur ein Verrückter, so sagten die Leute, konnte diesem kümmerlichen, einhornigen Vieh auch nur die geringste Chance einräumen. Wie sollte er vor dem Fürsten der Widder bestehen?
Sahman Hadj sagte zu Uros — und seine Stimme klang honigsüß und verächtlich zugleich:
»Du zögerst sicher auch, dein Geld auf den Fremden zu set-

zen? Nicht wahr... Denn ich muß natürlich, das wirst du verstehen, wieder den gefleckten Satan wählen.«
Uros schaute starr vor sich hin, ohne etwas zu hören, ohne etwas zu sehen. Er hatte das Gefühl, ein Aussätziger, ein Verfluchter zu sein. Nicht, weil er verloren hatte, sondern, weil er nichts mehr zu verlieren hatte.
Und Mokki rief laut:
»Was willst du denn noch mehr, heiliger Mann? Du und deine Krähe, ihr habt ja meinen Herrn schon um sein ganzes Geld gebracht!«
Alle hatten seine Klage gehört. Amdschad Khan drehte sich zu Mokki um. Das runde, kindliche Gesicht des Sais war vor Verzweiflung verzerrt.
»Steppenreiter«, sagte Amdschad Khan zu Uros. »Glaub mir, ich wäre glücklich, dir jede Summe, die du begehrst, zu leihen. Das ist ganz natürlich, denn jemandem, der solch ein Pferd besitzt, hilft jeder gerne aus.«
Uros verstand gar nicht den Sinn dieser Worte, so sehr hatte ihn die Spielleidenschaft gepackt. Er fühlte nur den warmen, gutherzigen Ton, mit dem der Khan ihm zugesprochen hatte, und beugte sich zu ihm hinüber. Da ergriff ihn eine mächtige Hand am Ellenbogen, und er hörte ein angstvolles Flüstern:
»Uros, o Uros, beim Propheten, bei Allah dem Allmächtigen, verwette nicht Jehol!«
Hatte Mokki schon erraten, was sein Herr noch gar nicht begriffen hatte?
Uros stieß Mokkis Arm zurück und rief laut: »Warum nicht?«
Mokki sprang über Amdschad Khan hinweg und warf sich vor dem Tschopendos auf die Knie:
»Das darfst, das kannst, das wirst du nicht tun!«

Und wenn er auch vor Uros auf den Knien lag – seine Stimme klang nicht mehr flehend, sondern fordernd und befehlend. Und in seinen plötzlich hart gewordenen Zügen las der Tschopendos klar, was sein Sais ausdrücken wollte: Jehol gehört dir nicht allein; er gehört Tursehn, vor allen anderen, denn er hat ihn aufgezogen … Und auch mir, denn ich habe ihn gepflegt und für ihn gesorgt wie eine Mutter für ihr liebstes Kind … Und er gehört Maimana und unseren Steppen. Und du willst es wagen, ihn auf dem Markt des Zufalls zu verspielen, um dann zusehen zu müssen, wie irgendwer ihn irgendwohin mitzerrt?
Das Wolfslächeln verzerrte Uros' Züge schrecklicher denn je … Noch nie hatte er seine Grausamkeit, seinen Hochmut, seine Verachtung gegenüber den Menschen, dem Schicksal und sich selbst auf so brutale Weise zeigen können. Mit einer Bewegung, einem Wort trotzte er der Zukunft, trat er jede heilige Tradition in den Staub. Welch größere Blasphemie, welch größeres Wagnis konnte es geben! Und er fand endlich, endlich ein Mittel, um für immer und ewig Mokkis Loyalität zu zerstören.
Uros rief laut:
»Gib mir noch einen Augenblick! Ich biete als Einsatz für diesen Kampf Jehol, meinen Hengst.«
Bei diesen Worten schwieg die Menge einen Augenblick betroffen. Alle, die Uros' Ankunft beobachtet hatten, hatten sein Pferd bewundert.
»Doch wer soll denn gegen dich wetten? Du weißt, sie sind alle auf derselben Seite.«
»Aber nicht ich«, erwiderte Uros. »Ich wähle den Widder Hajatals, des Fremden.«
Ein mitleidiges, fast erschrockenes Murmeln ging durch die Reihen der Zuschauer.

»Solch eine Schande! – Ein so edles Pferd! – Verloren! – Seine Verletzung hat ihn um den Verstand gebracht!«
Mokki, der immer noch vor Uros kniete, hatte das Gesicht in seine Hände vergraben.
»Da dies dein Wunsch ist, o Reiter«, sagte der Distriktschef, »und damit ich den Wert des Einsatzes schätzen kann, laß deinen Hengst holen.«
Mit dem Griff seiner Peitsche berührte Uros Mokkis Schultern und fragte:
»Hast du gehört, Sais?«
Mokki ging gebückt und schwerfällig zu der Pappel, an der Jehol angebunden war. Er wollte nicht das glückliche Wiehern hören, mit dem Jehol ihn begrüßte, noch die Wärme der Zunge spüren, die ihn zärtlich leckte. Gerade löste er Jehols Leine, als er hinter sich Serehs Stimme hörte:
»Sais, großer Sais«, flüsterte sie.
Mokki drehte sich um. Sereh war von Kopf bis Fuß in eine Art dunklen Mantel eingehüllt, ihr Gesicht war unter einer schwarzen Maske verborgen.
»Sereh, du... wie...«, stammelte Mokki. Ungeduldig und außer Atem zeigte sie auf den Hügel und erwiderte:
»Dort... mit den anderen Frauen... wir dürfen auch zusehen... aber weit von den Männern entfernt und nur mit einem Tschador... ich hab mir einen geborgt.«
Sie zerrte wütend an dem Stoff.
»Dieser Sack erstickt mich noch. Die Töchter der Nomaden tragen nie so etwas.«
»An deinen Augen würde ich dich immer erkennen«, sagte Mokki.
»Werden meine Augen vielleicht verhindern können, daß unser Pferd auf ewig verloren ist?«
»Weißt du denn schon...«, murmelte Mokki.

»Die Kinder rennen hin und her und erzählen uns, was gerade los ist«, erwiderte Sereh. »Ich hab meinen Ohren nicht getraut. Aber als ich dich hier sah... Dann ist es also wahr?«
»Es ist wahr«, sagte Mokki leise. Sereh packte ihn am Arm und stellte sich auf die Zehenspitzen.
Ihr Blick bohrte sich in den seinen.
»Und du läßt dir, ohne etwas dagegen zu tun, dieses Pferd stehlen, unsere einzige Chance, unser einziges Gut?«
»Ich werde Uros töten«, sagte Mokki sehr langsam.
»Wenn erst ein anderer Herr des Hengstes ist?« rief Sereh. »Du hast keinen Augenblick mehr zu verlieren. Wir müssen sofort fliehen. Rasch!«
Ihre Stimme, ihr Blick betäubten Mokki so, daß er keinen Gedanken mehr fassen konnte... Schon hatte er einen Fuß im Steigbügel. Da zog Sereh ihn an seinem Tschapan zurück.
»Zu spät«, sagte sie. »Du hast zu lange gezögert.«
Ein bewaffneter Polizist näherte sich ihnen.
Sereh verschwand hinter den Pappeln. Und Mokki führte Jehol in die Arena.

Ein bewunderndes Murmeln ging von Mund zu Mund... Und als der Distriktschef die Zuschauer fragte: »Nun, habt ihr euch das Pferd angeschaut?« — da gab es nur eine Antwort:
»Es ist das schönste, das man je gesehen hat!«
Dann wandte er sich an Uros:
»Wie hoch schätzt du es, Reiter?«
»Möge der edle Amdschad Khan darüber entscheiden«, erwiderte Uros. »Niemand ist hier, der ihn an Verständnis, Weisheit und Gerechtigkeitssinn überträfe.«
Ohne zu zögern erwiderte Amdschad Khan:

»Ein solches Pferd ist unbezahlbar. Wer es für hunderttausen Afghanis bekäme — und ich wäre bereit, sie noch heute zu zahlen —, hätte einen günstigen Handel gemacht.«

»Einverstanden«, sagte Uros.

Hunderttausend... unglaublich! War denn so etwas überhaupt möglich? Und der Mann im grünen Turban rief aufgeregt:

»Ach, hätte ich doch nur die ganze Summe! Dieser Irre aus der Steppe ist wahrhaftig ein Geschenk des Himmels!«

Und er rief über Uros hinweg:

»Du bist der einzige, der dieses Pferd kaufen kann, Amdschad Khan, der einzige, der etwas damit anfangen kann. Du mußt also alle Wetten halten, die der Reiter annimmt.«

»Einverstanden«, sagte Amdschad Khan.

»Ich akzeptiere jeden Einsatz«, sagte Uros.

Der Distriktschef befahl dem Schreiber, der ihn begleitete, die Einsätze und Namen zu notieren.

Sahman Hadj hatte eiligst seine ganze Börse geleert und rief jetzt rasch als erster:

»Zweiundfünfzigtausenddreihundert Afghanis.«

Der Schreiber notierte und sah dann fragend auf Amdschad Khan.

»Du wirst für mich den Rest aufschreiben — aber erst, wenn alle anderen gewettet haben.«

Niemand blieb da abseits. Jeder war sicher, zu gewinnen. Und jeder leerte seine Taschen, ob es nun viel oder wenig war; selbst der Distriktschef und zuletzt noch der Schreiber selbst.

Amdschad Khan nahm die Liste, überflog sie und sagte zu Uros:

»Die hunderttausend Afghanis sind gedeckt, Reiter.«

»Habe Dank«, erwiderte Uros fast gleichgültig. Was ging

ihn die Summe an! Hunderttausend oder fünfhunderttausend oder fünf Afghanis – was tat's! Denn was er verwettete, war viel bedeutsamer als Geld: seine Rückkehr nach Maimana, sein Sieg über Mokki, sich selbst, die Welt, seine Ehre, seine Seele: alles. Allein gegen alle. Selbst wenn er verlieren würde – in Wirklichkeit war er der Gewinner!
Hajatal ging auf Uros zu – sein Widder folgte ihm wie ein Hund:
»Du hast Vertrauen zu meinem Tier, Reiter«, sagte er sehr ernst. »Entweder beweist du großen Mut, oder du bist von Sinnen. Ich bewundere beides. Und ich danke dir.«
»Daß man mir den Hengst gut bewacht!« befahl der Distriktschef. »Bis zum Ende des Spiels gehört er uns allen.«
Dann gab er das Zeichen, den Kampf zu beginnen.
Fiebrig vor Erwartung, Ungeduld und Habgier starrten alle auf die beiden Tiere. Doch der Anfang war enttäuschend. Denn der kleine Widder wich im Augenblick des Zusammenstoßes so geschickt, wendig und blitzschnell zur Seite, daß der gefleckte Satan trotz seiner Vorsicht in die Falle ging. Sofort änderte dieser die Richtung. Diesmal würde er sich nicht so leicht ins Bockshorn jagen lassen... Doch als die beiden Köpfe zusammenprallten, hörte man nicht einen Ton. Und Hajatals Widder war der erste, der sich – rasch, unverletzt und leichtfüßig – wieder umdrehte. Ein Flüstern ging von Reihe zu Reihe:
»Er hat ihn wieder getäuscht, dieser Teufel!« – »Ja, wie denn?« – »Der gefleckte Satan hat ihn nur an der Seite, wo er kein Horn hat, erwischt – und da ist sein Kopf zu glatt, da rutscht er ab!« – »Aber jetzt, jetzt weiß er Bescheid! Jetzt geht's ihm an den Kragen, dem kleinen Biest!«
Der gefleckte Satan war vorsichtig und wachsam geworden. Um dem Feind keine Möglichkeit mehr zum Ausweichen zu

geben, nahm er weniger Anlauf – er brauchte ja auch nicht viel bei einem so leichtgewichtigen Gegner. Komm nur, greif nur an, diesmal zeig' ich es dir, schienen seine wütend funkelnden Augen auszudrücken.

Aber es gab keinen Angriff. Zwei Schritte vor seinem Gegner blieb der kleine Widder plötzlich mitten im Lauf stehen und begann, wie ein Hund um den gefleckten Satan herumzutanzen. Rechts – links – vorn – hinten. Und jedesmal versetzte er ihm einen kräftigen, raschen Stoß mit dem Kopf. Zwar konnte er damit das mächtige Tier nicht sehr erschüttern. Doch es wurde kurzatmig, nervös und unruhig dabei. Langsam begann die Menge ängstlich zu werden. »Dieser kleine Teufel spielt nicht richtig! Der macht ihn nur müde! Das ist ja kein Kampf mehr! Aufhören!« so riefen die Leute. Da senkte Hajatal den Kopf, zum Zeichen, daß er verstanden habe; gleichzeitig pfiff er kurz und durchdringend auf zwei Fingern.

Und nun geschah alles so plötzlich, so rasch, daß selbst Uros in der ersten Reihe Mühe hatte, zu begreifen.

Hajatals Widder hörte mit einem Mal auf, den gefleckten Satan zu reizen. Er nahm einen Anlauf, und bevor sein Gegner sich hatte sammeln und besinnen können, stand er schon wieder dicht vor ihm. Doch statt ihm von vorn einen Stoß zu versetzen, nahm er ihn von der Seite, und mit seiner hornlosen Stirn streifte er – scheinbar nur flüchtig – die Kehle seines Feindes. Schon wollte die Menge wieder höhnisch protestieren, da schwieg alles erschrocken. Das weißschwarze Fell des Widders färbte sich plötzlich dunkelrot – Blut floß aus seiner Kehle; mit einem völlig erstaunten, ratlosen Blick sah der gefleckte Satan auf seinen Feind und sank dann langsam in die Knie. Und schon stand der kleine Widder ihm wieder gegenüber; mit einer fast unglaublichen

Schnelligkeit, Präzision und Kraft stieß er mit seiner Stirn zu und traf genau die verletzlichste Stelle: zwischen den Augen dicht über der Nase.

Dann schnellte er zurück und schien mit einer Art kühler Unbeteiligtheit zuzusehen, wie der gefleckte Satan starb.

Ajub schrie zuerst:

»Verrat! List und Tücke, anders kann es gar nicht sein!« Er lief auf das Tier zu, das sich wie ein Hund an seinen Herrn schmiegte, und strich mit einer Handfläche über das gebrochene Horn des Widders. Als er sie zurückzog, trug sie einen tiefen Schnitt.

»Der Bruch ist spitz wie ein Dolch, wie der Dolch eines Mörders«, rief Ajub.

»Was hast du darauf zu antworten, Hajatal«, fragte der Distriktschef, bevor die Menge sich wieder gefaßt hatte.

Hajatal näherte sich langsam dem gefallenen Tier.

»Du, Ajub, Fürst der Tierzüchter«, rief er dann, »sage mir doch, warum du, statt auf mein Tier zu spucken, nicht vor dem Kampf sein Horn untersucht hast — dann brauchtest du jetzt nicht zu schreien! Niemand hat dich daran gehindert!«

Langes Schweigen folgte auf seine Worte. Ein erstauntes, grimmiges, bitteres, wütendes Schweigen. Aber auch ein nachdenkliches. Jeder kämpfte mit sich selbst: Ehrlichkeit und Habgier stritten miteinander. Doch die Gerechtigkeit trug den Sieg davon.

»Wenn wir blind gewesen sind«, sagten sie seufzend, »so muß Allah es wohl so gewollt haben.«

Nur Sahman Hadj vermochte es nicht, seiner Enttäuschung Herr zu werden.

»Warum hast du mich nicht gewarnt, du falscher Seher?« rief er zornig.

Khossad jedoch murmelte immer noch völlig geistesabwesend vor sich hin:
»Das Kraut, das verzaubert... das Kraut, das verzaubert...« Und die große Krähe krächzte leise.
»Der Mutige hat gewonnen, o Steppenreiter«, sagte Amdschad Khan. »Und glaub mir, ich bin nicht minder froh darüber als du.«
Er übergab dem Distriktschef die Wettliste.
Dieser wandte sich an Uros und sagte:
»In einer Stunde werde ich dir selbst das ganze Geld, das du gewonnen hast, bringen.«
»Und von mir«, fügte Amdschad Khan hinzu, »bekommst du das, was noch von den hunderttausend Afghanis fehlt.«
Uros verspürte nicht die geringste Freude. Nur eine grenzenlose Müdigkeit hatte ihn plötzlich befallen.
»Mein Pferd«, sagte er leise.
Mokki führte Jehol heran und hob Uros in den Sattel.
»Siehst du«, sagte Uros zu dem Sais.
Mokki antwortete nicht. Er betrachtete Uros mit unerbittlichem Blick. Er verzieh ihm nicht, er würde ihm nie verzeihen. Das war das einzige flüchtige Vergnügen, das Uros nach diesem Sieg empfand.
Als sie in das Dorf einritten, sah Mokki Sereh, die dicht an ihm vorbeiging, noch immer in ihren Tschador gekleidet.
»Erinnerst du dich«, flüsterte sie unter ihrer Kapuze, »an das, was du mir gesagt hast, als du das Pferd losbandest?«
»Ich erinnere mich«, antwortete Mokki ebenso leise.
»An alles?«
»An alles.«
»Gut, dann laß mich nur machen«, erwiderte Sereh und verschwand wieder in der Menge der heimkehrenden Frauen.

VIERTER TEIL

Die letzte Karte

I
Das vergiftete Wasser

Auf dem Tscharpai neben Uros lagen säuberlich aufgestapelt die hunderttausend Afghani, die Amdschad Khan und der Distriktschef ihm inzwischen gebracht hatten. Uros rief Mokki und sagte mit einem Blick auf die Geldscheine:

»Nimm eine Handvoll, brauchst nicht zu zählen. Kauf das Nötigste ein. Danach brechen wir auf.«

»Sereh kommt mit mir«, erwiderte der Sais. »Sie versteht sich besser auf so etwas.«

Uros bemerkte die Wandlung in Mokkis Wesen: düster, entschlossen und feindlich. Und er hörte wohl, daß der Ton seiner Stimme nicht mehr demütig und unterwürfig war. Er versuchte sich darüber zu freuen, doch es gelang ihm nicht. Er war zu erschöpft. Nichts zählte mehr für ihn, nur noch seine Ruhe, der Schlaf, das Alleinsein... Mokki betrachtete ihn und erschrak. Es dauert nicht mehr lange mit ihm, dachte er. Doch die Angst, die er bei diesem Gedanken empfand, hatte eine andere Ursache als früher. Er fürchtete nicht mehr, daß Uros sterben könnte. Sondern daß der Tod ihm vielleicht zuvorkommen würde.

Sereh war wieder in die Küche gegangen. Untätig und nachdenklich stand sie in einer Ecke des Raumes. Als sie hörte, wie der Sais nach ihr rief, lief sie, ohne sich zu beeilen, die Stirn noch immer gerunzelt, zu ihm.

»Wir gehen auf den Markt«, sagte Mokki. »Du sollst alles einkaufen, was wir für die Reise brauchen.«

»Womit?« fragte Sereh. Mokki öffnete die Faust, die das Geld hielt. Erst schwieg Sereh ungläubig. Dann flüsterte sie:

»Soviel Geld! Allah! Soviel Geld! Solange ich lebe, hat mein armer Nomadenstamm wohl nicht einmal die Hälfte besessen... Komm, komm schnell!«

Doch als sie zu den Läden kam, verlangsamte sie ihren Schritt und sagte zu dem Sais:

»Die Kaufleute dürfen nicht sehen, daß wir's eilig haben. Sonst schlagen sie gleich die Hälfte darauf, diese Diebe.«

Der Sais folgte ihr willig wie ein Kind, voller Bewunderung. Er entdeckte eine neue, ihm unbekannte Frau: wie besonnen sie war, wie entschlossen! Und was für einen Geschäftssinn, welche Menschenkenntnis sie besaß! Und wie sie mit dem Geld umzugehen verstand! Sie wußte genau, was sie alles einzukaufen hatten. Die schlauen Händler versuchten vergeblich, sie hier zu einer Stickerei, dort zu einem Stoff oder einem Schmuck zu überreden. Sie widerstand jeder Verlockung. Und sie zeigte sich unerbittlich, wenn es um den Preis ging. Bevor sie auch nur den kleinsten Gegenstand kaufte, durchwühlte sie alle Stände, Läden, Kästen und Lager, bemängelte dann seine Qualität, mokierte sich über Form und Farbe, fand an allem etwas auszusetzen, kurz, sie handelte mit so zäher Geduld, mit solcher Leidenschaft und Härte, daß sie selbst über die geldgierigsten und durchtriebensten Händler triumphierte. Denn keiner von ihnen hatte wie sie in der Schule der Armut gelernt, den Wert auch der geringsten Münze zu schätzen.

Sereh kaufte alles ein, was sie zum Schlafen und Essen brauchten: ein Zelt, warme Kleider, Geschirr und vieles andere.

Als sie alle Säcke und Bündel zusammen hatten, rief Mokki:

»Wie wollen wir das nur schaffen? Jehol kann das alles unmöglich tragen!«

»Dann nehmen wir eben einen guten Maulesel«, erwiderte

Sereh. Und seufzend fügte sie hinzu: »Den kann ich leider nicht kaufen, das mußt schon du machen.«
Der Tiermarkt war am Ende der Stadt, auf der Straße der großen Buddhas. Mokki betastete und beklopfte sorgfältig die Flanken, Schenkel und Hälse der Tiere, besah sich ihre Zähne, hob ihre Füße hoch und untersuchte ihre Augen. Endlich entschied er sich für einen großen, grauen Muli.
»Der gefällt mir, Großvater«, sagte er zu dem Händler, einem alten schlauen Hasara, der ihn schweigend beobachtete. »Er ist stark. Und noch jung. Ein wirklich schönes Tier. Wieviel kostet er?«
Der Hasara nannte ihm die Summe, und Mokki zahlte ohne Widerspruch. Dann führte er den Muli stolz zu Sereh und sagte, während er ihm zärtlich über die Mähne strich:
»Siehst du, ich habe auch einen ganz guten Kauf gemacht.«
»Du hast dich dabei ganz schön 'reinlegen lassen«, erwiderte Sereh. »Du hast viel zuviel bezahlt.«
Mokki fühlte sich in seinem Stolz gekränkt und fuhr — was noch nie vorher geschehen war — verärgert und gereizt die kleine Nomadin an:
»Na und? Uros ist es gleich!«
Sereh betrachtete ihn lange und mit gerunzelter Stirn.
»Das Geld gehört nicht Uros«, erwiderte sie, »sondern uns . . . alles Geld.«
Mokki erstarrte. Dann fragte er sehr leise:
»Alles Geld? Was? Die hunderttausend Afghanis?«
»Ja, die«, antwortete Sereh.
»Er hat sie aber doch gewonnen«, sagte Mokki.
»Und den Einsatz, hast du den ganz vergessen?« fragte Sereh.
»Ich weiß — aber . . .«, flüsterte der Sais.
Sereh unterbrach ihn:

»Du willst doch, daß er stirbt, nicht wahr?«
»Ja, das will ich«, erwiderte Mokki fest.
Sereh war weitergegangen. Sie senkte die Stimme, doch es gelang ihr nicht, die unterdrückte Leidenschaft aus ihr zu verbannen. Mokki erschrak vor ihrem unerbittlichen Ton.
»Du willst, daß er stirbt, und ich will es auch. Schön, du kannst mir glauben, er ist schon so gut wie tot. Und willst du mir vielleicht verraten, wieviel Geld ein Leichnam braucht?«
Der Sais vermochte ihr nichts zu entgegnen. Gewiß, was sie da sagte, war vernünftig. Und dennoch, er war damit nicht einverstanden. Etwas in seinem Inneren sagte ihm, daß sie unrecht hatte. Vielleicht war es die Stimme der Vernunft, die aus ihr sprach ... doch nicht die der Gerechtigkeit. Daß sie Uros töteten, ja, das war gerecht. Er hatte seine Steppe, sein Blut, sein Volk verkauft. Daß er Jehol behielt, war auch gerecht. Uros hatte ihn verraten. Aber das Geld — nein! Denn wer es an sich nahm, profitierte damit von Uros' Verrat. Machte sich zu seinem Komplizen. Warum dann Uros dafür bestrafen?
Sereh hielt Mokkis Schweigen für Zustimmung.
»Siehst du«, sagte sie, »es wäre doch wirklich töricht, wenn wir auf das Geld verzichten wollten.«
Heißer Zorn stieg in Mokki hoch. Wie konnte er Sereh nur begreiflich machen, was er dachte? Sein Blick fiel auf die aufgestapelten Säcke und Bündel, vor denen sie stehengeblieben waren, und er fragte sie vorwurfsvoll:
»Bist du denn mit all diesen Reichtümern noch nicht zufrieden?«
»Zufrieden?« rief sie verächtlich. »Jede anständige Familie — außer in meinem elenden Stamm — besitzt all dies und noch mehr!«

Da hatte Mokki plötzlich das Gefühl, Sereh verloren zu haben. Ihr Gesicht war wie verwandelt. Arrogante Selbstsicherheit und grenzenlose Habgier verzerrten ihre Züge. Wie, diese Frau in Lumpen, die gestern noch eine verhungerte Bettlerin gewesen war, wagte es, diese Geschenke des Schicksals, die für sie ein Schatz hätten sein sollen, verächtlich von sich zu weisen? Und mit welch herrischem, befehlendem Ton! Hatte sie hier zu bestimmen oder er? Mokki klammerte sich an der Mähne des Maulesels fest, um in seinem Zorn nicht auf sie einzuschlagen.

»Dir reicht vielleicht dieser schäbige Esel«, rief Sereh. Doch der Sais unterbrach sie mit vor Wut verzerrter Stimme:

»Hör auf! Hör auf mit deinem Hohn, deiner verdammten Anmaßung! Du hast hier nichts zu sagen! Alles trittst du mit Füßen! Statt Allah für seine Güte zu danken, ziehst du seine Gaben in den Dreck! Du bist habgierig und diebisch wie eine Elster! Erst jetzt sehe ich, daß du von Grund auf schlecht bist!«

Sereh lief auf Mokki zu. Drei Schritte trennten sie nur von ihm. Doch sie genügten, um sie völlig zu verwandeln. Und die Sereh, die jetzt demütig seine Hand ergriff und ihn mit sanften, bittenden Augen ansah, war eine ganz andere als die, die er eben noch verabscheut hatte.

»Sais, großer Sais«, flehte sie, »wie du dich in mir täuschst! Nur an dich hab' ich gedacht. Ich kann dich einfach nicht mehr so schäbig herumlaufen sehen. Da, schau ...!«

Sereh faßte seinen Arm und zeigte ihm die zerschlissenen, zerlumpten, viel zu kurzen Ärmel seines Tschapans.

Und Mokki schämte sich plötzlich entsetzlich ...

»Ist es nicht wirklich ungerecht«, fuhr Sereh eindringlich fort, »daß deine aufopfernde Arbeit nur mit so einem lächerlichen Tschapan belohnt wird? Gerade du verdientest doch

den allerschönsten, du, der edelste aller Reiter! Wie stolz du darin aussähest, mit einem prächtigen Turban!«
Sereh umklammerte Mokkis Hände und zog ihn sanft zu sich. Ihre Augen leuchteten zärtlich und stolz, als erblicke sie ihn schon in seiner neuen Kleidung.
»Und willst du denn wirklich, daß ich immer so in Lumpen gehe? Barfuß? Bin ich denn nicht hübsch genug, um wie die anderen chinesische Seidenstoffe zu tragen, indischen Kaschmir, Silber- und Goldketten, schöne Steine, Jasmin- und Rosenparfüms? Und soll ich nicht auch einmal auf Isfahanteppichen, auf Samarkandbrücken laufen dürfen?«
»Bei Allah, niemand verdient all das mehr als du«, rief Mokki da.
»Nur dir zu Ehren, großer Sais, werde ich das alles tragen«, fuhr Sereh träumerisch fort. »Und endlich, endlich wirst auch du Sais und Batschas haben, Schäfer und Kameltreiber, herrliche Pferde, fette Herden und riesige Kamele aus Baktrien ... Und auch ich werde — nur dir zu Ehren, großer Sais — Dienerinnen haben, Wäscherinnen, Spinnerinnen, Weberinnen ... Einen ganzen Stamm, großer Sais, und du wirst der Herr sein ...! Dann gehen wir zu dem großen Sommerfest im Hasaradschat, du auf dem größten Kamel ...«
»Nein, ich will nur auf Jehol reiten«, rief Mokki da plötzlich.
»Wir werden ihn mit Henna färben«, fuhr Sereh fort. »Er wird wunderschön sein. Und du schenkst mir ein Gewehr ... Und an deiner Seite werde ich die Karawane anführen ...«
Der graue Maulesel schnaubte. Mokki streichelte ihn, ohne ihn anzusehen — ein lächerlicher Muli. Unter halbgeschlossenen Lidern betrachtete Sereh ihn aufmerksam. Ihr Blick hatte alles Träumerische verloren.
»Sais, großer Sais«, flüsterte sie so leise, daß Mokki sich zu ihr herunterbeugen mußte, um sie zu verstehen. »Dazu,

dachte ich, könnten wir diese Afghanis gebrauchen. Doch du allein hast natürlich zu entscheiden ...«

Mokkis Gedanken überstürzten sich. Diese verlockenden Bilder, seine Skrupel, seine Wünsche, Serehs Argumente – das alles stürmte wirr auf ihn ein. Er sah Uros' Leichnam, mit dem Bündel Geldscheinen in seinem Gürtel. Sie nehmen? Abscheulicher Diebstahl... Sie ihm lassen? Wozu? Für wen? Für den Wind, den Schnee, die Krähen, die Leichenfledderer? Oder? Sie dem einzigen, der ein Recht darauf hatte, überbringen lassen – Tursehn, dem Vater des Ermordeten? Tursehn das anzutun, diesen Schimpf, ihm, dem großen Tursehn, seinem Herrn? Und diese kleine Nomadin da zu seinen Füßen, so winzig, so hilflos, ärmer als die Ärmsten seit ihrer Geburt, der man immer alles verweigert hatte ...

Plötzlich stand es in seiner Macht, ihr all ihre Träume erfüllen zu können ...

Sereh rieb ihr Haar gegen die Hand des Sais und flüsterte: »Wir werden so handeln, wie du es befiehlst ...«

Mokki lehnte sich gegen den grauen Maulesel. Ihm war schwindlig.

»Gut, du sollst die Karawane haben«, sagte er schließlich dumpf. Dann schwieg er. Ohne noch ein Wort zu wechseln, bepackten sie das Tier. Sereh summte ein Nomadenlied vor sich hin.

»Bist du jetzt glücklich, großer Sais?« fragte sie schließlich.

»Ja«, erwiderte Mokki. Er log. Er haßte sich selbst für seinen Entschluß. Wenngleich er unumgänglich gewesen war. Oder nicht? War es seine Schuld? Serehs Schuld? Er wußte es nicht.

Der Batscha, der Uros frischen Tee bringen wollte, sah, wie der Mann, der durch seine Wette in ganz Bamian zum Held des Tages geworden war, leichenblaß und regungslos dalag. Er lief eilig auf ihn zu und flößte ihm ein paar Tropfen Tee ein.

»Noch mehr«, sagte Uros, immer noch mit geschlossenen Augen, und leerte die ganze Kanne.

»Ich schwör' dir, beim Propheten«, rief der Batscha besorgt, »ich werd' zu unserem Medizinmann rennen, so rasch ich kann!«

Dieser Arzt war ein rundlicher Mann mit freundlicher, warmer Stimme. Gleich auf der Schwelle nahm er den fauligen Geruch wahr, der von Uros ausging. Er warf einen nachdenklichen Blick auf das gebrochene Bein und sagte dann zu dem Batscha:

»Hol rasch heißes Wasser, mein Junge, ein paar saubere Tücher und feste, ebenmäßige Stäbe.«

»Dank sei dir, du weiser Mann«, sagte Uros leise. »Kannst du etwas für mich tun?«

»Ich werde deine Wunde befragen, mein Sohn«, erwiderte dieser, »und sie wird mir antworten. Und ich werde ihren Rat befolgen.«

Er neigte seinen runden Kopf mit dem goldbestickten Samtkäppchen über Uros' Wunde, ohne sie zu berühren.

»Oh, mein Sohn, mein Sohn«, rief er schließlich, »warum hast du ein so treues, nützliches Glied nicht besser behandelt? Jetzt wird es viel Ruhe brauchen und sorgsame Pflege.«

»Ich muß noch heute weiter«, erwiderte Uros.

Die freundlichen, klugen Eulenaugen unter den dicken Brillengläsern betrachteten ihn aufmerksam.

»Soso, du spielst, scheint's, mit deinem Bein, als ging's um einen Widderkampf! Doch nimm dich in acht, hier steht mehr auf dem Spiel als Reichtum und Geld!«

»Aber der Einsatz lohnt sich auch«, sagte Uros.

»Schön, wie du meinst«, erwiderte der rundliche Mann. Er warf ein paar Kräuter in das kochende Wasser, das ihm der Batscha gerade brachte, wusch die Wunde gründlich aus und umwickelte sie dann mit einem Tuch, das er vorher mit Salbe bestrichen hatte. Zum Schluß befestigte er die Stäbe. Seine Hände waren leicht, sicher und flink.
»So, jetzt hast du erst einmal Ruhe bis morgen, mein Sohn, doch nur, wenn die Stäbe halten. Danach mußt du auf das Schlimmste gefaßt sein.«
»Ich danke dir, weiser Mann«, erwiderte Uros, »und ganz besonders für deine Offenheit.«
Er deutete auf das immer noch offen herumliegende Geld neben sich auf dem Tscharpai und fuhr fort:
»Bitte, nimm dir selbst, was ich dir schuldig bin. Ich werde dir nie genug für deine Hilfe danken können.«
Der Medizinmann nahm einen einzigen Schein von einem der Stapel, steckte ihn in die Falten seines Turbans und erwiderte:
»Das viele Geld hier, ist das ein anderes Spiel, um die menschliche Natur auf die Probe zu stellen?«
»Vielleicht«, sagte Uros.
Die Eulenaugen betrachteten ihn lange und aufmerksam.
»Du bist ein seltsamer Mensch«, sagte der Medizinmann schließlich. »Seltsam und gefährlich ...«
Dann ging er mit leisen Schritten aus dem Zimmer. Als Mokki vom Markt zurückkehrte, saß Uros aufrecht gegen die Wand gelehnt auf seinem Tscharpai. Der Blick des Sais wanderte sogleich zu dem leeren Platz an seinem Kopfende.
»Hab keine Angst, das Geld ist wohl verwahrt«, sagte Uros. Er schob den Tschapan beiseite: an seinem Amulett hingen zwei kleine, fest verschnürte Päckchen.
»Das Testament und das Geld«, fuhr Uros fort.

Er schloß den Tschapan wieder und zog den Gürtel fester zusammen. Mokki sah, daß ein Dolch in ihm steckte.

»Mein ganz persönlicher Einkauf«, sagte Uros. »Hast du alles erledigt?«

»Alles«, erwiderte Mokki.

»Gut, dann bring Jehol her«, sagte Uros. »Wir brechen auf.«

Die Straße führte am Fuß des roten Felsens vorbei. Die vielen tausend Grotten – einst von den Mönchen Buddhas in den Stein gehauen – ließen ihn wie eine riesige Bienenwabe erscheinen.

Sereh lief hinter Jehol her. Sie führte das graue Maultier. Gesenkten Blicks starrte sie vor sich hin. Drei Tage und drei Nächte blieben ihr, um Uros zu töten... Länger würde der Weg nicht mehr dauern... Doch wie sollte es geschehen? Wie und wann? Nicht am ersten und nicht am letzten Tag, dachte sie. Denn das hinterläßt zu deutliche Spuren. Würgemale am Hals zum Beispiel oder der Dolch im Rücken – das sind allzu sichtbare Zeichen. In diesem Tal und auch in der Gegend von Maimana ist das zu gefährlich. Dort unten kennt ihn jeder. Und hier auch, seit diesem Widderkampf. Also nicht in dieser Nacht und nicht in der letzten. Mithin morgen. Oder was, wenn es aussähe wie ein Unfall? Bei seinem Zustand würde das doch nur natürlich wirken – und seine Diener wären von jedem Verdacht befreit. Wer in Bamian oder Maimana könnte Mokki beschuldigen und dem treuen, aufopfernden, verzweifelten Sais das Testament bestreiten? Ja, drei Tage hatte sie und drei Nächte... Und jetzt galt es nachzudenken...

Plötzlich blieb das graue Maultier stehen. Sie stutzte und blickte auf. Da sah sie, daß auch Jehol stehengeblieben war und daß sich ihnen eine riesige Staubwolke näherte. Noch eine Karawane, dachte Sereh ängstlich und erinnerte sich an den Höhenweg.

Schüsse knallten. Flammen blitzten auf. Erschrocken flüchteten Menschen und Tiere von der Straße in die Felder und Büsche am Wegrand.

»Geh und sieh nach«, befahl Uros dem Sais.

Mokki gehorchte. Gebückt lief er dicht am Wegrand entlang.

Wieder eine Salve. Sereh dachte nur noch an Mokkis Schicksal. Wenn es ein Streit zwischen zwei feindlichen Stämmen wäre? Ein Kampf? Und er verletzt würde... getötet... Der da allein wäre schuld daran, Uros, der stolz und unbeteiligt auf einem Pferd saß, auf das er kein Recht mehr hatte.

Sie atmete wieder auf. Mokki erschien heil und unversehrt aus dem rötlichen Rauch und schrie atemlos: »Nichts Schlimmes...! Eine Hochzeit... der Bräutigam will seine Braut aus einem der Chalebs dort unten holen...«

Uros blickte in das Tal zwischen Straße und Fluß herab. Weit verstreut standen dort prächtige Gutshäuser... Ihre hohen, gekalkten Mauern mit den zahlreichen Türmen überragten weit die Dächer der Ställe, der Hütten und Wirtschaftsgebäude, die sich um das Herrenhaus gruppierten und in denen die Diener, Gärtner, Bauern und Handwerker wohnten. Burg, Zitadelle und Wohnung in einem, sahen sie wie weiße Inseln inmitten grüner Seen aus. Ihre festen Mauern zeugten von Wohlstand, Stolz und Ordnung.

»Da sind sie, da sind sie«, rief Mokki.

Beim Klang einer Trommel tauchte aus der Staubwolke ein feierlicher Zug auf. Ein Reiter ritt voran, sehr langsam und im Schritt. Ungefähr zwanzig andere folgten ihm: junge, kräftige Burschen. Ihre langen, schwarzen, dichten Haare fielen bis auf ihre Schultern herab. Sie trugen lose Tuniken, die in der Taille von einem schmalen Stück Stoff zusammengehalten wurden, und weite Hosen, die an den Fußgelenken zusammengeschnürt waren. Ein großer Trommler folgte ihnen. Er war bei weitem der älteste von allen. Mühelos hielten seine Hände die riesige Trommel. Er hob sie abwechselnd über seinen Kopf, warf sie über die Schultern, hielt sie an sein Ohr oder trug sie vor sich her. Und mit einer Taktsicherheit, einer tänzerischen Grazie ohnegleichen folgte sein ganzer Körper dem Rhythmus. Und auch die jungen Männer tanzten, sprangen und drehten sich im Takt der dumpfen Trommelschläge.

Uros blieb gleichgültig gegenüber ihrem ausgelassenen, fröhlichen Treiben. Auf den Staub, der ihn jetzt in dichten Wolken einhüllte, achtete er kaum. Er würde vorüberziehen ... wie diese Verrückten dort ... und die Straße wäre wieder frei.

Sereh drückte sich eng an Mokki.

»Sais, großer Sais«, flüsterte sie, »nur einen Augenblick ... laß uns den Zug gemeinsam anschauen. Es ist ein gutes Vorzeichen, nicht wahr?«

Und durch die Wolken gelben Staubs hindurch sah sie jetzt in ihrer Phantasie nicht einen unbekannten Reiter auf einem fremden Pferd vor sich, sondern Mokki auf Jehol. Und er kam, um sie zu ihrer Hochzeit zu holen ...

»Platz, Platz!« riefen die jungen Männer laut.

Sie waren jetzt ganz dicht vor Uros. Ihr Lärmen und das Dröhnen der Trommeln wurden unerträglich. Noch vor einem Augenblick war er durchaus bereit gewesen, ihnen auszuweichen, um so der Hochzeitssitte Genüge zu tun. Doch ihre Blicke, ihre frechen Rufe verboten es ihm. Wer fordert oder droht, verliert das Recht auf Höflichkeit. Uros wich nicht vom Platz.

»Los, weg!« wiederholten die Tänzer lauter und herrischer. Dabei wäre es gar nicht so schwer gewesen, an ihm vorbeizugehen. Doch die von der wilden Musik berauschten Männer wollten nicht dulden, daß man ihnen auf diese Weise Trotz bot.

»Bist du taub?« rief der eine und pflanzte sich drohend vor Jehol auf.

»Oder blind?« fragte der andere. Und da Uros noch immer keinen Ton von sich gab und keine Bewegung machte, schrien sie gemeinsam:

»In den Graben, in den Graben!«

Jehol bäumte sich auf. Sie ergriffen seine Zügel. Uros hob die Peitsche. Er wollte das Pferd vorwärtstreiben und, koste es, was es wolle, vorüberreiten. Da stieß jemand an sein gebrochenes Bein. Der Schmerz lähmte ihn fast. Wenn jetzt Jehol vorwärts springt, dachte er, oder sich auch nur plötzlich bewegt, falle ich herunter. Und dann... welch eine Schmach, dachte Uros. Er nahm die Peitsche zwischen die Zähne, um das Messer in seinem Gürtel hervorziehen zu können.

Da blieben die jungen Männer plötzlich wie erstarrt stehen, als hätte ein Zauber sie gelähmt. Denn plötzlich war es still geworden. Die Trommel war verstummt. Vorsichtig legte der alte Mann sein Instrument neben sich auf den Boden, richtete sich auf und ging auf Uros zu.

Die jungen Leute traten beiseite, um ihn und den kleinen, einhörnigen Widder, der ihm wie ein Hund nachlief, vorbeizulassen.

»Sei gegrüßt, Hajatal«, sagte Uros gelassen.

»Friede sei mit dir, tapferer Reiter«, erwiderte der Trommler. »Du spielst noch immer allein gegen alle, wie ich sehe.«

»Und du hast mich noch einmal gewinnen lassen. Ich danke

dir dafür«, erwiderte Uros. Hajatal zuckte fast unmerklich mit den Schultern.

»Du wirst dich einmal dafür revanchieren, wenn ich durch deine Steppe ziehe und bei einem großen Buskatschi auf dich setze.«

Bei diesen Worten spürte Uros plötzlich wieder sein schmerzendes Bein, und er fragte barsch:

»Hast du nicht gesehen . . .?«

»Was«, rief Hajatal mit kurzem Auflachen. »Dein Bein? Was heißt das schon? Du bist wie mein Widder. Als ob dir das etwas ausmachen würde!«

Für den Bruchteil einer Sekunde nur schimmerte in seinen harten, spöttischen Augen eine warme Zuneigung. Und Uros ritt ohne ein Wort, wie zufällig, beiseite an den Straßenrand.

»Dank im Namen des Bräutigams«, sagte Hajatal. »Ihm ist die Vorfreude wohl ein wenig zu Kopf gestiegen!«

»Ist es einer deiner Freunde?« fragte Uros.

»Ich kenne ihn kaum mehr als dich«, erwiderte Hajatal. »Als ich den jungen Leuten auf dem Weg begegnete, dauerten sie mich wegen ihres traurigen Trommlers. Und da hab' ich ihnen gezeigt, wie man bei uns im Osten, in meiner Heimat, so etwas macht. Und da schwor mir der Bräutigam, er würde mich nicht wieder fortlassen, ich müßte bei dem Hochzeitsfest dabei sein. Und ich dachte an die fetten Lämmer, an die Palaos, an den wilden Honig, an das Obst hier aus den Gärten, an die Lieder und Tänze . . . Hai! Hai!«

Seine Augen glühten in Gedanken an das herrliche Fest.

»Hai, hai! Auf, Freunde!« rief er laut. Er legte zwei Finger an die Lippen und entlockte ihnen einen so durchdringenden Pfiff, daß Uros glaubte, die Stürme des Winters heulten über die nächtliche Steppe. Jehol und das Pferd des Bräutigams erschraken und wollten sich aufbäumen. Doch ihre Reiter vermochten sie zurückzuhalten. Nur der große graue Maulesel war herrenlos. Sereh stand neben Mokki. Und mit all seinen Säcken und Bündeln auf dem Rücken tat er einen Satz vorwärts. Fast hätte er Hajatal, der wieder seine Trommel schwang, und die Tänzer umgeworfen. Die jungen Leute zogen ihn übermütig lachend an den Ohren und am Schwanz, um ihn zum Stehen zu bringen. Doch Hajatal fragte Mokki zornig:

»Warum hast du Tölpel das Tier denn nicht zurückgehalten?«

»Er hatte es nicht zu führen«, sagte Uros.

»Wer denn sonst?« rief Hajatal.

»Die Dienerin«, erwiderte Uros.

»Diese Frau von so niedrigem Stand ... Sie hat es gewagt, so nachlässig zu sein?« fragte Hajatal, mehr erstaunt als wütend.

»So ist es«, sagte Uros.

Mit einem einzigen Schritt stand Hajatal vor Sereh und sah auf sie hinab.

»Wenn du mir gehörtest, würde ich dich unverzüglich auspeitschen.«

Sereh wandte sich in ihrer Angst an Uros, mit einem Blick, der fast kindlich war. Uros erschauerte. Ein seltsames Gefühl der Schwäche überkam ihn — wie eben, als er beim Anblick des Hochzeitszuges an die junge Braut gedacht hatte, die mit unschuldigem Lächeln, geröteten Wangen und schamhaft niedergeschlagenen Wimpern in irgendeinem der Chalebs wartete, und er wieder, wie so oft schon, in allen Fasern seines Körpers den glühenden Drang verspürt hatte, diese kaum erblühte Jungfrau zu vergewaltigen, zu entehren ...

Und Uros warf Hajatal seine Peitsche zu und sagte: »Bestraf du sie statt meiner.«
Mit aller Kraft ließ Hajatal den starken Riemen mit der Bleispitze auf Serehs Rücken niedersausen. Die Heftigkeit des Schlages warf sie zu Boden.
»Hör auf, hör auf!« schrie Mokki. Das war alles, was er tun konnte. Die jungen Leute umringten ihn. Dreimal peitschte Hajatal Sereh, deren dünnes Baumwollgewand schon in Fetzen zerrissen war. Uros rührte sich nicht. Nur seine Lider, seine Nasenflügel bebten fast unmerklich.
Hajatal gab ihm die Peitsche zurück. Und nicht etwa auf ihn richtete Sereh, als sie wieder aufgestanden war, ihre vor Haß verdunkelten glühenden Augen, sondern auf Uros.
»Hai, hai!« schrie Hajatal und schwang sein Instrument. Und unter den dumpfen Schlägen der Trommel, die sein heiseres Lied begleiteten, entfernte sich der Hochzeitszug.

Für gewöhnlich wartete Uros stets den Einbruch der Nacht ab, um zu rasten. Doch nicht an diesem Abend. Noch war die Sonne nicht gesunken, da blieb Sereh, als sie gerade einen Fluß überquerten, einen Augenblick stehen, um ihren wunden Rücken etwas zu kühlen. Der Sais hielt Jehol zurück. Und Uros fühlte plötzlich, daß auch er sich nach einer Rast sehnte, nach Ruhe, nach Wärme, nach weichen Decken und einem bequemen Lager. Warum denn unbedingt weiterreiten, dachte Uros, habe ich nicht Zeit? Und der Ort war günstig: ein Fluß – eine Wiese – Büsche ... Und alles andere, was sie brauchten, trug der graue Maulesel auf seinem Rücken.
»Du wirst das Zelt aufschlagen«, sagte Uros zu Mokki. »Und gib acht, daß mein Bett weich und bequem ist und vor dem kalten Luftzug geschützt. Ich will in Ruhe schlafen können.«

Mokki sprang über den Fluß und half Sereh, sich aufzurichten. Die Fetzen ihres Kleides klebten an ihrem aufgerissenen Rücken.
»Hast du gehört, was Uros gesagt hat?« fragte Mokki Sereh flüsternd.
»Ich hab' es gehört«, erwiderte Sereh mit vor Haß verzerrten Lippen. »Und ich schwöre dir, er wird in Ruhe schlafen. Denn niemand hat einen so tiefen Schlaf wie die Toten, nicht wahr?« Mokki nickte zustimmend.
»Kann ich dir helfen?« fragte er leise.
»Nein«, erwiderte Sereh. »Ich allein will es tun. Ich allein.« Und noch leiser fügte sie hinzu: »Er wollte sich nicht die Hände an mir beschmutzen. Einem anderen hat er das überlassen. Und wie er es genossen hat!«
»Wie soll es geschehen?« fragte Mokki.
»Das wirst du erfahren, wenn ich die Schreie der Klageweiber ausstoße«, sagte Sereh. Sie ergriff das Maultier am Zügel und führte es an das Ufer. Dann sagte sie laut zu Uros: »Oh, mein Herr, bevor die Nacht sinkt, sollst du ein deiner würdiges Lager haben. Vielleicht kannst du mir dann mein Mißgeschick von vorhin verzeihen.«
Die Stimme der Nomadin klang klar und warm, und aus ihrem Blick sprach demütige Unterwürfigkeit.
Ein Dirnenkörper und eine Sklavenseele, dachte Uros. Nur mit der Peitsche kann man sie für sich gewinnen! Weiter dachte er nicht; er war zu erschöpft.
Sereh überhäufte Mokki mit Befehlen und Ratschlägen. Und sie selbst arbeitete am eifrigsten. Seit ihrer Kindheit hatte man ihr — wenn die Ihren für eine Nacht irgendwo rasteten — oft genug unter Schlägen und Drohungen beigebracht, wie man am schnellsten und besten ein Zelt aufstellt. Und sie hielt ihr Versprechen. Das Zelt stand mitten auf der Wiese,

das Bett war aufgeschlagen, das Feuer brannte, und der Herd aus drei Steinen war aufgerichtet, noch bevor die Sonne gesunken war. Mokki wischte sich an seinen Hosen die von Gras und Erde schmutzigen Hände ab und ging zu Uros, um ihn vom Pferd zu heben.

Er starrte ihn so haßerfüllt an, daß Uros dachte: Er zürnt mir mehr als seine Dirne wegen der Peitschenhiebe von vorhin. Sereh lief herbei und umfaßte sanft und fest sein verletztes Bein an den beiden Bruchstellen, so daß er ohne die geringste Erschütterung bis zu seinem Lager gelangte.

Sie will ihren Fehler wiedergutmachen, und Mokki tut alles, was sie sagt, dachte Uros. Er sank auf sein Lager, das von Sereh mit dem Besten, das sie in Bamian eingekauft hatte, ausgestattet war: einer weichen Matratze, dicken Federkissen und so leichten Decken, daß er ihr Gewicht kaum spürte. Auf einer Kiste, die sie als Nachttisch neben das Bett gestellt und mit einer goldfarbenen Decke verkleidet hatte, brannte eine helle Lampe.

Uros seufzte vor Behagen.

»Bei Allah, das nenn' ich ein bequemes Lager«, murmelte er mit geschlossenen Augen.

Sereh beugte sich bei diesen Worten tief hinab und küßte Uros' schlaff herabhängende Hand – in der Hoffnung, so noch mehr sein Vertrauen gewinnen zu können. Doch das war ein Fehler. Bei der plötzlichen Berührung dieser Lippen fühlte Uros eine Abneigung in sich aufsteigen, die sein Glücksgefühl störte: ein instinktives Mißtrauen war in ihm wach geworden. Er öffnete seine Augen kaum merklich und las in dem Gesicht der Nomadin, die sich gerade wieder aufrichtete, was er so gut an ihr kannte: die Gier, die Entschlossenheit, die Verschlagenheit. Und er dachte: Mag schon sein, daß du – von der Peitsche bekehrt – dich weniger nach-

lässig zeigst. Doch dein Sinn ist unverändert und nur der hündischen Angst, des Neides und des Hasses fähig.
»Ich will, daß Jehol neben mir bleibt«, sagte Uros
»Bis zum Morgen?« Mokki sah Sereh fragend an.
»Hast du nicht gehört, was unser Herr gesagt hat«, rief Sereh mit unterwürfiger Geschäftigkeit. Auch das war ein Fehler. Aha, dachte Uros, um das Pferd geht's ihnen diesmal nicht. Also um das Geld. Und damit ich besser schlafen kann, sind sie plötzlich so auf meine Bequemlichkeit bedacht.
Gerade noch rechtzeitig unterdrückte er das spöttische Grinsen, das ihn fast verraten hätte. Nein, Sereh durfte nichts merken. Er mußte sie in Sicherheit wiegen, so tun, als ahne er nicht das geringste.
»Hat er getrunken?« fragte er Mokki, der eben Jehol in das Zelt führte.
»Reichlich«, erwiderte Mokki. »Und in Bamian hat er die doppelte Haferration bekommen. Er braucht nichts zu fressen.«
»Binde ihn dicht an meinem Bett an«, sagte Uros.
Und er zeigte sich besonders interesssiert, besonders mißtrauisch gegenüber der Art, wie Mokki Jehol anband. Ein paarmal ließ er ihn den Knoten erneuern. Der Sais gehorchte ihm willig. Nur zu, dachte er, kümmere dich nur um das Pferd. Um so leichter wird Sereh es haben, sich um dich zu kümmern.
Endlich war Uros zufrieden. Sereh brachte ein Tablett mit Tee und rief diensteifrig:
»Der stärkste, heißeste, süßeste Tee für meinen Herrn!«
Uros überwachte jede ihrer Bewegungen, während sie das Tablett auf die Kiste neben seinem Bett stellte und den Tee einschenkte. Es fiel ihm nichts Besonderes auf. Aber sie

konnte ja draußen schon ein Schlafmittel hineingeschüttet haben.
»Trink du zuerst davon«, sagte Uros. »Ich will mir nicht den Mund verbrennen.«
»Welch eine Ehre für deine Dienerin«, erwiderte Sereh mit demütigem, sanftem Ton.
Sie trank ohne zu zögern die Tasse aus, spülte sie sorgfältig und füllte sie erneut.
»Wart noch einen Augenblick, dann ist er gerade richtig«, sagte sie. »Ich geh' und bereite dir inzwischen das Essen.«
Sie verließ das Zelt und hockte sich neben das Feuer, das Mokki bewachte.
»Allah steh' uns bei«, murmelte der Sais.
»Gelobt sei sein Name«, sagte Sereh. »Der Verrückte denkt nur an seine Bequemlichkeit, jetzt, wo er das Pferd sicher aufgehoben weiß.«
Sie begann leise zu stöhnen. Bisher hatten ihr Haß, ihre Furcht, die angestrengte Arbeit und das eifrige Nachdenken sie von ihrem Schmerz abgelenkt. Doch jetzt, in der Wärme des Feuers, brannte ihr Rücken wie eine einzige Wunde. Mit den Fingerspitzen fuhr sie über die Striemen auf ihrem Nakken, die sich schon zu verkrusten begannen.
»Tut so weh«, murmelte sie klagend, »tut so weh.«
Mokki breitete die Arme aus, um sie an sich zu ziehen, doch er wagte nicht, sie auf den Rücken zu legen.
»Du mußt etwas für deine Wunden tun«, sagte er mit heiserer Stimme. »Deine Salben, deine Kräuter ...«
»Ja, ja«, murmelte Sereh. »Aber setz zuerst den Reis aufs Feuer.«
Sie hob die Arme, um die Schnur abzunehmen, an der die Säckchen hingen. Doch sogleich zog sie die Hand wieder zurück: denn die Schnur war festgeklebt und in der Wunde

mit verkrustet. Sereh riß ein Stück von ihrem Kleid ab und tauchte es in das kochende Reiswasser.
»Laß mich das machen«, sagte Mokki und griff nach dem nassen Stoff. »Ich schwöre dir, ich tu dir nicht weh.«
Und wahrhaftig, Sereh spürte nichts — ganz zart lösten seine Hände die Schnur.
»Soll ich dies Säckchen öffnen oder das da?« fragte er und schwang sie stolz wie eine Trophäe.
Sereh packte ihn hart am Arm und flüsterte:
»Rühr sie nicht an. Du kennst dich damit nicht aus. Du weißt nicht, welche dem Leben und welche dem Tode dienen.«
Sie nahm dem Sais die Säckchen weg, hielt sie gegen das Licht des Feuers und betrachtete genau die verschiedenfarbenen Fäden, mit denen sie markiert waren. Dann murmelte sie ein paar unverständliche Formeln. Mokki sah ihr zu, ohne sich zu rühren.
»Du hast vom Tod gesprochen«, sagte er sehr leise. »Ist Uros' Tod in einem dieser Säckchen verborgen?«
»Geduld, großer Sais«, flüsterte Sereh mit einem raschen Blick auf das Zelt. »Sprich nicht davon.«
Wie um ihn zu beruhigen, summte sie ein Wiegenlied der Nomaden vor sich hin, leise und traurig. Während dieses Liedes öffnete sie das Säckchen, das mit einem roten Faden bezeichnet war, schüttete Pulver aus zerriebenen Kräutern in eine Tasse und löste es in ein wenig heißem Wasser auf. Dann riß sie wieder ein Stück Stoff von ihrem Kleid und tauchte den Fetzen in diese Mixtur.
»Drücke das auf alle meine Wunden«, sagte sie zu dem Sais. Danach zog sie einen schweren, warmen Puschtiehn mit großen Taschen an: in die rechte steckte sie alle Päckchen — außer einem einzigen, das mit einem dunkelbraunen Stern markiert war und das sie in der linken Tasche verbarg. Die

Wärme des wollenen Puschtiehns tat ihr so wohl, daß sie erleichtert aufseufzte. Dann lief sie zu dem Topf mit Reis, kostete ein wenig mit einem großen Holzlöffel und begann die Gewürze hineinzustreuen.

Nichts regte sich im Zelt. Jehol schlief, und Uros saß unbeweglich gegen die Kissen gelehnt. Da hörte er draußen ein undeutliches Gemurmel.
Ist es schon soweit? dachte Uros. Mokki erschien im Zelt: er trug eine große dampfende Schüssel, stellte sie auf die Kiste an Uros' Kopfende und trat dann einen Schritt zurück.
»Warte«, sagte Uros.
War das wirklich schon der Augenblick der Gefahr, die ihm — davon war er überzeugt — früher oder später drohte?
»Warte«, wiederholte er.
Die Augen halb geschlossen, beobachtete er den Sais. Von ihm hatte er nichts zu fürchten, außer allenfalls einen offenen Angriff. Er war nur ein einfaches Werkzeug in der Hand der Nomadendirne. Doch in geschickten Händen konnte auch ein Werkzeug tödlich werden...
Uros wandte den Kopf zu der dampfenden Schüssel und sagte:
»Der Palao riecht wirklich hervorragend. Wie schade, daß ich keinen richtigen Appetit habe. Ich hab' keine Lust, allein zu essen. Komm, setz dich her, ich lade dich ein, mit mir zu teilen.«
»Mich?« rief Mokki.
Serehs Päckchen... das mit dem dunklen Stern... nein, er glaubte nicht, daß sie das Pulver in den Reis geschüttet hatte. Doch hatte er wirklich alle ihre Bewegungen beobachtet?
»Ich, an deinem Tisch...«, wiederholte er.

»Auf der Reise gibt es nicht mehr Herrn und Sais. Nur noch Weggefährten«, sagte Uros. Seine Stimme wurde plötzlich hart.

»Setz dich mir gegenüber«, befahl er. Mokki hockte sich auf der anderen Seite der Kiste auf den Boden. »Und fang an«, sagte er.

Mokki erinnerte sich an Serehs eindringliches Flüstern, bevor er in das Zelt trat. »Tu alles, was er dir befiehlt...« Schon wollte er die Hand in die Schüssel tauchen, da ließ er sie wieder sinken. Trotz ihrer Schlauheit — hatte Sereh denn vorhersehen könnnen, daß Uros von ihm verlangen würde...

»Du läßt dich heute abend aber sehr bitten«, sagte Uros. Er musterte Mokki mit unverhohlenem Mißtrauen.

Der Sais begriff: wenn er noch eine Sekunde zögerte, wäre das für Uros die Bestätigung seines Verdachtes... Durch seine Schuld würde ihr Komplott entdeckt werden... Und die Furcht vor Sereh war stärker als die Furcht vor dem Gift.

Mokki tauchte die Finger in den heißen, fetten Reis, knetete ihn, rollte ihn zu einer Kugel zusammen und steckte sie in den Mund. Einige Sekunden vergingen, ohne daß einer der beiden ein Wort sprach

»Ist er gut?« fragte Uros.

»Hervorragend«, murmelte Mokki.

Er fühlte, wie der kalte Angstschweiß ihm den Nacken hinunterlief. Doch was tat's. Er hatte vom Palao gekostet und lebte. Nun erst spürte er, wie groß sein Hunger gewesen war, und steckte die ganze Hand in den Topf. Immer größere Brocken verschlang er, ohne zu merken, wie Uros nach jedem Bissen die Schüssel drehte. Als Mokki endlich satt war und sich die Finger ableckte, war nicht eine einzige Stelle in der Schüssel, von der er nicht gekostet hatte.

»Es ist gut«, sagte Uros. Er begann nun gleichfalls zu essen,

doch ohne rechten Appetit. Nur, um nicht ganz von Kräften zu kommen. Und wirklich, der Palao war hervorragend. Fett, scharf und reich gewürzt. Jeder Bissen brannte auf der Zunge.
Uros schob die Schüssel zurück, rülpste lange und schickte den Sais mit einer Bewegung fort.
Das Zelt öffnete sich wieder. Mokki erschien, von Sereh gefolgt. Er trug einen halbvollen Wassereimer, sie einen prallgefüllten Trinkbeutel.
»Verzeih uns, mein Gebieter, daß deine Ruhe noch einmal gestört wird«, sagte Sereh. »Der Sais hat an Jehol gedacht und ich an dich.«
Mokki stellte den Eimer vor das schlafende Pferd; die kleine Nomadin hängte den Beutel neben Uros an der Kiste auf. Dann verschwanden sie beide auf leisen Sohlen.
Sie wollen, daß ich schlafe, dachte Uros. Sie rechnen damit, daß ich erschöpft und müde bin, nach dem guten Essen. Er zog das Messer aus seinem Gürtel und steckte es in den Schaft seines Stiefels. Seine nächtliche Wache begann.

Das Feuer war fast heruntergebrannt. Mokki warf einen Arm voll Zweige hinein.
»Zum dritten Mal«, flüsterte er. Sereh gebot ihm mit einer raschen Bewegung zu schweigen. Sie war am Ende ihrer Geduld. Seit Stunden warteten sie schon. Sie warteten, daß irgendein Laut, ein Stöhnen, ein Röcheln, ein Schrei oder eine Klage aus dem Zelt dringen würde. Vergeblich. Sereh glitt — wie schon so oft in dieser Nacht — zu Boden, kroch wie eine Schlange zu dem Zelt, hob den Vorhang ein wenig und schaute hinein. Uros schien fest und tief zu schlafen.
»Und wenn er nun doch nicht aufwacht«, flüsterte der Sais Sereh ins Ohr.

»Der Palao«, erwiderte Sereh. »Er hat reichlich davon gegessen ... Du hast es mir ja selbst gesagt.«
Mokki nickte.
»Dann wird der Durst ihn wecken«, sagte Sereh.
Fast zur gleichen Zeit verspürte Uros einen so brennenden Durst, daß er sich entschloß zu trinken, obwohl er lieber weiter so getan hätte, als schliefe er. Er ergriff den prallen Wasserbeutel, hielt ihn gegen seinen geöffneten Mund und wollte schon den kühlen Strahl herausdrücken, als er plötzlich innehielt. Ein Gedanke schoß ihm durch den Kopf, der seine Hand lähmte. Die tödliche Gefahr war vielleicht in diesem Ziegenfellbeutel verborgen ... Mokkis Furcht vor dem Palao ... gespielt ... um den Verdacht abzulenken ... Und die Gewürze ... um ihn durstig zu machen ...
Und was sollte er trinken? Das Wasser.
Mokki und Sereh hörten plötzlich, wie er laut nach ihnen rief. Als sie in das Zelt traten, saß er aufrecht gegen die Kissen gestützt. Er musterte sie mit bohrenden Blicken.
»Zu trinken«, befahl er.
»Aber — aber — war denn nicht genug in dem Beutel?«
»Das war für Jehol«, erwiderte Uros.
Da erst sahen Mokki und Sereh, daß Jehol wach war und aufgestanden war.
»Er hatte solchen Durst«, sagte Uros. »Sein Eimer war schon leer. Da hab' ich ihm mein Wasser gegeben.«
»Was, er hat davon getrunken?« schrie Mokki.
»Vielleicht«, erwiderte Uros.
Mit einem Satz sprang Mokki zu Jehol, stieß ihn zurück und warf den Eimer um.
Uros betrachtete Sereh, ohne sich zu rühren.
»Diese großen Tölpel sind so ungeschickt, wenn man sie plötzlich aus dem Schlaf reißt.«

Ihr Blick wich Uros nicht aus. Und er sah, daß er zumindest sie nicht getäuscht hatte. Sie wußte Bescheid. Diesmal hatte er sie besiegt. Doch sie gab sich noch nicht geschlagen. Bis zum nächsten Mal. Und Uros frohlockte: es versprach ein interessantes Spiel zu werden.
»Einen Augenblick bitte, Herr«, sagte die Nomadin.
Sie ging hinaus und kam mit einem vollen Krug zurück. Uros zwang sie nicht, vorher daraus zu trinken. Mit langen, hastigen, gierigen Zügen leerte er ihn. Er wußte, daß er für Sereh und für diese Nacht unsterblich geworden war.

II
Die Hunde

Der Weg stieg immer weiter an, wurde immer steiler. Uros drehte sich um und sah zu dem schroffen Felsvorsprung, hinter dem das Tal von Bamian plötzlich verschwunden war. So nah waren noch der plätschernde Fluß, die grünen Pappeln, die weißen, hohen Häuser, die rotglühenden Felsen ... Und doch kam es Uros vor, als seien sie ein Trugbild seiner Sinne gewesen.

Dort unten hatten sich vor ein paar Augenblicken noch die ersten Sonnenstrahlen in den klaren Wassern gespiegelt. Hier war das Reich der Schatten, der Einsamkeit, der ewig gleichen Jahreszeit. Und auf dem nackten Felsen wuchs nichts mehr.

Ja, das alles ist nur Traum und Trug gewesen, dachte Uros. Die Oase ... das Zelt ... dieses Triumphgefühl ... Ein Sieg? Was für einer? Und gegen wen? Gegen diesen Tölpel mit den hängenden Schultern, der da vor ihm ging, diesen Muskelprotz, der sich nicht von Mut oder Ehrgefühl, sondern von einer Dirne leiten ließ? Daß die mit allen erdenklichen Mitteln versuchen würde, an das Geld zu gelangen — war das schwer zu erraten gewesen? Und bei dem Widderkampf — da hatte er sich eingebildet, daß eine geheime Macht ihn beschütze, nur weil Hajatals Tier mit einem schlauen Trick über das andere gesiegt hatte. Welch eine Schmach!

Und was nun ...? Immer wieder von neuem beginnen? Wofür? Wozu? Er fühlte sich leer und ausgebrannt. Der Paßweg stieg immer höher. Kein Strahl der Sonne drang bis hierher. Der eisige Wind des ewigen Schnees wehte von den Bergen.

Und der Schmerz kam wieder, er zog immer höher bis zum Knie herauf. Uros dachte an den Medizinmann von Bamian. Die heilende Wirkung meiner Salben wird nicht von langer Dauer sein, hatte der kleine Mann mit den Eulenaugen gesagt. Danach schwebst du in Lebensgefahr. Und er war es, der Tod, der jetzt langsam und bleischwer durch seine Glieder kroch.

Mokki blieb stehen, stieg auf einen Felsvorsprung und schrie dann:

»Bald sind wir durch!«

Es schien Uros, als habe er nur zu Sereh gesprochen. Als hätten seine Worte gar nicht mehr ihm, dem lebenden Leichnam, gegolten. Es ist fast so, dachte er, als seien sie schon die Herren über mich, mein Geld und das Pferd.

Da öffnete sich die Schlucht vor ihm — und vor seinem Blick dehnte sich eine endlose Ebene. Sie war von einer Art großkörniger Asche bedeckt. Kein Baum wuchs hier, kein Strauch. Es war das Land der kalten Sonne und des Todes. Denn diese Ebene, in fünftausend Meter Höhe, gehörte nicht mehr zum Reich der Menschen. Hohe Berge schlossen diese Mondsteppe ein, auf der man vergeblich eine Spur von Leben suchte. Eine Landschaft der Steine, der Felsen, des Schnees und der eisigen Sonne.

Sereh entdeckte plötzlich sehr weit entfernt, am Fuß der Bergkette, die im Norden die Ebene begrenzte, eine kleine Rauchwolke. Sie gingen darauf zu. Als sie etwas näher gekommen waren, vernahmen sie einen eigenartigen Laut. Er erinnerte an das Heulen der Stürme. Doch seltsam: hier rührte sich nicht der leiseste Windhauch. Und nicht die Luft trug ihnen dieses Heulen zu; es kam vom Boden her, ja, es klang, als stiege es aus dem Inneren der Erde empor, aus der Tiefe der Felsen.

Uros war weder erschrocken noch erstaunt. Dieser Weg konnte ja nur zum Ende aller Wege führen. Und als Jehol schließlich stehenblieb, wartete er gelassen darauf, daß der Felsen sich plötzlich auftun und sie alle verschlingen würde. Dann erst begriff er, woher diese Laute stammten: es war wütendes Hundegebell. Doch er dachte: das ist sie also, die höllische Meute, die in den Tiefen der Erde gefangen ist und von der man weissagt, daß sie am letzten Tage der Menschen und Gestirne auftauchen wird...

Die drei Tiere erschienen fast zur gleichen Zeit. Sie waren gedrungen und kräftig, mit einem kurzen, schwefelgelben Fell. Die riesigen Mäuler weit aufgerissen, bleckten sie die Zähne. Ihre Augen flammten rot vor Wut. Ihre gewaltigen Köpfe hatten keine Ohren.

Das erste dieser schrecklichen Tiere stürzte auf Uros zu und wollte ihn an seinem verletzten Bein packen. Uros hob die Peitsche. Was würde sie ihm schon gegen diese höllischen Fabelwesen nützen? Doch der Instinkt zwang ihn, sich trotzdem zur Wehr zu setzen. Er traf das Tier mitten ins Gesicht. Dann ließ er die Peitsche sinken: er war bereit zu sterben. Doch zu seinem Erstaunen stieß der Hund ein wütendes Schmerzensgeheul aus und sprang zurück. In diesem Augenblick hob Jehol ein Bein, um auszuschlagen. Erschrocken wich der Hund ihm aus. Beim Propheten, also doch ein wirkliches Tier! Und als es wieder zum Angriff ansetzte, peitschte Uros es rechts und links genau an der Stelle, wo ihm die Ohren fehlten. Es duckte sich ängstlich. Ein schöner Dämon, dachte Uros beschämt, dieser Schäferhund, den man verstümmelt hat, damit ihn die Wölfe schwerer packen können.

Da kamen auch schon die beiden anderen Tier heran. Und in Uros erwachte wieder der alte Kampfgeist. Er ließ Jehol vorwärtsspringen, wenden, sich aufbäumen, ausweichen, und seine Peitsche sauste auf die heulenden Angreifer nieder. Mokki wollte mit einer Handvoll großer Steine zu ihm laufen. Doch Sereh hielt ihn zurück.

»Keine Steine«, befahl sie. »Das macht sie nur noch wilder. Es sind Nomadentiere ... ich kenne sie ... Und er«, fügte sie nachdenklich hinzu, »wird nicht vom Pferd fallen. Ich kenne ihn jetzt allmählich. Der Kampf verleiht ihm neue Kräfte.«

»Der Hengst könnte dabei verletzt werden«, sagte Mokki.

»Nein, das darf nicht sein ...«, erwiderte Sereh. »Gib acht ... bleib hier und folge mir nicht.«

Mokki sah mit Entsetzen, daß Sereh beherzt auf die Tiere zuging. Doch die achteten in ihrer Wut gar nicht auf sie; sie verfolgten Uros. Sereh stand jetzt mitten unter ihnen. Da — plötzlich war einer der Hunde zurückgesprungen, um Jehols Huf auszuweichen, und jetzt, als er den Kopf wieder hob, sah er Sereh vor sich. Einen Augenblick lang starrte er sie an. Sereh machte keinen Versuch, davonzulaufen. Der Hund knurrte, schien zum Sprung anzusetzen ... schon wollte der Sais Sereh trotz ihres Verbots zur Hilfe eilen. Doch ein scharfer greller Schrei ließ ihn plötzlich innehalten. War sie das gewesen? Nein, unmöglich. Da — wahrhaftig. Der wütende Hund hatte sich plötzlich gehorsam vor der kleinen Nomadin hingesetzt. Der Schrei ertönte wieder, und die beiden anderen Hunde ließen von Uros ab und liefen folgsam zu ihrem Gefährten. Mit aufmerksamem, intelligentem Blick sahen sie fragend zu Sereh empor. Sie erwarten ihre Befehle, dachte Mokki. Was für ein Wunder ... Sereh deutete mit der Hand in die Richtung, woher der Rauch kam. Und ohne zu zögern entfernten sich die drei ...

»Woher weißt du, wie man mit ihnen reden muß?« fragte der Sais bewundernd die Nomadin.

»Es sind doch Zelthunde«, erwiderte sie. »Es wäre ja wirklich schlimm, wenn ich ihre Sprache schon vergessen hätte.«
Uros ritt an Mokki und Sereh vorbei, als sähe er sie nicht. Der Rausch war verflogen, und sein Bein, das er während des Kampfes nicht geschont hatte, schmerzte ihn unerträglich. Er ritt ohne ein Wort zu sagen weiter. Bald durchlief das Fieber ihn in glühenden Wellen, und wenn er auch nicht das Bewußtsein verlor, so fühlte er sich doch wie außerhalb seiner selbst, als sei dieser Uros, der dort mit halb verfaultem Bein im Sattel saß, ein ganz anderer, mit dem er eigentlich gar nichts zu tun hatte. Denn er selbst schwebte dort auf den Strahlen der Sonne und flog dem Himmel zu; er thronte auf den höchsten Spitzen der Berge und ritt über die Grate der Felsen.
Das Bellen der Hunde war schon seit langem verstummt. Nur das Geräusch von Jehols Hufen auf der aschenbedeckten Steppe war noch zu hören. Der Sais, neben Sereh, lief hinter Jehol her. Er suchte jetzt nicht mehr den Weg für Uros; im Gegenteil, er wünschte nichts sehnlicher, als daß Uros – durch eine unvermutete Bewegung Jehols – vom Sattel stürzte. So fall doch schon, dachte er, du stinkender Sack; daß die Sonne deinen Leichnam vertrockne und die Nacht ihn einfriere. Er warf einen Blick auf Sereh. Was dachte sie wohl? Als habe sie seine stumme Frage erraten, sagte sie fast unhörbar:
»Wenn er fällt, erledigen wir ihn.«
»Ja, ja«, flüsterte Mokki.
»Und die Nomaden werden uns als Zeugen für unsere Unschuld dienen«, sagte Sereh.
Obwohl Uros den Sinn der geflüsterten Worte nicht verstehen konnte, verstand er den Ton ihrer Stimmen. Und während sein Doppelgänger weiterhin von Gipfel zu Gipfel

schwebte, fühlte er, der sich fieberglühend kaum noch aufrecht im Sattel halten konnte, undeutlich, daß Gefahr drohte. Mokki und Sereh folgten weiterhin, schweigsam in begieriger Hoffnung, dem erschöpften Reiter. Ein Fall... ein Schlag gegen die Schläfe... ein weiterer... der Tod... Und nach außen hin ein ganz gewöhnlicher Unfall... Rasch das Testament, das Geld... die Nomadenzelte... die Klageweiber... die Beerdigung... Und endlich die Freiheit, der Reichtum! Von alldem trennte sie nur ein falscher Schritt Jehols, ein Stolpern...

Doch die Sonne stieg und stieg... Die Schatten starben... und immer noch hielt Uros sich im Sattel. Und die Ebene dehnte sich endlos vor ihnen. Mokki hielt Sereh zurück und flüsterte ihr ins Ohr:

»Ich werde ihn vom Pferd werfen.« Die Nomadin nickte.

Mokki hob einen schweren Stein auf und lief voraus.

Er hatte Jehol rasch eingeholt. Noch einen Augenblick — und er würde Uros einen Stoß versetzen, ihn vom Pferd werfen... Doch da drehte sich Jehol plötzlich um und verfiel fast im gleichen Augenblick in ein rascheres Tempo. Mokki blieb wie erstarrt stehen. Er hatte in Jehols Augen einen Ausdruck gesehen, der ihm unbegreiflich erschien. Diese feindselige Abwehr... ihm gegenüber, dem Sais, dem Bruder, der ihn pflegte, ernährte... Nein, das ist doch nicht möglich, dachte er. Ich muß mich getäuscht haben. Er begann zu rennen, holte Jehol wieder ein — und diesmal war kein Irrtum möglich. Erneut dieser Blick. Jehol läßt mich nicht mehr an sich heran, dachte Mokki.

Er fühlte sich wie gelähmt. Daß Jehol ihn plötzlich von sich stieß, sein einziger Gefährte auf dieser Welt, den er immer beschützt, verstanden, umsorgt und verwöhnt hatte, von dem er stets nur Dankbarkeit und Freundschaft erfahren hatte, das war ihm unerträglich. Vielleicht ist es wegen des Steins, den ich in der Hand habe, dachte Mokki. Er warf ihn fort und zeigte Jehol seine leere Hand. Der Hengst blieb mißtrauisch. Mokki machte eine Bewegung. Und Jehol sprang beiseite: weit genug, daß der Sais ihn nicht mehr erreichen konnte, und doch vorsichtig genug, um seinen nahezu bewußtlosen Herrn nicht in Gefahr zu bringen.

Dann begann er weiterzulaufen, ohne sich noch einmal umzudrehen, mit raschem, leichtfüßigem Schritt. Mokki sah ihm nach, unfähig, sich zu rühren oder einen Gedanken zu fassen, bis Sereh neben ihm stand.

»Worauf wartest du noch?« fragte sie.

»Es geht nicht«, erwiderte Mokki. »Das Pferd läßt sich von mir nicht anrühren.«

»Hast du mit ihm gesprochen?«

»Nein«, erwiderte Mokki. »Dann ruf es«, sagte Sereh. »Es hört doch immer auf deine Stimme.«

»Jetzt nicht mehr«, antwortete der Sais.

»Was soll das heißen?«

Ein seltsamer, verzweifelter Stolz lag in Mokkis Stimme, als er ihr fast feierlich erwiderte:

»Ein Buskatschipferd verteidigt seinen Reiter stets bis zum Letzten gegen den, der ihm Böses antun will.«

»Aber woher sollte Jehol das wissen?« fragte Sereh.

»Er weiß es«, antwortete Mokki mit einer solchen Überzeugung, daß Sereh schwieg. Warum nicht, dachte sie. Ich kenne die Sprache der Hunde, die unsere Zelte bewachen. Warum sollte er nicht die Pferde seiner Steppe verstehen.

Jehol war so weit voraus, daß Uros selbst vor einem Steinwurf sicher sein konnte. Jetzt lief er langsamer. Doch von Zeit zu Zeit wandte er den Kopf, und sein wachsamer Blick besagte, daß er seine Distanz zu wahren gedachte.

Jedesmal seufzte Mokki tief auf, und jedesmal flüsterte Sereh:
»Er muß ja einmal stehenbleiben.«
Und so wanderten sie immer weiter. Voran der halb bewußtlose Reiter, den der Instinkt seines Pferdes beschützte. Weit hinter ihm Mokki, untröstlich, seinen einzigen Freund verloren zu haben. Und neben ihm Sereh, versunken in ihre Träume von Reichtum und Freiheit.
Weder Uros noch Jehol schienen Hunger, Durst oder Müdigkeit zu verspüren. Schon sank die Sonne, schon erwachten die Schatten. Und immer noch lief Jehol weiter. Es begann zu dämmern.
»Vielleicht ist er schon tot?« flüsterte Sereh plötzlich.
Doch statt der Freude, die sie eigentlich bei diesem Gedanken empfinden müßte, fühlte sie plötzlich eine lähmende Angst in sich aufsteigen. Bald würde die undurchdringliche Finsternis alles bedecken — und dann brach die Zeit der nächtlichen Dämonen an.
Serehs Hand berührte hilfesuchend Mokkis Schulter.
»Wenn ihr Herr im Sattel stirbt, was tun dann die Pferde der Steppe?« fragte Sereh ängstlich.
»Bei uns bleiben sie stehen, mit gesenktem Kopf ... hier ... ich weiß nicht ... ich weiß nichts mehr.«
»Dann müssen wir ihm also immer weiter folgen, in der Nacht, in der Kälte?«
»Wir haben alles da, um zu rasten«, erwiderte Mokki und warf einen Blick auf das erschöpfte Maultier. »Und der Hengst und das Geld? Willst du das alles aufgeben?« fragte Sereh.
»Nie«, sagte Mokki.
Er wußte, er konnte jetzt nicht mehr zurück ... Die Dunkelheit begann das Pferd und seinen Reiter einzuhüllen.

Mokki schloß seine Augen vor Entsetzen. War es überhaupt noch Uros, der dort vor ihm ritt? Nein, das war — der Gespensterreiter — der Gespensterreiter... Sereh spürte, wie Mokki zitterte. Sie ergriff seinen Arm und flüsterte:
»Wovor hast du solche Angst, sag?«
Mokki suchte vergeblich nach Worten. Wie sollte er es ihr auch erklären? Die Nächte, in denen die kleinen Kinder in der dunklen Ecke der Jurte nicht einschlafen konnten und hörten, wie die alten Schäfer, die wandernden Händler, die fahrenden Erzähler um den Samowar sitzend sich ihre schrecklichen Geschichten erzählten. Von blutrünstigen Königen, schrecklichen Zauberern... Und furchtbarer als alles andere war der Reiter ohne Gesicht, der Tag und Nacht, Nacht und Tag über die Berge, die Felsen, den Sand reitet, bis ans Ende der Zeiten, ohne Ziel. Die aber, denen er begegnet, zieht er mit sich fort, auf ewig, bis zum Tod der Gestirne. Mokki wies zähneklappernd auf das Pferd, das im Dunkel kaum noch sichtbar war, und flüsterte:
»Du weißt nicht — du weißt nicht . . . der Gespensterreiter!«
»Du redest wie ein Waschweib«, sagte Sereh und zog ihn entschlossen mit sich fort. Sie begann zu rennen. Mit einer Hand hielt sie Mokki, mit der anderen zog sie das Maultier. Und da, als er das Trappeln der Hufe hörte, wurde Mokki ruhig. Er fand wieder seinen Platz neben diesem Maulesel, der so vertraute Dinge wie ein Zelt, Decken und Nahrung auf dem Rücken trug. Und je näher sie jetzt Uros und Jehol kamen, desto wirklicher wurden auch sie. Ein Mann zu Pferd, weiter nichts. Noch ein paar Augenblicke, und er hatte sie erreicht. Und dann war Uros ihm ausgeliefert...
Da, als er schon auf Uros zuspringen wollte, hielt Sereh ihn plötzlich zurück.
»Nein!« rief sie. »Nein! Du wirst das Pferd wieder vertrei-

ben ... sieh doch, es scheint, als wolle es endlich stehenbleiben.«

Und wirklich, Jehol strebte nach rechts auf einen Hügel zu, der die Form einer Pyramide hatte. Und Mokki und Sereh sahen, daß dort kleine, niedrige Häuser standen, in langen, schmalen Reihen, stufenförmig übereinander.

»Ein Dorf hier«, rief Mokki laut und erstaunt. Doch Sereh flüsterte:

»Bei allen Geistern des Wegs und der Nacht, sei still!«

Sie grub ihre Nägel in Mokkis Handflächen und murmelte: »Alle Nomaden, die zwischen den Weiden des Hasaradschat und den hohen Ebenen des Ostens hin- und herwechseln, sprechen von diesem Hügel — er ist ihr Friedhof.«

»Dann — dann — sind diese Häuser ...«, raunte Mokki noch leiser als die Nomadin.

»... ihre Gräber«, erwiderte Sereh. »Die während der Wanderung sterben, begräbt man nicht irgendwo am Wegrand, sondern man bringt sie hierher.«

»Seit — seit wann«, stammelte Mokki.

»Seit ewigen Zeiten«, erwiderte Sereh. »Da, horch!«

Der nächtliche Wind erhob sich in den Gipfeln der Berge. War er es, der so heulte, stöhnte und klagte? Er dachte an die Menschen, die ihr Leben lang gewandert waren und dort unter den verlassenen Steinen die ewige Ruhe gefunden hatten. Das Ende der Menschen, das Ende der Seelen ... Er fror.

»Sereh ...«, flüsterte er, »wir können hier nicht bleiben ...«

»Wart erst ab, was das Pferd will«, erwiderte Sereh.

Jehol war am Fuß des Hügels stehengeblieben und witterte. Seine Ohren zitterten. Erstaunt, unschlüssig und unruhig schüttelte er den Kopf. Er hatte nach dem weiten Weg freudig gehofft, ein Dorf zu finden, Ruhe, Wärme, Wasser, Nahrung und Sicherheit ... Und da, an seiner Schwelle: nichts davon. Nicht ein Licht. Nicht ein Laut. Weder Tier noch Mensch. Jehol, der während des ganzen langen Tages jede Schwierigkeit von sich aus gemeistert hatte, erwartete nun einen Wink, einen Rat seines Reiters. Ein lautes Wiehern... eine Bewegung... Uros öffnete die Augen...

Es ist schon Nacht, dachte er. Die mittägliche Sonne, das war seine letzte Erinnerung. Hatte er geschlafen in den langen Stunden seitdem? War er ohnmächtig gewesen? Gleichviel. Er fühlte sich besser, wenn auch noch sehr schwach. Die abendliche Kälte tat seinem fiebrigen Körper wohl. Als er erkannte, wozu die trügerischen Häuser vor ihm auf dem Hügel dienten, erschrak er nicht einmal. Gestern, ja noch heute früh hätte er um nichts in der Welt hier rasten mögen. Doch jetzt sagte er sich nur, daß diese Gräber Schutz vor den eisigen Winden boten.

Er befahl Jehol weiterzulaufen und umritt den Fuß des Hügels. Aus der Nähe gesehen, glichen die Gräber sich gar nicht so sehr, wie es zunächst ausgesehen hatte. Die Felsblöcke waren von unterschiedlicher Größe und verschiedener Form. Manchmal war ihre Oberfläche fast spiegelglatt, manchmal rissig und rauh. Einige hatten Dächer als Vorsprung, in andere waren Nischen gehauen. Uros suchte einen Weg, der auf den Friedhof führte. Da plötzlich vernahm er eine leise Stimme von den Gräbern her.

»Bist du es, Uros, Sohn des Tursehn?«

Vor Überraschung wäre Jehol fast gestolpert. Hinter ihnen schrien Sereh und Mokki erschrocken auf. Auch sie haben gehört, wie die Toten mich rufen, dachte Uros. Zu jeder anderen Zeit hätte er Jehol mit Peitsche und Sporen angetrieben und wäre hinaus in das Dunkel, die Kälte, die Einsamkeit galoppiert... Heute, in dieser Nacht, konnte ihn nichts mehr erschrecken. Und er rief:

»Wer du auch seist, du täuschst dich nicht. Tursehn ist mein Vater, und ich heiße Uros.«

»Geh geradeaus. Du findest mich leicht«, antwortete die Stimme.

Uros hielt Jehol zurück. Nicht etwa, weil er zögerte. Doch die Stimme kam ihm bekannt vor. Er überlegte. Wo hatte er sie schon einmal gehört? Er konnte sich nicht entsinnen. Jehol lief vorsichtig weiter. Jeden Zwischenraum zwischen den Steinen betrachtete Uros genau; manchmal betastete er ihre Oberfläche mit seiner Peitsche. Wer weiß, vielleicht ergreift eine Geisterhand sie, um mich zu führen, dachte er. Plötzlich beschleunigte Jehol seinen Schritt. Und Uros sah, weshalb: vor ihnen auf dem Boden zeichnete sich eine schmale, leuchtende Linie ab, wie ein erstarrter Blitz. Der Widerschein der Flamme, die die wandernden Seelen umgibt und ihren Schatten ersetzt, dachte Uros. Er ließ die Zügel locker. Jehol lief noch rascher. Und da fand Uros sich vor einem Feuer. Einem wirklichen, warmen Feuer aus trokkenen Zweigen. Es brannte in einer Art Höhle, an deren hinterer Wand ein großes Grabmal stand. Und hinter dem Feuer saß ein Mann. Kein Skelett. Kein Geist. Ein lebendiger Mann. Er trug eine lange Hupplande, ein Bündel lag zu seinen Füßen. Im Widerschein der Flammen sah Uros in ein zeitloses Gesicht.

»Möge der große Friede dieses Ortes mit dir sein, Uros«, sagte der uralte Mann.

Und Uros verneigte sich, so tief er konnte, in seinem Sattel und antwortete:

»Und mit dir gleichermaßen, Ahnherr der Welt. Ein seltsamer Zufall, dich hier zu treffen. Und ein großes Glück.«

»Nicht so seltsam«, antwortete Guardi Guedj. »Ich habe dich erwartet.«

III
Die Klageweiber

Die Steindecke über dem Grab war etwas verlängert, so daß darunter eine Art kurze, überdachte Galerie entstanden war, die von einer Mauer begrenzt war. Zum Plateau führte aus der Felsnische nur eine einzige, schmale Öffnung. Aus diesem Spalt fiel das flackernde Licht der Flammen, und Mokki und Sereh entdeckten in ihrem Widerschein die Silhouetten von Uros und seinem Pferd. Sereh flüsterte:
»Das ist nicht Uros, sondern sein Schatten.«
»Nein«, sagte Mokki. »Nein!« Diesmal würde er nicht wieder in die Falle gehen. Einmal genügte.
»Uros, Uros, da bin ich!« schrie er tapfer.
»Nun, worauf wartest du dann«, antwortete der Schatten, »um mir vom Pferd zu helfen?«
Sereh klammerte sich an ihn:
»Geh nicht!« beschwor sie ihn. »Hüte dich, auf dieses Gespenst zu hören.«
»Hätte ein Gespenst vielleicht ein so fauliges Bein, daß der Gestank bis hierher dringt?« fragte der Sais.
Da trat die schmale Gestalt Guardi Guedjs aus der Felshöhle heraus. Doch Sereh zitterte nur noch mehr.
»Siehst du, siehst du«, flüsterte sie, »der Grabgeist ist gekommen, um uns heranzulocken.«
Mokki zögerte. Wer mochte das wohl sein?
»Uros«, rief er, »Uros, wer ist denn das dort, der andere?«
Doch bevor dieser ihm antworten konnte, erwiderte Guardi Guedj: »Komm näher und fürchte dich nicht. Ein Geist braucht sich nicht an einem Feuer zu wärmen.«

»Ein lebendiger Mensch«, sagte Mokki zu Sereh. »Und ich glaube, ich glaube ...«

Er lief auf Guardi Guedj zu, und im Licht der Flammen erkannte er das faltige, pergamentene Gesicht des Ahnherrn der Welt. Da verbeugte er sich sehr tief und rief:

»Ich wußte es ... Ahnherr der Welt ... ich wußte es. Du Gedächtnis aller Zeiten ... Wer einmal deine Stimme gehört hat, und sei es auch nur ein einziges Mal, der vergißt sie nicht wieder. Einmal hast du uns auf dem Gut Osman Beys die Geschichte von Attila dem Großen erzählt. Er sei in unserer Provinz von Maimana geboren, hast du gesagt, und von Aktscha, seiner Stadt, aufgebrochen, um die halbe Welt zu erobern.«

Ein leises Lächeln flog über Guardi Guedjs Lippen. Er freute sich, daß dieser junge Mann sich noch an ihn und seine Geschichte erinnerte.

»Trag mich hinter das Feuer«, murmelte Uros. Der Schmerz raubte ihm fast die Stimme. »Und binde Jehol dort fest. Ich brauche das Zelt nicht.«

»Nicht weit von hier«, sagte Guardi Guedj zu Mokki, »findest du einen Brunnen, und dort ist auch trockenes Holz. Jede Karawane, die hier vorüberzieht, läßt einen Vorrat für die nächste da.«

»Gut«, sagte Mokki, während er Uros vorsichtig zu Guardi Guedj trug und an die Grabwand lehnte, »wenn Jehol getrunken hat, bringe ich ihn hierher.«

»Und mach Tee«, flüsterte Uros. »Rasch!« Seine Zähne klapperten.

»Ich habe geahnt«, sagte der Ahnherr der Welt, »daß ich dich so wiederfinden würde: am Ende deiner Kräfte.«

»Wie konntest du wissen, daß ich hierher kommen würde?«

»Für den, der die große Straße verschmäht, gibt es nur einen

Weg. Und auf dieser Ebene kann er nur hier, im Reich der Toten, rasten.«

Das Kinn in die Hand gestützt, fragte Uros weiter:

»Wo hast du meine Niederlage erfahren, Ahnherr der Welt?«

»Auf dem Weg von Kalaktschekan zu den Ställen Osman Beys«, erwiderte Guardi Guedj.

Beide Männer dachten in diesem Moment so stark an Tursehn, daß es ihnen fast schien, als stünde er hier neben ihnen. Doch niemand erwähnte seinen Namen. Jeder wartete, daß der andere als erster von ihm sprechen würde. Uros schwieg aus Stolz. Und Guardi Guedj aus Besonnenheit.

»Wie kommt es, daß du so schnell hierher gekommen bist?« fragte Uros wieder.

»Heißt es nicht«, erwiderte Guardi Guedj, »daß die alten Ziegen den sichersten Fuß haben und immer den schnellsten Weg finden?«

Mokki führte Jehol heran und band ihn dicht neben Uros fest. Hinter dem Sais kam Sereh mit einer Teekanne, einem Beutel Zucker und zwei Tassen. Sie schenkte den beiden Männern ein — Guardi Guedj zuerst — und ging dann wieder hinaus. Mokki sah ihr nach und wandte sich dann erneut an Guardi Guedj.

»O Gedächtnis aller Zeiten und aller Orte, sage mir: Wohin führt diese schreckliche Ebene? Und welchen Weg müssen wir nachher nehmen?«

»Dieses Plateau wird von einem hohen Gebirge begrenzt. Und der Pfad durch dieses Gebirge ist so schmal und steil, daß man ihn die Leiter nennt. Oben ist wieder eine Ebene. Und dann führt der Weg hinab zum Band-i-Amir.«

»Beim Propheten! Die Seen des Band-i-Amir«, rief Mokki. »Wirklich?«

»Ja«, erwiderte der Ahnherr der Welt. »Und die Schönheit

dieser Seen ist so unvergleichlich, daß Worte sie nicht beschreiben können.«

Uros zitterte vor Kälte. Mokki stand auf und holte ein paar Decken.

»Der Palao ist gleich fertig«, sagte er.

Guardi Guedj winkte ab.

»Hab Dank, Sais. Aber du siehst ja, mein Körper bedarf der Nahrung nicht mehr.«

Uros atmete bei seinen Worten erleichtert auf.

Bei dem bloßen Gedanken an Essen überfiel ihn schon Übelkeit.

»Geh«, sagte er zu Mokki. »Geh und iß und laß uns zufrieden.« Mokki ging hinaus und machte sich an die Arbeit.

Es war schwierig, das Zelt auf dem steinigen Boden aufzustellen, doch weder Sereh noch er wollten die Nacht dicht bei den Gräbern verbringen.

Guardi Guedj warf einen Blick auf das verzerrte Gesicht des Tschopendos.

»Du hast Schmerzen«, sagte er. »Große Schmerzen.«

Uros, der jegliches Mitleid als Beleidigung empfand, hörte aus den Worten des alten Erzählers weder Besorgnis noch übertriebene Teilnahme heraus. Guardi Guedj hatte lediglich eine Tatsache festgestellt.

»Die Decken sind zu schwer. Aber wenn ich sie fortnehme, frißt die Kälte an meiner Wunde«, erwiderte Uros.

»Ich habe etwas, das dir helfen wird«, sagte Guardi Guedj.

Er nahm aus seiner Hupplande eine kleine, braune Stange und hielt sie ein paar Augenblicke ans Feuer. Als die Masse weich geworden war, brach er ein Stückchen ab und rollte es zwischen den Fingern.

»Schluck diese Kugel mit ein wenig Tee herunter. Und warte.«

Uros gehorchte. Dann fragte er:

»Ist das dein Zaubermittel?«
»So kann man es auch nennen«, erwiderte Guardi Guedj. »Doch es ist ein Geschenk der ältesten und weisesten Zauberin der Welt.«
»Wie das?« fragte Uros.
»Der Erde«, antwortete Guardi Guedj.
»Eine Pflanze ... ein Kraut«, murmelte Uros.
»Es ist Mohn«, sagte Guardi Guedj.
»Was!« rief Uros beinahe zornig und richtete sich mit einer heftigen Bewegung auf. »Du, der Alte und Weise, du gibst mir ein Gift, das einen schwach und würdelos macht, genauso wie der Wein, den der Koran verflucht?«
»Nichts von dem, das die Erde uns schenkt, ist verflucht«, erwiderte der Ahnherr der Welt. Und als Uros ihm antworten wollte, gebot der Alte ihm mit einer Geste zu schweigen. »Beruhige dich, Tschopendos«, sagte er. »Dieses Mittel wirkt nur, wenn man sich nicht zu sehr bewegt oder ereifert. Komm, lehn dich wieder gegen diesen Stein, unter dem ein Wanderer schläft, sei ruhig und hör mir zu. Ich will dir die Geschichte des Weins erzählen. Vor uralten Zeiten«, fuhr er fort, »regierte in Herat der Schah Khamiran, ein mächtiger und weiser Herrscher. Er liebte es, sich an den heißen Nachmittagen in seinen schattigen Gärten voller seltener Blumen, Springbrunnen und kleiner Pavillons zu ergehen. Sein Hofstaat folgte ihm: hohe Würdenträger, Priester, Wahrsager, Dichter, Heerführer und Prinzen. Und eines Tages entdeckte er auf einem Strauch einen unbekannten Vogel mit so prächtigem Gefieder, daß er stehenblieb, um ihn zu bewundern. Doch in demselben Augenblick hob eine giftige Schlange dicht daneben ihren Kopf.
›Ist denn niemand da, der diesem Tier Einhalt bieten kann‹, rief der Schah Khamiran.

Da spannte sein ältester Sohn seinen Bogen und erlegte die Schlange mit einem Pfeil. Der Vogel aber flog davon und entschwand ihren Blicken, und man vergaß ihn.

Doch ein Jahr später, auf die Stunde genau, kam er wieder zurück, kreiste ein paarmal über den königlichen Gärten und ließ, bevor er wieder verschwand, ein paar Beeren aus seinem Schnabel fallen.

›Was meinst du dazu?‹ fragte der Schah seinen großen Wahrsager.

›Dieser Wundervogel hat dir aus Dankbarkeit ein Geschenk gebracht‹, antwortete dieser.

Und der Schah gebot, den Ort, wohin die Beeren gefallen waren, aufmerksam zu beobachten. Eine Pflanze, die niemand kannte, begann aus der Erde zu wachsen; nicht sehr hoch; und eines Tages trug sie lange Trauben voll kleiner, runder Beeren. Niemand wagte sie anzurühren. Wer weiß – sie hätten ja giftig sein können. Die Trauben begannen langsam reif und reifer zu werden. Der Schah ließ eine hohe Schale darunter stellen, um die Beeren darin zu sammeln. Als sie abgefallen waren, begannen sie zu gären, und eine rote Flüssigkeit floß aus den Trauben.

War das die Belohnung? Oder war es ein tödliches Gift? Man ließ einen zum Tode Verurteilten aus dem Gefängnis holen. Und der Schah befahl ihm, einen Kelch voll dieses unbekannten Getränks zu leeren. Der ganze Hof umgab den Herrscher. Der Unglückliche trank. Dann schloß er die Augen. Die anderen murmelten:

›O unheilvoller Saft ... Er wird sterben.‹

Doch da hob der Gefangene die Augen. Er lächelte. Und dann rief er – und seine Stimme klang nicht mehr wie die eines Sklaven in Ketten, sondern wie die eines Herrn:

›Man bringe mir noch einen Kelch!‹

Der Schah gab seinem Mundschenk ein Zeichen, und dieser goß den roten Saft in einen schweren, goldenen Becher, den nur die Lippen des Herrschers berühren durften. Dann tranken auch die anderen. Und sie wurden fröhlich und guter Dinge...«

Guardi Guedj hielt einen Augenblick inne und fuhr dann fort:

»Und so fiel der Wein vom Himmel auf das Land der Afghanen, damit sie sich an ihm freuen sollten.«

Uros schwieg einen Augenblick, dann meinte er nachdenklich:

»Ahnherr der Welt, ich weiß, daß aus deinen Worten nur die Wahrheit sprechen kann. Doch hatte zu jener Zeit nicht schon der Prophet das dunkle Land erleuchtet und im Buch der Bücher niedergelegt, was der Mensch zu meiden habe?«

Guardi Guedj antwortete ihm – so, wie er es oft zu tun pflegte – mit einer anderen Frage:

»Hast du, o frommer Tschopendos, von dem Herrscher Baber gehört?«

»Baber Scheich, der Siegreiche«, rief Uros, »der Afghane, der in Indien Großmogul war?«

Der alte Erzähler nickte und sagte dann:

»Was meinst du, war dieser Herrscher vom wahren Glauben erfüllt?«

»Wer wagt daran zu zweifeln«, erwiderte Uros. »Hat er nicht die Inder zum rechten Glauben bekehrt?«

»Schön«, erwiderte Guardi Guedj. »Und glaubst du, daß der, der im Namen Allahs das Schwert des Propheten schwang, die Befehle des Heiligen Buches mißachtete?«

»Wie könnte ich so etwas behaupten«, rief Uros.

»Wie kam es dann«, sagte der alte Erzähler langsam und eindringlich, »daß unter der Herrschaft des großen Baber in

Afghanistan soviel Wein gewonnen wurde, daß ganze Tonnen damit gefüllt werden konnten?«

»Dann geschah es ohne Wissen des rechtgläubigen Herrschers«, sagte Uros.

»Du irrst dich«, erwiderte Guardi Guedj. »Er wanderte selbst von Dorf zu Dorf, in den Gebieten, wo der beste Wein wuchs, und begleitet von seinen Ministern, Sängern, Dichtern und Heerführern kostete er von dem Saft der jungen Trauben. Und eines Tages erblickte er eine so wunderschöne Tulpe, daß er ihren Kelch voll des köstlichsten Weines gießen ließ und aus ihr trank.«

»Was sagst du da«, murmelte Uros.

»Und weißt du«, fuhr Guardi Guedj fort, »daß Baber Scheich eines Tages befahl, auf einem Hügel, von dem aus man auf Kabul herabsieht, ein großes Becken zu bauen? Dieses Becken, das übrigens immer noch existiert, ließ er, wenn er besonders teure Freunde empfing, bis zum Rand mit kostbarem Wein füllen ... und er und seine Gäste tranken mit dem größten Vergnügen daraus.«

»Ahnherr der Welt«, rief da Uros aus, »wenn du es nicht wärst, aus dessen Munde ...«

»Meine Zunge möge mir im Munde verdorren«, rief da Guardi Guedj, »wenn nicht ein jedes Wort wahr ist!«

Uros wandte sich ab und starrte nachdenklich auf das Spiel der Flammen.

»Das Buch der Bücher war damals, zur Zeit des großen Scheichs, dasselbe wie heute, nehm ich an«, fragte er schließlich.

»Wort für Wort«, erwiderte Guardi Guedj.

»Dann muß sich also der Sinn derer gewandelt haben, die uns das Wort lehren?« fragte Uros. Und als Guardi Guedj leicht mit dem Kopf nickte, fuhr er fort:

»Wer also – die Weisen von damals oder die von heute – verkünden die Wahrheit?«

»Beide haben sie recht«, sagte der Alte.

Uros wandte sein Gesicht zu dem Ahnherrn der Welt; ein heiterer Friede lag auf seinen Zügen.

»An mir ist es also zu wählen«, sagte er. »Nach meinem eigenen Herzen und meiner Vernunft.«

»Wie in allen Dingen«, sagte Guardi Guedj.

Uros lächelte. »Das wolltest du mir damit sagen, nicht wahr?«

Der alte Erzähler schwieg. Uros lehnte sich zurück, zog seine Decken zurecht und fuhr fort:

»Ich fühle keinen Schmerz mehr. Mir ist, als schwebe mein Geist. Alles ist einfach und klar.«

Guardi Guedj formte aus der braunen Masse noch eine kleine Kugel und gab sie Uros. Als dieser sie heruntergeschluckt hatte, fühlte er, wie sein Blut ihn in warmen Wellen durchströmte; die Dinge wandelten plötzlich ihr Gesicht: der rauhe Stoff der Decken wurde zu weichem Samt und feiner Seide. Und sein Geist war so klar wie nie zuvor.

»Wie kommt es, daß mein Leben mir nie etwas bedeutete«, murmelte er, »wenn ich nicht über alle anderen triumphieren konnte?« Und er erinnerte sich an die erste Karawanserei und wie glücklich er sich unter diesen jämmerlichen Tieren und den armen Reisenden gefühlt hatte ...

»Dieser Reiter«, sagte er, »der sein Pferd peitschte, nur um immer der erste zu sein, allen anderen voraus, dieser arme Irre ...«

»Es gibt ein altes Sprichwort«, sagte Guardi Guedj. »Wenn dir das Glück zur Seite steht, warum sich dann eilen? Und wenn du keines hast, was nützt dir dann die ganze Hast?« Uros lächelte wieder. Er fühlte sich unendlich müde und erschöpft.

»Die Götter mögen deinen Schlaf beschützen«, sagte Guardi Guedj.
»Warum die Götter«, flüsterte Uros. »Es gibt nur einen einzigen ...«
»Wenn man so weit gereist ist, durch so viele Länder und Zeiten, ist es schwer, das zu glauben«, erwiderte Guardi Guedj.
Uros schlief ein. Und der alte Erzähler warf ein paar Zweige in das Feuer, damit es nicht ausgehe.

Bei Tagesanbruch begannen die Hunde zu bellen.
Uros schlief nahe dem Feuer, dessen Glut noch nicht erloschen war. Nur Guardi Guedj wurde durch das laute Bellen geweckt. Er richtete sich auf, warf ein paar Zweige auf das Feuer und lehnte dann wieder seinen Kopf gegen die Grabwand.
Das Bellen näherte sich. Auch Uros hörte es in seinem Schlaf, durch den die Bilder des Traums, der Phantasie und des Deliriums geisterten. Und doch war es ein friedlicher Schlaf. Er war gelöst. Nichts konnte ihn erschrecken. Und auch als die schwefelgelben Höllenhunde mit den abgeschnittenen Ohren in seinem Traum mit Riesenmäulern nach ihm schnappten, bewegten ihn weder Unruhe noch Angst. Und die Meute jagte an ihm vorbei, ohne ihn zu berühren.

Sereh wand sich aus Mokkis Arm, der sie gegen seine breite und warme Brust drückte, und richtete sich auf.
»Wo gehst du hin?« fragte Mokki mit schlaftrunkener Stimme. Er öffnete die Augen und sah, daß die Sonne hell in das Zelt schien.
Die Sonne steht schon am Himmel und ich schlafe noch, dachte Mokki erstaunt und beschämt. Wie kommt es nur ...

Doch da erinnerte er sich an die vergangene Nacht und streckte seine Hand aus, um Sereh zärtlich zu streicheln.
»Horch«, rief die Nomadin und entzog sich ihm. »Horch!«
Sie erhob sich von dem Lager, auf dem sie nur so wenig geschlafen hatten, und wandte sich in die Richtung, aus der das Bellen kam.
»Die Hunde?« fragte Mokki. »Die von gestern?«
»Die von gestern sind weit weg«, rief Sereh.
Mokki kratzte sich den kahlgeschorenen Kopf und sagte: »Das stimmt ... sie führen ihre Herde jetzt sicher schon nach Bamian.«
»Diese Hunde da?« fragte Sereh. »Hörst du nicht, weshalb sie so heulen?«
Mokki lauschte und sagte dann:
»Ein Toter?«
»Die Karawane ist gekommen, um ihn zu bestatten«, sagte die Nomadin. »Komm!«
Serehs Augen leuchteten. Der Sais band den schmutzigen Lumpen, der ihm als Turban diente, um den Kopf und dachte: So sind die Frauen. Nichts ergötzt sie so sehr wie eine Beerdigung. Nicht einmal eine Geburt oder eine Hochzeit.
»Hast du keine Angst mehr?« fragte er sie.
»Warum?« erwiderte sie erstaunt. »Jetzt ist es Tag. Und das ist ein wirklicher Toter, den sein Stamm bestatten wird ... Komm!«
Sie verließ das Zelt und blieb stehen, vom Licht der Sonne geblendet. Die körnige Asche, die nackten, von Schnee und Eis bedeckten Felsen – das alles war in schimmernde, blitzende, eisklare Helligkeit getaucht. Und Mokki dachte: Das Gebet ... das Gebet ... ich habe es vergessen. Allah wird mich dafür bestrafen. Er packte Sereh, drehte sie gen Osten und warf sie fast zu Boden.

»Bitte den Allmächtigen, er möge uns unsere Sünden vergeben«, flüsterte er.
Mokki betete. Sereh hörte kaum zu. Die Stirn gegen den Boden gepreßt, dachte sie an nichts anderes als den Begräbniszug. Als sie sich wieder erhoben, sahen sie den Hügel vor sich, und im Licht des Morgens erschienen ihnen seine Gräber nicht mehr so unheimlich wie im Dunkel der Nacht. Ein leichter Rauch stieg zwischen zwei Steinmauern auf.
»Sie brauchen uns«, sagte Mokki.
»Still ... horch!« flüsterte Sereh.
Eine herzzerreißende Klage übertönte nun das Bellen der Hunde, und Sereh preßte plötzlich ihre beiden Hände gegen ihr Herz und stimmte in den wilden Trauergesang ein. Dann rannte sie hastig davon, um sich unter die Klageweiber zu mischen. Mokki verfolgte sie mit seinen Blicken. Als sie hinter dem Hügel verschwunden war, ging er auf den Rauch zu und sah in die Nische, in der Uros und Guardi Guedj mit geschlossenen Augen ruhten. Jehol war schon wach. Er hat Durst, dachte Mokki und flüsterte:
»Gleich, mein Prinz. Gedulde dich noch ein wenig. Sobald sie wach sind, sollst du schönes, kühles Wasser haben.«
Er erwartete, daß das Pferd ihn wie immer mit einer leichten Bewegung, einem Wiehern begrüßte. Doch nichts geschah. Mokki lockte ihn, pfiff leise, wie er das schon getan hatte, als Jehol noch taumelnd auf dünnen, schwachen Beinen stand und gerade laufen lernte. Nie hatte er diesen zärtlichen Rufen des Sais widerstanden. Sie waren ihrer beider Sprache. Doch an diesem Morgen schien der Hengst sie nicht zu hören. Seine Augen blieben wachsam und unnahbar. Wie gestern, als ich Uros vom Pferd stoßen wollte, dachte Mokki; dieser Hengst vergißt nichts.
Er verließ die beiden Schlafenden und ging Sereh nach, um

den Hügel herum. Je weiter er sich von der dem Osten zugewandten Seite entfernte, desto länger wurden die Schatten, die die Gräber am Fuß des Hügels warfen, und Mokki hütete sich, dieses Reich der Dunkelheit zu betreten. Nach einiger Zeit merkte er, daß die Gräberreihen sich lichteten: sie reichten jetzt nur noch bis etwa zur halben Höhe der Pyramide. Ach so, dachte Mokki, ich verstehe: sie haben ihren Friedhof dort begonnen, der aufgehenden Sonne zu. Hier im Westen ist noch viel Platz für Gräber. Er lief jetzt rascher und entdeckte plötzlich einen Platz, der noch ganz frei war. Dort erblickte er die Karawane. Es waren etwa fünfzig bis sechzig Paschtuns. Sie gingen zu Fuß. Die Männer trugen wie stets alte, silberbeschlagene, feinziselierte Gewehre. Doch entgegen dem Brauch führten nicht sie die lange Prozession an, die sich dem Friedhof näherte. Hier gingen die Frauen voraus, und andere schritten den Männern zur Seite: ohne Rücksicht auf Rang oder Alter. Mit geschlossenen Augen und weitgeöffneten Mündern schrien sie, heulten und klagten ohne Unterlaß. Sie rissen sich die Haare aus, zerkratzten sich die Wangen und schlugen sich gegen ihre Brüste. Und doch lag auf ihren Zügen eine seltsame Verzückung ...

Mokki entdeckte Sereh nicht unter den Frauen. Dann sah er plötzlich weiter hinten auf dem größten der drei Kamele, die den Zug beschlossen, eine Frau sitzen: ganz in schwarze Kleider, Schleier und Schals gehüllt. Gegen ihre Brust preßte sie ein kleines Bündel, sie war die einzige, die nicht zu Fuß ging, die einzige, die schweigsam blieb: die Mutter des toten Kindes. Mokki betrachtete ihre geschlossenen Lippen und begriff nicht, woher die verzweifelte, wilde, leidenschaftliche Totenklage kam, die alle anderen übertönte. Da entdeckte er gegen das Kamel gelehnt und den Kopf gegen die Knie der Mutter gepreßt — eine weibliche Gestalt.

Er erkannte sie zunächst gar nicht. Erst als sie an ihm vorbeiging, sah er, daß es Sereh war. Hinter ihr liefen zwei riesige Hunde ohne Ohren, deren heulendes Gebell im gleichen Rhythmus ertönte wie die Totenklage der Frauen. Ihnen folgte die Herde. Mokki sah, wie der Zug am Fuß des Hügels stehenblieb und sich in einem Kreis um ein kleines Plateau aufstellte, wo offensichtlich schon viele Karawanen gerastet hatten. Die Klageweiber heulten und schrien immer noch. Die Männer nahmen die Lasten von den Kamelen und schlugen ein Zelt auf. Das Kamel, das die Mutter und ihr totes Kind trug, legte sich nieder. Immer noch schweigend und das Bündel an sich pressend stieg sie ab und ging dann langsam auf das Zelt zu, in dem sie verschwand. Und da verstummten mit einem Mal die klagenden Schreie. Die Frauen ließen sich erschöpft niederfallen — mit zerfetzten Kleidern und blutenden Gesichtern. Nur die älteste unter ihnen war stehengeblieben und befahl jetzt:
»Los, ihr Frauen, an die Arbeit! Die Kleinen sind hungrig. Und auch die Männer müssen sich stärken. Bald beginnt wieder die Totenklage.«
Sereh blieb allein neben dem Zelt hocken. Als Mokki sie berührte und anrief, wandte sie sich ihm zu. Der Sais sah sie erstaunt an: ihr Blick war wie verwandelt. Er war sanft und zärtlich. Und als sie jetzt zu ihm sprach, klang ihre Stimme bittend und demütig:
»Großer Sais, großer Sais«, murmelte sie, »ich möchte Kinder haben. Sicher, ich bin schon ein paarmal schwanger gewesen, doch von Männern, die nichts taugten, die mich schlugen und die mir nicht gehörten ... Mit meinen Kräutern hab' ich es zu verhindern gewußt. Doch jedes Mal danach, welche Trauer, welche Verzweiflung!«
Sie sah zu den Kindern hinüber, die vor dem Zelt spielten,

lachten, sich stritten, herumtollten. Und Sereh schlang ihre Arme um Mokkis Hals und flüsterte leidenschaftlich:
»Von dir... ja... von dir... Sie werden schön sein... wunderschön...«
Von weitem hörten sie ein lautes, hämmerndes Geräusch.
»Sie hauen die Steinblöcke für das Grab zurecht«, sagte Mokki. »Willst du noch bis zum Schluß hierbleiben?«
»Ja«, erwiderte Sereh. »Und ich werde besser als alle anderen um das tote kleine Kind weinen... und das Schicksal wird die meinen beschützen.«
»Ich muß zurück«, sagte Mokki. »Es wird Zeit.«
»Geh nur«, sagte Sereh. »Ich komme gleich nach. Sie brauchen ja nur ein ganz kleines Grab.«
Sie schlang wieder ihre Arme um Mokkis Hals und stellte sich auf die Zehenspitzen, bis ihr Gesicht dem des Sais ganz nahe war.
»Sie werden schön sein«, flüsterte sie. »Und stark.« Und nach einer Pause fügte sie mit wilder Entschlossenheit hinzu:
»Und reich! Das schwöre ich dir!«

Uros war erwacht. Trotz seines brennenden Durstes rührte er sich noch nicht, rief nicht nach Tee, schlug nicht einmal die Augen auf. So sehr fürchtete er, endgültig aus diesem gnadenvollen, wohltuenden Halbdämmern, das ihn noch umfangen hielt, aufzutauchen. Die Hunde waren verstummt. Guardi Guedj stand auf, nahm wieder ein paar Zweige und warf sie in das Feuer. Uros vernahm das leise Knistern und murmelte, immer noch ohne sich zu rühren:
»Wohin wirst du jetzt gehen, Ahnherr der Welt?«
Und Guardi Guedj antwortete ebenso leise:
»Für gewöhnlich wähle nicht ich meinen Weg, sondern der Zufall bestimmt ihn. Ein Wagen, der mich mitnimmt... eine

Karawane, der ich folge ... wohin der Wind mich weht ...« Und noch leiser fügte er hinzu: »Für gewöhnlich ...«
»Und diesmal?« fragte Uros.
»Diesmal weiß ich es. Heut nacht hab' ich meinen Weg erkannt ...« Er hob die Hände gegen das Feuer und fuhr fort: »Vor ein paar Tagen hat mich der Klang einer Dambura fast zu Tränen gerührt. In Kalaktschekan ... bei Tursehn ... Und vor ein paar Stunden habe ich mit mir selbst Zwiesprache gehalten.«
»Und?« fragte Uros.
»Ich habe immer gedacht, ich sei älter geworden als das Alter und hätte den Tod hinter mir gelassen. Doch heute sehe ich, daß beide mich eingeholt haben ... das Alter und der Tod. Ich will sie mit mir nehmen in die Täler, wo ich geboren bin.«
»Mit deinen Göttern?« fragte Uros.
»Die man nicht verbrannt hat, stellt man in Kabul zur Schau, hält sie in der Knechtschaft ...«, erwiderte Guardi Guedj. »Doch das macht nichts. In meinem Alter bedarf ich ihrer nicht mehr.«
Mokki erschien und brachte den Tee.
»Du kommst zur rechten Zeit, Sais, um unseren Durst zu löschen«, sagte Guardi Guedj. »Hab Dank!«
»Habt ihr die Klageweiber gehört?« rief Mokki, während er zuerst dem alten Erzähler einschenkte. »Ich bin dort gewesen, um die Nomaden zu grüßen.«
»Das war recht«, erwiderte Guardi Guedj. »Wir sind die Gäste ihrer Toten.«
Gierig trank Uros drei Tassen des glühendheißen Getränks hintereinander und fragte dann:
»Wen hat man begraben?«
»Ein Neugeborenes«, antwortete Mokki.

»Schenk mir noch eine Tasse ein«, bat Uros. Und fuhr dann verächtlich fort: »Soviel Lärm wegen so einer plärrenden Kreatur.«

»Denkst du so von den Kindern?« fragte Guardi Guedj.

»Genau so. Und daß sie dümmer, schmutziger, lärmender, anspruchsvoller und schwerer zu erziehen sind als ein ordentliches Pferd«, erwiderte Uros.

»Hast du selbst Kinder gehabt?« fragte Guardi Guedj wieder.

»Meine Frau ist gestorben, als sie mit dem ersten schwanger war«, antwortete Uros.

»Hat es dir leid getan?« fragte Guardi Guedj. Uros schüttelte den Kopf.

»In jenem Frühjahr hab' ich meine Tschopendoskappe gewonnen, beim Buskatschi der drei Provinzen«, erwiderte er.

»Du liebst niemanden außer dir«, sagte der Ahnherr der Welt. Er reichte Mokki seine Tasse und lehnte sich wieder gegen die Steinmauer.

»Das ist nicht wahr«, sagte Uros. »Nur, die anderen liebe ich noch weniger.«

Mokki trug das Tablett fort, kam mit einem vollen Wassereimer zurück und stellte ihn vor Jehol. Dann lief er rasch wieder fort. Er hatte Angst, daß Uros ihn fragen könnte, wo Sereh denn bliebe.

Die Sonne stand schon fast senkrecht über dem Hügel, und ihre Strahlen erreichten nicht mehr das nun schattige Gewölbe. Doch das Feuer erwärmte die beiden Männer. Jehol, der sich wieder hingelegt hatte, stand plötzlich auf und rieb seine Nüstern an Uros' Gesicht.

»Der Hengst hat genug geschlafen. Jetzt will er weiter«, sagte Uros zu Guardi Guedj. Er streichelte das Pferd und fuhr fort: »Ich auch ... ich werde den Sais rufen.«

Doch er tat es nicht. Bis zum letzten Augenblick wollte er diesen wohltuenden Frieden genießen, der ihn noch immer erfüllte.

»Wart noch ein wenig«, sagte Uros zu Jehol und schob ihn sanft von sich. Doch das Pferd gehorchte ihm nicht und wieherte. Und da vernahm Uros sehr leise und von weit her das Bellen der Hunde. Er richtete sich auf. Und jetzt erst ließ Jehol beruhigt von ihm ab. Das Bellen kam näher. Und Uros merkte, daß es nicht mehr denselben Klang hatte wie am Morgen. Dieses da war wütend und feindlich, während jenes am Morgen Verzweiflung ausgedrückt hatte. Doch seltsam die Art, in der sie sich näherten... Sie sprangen nicht, sie jagten nicht. Es schien, als paßten sie sich einem menschlichen Schritt an, als hielten sie sich gewaltsam zurück. Und von Zeit zu Zeit verstummten sie, wie um sich nicht zu verraten.

Uros überlegte. Diese samtweichen Sohlen... diese Augenblicke des Schweigens... Uros grinste. Er hatte begriffen. Dann sammelte er entschlossen seine Kräfte. Er suchte auf dem Boden den größten und spitzesten Stein, befestigte ihn an dem Riemen seiner Peitsche und prüfte dann sorgfältig diese neue Waffe. Den Griff zwischen die Zähne geklemmt, schob er sich langsam zu dem schmalen Spalt, der nach draußen führte.

Sein gebrochenes Bein schleifte über den steinigen Boden. Ein grauenvoller Schmerz durchzuckte ihn. Er grinste wieder. Gut, daß der Schmerz ihn wieder zur Besinnung brachte! Auf halbem Weg zwischen dem Feuer und der schmalen Pforte hielt er inne und legte sich keuchend nieder.

Mokki, der gerade einen Brotfladen buk, lief mit fettigen Händen vom Feuer weg, um zu sehen, woher das Bellen kam. Er sah die beiden riesigen Hunde schon von weitem.

Sie hielten sich rechts und links von Sereh, die sie, die Hand auf ihren Nacken gelegt, führte.
»Wozu die Hunde?« rief Mokki.
»Damit unsere Kinder reich sind«, erwiderte sie.
Die beiden Tiere wichen nicht von ihrer Seite. Leichtfüßig liefen sie an Mokki vorbei. Er drehte sich um und rannte ihnen nach.
»Und der Ahnherr der Welt?« rief er.
Sie antwortete nicht, ja sie sah den Sais nicht einmal an.
»Bei Allah dem Allmächtigen ... er hat nur Haut und Knochen. Sag den Hunden, sie mögen ihn verschonen«, bat Mokki.
Was sollte er sonst tun? Sereh aufhalten? Im gleichen Augenblick würden ihm die Hunde an die Kehle springen, und Sereh würde sie nicht zurückrufen ...
Als sie dicht vor dem Eingang standen, der in die Grabkammer führte, grub Sereh ihre Nägel in die Nacken der Hunde, blieb einen Augenblick lang unbeweglich stehen und trieb sie dann mit einem heiseren lauten Schrei an.

Uros war wieder zu Atem gekommen. Als er Serehs Schrei hörte, stützte er sich auf sein gesundes Knie. Er nahm die Peitsche aus seinem Mund. Und da erschien auch schon das erste der beiden Ungeheuer. Uros tauchte seine linke Hand in die glühende Asche des Feuers und warf sie dem Hund ins Gesicht. Der zuckte zusammen und wandte den Kopf ab. Im gleichen Moment hob Uros seine Peitsche, zielte – und der spitze, schwere Stein an seinem Ende traf das Tier genau an der empfindlichsten Stelle: unter den abgeschnittenen Ohren. Der Hund taumelte, fiel. Und schon tauchte – blitzschnell wie ein Geschoß – der zweite auf; doch er konnte dem ersten nicht mehr ausweichen. Er stieß mit gewaltiger

Wucht mit ihm zusammen und wurde durch den Anprall ebenfalls aus dem Gleichgewicht gebracht. Mit ausgebreiteten Pfoten fiel er zu Boden. Uros warf sich auf ihn und schnitt ihm mit dem Messer, das er aus seinem Gürtel gezogen hatte, den Hals durch.

Doch die Anstrengung war für Uros zuviel gewesen. Und nur die Stimme Guardi Guedjs hinderte ihn daran, das Bewußtsein zu verlieren.

»Was erwartest du, was verlangst du noch von dir, o Tschopendos?« fragte der alte Erzähler.

Jehol war zu Uros gegangen und berührte mit seinen feuchten Nüstern sein Gesicht.

»Leg dich hin«, flüsterte Uros.

Jehol gehorchte. Und Uros hielt sich mit beiden Armen an seinem Hals fest, zog sich hinauf und sank dann in sich zusammen. Jehol erhob sich ganz langsam und mit äußerster Vorsicht. Uros band den Strick los, mit dem Mokki ihn angebunden hatte.

»Friede sei mit dir, Ahnherr der Welt«, sagte er zu Guardi Guedj.

»Ich begleite immer meinen Gast bis zur Schwelle«, erwiderte der Alte.

Der Hengst stieg vorsichtig über die beiden toten Hunde und blieb dann am Ausgang stehen. Mokki und Sereh standen nur ein paar Schritte von ihnen entfernt.

»Vergiß nicht den Sattel«, sagte Uros zu dem Sais, als er ihn bemerkte. Und zu Guardi Guedj gewandt:

»Mögen deine Götter dich beschützen, o Ahnherr der Welt.«

»Vergiß die deinen nicht, Tschopendos«, erwiderte Guardi Guedj. Und Uros machte sich wieder auf den Weg.

IV

Die Fünf Seen

Als Uros an dem Grabhügel vorbeigeritten war, sah er, daß die Ebene zusehends schmaler wurde. Die beiden Bergketten rückten immer enger zusammen und bildeten bald eine unüberwindliche Wand.
Jehol lief rasch. Er brauchte seinen Schritt nicht mehr den Schritten Mokkis und Serehs anzugleichen. Und Uros hielt ihn nicht zurück, obgleich er keinen Sattel unter sich hatte und sein Bein, das er bei dem Kampf mit den Hunden nicht geschont hatte, unerträglich schmerzte. Doch auch er freute sich der wiedergefundenen Freiheit, des Alleinseins — ja selbst seiner Qual. Sie war der Preis seines Kampfes, in dem er, der Ohnmächtige, Halbtote, gesiegt hatte. Er fühlte sich stärker als alle Hindernisse, alle Gefahren. Und er begann eine alte Wandererballade zu singen, die so alt und eintönig war wie die Steppe, wie sein Volk.
Bald war das Ende der Ebene erreicht. Jehol blieb stehen, und Uros verstummte. Vor ihnen erhob sich das Gebirge: es war so schroff, daß nur eine wilde Bergziege die Felswand hätte erklettern können. In zahllosen Windungen führte eine Piste hinauf, die die Karawanen im Laufe der Zeiten ausgetreten hatten und die immer schmaler, steiler und gefährlicher wurde. Eine Leiter, hatte Guardi Guedj gesagt. Immerhin: Tiere und Menschen mit sicherem Fuß konnten diesen Weg schon passieren. Und — auf einem ordentlichen Pferd — auch ein guter Reiter, vorausgesetzt, daß er kräftig und wendig genug war. Doch konnte auch er das? Ohne die Hilfe seiner Schenkel und seiner Knie? Ohne einen Sattel?

Jehol zögerte. Er hob das eine Bein, ließ es wieder sinken und lief unschlüssig hin und her. Dann wandte er seinen Kopf Uros zu.

»Ich weiß«, sagte er leise, »ich weiß, allein würdest du nicht zögern. Und genausowenig, wenn du einen gesunden Reiter auf dem Rücken trügest... aber jetzt hast du Angst... nicht deinetwegen... sondern meinetwegen... Nun?«

In Jehols Blick lag ein ihm unerträglicher, fast menschlicher Ausdruck...

»Na los schon«, sagte Uros.

Er hob die Peitsche, doch als er den Stein sah, der immer noch an dem Riemen befestigt war, lenkte er den Schlag seitwärts. Aber Jehol hatte das Zischen der Peitsche vernommen. Schon wollte er mit einem Sprung die gefährliche Piste angehen, da erinnerte er sich, wie verletzlich, wie unsicher und ungeschickt sein Reiter war. Er senkte den Kopf, untersuchte aufmerksam den Boden und begann sich dann mit äußerster Vorsicht vorwärts zu bewegen. Es war mehr ein Klettern als ein Laufen. Uros preßte zwar, so gut er konnte, seine Schenkel gegen die Flanken des Pferdes; doch er fühlte, wie er bei jeder neuen Erschütterung unaufhaltsam nach hinten rutschte, den schweißbedeckten Rücken des Pferdes entlang. Ich werde mich nicht lange halten können, dachte er. Mokki und seine Dirne werden kommen und mich am Boden finden. Sie werden keine große Mühe mehr mit mir haben, wenn ich überhaupt noch am Leben bin... Und er dachte an all die tödlichen Abenteuer des Wegs, die er selbst herbeigesehnt, herbeigeführt hatte — soviel Mühe, List und Tapferkeit, um jetzt, kurz vor dem Ziel, so schmählich zu enden...

Um die erste Plattform zu erreichen, mußte Jehol sich fast

senkrecht aufstellen. Und Uros fühlte, wie er das Gleichgewicht zu verlieren begann: im letzten Augenblick gelang es ihm noch, die Arme um Jehols Hals zu werfen und sich dort festzuklammern. So ließ er sich hinaufziehen. Als sie oben waren, atmete Jehol tief auf. Uros setzte sich nicht zurück. Er blieb so liegen und versuchte sich noch fester an Jehols Hals zu klammern. Es war ihm gleichgültig, daß diese Haltung eines Reiters unwürdig war. Niemand konnte ihn hier sehen. Außer Jehol. Und Jehol wußte, weshalb er es tat.

Sie stiegen weiter. Absatz um Absatz. Bei jedem blieb Jehol stehen, um Atem zu holen, und Uros versuchte dann, sein verletztes Bein so bequem wie möglich zu halten. Einmal richtete er sich plötzlich auf — mitten in einer Steigung. Er hatte gehört, wie sich weiter oben Steine lösten und herunterrollten: kam ihnen eine Karawane entgegen? Niemand durfte ihn so sehen, zusammengesunken, in dieser erbärmlichen Haltung... Ein paar Augenblicke vergingen, sie erschienen ihm wie eine Ewigkeit. Er fühlte, wie er immer weiter nach hinten rutschte. Da sah er, wie eine Ziegenfamilie leichtfüßig den Berg herunterkletterte, und atmete auf. Dann gab es keinen Zwischenfall mehr bis zum Ende der Piste. Dort endlich fand Jehol wieder ebenen Boden unter seinen Füßen. Lange blieb er unbeweglich stehen, seine Beine zitterten. Uros ließ seinen schaum- und schweißbedeckten Hals los und richtete sich langsam auf. Als er den Kopf wandte und hinunterschaute, packte ihn ein solches Schwindelgefühl, daß er sich rasch wieder umdrehte. Vor ihnen dehnte sich eine breite Ebene mit trockenen Grasbüschen und kleinen Sträuchern. Jehol zögerte, weiterzulaufen. Sein schweißnasses Fell dampfte, und seine Beine zitterten immer noch. Einen Augenblick dachte Uros daran, ihn nach dieser Anstrengung und den ausgestandenen Ängsten ein wenig länger verschnaufen zu lassen. Doch dann überlegte er: wenn ich ihm jetzt nicht sofort befehle, weiterzugehen, dann wird von uns beiden er der Herr sein.

Uros preßte seine gesunde Ferse in Jehols Flanke, und der Hengst setzte sich wieder in Bewegung, doch lustlos, mit hängendem Hals. Uros versuchte nicht, ihn anzutreiben. Er hatte gehorcht, das war die Hauptsache. Er selbst fühlte sich unendlich erschöpft. Der Verband um sein verletztes Bein hatte sich so gelockert, daß er zu nichts mehr nütze war. Der untere Teil des Knochens hing lose herab und schwankte bei jedem Schritt hin und her. Und nur noch der Schmerz bewahrte ihn davor, ohnmächtig zu werden.

Jehols Schritt war fester geworden. Von Zeit zu Zeit strichen seine Nüstern über den Boden; er roch an dem trockenen Gras und fraß ein paar Handvoll.

Er muß wirklich schrecklichen Hunger haben, dachte Uros, um so etwas anzurühren. Wie viele Tage schon hatte er nichts Ordentliches mehr zu fressen bekommen? Gewiß, während des Kantar müssen die Buskatschipferde auch hungern; doch tagsüber rühren sie sich nicht von der Stelle, und des Nachts ruhen sie auf frischer, kühler, weicher Spreu. Aber Jehol schlief schon seit ein paar Tagen immer nur hungrig und in eisiger Kälte, nach einem anstrengenden Tag. Uros tastete über Jehols Hals. Er war schon ganz mager, man konnte seine Rippen zählen.

Ich bin dabei, den Hengst zuschanden zu reiten, dachte Uros. Wird er es noch bis zum Schluß schaffen? Jetzt kommt der schlimmste Teil des Wegs. Und Uros erinnerte sich an die Worte Guardi Guedjs: Die letzte Mauer, die letzte Felswand des Hindukusch ... danach kommt die Steppe ... Nein, Jehol mußte es schaffen! Er war kräftig genug, um sich selbst steif und lahm bis nach Hause zu schleppen. Hielt er sich nicht auch im Sattel, er, ein Halbtoter? Er trieb Jehol wieder an. Jetzt, da der Weg wieder eben und leicht war, konnte er sich kaum noch wachhalten. Seine Lider waren schwer wie Blei. Jehols gleichmäßiger Schritt wiegte ihn bis zur Bewußtlosigkeit. Oder war es noch der Mohn Guardi Guedjs? Noch bevor er darüber nachdenken konnte, schlief er auch schon, die Hände in Jehols Mähne vergraben.

Was hatte ihn wieder geweckt? Er wußte es nicht. Es war kalt geworden, und Jehol war stehengeblieben. Erstaunt betrachtete Uros den Himmel. Er hatte geglaubt, nur einen Augenblick lang geschlafen zu haben, doch jetzt war die Sonne schon gesunken. Und als er sich weiter umschaute, erkannte er auch die Landschaft nicht wieder. Aus der Steppe war steiniger Felsboden geworden. Zu seiner Rechten erhob sich eine Anhöhe aus Lehm und rötlichem Stein. Vor ihm ging es steil bergab. Normalerweise hätte Jehol nicht gezögert, weiterzugehen. Doch hier, mit einem ohnmächtigen Reiter ohne Sattel und Sporen, fand er wohl, daß Uros zumindest aufwachen könnte: und so wartete er geduldig auf diesen Augenblick; genau dort, wo das Gefälle begann.

Uros setzte sich zurück, preßte seine Schenkel so fest wie möglich gegen Jehols Flanken und sagte leise:

»Ist schon gut. Ich schlafe nicht mehr. Geh nur.«

Jehol lief dicht an der Felsmauer entlang, um so seines Pfades sicher zu sein. Uros kam dieses Wegstück wie ein Alptraum vor. Obwohl er sich an Jehol festklammerte, so gut es ging, unter Aufbietung seiner letzten Kräfte, rutschte er fast bei jedem Schritt weiter nach vorn. Bald liefen Krämpfe durch die Muskeln seiner Arme und Schenkel. Er konnte nicht mehr anders: er legte sich flach auf Jehol und hielt sich wieder an seinem Hals fest. Doch diesmal war es noch schlimmer als vorhin bei der Steigung. Denn jetzt glitt er bis zu dem

Nacken des Pferdes vor und hing dort schließlich, unfähig sich zu rühren. Bei jeder Erschütterung fürchtete er, an Jehols Mähne entlangzurutschen und vorn hinunterzustürzen. Schließlich konnte der Hengst dieses Gewicht, das ihn immer stärker nach vorn zog, nicht mehr länger ertragen. Er blieb stehen und lehnte sich mit der Schulter gegen den Fels, um zu verschnaufen.

Warum dulde ich eigentlich noch diese Schande, fragte sich Uros bitter. Ich hab' doch nie Angst vor dem Tod gehabt? Jehol atmete wieder ruhiger und zitterte nicht mehr so stark. Ich brauche mich nur fallen zu lassen, und alles ist zu Ende. Doch dann sah er sich plötzlich am Boden liegen und dort verfaulen und besann sich. Er klammerte sich wieder fester an Jehol. Sterben – nun gut. Aber so unwürdig wollte er nicht zugrunde gehen. Jehol setzte sich wieder in Bewegung. Es wurde immer kälter. Und immer steiler ging es bergab... Da plötzlich fühlte er, wie er ganz von selbst zurückrutschte und wieder fest und sicher auf Jehols Rücken saß. Ohne den Hals des Hengstes loszulassen, hob er den Kopf. Jehols Füße standen auf ebenem, sandigem Boden. Da erst richtete er sich ganz auf und schaute sich um. Sie waren auf einem weiten, verlassenen Strand. Und vor ihnen lagen die Fünf Seen des Band-i-Amir.

Uros wagte kaum zu glauben, was er da sah. Narrte ihn eine Fata Morgana? Eine Fieberphantasie? Er schloß die Augen vor Angst, das Bild könnte sich von einem Augenblick zum anderen wieder in nichts auflösen... Vorsichtig öffnete er sie wieder... Nein, es war Wirklichkeit.

Hinter dem grauen Strand, an dem Jehol stand, begann das Reich des Wassers. Zu beiden Seiten von roten Felsen eingeschlossen, stiegen die Fünf Seen des Band-i-Amir immer höher, von Stufe zur Stufe, bis sie die ferne, zerfließende Grenze des Himmels zu berühren schienen. Doch seltsam: trotz dieses Gefälles lag der Wasserspiegel glatt und ruhig da. Keine rauschenden Wellen, keine niederstürzenden, gischtigen Wogen. Wie von einem unsichtbaren Deich zurückgehalten, trat nicht einer der Seen über den Rand seines Beckens. Unter dieser fast wellenlosen Fläche floß das Wasser durch tausend unterirdische Kanäle und bildete so, am Fuß eines jeden Bassins, eine neue spiegelnde Woge. So überflutete und füllte der Strom des Band-i-Amir einen See nach dem anderen, und das letzte dieser Wasser endete am Fuß des Strandes, auf dem Uros stand.

Er war wie verzaubert — weder erschrocken noch erstaunt. Sein fanatischer Glaube an die alten Legenden und Wunder ließ ihn eine ganz einfache Erklärung für dieses Phänomen der Natur finden: Riesen, Dämonen, Zauberer hatten die roten Felsen zerspalten, und die Geister der Wasser hatten von ihrem Reich Besitz ergriffen. Wer sonst konnte diesen Wassern befehlen, so ruhig dahinzuströmen, entgegen allen Naturgesetzen?

Und während Uros noch darüber nachdachte, ereignete sich ein neues Wunder. Die Sonne senkte sich über diese glitzernden Spiegel und färbte sie. Doch jedes Becken hatte seine eigene Farbe: purpurn das eine, blau, dunkelgrün, schwarz die anderen. Plötzlich jedoch verlosch das abendliche Licht, und Uros schien es, als wäre das Wasser von den Tiefen der Erde verschluckt worden. Er war auch darüber nicht erstaunt: er dachte an den unterirdischen Riesen der kirgisischen Fabeln, Kol Tavisar, der ganze Ströme, Bäche und Seen in einem Zug austrank. Vielleicht war er das, dachte Uros, oder einer seiner Brüder...

Statt des Band-i-Amir spannte sich jetzt ein riesiger, in allen

Farben schimmernder Regenbogen von einem Ende der Terrasse bis zum anderen. Doch auch er verschwand nach ein paar Augenblicken wieder. Die Sonne leuchtete noch einmal auf und tauchte alles in ein glühendrotes Licht — dann versank sie, und das Wasser flutete wieder in die Becken zurück. Nun hatten sie alle die gleiche Farbe: die der Schatten. Und jetzt begann Uros sich zu fürchten.

»O Allah, Herr aller Wunder«, rief er.

Und da entdeckte er auf der anderen Seite des ersten Sees, dicht an der Felswand, ein kleines Gebäude mit einem winzigen Minarett und einer kümmerlichen Kuppel.

»Du hast mich gehört, o Allah«, sagte Uros.

Und Jehol lief auf die Moschee zu. Die Piste zwischen See und Felsen war breit und eben. Keine Anstrengung mehr, keine Gefahr. Und Uros, von Jehols Gang gewiegt, begann dieser dumpfen, bleiernen Erschöpfung nachzugeben ... Riesige Hunde geisterten durch seine Fieberträume. Ein Regenbogen flammte auf. Dann warf ihn ein Stoß gegen eine spiegelnde Wand aus schimmernden Edelsteinen ... Jehol war stehengeblieben und wieherte ängstlich. Doch bevor Uros ganz zur Erde stürzte, fingen ihn starke Arme auf ... Er verlor das Bewußtsein.

Als er wieder zu sich kam, befand er sich in einem langen, engen, niedrigen Raum. Noch immer hielten ihn die Arme, die ihn eben vor dem Sturz bewahrt hatten. An der Wand standen nebeneinander leere Tscharpais. Und eben wurde er auf eines dieser Betten gelegt.

Dann hörte er schwere, rasche Schritte, die sich entfernten. Das helle Licht der Sturmlaterne blendete ihn nicht mehr. Nur noch das matte Feuer der Glut in einem großen Becken erleuchtete den Raum. Deshalb ist es so warm, dachte Uros.

Der Mann kam zurück und mit ihm die grelle Helligkeit der Sturmlaterne. Er war jung, klein, dabei von kräftiger, gedrungener Gestalt. Er brachte eine dampfende Tasse mit Tee. Und noch bevor er etwas sagte, gab er Uros zu trinken. Dann erst sprach er, und seine Stimme klang warm und freundlich.

»Dein Bein sieht schrecklich aus. Du kannst so nicht schlafen.«

»Wo bin ich?« fragte Uros.

»Im Hause Allahs und der Pilger«, erwiderte der Mann.

»Mein Hengst?« fragte Uros erneut.

»Ich werde für ihn sorgen. Und glaube mir, Kutabai hält, was er verspricht.«

»Das Pferd zuerst«, sagte Uros.

»Das ist nur recht und billig. Du verdankst ihm mehr als dir selbst«, erwiderte Kutabai lachend.

Die Sturmlaterne entfernte sich wieder. Das Halbdunkel tat Uros wohl. Er fühlte eine seltsame, bleierne, doch angenehme Schläfrigkeit: der Mohn Guardi Guedjs hatte seine wohltuende Kraft noch nicht ganz verloren. Kutabai erschien wieder. Er brachte saubere Tücher. Neben den Tscharpai stellte er einen Krug mit heißem Wasser. Dann säuberte er sehr sorgfältig Uros' Wunde, richtete den Bruch wieder ein und verband das Bein, so fest er konnte. Uros duldete die höllischen Schmerzen mit zusammengebissenen Zähnen: ohne einen Seufzer, ohne ein Zucken. Er fühlte sich entsetzlich beschämt, daß er von einem Fremden diesen Dienst annahm. Ein Medizinmann, Mokki oder Sereh — gut: es war ihr Beruf, ihre Aufgabe, so etwas zu tun. Doch daß er vor diesem Fremden hier seine ekelerregende, faulige Wunde bloßlegte ...

Kutabai hob die Lampe und leuchtete Uros ins Gesicht:

»Du bist nicht ohnmächtig geworden. Und du hast dich nicht gerührt. Gepriesen sei deine Tapferkeit.«
»Ich hab' mich an dieses stinkende Fleisch gewöhnt«, erwiderte Uros hart. »Aber du?«
Kutabai lächelte.
»Dein Bein«, rief er, »riecht wie tausend Rosen neben den Wunden der Aussätzigen, die ich versorge.«
Dieses schreckliche Wort beunruhigte Uros einen Augenblick. Er wollte Kutabai noch fragen, was es mit ihnen auf sich habe, und tat es doch nicht. Die Erschöpfung war zu groß. Die Schmerzen verebbten langsam. Wozu noch reden? Nur das Licht war zu grell.
»Nimm diese Lampe weg«, murmelte Uros. Und dann schlief er auch schon ein ...

»Nimm diese verdammte Lampe weg«, flüsterte Uros. Es war hell und heiß. Er öffnete erbittert die Augen. Die Sonne erfüllte das ganze Zimmer und drang bis nach hinten, wo ein runder, fensterloser Raum lag. Uros erinnerte sich wieder: die Moschee ... Kutabai ... Er mußte über zwölf Stunden geschlafen haben.
Und doch fühlte er sich wie zerschlagen. Er war durstig und hungrig. Schon wollte er nach Mokki rufen. Doch wo war der Sais? Eine entsetzliche Angst ergriff Uros: wenn er sich verlaufen hatte ... dann war all seine Mühe, das ganze tödliche Spiel umsonst gewesen ...
Zwei Männer sprachen draußen miteinander. Uros vernahm ihre Stimmen deutlich durch die dünne Wand der Moschee. Der eine war Kutabai ... doch der andere ...
»Mokki! Mokki!« rief Uros mit einer unsäglichen Freude und Erleichterung. Die Tür ging auf, und Mokki stand mit einem Satz neben Uros.

»Du lebst!« rief er. »Du lebst! Allah sei gedankt!« Sie sahen sich gerührt an.

»Wahrhaftig, zwei Brüder könnten nicht glücklicher sein«, sagte Kutabai, der auf der Schwelle stehengeblieben war.

Mokki und Uros wechselten wieder einen Blick. Doch der war kalt und ausdruckslos. Die beiden Männer erinnerten sich plötzlich wieder daran, weshalb sie solche Angst gehabt hatten, sich zu verlieren,

»Wie hast du mich gefunden?« fragte Uros den Sais.

»Es gibt nur diese eine Piste bis zum Band-i-Amir. Und dann fand ich im Sand Jehols Spuren. Nur bist du zu rasch geritten. Wir mußten unterwegs kampieren.«

»Ich habe Hunger und Durst«, sagte Uros.

»Der Tee ist gleich fertig. Sereh bereitet ihn. Dann bäckt sie dir Brotfladen und macht dir ein Palao.« Mokki war schon wieder an der Tür, als Kutabai sich über Uros beugte, um ihn aufzurichten.

»Nicht du mit deinen Bärenarmen«, rief der Sais heftig. Er ging zurück und hob Uros auf. Dabei tastete er fast unmerklich nach der Stelle, wo unter dem Hemd die Geldscheine steckten. Uros atmete erleichtert auf. Alles hatte wieder seine gewohnte Ordnung.

»Du bist wirklich ein guter Sais«, sagte Kutabai lobend.

»Als mein Vater krank war, hätte ich es auch nicht geduldet, daß ein Fremder sich um ihn kümmert.« Er seufzte tief. »Nach seinem Tod ist meine Mutter in ihr Dorf zurückgekehrt. Und ich versehe nun seinen Dienst hier.«

Mokki trug das Tablett herein.

»Noch nie hast du einen so guten Tee getrunken«, rief er.

»Trink du zuerst«, sagte Uros. Er hatte die Wunderkräuter der Nomadin noch nicht vergessen, und als das Palao fertig war, lud er die beiden Männer ein, mit ihm zu essen.

»Kennst du den Weg, der zu den Steppen des Nordens führt?« fragte er Kutabai, während sie ihre Hände in die Reisschüssel tauchten.
»Die Reisenden, die von dort her kommen — es sind nicht viele —, haben mir von einem schrecklichen Paß erzählt«, erwiderte der Wächter der Moschee. »Ich glaube kaum, daß ein Pferd hinüberkommt.«
»Jehol wird es schaffen«, erwiderte Uros.
»Ich begleite dich bis dorthin«, sagte Kutabai.
Er leckte sich die fettigen Finger und fuhr fort: »Für heute ist es schon zu spät. Ihr würdet das andere Ende nicht rechtzeitig vor Einbruch der Dunkelheit erreichen. Und das würde den sicheren Tod bedeuten. Du mußt dich also entscheiden: entweder kampierst du heut nacht am Eingang der Schlucht, oder du brichst früh beim Morgengrauen auf und bleibst noch eine Nacht unter meinem Dach.«
Uros fühlte sich noch sehr schwach, und er dachte daran, daß Jehol sich einmal richtig ausruhen mußte.
»Ich nehme dein Angebot mit Freuden an, Kutabai. Und ich danke dir.« Kutabai strahlte übers ganze Gesicht.
»Du kannst dir nicht vorstellen, wie glücklich du mich machst«, sagte er. »Die Einsamkeit — selbst an einem so heiligen Ort — ist manchmal schwer zu ertragen.«
»Es kommen doch hier viele Leute vorbei?« meinte Uros.
»Was für Leute«, rief Kutabai. »Die Fremden aus den Ländern der Ungläubigen mit ihren lauten, lärmenden Wagen. Sie kennen unsere Sprache nicht. Essen widerliche Speisen. Und trinken, was der Prophet verflucht hat.« Kutabai hielt einen Augenblick inne und fuhr dann sanfter fort: »Oder die Aussätzigen.«
»Die Aussätzigen!« rief Mokki entsetzt. »Weshalb kommen sie hierher?«

»Man sagt seit alters her«, erwiderte Kutabai, »daß die Wasser des Band-i-Amir eine heilkräftige Wirkung haben.«
»Hast du schon gesehen, wie sie gesund wurden?« rief Uros.
»Nein«, erwiderte Kutabai. »Nein. Sie ziehen weiter und kommen nie wieder.«
Uros beugte sich vor, packte Kutabai, der vor dem Tscharpai hockte, an den Schultern und flüsterte:
»Sag mir, sag mir, beim Koran ... glaubst du ... für mein Bein ...«
Kutabai senkte den Blick und sagte schüchtern:
»Alles liegt in den Händen Allahs des Allmächtigen.«
Und die drei Männer wandten den Blick nach hinten zu jenem Raum, wo ein paar armselige Gebetsteppiche lagen.
»Bring mich nach draußen«, sagte Uros zu Kutabai. Es war Mittag, und die Sonne stand im Zenit. In ihrem grellen, harten Licht schimmerten die geheimnisvollen Wasser der Seen in allen ihren Farben. Während er Uros langsam zu dem Wasser trug, murmelten Kutabais Lippen die Namen, die diese Seen schon seit Jahrhunderten trugen:
»Sulfikhar«, sagte er. »Pudina ... Panhir ... Haibat ... Gulamahn ...«
Kutabai legte Uros dicht am Ufer nieder.
»In der ganzen Welt gibt es nirgends so herrliche Seen«, flüsterte Uros.
»Wie wäre das auch möglich«, rief Kutabai. »Hasrat-i-Ali, der Märtyrer selbst, hat mit einem Zauberwort den Lauf des herabstürzenden Stromes hier aufgehalten und dieses Wunder vollbracht.«
»Hasrat-i-Ali«, wiederholte Uros leise und andächtig.
Mokki lauschte ihnen zerstreut. Von Zeit zu Zeit drehte er sich um. Dort hinten stieg über einem niedrigen Felsen eine Rauchwolke auf. Dort war das Zelt. Dort war Sereh.

»Sag uns, Kutabai«, fragte der Sais, »gibt es in Band-i-Amir irgendein Dorf?«

»Nur ein einziges«, erwiderte der junge Wächter. »Ganz hoch oben. Wenn die Seen vereist sind, kommen die Dorfbewohner über das Eis hier herunter. Meine Mutter gehört zu ihnen. Und eines Tages werde ich mir von dort eine Frau nehmen, wenn Allah mir das nötige Geld dazu schenkt.«

»Wer ihm so treu dient wie du, der wird auch dafür belohnt werden«, sagte Uros.

»Möge Allah dich erhören«, rief Kutabai.

Die Sonne war so glühend heiß, daß Uros, den das Fieber verzehrte, bald schweißüberströmt war.

»Möge er auch mich erhören«, flüsterte er.

Ein ganz leichter Wind bewegte das Wasser. Der Duft, den er von den Seen her trug, war so frisch, so leicht und würzig, daß es Uros schien, als wären alle Gerüche der Gräser, der Blumen und der Bäume in ihm vereint.

»Woher kommt das?« fragte er verwundert.

»Das sind die Wurzeln und Pflanzen, die überall im Wasser wachsen. Alle fünf Seen duften nach ihnen.«

»Nun«, erwiderte Uros, »laß uns versuchen, ob es mir etwas nützt ...«

Kutabai ließ sich dicht am Ufer auf die Knie nieder, nahm Uros wie ein Kind in seine Arme und tauchte das verletzte Bein in das Wasser.

»Der Prophet sei mit dir«, sagte er.

Gleich darauf ertönte ein so wilder Schrei, daß Mokki erschrocken zusammenzuckte. Nur Kutabai blieb ungerührt: er kannte den Grund.

»Was hast du?« fragte der Sais, der Uros' Stolz kannte.

»Nichts ... nichts ...«, keuchte dieser mit zusammengebissenen Zähnen.

»Die Kälte«, sagte Kutabai zu Mokki. »Sieh selbst ...« Der Sais tauchte einen Finger in das Wasser und zog ihn sofort zurück.

»Diese Seen erwärmen sich nie«, sagte Kutabai. Uros' Zähne klapperten.

»Wie ... wie lange?« flüsterte er.

»Solange es geht«, sagte Kutabai. Ein Atemzug ... noch einer.

Uros glaubte, seine Glieder würden zu Eis erstarren.

»Genug«, sagte er. Als er sich unter den Strahlen der Sonne wieder langsam aufwärmte, fragte er:

»Bleiben die Aussätzigen länger drin?«

»Das ist etwas anderes«, erwiderte Kutabai. »Sie fühlen nichts mehr. Ihre Haut ist abgestorben. Zuletzt fällt sie ganz von selbst ab.«

»Sag ... ekelst du dich nie vor ihnen?« fragte Uros zögernd.

Kutabai dachte einen Augenblick lang nach. Er wollte Uros eine ehrliche Antwort geben. Dann sagte er:

»Nein ... nein ... wirklich ... sie sind soviel unglücklicher als all mein Unglück ...« Uros begann wieder zu zittern. Seine Lippen waren noch immer blau.

»Du mußt jetzt wieder hinein«, sagte Kutabai energisch. »Und warm zugedeckt werden und kochendheißen Tee trinken.«

Er trug Uros in die Moschee zurück.

Mokki ging zu Sereh, die vor dem Zelt auf ihn wartete.

»Morgen früh bei Morgengrauen brechen wir auf. Es ist ein sehr gefährlicher Paßweg ... dann, am Abend, kommt die Steppe ...«

Sereh wollte antworten. Bevor sie jedoch etwas sagen konnte, fuhr Mokki fort und sprach ihre Gedanken aus:

»Uros wird sie nicht mehr sehen.«

V
Die letzte Hürde

Die fünf Seen des Band-i-Amir schimmerten im Licht des Morgengrauens. Mokki führte Jehol gesattelt und gezäumt vor die Tür. Sereh ging hinter ihm und hielt den grauen Maulesel am Zügel. Kutabai kam mit zwei Decken aus der Moschee heraus. Er faltete sie zusammen und legte sie unter den Sattel des Pferdes.

»Dein Herr wird sie brauchen«, sagte er zu dem Sais. »Er hat keine gute Nacht gehabt. Sein Bein ist geschwollen...«

Kutabai und Mokki halfen Uros auf das Pferd. Sie fühlten durch den Stoff des Tschapans, wie sein Körper glühte.

Die Reisenden schlugen den Weg zum Strand ein. Es wurde rasch hell. Die Sonne ging auf und tauchte den Gipfel des roten Felsens in ihr morgendliches Licht. Die Natur und die Gewalt der Elemente hatten seltsame Formen in den Stein gegraben. Sie ähnelten riesigen Statuen und Skulpturen. Erstaunt fragte Uros Kutabai, der an seiner Seite ging:

»Sind diese Steine über Nacht gewachsen?«

»Sie stehen dort schon seit Jahrtausenden«, erwiderte der Wächter der Moschee. »Vorgestern konntest du sie nicht sehen. Es war schon zu dunkel.«

Hinter dem kleinen Strand schlug Kutabai einen Weg ein, der rechts abging. Die Statuen begleiteten sie. Die letzte stellte ein junges Mädchen dar. Ihr Körper war deutlich zu erkennen. Hoch aufgerichtet schien sie über die Reisenden zu wachen, die unter ihrem steinernen Gesicht entlangwanderten. Plötzlich teilte sich der Felsen. Und hier begann der Paß, der die letzte Bergwand des Hindukusch durchschnitt.

»Allah sei mit euch allen«, sagte Kutabai.
»Hab Dank, mein Bruder«, erwiderte Uros. Seine Stimme hatte fast zärtlich geklungen. Er faßte unter sein Hemd, nahm ein großes Bündel Geldscheine heraus und steckte es in Kutabais Gürtel.
»Nimm dir rasch eine Frau, damit du nicht mehr so allein bist«, sagte er.
Kutabai sah ihn mit einem Blick an, in dem sich Unglauben, Überraschung, Glück und Dankbarkeit mischten. Uros fühlte sich unbehaglich; er wandte sich rasch von ihm ab und sah auf Mokki und Sereh, die ihn wutentbrannt anstarrten: man betrog sie, man stahl ihnen, was von Rechts wegen ihnen gehörte... Uros grinste wieder. Er vergaß Kutabai, hörte schon nicht mehr auf seine Dankesbeteuerungen und gebot dem Sais, vorauszugehen.
Kaum hatten sie — Jehol hinter Mokki — die ersten Schritte getan, da mußten sie schon stehenbleiben: mit einem Schlag war es stockfinster geworden. Hoch über ihnen schimmerte nur ein schmaler, blauer Streifen durch die Felsgrate. Langsam gewöhnten sich ihre Augen an das Halbdunkel. Mokki machte ein paar vorsichtig tastende Schritte. Der Steinboden war eben und glatt. Jehols Hufe und die des Maulesels hinter ihm dröhnten wie in einem Gewölbe.
»Warte... warte«, rief der Sais.
Uros fand sich plötzlich vor einer Steinmauer, die ihm den Weg versperrte.
»Da ist ein Loch«, rief Mokki wieder, »gerade groß genug...«
Seine Stimme war plötzlich wie abgeschnitten. Uros entdeckte eine Art niedrigen Tunnel — in der Richtung, aus der die Stimme gekommen war. Um hindurchzukommen, mußte er sich flach über Jehols Hals legen. Und die Öffnung war so

eng, daß das Pferd die Steinwand an beiden Seiten streifte. Am anderen Ende des Tunnels flammte plötzlich das grelle Licht der Sonne auf. Wie geblendet blieb er stehen. Und im selben Augenblick riß der Wind ihn fast vom Pferd. Der heulende Sturm hatte die Gewalt eines Orkans. In hundertfachem Echo warfen die Felswände sein klagendes Lied zurück. Die Geister der toten Schäfer und all der Seelen unter der Erde, dachte Uros. Weder er noch Jehol wagten weiterzugehen. Zu ihren Füßen führte eine glitzernde und steil abfallende Piste immer geradeaus, so weit das Auge reichte.
Mokki trat aus dem Schutz der Felswand, an die er sich gepreßt hatte, um nicht umgeweht zu werden, und ging an Uros vorbei. Er lief zu Sereh zurück, die ängstlich am anderen Ende des Tunnels stehengeblieben war und nicht weiterzugehen wagte. Er zog sie an der Hand. Dann schrie er Uros laut zu:
»Nun?«
Uros packte den Griff der Peitsche fester. Am Ende des Riemens hing noch immer der Stein. Mokki wandte sein von mörderischer Wut entstelltes Gesicht von ihm ab und blickte ratsuchend Sereh an. Uros fühlte die Gefahr: er wußte, er durfte Sereh nicht erst zu Atem kommen lassen, und er mußte verhindern, daß sie dem Sais einen schweigenden Befehl gab. Mit der Peitsche trennte er ihre beiden Köpfe. Dann packte er Mokki am Hals und warf ihn auf den abschüssigen Weg. Der Sais rollte ein gutes Stück abwärts, ehe er wieder auf die Beine kam. Uros ließ Jehol vorsichtig weitergehen. Er lief direkt auf den Sais zu. Der zögerte. Zwar brannte noch immer die Mordlust in seinen Augen: doch er war ohnmächtig. Der Weg war zu schmal, kaum breiter als Jehol selbst, und gegen den mächtigen Körper des Pferdes und die steinbeschwerte Peitsche konnte er nichts ausrichten. Mokki sah,

wie Sereh sich hinter dem Maultier wieder auf den Weg machte. Und es blieb ihm nichts anderes übrig, als sich wieder umzudrehen und ebenfalls weiterzugehen. Jehol folgte ihm nur langsam und mit unsicheren Schritten. Der felsige Boden war im Laufe der Jahrhunderte durch die Füße unzähliger Wanderer so glatt geworden, daß er einer Eisbahn ähnelte. Und Jehol mußte bei jedem Schritt erst einen Halt für seine Hufe finden. Er tastete vorsichtig nach dem kleinsten Riß, der geringsten Unebenheit, die ihn am Ausrutschen hindern konnten.

Das gelang ihm nicht immer ...

Weder ich noch er können ohne Mokkis Hilfe wieder aufstehen, dachte Uros. Jedoch einen Verbündeten hatte das Pferd: den Wind. Es lernte schnell, sich mit seiner Hilfe vorwärtszubewegen. Es lehnte sich sozusagen gegen ihn, um eine Gegenkraft gegen den abschüssigen Weg zu finden. Hinter ihm lief das Maultier leicht und sicher. Wenn Uros von Zeit zu Zeit den Kopf wandte, überraschte er sich dabei, daß er es um seine Unbeschwertheit beneidete. Dieses Tier läuft hier leichtfüßiger und graziler als das edelste Pferd der Steppe, dachte Uros. Kein Wunder, es ist geboren für solche Wege ...

Uros bewachte Mokki aufmerksam. Die Sonne stieg immer höher, und ihre Strahlen kletterten immer weiter die Felswände entlang, bis sie schließlich auch den Boden in ihr gleißendes Licht tauchten. Mokki und Uros blieben stehen: es war ihnen, als wanderten sie über Feuer. Der Sais wollte sich an Jehol vorbeidrücken. Doch Uros stellte sich quer und versperrte ihm den Weg:

»Laß mich Sereh sehen«, bat Mokki.

»Nein«, sagte Uros.

»Einen einzigen Augenblick nur«, rief Mokki.

»Nein«, sagte Uros unerbittlich.
Doch in Mokki war jeder Gehorsam erloschen. Haß und Wut brannten in seinem Blick. Er wollte mit der Hand den Steigbügel packen, in dem Uros' gesunder Fuß ruhte. Doch bevor er ihn erreicht hatte, traf ihn der spitze Stein am Ende des Peitschenriemens an der Stirn. Er taumelte zurück, verlor das Gleichgewicht und rollte wieder den abschüssigen Weg hinunter. Uros sah ihm nicht nach: er drehte sich sofort um. Gerade noch rechtzeitig; denn eben stach Sereh mit einer spitzen Schere, die sie aus ihrem Gürtel gezogen hatte, dem großen, grauen Maultier in den Schenkel. Das Tier stürzte vorwärts. Seine Größe und seine Last machten aus ihm ein tödliches Geschoß. Wenn er mit Jehol zusammenprallte, mußte das Pferd stürzen und sich mit Uros zusammen auf den glatten, glitzernden Steinen alle Glieder brechen. Uros nahm die Peitsche und schlug auf das Maultier ein. Es bäumte sich auf, taumelte, schwankte, rutschte, bis es schließlich wieder sicher auf den Füßen stand. Uros ritt weiter und blieb vor dem Sais stehen, der sich gegen die Felswand lehnte. Aus einer Wunde an der Stirn tropfte Blut. Der Griff der Peitsche, der sich in seine Rippen bohrte, trieb ihn vorwärts. Er rutschte, stolperte, hielt sich an einem Felsbrocken fest und lief dann weiter.
Immer noch führte der Weg steil abwärts, bald enger, bald breiter werdend. Je schmaler er war, desto lauter pfiff der Wind. Und plötzlich merkten die Reisenden an seinem wütenden Geheul, seinem orkanartigen Toben, daß der Pfad sich jetzt noch mehr verengern würde.
Und wahrhaftig: die Felswände zu beiden Seiten schlossen sie immer dichter ein. Als Mokki seine Arme ausbreitete, berührte er die steinernen Mauern. Jehol schob sich am Felsen entlang. Und Uros' verletztes, geschwollenes Bein fand

sich wie in einer Zange gefangen. Unter dem Schock des Schmerzes schrie Uros auf, brüllend wie ein gepeinigtes Tier. Doch niemand hörte ihn im Heulen des Windes. Und so schrie er weiter, bis die Haut über der fauligen Wunde aufbrach und der Eiter herauslaufen konnte. Da wurde der Schmerz wieder erträglicher, und Uros verstummte.

Als der Pfad sich endlich wieder öffnete, blieb Jehol zitternd im Windschatten eines Felsens stehen. Ihm gegenüber lehnte sich Mokki an die Bergwand, um zu verschnaufen. Da tauchte Sereh auf, ohne das Maultier, und rannte — sich gegen den Wind stemmend — zu Uros.

»Das Maultier...«, rief sie, »es kann mit den Lasten nicht durch, es wird ersticken...«

»Schneid die Tragriemen durch«, befahl Uros.

»So viele teure Sachen«, jammerte Sereh. »Solch ein Reichtum!«

Uros zuckte die Schultern.

»Du hast gut reden«, rief die Nomadin wütend. Sie starrte auf Uros' Brust, wo er, wie sie wohl wußte, das Geld verwahrt hatte. Uros schwang die Peitsche. Da rannte sie zurück. Mokki wollte ihr nachlaufen, aber Jehol versperrte ihm blitzschnell den Weg. Der Sais wagte nicht, sich zu widersetzen. Aber die Wut verzerrte sein breites Gesicht. Uros grinste spöttisch und trieb Jehol wieder an.

Aufs neue verengte sich der Weg. Die Steine wurden zu einer spiegelglatten Fläche, auf der Jehol nur mühsam vorwärts schlitterte, und die Felswände warfen das Heulen des Windes tausendfach zurück. Deshalb konnten die Reisenden nicht das Tosen eines niederstürzenden Wildbachs hören: sie sahen ihn auf der dunklen Bergwand erst, als sie dicht davorstanden. Mokki rutschte plötzlich aus und wurde von einer eiskalten Welle überspült. Jehol, der ihm folgte, wich zurück. Schon auf den trockenen Steinen konnte er kaum das Gleichgewicht halten; auf dem nassen Boden wäre er bereits nach dem ersten Schritt gestürzt.

Da wußte Uros, daß der gefährlichste Augenblick der ganzen Reise gekommen war. Er war eingeschlossen zwischen Sereh, die sich von oben mit dem grauen Maultier näherte, und Mokki, der gerade wieder aufstand.

Und er selbst war unfähig auszuweichen: von beiden Seiten schloß ihn der Berg ein wie eine Falle. Er mußte durchkommen — oder sterben.

Uros erinnerte sich plötzlich, daß im Frühjahr nach den heftigen Regengüssen, wenn die Steppe zu einem Schlammbett wurde, jeder Fuhrmann lange Bretter mit sich führte, um die Räder freizubekommen. Doch hier? Uros nahm eine der Decken, die unter seinem Sattel lagen, und warf sie vor das Pferd. Jehol begriff und ging darüber. Die andere Decke... wieder ein Schritt. Jehol wartete einen Augenblick und wandte dann fragend seinen Kopf zu ihm. Und Uros begriff, daß er allein ohnmächtig war. Mokki kam ihm entgegen: auf allen vieren kriechend. Sereh lief hinter dem grauen Maultier her, die Schere in der Hand. Uros umklammerte die Peitsche — doch was nützte sie ihm? Der Sais lief ja nicht aufrecht, auf dem Boden konnte er ihn nicht treffen. Und Sereh schützte das Maultier. Uros dachte an ihre vor Habgier glitzernden Augen. Jetzt war es wohl soweit. Noch ein paar Schritte, und alles würde ihr gehören.

»Nein«, flüsterte Uros da. »Beim Propheten, nein!«

Er riß das Päckchen mit dem Geld von seinem Amulett, wandte sich um und ließ die Scheine vor Sereh im Winde flattern. Sie blieb sofort stehen. Und Uros schrie, so laut er konnte:

»Unterwerft euch, sofort!«

Er nahm ein paar Scheine in die andere Hand, öffnete sie ... Sereh erstarrte vor Entsetzen. Der Wind trug das Geld — ihr Geld — davon: hoch über ihrem Kopf, unerreichbar. Sie verfolgte seinen Flug mit weitgeöffneten Augen. Diese kurzen Sekunden waren für Uros fast unerträglich. Er fühlte, wie Mokki immer näher kam, jederzeit konnte er Jehol packen — noch ein Schein wanderte in die Tiefen der Schluchten ... Sereh starrte wieder auf Uros, unfähig, sich zu rühren. Er nahm ein neues Paket in die Hand und hielt es in den Wind. Sereh warf sich auf die Knie und hob flehend die Hände. Uros deutete mit dem Daumen auf Mokki, und Sereh glitt an Jehol vorbei. Endlich konnte Uros sich umdrehen. Sereh hielt gerade noch rechtzeitig den Sais zurück, der sich eben blutverschmiert und blind vor Haß auf Uros stürzen wollte. Der Sais ging auf das Pferd zu und hob langsam, sehr langsam die Decke auf, die hinter Jehol lag, und breitete sie vor ihm aus. Dann die andere ... bis er wieder trockenen Boden unter den Füßen fand. Und während der ganzen Zeit wandte Sereh keinen Blick von dem Geld, das Uros immer noch hochhielt, bereit, es in den Abgrund fliegen zu lassen. Sereh lief jetzt neben dem Sais weiter. Uros hatte nichts dagegen. Solange der Wind noch jeden Augenblick vor Serehs Augen diesen unermeßlichen Schatz für immer davontragen konnte, war er sicher. Der Weg war jetzt nicht mehr so abschüssig und der Boden nicht mehr so glatt: die ersten trokkenen, stachligen Gräser wuchsen zwischen den steinernen Platten, und hier und dort bedeckte sie etwas lehmige Erde. Sie kamen nun rascher voran. Und es war höchste Zeit. Denn schon begann die Sonne zu sinken. Plötzlich hob Jehol den Kopf, schnupperte, begann trotz seiner Erschöpfung fast zu galoppieren, stieß den Sais und Sereh beiseite, ließ sie weit hinter sich. Da roch auch Uros den bitteren Duft, den der

Wind ihnen zutrug: den Geruch nach Absinth. Ein fast schmerzhaftes Glück erfüllte ihn ... die Felsen wichen zurück, und vor ihm breitete sich endlos und weit die Ebene aus.
Uros ritt aus den Schatten des Hindukusch. Und die Steppe lag vor ihnen — die Steppe, wo der Mensch den ganzen Tag lang die Sonne steigen und wieder sinken sieht, bevor sie sehr langsam untergeht.

Mokki sprang mit einem Satz aus dem finsteren Verlies der Felsen und rannte dann so lange über die Steppe, bis er ganz außer Atem war.
Als er stehenblieb, mußte er sich die Augen wischen, weil er plötzlich nichts mehr sehen konnte. Er merkte gar nicht, daß er weinte.
»Die Steppe«, murmelte Mokki. Er wagte es kaum zu glauben. Er drehte sich um, sah das gewaltige Massiv des Hindukusch und lächelte glücklich.
»Warum bist du mir davongelaufen?« fragte Sereh. »Und warum freust du dich so?«
Mokki hatte Sereh nicht herankommen hören. Er zitterte und antwortete sanft:
»Die Steppe, Sereh, die Steppe ...«
»Ja«, schrie Sereh, »ja, die Steppe — ohne Geld, ohne Pferd und mit einem leeren Maultier.«
»Das ist wahr«, sagte Mokki flüsternd.
Seine Freude war verflogen. Er hielt nach Uros Ausschau. Der saß nur ein paar Schritte von ihm entfernt unbeweglich im Sattel, der untergehenden Sonne zugewandt, und schien zu beten. Der Hengst wurde unruhig und scharrte mit den Füßen. Von Norden her vernahmen sie plötzlich schrille Rufe.
»Was ist das?« fragte Sereh.

»Schäfer zu Pferd«, erwiderte Mokki. »Man kann sie jetzt nicht mehr sehen, es ist schon zu dunkel. Sie führen die Herde zu ihrem Lager zurück.«
Seine Stimme hatte nicht mehr den sanften Klang wie vorhin. Wie die Nomadin dachte er jetzt nur noch daran, wie schwierig es in Gegenwart der Schäfer sein würde, Uros umzubringen.
Der sah an ihren Schatten, daß Mokki und Sereh sich näherten. Doch schon galoppierte Jehol davon, noch ehe sie ihn erreicht hatten. Uros hatte die Afghanis wieder unter sein Hemd gesteckt. Er fühlte plötzlich bei dieser Bewegung eine unerträgliche Leere. Und von ihnen allen war nur Jehol glücklich über das vertraute, das wiedergefundene Land.

VI
Jenseits der Berge

Der Rastplatz der Schäfer war groß und rechteckig. Von einem Stacheldrahtzaun umgeben, diente er den Herden und ihren Hunden als Lager für die Nacht. An dieselben Holzpfähle band man die Pferde und das Lastkamel. Zwei einfache Zelte genügten für die Männer. In dem größeren schliefen fünf junge Schäfer, das andere teilte der Herr mit dem jüngsten seiner Söhne. Ihr Bett war die Erde, und ein Sattel diente ihnen als Kopfkissen.

Man hatte gerade die Tiere heimgetrieben. Zwischen den Zelten brannte ein kräftiges Feuer. Die Schäfer hockten im Kreis um die wärmende Flamme und warteten, daß der Batscha ihnen Tee und Essen brachte. Uros blieb mit Jehol in einiger Entfernung von ihnen stehen.

Die Hunde bellten den Eindringlingen wütend entgegen. Doch die Schäfer schauten nicht auf.

Brave Leute, dachte Uros. Sie wissen ihre Neugier im Zaum zu halten.

Er und diese einfachen Schäfer — sie waren Brüder der Steppe: sie trugen dieselben Tschapans, knüpften ihren Turban auf die gleiche Art; und als er jetzt mit ihnen sprach, tat er es in ihrer gemeinsamen Sprache, die in den Tälern des Hindukusch und jenseits der Berge niemand verstand.

»Friede sei mit euch«, sagte Uros auf turkmenisch.

Und die Schäfer antworteten wie aus einem Mund:

»Sei willkommen, du und dein Pferd.«

Jehol trat ein paar Schritte vor — in den Lichtkreis des Feuers.

Und jetzt erst wandten die Schäfer sich um. Als Uros in ihre vertrauten Gesichter blickte, zögerte er plötzlich und wäre am liebsten wieder in den Schutz der Dunkelheit zurückgekehrt. Denn hier war er kein einfacher Reisender mehr. Hier begann das Land des Buskatschi und der großen Tschopendos. Überdies war er hier in seiner eigenen Provinz Maimana. Die Schäfer hatten ihn mit Sicherheit schon einmal spielen und gewinnen sehen. Einer von ihnen zumindest würde sich an ihn erinnern. Wie einen Prinzen würde man ihn empfangen, Tursehn benachrichtigen... und dann käme die schmachvolle Heimkehr des Besiegten, des Krüppels... Uros beugte sich über Jehols Mähne, um seine Züge wenigstens noch für eine Weile zu verbergen. Da fühlte er plötzlich, wie stachelig sein Gesicht war. Instinktiv betastete er seine Wangen, und zum erstenmal seit Kabul dachte er daran, wie er eigentlich aussehen müsse: bärtig, stachlig, bleich, eingefallen, mit geschwollenen Lidern... Er dachte an seine zerrissenen, verdreckten Lumpen, die hageren, knochigen Glieder darunter und richtete sich wieder auf. Wer würde schon in diesem elenden Reiter auf dem schmutzigen, steifen Gaul den stolzen Uros, den Sohn des großen Tursehn, erkennen? Einer der Schäfer stand auf: der älteste von ihnen. Er war groß und schlank, weißhaarig und mit weißem Bart. Nur die Augenbrauen standen wie ein dichter schwarzer Strich über den schmalen Augen. Sein Blick war lebhaft und durchdringend.

»Setz dich zu uns ans Feuer«, sagte er. Sein Blick fiel auf Uros' verletztes Bein, und er hielt inne. Er ergriff Jehol beim Zügel, führte ihn dann zu dem kleineren der beiden Zelte – dem seinen –, hob Uros vom Pferd und legte ihn auf die Erde.

»Mein Sais folgt mir... mit einer Dienerin. Ich will sie

nicht sehen«, sagte Uros mit leiser Stimme. »Sie sind zu müde ...«
»Sei beruhigt. Es wird für sie gesorgt werden wie für dein Pferd«, erwiderte der Herr der Schäfer. »Du wirst meinen jüngsten Sohn Kadir zum Batscha haben.«
»Und wem kann ich für all diese Güte danken?« fragte Uros.
»Ich heiße Mesror, und meine Aufgabe ist es, einen Teil der Herden des Behram Khan zu hüten«, antwortete der Alte.
Er brachte den Sattel von Jehol, nahm den seinen fort und ging hinaus, um eine Sturmlaterne zu holen. Als er wiederkam, bemerkte er den fauligen Geruch, der sich inzwischen im Zelt ausgebreitet hatte. Doch er schwieg und begnügte sich damit, die Lampe etwas kleiner zu stellen und Uros, bevor er hinausging, noch eine gute Nacht zu wünschen. Dann erschien sein Sohn und brachte Tee, Brot und Reis. Uros trank gierig, doch das Essen schob er zurück.
Der Junge blieb bei ihm und ließ ihn nicht aus den Augen. Aber er war genauso schweigsam und zurückhaltend wie sein Vater. Als Uros getrunken hatte, hockte Kadir sich neben der Sturmlaterne auf den Boden und blieb so sitzen, ohne ein Wort zu sagen.
»Hast du meine Diener gesehen?« unterbrach Uros schließlich das Schweigen.
»Ja«, erwiderte Kadir. Er schaute zu Uros auf und lächelte ihn an. »Und das Maultier auch«, rief er mit lebhafter Stimme. »Es ist groß und stark. Aber weißt du, deinen Hengst, den würd' ich am liebsten haben. Was für ein Pferd! Selbst unter der dicken Schmutzkruste sieht man auf den ersten Blick ...« Er verstummte plötzlich und senkte den Kopf. Er hatte Mesror versprochen, nicht mit dem Kranken zu sprechen. Doch Uros fragte ihn: »Was haben sie erzählt?«

»Daß sie vor Hunger und Müdigkeit fast umfallen«, erwiderte der Knabe. »Sie schlafen jetzt in dem großen Zelt.«
»Gut«, murmelte Uros. Sein Kopf, seine Glieder wurden plötzlich so schwer wie Blei. Doch sein Instinkt riet ihm, gegen diese Erschöpfung anzukämpfen. Es wäre kein guter, erfrischender Schlaf, in den er fallen würde, sondern ein gefährliches Hinüberdämmern, ein Versinken wie in einen tückischen, tödlichen Sumpf . . . Das Gift der Wunde, dachte Uros. Ich darf nicht einschlafen. Doch schon sanken seine Lider immer wieder über die Augen . . . schon begann ihm alles gleichgültig zu werden . . . das Leben . . . der Tod . . . die Niederlage . . . der Ruhm . . . Noch einmal öffnete er die Augen.
»Kadir«, flüsterte Uros, »schraub den Docht etwas höher und stell die Lampe hier vor meine Augen. Und ruf dann deinen Vater.«
Mesror kam sofort. Uros sah ihn nur noch verschwommen. Seine Augen tränten, weil er unaufhörlich in das grelle Licht der Lampe geblickt hatte.
»Was kann ich für dich tun?« fragte der Herr der Schäfer.
»Untersuche mein Bein«, bat Uros.
»Ich hab' es schon gesehen«, war die Antwort.
»Und?« fragte Uros.
Mesror heftete seinen Blick auf das verfaulende Fleisch der Wunde, aus dem die Knochensplitter herausragten, und sagte:
»Wenn du morgen noch am Leben sein willst, mußt du dich heute nacht von deinem Bein trennen.«
»Kannst du das tun?« fragte Uros. Mesror runzelte nachdenklich die Stirn.
»Ich hab schon die Beine von so vielen Tieren abgenommen, daß es mir, glaub ich, auch bei einem Menschen gelingen wird.«

»Es darf niemand etwas davon wissen«, sagte Uros.
»Nur mein Sohn, und für den verbürge ich mich«, sagte Mesror.
»Jetzt gleich?« fragte Uros.
»Nein«, erwiderte Mesror. »Ich muß erst sicher sein, daß die anderen im Zelt alle schlafen.«
»Nimm die Lampe wieder weg«, sagte Uros.

Das Licht der Lampe hinter dem Sattel verbreitete nur noch schwaches Licht. Und Uros ließ sich bereitwillig in das Dunkel fallen, das jetzt ganz von ihm Besitz ergriff. Von Zeit zu Zeit drang ein Geräusch, ein Geruch bis an die Schwelle seines Bewußtseins; ein metallisches Klirren, der Geruch nach Fett, dann weckte ihn wieder ein greller Strahl von Licht, und kaltes Wasser floß über sein Gesicht ... Peitsche und Dolch umklammernd starrte Uros verständnislos auf die Lampe vor sich. Mesror beugte sich über ihn. Uros strich sich über die Stirn: sie war naß.
»Ich mußte dich mit Wasser bespritzen«, sagte Mesror. »Du konntest nicht mehr von allein aufwachen.«
Uros schloß die Augen und öffnete sie wieder. Kadir stand an seinem Kopfende und zerriß ein sauberes Hemd in Streifen. Zu seinen Füßen dampfte auf einem glühenden Kohlenbecken ein bauchiger Kessel. Daneben lagen eine kleine Axt und ein langes Messer. Uros betrachtete den glänzenden Stahl. Sein Kopf fiel zurück gegen den Sattel. Er kreuzte die Arme über der Brust und sagte:
»Beim Propheten, ich bin bereit.«
»Noch nicht«, sagte der Herr der Schäfer.
Er kramte in seinen Taschen und zog eine lange, dünne, aber feste Schnur hervor.
»Erst muß ich dich fesseln«, sagte Mesror. Uros umklam-

merte erneut seine Waffe, richtete sich auf und sagte mit zusammengepreßten Lippen:
»Niemand . . . nie . . . das schwör' ich dir.«
»Kadir, wieviel kräftige Schäfer halten für gewöhnlich ein Schaf fest, dessen Bein man amputiert?« fragte Mesror ruhig seinen Sohn.
»Zwei mindestens«, antwortete das Kind.
»Ich bin aber kein Tier«, erwiderte Uros.
»Eben deshalb kann ich auch kein Risiko eingehen«, sagte Mesror. Seine Stimme hatte völlig gelassen geklungen, doch sein Blick war unerbittlich.
Sein Entschluß steht fest, dachte Uros. Er betrachtete die Schnur. Und sah dann auf seinen geschwollenen, eitrigen Knöchel . . . Er flüsterte:
»Das werde ich dir nie verzeihen.« Und hielt Mesror seine beiden Hände hin.
»Nicht so«, erwiderte der. Er packte Uros an den Armen, kreuzte sie hinter seinem Rücken und band die Handgelenke fest zusammen; dann führte er den Strick um seine Lenden, fesselte sein gesundes Bein — unterhalb des Knies und über dem Knöchel — und verknotete schließlich die Schnur. Als Uros flach ausgestreckt dalag, nahm er seinen Turban und steckte ihn ihm als Knebel in den Mund. Uros wehrte sich nicht. Er hatte jetzt seinen Ehrgeiz darein gesetzt, alles, auch das Schlimmste, ohne ein Wimpernzukken zu erdulden. Doch was nun kam, geschah so rasch, daß er keine Zeit mehr zum Denken oder Fühlen hatte.
Mesror hatte sich auf die Knie niedergelassen. Mit seiner linken Hand packte er Uros' Schenkel und preßte ihn, so fest er konnte, gegen den Boden. Kadir hielt die Sturmlaterne darüber und reichte Mesror die Axt. In der grellen Helligkeit sah Uros als Schattenspiel auf der Zeltwand das Eisen

wieder und wieder niederfallen, doch er fühlte den Schmerz nur wie von weither. Die Heftigkeit des Schocks hatte ihn fast unempfindlich gemacht. Jetzt legte Mesror die Axt beiseite und ergriff das Messer. Bevor Uros den Sinn seiner Bewegung überhaupt verstanden hatte, schob Mesror schon mit dem Fuß ein Häufchen verfaultes Fleisch beiseite, das er weggeschnitten hatte.

Schon vorbei? Ja wozu dann das alles? Diese entsetzliche Schmach, dachte Uros. Doch im gleichen Augenblick verlor er jede Beherrschung und Kontrolle über sich selbst.

Mesror hatte ein Knie in seinen Leib gestemmt, hob das verstümmelte Bein hoch, und Kadir neigte den Kessel darüber. Und während die verbrannte Haut gräßlich knisterte und ein schrecklicher Geruch aufstieg, bäumten sich Uros' Glieder, die er nicht mehr beherrschte, in einem bestialischen Schmerz auf. Die Axt, das Messer — darauf war er vorbereitet gewesen; doch seine ganze Tapferkeit nützte ihm jetzt nichts mehr, als das kochende Fett über den blutigen Stumpf floß. Aber je mehr er sich aufbäumte, desto tiefer schnitten die Stricke in seine Haut ein — sie gaben nicht nach. Wieder und wieder goß Mesror das kochende Fett über den Stumpf. Uros kämpfte vergebens — seine Zähne gruben sich in den Knebel, und er schrie, schrie schweigend ohne Unterlaß. Der Kessel war leer. Kadir wischte ihn sorgfältig mit den Fetzen des Hemdes aus, das er vorhin zerrissen hatte, und wikkelte die fettgetränkten Lappen rings um den Stumpf, der jetzt nicht mehr blutete. Uros beruhigte sich langsam. Als das Kind fertig war, lag er bewegungslos. Mesror ließ sanft den Schenkel, den er hielt, auf die Erde gleiten, dann befreite er Uros vom Knebel und den Fesseln. Uros regte sich noch immer nicht. Mesror hob den abgehackten Stumpf, der auf die Erde gefallen war, auf, faßte ihn am äußersten Ende

der Zehen und verließ das Zelt. Kurz darauf ertönte der rasche Galopp eines Pferdes.
»Er kommt zurück«, sagte Kadir zu Uros. »Gleich. Er will nur dein böses Bein weit weg von dem Zelt bringen.«
Uros hörte ihn nicht. Er war ohnmächtig geworden. »Er kommt gleich zurück, ich schwör' es dir, ich schwör' es dir«, sagte Kadir — mehr zu sich selbst als zu dem Kranken. Sein Vater hatte ihn mit dem bewußtlosen Gast allein gelassen! Was für ein Vertrauen und welch eine Ehre! Doch was konnte er für diesen reglosen Mann tun? Und wenn er stürbe, während er ihn zu bewachen hatte? Was würde wohl sein Vater dazu sagen?
Kadir hockte sich neben Uros auf den Boden und lauschte aufmerksam auf seinen Atem... Er ging pfeifend, wurde schwach, schwächer — versagte... nein, noch nicht — er rasselte wieder. Das Herzklopfen des Kindes schien ihn zu übertönen. Kadir hielt es vor Angst nicht mehr aus. Nur nicht mehr in dieses gelbliche Gesicht sehen müssen und um diese Atemzüge bangen — er erhob sich und sah sich um.
»Was für eine Unordnung«, flüsterte er glücklich. »Mein Vater wäre ungehalten.«
Er begann das geronnene Blut von dem Werkzeug abzuwischen. Dann hob er die Stoffetzen auf, die Knochen und Fleischreste, und verbrannte alles. Schließlich stellte er den halbvollen Wasserkessel auf das Feuer. Er wird heißen Tee haben müssen, wenn er aufwacht, dachte Kadir. Rasch lief er wieder zu Uros, der noch immer bewußtlos war.
»Er friert«, flüsterte Kadir vor sich hin, als er seine Gänsehaut sah. Er zog seinen kleinen Tschapan aus und deckte Uros damit zu. Endlich vernahm er das sich nähernde Dröhnen der Hufe. »Da ist er, da ist er«, murmelte er.
Der Engel des Todes war nicht gekommen. Und alles war

in Ordnung — nein, nicht alles ... der Strick und der Knebel. Der bewußtlose Mann hielt noch immer seine Hand darauf. Kadir wollte sie ihm fortnehmen. Da klammerten sich Uros' Finger mit aller Kraft um diesen Fetzen, und er flüsterte:
»Laß ... ich werde nicht mehr schreien ... beim Propheten.«
Das Flüstern war kaum hörbar und so klagend und demütig, daß ein Schrei Kadir fast weniger erschreckt hätte. Er zuckte zurück.
Das Pferd war vor dem Zelt stehengeblieben. Kadir wollte rasch hinauslaufen, besann sich aber. Ein Junge, dem sein Vater eine so schwere Aufgabe anvertraut hatte, durfte sich nicht wie ein ängstliches Kind aufführen.
Mesror sah mit einem Blick, wie sauber das Zelt war, daß der Teekessel auf dem Feuer stand und Kadirs Tschapan über dem Kranken ausgebreitet war. Er ergriff den Jungen bei den Schultern und fragte:
»Nun, mein Sohn? Alles gut?« Dieser freundschaftliche Ton in der rauhen Stimme, der warme Druck seiner Hand — Kadir konnte nicht gleich antworten. Dann sagte er ruhig:
»Ich weiß nicht recht, Vater. Sein Geist ist immer noch nicht zurückgekehrt.«
»Um so besser«, sagte Mesror. »So kann er sich ausruhen.«
Er ließ sich neben Uros nieder, schob den Tschapan beiseite und legte sein Ohr gegen das Herz des Bewußtlosen. Doch kein Laut war zu hören. Er runzelte die Stirn. Der Kranke atmete noch — also mußte doch auch sein Herz schlagen. Mesror preßte seine Wange dichter gegen das Hemd. Irgend etwas knisterte. Eigenartig, dachte er. Er tastete mit der Hand danach und fühlte ein dickes Bündel Banknoten. Vor Überraschung war er einen Augenblick wie gelähmt, dann schüttelte er den Kopf, schob das Bündel auf die rechte

Seite der Brust und hörte jetzt deutlich die Herzschläge. Er knöpfte das Hemd wieder zu, schloß Uros' Tschapan und machte sich daran, den Beinstumpf zu untersuchen. Der Schenkel war noch immer von dunkelroten Flecken übersät. Aber die Schwellung war zurückgegangen. Die Haut war warm, doch nicht mehr glühend. Mesror hob den verbundenen Stumpf hoch und roch daran. Kadir verfolgte andächtig jede seiner Bewegungen.

»Ich kann nichts riechen«, sagte Mesror. »Der Verband ist zu sehr mit Fett durchtränkt. Nimm ihn ab. Deine Finger sind geschickter als meine.«

Uros rührte sich noch immer nicht. Mesror beugte sich zu dem nun nackten Stumpf nieder und zwinkerte dann erleichtert seinem Sohn zu:

»Mein Junge, wir haben gewonnen. Du kannst den Verband wieder anlegen.«

War es die Müdigkeit, die Kälte oder die Freude?

Kadirs Hände zitterten ein wenig, und er ritzte Uros leicht mit einem Nagel. Der zitterte und öffnete die Augen.

»Du kannst ruhig sein. Jetzt kümmern sich die Aasgeier um deinen fauligen Stumpf«, sagte Mesror und beugte sich zu ihm herab. »Welche Aasgeier? Wieso?« flüsterte Uros.

Und im gleichen Moment fiel ihm alles wieder ein.

Seine Hand tastete nach der Bruchstelle – und berührte nur den Boden. Weiter unten – immer noch der Boden... Die Hand zögerte, dann tastete sie sich langsam, ängstlich nach oben – und fand den Stumpf. Uros faßte nach seinem Knie, maß die Entfernung bis zu dem Schnitt...

»Werde ich ... werde ich ...«, flüsterte Uros.

»Auf Ehre und Gewissen«, sagte Mesror fast feierlich, »du wirst bald wieder mit deinen Schenkeln das schwierigste Pferd bändigen können.«

»Möge Allah dich hören«, sagte Uros. Seine Stimme klang wieder kräftig, und in die Wangen kehrte Farbe zurück. Mit einer geschickten Bewegung richtete er sich auf und lehnte sich gegen den Sattel.

»Das nenn' ich einen Mann«, sagte Mesror anerkennend. Uros öffnete die rechte Hand, die noch immer den Knebel und die schweißnasse Schnur umklammerte. Er ließ sie zu Boden fallen und sagte dann mit verächtlichem, spöttischem Ton:

»Wahrhaftig, ein tapferer Mann!«

Kadir ergriff den zerknüllten Turban, faltete ihn auseinander und sagte dann:

»Er ist nicht mehr zu gebrauchen.«

»Ins Feuer damit«, erwiderte Uros. Er nahm das Stück Stoff, das ihm als Gürtel für seinen Tschapan diente, und faltete es zu einem Turban. Mit dem Strick band er sein Gewand zusammen. Während dieser Bewegungen war er etwas zurückgerutscht, weil er sich nicht mehr mit den Armen auf den Sattel stützen konnte. Er versuchte nicht, sich erneut aufzurichten; er fühlte sich noch sehr schwach und zitterte vor Kälte. Kadir reichte ihm den heißen Tee.

»Er braucht jetzt viel Wärme«, sagte Mesror zu ihm.

»Hol unsere Decken!«

»Sofort, sofort«, rief Kadir. Als der kleine Junge, nur mit einem dünnen Hemd bekleidet, in die eisige Nacht hinauslief, stieg in Uros ein seltsames Gefühl der Zuneigung auf. Warum habe ich nicht auch so einen Sohn, dachte er, verwundert über sich selbst. Dabei hatten ihn doch Kinder bisher immer nur mit Abscheu und Widerwillen erfüllt. Aber der Junge da ... Mit welchem Mut hatte er seinem Vater bei seinem blutigen Werk geholfen ... Und wie tapfer hatte er ganz allein an seinem Lager gewacht ...

»Der wahre Mann hier«, sagte plötzlich Uros, »das ist dein Sohn.« Und Mesror antwortete:
»Er wird eines Tages stolz darauf sein, Uros, den großen, siegreichen Tschopendos gepflegt zu haben ...«
Uros schwieg einen Augenblick völlig verblüfft, dann murmelte er:
»Du hast mich also erkannt?«
»Auf den ersten Blick«, erwiderte Mesror. »Aber du brauchst keine Angst zu haben. Die anderen hier sind zu jung. Ich bin der einzige, der dich schon mehr als einmal in einem Buskatschi siegen sah. Und du weißt ja, es gibt ein Sprichwort, daß die schwarze Braue den alten Augen einen sicheren Blick verleiht.«
Da kam Kadir auch schon wieder zurückgelaufen und brachte die Decken.

Uros fand in dieser Nacht nicht viel Schlaf. Der Schmerz hielt ihn wach. Doch seltsam war, er rührte nicht so sehr von der neuen Wunde her, sondern fraß noch immer wie mit spitzen Zähnen an der alten Stelle: dort, wo jetzt nichts mehr war ... Und mehr als einmal tastete Uros' Hand an dem Stumpf entlang, um den alten, fauligen Knochen zu berühren, und fand dann erstaunt statt seiner den Boden. Und jedesmal, wenn er sich rührte, sah er, wie Kadirs kleines, von der Müdigkeit gezeichnetes Gesicht sich mit ernstem und besorgtem Blick ihm zuwandte. Und schließlich tat Uros so, als schliefe er, um dem Jungen wenigstens ein bißchen Ruhe zu lassen. Endlich, bei Morgengrauen, schliefen sie alle beide ein.
Das Bellen der Hunde, die Schreie der Schäfer und das Blöken der Herde weckten sie fast zur gleichen Zeit.
»Wie fühlst du dich?« fragte der Junge.

»Ich habe Hunger«, erwiderte Uros. Und dann wiederholte er ganz verwundert: »Wahrhaftig, einen Bärenhunger.«
Das Feuer war fast heruntergebrannt.
»Ich hole rasch ein paar Zweige, um den Palao zu wärmen«, rief Kadir.
»Nein«, sagte Uros. »Lieber kalt, aber gleich.«
Er leckte sich die Finger über der leeren Schüssel, als Mesror in Stiefeln, die Peitsche im Gürtel, eintrat.
»Das ist die beste Medizin für dich«, sagte er zu Uros. »Jetzt kann ich beruhigt an die Arbeit gehen.«
»Niemand darf etwas wissen«, sagte Uros und blickte auf seinen Beinstumpf.
»Auch nicht dein Sais?« fragte Mesror.
»Niemand«, antwortete Uros.
»Ich nehm' ihn mit auf die Weide«, sagte Mesror. »Wir können immer einen Mann gebrauchen.« Kadir sah der Herde nach, die sich langsam entfernte.
»Sie weiden am Fuß des großen Gebirges. Dort hält sich das Gras immer am längsten«, sagte er. »Wegen der Quellen. Von dorther kommt auch das Wasser im Brunnen. Warte, ich hole den Samowar der Schäfer. Dann kannst du bis in die Nacht hinein immer heißen Tee haben.«
Kaum hatte er den Kopf zum Zelt hinausgestreckt, drehte er sich wieder um.
»Deine Dienerin ist hier«, flüsterte er. Hastig bauschte Uros die Decke, die über seinem Stumpf lag, etwas auf und sagte: »Sie kann hereinkommen ... Doch wenn sie dich über mich ausfragt, dann sag ihr ...«
Der Junge schüttelte heftig den Kopf und erwiderte:
»Ich habe ihr nichts zu sagen. Sie ist nur eine kleine Nomadin – und ich bin der Sohn des Herrn hier.«
»Du sprichst wie ein Mann ... Geh«, sagte Uros.

Kaum war Kadir wieder hinausgegangen, da änderte er seine ganze Haltung. Er streckte sich auf dem Boden aus, breitete alle verfügbaren Decken über den Stumpf, verbarg das Gesicht halb unter seinem Tschapan, deckte die Enden seines Turbans bis über seine Wangen, so daß, als Sereh eintrat, nur noch die tiefliegenden Augen und die spitze Nase sichtbar waren. Ehe die Nomadin auch nur ein Wort sagen konnte, murmelte er leise:

»Ich will in Frieden sterben. Und wenn man dich noch einmal dabei erwischt, wie du hier um mein Zelt herumschleichst, wird Mesror dir die Haut mit seiner Peitsche abziehen.« Uros' Stimme klang leise, doch unerbittlich. Und Sereh verließ das Zelt, ohne zu antworten.

Kadir brachte den großen roten Kupfersamowar. Und Uros trank eine Tasse Tee nach der anderen. Dann aß er wieder, trank noch eine Tasse und verlangte wieder zu essen. Den ganzen Tag lang ging das so. Kadir strahlte über diesen unersättlichen Appetit seines Schutzbefohlenen. Reis, Brotfladen, Ziegenkäse, alles verschlang Uros bis auf den letzten Bissen. Zum ersten Mal seit jenem Unglückstag in Kabul verspürte er einen gesunden, einen natürlichen Hunger.

Der Abend kam. Die Herde kehrte heim. Mesror erneuerte Uros' Verband. Der Schenkel war nicht mehr rotgesprenkelt, das Knie nicht mehr geschwollen und das Fieber gesunken. Die beiden Männer sprachen nur wenig miteinander. Wozu auch? Alles war gut.

Uros schlief die ganze Nacht und den ganzen Morgen hindurch. Als er endlich aufwachte, war es sehr warm im Zelt, und er erkannte die mittägliche Glut der Steppensonne. Er selbst fühlte sich frisch, kühl und ausgeruht. Kadir war draußen. Am Brunnen vielleicht oder bei den Vorräten oder auch bei der offenen Feuerstelle, die ihnen als Küche diente...

Uros warf die Decke beiseite und rieb ein wenig an dem rauhen Verbandstoff. Auch der Schmerz war gesund und natürlich ... Er blieb erträglich. Uros beugte das Knie. Oberhalb des Stumpfes gehorchte das Gelenk nur widerwillig. Immer wieder streckte und krümmte er das Bein, bis es wieder gelenkig wurde. Dann stützte er sich mit beiden Händen auf die Erde, die Beine schräg abgewinkelt, und richtete sich auf. Einen Augenblick lang stand er so und betrachtete das Bein, das nur noch halb so lang war wie das andere; dann hüpfte er mit einem kräftigen Schwung nach vorn: es gelang. Wieder ein Sprung. Und weiter — bis er einmal um das Zelt gelaufen war, mit immer geschickteren, rascheren Bewegungen. Er fühlte sich von neuem Herr seiner selbst, stark, kräftig und unabhängig.

Da näherte sich Kadir, ein Lied vor sich hin summend, und Uros kehrte rasch zu seinem Sattel zurück, denn er fürchtete, sich vor dem Kind lächerlich zu machen. Mit gekreuzten Beinen hockte er sich auf die Erde, so daß der Stumpf von dem gesunden Bein verdeckt wurde. Kadir trat ein und betrachtete ihn bewundernd.

»Ich schwör' dir«, rief der Junge, »niemand kann so auch nur das geringste ahnen. Du bist wie ein neuer Mensch.«

»Möge Allah dich hören«, sagte Uros leise. Kadir legte die Spieße, die er eben gebracht hatte, auf das Feuer des Kohlenbeckens.

»Du bist froh, nicht wahr? Jetzt wirst du bald heimkehren können.« Uros erstarrte. Ja, natürlich. Jetzt konnte, jetzt mußte er bald aufbrechen. Und in ein paar Stunden nur würde er am Ziel sein — nichts konnte mehr geschehen. Dort erwarteten die Tschopendos ihn. Und Tursehn. Nach einem riesigen, törichten, unnötigen Umweg würde auch er endlich heimkehren, geschlagen und verkrüppelt. Uros dachte daran, wie stolz er eben noch durch das Zelt gehumpelt war ... sah sich unter Tursehns Blick seinen Stumpf gegen Jehols Flanke pressen und wollte am liebsten in den Boden versinken.

Doch eine geringe Hoffnung hatte er noch: Jehol ... er wußte nichts von ihm. Und wenn der Hengst noch zu erschöpft wäre oder krank oder ...

Kadir nahm die Spieße vom Feuer und hielt sie Uros hin.

»Riechst du, riechst du?« rief er.

»Ich hab' keinen Appetit.«

»Du hast zuviel gegessen«, erwiderte der Junge. »Aber ich hab' noch Hunger.« Als er die Fleischstückchen bis auf das letzte verzehrt hatte und sich gerade die Finger leckte, sagte Uros ungeduldig:

»Geh jetzt und hol mein Pferd.«

»Dein Pferd«, sagte Kadir. »Ah ja. Du willst es sehen, bevor du aufbrichst.«

»Geh schon«, brummte Uros.

Er sah auf den ersten Blick, daß jene Hoffnung ihn betrogen hatte. Jehol stand vor ihm: stark, kräftig, ausgeruht und lebhaft. Auch er ist wie neugeboren, dachte Uros, während seine Hand über den Bauch, die Brust und die Schenkel des Pferdes strich.

»Keiner der Schäfer hatte bisher Zeit, ihn zu striegeln. Auch dein Sais nicht. Er ist draußen auf der Weide. Wenn du willst, könnte ich ... welch eine Ehre ... ein so schönes Pferd ...«, rief Kadir.

»Nein«, sagte Uros. »Nein.« Unerträglich, auch nur daran zu denken: ein gestriegelter, glänzender und sauberer Jehol, der auf seinem Rücken einen bärtigen, dreckigen, zerlumpten Krüppel heimtragen würde.

»Nein«, wiederholte Uros.

Das Kind betrachtete ihn erstaunt und betrübt. Warum dieser plötzliche Unmut? Ehe es darüber nachdenken konnte, sah es, wie Uros Jehols Hals ergriff, sich an seiner Mähne festhielt und mit einem Schwung auf das Pferd setzte. Einen Augenblick lang fühlte er sich fast glücklich. Seine Knie hielten Jehol fest. Doch der hatte gespürt, daß das eine Bein jetzt kürzer war. Er schielte nach der leeren Stelle. Uros glitt zu Boden, warf Kadir die Leine zu und sagte:
»Bind ihn vor dem Zelt fest und komm erst heut abend mit deinem Vater wieder. Ich muß nachdenken.«
»Bis zum Abend?« fragte Kadir unschuldig.
Uros antwortete nicht.

Die Herde war versorgt. Die Nacht brach an. Kadir trat mit einer Sturmlaterne ein; Mesror folgte ihm. Uros hockte auf seinen gekreuzten Beinen.
»Sei gegrüßt«, sagte Mesror. »Ich bewundere deinen Mut. Laß mich noch ein letztes Mal nach deinem Bein sehen. Dann wirst du für lange Zeit versorgt sein.«
Uros hielt ihm seinen Stumpf hin, und Mesror umwickelte ihn mit einem frischen Stoff, den er vorher in eine neue Salbe getaucht hatte. Uros dankte ihm freundlich und höflich.
»Kadir wird dir das Essen bringen und das Feuer schüren«, erwiderte Mesror. »Ich hoffe, du wirst eine gute Nacht haben.«
»Die beste«, erwiderte Uros, »sicherlich ...«
Als das Kind alles getan hatte, was Mesror ihm aufgetragen hatte, sagte Uros: »Ich brauche dich nicht mehr. Aber schick mir noch meinen Sais her.«
»Du hast wirklich großes Glück mit ihm«, rief Kadir. »Er ist stark, gut und offen. Alle mögen ihn hier.«
»So, so«, erwiderte Uros. »Tatsächlich?«

Die Lampe brannte nur noch spärlich hinter dem Sattel, der Uros' Kopf stützte. Sein Körper war von Decken verhüllt. Mokki konnte unter dem Turban nur die Augen erkennen, die im Dämmerlicht des Zeltes glühten.
Vom Fieber verzehrt, dachte der Sais. Er beugte sich nieder, um die abgebrochenen, geflüsterten Worte seines Herrn verstehen zu können:
»Kann nicht... mehr... weiterreiten... der Tod... bald... nimm Jehol... reite zu Tursehn... laß ihn... wissen...«
»Was, du willst, daß ich diese Nacht...«, flüsterte der Sais.
»Sofort«, murmelte Uros. Er bewegte matt eine Hand, um Mokki zum Schweigen zu bringen, und fügte fast tonlos hinzu:
»Sofort... vielleicht... schon... zu spät.«
Seine Hand glitt langsam, ungeschickt unter sein Hemd, das knisterte, knisterte... und schließlich warf er Mokki einen großen Geldschein hin.
»Da, für die Reise«, flüsterte er.
Seine Hand blieb unbeweglich auf der Erde liegen.
Mokki überlegte. So viele Gedanken stürzten auf ihn ein. Was tun? Das ganze Geld lag dort vor ihm — er brauchte nur die Hand auszustrecken... Doch im Zelt schliefen noch nicht alle. Und wenn der Sterbende plötzlich mit letzter Kraft schreien würde? Ihn ersticken... Aber der Junge würde zurückkommen. Und auch Mesror wahrscheinlich... Und dann ...die Entdeckung... die Verfolgung. Nein. Er mußte erst Sereh fragen.
Mokki hob den Schein auf und schlich aus dem Zelt. Da erst lockerte Uros den Griff, mit dem er unter der Decke während der ganzen Zeit seinen Dolch umklammert hatte.

Der Mond stand am Himmel. Jehol zitterte vor Kälte.
»Es ist Zeit, zurückzugehen«, flüsterte Sereh Mokki zu.
»Ja, höchste Zeit«, erwiderte dieser.
Sie hatten nicht weit vom Lagerplatz der Schäfer entfernt darauf gewartet, unter dem Schutze der Nacht zurückgehen zu können. Jetzt machten sie sich leise auf den Weg. Damit die Hunde sie erkennen konnten, liefen sie dicht am Zaun entlang. Und wirklich schlug nur einen Augenblick lang einer der Hunde an, halb im Traum... Um das große Zelt machten sie einen weiten Bogen. Dabei war das eine ganz unnötige Vorsichtsmaßnahme, denn die Männer, die vom Morgengrauen bis zum Abend hart arbeiten mußten, schliefen jetzt tief und traumlos. Überdies hatten sie Jehols Hufe mit Lappen umwickelt. Mokki hatte nichts dem Zufall überlassen. Diesmal mußte es gelingen. Das war die letzte Gelegenheit. Und er war entschlossen, sie zu nützen.
Sie näherten sich dem kleinen Zelt. Sereh lief auf Zehenspitzen, und Mokki zog seine Sandalen aus. Er band den Hengst an. Lauschte. Keine Bewegung... kein Geräusch. Nur ein dünner Streifen Licht drang aus dem Zelt. Vorsichtig liefen sie näher, schoben den Vorhang beiseite. Sereh berührte Mokki leicht an der Schulter.
»Sei vorsichtig«, flüsterte die Nomadin.
Doch alles war in Ordnung. Das Feuer des Kohlenbekkens... die Sturmlaterne hinter dem Sattel... der Körper ausgestreckt, die Decke bis hoch übers Gesicht gezogen... Und wenn er schon... dachte Mokki erschrocken. Dann sprang er mit einem einzigen Satz auf Uros zu. Sereh folgte ihm. Doch sie kam nicht weiter als gerade bis über die Schwelle. Dort packte sie jemand grob an den Füßen und warf sie zu Boden.
»Sais, großer...«, versuchte sie zu rufen, dann versagte ihr

die Stimme. Mokki drehte sich – noch völlig verdutzt – um. Unter der Decke hatte er statt eines Kopfes einen Stiefel gefunden. Und da lag Sereh auf der Erde, und ein Mann in zerlumpten Hemd, auf ein Knie gestützt, hielt sie an der Kehle. Und, er wagte kaum seinen Augen zu trauen – dieser Mann ähnelte Uros, dem Sterbenden, und er sprach jetzt mit Uros' Stimme:

»Wenn du nur einen Finger bewegst, erwürge ich deine Dirne!«

»Ich rühr' mich ja nicht«, stammelte Mokki schreckensbleich. Er begann zu begreifen. Uros hatte ihn überlistet – er lag gar nicht im Sterben. Und seine Hände, die eisernen Hände eines Tschopendos, hielten den zartesten, den sanftesten Hals der Welt umklammert ...

»Befiehl«, flüsterte Mokki.

»Erst einmal das Pferd. Hier neben mich. Und wage dich nicht an mich heran ... sonst ...« Er drückte ein wenig fester zu. Serehs Gesicht verfärbte sich bläulich.

»Beim Propheten – nichts, nichts werde ich tun!«

Uros lockerte seinen Griff. Sereh röchelte. Mokki kam mit Jehol zurück.

»Komm näher, doch bleib einen Schritt von mir entfernt und streck deine Hände aus!« befahl Uros. Er nahm den Strick, den er um seinen Tschapan geschlungen hatte, hielt Sereh mit einem Knie am Boden fest (das Knie des toten Beins, dachte Mokki voller Entsetzen) und band die Hände und Füße des Sais. Dann ergriff er Jehols Leine, machte einen losen Knoten, schlang ihn um Serehs Hals und wickelte das Ende des Stricks um seine Hand.

»Steh auf!« sagte er zu der Nomadin. Sie richtete sich taumelnd auf und lehnte sich halb ohnmächtig gegen das Pferd.

»Stütz sie, guter Jehol«, flüsterte Mokki flehend.
»Das Pferd«, sagte Uros und betrachtete den Sais, »reichte dir also noch nicht ... oder vielmehr der da.«
Er drehte sich zu Sereh um. Noch war sie kaum bei Bewußtsein — doch schon heftete ihr brennender Blick sich auf seine Brust. Uros tastete ganz instinktiv mit der Hand dorthin und berührte das knisternde Bündel. Da ergriff Uros ein so wütender Haß, daß er kaum noch denken konnte. In seinem glühenden Zorn verwechselte er die Frau und das Geld. Halbtot war sie noch, und schon starrte sie gierig auf das Päckchen mit den Afghanis. Er mußte es zerstören. Beides. Das Geld, das eine so schamlose Leidenschaft entfesseln konnte ... Er kroch zu dem Kohlenbecken und zog Sereh an der Leine hinter sich her. Er ergriff eine Handvoll Scheine, drückte sie der Nomadin in die Hand und befahl:
»Ins Feuer!« Sereh wurde bleich. Nein, das konnte sie nicht ... Ihre Miene verzerrte sich vor Entsetzen. Der lose Knoten drückte sich tiefer in ihren Hals ... Die Afghanis flammten auf. Wieder eine Handvoll Scheine. Und wieder zog die Leine sich zusammen. Sie starrte auf das Feuer, das an den Geldscheinen fraß, unfähig, den Blick von diesem grauenhaften Bild zu wenden.
Als nicht ein einziger Afghani mehr übrig war, zog Uros seinen Tschapan wieder an und band Mokki los, damit er Jehol satteln konnte. Dann schwang er sich auf das Pferd, hob Sereh hoch und setzte sie vor sich auf Jehol. Mokki band er am Sattel fest. Als er aus dem Zelt hinausritt, rief er Mesror und den Schäfern, die herbeigeeilt waren, zu:
»Dieser Mann und diese Frau sind zurückgekommen, um mich zu ermorden. Vergeßt das nicht, falls ihr je zu Zeugen dafür angerufen werdet!«
Dann ritt er hinaus in die Nacht und die Steppe.

FÜNFTER TEIL

Der Kreis der Gerechtigkeit

I

Uros' Urteil

Alles war wie gewohnt. Die Sonne war eben erst aufgegangen und berührte gerade den Saum des Himmels. Die Erde war noch feucht und kühl von der Nacht her.

Osman Beys Pferde standen unbeweglich in ihren Koppeln, Stallknechte und Tschopendos verneigten sich vor dem alten Tursehn, der wie immer zur gewohnten Stunde erschienen war, um schweigend durch die Stallungen zu schreiten. Nichts verriet, mit welch unsäglicher Mühe, unter welchen Schmerzen er sich auch an diesem Morgen von seinem Lager erhoben, sich angezogen und sorgfältig seinen Turban geknüpft hatte.

Als er schließlich seinen Rundgang beendet hatte, nahm Taganbai, der älteste der Tschopendos, ihn beiseite.

»Ich habe aus Kabul eine Botschaft Osman Beys empfangen«, sagte er. »Natürlich hätte er diesen Brief eigentlich an dich schicken müssen. Doch er schreibt, daß er, eingedenk eurer alten Freundschaft und seiner Wertschätzung, dir nichts befehlen wolle, nein, du sollst dich ganz frei entschließen können. Er meint, es würde dir vielleicht leichter fallen – falls du ablehnst – deine Weigerung mir als ihm gegenüber auszusprechen.«

»So ist es«, sagte Tursehn und stützte sich etwas schwerer auf seinen Stock. Taganbai hustete verlegen und fuhr dann fort:

»Die Festlichkeiten, die in Kabul für den Sieger des großen Buskatschi veranstaltet wurden, gehen zu Ende. Und in ein paar Tagen wird Soleh mit Osman Bey hier sein. Ein Bankett

soll ihm zu Ehren gegeben werden.« Taganbai hustete erneut. Er wartete auf eine Bemerkung, eine Frage Tursehns. Doch dieser blieb stumm. Taganbai fuhr fort:
»Der Herr möchte dich fragen, ob es dir genehm wäre, den Ehrenplatz mit Soleh zu teilen, trotz... trotz deines Unglücks.«
»Nichts darf und wird mich daran hindern«, erwiderte Tursehn, »einen Tschopendos meines Stalles zu ehren, der das erste Königsbuskatschi gewonnen hat.«
Und ohne ein weiteres Wort wandte Tursehn sich um und schritt wieder durch die Koppeln, doch nun in umgekehrter Richtung. Die Sonne stand schon höher, und die Schatten waren kürzer geworden... Wohin mochte das Schicksal Uros verschlagen haben?
Er mußte noch am Leben sein, dessen war er sicher. Sonst wäre Mokki doch zurückgekehrt, um ihm seinen Tod mitzuteilen. Ja, der Sais war seinem Herrn gefolgt... wohin? Nach Indien, dem Iran? Nach Westen oder Osten? Gleichviel, in jedem fremden Land war er ein Unbekannter. In keinem wußte man etwas von seiner Niederlage, mußte er neben Soleh beim Bankett sitzen. Er hat recht getan, dachte Tursehn bitter.
Er war bis zur ersten Koppel gekommen. Von hier führte eine Tür nach rechts zu den Ställen, eine andere links nach draußen. Dort stand Rahim, sein Batscha.
»Du? Hier, ohne meinen Befehl?« fragte Tursehn. Schon wollte er ungehalten seinen Stock heben, doch da sah er in dem ängstlichen Gesicht Rahims, daß etwas ganz Außergewöhnliches ihn hergeführt haben mußte.
»Hör«, flehte der Batscha. »Ich muß dir etwas sagen!«
Tursehn ließ den Stock sinken. Dann schob er ungeduldig den Batscha beiseite und öffnete die Tür.

Draußen, auf dem schattigen, von Bäumen gesäumten Weg, der zu den Wohnhäusern führte, stand eine seltsame Gruppe. Rund um einen Reiter hatte sich fast das ganze Gut versammelt: Gärtner, Knechte, Bauern, Maurer, Zimmerleute, Köche, Diener, Batschas aus der Küche und der Wäscherei, alle standen sie in dichten Reihen um das Pferd und seinen Reiter herum. Nur zu seiner, Tursehns, Seite hin waren sie beiseite getreten, hatte sich eine Gasse gebildet.
Er warf einen Blick auf den Mann und sein Tier. Von dem turbanartigen Fetzen auf dem Kopf des Reiters bis zu den Hufen des Hengstes bedeckte sie beide eine widerliche Kruste aus Schmutz, Staub, Schweiß und Erde. Tursehn war empört. Kein Reiter — und hatte er einen noch so schwierigen, langen Weg hinter sich, eine noch so erbärmliche Herberge oder gar den freien Himmel als Obdach gehabt — würde es je versäumen, zumindest sein Pferd zu versorgen. Wie konnte dieser es da wagen, mit einer so vernachlässigten Schindmähre auf das reichste, das gastfreundlichste Gut der Provinz kommen?
Hinter Tursehn öffnete sich die Tür. Die Stallknechte, die Sais und die Tschopendos kamen heraus und blieben gegen die Mauer gelehnt stehen. Doch niemand sprach ein Wort; ja es schien fast, als hielten alle den Atem an. Eigenartig, dachte Tursehn, warum schweigen sie alle? Sonst waren sie doch immer so rasch dabei, neugierig zu fragen und zu erzählen. Er ging einen Schritt auf den Reiter zu. Und blieb plötzlich stehen — eine seltsame Angst schnürte ihm fast die Kehle zu, der Stock, auf den er sich stützte, begann zu zittern. Denn unter der schrecklichen Staubschicht des Pferdes — kannte er nicht diese breite Brust, diesen stolzen Hals? Und da, trotz der Zügel, mit denen sein Reiter es zurückhalten wollte, versuchte es jetzt auf ihn zuzulaufen und wieherte sanft. Jehol.

Dann — dann mußte doch der Reiter ...

»Uros, mein Sohn«, murmelte Tursehn. Und alle, die um ihn herumstanden und seine zaghafte, zärtliche Stimme hörten, konnten kaum glauben, daß sie dem großen Tursehn gehörte.

Der Reiter ließ die Zügel locker, und Jehol lief auf ihn zu und rieb seine Nüstern am Hals des alten Tschopendos.

»Friede sei mit dir, ehrwürdiger Vater. Du hast lange gebraucht, bis du mich erkannt hast, und, beim Propheten, ich habe es auch nicht anders erwartet.« Alle, die seine Worte hörten, erzählten später, daß Uros' Stimme trotz seines erbärmlichen Zustandes noch nie so stolz, so selbstzufrieden geklungen habe.

Doch was kümmerte Tursehn das! Uros war wieder da! Und wie sah er aus! Jetzt, da er dicht vor ihm stand, erkannte er erst, wie dünn und bleich er war — fast ein Skelett. Und am liebsten hätte Tursehn seine Arme ausgestreckt und diesen federleichten, mageren Körper aus dem Sattel gehoben, so, wie er es einst getan hatte, als Uros noch ein kleines Kind war, das sich schon auf einem Pferd halten, aber noch nicht allein wieder absteigen konnte. Doch rings um ihn waren tausend neugierige Blicke auf ihn gerichtet, die jede seiner Bewegungen verfolgten. Es wäre unter seiner, unter Uros' Würde gewesen, so etwas zu tun.

Und so blieb er unbeweglich stehen und stützte seine breiten Hände nur etwas schwerer auf seinen Stock. Dann fragte er mit ganz gelassener Stimme:

»Mein Sohn, was ist geschehen?«

Erst als Uros Jehol etwas zurückweichen ließ, entdeckte er Mokki und hinter ihm eine junge Frau. Beide waren gefesselt und mit einem Strick an den Sattel gebunden. Und Uros rief:

»O ehrwürdiger Vater, ich bringe dir hier einen ehrvergessenen Sais, der mir nach dem Leben trachtete. Die Nomadin dort hat ihm dabei geholfen. Ich liefere sie dir aus, wie es sich gehört, dir, dem Haupt der Familie.«

Da endlich erhob sich rings um ihn Gemurmel und Geflüster. Das also war das Geheimnis seines Abenteuers!

Das Schweigen des Sais und der Nomadin war für alle ein Eingeständnis ihrer Schuld. Und das alte, das eherne und unerbittliche Gesetz würde sie treffen: ob nun Geldstrafe, Gefängnis oder Todesurteil: Tursehn, als der älteste der Familie, würde die Entscheidung fällen, an ihm lag es auch, das Urteil vollstrecken zu lassen.

Das Murmeln verstummte langsam. Tursehn würde sprechen: alle Blicke richteten sich auf ihn. Der Stock des alten Tschopendos zitterte nicht mehr. Und nichts mehr war von seiner Freude, seinem Mitleid, seiner unendlichen Zärtlichkeit zurückgeblieben. Er fühlte sich schrecklich ruhig. Denn auch er hatte jetzt in Uros' Stimme diesen stolzen, diesen hochmütigen und selbstbewußten Ton erkannt. Nichts anderes. Nichts, das wirklich von Herzen gekommen wäre, ein Wort des Sohnes zu seinem Vater.

»Niemand darf vor einem Richter in so unwürdigem Zustand erscheinen. Bade dich, laß einen Barbier kommen und zieh dir andere Kleider an. Dann werde ich dich unter meinem Dach anhören.«

Er rief Taganbai zu sich und befahl ihm:

»Laß die beiden dort einschließen und bewache sie gut.«

Tursehn wandte noch einmal fast gegen seinen Willen den Blick auf Uros. Da erst sah er das verstümmelte Bein. Er wollte ihm noch etwas zurufen – eine Frage –, doch es war schon zu spät. Uros ritt bereits, ohne seine Gefangenen, auf die Badehäuser zu.

Der Anführer der Sais und einer seiner kräftigsten Männer führten Mokki und Sereh in eine Zelle im Keller, die als Vorratskammer für das Zaumzeug diente. Die Tür schloß sich. Ein Schlüssel drehte sich quietschend in dem verrosteten Schloß. Und in das düstere Verlies fiel nur noch ein trübes, dämmriges Licht aus der Kellerluke. Der Geruch nach Leder war fast unerträglich. Sereh packte Mokki bei den Schultern und rief:

»In diesem dumpfen Kellerloch werden sie uns gefangenhalten?«

»Es wird nicht lange dauern«, erwiderte Mokki leise.

»Tursehn urteilt und entscheidet rasch.« Serehs Zähne klapperten vor Angst.

»Er wird uns das Leben nehmen«, jammerte sie. »Das ist ein schrecklicher alter Mann!«

»Er ist gerecht«, sagte Mokki.

»Da kommt jemand, da kommt jemand«, flüsterte Sereh.

Der Anführer der Sais trat ein, lehnte sich gegen die Tür, stellte einen Krug auf den Boden und legte ein paar Brotfladen daneben.

»Das tu ich nicht auf Befehl«, sagte er zu Mokki, »sondern in Erinnerung an Baitas, deinen Vater. Er ist der Gefährte meiner Jugendjahre gewesen.«

»O guter Akkul, Allah möge es dir vergelten«, rief Mokki demütig und dankbar. Der Sais fragte zögernd:

»Uros . . . was er dir vorwirft, ist es wahr? Wie konnte es nur geschehen?« Mokkis Kinn sank auf seine Brust. Er murmelte: »Ein Dämon in meinem Herzen . . .«

Akkul seufzte und wollte wieder hinausgehen. Doch Sereh hinderte ihn daran. Sie warf sich vor ihm auf die Knie, ergriff seine Hände, küßte sie und rief:

»Ich bitte dich, sag unserem hohen Richter, daß Mokki allein

schuldig ist. Ich bin nur eine arme und schwache Dienerin. Und sag ihm noch ...«
Akkul stieß Sereh zurück und schloß die Tür hinter sich.
»Ich nehme alle Schuld auf mich, du brauchst keine Angst zu haben«, sagte Mokki zu Sereh.
»Das hoffe ich auch«, rief diese. »Wessen kann man mich denn beschuldigen? Das Gift? Das hat schon längst die Erde aufgesogen. Die Hunde? Sie haben ihn von selbst angegriffen, angelockt durch den Geruch seiner Wunde.«
Mokki hockte sich mit gesenktem Kopf auf den Boden.
»Alles ist deine Schuld«, fuhr Sereh mit schneidender Stimme fort. »Du hast immer gezögert ... gewartet. Jedesmal mußte ich dich ermutigen. Wär' ich ein Mann, ich wär' längst weit weg, frei, reich und unabhängig. Statt dessen ...«
Sereh strich mit einer Hand über die staubigen Lumpen, über ihr schmutzverklebtes Gesicht und spuckte vor Mokki aus. Er schien es nicht zu merken. Dann ergriff sie den Krug und das Brot, setzte sich so weit wie möglich von dem Sais entfernt auf die Erde und begann gierig zu essen und zu trinken.

Vor Tursehns Haus floß einer der tausend kleinen Bäche, die die Felder Osman Beys bewässerten. Tursehn saß auf dem Tscharpai, den er dicht an das offene Fenster gestellt hatte, und bemühte sich, geduldig zu warten. Immer wieder fragte er sich unruhig: Wie kommt es nur, daß diese Reise ihn so erschöpft hat, daß er in so elendem, abgerissenem Zustand heimkehrt? Und wie konnte Mokki, der treue, der gutmütige Sais, sich in einen Mörder verwandeln? Dann schaute er hinaus auf den dahinplätschernden Fluß und die Herbstblumen, die sich im leichten Morgenwind wiegten, und ermahnte sich, gelassen zu bleiben.

Als Tursehn das Getrappel von Hufen in der Allee vernahm, drückte er sich an die Wand, um so — ohne von draußen gesehen zu werden — hinausschauen zu können. Uros ritt auf Jehol herbei, zwei junge Tschopendos zu Pferd begleiteten ihn. Vor dem Tor blieben sie stehen. Uros war sauber rasiert und gebadet. Er trug einen prächtigen Tschapan und einen neuen Turban. Das frisch gestriegelte Fell des Pferdes glänzte in der Sonne. Uros sprang allein und ohne jede Hilfe vom Pferd. Die beiden jungen Reiter stiegen ebenfalls ab und stützten ihn von beiden Seiten. So erreichte er mit ein paar Sprüngen das Tor aus getrocknetem Lehm, und Tursehn sah, wie er im Haus verschwand.

Er dachte daran, wie mühsam es für Uros sein würde, die Galerie der Ehrengäste zu erreichen, sie entlangzuhüpfen, sich hinzusetzen — und nickte traurig vor sich hin. Er hatte wahrhaftig gut daran getan, Uros zunächst allein zu lassen. So brauchte er sich wenigstens seiner ersten, unsicheren Schritte nicht zu schämen.

Die Holzarkaden der Ehrengalerie umgaben einen kleinen Innenhof. Dort wuchsen ein paar Sträucher um einen Springbrunnen. An den Wänden lagen Matratzen, über denen Teppiche und Kissen ausgebreitet waren.

Als Tursehn die Galerie betrat, hockte Uros bereits gegen die Wand gelehnt auf seinen gekreuzten Beinen, wobei er das linke, versehrte geschickt verbarg. Tursehn setzte sich ihm gegenüber und stützte sich auf die Kissen. Rahim trug ein großes Tablett mit Tee, weißem Käse, Süßigkeiten und Mandelkuchen herein. Er füllte die Tassen und ging wieder. Tursehn und Uros tranken und aßen schweigend. Ab und zu musterte der alte Mann heimlich seinen Sohn. Und wieder überfiel ihn die gleiche Zärtlichkeit, die gleiche fürsorgliche Angst wie heute morgen. Wie mager, wie blaß er aussah!

Uros, mein Sohn, dachte der Alte voller Liebe und Zuneigung, mein Sohn... Die Sonne stand jetzt hoch am Himmel. Der Schatten eines Steppenvogels — Falke, Adler oder Weihe — glitt über den Boden.

Uros unterbrach plötzlich das Schweigen.

»Dort unten fliegen sie ganz dicht über dem Boden... auf dem Friedhof der Nomaden.«

Tursehn fror plötzlich. Diese Stimme — sie klang entrückt, wie von weither. Und Uros' Blick war wie von einer tiefen, unerklärlichen Sehnsucht verdunkelt.

»Dort unten erwartete mich der Ahnherr der Welt und seine Götter«, fuhr Uros fort. Er sprach sehr leise, und Tursehn mußte sich zu ihm neigen, um ihn überhaupt zu verstehen. »Er hat gesehen, wie ich die Dämonen ohne Ohren tötete... trotz meines verfaulten Beins.« Seine Augen glühten jetzt. »Ich bin aus dem Krankenhaus geflohen«, rief Uros, »weil man mich dort einer fremden, ungläubigen, unverschleierten Frau ausgeliefert hatte, die meine Nacktheit sehen und berühren durfte.«

»Ist das wahr — beim Propheten?« fragte Tursehn ungläubig und erstaunt.

»Beim Propheten«, erwiderte Uros.

Tursehn hatte sich wieder gefaßt.

»Es ist gut, mein Sohn... fahre fort...«

Doch Uros schwieg. Und es schien Tursehn, als sei sein Gesicht plötzlich noch durchsichtiger und blasser geworden. »Hast du nicht gehört?« fragte er.

Uros nickte. O doch, er hatte gehört. Und nie würde er den Stolz und die Freude vergessen, die aus diesen Worten seines Vaters klangen: es war derselbe Ton, in dem Mesror in jener Nacht mit seinem jüngsten Sohn gesprochen hatte. Und Uros fühlte sich plötzlich so unendlich glücklich und zufrieden, daß er gar nicht das Bedürfnis hatte, noch weiter zu sprechen. Wozu auch? Er hatte erreicht, was er mit seiner schrecklichen Wanderung hatte erreichen wollen: daß Tursehn stolz auf ihn war, daß er Freundschaft und Zuneigung für ihn empfand. Doch plötzlich bekam Uros Angst vor diesem Schweigen: er durfte Tursehns Bewunderung und Aufmerksamkeit, die er endlich, endlich seinem Sohn zollte, nicht erkalten lassen.

Denn das Krankenhaus — das ist ja belanglos, dachte Uros ... wenn er erst das andere alles erfährt ... dann ...

»Höre, großer Tursehn«, rief er, »höre, was dein Sohn erlebt, welche Abenteuer er bestanden hat.«

Und Uros berichtete. Von der Grausamkeit der Gebirge, seinen unaufhörlichen Schmerzen, dem Gift in dem Wasserbeutel, den steilen Pässen, der aschenbedeckten Ebene, dem Totenhügel, der Karawane der Paschtuns, den Hunden ohne Ohren, den fünf Seen des Band-i-Amir, der List seiner Feinde und dem kochenden Öl über seinem Beinstumpf.

Er erzählte wirr, unzusammenhängend, was ihm gerade in den Sinn kam — ohne eine Bewegung und mit geschlossenen Augen. Nur ab und zu öffnete er sie. Und sah in das Gesicht des großen Tursehn, dessen Züge plötzlich alle stolze Undurchdringlichkeit und Gelassenheit verloren hatten und nur noch väterliche Besorgtheit, Angst, Schmerz, Mitleid und Zorn ausdrückten. Und Uros sah sich für alle ausgestandenen Schmerzen, Schrecken und Mühen belohnt — weit über seine Erwartung. Er dachte: Selbst, wenn ich ihm aus Kabul die Standarte des Königs gebracht hätte — er wäre nicht halb so erschüttert gewesen. Uros hatte geendet, er sank in die Kissen zurück. Er fühlte sich unendlich erschöpft und müde. Ihm schwindelte plötzlich ... und Tursehns Stimme dröhnte in seinen Ohren:

»Trink!« befahl er. »Trink!«
Uros richtete sich auf, sah seinen Vater an und wollte zunächst seinen Augen kaum trauen. Denn der große Tursehn hatte selbst eine Tasse für ihn gefüllt, hatte Zucker hineingetan und reichte sie ihm jetzt... Uros riß ihm fast die Tasse aus den Händen und trank, ohne es zu wagen, seinen Vater anzuschauen.
Und an der Schamhaftigkeit seines Sohnes erkannte der alte Tschopendos plötzlich, wie sehr er in seiner Erschütterung gegen die geheiligte Sitte und Tradition verstoßen hatte. Er richtete sich langsam auf, warf einen Blick auf den gesenkten Turban vor sich und sagte mit fast rauher Stimme:
»Kein Sieg in irgendeinem Buskatschi kommt deiner Rückkehr gleich.«
Und dieser Satz war es, Wort für Wort, nach dem Uros sich gesehnt hatte, von dem er in seinen Fieberdelirien geträumt hatte, um dessentwillen er alle Kämpfe auf sich genommen hatte. Durch diesen Satz triumphierte er selbst über den Sieger des Königsbuskatschi. Doch etwas ganz und gar Unerwartetes geschah: er fühlte nichts mehr, weder Freude noch Genugtuung noch Stolz. Nichts — als ob alles in ihm abgestorben sei. In seiner Verzweiflung, in seinem Zorn über sich selbst suchte er instinktiv Hilfe bei Tursehn. Er beugte sich über das Tablett hinweg zu ihm — einen Augenblick lang berührten sich beinahe ihre Köpfe. Und da sah er, daß Tursehns Züge wieder unnahbar und verschlossen waren.
In jenem Augenblick, als er mir die Tasse mit dem Tee reichte, ist alles zerbrochen, dachte Uros. Er hat gespürt, daß ich mich für ihn und für mich geschämt habe. Und das wird er mir und sich selbst nie verzeihen.
»Ich kenne jetzt deine Erlebnisse, Uros«, sagte Tursehn, ohne den Blick von ihm zu wenden, »und lobe dich dafür. Doch

jetzt solltest du mir von Mokki erzählen. Er wartet auf mein Urteil.«

»Du weißt alles über ihn«, erwiderte Uros.

»Daß er dir nach dem Leben getrachtet hat, gewiß. Doch weshalb?« fragte Tursehn. Er hatte recht. Uros hatte ihm nicht eine einzige Erklärung für das Verhalten des Sais gegeben. War es Nachlässigkeit oder Absicht gewesen?

»Mokki wollte das Pferd haben«, sagte er. »Sonst nichts.«

Und Tursehn überlegte: Möglich. Ein armer Sais — und ein solches Pferd — die Gelegenheit... Aber Mokki? Der einfachste, gehorsamste und treueste aller Sais — seit seiner Kindheit schon...

»Wozu mußte er dich da töten?« fragte Tursehn. »Er brauchte doch nur mit Jehol zu fliehen.«

»Er fürchtete, man könnte ihn als Dieb brandmarken«, erwiderte Uros. »Mit meinem Tod hätte das Pferd ihm von Rechts wegen gehört. Ich hatte einem Schreiber ein Testament diktiert.«

»Ach«, sagte Tursehn. »Und hast du Mokki dieses Papier gegeben?«

»Nein«, erwiderte Uros. »Ich bewahrte es unter meinem Hemd auf.«

»Ach«, meinte Tursehn erneut. »Und wußte Mokki das?« Uros bejahte.

»Und hat er dann gleich versucht, dich zu töten, um es an sich zu bringen?«

»Nein«, sagte Uros. Er war entschlossen, nicht ein Wort mehr zu verraten. Und doch fügte er hinzu:

»Die kleine Nomadin hat ihn angestiftet.«

»Ach«, sagte Tursehn. »Und die hast du auf der Straße aufgelesen, nicht wahr? Brauchtest du sie denn so dringend?«

»Nein«, sagte Uros. »Der Sais wollte sie...«

»Genug«, rief da Tursehn. »Ich weiß genug!«
Er stützte den Kopf in seine geballten Fäuste. Doch nicht, um nachzudenken. Nein, sondern um zu versuchen, seinen grimmigen Zorn zu beherrschen. Er biß die Zähne zusammen. Das Krankenhaus — ja — das sehe ich ein, dachte er. Seine Ehre stand auf dem Spiel... doch danach, danach hat er nur noch mit seinem Leben, seiner Seele, mit allem gespielt... Er hat diesen schrecklichen Weg durchs Gebirge gewählt. Er hat den gutmütigsten, gehorsamsten Sais von der Welt in Versuchung geführt und ihn verdorben. Und als Komplizin hat er sich diese Dirne da ausgesucht. Es gelang ihm kaum noch, seine flammende Wut zu verbergen. Und ich, ich habe mir während dieser ganzen Zeit bittere Sorgen gemacht, von Reue geplagt, dachte er weiter, ich habe einen verlorenen Sohn beweint... Während der — eitel, dumm und ehrvergessen — nur daran dachte, uns seine Niederlage vergessen zu machen — wie ein unerzogenes, prahlsüchtiges Kind, das man bestrafen muß.
Tursehn blickte auf seinen leeren Gürtel hinunter, deutete dann auf Uros' Peitsche und befahl mit zusammengepreßten Lippen: »Gib!«
Uros gehorchte. Er konnte nichts anderes tun. Obwohl er wußte, daß sein Vater ihn erbarmungslos damit schlagen würde. Tursehn umklammerte ihren Griff. Endlich! Noch wartete er, daß sein lodernder Zorn sich etwas legen würde. Denn nicht in jähem Ungestüm wollte er Uros schlagen, sondern seine Züchtigung sollte weise und gerecht sein. Doch plötzlich sah er, daß Uros' Gesicht sich nicht etwa ängstlich abgewandt hatte — nein, er las in seinen Zügen eine fast unerträgliche Ungeduld: schlag zu, schienen die glühenden Augen zu sagen. Rasch! Damit ich endlich weiß, was ich zu tun habe.

Entweder wird er versuchen, mich zu töten, dachte Tursehn und drehte den Griff der Peitsche nachdenklich in seinen Händen, oder er wird sich zwingen, die Schläge schweigend zu ertragen. Doch in jedem Fall: wenn ich ihn auch nur berühre, wird alles zwischen uns zu Ende sein. Ich hatte ihn verloren geglaubt — und er ist heimgekehrt ... Aber danach würde es keine Rückkehr mehr geben. Tursehn ließ den Riemen zwischen seine Finger gleiten und untersuchte aufmerksam dessen Ende.

»Man sieht noch deutlich, wo der Stein befestigt war, mit dem du den Hund ohne Ohren getötet hast«, sagte er schließlich.

Uros bedeckte das Gesicht mit beiden Händen ... Und beide schwiegen sehr lange. Tursehn erhob sich schließlich, ging zu Uros, legte ihm seine Hand auf die Schulter und warf wie beiläufig die Peitsche auf seine Knie.

»Ich habe auf die meine verzichtet«, sagte er, »hast du's gemerkt?«

»Es stand mir nicht zu, dich nach deinen Gründen zu fragen«, erwiderte Uros.

»So ist es«, sagte Tursehn. »Doch jetzt wird es Zeit, daß ich es dir erkläre.«

»Ich habe kein Recht mehr, meine Peitsche zu tragen«, fuhr er fort, »seit ich, der Herr der Stallungen, damit einen jungen, edlen und gehorsamen Hengst zu Tode geschlagen habe.« Tursehn fühlte, wie Uros zitterte.

»Du?« flüsterte er.

»Ich«, erwiderte Tursehn. »Um an ihm meine eigene Schuld zu rächen.« Und Wort für Wort abwägend fuhr er eindringlich fort: »Hör mir zu, Uros. Wer in blinder Leidenschaft eine Ungerechtigkeit begeht, und mag sie noch so schrecklich sein — wenn er sie vor Allah dem Barmherzigen und vor allem sich selbst gegenüber freimütig bekennt, darf er sich fortan erhobenen Hauptes an sie erinnern. Doch der, der das Böse, das er einem anderen zugefügt, das er selbst kaltblütig erdacht und berechnet hat, nicht eingesteht, der muß sich schämen bis ans Ende seiner Tage.« Tursehn richtete sich mühsam wieder auf. »Und jetzt, Uros, denke gut nach. Denn du wirst den Richterspruch fällen.«

»Ich?« rief Uros.

»Ja«, erwiderte Tursehn. »Weil ich dir diese Aufgabe übertrage.«

»Weshalb willst du der Sitte zuwiderhandeln?« fragte Uros.

»Selbst wenn ich einen ganzen Tag lang dich und wiederum einen anderen Tag lang Mokki anhören würde — nur du allein kennst die Wahrheit ...«

»Die Wahrheit ...«, flüsterte Uros.

»Wenn du sie erfahren hast, laß es mich wissen«, sagte Tursehn, lehnte sich zurück und schloß die Augen.

Uros schenkte sich eine Tasse Tee ein, doch er trank nur einen Schluck. Er schmeckte abgestanden. Was ich ersehnt habe, dachte Uros, habe ich erreicht. Und mehr noch. Was bedeutet mir da die Gerechtigkeit? Und was für eine Gerechtigkeit? Er lauschte dem eintönigen Plätschern des Springbrunnens. Lange Zeit. Sein Stumpf tat ihm weh. Er streckte das Bein aus und wartete, bis der Schmerz langsam nachließ. Dann kreuzte er wieder die Beine unter sich.

»Laß ihn kommen«, sagte er zu Tursehn.

Er hatte noch nichts entschieden.

Der Schlüssel drehte sich quietschend im Schloß. Akkul stand auf der Schwelle.

»Die Stunde des Urteils ist gekommen, Mokki«, rief er.

Um aufzustehen, mußte der Sais sich mit beiden Händen

stützen, so schwach fühlte er sich. Alles drehte sich um ihn. Doch als sein Blick auf Sereh fiel, die sich vor Entsetzen zusammengekauert hatte, fühlte er sich wieder stark und mutig — um sie zu beruhigen, zu trösten.

»Du brauchst keine Angst zu haben«, sagte er. »Man hat nur mich gerufen.«

»Komm mir nicht zu nahe«, rief da Sereh. »Behalte dein Unglück für dich! Du hast mir schon genügend Unheil gebracht! Oh, weshalb kann ich nicht aus meinem Leben den Tag streichen, an dem ich dich kennengelernt habe!«

»Ich glaubte«, sagte Mokki leise, »daß du mich gern mochtest.«

»Als ich noch einen anderen Mann in dir sah«, erwiderte sie. Draußen schien die Sonne, und die Bäume standen voller Früchte. Der Bach plätscherte geschwätzig dahin. Für Mokki war alles tot und erloschen. Nicht, weil er Tursehns Urteil fürchtete. Sondern weil er Sereh verloren hatte.

Tursehn und Uros hatten sich nicht gerührt. Ein Tablett mit frischem Tee, sauberen Tassen und Süßigkeiten stand zwischen ihnen. Akkul und die drei Sais führten Mokki herein.

»Die anderen sind uns gefolgt«, sagte Akkul. »Willst du, daß auch sie eintreten?«

»Nein«, sagte Tursehn. »Das hier geht nur unsere Familie etwas an. Doch ihr könnt als meine Zeugen dableiben.« Er trank einen Schluck Tee, räusperte sich und sagte dann feierlich:

»Und nun hört, was ich beschlossen habe: Uros wird anstatt meiner den Richterspruch fällen. Und sein Urteil wird auch meines sein.«

Tursehn schwieg und senkte den Blick. Die Sais wandten sich Uros zu.

Uros betrachtete Mokki und wunderte sich, daß er so schmutzig und zerlumpt war. Da fiel ihm ein, daß er selbst ja auch so ausgesehen hatte, noch vor ein paar Stunden... Doch er fühlte nicht das geringste Mitleid mit Mokkis erbärmlichem Zustand. Widerlich, dachte er. Eine wahre Vogelscheuche.

Das Schweigen lastete schwer über dem Raum. Und Uros dachte: Ich muß das Urteil sprechen. Er spürte die fast unerträgliche, herzzerreißende Spannung, mit der Tursehn und die drei Sais an seinen Lippen hingen. Das Urteil... doch welches?

Sein Blick heftete sich auf Mokki. Alle hier warten atemlos darauf zu erfahren, was ich über dich beschließe, dachte er. Und du — dir scheint es völlig gleichgültig zu sein. Doch warte nur, wenn du erst weißt, was dir geschieht, dann wird dir deine Gelassenheit schon vergehen...! Er betrachtete den Sais voller Haß und Abscheu.

»Heb den Kopf!« befahl er.

Mokki gehorchte. Sein Gesicht war völlig ausdruckslos. Er schien Uros weder zu sehen noch zu erkennen. Und da erinnerte dieser sich plötzlich daran, wie unschuldig, jung, vertrauensvoll und warm Mokkis Blick früher gewesen war. Und er verabscheute, fürchtete mit einem Mal dieses Leben, das einen Mann so zerstören konnte. Wirklich, dachte er dann plötzlich, war es das gewesen? Und er erkannte, daß nicht das Leben, sondern er allein Schuld daran trug. Er war unfähig, weiter zu überlegen. Seine Stimme klang tonlos und fremd, als er jetzt sagte:

»Ich erkläre dich für schuldlos und frei.«

Mokki rührte sich noch immer nicht. Doch die anderen seufzten tief und wie erlöst auf. Und plötzlich dachte Uros mit Bitterkeit und Beschämung daran, daß er wieder einmal genau das getan hatte, was sein Vater von ihm verlangt hatte. Und dies am Ende eines Abenteuers, für das er so teuer bezahlt hatte ... Beim Propheten, nein, er mußte etwas finden, das er selbst — allein — entschied. Etwas, das Tursehns Willen und Absicht überstieg ... doch was? Da hätte er vor Freude beinahe laut aufgeschrien. Nach Tursehns Meinung war Mokki nicht schuldig, sondern das Opfer einer Falle ... ja! Der Hengst, Jehol! Ah! Tursehn forderte Gerechtigkeit! Beim Propheten, er würde sie erhalten! Und Uros fuhr fort, diesmal mit seltsam warmer, leidenschaftlicher Stimme:

»Ja, du bist frei, Mokki. Und von heut an gehört Jehol dir.«

Die Männer schrien auf, bestürzt, ungläubig, neiderfüllt. Tursehn wurde rot vor Zorn. Er erinnerte sich jetzt daran, daß Jehol ja eigentlich sein Pferd war, sein Werk ... Er wird es mir verbieten, dachte Uros.

Tursehn wartete, bis er sich wieder gefaßt hatte.

»Schweigt«, befahl er den Sais. »Ihr habt das Urteil gehört.« Und, zu Mokki gewandt, sagte er: »Jehol gehört dir.«

»Wirklich?« fragte der Sais tonlos. »Und Sereh?«

Tursehn und Uros sahen sich fassungslos an. Die Freiheit, ein solches Pferd — all das ließ Mokki gänzlich ungerührt. Nur das Leben seiner Dirne zählte für ihn.

»Morgen muß sie von hier verschwunden sein«, sagte Uros, ohne Mokki anzusehen.

Als Tursehn wieder mit Uros allein war, rief er Rahim und befahl ihm:

»Meine Peitsche!«

Und als der Batscha sie gebracht hatte, sagte Tursehn zu seinem Sohn:

»Stecke sie wieder in meinen Gürtel, Uros, da du heimgekehrt bist, um sie mir zurückzugeben.«

II
Serehs Abschied

Uros erwachte am Morgen frisch, kräftig und ausgeruht. Er streckte sich und sah sich um. Am Abend hatte ihn der alte Oberaufseher Osman Beys in eine der verlassenen Jurten geführt, die aus der Zeit der Urväter Osman Beys stammten, als das Herrenhaus noch nicht erbaut war. Zu den großen Festen brachte man hier die Ehrengäste unter, die im großen Haus keinen Platz mehr gefunden hatten. »In dieser Jurte bist du am besten vor dem Wind geschützt«, hatte der Alte zu ihm gesagt. »Ich habe drei neue Teppiche unter die Matratze legen lassen. Und du wirst immer einen Mann und ein Pferd vor der Tür zu deinen Diensten finden.« Doch Uros war zu erschöpft gewesen, um dies alles wahrzunehmen. Jetzt aber, nach dem langen, tiefen Schlaf, fühlte er sich gesund und stark. Er richtete sich auf, und sein Blick fiel auf ein Paar Krücken, die neben seinem Bett standen. Erstaunt ergriff er sie, stützte sich auf sie und war mit ein paar Schritten draußen.

Ein Stallknecht hockte vor der Jurte, an die Wand aus Schilfrohr gelehnt, und summte ein Lied vor sich hin.

»Die Krücken?« fragte ihn Uros.

»Du hast noch so tief geschlafen, daß du gar nicht gemerkt hast, wie ich sie dir gebracht habe. Auf Befehl des großen Tursehn.«

»Wo ist er?« fragte Uros.

»In den Stallungen«, erwiderte der Knecht. Er deutete auf das Gebüsch neben der Jurte und fuhr fort:

»Dort ist ein Pferd für dich gesattelt. Brauchst du es?«

»Nein«, erwiderte Uros.

»Willst du etwas Tee? Der Samowar kocht dort neben der Quelle.«

»Nein«, sagte Uros.

Er drehte sich um, ging in die Jurte zurück, warf sich auf sein Lager und schleuderte die Krücken in eine Ecke.

Das erste Geschenk von meinem Vater, dachte er bitter. Und er sah den großen Tursehn vor sich, der jetzt in majestätischer Würde von Koppel zu Koppel schritt. Und er? Was hatte er überhaupt hier unter diesem Dach zu suchen? Er, der von Buskatschi zu Buskatschi lebte und in der toten Saison von Basar zu Karawanserei, wo er das Geld seiner Siege bei den Tierkämpfen verwettete...? Hier endet also mein Weg, dachte Uros verzweifelt. Sein anderes Bein, ja sein gesundes Bein würde er dafür geben, wenn diese Reise in die Hölle noch nicht zu Ende wäre, wenn sie endlos dauern würde... denn dort hatte er wenigstens wirklich gelebt, von Gefahr zu Gefahr, von Abenteuer zu Abenteuer...

Jemand war in die Jurte getreten. Eine Frau. Sie näherte sich seinem Lager. Und Uros erkannte, wer es war: Sereh. Uros' erste Reaktion war, sein versehrtes Bein zu verstecken. Dann fragte er sie barsch:

»Hast du meinen Befehl nicht erhalten?«

»Doch«, erwiderte Sereh flüsternd und gesenkten Hauptes. »Schon bei Morgengrauen war ich bereit. Doch ich wollte nicht gehen, ohne dich noch einmal zu grüßen.«

Ihre Stimme klang schüchtern und ängstlich.

»Warum?« fragte Uros.

»Ich wollte dir danken. Dafür, daß du dich so gnädig gezeigt hast«, erwiderte Sereh. Sie lief auf ihn zu, warf sich auf die Knie und küßte seine Hand. Dann erst hob sie den Kopf und rief:

»Ich hatte den Tod erwartet, da du es warst, der das Urteil fällte. Denn du wußtest ja...«

Aus ihren Augen leuchtete eine reine und demütige Dankbarkeit. Und aus ihren Zügen war jeder Ausdruck der Habgier, der Tücke und der Bosheit verschwunden.

Diesmal lügt sie nicht, dachte Uros. Die Todesangst steckt ihr noch zu sehr in den Knochen. Du wußtest, hatte sie gesagt...

Und er dachte wieder an jene Kämpfe auf Leben und Tod, die sie miteinander ausgefochten hatten – sie beide. Mokki zählte nicht.

Sereh betrachtete ihn voll andächtiger Bewunderung. Aus dem halbtoten, schmutzigen, zerlumpten Reiter war über Nacht dieser große Herr geworden, in einem prächtigen Seidentschapan, sauber und wohlriechend.

»Ich werde nie deine Güte vergessen, o Herr«, murmelte sie. »Und jeden Abend werde ich die Zauberworte der Nomaden für dich beten.«

Sie wandte sich um und wollte hinausgehen. Doch an der Schwelle rief Uros sie zurück. Und erst als sie wieder zu ihm trat, erkannte er, weshalb er sie noch nicht fortlassen wollte. Solange sie blieb, war in dieser Jurte noch alles gegenwärtig: der hohe Friedhof der Nomaden... der schlüpfrige Felsweg, den die Winde durchheulten... der Regenbogen über den Wassern des Band-i-Amir...

»Mokki? Hast du ihn gesehen?« fragte er laut, nur um irgendeinen Vorwand für ein Gespräch zu haben. Die Nomadin nickte.

»Ich hasse ihn«, rief sie. »Er hat noch nicht gebadet. Er geht umher wie im Traum... Du hast ihn begnadigt. Und ihm das Pferd geschenkt. Doch er freut sich nicht einmal, lächelt nicht, sagt nichts. Ich hasse ihn.«

»Warum?« fragte Uros, »hast du ihn dann unbedingt haben wollen?«
Die Nomadin wich einen Schritt zurück. Sie schämte sich zu sehr. Sie blickte auf die prächtigen Teppiche, die vor Uros ausgebreitet waren, auf all diesen Reichtum und Luxus, und plötzlich erschien ihr ihr ganzes Leben, samt Mokki und all den vielen anderen, wie ein Alptraum.
»Ein Verhängnis«, sagte sie flüsternd, »ein böser Zauber... ich weiß nicht...« Die Stimme versagte ihr. Ihr ganzes Gesicht war plötzlich von glühendem Rot übergossen.
Uros betrachtete sie, wie sie in ihrem neuen Kleid, frisch gewaschen, schüchtern und schamhaft errötend dastand, und dachte plötzlich: fast wie eine Braut. Die Verse Saadis kamen ihm wieder in den Sinn.
Und die körperliche Begierde, die Sehnsucht, noch einmal durch die Nomadin das große Abenteuer seiner Reise wieder zu erleben, und der heimliche, verzehrende Drang, zu vergewaltigen, zu schänden, der ihn jedesmal beim Anblick von Reinheit, Jungfräulichkeit und Schamhaftigkeit überfiel — all das verband sich in ihm zu einer so wilden Leidenschaft, daß er Sereh mit einem Griff auf sein Lager warf. Einen Augenblick später hatte er ihr Kleid zerfetzt und sich auf sie geworfen. Vor Überraschung und Schmerz schrie Sereh auf.
Uros grinste:
»Schrei, schrei nur«, flüsterte er. »Das ist erst der Anfang.«
Seine Hände, seine Zähne, seine Nägel — sein ganzer Körper wurde zu einem einzigen Folterinstrument, mit dem er endlich, endlich seine verborgene, verbotene Leidenschaft und Lust stillen konnte. Sereh schrie ohne Unterlaß, und bei jedem ihrer Schreie lief ein immer wilderes, wütenderes Feuer durch jede Faser seines Körpers, erfand er immer neue Martern für ihre zerschundene Haut, immer grausamere Spiele...

Uros öffnete die Augen. Serehs Schmerzensschreie genügten ihm nicht mehr. Nein, er wollte sie sehen: ihren schmerzverzerrten Mund, ihren sich aufbäumenden Körper. Er beugte sich ganz nah zu ihr herab, und die Bestürzung raubte ihm fast die Besinnung: denn das Gesicht der Nomadin leuchtete, glühte in einer schmerzhaften, verzückten Ekstase. Und da erkannte er auch plötzlich diesen entrückten, klagenden Schrei: es war derselbe, den er in jener Nacht hinter dem Feuer bei dem Zelt der kleinen Nomaden belauscht hatte, nur hundertmal leidenschaftlicher.

Uros' Zorn kannte keine Grenzen mehr. Nie, von niemandem, war er je so getäuscht, genarrt und betrogen worden. Ihr wollüstiges Stöhnen hatte er für Schmerzensschreie gehalten – hatte sich eingebildet, eine Jungfrau zu schänden, und dabei nur der Lust einer schamlosen Dirne gedient.

Und er begann auf ihrem Körper die verletzlichsten Stellen zu suchen, um endlich, endlich diese Verzückung in wilden Schmerz zu verwandeln – und fand die kaum verheilten Narben auf ihrem Rücken, die noch von Hajatals Peitschenschlägen herrührten. Mit seinen Nägeln riß er sie wieder auf, bis sie bluteten. Serehs Körper bäumte sich zuckend auf. Doch ihr wollüstiger Aufschrei verriet ihm, daß der fast unmenschliche Schmerz, den sie empfunden haben mußte, ihre Lust ins Ungemessene gesteigert hatte.

Und Uros, der nicht verstehen konnte, daß sie und er, die so eng miteinander verbunden waren, entgegengesetzten Zeichen angehörten, verdoppelte seine Grausamkeit. Doch jede neue Folter, die ihm einfiel, entzündete neue Lust. Sie rächt sich jetzt für all ihre Niederlagen, dachte er. Um ihr den Triumph zu rauben, gibt es nur einen Weg: den Tod.

Schon umklammerten Uros' Finger den Hals der Nomadin. Da fühlte er plötzlich, wie eine heiße, sengende Welle durch seinen ganzen Körper lief. Er sank fast besinnungslos auf das Lager zurück und blieb so ein paar Augenblicke unbeweglich liegen. Neben sich hörte er Serehs gleichmäßigen, zufriedenen Atem.

»Geh, geh rasch!« flüsterte er.

Und Sereh verließ die Jurte. Sie ging mit hocherhobenem Haupt und stolzem, strahlendem Lächeln.

III
Jehols Rache

Der alte Stallknecht saß noch immer gegen die Wand aus Schilfrohr gelehnt, als Sereh an ihm vorbeiging. Er hob nicht den Kopf und fuhr fort, sein eintöniges Lied vor sich hin zu summen.

Mokki trat aus dem Schatten eines Baums neben der Jurte. Er hatte sich gewaschen. Doch auf seinem Gesicht waren noch immer die Spuren der Müdigkeit und der überstandenen Schrecken eingegraben.

»Was willst du von mir?« fragte sie ihn. Hatte Mokki sie verstanden? Er betrachtete mit dumpfem Entsetzen die Wunden und Striemen, die blutigen Male von Uros' Zähnen und Nägeln auf Serehs Körper und ihrem Gesicht.

»Das war Uros«, rief die Nomadin, während ihre Augen voller Stolz leuchteten.

»Ich weiß«, sagte Mokki. »Ich hab es gehört.«

»Was willst du von mir?« wiederholte Sereh.

»Mit dir fortgehen«, sagte Mokki.

Sereh wollte, ohne zu antworten, an ihm vorbeilaufen. Mokki versuchte, sie an ihrem Kleid zurückzuhalten, doch es zerriß unter seinen Fingern.

Er stellte sich ihr in den Weg und bat:

»Hör mich an, beim Propheten. Ich werde arbeiten ... und wir haben Jehol. Wir werden mit ihm tun, was du willst.«

Sereh antwortete nicht. Und Mokki sah einen winzigen Hoffnungsschimmer. Denn sie hatte die Stirn gerunzelt, und auf ihren Zügen lag wieder der wohlbekannte Ausdruck von List und Habgier.

Ich zwinge ihn, das Pferd zu verkaufen ... nehme das Geld und verschwinde noch in der gleichen Nacht, dachte die Nomadin. Mokki wagte nicht, sich zu rühren. Sein Herz setzte aus. Da erklangen in dem plötzlichen Schweigen die Verse des Liedes, das der alte Stallknecht vor sich hin summte.

Kaum dem finst'ren Gebirge entronnen,
fällte er weisen Spruch.
Möge ihn Allah beschützen,
Uros, den Ersten aller Tschopendos.

Sereh hatte wieder den Kopf gehoben. Ihre Stirn war glatt und klar. Und in ihren Augen schimmerte nur noch ein ruhiger, sicherer Stolz.
Der alte Mann war verstummt.
»Nimmst du mich mit?« fragte Mokki demütig.
»Ich kann nicht«, erwiderte Sereh sanft. Und sie war nicht mehr die verlogene, diebische, käufliche kleine Nomadin. Sie war eine ganz andere, verwandelte, selbstbewußte Sereh, die von dem Mann, den schon Legenden und Balladen feierten, gewählt worden war — und die vielleicht die Ehre hatte, das Kind dieses Helden in ihrem Leib zu tragen. Wie hätte sie da noch ihr Lager mit diesem jämmerlichen Burschen, diesem Tölpel teilen können ... Wenn sie ihn täuschte, wäre sie wieder in ihre alte Erbärmlichkeit zurückgefallen.
Mokki wußte nicht, welche seltsame Macht sie so verwandelt hatte. Und Sereh selbst wußte es wohl auch nicht. Doch als er jetzt in das strenge, reine Gesicht der kleinen Nomadin blickte, zitterten seine Knie, und er trat beiseite. Sie verschwand hinter den herbstlich gefärbten Sträuchern und Büschen. Und Mokki ging in entgegengesetzter Richtung davon — ziellos, mit gesenktem Kopf.

Uros richtete sich in seinem Bett auf. Diese leise Melodie, die bis in seine Jurte drang, kannte er doch? Man feierte die Abenteuer der Helden, besang die Taten der Goßen der Steppe in dieser Ballade. Doch was hatte sein Name darin zu suchen? Er lauschte.

Über Steppen, Berge und Tal
eilt dein Ruhm, o tapferer Uros,
größter aller Tschopendos,
rasch wie auf Flügeln des Windes,
Held der tausend Gefahren ...

Der Sänger verstummte. Von hier würde das Lied bald hinausgehen in alle Welt ... die Erzähler und Barden würden es von Basar zu Basar, von Tschaikhana zu Tschaikhana tragen, und bald würden diese Verse die Reiter und Karawanenführer bis in die entlegensten Flecken der drei Provinzen begleiten. Der Ruhm, den er so heiß ersehnt hatte ... der Ruhm eines Toten ...

Eben trat Rahim in die Jurte, um Uros auszurichten, daß Tursehn ihn unter den Bäumen am Ufer des Flusses erwartete.
»Bring mir mein Pferd«, sagte Uros.
Auf dem weichen Gras im Schatten der Bäume hatten zwei Sais dicke Teppiche ausgebreitet und trugen nun das Essen und das Geschirr herbei. Uros begrüßte Tursehn und setzte sich ihm gegenüber.
»Hast du die Krücken erhalten?« fragte Tursehn. Uros nickte.
»Und hast du sie ausprobiert?«
»Ja«, erwiderte Uros.
»Und passen sie dir?«
»Ausgezeichnet«, antwortete Uros.

»Warum bist du dann nicht mit ihnen gekommen?« fragte Tursehn.
»Warm sollte ich . . .«, erwiderte Uros.
Diese Antwort war eigentlich — seinem Vater gegenüber — eine Beleidigung. Tursehn schwieg einen Augenblick. Er hatte gewußt, daß dieses Geschenk seinen Sohn erbittern würde. Doch er wußte auch, daß Uros sich so rasch wie möglich an sein Gebrechen gewöhnen mußte.
»Ich habe nicht geahnt«, sagte Tursehn schließlich gelassen, »daß bei meinem Sohn Höflichkeit und Respekt an einem Bein hängen.«
Uros schwieg. Tursehn griff mit der Hand in eine Schüssel voll safrangelben Hammelpalaos und leckte sich danach die Finger.
»Hast du die Krücken nicht wiedererkannt? Es waren meine eigenen«, fuhr er dann fort.
»Was?« rief Uros. »Das sind . . .«
»Ja, dieselben, die ich damals trug, als ich den Riß im rechten Knie hatte und mein linker Schenkel gebrochen war.«
Und Uros erinnerte sich daran, wie vor dreißig Jahren Tursehn — auf dem Gipfel seines Ruhms — von Hof zu Hof, durch die Stallungen und die Gassen des Basars von Daulad Abas auf diesen Krücken gehüpft war.
»Das war auch nur für kurze Zeit«, sagte Uros.
»Wer konnte das damals wissen?« fragte Tursehn. »Und — hab' ich deshalb vielleicht mein Gesicht verloren?«
»Im Gegenteil«, gab Uros etwas widerwillig zu. Tursehn hatte recht. Jedoch . . .
»Im Alter erträgt sich so was leichter«, sagte er.
Tursehn heftete den Blick seiner gelben Augen fest auf seinen Sohn und erwiderte dann:
»Damals war ich noch jünger als du heute.«

Uros überlegte. Zählte nach. Wahrhaftig. Er konnte es kaum fassen.
»Ja«, sagte Tursehn langsam, »damals war ich noch nicht der Herr der Stallungen. Jetzt«, fuhr er nach einer Pause fort, »habe ich dieses Amt schon seit zwanzig Jahren, und es beginnt schwer auf meinen Schultern zu lasten... nur: ich wüßte keinen, dem ich es anvertrauen könnte... außer dir.«
Uros erstarrte. Langsam setzte er die Teetasse ab und versuchte sich zu sammeln, um Tursehn gelassen zu antworten, ohne ihm zu zeigen, mit welchem Abscheu ihn sein Angebot erfüllte.
»Ich danke dir«, erwiderte er schließlich. »Doch diese Ehre steht mir nicht zu.«
»Denke noch bis morgen darüber nach, dann wird Osman Bey zurück sein.«
Und jetzt erst kam er zu dem letzten, dem schwierigsten Problem, das er mit Uros zu besprechen hatte.
»Zusammen mit Soleh«, sagte er.
»Soleh...«, wiederholte Uros mit blassen Lippen.
»In zwei Tagen wird ein festliches Bankett stattfinden, um seinen Sieg zu feiern. Er wird zur Rechten Osman Beys sitzen. Und ich wäre stolz, dich an meiner Seite zu wissen.«
»Mit meinen Krücken?« fragte Uros und hoffte verzweifelt, daß wenigstens jetzt Tursehns Antwort zornig und erbittert klingen würde.
»Warum nicht«, antwortete Tursehn.
Da fühlte Uros sich mit einem Mal wie in einer Falle, wie in Ketten gelegt. Keinen Ausweg gab es für ihn. An Solehs Triumph teilnehmen — welch entsetzliche Demütigung! Und fortbleiben — das bedeutete, sich wie ein Feigling zu benehmen. Doch was immer er wählte: er wäre zumindest in seinen Augen entehrt bis ans Ende seiner Tage. Wenn er nur

einen Weg wüßte ... Um noch einmal den Menschen, ihren Gesetzen, Sitten und Ordnungen zu entgehen — ihnen allen Trotz zu bieten, das Schicksal herauszufordern und zu bezwingen. Wer konnte ihm diesmal helfen? Damals, nach seiner Flucht aus dem Krankenhaus, hatte er Mokki gehabt — Mokki und Jehol. Jetzt war der Sais für ihn gestorben. Doch das Pferd ...

»Ich werde dir morgen meine Antwort geben. Doch heute möchte ich gern Jehol haben.«

Tursehn sah ihn lange und forschend an.

»Nun gut«, sagte er schließlich. »Man hat Mokki noch nicht in den Ställen gesehen. Und Jehol ist inzwischen gut gepflegt worden.«

Akkul führte selbst Jehol am Zügel. Als Tursehn das Pferd wiedersah, leuchteten seine Augen auf. Noch nie ist er so schön gewesen, dachte er. Jehols Fell glänzte wie Seide, seine sorgfältig gebürstete Mähne flatterte im Wind, und seine Augen glänzten.

Und Jehol schien das zu wissen. Er ließ sich gebührend bewundern. Stolz näherte er sich, setzte einen blitzenden Huf auf den Teppich und tänzelte leicht.

»Welche Anmut! Schau nur, Uros, er geht zu dir«, rief Akkul.

»Ich habe ihn nicht wegen seiner Anmut kommen lassen«, erwiderte Uros. Seine harte, kalte Stimme verletzte Tursehn zutiefst.

»Ist er dir vielleicht nicht schön genug?« sagte er.

Und Uros antwortete: »Hast du von deinen Krücken damals verlangt, daß sie schön sind?«

Und mit einer einzigen Bewegung sprang Uros auf, schwang sich in den Sattel und ritt davon.

Die beiden alten Männer sahen sich verständnisvoll an. Noch nie hatten sie eine so vollendete Harmonie zwischen einem Reiter und seinem Pferd gesehen.

Uros bedeutete Jehol, seinem Spiel ein Ende zu machen. Der Hengst gehorchte nur widerwillig.
»Geh schon«, murmelte Uros. »Ich bin kein alter Mann, den du mit deinen Kunststücken bestechen kannst.«
Plötzlich spürte er einen eigenartigen Schmerz. Nein, Tursehns Alter hatte damit gar nichts zu tun — das wußte niemand besser als er. Immer hatte sein Vater einen Jehol gehabt. Und immer war das Pferd für ihn an erster Stelle gekommen. Wenn Uros als Kind einmal krank war, hatte Tursehn mit Abscheu den Frauen seine Pflege überlassen. Doch wenn es um das Füllen ging, dann wich er keinen Schritt von seiner Seite und teilte sogar seine Spreu. Und er erinnerte sich plötzlich... Damals trat Tursehn aus dem dämmrigen Stall. Und er, der seinen Sohn nicht ein einziges Mal umarmt hatte, trug zärtlich an seine mächtige Brust gepreßt ein ganz kleines Pferd — nackt und feucht und zittrig —, das er in seinen Armen wiegte. Ein neugeborener Jehol... Und noch nach so vielen Jahren fühlte Uros erneut, wie die Einsamkeit ihm fast das Herz zerriß.
Seit jenem Tag muß es wohl sein, dachte er, daß ich den Pferden nie wirkliche Zuneigung entgegenbringen kann. Weder Pferde noch Menschen werden mir je Freunde sein können. Ein Pferd — was war das schon... man brauchte es. Das war alles. Und wurde es krank, dann nahm man eben ein anderes.
»Jehol oder nicht Jehol«, sagte Uros plötzlich laut, »er ist für meinen Sattel, meine Peitsche und meine Befehle da. Und sonst nichts.«

Sie waren in einen Weg eingebogen, der hinaus in die Steppe führte. Jehol witterte und sog den Duft ein, der von der heißen Erde aufstieg, jenen Duft nach trockenen Gräsern und nach Absinth, den der Wind ihnen zutrug. Und schon wollte er davongaloppieren ... Doch Uros hielt ihn hart zurück.

»Wart, bis ich es dir befehle« murmelte er mit zusammengepreßten Lippen. »Wir haben keine Eile.«

Er erinnerte sich an die Krücken, an das Bankett zu Ehren Solehs, und dachte: Ja, wozu sich eilen, da es ja doch keine Wiederkehr für mich gibt ...

Sein Ziel? Die russische Grenze war nahe. Dann: Taschkent, Samarkand ... Früher, als noch der Zar dort regierte, war Tursehn oft drüben gewesen ... Jetzt bewachten Soldaten die Grenze auf beiden Seiten. Doch was tat das schon ... Wenn er wirklich wollte – ja, wenn ... Samarkand oder der Iran – dort gab es diese unbekannten, schrecklichen Wüsten. Dort konnte er auch hingehen ... Oder nach Osten? Hinter der Provinz von Masar, hinter Katagan, hinter Badakschan, an der Grenze Afghanistans, lag der Kwal en Pandscha, der geheimnisvolle, der so hoch war, daß er das Dach der Welt fast berührte. Dort ritt man auf weißfelligen Büffeln – und der Schneemensch hauste dort ... Uros ritt, immer noch in Gedanken versunken, aus dem Gut heraus, und nun lag plötzlich die Steppe vor ihm. Die Steppe ohne Grenzen, unter dem Himmel, der soviel höher und weiter war als überall sonst auf der Welt, unter der Sonne, die soviel heller leuchtete. Und er dachte an nichts anderes mehr ... Heute wurde sie ihm zum zweiten Mal wiedergeschenkt, doch er war nicht mehr jener erschöpfte, zerlumpte, schmutzverkrustete Reiter auf einem schwitzenden, staubigen, halbverhungerten Pferd. Nein, heute war er stark und frei – ein Reiter ohne Ziel, ohne Rückkehr. Und sein Pferd war das schönste, das stärkste der Steppe. Der bittere Duft nach Absinth stieg jetzt vom Boden auf. Noch hiel Uros Jehol zurück. Doch beide – Reiter und Pferd – dürsteten danach, wie im Fluge dahinzustürmen. Uros legte sich flach über Jehols Mähne, und endlich – endlich ... Werde ich mich überhaupt im Sattel halten können, wenn Jehol plötzlich davonschießt, dachte er einen Augenblick lang – und dann ertönte der barbarische Ruf, mit dem schon seit Jahrhunderten die Steppenreiter von den Tiefen der Mongolei bis zu den Ufern der Wolga ihre Pferde über diesen Teppich aus Gräsern trieben.

Er hielt sich im Sattel. Trotz des wütenden Satzes, mit dem der Hengst vorwärtsgeschnellt war. Und jetzt galoppierte Jehol pfeilschnell über die Steppe, und es war, als berührten seine Hufe kaum den vertrauten Boden.

Uros dachte an den Winter, der bald seinen Einzug halten würde. An die weißen Stürme unter dem schwarzen Himmel. An die verschneiten Büsche und das Klirren des Eises bei jedem Schritt ... Und an den Frühling, wenn der Schnee unter den Strahlen der Sonne schmolz und tausend Bäche und Flüsse die Steppe überfluteten. Bis sie sich in einen einzigen Teppich aus Blumen verwandelte und auf dem kleinsten Flecken Erde herrliche, leuchtende Gärten entstanden.

Der Tag hatte sich geneigt. Schon flammte der Himmel im Licht der sinkenden Sonne. Vereinzelte Wolken trieben über ihn hin. Fast unbeweglich schwebten die Steppenadler dicht über der Erde, auf der Suche nach einer letzten Beute vor dem einbrechenden Dunkel. Wie langsam und schwerfällig wirkte Jehol neben den Geflügelten ... Uros peitschte den Hengst. Schneller, rascher – wie der Wind – wie der Adler – wie der Blitz ... Doch Jehol verlangsamte seinen

Schritt: er wandte den Kopf und blickte vorwurfsvoll auf seinen Reiter. Warum diese Ungerechtigkeit, schien er zu fragen. Du weißt doch, ich habe mein Bestes getan. Und wir waren doch glücklich miteinander.

Uros glühte vor Zorn. Wie, sein Pferd gehorchte ihm nicht mehr? Es machte ihm Vorwürfe? Und dreimal – noch ehe Jehol den Schlägen ausweichen konnte – peitschte Uros über die Nüstern des Tieres. Jehol bäumte sich auf, wieherte wütend und galoppierte weiter. Schaum stand ihm vor dem Maul, bedeckte seine Flanken. Und er wieherte, wieherte ohne Unterlaß. Er war am Ende seiner Kraft.

Ich bin dabei, ihn zuschanden zu reiten, dachte Uros. Doch warum nicht? Für uns gibt es keine Umkehr, kein Ziel... Sein Schrei wurde noch gellender und durchdringender. Er wollte, er mußte das Unmögliche erzwingen – wie immer. Flügel wollte er haben, wie jener Adler dort in den Lüften! Da entdeckte Uros plötzlich auf dem Boden einen riesigen schwarzen Vogel, der nicht von seiner Seite wich: seinen Schatten. Nie, was auch immer er tat, würde er ihn überholen können, nicht einmal erreichen. Er ließ seine Peitsche sinken und lockerte seine Knie. Jehol blieb so plötzlich stehen, als hielte der Boden seine Hufe fest, und bäumte sich auf. Uros verlor seinen einzigen Steigbügel und flog aus dem Sattel...

Einen gewöhnlichen Reiter hätte dieser Sturz getötet. Doch Uros rollte sich noch im Flug zusammen, das verstümmelte Bein an sich ziehend, und landete ohne Schaden.

Das Pferd hat mich überlistet, dachte er. Nicht meine Peitsche hat es angetrieben. Nein, es lief nur weiter, um mich nachher um so sicherer abwerfen zu können ... Er preßte ein Ohr gegen die Erde... das Dröhnen von Jehols Hufen entfernte sich in Richtung des Gutes.

Die Sonne sank über der Steppe. Und die große abendliche Stille breitete sich aus: die Vögel schwiegen, der Wind hatte sich gelegt...

Und plötzlich dachte Uros an Jehols Heimkehr — und erschrak. Jehol, der mit leerem Sattel heimwärts galoppierte... das Staunen, die Unruhe der Sais... Man würde Tursehn verständigen und aufbrechen, um ihn zu suchen, mit Sturmlaternen und Fackeln — und ihn schließlich finden: einen törichten, eitlen Reiter, dem ganz recht geschehen war, einen unfähigen Tschopendos, der sich nicht einmal mehr im Sattel halten konnte, einen Krüppel...

Grauenhafter Gedanke...

Was tun? Was tun, um sich vor ihnen zu verstecken, damit er einsam in der Nacht sterben konnte, um wenigstens würdig als Held in die Legenden einzugehen? Warum hatte er sich dort in der Einsamkeit der Berge nicht einfach vom Pferd fallen lassen? Warum hatte er sich bis zuletzt am Leben, an Jehols Mähne festgeklammert?

Jehol. Uros wiederholte laut und haßerfüllt diesen Namen. Durch ihn war alles Unheil über ihn gekommen... Seit dem Königsbuskatschi. Er drehte sich auf den Rücken, blickte in den Himmel, an dem die ersten Sterne schimmerten, und schwor: »Beim Propheten, was auch immer geschehen mag, ich werde diesen verfluchten Gaul umbringen.«

Plötzlich ertönte in der abendlichen Stille der rasche Galopp eines Pferdes.

Schreckensbleich richtete er sich auf. Die Sais! Tursehn! Doch gleich darauf ließ er sich wieder zurückfallen. Nein, das konnten sie noch nicht sein. So rasch hätte Jehol nicht heimkehren können. Und jener Reiter dort war allein, trug keine Fackeln. Ein später Reisender vielleicht...

Doch die Furcht ließ ihn nicht los. Er richtete sich wieder

auf. Und da sah er, daß der Hengst, der sich rasch näherte, herrenlos war: es war Jehol. Vielleicht hat er sich verlaufen, dachte er. Nein, er ist zurückgekommen, um sich an mir zu rächen. Er will mich unter seinen Füßen zertreten — wenn ich doch nur ein Messer hätte!
Jehol blieb vor ihm stehen. Und Uros wartete darauf, daß er ihn zu zertrampeln begann, ihn unter seinen Hufen zermalmte... Doch nichts geschah. Das Pferd rührte sich nicht. Es schnaufte. Dann legte es sich langsam neben ihn auf den Boden. Er will sich ausruhen und neue Kräfte sammeln für den Angriff, dachte Uros — ah, ein Messer, ein Messer!
Da plötzlich begann er an allen Gliedern zu zittern. Denn Jehol hatte seinen Kopf gehoben und lehnte ihn mit unendlicher Zartheit gegen seine Schultern. Die feuchten, heißen Nüstern streiften ihn... Uros warf sich zurück und schaute ihm in die Augen. Und der Boden begann unter ihm zu schwanken. Denn statt ihn mit feindlichen Blicken anzufunkeln — wie er es erwartet hatte — sah Jehol ihn sanft und zärtlich an. Uros krampfte seine Hände in den Boden. Sein Körper zuckte, und er murmelte, ihm selbst fast unbewußt: »Was tust du hier?«
Jehol wandte langsam den Kopf und richtete seine Augen auf den leeren Sattel.
Und da warf Uros plötzlich mit einer einzigen Bewegung, die all seinen Hochmut, all seine Unnahbarkeit und Härte Lügen strafte, seine Arme um Jehols Hals und schmiegte seinen Kopf an ihn. Beim Propheten, es gab kein edleres Geschöpf auf der Welt als dieses Pferd...
Es hatte sich gegen die Ungerechtigkeit zur Wehr gesetzt und seine Ehre gerächt. Doch als sein Zorn verraucht war, hatte es ihm verziehen... Nichts als Buskatschidressur? Nein,

o nein! Und Uros erinnerte sich, während er noch immer den schweißnassen Hals des Pferdes umklammert hielt, an die schrecklichen Schluchten, die tödlich steilen Pisten, den Totenhügel der Nomaden, die Seen des Band-i-Amir. Wie hatte Jehol ihn beschützt, bewacht, gewiegt... und jetzt rettete er ihm noch einmal das Leben.

Plötzlich fühlte Uros einen wunderbaren Frieden in sich. Sanft strich er über Jehols Hals, streichelte über seine Mähne. Und er wußte, daß er sich nie, nie in seinem ganzen Leben dieser Geste schämen würde.

Er schwang sich wieder in den Sattel. Und Jehol kehrte heim. Uros hielt nicht mehr die Zügel und lächelte befreit und glücklich. Er hatte seine Hände in Jehols Mähne vergraben. Und er hörte zu seinem Erstaunen, daß er ein Lied vor sich hin sang. Es waren die Verse Saadis.

Als Uros sich seiner Jurte näherte, sah er schon von weitem, daß ihn dort jemand erwartete. Zuerst glaubte er, es sei der alte Stallknecht, der dort vor seiner Tür hockte. Doch dann erkannte er, daß er sich getäuscht hatte: es war Mokki.

»Friede sei mit dir, Uros«, sagte der Sais mit ausdrucksloser Stimme.

Und Uros antwortete ihm mit demselben Gruß.

Er ist gekommen, um Jehol von mir zu fordern, dachte er. Sein Pferd, das er selbst ihm feierlich vor aller Öffentlichkeit übereignet hatte. Und da erst — weil er fürchtete, ihn zu verlieren — erkannte Uros ganz, was Jehol ihm in Wirklichkeit bedeutete: Er konnte sich ein Leben ohne ihn nicht mehr vorstellen, nicht einen Tag lang. Ohne ihm zärtlich über die Mähne streicheln zu können, sein freudiges Wiehern zu hören und in seinen feuchten, großen Augen die Zuneigung, die Freude, Mut und Klugheit zu lesen. Er allein war sein Freund,

war sein Bruder, sein Retter, sein Kind. Alle anderen waren ihm gleichgültig.
Uros blickte Mokki an und dachte: Morgen wird Jehol sich gegen seine Schulter lehnen... Und ein kalter, tödlicher Haß ergriff ihn.
»Willst du das Pferd?« fragte er den Sais.
»Nein«, erwiderte Mokki. Uros packte ihn am Arm, schrie:
»Was, Freund, du willst es mir zurückgeben?«
»Es dir verkaufen«, antwortete Mokki fest und entschlossen. »Jetzt, da ich weiß, was es heißt, eine Frau zu besitzen«, fuhr er fort, »will ich für immer eine haben. Und nicht eine wie Sereh — eine, die mir wirklich gehört, zum Heiraten. Und du weißt, wie teuer sie sind, die Schönen, Unschuldigen, für die der Vater sich verbürgt.«
Uros ließ Mokki mit einem Schauder des Entsetzens los. Eine Frau war ihm teurer als Jehol! Und er fragte:
»Dein Preis?«
»Du mußt ihn doch am besten kennen«, antwortete Mokki mit einer seltsamen Mischung aus Habgier, Spott und Unterwürfigkeit. Denk an Bamian. Den Widderkampf... den Einsatz für das Pferd...«
Uros erschauerte. Wie hatte er es wagen können...? Und er dachte: O Allah, in diesem unwürdigen Sais erkenne ich deine gerechte Strafe.
Sein Schweigen erschreckte Mokki. Er war verrückt gewesen, an solche eine Summe zu denken. Uros würde das nie zahlen.
»Glaube nicht«, rief er deshalb in flehendem Ton, »daß ich auch nur einen Augenblick an so viel Geld gedacht habe. Du bist ja weder Bey noch Khan, das weiß ich genau, aber...«
»Wieviel?« fragte Uros.
»Oh, kein Vermögen«, erwiderte Mokki mit einem gezwungenen Lachen. »Gerade so viel... ich brauche die Aussteuer,

ein Haus und eine kleine Grundlage für den Anfang. Was eben so dazu gehört ...«

»Wieviel?« fragte Uros erneut.

»Bis morgen werde ich dir die Rechnung zusammenstellen.«

»Dann geh mir jetzt aus dem Weg«, sagte Uros und ritt geradewegs auf den Sais zu, der mit einem Satz beiseite springen mußte.

»Ich hab' dir das Pferd nur deshalb zuerst angeboten, weil es schließlich einmal deins war«, rief Mokki ihm nach. »Aber wenn du mit dem Preis nicht einverstanden bist, finde ich sicher leicht einen Käufer auf dem Markt von Daulad Abas.«

Uros ritt in den Stall. Auf einem Fuß hüpfend, befreite er Jehol von seinem Zaumzeug. Und kaum hatte er das getan, als das Pferd sich auch schon hinlegte und einschlief. Uros streichelte ihm die Stirn, dämpfte das Licht der Sturmlaterne und hüpfte dann zurück in seine Jurte.

Doch er hielt es auf seinem Lager nicht aus. Die beschämende Erinnerung an Sereh, ihre Haut, ihr Stöhnen, ihren Geruch... Er stand wieder auf und legte sich neben Jehol hin, wobei er den Sattel als Kopfkissen benutzte.

Er ist noch ganz erschöpft, dachte Uros und strich sanft über Jehols schweißnasse Flanken. Die Nüstern bebten unter seinem keuchenden Atem.

»Ruh dich aus«, flüsterte Uros. »Ruh dich aus, morgen wird man dich umsorgen, dich pflegen, wie es sich gehört.«

Uros schloß die Augen. Morgen ... Mokki ... das Geld. Welches Geld? Er besaß nicht einen Afghani. Er lebte von der Güte seines Vaters. Ein Vertrag für die nächste Buskatschi-Saison? Nicht für ihn, den Krüppel. Und all die Afghanis, die er Sereh hatte verbrennen lassen, fast hunderttausend, von denen nur ein kleines Häufchen Asche übriggeblieben war ...

Doch Jehol verschachern lassen? Unmöglich. Eher brachte er

Mokki um. Doch danach? Das Gefängnis ... Und Jehol, wo blieb der? Uros schmiegte sich eng an den warmen, weichen Bauch des Hengstes. Aber er konnte in dieser Nacht keinen Schlaf finden.

Zur gewohnten Stunde versuchte Tursehn, sich wie jeden Morgen aus den Klammern zu befreien, die seine steifen Glieder gefesselt hielten. Und er war noch nicht ganz aufgestanden — erst seine Beine hingen von dem Tscharpai herab, als er hinter der Tür einen lauten Tumult vernahm.
»Nein, ich flehe dich an! Du darfst nicht hinein«, hörte er Rahim schreien. »Niemand, nicht einmal du!« Und Uros' Stimme antwortete ihm aufgebracht:
»Hör auf und laß mich in Frieden, Batscha. Oder ...«
Tursehn erstarrte vor Entsetzen. O Allah, Allmächtiger! Überrascht zu werden, wie er hier saß, in seinem langen Hemd, ohne Turban, zerzaust, inmitten der zerknüllten Laken, die Hände um die Krückstöcke geklammert — ein lahmer Greis. Überrascht von Uros, seinem Sohn, der ihn am allerwenigsten von allen in einem so jämmerlichen, unwürdigen Zustand sehen durfte ...
Aus dem Vorzimmer ertönte das Geräusch von Schlägen. Er hörte Rahim jammern: »Meine Hände, oh, meine Hände!« Und die Tür öffnete sich ...
Tursehn versuchte unter Anspannung all seiner Kräfte, sich zumindest von seinem Lager zu erheben, doch es gelang ihm nicht ... Sein Gesicht glühte vor Scham ... Doch da, als er es schon in seinen Händen verstecken wollte, hörte er aus dem Vorzimmer, während Uros die Tür wieder schloß, Rahim rufen:
»Verzeih deinem Batscha, o Herr. Er hat mit seinen Stökken auf mich eingeschlagen!«

Und Tursehn gewann seine Fassung zurück. Uros trat ins Zimmer, doch auf seinen Krücken. Der stolzeste aller Männer hatte allen Hochmut abgelegt und kam zu ihm — ohne daran zu denken, wie er aussah.
Warum müssen wir uns denn auch so schamhaft voreinander verstecken, dachte Tursehn. Sind wir nicht Vater und Sohn?
»Ich mußte, ich mußte mit dir sprechen, bevor du fortgehst«, rief Uros aufgeregt.
»Ich höre«, antwortete Tursehn friedlich.
»Mokki will sich verheiraten«, sagte Uros.
»Ich weiß«, entgegnete Tursehn. »Gestern, während du ausgeritten bist, hat Akkul es mir gesagt. Mokki denkt an seine Tochter.«
»Und nicht nur die muß er bezahlen«, sagte Uros dumpf, »sie wollen ja auch essen und schlafen. Und dafür will dieser Hund, dieses Schwein, Jehol verkaufen.«
»Jehol gehört ihm«, erwiderte Tursehn leise. »Er kann mit ihm machen, was er will.«
»Nein, beim Propheten, nein! Jehol wird nicht verschachert werden«, antwortete Uros und schlug mit den Krücken auf den Boden.
»Paß auf«, sagte Tursehn, »du wirst hinfallen.«
Er reichte ihm eine Hand, um ihn zu stützen. Sein verschlossener Sohn — was hatte ihn nur so verwandelt? »Setz dich!« befahl er. Uros ließ sich auf den Tscharpai fallen, die Krücken stellte er neben sich.
»Nun?« fragte Tursehn.
»Ich muß den Hengst haben«, erwiderte Uros mit leidenschaftlicher Entschlossenheit.
»Es gibt andere Pferde auf Erden«, sagte Tursehn.
»Aber nur einen Jehol. Einen einzigen.«

Tursehn schwieg eine Weile. Wirklich, sie ähnelten sich alle. Hunderte von Reitern hatte er gekannt, und für jeden war sein Tier das einzige, das unübertreffliche. Ja, für einen Mann, der sein Pferd wirklich liebte, gab es kein anderes außer dem seinen. Doch für Uros...?

»Weshalb sagst du nichts«, rief der. »Du weißt doch auch – und am besten von allen –, daß Jehol das tapferste, das schnellste, geschickteste, schönste und treueste Pferd auf der Welt ist!«

»Gestern, am Fluß, als man dir Jehol brachte, schienst du das noch nicht zu denken.«

»Da kannte ich es auch noch nicht«, erwiderte Uros.

Und er erzählte Tursehn, was sich am gestrigen Tag ereignet hatte. Und der alte Tschopendos erinnerte sich an den jungen Hengst, den er getötet hatte, und senkte den Kopf immer tiefer. Er fühlte ein fast schmerzliches Mitleid... Für seinen Sohn? Für sich selbst? Die Pferde? Die Menschen? Und warum? Weil es so schwierig war, zu leben? So schrecklich schwierig...

Uros war verstummt. Tursehn hob den Kopf und fragte:

»Und Mokkis Preis?«

»Die Aussteuer«, erwiderte Uros. »Das Haus. Und noch etwas für den Anfang...«

Dann blickte er ängstlich Tursehn an, der nachdenklich zu Boden schaute. Uros kam sein Schweigen wie eine Ewigkeit vor.

»Gut«, sagte schließlich Tursehn. »Gut... Für die Aussteuer werd' ich mich bei Akkul verbürgen. Das Haus? Das von Kalaktschekan ist doch noch da. Und mein Land wird ihnen wohl auch genügen...«

Uros fühlte sich zutiefst beschämt; so viel wollte sein Vater für ihn tun – und er fand, daß er es nicht verdiente.

»Kalaktschekan«, sagte er schließlich. »Wolltest du nicht... eines Tages...«
»Dieser Tag, mein Junge, ist noch weit«, rief Tursehn.
Nie hatte er aufrichtiger gesprochen. Wie? Er hatte daran gedacht, abzudanken? Jetzt? Wo sein Sohn ihn so nötig brauchte? Und ihn immer, immer brauchen würde...
Wie jung er aussieht, dachte Uros.
»Weißt du, in Kalaktschekan«, sagte Tursehn plötzlich leise, »ist doch das Haus deiner...«
Er hielt inne. Uros wußte ja noch gar nicht... Wie hatte er es nur vergessen können, es war unverzeihlich... Doch seit Uros' Ankunft waren so viele wichtige Dinge geschehen...
»Ich habe es dir noch gar nicht gesagt«, fuhr er fort, »deine Mutter ist gestorben...«
»Der Ahnherr der Welt hat es mich schon wissen lassen, in jener Nacht bei den Gräbern der Nomaden«, sagte Uros.
»Friede ihrem Schatten...«
»Friede ihrem Schatten«, wiederholte Tursehn langsam. »Sie ist eine gute Frau gewesen ... ja, besser, als ich es in meiner Gleichgültigkeit geahnt habe.«
Er wollte noch weiter von der Toten sprechen; doch Uros unterbrach ihn ungeduldig.
»Friede ihrem Schatten.« Er ergriff seine Krücken.
»Nun, mein Sohn?« fragte Tursehn leise.
»Ich möchte Mokki gleich Antwort geben«, sagte Uros.
»Geh«, sagte Tursehn. »Geh!«
Uros wollte rasch hinauslaufen. Doch er wandte sich noch einmal um und berührte ehrfürchtig und zärtlich zugleich die Schulter seines Vaters mit den Lippen. Als er auf der Schwelle stand, rief Tursehn:
»Schließ die Tür hinter dir! Rahim soll draußen warten — wie immer.«

IV
Hallal

Das feierliche Bankett, das Osman Bey zu Ehren des siegreichen Tschopendos gab, fand erst eine Woche später statt. Hunderte von Einladungen waren verschickt worden, manche sehr weit weg. Außerdem brauchte man auch genügend Zeit, um für so viele Gäste Berge von Obst und Gemüse, ja ganze Hammelherden aufzutreiben. Fleischer, Köche, Bäcker und Küchengehilfen mußten herbei. Und Teppiche, Matratzen, Kissen und viel Geschirr – das alles mußte bereit sein.
Am Vormittag des großen Tages ritt Tursehn gleich, nachdem er seinen Gang durch die Stallungen beendet hatte, dorthin, wo das Fest stattfinden sollte. Auf dem Gut nannte man diesen Ort den »See der Ehren«. Es hieß, daß dieser Name noch von dem Großvater Osman Beys stammte. Jedenfalls hatte der ein großes, rechteckiges Becken dort bauen lassen, dem unzählige Kanäle und Rinnsale Wasser zuführten. Und damals waren auch lange Reihen von Buchen, Birken und Pappeln gepflanzt worden, die jetzt eine hohe Hecke bildeten. Zwischen den Bäumen und dem Wasser, auf dem dichten grünen Rasen, pflegten nun schon seit drei Generationen die wichtigsten Feste des Gutes, ja der Provinz stattzufinden.
Als Tursehn ankam, fand er eine Unzahl von Dienern vor, die geschäftig alle Vorbereitungen trafen. Blumen wurden herbeigetragen, die Wasserkannen gefüllt, die Bestecke, die Stoffe noch einmal einer sorgfältigen Prüfung unterzogen. Und die welken Blätter und Zweige, die auf dem Wasser schwammen, mußten noch entfernt werden. Rund um das breite Becken hatte man die schönsten Teppiche der Pro-

vinz Maimana ausgelegt, und darauf häuften sich Matratzen, Decken, Kissen und Federbetten in bunten, leuchtenden Farben. Auch unter den Bäumen hatte man genügend Stoffe, Teppiche und Polster ausgebreitet, damit die Gäste während der sengenden Sonnenhitze sich noch vor der Mahlzeit im Schatten ausruhen und sich erlaben konnten an dem Obst, den Milchspeisen und den kühlenden Wasserpfeifen. Welch ein Fest, dachte Tursehn. Welch ein Luxus. Und dann fragte er sich voller Bitterkeit: Warum ist es nicht Uros, den man heute feiert? Und eine Stimme, die ihm fremd und vertraut zugleich war, antwortete ihm jedesmal: Hätte Uros gesiegt, dann würdest du jetzt vor Neid und Eifersucht vergehen. Und Tursehn erwiderte klagend: Aber ich bin doch ein anderer geworden, Allah weiß es, der in mein Herz sieht. Und die Stimme antwortete: Versuche nicht, mich zu täuschen, alter Tschopendos. Allah weiß es genau: du bist nur deshalb ein anderer Mensch geworden, weil Uros besiegt wurde — und zwar, weil du es so gewollt hast.

Der Oberaufseher Osman Beys, ein weißhaariger, dicker und freundlicher Mann, kam auf Tursehn zugeritten. Tursehn und er waren gute, alte Freunde, und so rief er jetzt schon von weitem: »Friede sei mit dir, Gefährte meiner Jugend.«

»Und mit dir gleichermaßen«, erwiderte Tursehn. »Ich bewundere gerade dein Werk. Du erst hast den See der Ehren wirklich zu dem gemacht, was sein Name besagt.«

»Du bist zu großmütig«, erwiderte der alte Aufseher. »Wirklich, dein Lob beschämt mich.«

Sie ritten beide nebeneinander an dem Becken entlang.

»Nun, jetzt brauchst du dir wenigstens keine Sorgen mehr zu machen«, sagte Tursehn.

»Oh«, erwiderte der Aufseher, »noch ist meine Arbeit nicht getan. Das Schlimmste kommt noch.« Er zog aus seinem Turban einen sehr langen, schmalen und eng beschriebenen Streifen Papier und fuhr seufzend fort:

»Das ist die Liste der Gäste. Ich muß noch die Sitzordnung festlegen.«

»So? Nun, Friede sei mit dir«, brummte Tursehn und wollte sich wieder entfernen.

»Oh, mein Freund«, rief da der Aufseher und ergriff Tursehns Pferd am Zügel. »Hilf mir dabei! Ich bitte dich, versage mir nicht deinen Rat.«

»Ich bin nicht sehr geschickt in diesem Spiel«, erwiderte Tursehn.

»Das ist auch gar nicht nötig«, sagte der Aufseher. »Nein, es geht darum, jeden einzelnen Gast seinem Rang, seinem Verdienst und seiner Würde gemäß zu placieren.«

»Gib her«, sagte Tursehn.

Er las die Namen sorgsam durch und kratzte sich dann nachdenklich den Nacken. Dann nahm er wieder das Papier zur Hand und las ein zweites Mal. Eine schwierige Aufgabe ... Er kratzte seinen Bart. Nicht, was die wichtigsten, die bedeutendsten Gäste betraf. Da war die Wahl der Plätze einfach — nach Sitte, Brauch und dem Anlaß des Festes mußte Osman Beys Platz sich in der Mitte an einer der beiden Längsseiten des Beckens befinden. Und ihm gegenüber würde der Gouverneur von Maimana sitzen. Dann — links von Osman Bey — die drei Chefs des Königsbuskatschi. Rechts von ihm Soleh, dann Tursehn und dann Uros. Neben dem Gouverneur zur Linken der älteste Sohn Osman Beys — selbst schon Oberhaupt einer Familie — und die beiden nach dem Gastgeber größten Gutsherrren der Provinz. Die Plätze zu seiner Rechten würden der General, der die Truppen der Provinz kommandierte, der Präsident der berittenen Polizei und der Fürst eines Paschtunstammes einnehmen, der schon seit der

Zeit, da die Krieger aus den Bergen die Steppe erobert hatten, in der Provinz seßhaft geworden war.
Und es war auch nicht schwierig, die zu placieren, die sich ihrem Rang nach an den zwei Schmalseiten des Beckens zusammendrängen mußten: die entfernteren Verwandten und die im Dienst ergrauten Diener Osman Beys, diese Neffen des Schwagers des Onkels, diese Söhne der dritten Frau des Großvaters mütterlicherseits — es sei denn, daß sie durch ihre Stellung oder ihr Vermögen einen anderen Platz beanspruchen durften — und mit ihnen der oberste Sais, der älteste der Schäfer, der gelehrteste der Schreiber, der Obergärtner und all die Musiker und Sänger, die man eigens für diesen Tag herbeigeholt hatte.
Doch bei den anderen war die Wahl wirklich ein Problem: bei all denen, die ein mittleres Vermögen, ein bescheideneres Amt, eine wenn auch ehrenvolle, so doch nicht überragende Stellung einnahmen: die Gutsbesitzer zweiter Klasse, die kleineren Beamten, die wohlhabenden Kaufleute von Daulad Abas, die engeren Verwandten — hier galt es, besonders gründlich nachzudenken und abzuwägen...
Tursehn und der Oberaufseher ritten im Schritt immer wieder rings um das Becken, und die Liste wanderte zwischen ihnen hin und her. Ab und zu geschah es, daß Tursehn besonders lange schweigsam und nachdenklich vor sich hin sah und dabei nicht an einen Gast dachte, für den er noch einen Platz suchen mußte... Uros... Denn je länger er hier umherritt und in Gedanken schon alle Gäste — selbst die unbekannten — an ihren Plätzen sah, desto quälender wurde seine Unruhe. Jedes Mal, wenn sein Blick über die Reihen glitt, blieb ein Kissen leer — Uros' Platz zu seiner Rechten. Ist das eine böse Vorahnung, fragte er sich besorgt. Und er dachte daran, daß sich Uros seit Jehols Verkauf auf dem

Gut kaum mehr blicken ließ. Schon bei Morgengrauen ritt er mit dem Hengst in die Steppe hinaus und kehrte erst nach Einbruch der Nacht erschöpft und schweißgebadet zurück. Er brachte Jehol in den Stall und schlief auf seiner Spreu. So ging es schon seit Tagen. Auch heute morgen war er wieder verschwunden.

»So, jetzt haben wir sie alle«, rief der Aufseher dem Schreiber zu, der ihnen mit Stift und Papier gefolgt war. »Höchste Zeit«, fügte er zu Tursehn gewandt hinzu. »Die ersten Gäste kommen schon.« Und wahrhaftig, durch ihre übergroße Pünktlichkeit wollten vor allem Gäste geringen Ranges dem Gastgeber beweisen, wie sehr sie die Ehre dieser Einladung zu schätzen wußten.

»Gut«, sagte Tursehn. »Ich muß schauen, was man eigentlich für die Pferde vorgesehen hat.« Und mit einem Blick auf den beigefarbenen, grüngestreiften Seidentschapan, der sich über dem Bauch seines Freundes spannte, fügte er hinzu: »Und ich muß mich auch noch umziehen.«

Für die Pferde war von Tursehns Männern ausgezeichnet gesorgt worden: hinter den schattigen Bäumen liefen lange Reihen von Holzpfählen entlang, und in Reichweite der Leine standen riesige Wasserkübel und gefüllte Futtertröge.

»Gut«, sagte Tursehn zu dem Anführer der Sais. »Geh dich umziehen, Akkul. Die anderen sind schon alle da.«

»Darf ich dich, o Tursehn, um eine große Gnade bitten?« fragte da Akkul gesenkten Hauptes.

»Nun?« sagte Tursehn.

»Erlaube mir bitte, daß ich auch Mokki, der bald mein Schwiegersohn sein wird, mitnehmen darf«, sagte Akkul.

Und Tursehn dachte: Dort am äußersten Ende des Beckens fällt im Gewühl der Menge einer mehr oder weniger gar nicht weiter auf... Und er sagte:

»Ich erlaube es dir.« Dann fügte er, in einem Ton, der ganz beiläufig klingen sollte, hinzu: »Hast du Uros gesehen?«
»Er ist heute morgen wieder mit Jehol ausgeritten. Ein bißchen später als gewöhnlich.«
Rahim erwartete Tursehn vor der Tür – schon in festtäglicher Kleidung: in einem gestreiften Kaftan, mit neuen Sandalen. Und statt des armseligen Käppchens trug er ein buntschillerndes Stück Stoff, ein Geschenk seines Herrn, um den Kopf gewickelt.
Tursehn warf ihm die Zügel seines Pferdes zu und trat ins Haus. Auf dem Tscharpai lag – sorgsam gereinigt und gebügelt – das Festgewand des Tschopendos: ein einfacher, naturseidener Tschapan in einem warmen Rostrot.
Der Preis meines letzten Buskatschi, dachte Tursehn etwas wehmütig. Schon fünf Jahre ist es jetzt her...
»Ist Uros nicht gekommen?« fragte er den Batscha, während er sich wieder in den Sattel schwang.
»Oh«, rief Rahim, »das hätte ich dir doch gesagt. Hast du ihn erwartet?«
Tursehn antwortete nicht. Er ließ ihn hinten aufsitzen und galoppierte dann rasch zum See der Ehren zurück. Vor den teppichbelegten Reihen rund um das Becken blieb er stehen. Rahim sprang ab, half seinem Herrn vom Pferd und stand dann da wie versteinert.
»Weißt du nicht, wo du das Pferd hinzuführen hast«, brummte Tursehn.
»Doch, gewiß... sogleich«, erwiderte der Batscha stockend. Nie hatte er so etwas gesehen! Welch ein Reichtum und was für eine vornehme Gesellschaft! Auf der Wiese im Schatten der Bäume lagerten die Gäste auf den ausgebreiteten Teppichen und Kissen – in den schönsten Tschapans mit den leuchtendsten Farben: Seide aus dem Iran, Steppenwolle, in-

disches Goldlamé — gestreift, einfarbig oder gemustert. Nur die hohen Beamten mit ihren Astrachankulas waren europäisch gekleidet. Und die Tschopendos trugen zum ersten Mal seit Kabul wieder die braunen Kasacks mit dem weißen Astrachanstern auf dem Rücken.
Rahim konnte den Blick nicht von diesem Bild wenden. Wie verzaubert betrachtete er das bunte Gewoge. Immer neue Gäste kamen an — fast alle zu Pferd. Sie ritten bis auf die Wiese und warfen dort ihrem Sais oder Batscha die Leine zu. Und was für prächtige Pferde sie hatten — mit leuchtenden Sätteln und blitzendem Zaumzeug!
Tursehn hatte für all dies keinen Blick. Wo ist Uros? fragte er sich unablässig. Er hat mir doch sein Wort gegeben, zu erscheinen. Er kann doch nicht so gegen jeden Anstand, jede Sitte verstoßen. Bestimmt wird er noch kommen...
Doch es wurde später und später, und noch immer war von Uros keine Spur zu sehen. Selbst die Brüder und die Söhne Osman Beys waren bereits erschienen und begrüßten jetzt die letzten — und vornehmsten — der Gäste.
Da ertönte hinter den Bäumen das Hupen eines Wagens — dreimal. Ein großes, flammendrotes Kabriolett näherte sich langsam. Hinten saßen rechts und links neben Soleh, dem Ehrengast, Osman Bey und der Gouverneur der Provinz. Vorn neben dem Fahrer saß ein fast blinder, zerlumpter, magerer Greis: der heilige Mann der Provinz, dessen Augen die Stadt des Propheten gesehen hatten. Und neben ihm saß das Oberhaupt des Paschtunstammes, der von dem großen Emir Abd ur Rahman, nachdem er sich die Steppen unterworfen hatte, hier angesiedelt worden war. Ein kostbares Gewehr hing über der Schulter des Paschtuns; er trug einen schwarzen Kaftan und darüber, von den Schultern bis zu den Schenkeln, einen breiten Patronengürtel. Dicht hinter dem

Wagen ritten zwei persönliche Diener Osman Beys, ein Sekretär des Gouverneurs und ein anderer großer, schlanker Paschtun mit schmalen spöttischen Augen.
Osman Bey stieg als erster aus: er trug einen gelben Seidentschapan mit chinesischer Goldfiligran-Stickerei. Der Gouverneur von Maimana, im dunklen Anzug mit grauer Krawatte und Breitschwanz-Kula, folgte ihm.
Da sprang Soleh plötzlich auf den Rücksitz und schwang — aufrecht im Wagen stehend — unter dem stürmischen Beifall der Menge die Siegesstandarte hoch über seinem Kopf. Dann sprang er mit einem Satz über die Wagentür hinweg.
Wie ein Zirkusclown, dachte Tursehn verächtlich. Sich hier so schamlos zur Schau zu stellen, mit so billigen Kunststücken! Uros, in seiner stolzen, schweigenden Zurückhaltung hätte nie so etwas getan. Doch wo blieb er nur? Alle waren sie jetzt da, alle außer ihm.
»Komm und setz dich zu uns, großer Tursehn«, sagte Osman Bey plötzlich. »Laß uns gemeinsam im Schatten der Bäume von den Erfrischungen kosten.«
Der alte Tschopendos setzte sich neben Osman Bey zu dem Gouverneur, dem heiligen Mann und dem Fürsten der Paschtuns, hinter dem der große, schlanke Fremde mit den spöttischen Augen gegen einen Baumstamm gelehnt stand. Eilfertig brachten die Diener Milchspeisen, Kuchen und Früchte. Und während die vornehmsten Gäste, einer nach dem anderen, zu ihnen traten und Osman Beys Schulter küßten, ließ Tursehn seine Blicke besorgt und unruhig über die Menge wandern. Noch immer keine Spur von Uros ...
In den hintersten Reihen entdeckte er Mokki: in neuen Kleidern, stolz lächelnd neben seinem künftigen Schwiegervater. Er hat davon geträumt, ein Tschopendos zu werden und hätte es, beim Propheten, auch werden können, dachte Tursehn. Er

wollte seinen Herrn töten, um Jehol an sich zu bringen und mit seiner Nomadendirne durch die Welt zu ziehen — und auch das wäre ihm fast gelungen. Und da läuft er jetzt, strahlend und zufrieden, ganz künftiger Familienvater. Tursehn wurde nachdenklich. Hatte er nicht erst gestern sich auch für Uros ein solches Leben gewünscht? Mit einem kleinen Haus, einem Stück Land, einer Frau in der Küche und einem halben Dutzend plärrender Kinder? Nein, für Uros würde es nie das bescheidene Glück am heimischen Herd, die Ruhe, die Sicherheit, die Geborgenheit geben — ihn würden ewig die Dämonen des Ehrgeizes von Ort zu Ort, von Abenteuer zu Abenteuer jagen... Tursehn stützte den Kopf in die Hände. O Allah, gib, daß niemand anfängt von Uros zu sprechen, dachte er.

Als hätte Allah seine stumme Bitte erhört, griffen die Musiker zu ihren Instrumenten. Und alles schwieg und lauschte andächtig den Tönen der Damburas und Flöten, dem Dröhnen der Trommeln. Osman Bey hatte die bekanntesten Männer der Provinz kommen lassen, gefeierte Künstler, die schon seit Jahren auf den Terrassen der Tschaikhanas, in den überdachten Gassen der Basare, zu den Festen und Begräbnissen spielten. Der sie begleitete, war ein alter Schäfer, dessen Stimme so sicher war wie sein Gedächtnis. Und er begann, zu den Klängen der Instrumente zu singen: die alten Geschichten, Fabeln und Erzählungen, die Abenteuer der Steppenhelden, der Wanderer und Reiter.

Plötzlich erstarrte Tursehn: nein, er mußte sich getäuscht haben — das konnte doch nicht sein: Uros' Namen in einem dieser Lieder... Uros, eingegangen in die Unsterblichkeit der Balladen und Legenden... Doch, da wieder... Und er hörte nun, wovon der alte Schäfer sang: von Uros' Heimkehr, seinen schrecklichen Erlebnissen und seinem weisen Urteil.

Da wandte sich auch der Gouverneur zu Osman Bey und flüsterte diesem zu:
»Man redet davon sogar schon bei uns in der Stadt.« Und Osman Bey antwortete:
»Bei Allah, es hat sich alles so abgespielt.«
Und niemand zeigte sich erstaunt – nein, die Sais und Diener des Gutes, die Tschopendos aus Maimana summten die Verse sogar mit.
Tursehn blickte auf Soleh, der finster und grimmig vor sich hin starrte, und dachte: O Uros, warum bist du nicht da? Du versäumst den schönsten Tag deines Lebens.
Die Schatten hatten inzwischen den Rand des Wasserbeckens erreicht. Und Osman Bey stand auf, legte eine Hand auf Solehs Schulter und schritt mit ihm zu den kissenbelegten Reihen. Das Festmahl begann.

Hier aber, inmitten so vieler vornehmer Persönlichkeiten, konnte auch Soleh sich wieder in seinem Ruhm sonnen. Die Standarte des Königs stand vor ihm, auf ein blau-goldenes Brokatkissen gepflanzt. Mit hochmütigem Blick schaute er in die Runde: um ihn, den Sieger, den Helden von Kabul zu feiern, hatten sich alle hier versammelt – die Großen der Provinz.
Tursehn blickte starr vor sich hin – er hörte nichts, er sah nichts. Und während die Batschas aus kostbaren Kannen Wasser über die Hände der Gäste schütteten, dachte Tursehn nur eins: Uros ist nicht gekommen ... Uros ist tot ...
Es gab keine andere Erklärung ... Hatte er denn wirklich geglaubt, daß ein Mann, dessen Heldentaten in die Legenden eingegangen waren, den Rest seines Lebens als Krüppel am heimischen Herd verbringen würde? Nein, nicht Uros, nicht sein Sohn. Er ritt auf seinem geliebten Hengst über die Steppe,

um dort für immer zu ruhen — wie die großen Herren von einst, deren Gebeine zusammen mit denen ihrer Pferde unter einem verlassenen Hügel zu Staub zerfielen.

Und da erschien das Heer der Batschas — sie kamen aus der Küche im Freien, hinter den Bäumen, und stellten sich zu beiden Seiten des Bassins in einer Reihe auf, um Osman Beys Zeichen abzuwarten.

Sie trugen riesige Schüsseln und Teller mit gelbem, grünem, rosafarbenem und violettem Reis, Palaos auf zwanzig verschiedene Arten gekocht, gebratenen Lammvierteln, Hammelspießen und Fleischklößchen, Hühnerfrikassees, scharfen und süßen Soßen...

Doch noch ehe Osman Bey seinen Dienern gewinkt hatte, wandte sich Soleh unvermittelt an Tursehn und fragte:

»Geht es deinem Sohn so schlecht, daß er nicht einmal kommen konnte, um die Standarte des Königs zu grüßen? Dabei hat man mir doch gesagt ...«

Er konnte seinen Satz nicht mehr vollenden. Denn plötzlich ertönte ein Schrei — der schrille, durchdringende, langgezogene Ruf der Steppenreiter. Erstaunt blickten alle auf. Aus dem dichten Gehölz tauchte ein Pferd auf — herrenlos schoß es in rasendem Galopp auf sie zu.

»Jehol«, murmelte Tursehn. »Uros hat ihn verschont.«

»Der Teufelshengst«, schrien die Sais und Stallknechte. Ohne seinen Lauf zu verlangsamen, lief Jehol geradewegs auf das Becken zu, und einige der Gäste — die Kaufleute aus der Stadt — wurden von Panik ergriffen. Doch schon waren drei der Tschopendos aufgesprungen, bereit, Jehol am Zügel zu packen und ihn aufzuhalten. Aber da, gerade als sie sich auf den Hengst werfen wollten, ertönte erneut der gellende Schrei, und sie wichen erschrocken zurück, während Jehol in vollem Lauf plötzlich abschwenkte und nun am Wasser-

becken entlanggaloppierte. Für den Bruchteil eines Augenblicks nur sahen die Männer, die am Rand saßen, daß unter dem Bauch des Pferdes ein Mann hing. Und an der Raschheit, der Wendigkeit seiner Bewegungen erkannten ihn alle. »Uros«, flüsterten die Reiter von Maimana, von Katagan und Masar-i-Scharif. »Uros!« wiederholten die anderen Gäste.
Uros ... dachte Tursehn — beim Propheten, er lebt!
Deshalb also ist er heimlich mit Jehol vom Morgengrauen bis zum späten Abend ausgeritten. Um zu beweisen, daß er selbst als Krüppel noch ein großer Tschopendos blieb. Tursehn dachte daran, wie unendlich schwierig hier die Einübung gewesen sein mußte. Alles hatte er vorhergesehen, bis ins kleinste Detail berechnet, um wie der Blitz, wie ein Phantom gerade in diesem Augenblick zu erscheinen. Hat er recht daran getan, fragte sich Tursehn zweifelnd, das feierliche Bankett zu stören, Osman Bey und seine Gäste zu brüskieren und Sitte, Anstand und Höflichkeit so mit Füßen zu treten?
Er wußte es nicht. Er wollte es auch gar nicht wissen. Uros lebte — das allein zählte.
Da erstarrte er plötzlich und wurde bleich vor Entsetzen: denn mitten im Galopp war Uros, die Peitsche zwischen den Zähnen, aus dem Sattel gesprungen und ritt nun, eine Hand um den Sattelbogen geklammert, mit einem Bein auf Jehols Rücken stehend, weiter.
Er wird sich auch noch das andere Bein brechen, dachte Tursehn erschrocken — so ein Wahnsinn! Doch schon saß Uros wieder sicher im Sattel und galoppierte weiter am Becken entlang. Wie oft mag er dabei gestürzt sein, dachte Tursehn. Wieder ertönte der heisere, wilde Ruf ... Uros schwenkte seine Tschopendoskappe, warf sie vor sich hin, schwang sich blitzschnell aus dem Sattel und tauchte wieder auf — mit der Kappe auf dem Kopf.

Dann galoppierte er weiter ... Dicht an Jehols Hals gepreßt, das Gesicht in seiner Mähne vergraben, ritt er einmal um das Bassin ... ein zweites Mal ... Hör auf, dachte Tursehn. Du hast jetzt bewiesen, daß du noch immer der große, der größte Tschopendos bist. Doch jetzt hör auf, bevor du alles verdirbst ... Uros begann eine neue Runde ...

Die Gäste, die ihm bisher wie gebannt zugesehen hatten, wandten sich wieder ab und tuschelten untereinander. Osman Bey neigte sich hinter Solehs Rücken zu Tursehn und fragte ihn leise:

»Hält dein Sohn noch irgendeine Überraschung für uns bereit?«

Und statt ihm — wie er es eigentlich vorhatte — zu antworten: Ich glaube nicht, hörte Tursehn sich plötzlich sagen:

»Sicher, gewiß, die Hauptsache kommt erst!«

»Und was sollte das wohl sein?« fragte Soleh spöttisch. »Du weißt genau, er ist am Ende seiner Kunst.«

»Wart's ab«, brummte Tursehn und beobachtete aufmerksam seinen Sohn. Was bezweckte er nur mit seinem Galopp? Schon wurden die ersten Unmutsrufe laut. Einige der Gäste bekamen es mit der Angst zu tun, denn Uros hatte seine Kreise immer enger gezogen und ritt jetzt schon so dicht an ihren Reihen vorbei, daß er sie beinahe streifte. Und da begriff er plötzlich ... Natürlich! Dummkopf, der er war ... Wie die Falken, wie die Sperber, bevor sie sich pfeilschnell auf ihre Beute stürzen, hatte Uros fast unmerklich seine Kreise immer enger gezogen ...

Osman Bey wandte sich an Tursehn und sagte unwillig:

»Du mußt deinem Sohn Einhalt gebieten! Es geht nicht ...«

Doch er konnte seinen Satz nicht vollenden. Denn plötzlich dröhnten die dumpfen Schläge einer Trommel. Osman Bey runzelte die Stirn. Wer hatte dem Mann Befehl gegeben ...

Doch den traf keine Schuld: ein anderer hatte sein Instrument ergriffen: der große, schlanke Unbekannte mit dem Gewehr über der Schulter, der den Fürst der Paschtuns begleitete. Und der wilde, berauschende Rhythmus seiner Schläge hatte nichts gemeinsam mit der herkömmlichen Kunst der Steppenspieler. Und plötzlich sang der Fremde im dröhnenden Rhythmus der Trommelschläge mit heiserer dunkler Stimme:

»Haia! Haia!
Erinnerst du dich?
Haia!
An den einhörnigen Widder?
Haia! Haia!
Und an den Hochzeitszug?
Haia!«

Uros hatte sich wieder aufgerichtet. An seinen angespannten Zügen erkannte Tursehn, daß der entscheidende Augenblick gekommen sein mußte. Gebannt verfolgte er jede Bewegung Jehols. Jetzt!
»Zur Seite, großer Tursehn, nach rechts, mach mir Platz!« schrie Uros ihm plötzlich zu.
Und ohne nachzudenken, stützte Tursehn sich mit beiden Händen auf den Boden und schwang sich blitzschnell nach rechts auf den leeren Platz neben sich.
Im gleichen Augenblick ertönte Jehols Galopp dicht hinter ihm. Das war es also gewesen, was Uros vorgehabt hatte, das schwierigste, gefährlichste Reiterkunststück des Buskatschi: wenn sich nämlich der Reiter mitten im Galopp plötzlich ins Leere fallen läßt und — nur mit einem Fuß im Steigbügel das Gleichgewicht haltend — die Arme nach vorn wirft, um nach dem enthaupteten Ziegenbock zu greifen. Beim großen Buskatschi hat ihn dieser Balanceakt zum

Krüppel gemacht, dachte Tursehn. Und damals hatte er noch zwei gesunde Beine! Doch jetzt — wie kann er nur! O Allah, beschütze ihn — er ist wahnsinnig geworden! Er spürte Jehols Atem in seinem Nacken, sah, wie Uros' Körper vorschnellte ... einen Augenblick lang zwischen ihm und Soleh wie schwerelos hing — eine Hand streckte sich nach dem Brokatkissen aus — und schon ertönte hinter ihm wieder Jehols rascher Galopp ... Das Kissen neben Soleh war leer — und Uros hielt hocherhoben die königliche Standarte.

Alles schwieg. Niemand rührte sich. Ungläubig, bewundernd, verblüfft und unwillig zugleich, starrten sie dem Reiter nach. Wohin wollte er mit der Standarte des Königs fliehen? Wo, in welchem Winkel der Steppe, wollte er seine Trophäe verstekken? Soleh vermochte sich kaum noch zu beherrschen. Doch schon hatte Uros am Ende des Beckens gewendet und galoppierte erneut auf sie zu.

»O Allah, was will er jetzt noch?« flüsterte Tursehn. Und da, genau vor dem Platz, den er eben verlassen hatte, bäumte Jehol sich auf. Hoch aufgerichtet schleuderte Uros sorgfältig zielend die königliche Standarte wie einen Wurfspeer — und das spitze Ende des Schafts blieb zitternd in der Mitte des Brokatkissens stecken.

Da plötzlich verlor Tursehn — zum ersten Mal in seinem Leben — jegliche Beherrschung und schrie mit lauter, dröhnender Stimme: »Hallal! Hallal!«

Die Tschopendos, die Gäste, sie alle wiederholten seinen Ruf. Hajatals Hände schlugen wieder die Trommel, und der Fürst der Paschtuns hatte sein Gewehr ergriffen und schoß eine Ehrensalve in den Himmel.

Uros glitt zu Boden, schob Tursehn sanft zur Seite und setzte sich auf den Platz zu seiner Rechten. Das Festmahl konnte beginnen.

V
Tursehns Erwachen

Der Morgen begann gerade zu dämmern, als Tursehn erwachte. Er hörte, wie draußen leise die Tür geöffnet wurde: Rahim holte Wasser aus dem nahen Brunnen. Und jetzt erinnerte er sich wieder: Uros war nicht mehr da. Und während er stumm und reglos dalag – und die stählernen Klammern seine Glieder wie an jedem Morgen gefangenhielten –, erlebte er in Gedanken noch einmal den vergangenen Nachmittag: seine Hoffnungen, seine Ängste, seine Irrtümer, seine Verzweiflung ...

Das Festmahl ging dem Ende zu. Der Gouverneur der Provinz hatte gesprochen; dann Osman Bey. Und der Buskatschi-Chef von Maimana hatte aus den Händen des siegreichen Tschopendos die königliche Standarte entgegengenommen. Er würde sie bis zum nächsten Spiel in einem Jahr aufbewahren und sie dann wieder nach Kabul zurückbringen.

Uros saß schweigsam an Tursehns rechter Seite, den Blick auf die Gipfel der Bäume gerichtet. Niemand beachtete ihn mehr.

Er war so in seine Gedanken versunken, daß er nicht einmal merkte, wie der Begleiter des Paschtun-Oberhauptes zu ihm trat, der Mann, dessen Hände die Trommel gerührt hatten. Tursehn mißfiel dieser Fremde – niemand vermochte zu sagen, wer er war. Er schien keinen Beruf, keine Stellung, keinen Rang zu haben. Wandernder Musiker? Nein. Er trug das Gewehr eines Kriegers. Ein Leibwächter? Auch nicht. Dazu schien er mit dem Fürsten auf zu vertrautem Fuß zu stehen. War er selber ein Fürst? Schwerlich. Er hatte die Sorglosigkeit, die Unbeschwertheit und den Stolz der Männer ohne Feuer und Heim. Vagabund? Doch wovon lebte er dann? Er hatte nicht eben das Benehmen eines Bettlers. Und wie kam es, daß über Uros' hartes gespanntes Gesicht, als er ihn sah, plötzlich ein warmes, freundschaftliches Lächeln lief? Tursehn erinnerte sich daran, daß ihn schon in diesem Augenblick eine düstere Ahnung und Unruhe befallen hatte.

Der Mann hatte sich neben Uros auf den Teppich gehockt, und der hatte einen Arm um seine Schulter gelegt und gerufen:

»Welch ein glücklicher Zufall, Hajatal, welch glücklicher Zufall!« Und der Fremde hatte geantwortet:

»Habe ich dir nicht gesagt, Tschopendos: dort, wo es etwas zu feiern gibt, wirst du mich immer finden!«

Sie hatten von einem Widderkampf gesprochen, einem einhörnigen Tier und einem Hochzeitszug. Und dann hatte Hajatal sich zu Uros geneigt und flüsternd etwas mit ihm besprochen, das Tursehn nicht verstanden hatte. Doch als er geendet hatte, war Uros wie verwandelt gewesen... und mit blitzenden Augen hatte er gerufen:

»Beim Propheten, du kannst auf mich zählen!«

Dann war Hajatal um das Wasserbecken herumgelaufen, hatte sich dem Fürsten der Paschtuns genähert und sich kurz und ebenfalls flüsternd mit ihm unterhalten.

Und der war aufgestanden und hatte Uros freundschaftlich zugewinkt.

Tursehn seufzte tief. Ja, er erinnerte sich — an jede einzelne Minute, die nun folgte...

»Wenn alle anderen fort sind«, hatte Osman Bey zu ihm gesagt, »dann wollen wir mit meinen Leuten das Fest unter meinem Dach fortsetzen.«

Er hatte ihm gedankt... Doch Uros war stumm geblieben.

»Warum sagst du nichts, Uros«, hatte er ihn gefragt. Und dann... Tursehn fror plötzlich. Der Morgen war kalt und grau. Uros hatte ihn mit undurchdringlichem Blick angesehen und geantwortet:
»Ich werde nicht mehr da sein... In ein paar Augenblicken reite ich mit dem Fürsten der Paschtuns davon. Die Buskatschi-Saison beginnt bald in den drei Provinzen. Ich werde für ihn spielen – für einen fürstlichen Lohn. Und dann die Preise... Bis jetzt hat er noch nie einen Tschopendos gehabt... Er vertraut mir, trotz meines Beins... Seit Urzeiten hat es berühmte Tschopendos gegeben – und du, Tursehn, bist einer der größten. Doch hast du jemals von einem einbeinigen Sieger gehört? Nun, von jetzt an wird es einen geben. Und, beim Propheten, nächstes Jahr werde ich auf Jehol, wie schon heute nachmittag, die königliche Standarte davontragen!«
Uros hatte geschwiegen. Und Hajatal hatte eine Hand auf seine Schulter gelegt und gerufen:
»Und in der heißen Jahreszeit, wenn die Pferde sich ausruhen, werden wir von Basar zu Basar, von Tierkampf zu Tierkampf, von Fest zu Fest ziehen!«
Dann hatte ein Sais Jehol am Zügel herangeführt, und von Hajatal gefolgt war er Seite an Seite mit dem Fürsten der Paschtuns davongeritten...
Lange dachte Tursehn nach und hielt mit sich Zwiesprache. Warum zürnst du diesem Fremden so? begann sich eine Stimme in seinem Inneren zu regen. Glaubst du denn im Ernst, daß es für ihn besser gewesen wäre, hierzubleiben? Nach allem, was gestern geschehen ist? Sicher, es war eine große Leistung. Aber auch ein ebenso großer Affront. Nie würde der Herr des Gutes ihm das verzeihen... Und auch nicht die anderen Khans und Beys der Provinz.

Als einziger von allen hatte der Fürst der Paschtuns ihm vertraut und ihm eine Chance gegeben... Nein, nicht einmal er, gab Tursehn widerwillig zu, sondern der Fremde, der ihm so verhaßt war, der Trommler, der Landstreicher... Hajatal, der den Fürsten bewogen hatte, Uros in seinen Dienst zu nehmen.
Wer weiß, dachte Tursehn, wer weiß, vielleicht wird man dank seines Eingreifens noch in hundert Jahren von dem berühmten einbeinigen Tschopendos sprechen. Wer weiß...
Und ich — was habe ich für meinen Sohn gefunden? Ein paar Krücken und einen Platz in den Ställen...
Und war nicht im Grunde genommen für Uros alles beim alten geblieben? Nie hatte er etwas sein eigen genannt, kein Haus, kein Stück Land, nicht einmal ein Pferd. Er hatte seine Buskatschis für den Bey gewonnen, der am besten zahlte. Und während der toten Saison war er durch die drei Provinzen gezogen und hatte sein Geld bei Tierkämpfen verwettet. War das nicht in Wahrheit schon immer sein Schicksal gewesen? Gestern hatte er nichts anderes getan als den Weg zu wählen, der ihm vorgezeichnet war...
Und wer weiß, überlegte Tursehn weiter, ob es nicht auch bei Mokki so gewesen ist... Und ich... ich werde zu seiner Hochzeit gehen, weil seine Frau die Tochter meines obersten Sais ist... Und ich werde auch bei dem Buskatschi sein, in dem Uros spielen wird... Und jeden Morgen werde ich weiter meinen Rundgang durch die Koppeln und Stallungen machen, weil das nun einmal das Leben ist, für das ich geboren bin...
Die Sonne war aufgegangen und wärmte mit ihren Strahlen Tursehns Zimmer. Er versuchte sich aufzurichten, seinen Körper aus diesen Fesseln und Klammern zu befreien — doch vergeblich. Zu viele Aufregungen, zu wenig Schlaf und zu

reichliches Essen, dachte er, jetzt muß ich dafür büßen. Kein Muskel gehorchte ihm mehr ... Ohnmächtig lag er da, unfähig, sich zu rühren — ein lahmer Greis, dachte er mit Entsetzen, Zorn und Abscheu.

Aus dem Vorzimmer drang das Plätschern des Wassers, das Rahim in den Tonkrug goß.

»Batscha, Batscha!« rief Tursehn heiser und verzweifelt. Und ängstlich, ungläubig antwortete das Kind:

»Willst du wirklich ... darf ich?«

»Hast du nicht gehört«, brummte Tursehn.

Sehr langsam öffnete Rahim die Tür, nur einen Spalt weit. Auf seinem schüchternen, schmalen Gesicht lag ein fast andächtiger Ausdruck — ihm, dem Batscha, sollte es vergönnt sein, den großen Tursehn beim Erwachen zu sehen? Und als der alte Tschopendos Rahims Augen in unerschütterlicher, kindlicher Verehrung auf sich gerichtet sah, verflog plötzlich seine Wut, seine Scham ...

»Komm näher«, sagte er gelassen zu Rahim. Gesenkten Hauptes trat dieser an sein Lager.

»Die Decken«, befahl Tursehn. »Und jetzt reib, so fest du kannst, meine Knie, meine Knöchel, meine Schultern, meine Hände!« Rahim gehorchte. »Und nun«, sagte Tursehn, »leg die Kissen hinter meinen Rücken und hilf mir, mich aufzurichten.«

Mit aller Kraft zog der Batscha ihn an den Händen hoch, und endlich fühlte Tursehn, wie nach und nach die stählernen Klammern in seinem Nacken und Rücken sich etwas lockerten. Tursehn holte tief Atem. Er saß auf dem Bettrand — das war geschafft —, und seine Füße standen auf dem Boden ... Doch das Schlimmste stand ihm noch bevor.

»Meine Kleider«, befahl er mit zusammengepreßten Lippen. Rahim brachte ihm die Hose, die an einem großen Nagel über der Tür hing. Tursehn ließ es schweigend über sich ergehen, daß der Batscha sie ihm anzog. Was blieb ihm anderes übrig? Dann der Tschapan. Während Rahim ihn über seiner Brust schloß, warf Tursehn einen verstohlenen Blick auf das Gesicht des Kindes.

Er erkannte es kaum wieder: es strahlte vor Stolz, Glück und Dankbarkeit. Seltsam — jetzt, da er weiß, daß ich ihn brauche, verehrt er mich um so mehr ... Ein ganz unbekanntes Gefühl des Friedens erfüllte Tursehn bei diesem Gedanken: daß da jemand war, der sich um ihn in seinem Elend kümmerte, ohne daß er sich vor ihm seiner Schwäche zu schämen brauchte ... Was hatte der weiseste aller Menschen ihm an jenem letzten Abend gesagt? »Wenn man nicht in seiner Haut ersticken will, muß man von Zeit zu Zeit spüren, daß ein anderer einen braucht.«

Die warmen Strahlen der Sonne drangen in das Zimmer, und Tursehn wandte blinzelnd sein Gesicht ihrem Licht zu. Wie ein altes Pferd, dachte er. Und er fühlte weder Schmerz noch Scham mehr.

Doch als der Batscha ihm jetzt den weißen Stoff brachte, der ihm als Turban diente, lehnte er sich noch einmal auf.

»Gib her!« brummte er.

Und er begann mit steifen, schmerzenden Fingern das breite Band um seinen Kopf zu wickeln. Und während er eigensinnig, mit zusammengebissenen Zähnen fortfuhr, sorgfältig, Falte um Falte, den Turban zu knüpfen, hörte er plötzlich in seiner Erinnerung erneut die Stimme Guardi Guedjs: Werde rasch alt, o Tursehn, werde rasch alt ... Und Tursehn antwortete ihm schweigend: O Ahnherr der Welt, ich versuche es, ich versuche es. Doch, bei Allah, es ist so schwer und so traurig ...

Er ließ die Arme einen Augenblick sinken, sie wollten ihm

nicht mehr gehorchen. Rahim wollte ihm helfen, doch Tursehn schüttelte den Kopf:
»Nein, was man angefangen hat, das soll man auch zu Ende führen.« Und er fügte in ruhigem, freundschaftlichem Ton hinzu: »Sieh mir genau zu, Rahim... Wer weiß, ob das nicht morgen schon deine Aufgabe sein wird.«
Und er hob wieder die Hände, um den Turban fertig zu knüpfen, wie es sich gehörte. Dann ergriff er die beiden Stöcke und stand von seinem Tscharpai auf — ein Schritt, ein zweiter...
»Einen Augenblick«, rief da Rahim, »einen Augenblick, Herr!« Er lief zu dem Kopfende des Tscharpais, wo neben dem Kissen die Peitsche lag, brachte sie Tursehn und steckte sie in seinen Gürtel.
»Ich hatte nicht mehr daran gedacht«, sagte Tursehn leise. Er betrachtete verwundert das kleine Gesicht des Batschas, auf dem noch immer die kaum verheilten Narben zu sehen waren.
»Du wirst diese Male bis an dein Lebensende tragen«, sagte Tursehn leise. Und Rahim antwortete ihm stolz und hocherhobenen Hauptes:
»Allah sei gedankt. Denn wenn ich einmal alt sein werde, so alt wie der Ahnherr der Welt, werden die Leute an diesem Zeichen noch erkennen, daß ich dem großen Tursehn gedient habe. Und sie werden mich und meine Kindeskinder darum beneiden.«
Tursehn verließ das Zimmer. Er stellte die beiden Stöcke in eine Ecke, lehnte sich gegen die Wand und streckte die Hände aus für die morgendliche Waschung. Das frische, kühle Wasser tat ihm wohl. Er stand wieder fest und sicher auf seinen Füßen. Der eine Stock, dachte er, wird mir genügen, wie immer... Noch einmal hatte er über das Alter und

seine Gebrechen triumphiert. Als er hinaustrat, sah er, daß die Sonne höher als sonst am Himmel stand. Ich habe das Morgengebet versäumt, dachte er, doch er fühlte sich zu glücklich, zu befreit, um Reue darüber zu empfinden.

Ja, das Leben war noch herrlich und gnädig und gut! Für wie lange noch? Und Tursehn dachte wieder an den Ahnherrn der Welt. Hatte er seine heimatlichen Täler erreicht? Und dort die ewige Ruhe gefunden, wie er es sich gewünscht hatte?

Tursehn lächelte. Wer kannte die Stunde seines Todes? Hocherhobenen Hauptes schritt er weiter, um sein Tagwerk zu beginnen, wie an jedem Morgen. Und er fühlte, wie Rahim ihn mit bewundernden Blicken verfolgte, diesen alten Mann, den seine Hände aufgerichtet, gewaschen und gekleidet hatten — diesen ungebeugten, unbeugsamen, unzerstörbaren Tschopendos: den großen Tursehn.

10–